他在红尘中走了二十余年，

此刻真切地觉得，

死于卫道途中，

心悦而无憾。

财神春花

戈鞅 著

四川文艺出版社

金钱有命，富贵在天，世间万家，任我差遣！

神仙日子漫漫长，不搞事情心发慌。

北辰元君与财神春花在寒池畔私会偷情，被一群采芦草的小仙娥逮了个正着，法司下诏，将北辰与春花二人双双贬入凡间，历劫思过。

此时，正是大运皇朝天下，太平盛世已过百年，暗潮汹涌，妖孽丛生。汴陵城中，积善数代的长孙家得了一位女公子，出世时口吐一枝金报春，惊得产婆打翻了水盆。长孙老太爷大笔一挥，为女婴取名曰：长孙春花。

长孙春花只有一生，财神春花却有无穷无尽的岁月。这只美鸳鸯不羡仙的戏码硬要往她身上套，如何套？

财神春花

「世人熙熙，皆为利来。我若能利及众人，众人便会反惠于我。而情这一物，便如一叶障目，让世人看不见真正的利之所在，或是只见小利，不见大利，只见眼前利，不见长远利。倘若人人都能看清自己的利益攸关，我长孙家的生意，也会好做许多。」她喃喃道：「谁遣同衾又分手，不如行路本无情。」

严衍沉默一瞬，笑了：

「你这话，也妙得很。」

蓦地勾起唇角，笑了：

宝船上的时光如同一颗光辉夺目的宝石，
轻易打败一生一世一双龙的樊笼。
很久很久以后，樊霜终于明白，
她要的，
不是去爱很多条雄龙，
而是可以爱很多条雄龙的自由。
她要的，
不是有一条雄龙只爱她，
而是他明明拥有爱很多条雌龙的自由，
却选择只爱她。
而这些，小绿永远不会懂。
没有自由去爱的能力，则无从谈爱。

她在人间做了两百年的樊都知，
温柔解语，知情识趣，
春花秋月等闲度过，
此刻终于想起，
自己原来是一头会流泪的白色海龙。
人间原来不是她的江海，
江海才是她的江海。

目录

金钱有命，富贵在天，世间万宝，任我差遣！

第一卷

往生池

章一·情比金坚

东海之外，大荒之中，有山名曰大言，日月所出。[1]

大言仙山之中，有一琅嬛洞府唤作岐玉洞，司掌日月更替的北辰元君就在此修行。

北辰元君师从众仙之尊古上天尊，仙基稳固，修为高深，证果以来已有六千多年。他为人清雅孤僻，不喜交游，仙府又远在海外，九重天上的众仙家与他甚少来往。但人人知他心肠慈悲，若是自家摊上了什么事，多半也先想到他。

这日是好日，人间太平祥和，仙山惠风和畅。北辰元君刚刚结束了为期三月的闭关修行，换了凡间衣袍，正打算出门。仙童来报，东海水君已在岐玉洞外等候多时了。

如此无法，只得请进来了。

东海水君一进门，就抓起玉案上的水煮青茶咕咚咕咚喝了半壶下去。

"仙君恕罪，实在是等了你好几日，脱水太久，快要渴脱相了。"他愁容满面，不安地抓了抓乱糟糟的紫龙须。

北辰元君讶然："何事令水君这样烦扰？"

"唉！"

东海水君满脸通红，却不说话了。

离原定出门的时辰已晚了一刻钟，但对方如此窘迫困苦，北辰元君也不好催促。

东海水君又喝下一大口茶，一拍大腿："这丢人的事，也只能同你说了，都是甘华那丫头惹出的祸事！"

北辰元君怔了怔。甘华公主是东海水君的长女，三千年前与他同在古上天尊门下修行，是他唯一的小师妹。她性情果敢，道法高超，如今已是东海水君

---

1 出自《山海经·大荒东经》。

的左膀右臂，九重天上人人提起都要竖大拇指。

"甘华这孽畜，恋上了个凡人，犯了天条！"

东海水君又急又窘，眼泪哗哗淌了下来，岐玉洞外此时下起了淅沥小雨。大约被海水泡得久了，水族神仙都很情绪化。看来此事不是一两句话说得清的。

北辰元君只得暗暗捏了个仙诀去凡间告假，在这边柔声道："水君莫急，慢慢道来。"

月前，东海有恶蛟闹事，频频兴起水患滋扰百姓。甘华公主领命前往，与恶蛟大战了三百回合，虽为民除了害，但自己也身受重伤，坠入海中。

甘华恋上的那个凡人，名唤萧淳，是东海之畔青衣镇上一个年轻的书生，家境贫寒，又须奉养老母，平日里以打鱼为生。一日，打鱼的网兜捞上来一个重伤的女子，他虽疑惑，但出自一片纯善之心，还是将这女子接回家中悉心照顾。

一个是儒雅俊美，正当年少；另一个是千年女仙，不识情爱。都说"情不知所起，一往而深"，两个人朝夕相处、耳鬓厮磨，便私订了终身。待水君发现时，甘华的心思已经是九头避水金睛兽都拉不回来了。

"这……水君可曾晓以利害？"

"她几个兄弟都已轮番去劝过一回了，半点都听不进去。"

"若是强行将她带回呢？"

"此前将她骗回来过一次，没多久，还是跑回去了。仙君也知道，甘华是我这些子女中最成器的，她那几个兄弟绑在一块儿都打不过她。

"她在凡间与那萧淳过了几日夫妻的日子，是半分都不想当神仙了，还说……要为他生儿育女。仙君，倘若生下个小龙人，可怎么好？"

"喀喀，甘华倒是痴情。"

东海水君揪得自己的龙须又打了好几个死结。

"若只是做个'便宜'外公，我也就忍了。可是……仙凡不能相恋，这是天条明文定下来的。九重天上的天衢圣君执法严明，那是一根头发丝的情面也不讲的。这事情早晚要捅到天庭，那甘华千年的修为就都要付诸东流了呀！"

"这……确是如此。"北辰元君为难地附和道。

天衢圣君是九重天上除了天帝、天后和古上天尊，最为凛然不可侵犯的上仙。他自洪荒大潮后便被古上天尊收养，是天尊门下首徒，北辰元君见了他，也要尊称一声"大师兄"。天衢圣君是在天条律法中泡大的，性情最是冷酷，为了维护天庭的尊严和格调不惜一切代价，落在他手里，绝没有好下场。

天衢圣君办下的铁案，单是近日便有两桩。天后娘娘重修蟠桃园时拓了院墙，不小心占了寿星家的半亩地，寿星都上表称不介意了，天衢圣君非逼着天后娘娘拆了院墙不可，将占了的土地恢复原状，还赔了寿星一株桃树。再则梨园仙子与拜月童子有了私情，两位都是太上老君的近侍，仙缘甚好，连天帝都为他们求情，天衢圣君一概不听，还是将他们打下了凡间。

北辰元君艰难地掂量了一下自己和天衢圣君的同门之谊。

那大约是没有的。

"水君是想让我去天衢圣君那里求个情？"

以他这几千年来对天衢的了解，天衢看都不会看他一眼，会直接把他从紫阙仙山上扔下去。

"仙君误会了！我岂敢有此狂妄之想！"东海水君头摇得像拨浪鼓一般。

"那……"

"仙君是我家甘华的师兄，她素日对你崇拜敬仰，你若肯前往劝说一番，或许能令她迷途知返。"

东海水君希冀地望向他。

"或者，能去劝一劝那凡人书生，叫他主动断了甘华的念想，也是好的呀。"

北辰元君闻言，更是为难了。

他一个六千多年的老神仙，十八般武艺也算样样精通，降妖伏魔、修道炼丹、赌书泼茶、酿酒种花都不在话下，只是情爱上的知识实在太浅，六千多年来从未实践过。蟠桃宴上遇到女神仙，他都是绕着走的。

这教他从何劝起？

北辰元君惯常不会拒绝人，尤其对方如此悲苦焦虑，他更是急人所急，心中感慨，无奈之至。

水君又凄凄惨惨地哭起来。

小仙童从门外探进头来：

"仙君，今日雨水这样多，您种下的金报春开花了呢。"

北辰元君怔了怔，忽地从椅中站起来：

"水君，我想起一人，定可为你分忧！"

章二·枕下生金

人间。

戏园子一向是人间最有烟火气的地方。台上的人油彩涂了满脸，勾勒出花样的腮、云样的发、盈盈的眼，咿咿呀呀地唱着，为着前人杜撰出来的姻缘哭得肝肠寸断。庭中十余张八仙桌，各围了四条长凳，几乎都坐满了人，卖干果和添茶水的小二穿梭其中，不时撺掇着观众高声叫好。

添茶水的拍了一下卖干果的，低声说："那位又来了，在二楼雅间里坐着呢。"看着像在等人。戏都到中场了，等的人还没来，你可小心伺候着。"

卖干果的大喜："晓得喽。"

添茶水的急了："得了赏，别忘了对半儿分。"

雅间里，一个年轻姑娘正两手捧腮，津津有味地盯着戏台。她身着樱草色半臂襦裙，袖口和领口都密密地用金线绣上蝌蚪样的繁复花纹，腰间茜色丝带长及地面，颈子皓白修长，显得整个人高挑出众，乌发如黑泉，眉目如江水，内蕴春山，清逸而带着隐隐的暖意。

八仙桌上堆放着各式时兴的小糕点，许多拆了封只啃了半口，两三个小酒坛翻倒着，正是城中天子楼的招牌好酒"梨花觞"。一只浑身雪白、四爪带黑的胖猫踮着脚在桌上慢慢溜达，毛茸茸的尾巴高高翘起。

卖干果的小二进门的时候，胖猫青褐色的眼睛淡淡地瞟了他一下，又低下头去啃一个小圆糕。

姑娘低头打了个酒嗝，转脸看见来人，有点不好意思地笑起来，露出两边各一颗尖尖的小虎牙。

小二放下两碟蜜饯："姑娘在等人？"

胖猫喵呜一声，姑娘安抚地拍拍它。

"原是约了人的，又说不来了。"

小二一怔，左右并未见送信的，她怎知不来了？

这姑娘每月十五都来此听戏，出手极为大方，每次都将整条街上的好吃、好喝、好玩的买一大堆，园子里的人猜测她是城中某位富户的千金，平日家里看管太严，每月出来放风一日。

她怕是约了情郎，又被放鸽子了？

"他不来，我们两个出来玩也是一样的。你说是不是呀，小孟孟？"

姑娘轻挠胖猫的脑门，胖猫舒服地眯起眼。

小二连忙安慰："不来了也无妨。姑娘今日可算赶上了，钱老爷包了三天的戏，特地请了昆山的名角儿来唱连台呢。"

"钱老爷是何人？"

小二指向楼下前排一个面白无须的锦袍中年人："钱老爷本就是城中首富，今日又得了财神庇佑，发了大财，为了酬报邻里，才点了这三天的大戏，请街坊们看戏呢。"

姑娘秀眉微蹙："得了财神庇佑？"

小二压低了声音："这事旁人我可不告诉。据说钱老爷去庙里祈福的时候，遇上财神爷显灵啦，回家以后，他每天夜里都能在枕头底下发现一锭金元宝！"

姑娘扑哧一笑。

"财神爷这样灵啊？那小二哥你也去试试？"

"嘻，财神爷也嫌贫爱富，越是有钱的人家他越喜欢，我们这些穷苦人，求得再多也没用。"

也许是错觉，桌上的胖猫似乎瞪了他一眼，喉中发出呜呜之声。

姑娘食指轻叩桌面，胖猫懒懒地团起爪，又窝成一坨。

"像您这样富贵又美丽的人物，财神爷一定也喜欢。姑娘不妨也去财神庙试上一试呀，就在城东，天子楼往东两条街便是。"小二殷勤地拍马屁。

姑娘眼睛弯弯，掏出几颗银瓜子递给他。

"小二哥的蜜饯做得好吃，又会说话，不必靠财神爷帮衬，也一定财源广进、富贵长安呢。"

小二喜笑颜开地接了赏，欢天喜地地走了。

雅间里只剩一人一猫的时候，胖猫站起来，将身子撑出个拱门状，大大地打了个哈欠，口吐人言："枕头夜里生金子，人间还有这样的好事？"它声音沙哑粗犷，倒像个虎背熊腰的大汉在说话。

姑娘温和一笑："小孟孟，这么有意思的事，咱们也去瞧瞧？"

入夜，钱老爷今日又多喝了几杯，摇摇晃晃地到了家，后脑勺刚沾上枕头，便被硌得哎哟一声爬起来，一掀枕头，果然底下又躺着一锭棱角圆润的金元宝。上秤一称，足足有二十两。

钱老爷抱着元宝欢喜若狂，胡乱朝各个方向都磕了几个响头，口中念念有词："叩谢财神爷爷！叩谢财神爷爷！"

樱草色衣裳的姑娘抱着猫，蹲在钱家屋顶，打了个哈欠。

"还真有元宝啊！"胖猫震惊得露出森森白牙。

"莫急，再看看。"

钱老爷的金库与卧房一门相隔。他取来金库钥匙，将那新得的元宝与满库房的黄金白银放在一处，锁了金库，坐在榻上嘿嘿笑了半个时辰，终于累得沉沉睡去了。

钱老爷家中一向能省则省，所有香烛油火早早地都熄了。宅中众人陷入了熟睡，黑夜的院落像一个幽深大洞，能生吞下活人。

又不知过了多久，窸窸窣窣的声音陡然响起，姑娘和胖猫都凝神谛听，声音是从钱老爷的金库中传来的，然而他本人睡得像死猪一样，丝毫未闻。

满月升起，乌云沉下，院落里微微亮起来。几星亮光蠢蠢欲动，渐渐汇聚成亮晶晶的细线，一拱一拱，顺着院墙朝外"流淌"而出。

再仔细看，金锭子、银锭子、珠串子都长出了芽菜一般的细细手脚，吭哧吭哧地扛着一个没有手脚的同类，排着整齐的队伍往外走。队伍之外，还有两个长了手脚的金子精叉着腰，低声喊着口号：

"一二一，一二一……"

胖猫张大了嘴：

"金子……银子……在自己偷自己啊。"

姑娘拍了拍胖猫的脑袋："跟上。"

本朝有宵禁，打过二更锣，街上便再无人影。

金子精、银子精、珠串精、玉石精们组成一支训练有素的队伍，"涌"过青石板的路面，跨过两道拱桥，绕过低洼积水的路面，勤勤恳恳地来到一座红墙黑瓦的庙宇前，正是白日里小二说的财神庙。庙檐下黑气纵横，门口蹲着一只口噙铜钱的石头蛤蟆，一个金子精蹦到石头蛤蟆面前叽叽咕咕说了什么，石头蛤蟆点了点头，庙门就开了。

姑娘和胖猫隐身在不远处，静静看着财宝们进了财神庙，庙门咯吱一声关上了。月光倾洒在潮湿的路面上，不知谁家的狗汪汪叫了两声，又复归宁静。姑娘从黑影里走出来，负手慢慢踱到财神庙前，盯着石头蛤蟆看了一会儿。石头蛤蟆瞪大眼睛，仿佛突然惊醒一般，张嘴叫起来："来……"

蛤蟆嘴里的铜钱噌噌噌多了起来，一个变作两个，两个变作四个……一声闷响，石头蛤蟆被撑裂了。

姑娘无奈地摇摇头，胖猫蹲在她肩头，啧啧道："凡人真是越来越会玩了。"

财神庙的红漆大门轰然打开，一人一猫缓步而入。

庙中香烛瞬间同时燃起，一时亮如白昼。香案之上巍然立着一个两三人高的金粉神像，一手端如意，另一手持元宝，广目阔口，仙髯飘飘，红袍玉带，莫测高深。

神像瓮声瓮气地开口："你把我门口的蛤蟆怎么了？"

姑娘一脸惋惜："雕得不够结实，裂开了。"

神像沉默片刻："你是何人？胆敢亵渎神庙！"

姑娘上下端详那神像："你这个神像雕得倒是颇为威风，只是与本人不太像。"

胖猫从她肩头跃下，三步蹿上神案，围着神像转了两圈，喵喵直叫。

神像抖了抖，空气中渐渐弥散出一股潮湿腐臭的味道："大……大胆！本神乃是财帛星君赵不平，你……可认得我？"

姑娘垂首道："你能驱使金银，可见有几分道行，好好修行，或有一日能登仙班。但断人财运、窃人钱财，实在下作。何况你还欺世盗名，败坏我师父的名声，我怎能坐视不管？"

神像大惊失色："你究竟是谁？"

随后，神像才猛然想起——财帛星君赵不平七百年前点化过一位女弟子，她是九重天上唯一的女财神。

"你……你是——财神春花！"

章三·财可通神

嘀，被认出来了。

"春花也是你叫的？"胖猫吼了一声，一口咬住神像的左脚。它立刻吃痛，哀嚎起来。

名唤春花的女财神双手在胸前结出手印，轻喝一声："金钱有命，富贵在天，世间万宝，任我差遣！"

她袖口、领口的金线仿佛有生命的小蛇一般脱离衣衫，顷刻交织，化作一张金光闪闪的大网，兜头向那财神像笼罩而去。

"孽畜！还不现出原形！"

金网触及神像的身躯，丝线交界之处燃起点点火焰，神像像被开水烫了一般惨叫起来，金粉与油彩如蜡熔化，金网越裹越紧，直至化作一个黄金火笼。一个灰不溜丢的生物在火笼中吱吱狂叫，到处乱窜。定睛一看，原来是一只硕大无比的老鼠。

老鼠精遭金火燎了皮毛，嘴上却不服软，尖厉怪笑："你是七百年的财神，我可是八百年的妖！难道还怕你不成！"

笼中黑气凝聚，渐渐滚成一个烟球。春花一怔，见烟球爆开，将黄金火笼破开了一角，老鼠精敏捷蹿出，跃上房梁。

"这世上可不只是你会驱策财宝！"老鼠精在胸口结手印，口中念念有词。神案登时被怪力震作两半，其下的地面炸开一个大洞，金子精、银子精、珠串精、玉石精们蜂拥出来，叽叽喳喳地朝胖猫冲了过去。

胖猫吓了一跳，掉头就跑："春花春花，金子要杀我！"

看来，老鼠精将囤积的财宝都藏在财神庙地下的洞窟之中了。

胖猫缩在春花身后，头一次觉得钱财也能要命。

老鼠精狞笑起来："孩儿们，变成金银坨坨，把他们压得永世不得翻身！"

劲风吹拂春花的衣袂，她摇头叹息："站住。"

财宝精组成的"泥石流"呼啸而来，却因她这一声，在她面前猛地刹住了。只有一个小金元宝冲得太快，从最前一排跌了出来，正跌在春花脚边。

"哎哟喂！"小金元宝气喘吁吁地爬起来，仰头看见春花，立刻尖叫着扑过来。

"财神娘娘！"它用芽菜一样小小的手脚抓住春花的鞋面，幸福地蹭了又蹭。

财宝精们静默了一瞬，立即有样学样，叽叽喳喳地冲过来，有的抱腿，有的抱袖，不管不顾地往春花身上蹭，沉浸在幸福和迷恋中无法自拔。

春花抚额：

"知道了，我也爱你们呢。"

她蹲下来挨个摸一摸财宝精们不存在的小脑袋，被摸过的尖叫颤抖了一会儿，慢慢化去手脚，变成了普通的金银宝物。

老鼠精狰狞的表情还停留在脸上，整只鼠都僵住了。

"这……这……你是怎么做到的？"

"财宝自有灵性，但钱财如水，当于世间交换流通，造福万民，不应深藏地下，满足你一己私欲。"

老鼠精恼恨交加，身子渐渐壮大，逐渐变成一只大象一般的巨鼠："我连你一起吃了！"

春花目光一寒："小孟孟，还不现形？"

胖猫心不甘情不愿地从她背后踱出来，低吼一声，四爪腾起蓝焰，长尾高高扬起，兽牙暴出，雪白的皮毛上浮现火焰样的条纹，蓦地变身为一头比巨鼠还要大上三倍的威严巨兽。

老鼠精惊呼："神兽孟极！"

泚水出焉，西流注于河。有兽焉，其状如豹，而文题白身，名曰孟极，是善伏，其鸣自呼。[1]

孟极扬起磐石大的前爪，一爪拍在老鼠精脸上。老鼠精惨叫一声，右目登时被利爪钩出。金线重结成金笼，将老鼠精困在其中。这回，它再也挣脱不出了。

钱老爷包的三天连台戏，今日是最后一天。伶人唱得累了，有些唱词便模糊混过去，花枪和水袖也都不如前两天耍得利索。

春花坐在老位子，敲着桌子叹息："不值票价呀，不值票价。"

卖干果的小二掀帘子进来，见是她，立刻换上殷勤笑容：

"姑娘好兴致，连着两天来访。不知今天有没有等到要等的人呢？"

春花默默翻了个白眼："姑娘今日不等人。"

胖猫孟极蹲在桌上，以爪拨弄一个小笼子。那笼子甜瓜大小，应是用黄金打造，浑然天成，不见开缝，精致至极。笼中一只银灰毛皮的尖嘴老鼠溜着笼

1　出自《山海经·北山经》。

边乱窜，胖猫每拨它一爪，老鼠便吱吱乱叫一阵。

"这……是姑娘新养的宠物？"小二也觉稀奇，"老鼠……也能当宠物吗？"

春花向他招招手：

"这不是老鼠，是钱鼠。"

小二仔细一看，果然笼中的小生物嘴尖而长，耳圆而小，与家中寻常见的老鼠不同。

"姑娘真有本事，都说钱鼠是招财进宝的吉利物。"

春花笑道："传闻不可信。你若再见到这小东西，千万绕着走。它性喜囤积亮闪闪的物件，遇到金银钱币都要一口叼走，藏起来你便永远找不着。"

小二吓了一跳，下意识捂紧了自己的钱袋。

"对了，姑娘，昨夜城中出了大事，财神庙里的神像塌了，地下还裂了大缝，庙祝在地下挖出来许多金银财宝呢。知府大人是个好人，说昨夜财神托梦给他，要将这些财宝都分给本地百姓，每户十两，现下城中百姓正逐户去府衙领银子，今日的戏都没人看了。

"只是，那钱老爷可倒了大霉。听说昨夜他家中金库遭窃，损失了不少金银！大家都说他太贪，财神爷赏了金子还不知足，果然降下惩罚了。"

"原来如此。"春花挑眉，"你怎的还不去领赏呢？"

小二嘿嘿笑道："我也即刻要去了。"他望着眼前眉眼弯弯的姑娘，忽然觉得熟悉，"姑娘生得真是富贵雍容，眉眼也亲切，倒和我们家中供奉的财神娘娘有些像呢。"

小二掀帘出去，孟极还在拨弄那倒霉的钱鼠精。钱鼠精在笼子里气喘吁吁地哭喊："财神娘娘，小妖知错了，娘娘饶命啊！"

"你错在哪儿了？"

"小妖……不该亵渎财帛星君，不该与财神娘娘作对，不该……"钱鼠精说了几句，嘤嘤哭起来。

春花敲了敲桌子："你将自家来历说一说。"

"小妖……是生于极南仙岛的钱鼠，学名叫臭鼩，两百岁时随商船北渡中原，有幸在船上得见财帛星君爷爷天颜，偷学了些许法力，自行修炼了些岁月，方有驱使金银之能。"

春花见它对答老实，应当不是作假。她师父财帛星君赵不平，本就办事极没有谱，想一出是一出，兼且嘴上少个把门的，这样的事确是他能做的，想必此刻去问他，他也想不起来。七百年前赵不平将她点化成仙，也不知是搭错了哪一根筋。

这钱鼠既曾与赵不平打过照面，也算是有些仙缘，春花有心点它一点，正色道："流水不腐，户枢不蠹。你错不该囤积财宝，滋生恶灵。还有那钱老爷，固然是贪欲盛了些，但祖上有德，本还有十年财运，却被你吞了枕下财脉，只怕一两年内便要散尽家财。你说，该如何弥补？"

钱鼠精听出她有宽宥之意，慌忙磕头："但凭财神娘娘吩咐，小妖唯命是从！"

"你吞了钱老爷的财脉，不日便可化形为人。今后你便跟在钱老爷身边，为他管事理财，助他修复财运，直至他百年，如何？"

钱鼠精怔了怔，点头道："谨遵娘娘吩咐。"

春花点点头："此地我是熟悉的，倘若将来我发现你没有老实赎罪，或是重拾恶习出去害人，我便当场碎剐了你。"

钱鼠精吓得五体伏地："小妖再不敢了！"

它眇了一目，浑身皮毛也烧掉了许多，颓然落魄极了。

春花叹了口气，解了金笼禁锢："你去吧。"

钱鼠精犹犹豫豫地从小笼子里爬出来，在桌上转了两圈，又学人样立起来拜了两拜，便顺着桌腿溜下去，不见了。

胖猫孟极粗声粗气道："你就这么放了它，也太便宜它了。"

春花撇嘴："罪不至死，何必赶尽杀绝，我又不是那古板冷血的天衢圣君。"

章四·金石之交

春花一直觉得，师父肯定是刚把她拎上天来就后悔了，又变着法子想把她扔回去。

她刚飞升的时候，赵不平打着助她修炼的旗号，出了好多天马行空的难题。其中一个便是要她集齐七七四十九位仙家的衣袍角，做一件水田衣。那时她初来乍到，九重天上一个人都不认识，别说要衣袍角，便是敲门送元宝都没人搭理她。不是脑子有坑，谁想得出来这种操作？

她用凡间带上来的一本《囚心孽缘》贿赂了文命星君，请她帮忙在天庭邸报中登了一个言辞恳切、声泪俱下的帖子，广发到各仙府中，大意是她一介小仙登天不易，拜求诸位上仙赐予一件道袍，免得她被撺入凡间。

天庭邸报中，除了传递天帝诏令及天庭法司的行文，便是登载些仙家的闲事，譬如寿星的仙鹿刚修了毛，绘一幅图与诸仙共赏；譬如昴日星官与奎木狼君发帖宣告两人割袍友尽，沧海桑田不相往来。许多明明自己知道就好的事，偏偏要放在邸报里广而告之，这大约是仙人们生活太空虚寂寞，需要求关注的缘故。

这一个求助帖，本是死马当活马医的法子，那一期邸报如同石沉大海、落水无声。此路不通，她只好另寻他途。

谁知又过了几日，邸报上的帖子竟然有了回音。东海大言仙山的小仙童送了一件外袍过来，说是北辰元君穿过的，仙君大人怕旧衣不洁，特地新做了一件袍子，穿在身上，于仙山叠瀑之上笔直站了半日，才脱下叠好了送过来。

　　更有甚者，北辰元君还捏了仙诀，将邸报上那一个帖子转发给了平日有来往的几位仙君。那几位碍着北辰元君的面子，只好也各送了一件衣袍过来。

　　春花一面感激涕零，一面感慨，为了一个素未谋面的小仙都能做到如此地步，这位北辰大人耳根该有多软啊！于是顺杆子往上爬，死乞白赖地上门去道谢。至于顺便薅光了大言山所有的仙草，掏尽了大言山所有的鸟蛋，那都是后来的事了。

　　再后来，天界的许多仙友学了春花发帖这一招。天河的螃蟹泛滥，天蓬元帅发了个求帮帖，一群老神仙过来将过剩的螃蟹捕了个干净。太上老君座下青狮发了情，也发了个配种帖，立刻一大群养猫科神兽的神仙送了自家的雌兽过来。

　　天庭邸报越来越厚，里头的八卦越来越多，终有一日，事情被捅到天衢圣君那里去了。天衢圣君震怒之下，除了严禁邸报发布私人帖子，还顺藤摸瓜将始作俑者给扒了出来，严惩不贷。

　　春花为了这事，在瑶池清了半个月淤泥。说出来都是泪。

　　做神仙七百年，春花在天界广结善缘，凡有神兽满月、喜得佳徒、乔迁洞府这一类的喜事，总是第一个封上红包。可要论知心好友，只得北辰元君这一个。都说北辰元君孤僻淡泊，其实是因为心肠太过慈悲，随便一个小神仙都能求到他面前去。他也知道自己的毛病，只能远远地避着人，做出一副高冷难以亲近的样子。

　　北辰元君扮成个青年文士模样，青衫玉冠，乌发半束，便如一个无瑕的白玉净瓶，说不出来哪里特别，但一眼便知是极贵、极少见的。

　　他手执纸扇，挑了雅间的门帘，翩然而入："是谁偷偷在此诋毁天界上仙？"

　　雅间里大放厥词的姑娘见是他来，眉目顿时如春山融雪："你怎的才来？可惜错过了昨日一场好戏！"

　　"是我的过失。"北辰元君连连拱手，"认罚认打，绝不还手。"

　　春花挑眉："你说遇上了一桩麻烦事，解决了没有？"

　　北辰苦笑："非但没有解决，我还要来请托你。"

　　于是北辰将东海水君的家事原原本本地复述一番，听得孟极与春花两个面面相觑。

　　"北辰大人，你这爱管闲事的习惯还真是……呵呵呵……"孟极干笑。

　　"甘华公主修行千年，已近元君之境，而我不过是一个小小的灵官，怎么也轮不到我来帮她。"春花收起了笑意。

北辰道："春花何以妄自菲薄？你虽然修行法力上尚待努力，但心思活络、机谋多变，又能慧眼识人。若说有人能摆平此事，非你莫属。"

春花低头绕着袖口金线，不说话了。

北辰识相地倒了杯茶，递上去。

"你方才还在说天衢圣君古板冷血，若是放任甘华继续如此，早晚会被天衢拘到天牢，或绑上雷镜台，或贬入凡间。甘华这样执拗，恐怕是要上雷镜台的。"

春花不接那茶，也不抬头。

孟极犹豫了半天要不要打破这令人尴尬的沉默，还是放弃了。它掉转猫身，簌簌地拆了一包绿豆糕，啃了两个半，还没有人出声，实在忍不住，打了一个响亮的猫嗝。

春花抬头瞟它一眼，终于开口："毁人姻缘犹如断人财路，这倒灶的事我可不做。"

"我也知道此事为难。可甘华毕竟与我有同门之谊，唤我一声师兄……"

春花瞪他："什么师兄？三年不作揖的姥姥，八竿子打不着的外甥，今日倒派上用场了。"

孟极喷了一口茶。

北辰无奈："可是……我已经替你应下了。"

"……"

"北辰，咱们现在绝交，还来得及吗？"

戏台上的女戏子正在苦苦规劝男戏子不要去送死，恰唱道："况相公职非谏官，事在得已。纵然要做忠臣，养其身以有待如何？"[1]

男戏子摆圆了造型，一脸舍生取义的表情："夫人，你是明白事理的！"

青衣镇紧邻灵水入海口，附近的渔夫、樵夫、农人、织户都将货物聚集到此处贩卖，形成了一条长达八里的商市街，其中几家很有派头的铺子，比起府城的商铺也不逊色。

萧淳今日运气颇好，捞了几网都是满网，教同行的李二艳羡不已。

"你这新娶的美娇娘果然是福星，自从救了她，打回来的鱼都比以前大。"

萧淳低头笑笑："别胡说，我们还未成亲呢。"

李二吭哧吭哧将渔获摆到摊头："没成亲，也快了吧？你小子，打鱼能打个漂亮媳妇上来！你娘都乐疯了，日日催着你办事，你倒是抓紧啊。"

1　出自明代传奇《鸣凤记》。

萧淳清秀的脸颊浮上一丝赧然："她身子还未养好，何况……"

"何况啥？"

"她娘家极远，前几日回去过一次，回来后就恹恹的，不开心。大约是娘家人不同意她嫁得这样远吧。"萧淳垂下眸子，"若我不是这样的穷鬼……"

"嘻，别丧气。咱们这十里八乡，就数你最有出息，从小会念书，长得又俊，不知多少姑娘想嫁你呢。"

萧淳没有接话。李二不识字，没念过书，更未出过青衣镇，自然觉得萧淳不错，但穷人之外有富人，青衣镇之外有府城，府城之外有天下。

萧淳想起甘华的眼睛。那是一双看见过世界的眼睛，金山银山、皇权富贵也无法打动。初次相遇，他就沉迷于她的沉静与温柔，却又无法自拔地陷入自惭形秽的恐慌。他何其有幸，能够博得她的芳心，让她甘心下嫁，为他洗手做羹汤。

萧淳救下甘华时，她身上穿戴的都是他平生未见的华美服饰。后来为了给家中买粮、买药，她一件件都当掉了，却一点都不心疼。也许，她是显贵人家逃出来的小姐，或是逃妾。萧淳知道她有秘密，但她不愿说，他便不问。她虽总是心事重重，对他却是极好的。

昨夜，萧母又催他尽快娶甘华过门，生怕这天上掉下来的漂亮媳妇哪天脑子清楚了，无声无息地就跑了。

这几日渔获都好，卖了不少钱。等攒够了二两银子，做一件像样的嫁衣，就娶她过门，想到此处，萧淳心中暖烘烘的。

萧淳正神思恍惚，李二拍了他一下："萧淳，有客！"

李二的声音微微发颤，萧淳一抬头，也是一怔。

摊口站着一位锦衣华服的娘子，与泥水腥气纵横的鱼市格格不入。她面上覆着柔纱，能看出年纪甚轻，却已是出嫁妇人装扮，身形娇小纤弱，头上珠翠却重叠厚重，仿佛要将她整个人压垮。一个矮胖的丫鬟从旁搀扶着她。丫鬟脸大而憨，粗眉糙眼的有些吓人。

丫鬟一开口，声音粗得像个壮汉，咳了一咳才柔软了些："我家娘子想吃鱼。"

萧淳觉得异常，又说不出哪里古怪："今日银鲳甚好，补气养血，带鱼也可，味甘少刺，适合女子进食。"

丫鬟待说什么，被那富贵娘子制止了，自开口道："带鱼很好，我一贯是不会挑刺的。"

萧淳读过几本医书，听这声音很轻，看起来柔若无骨，恐怕她身体是极差的。

"听公子说话，是读书人？"

萧淳发窘："读过几年书。"

"想不到青衣镇这样的小地方，还有公子这样文质彬彬的人。可曾考取功名？"

"原是想的，可惜家中贫穷……"

"唉，那真是可惜了。"

那娘子幽幽叹气。

这一主一仆买了一条带鱼，再未说什么，多付了两串铜钱。

萧淳盯着她们小心翼翼地穿过人潮，走到商市街边缘，上了一辆金碧辉煌的马车。

"萧淳萧淳！"李二急唤他，"你看那是什么！"

萧淳猛然清醒，向李二所指处一看，泥地上竟有一锭金元宝，闪亮灼眼。

章五·拾金不昧

春花钻进马车，一把扯下覆面的轻纱："可憋死我了。"

北辰托了她一把，贴心送上一碗茶水，夸道："相识几百年，今日才知道你演技这般出神入化。"

春花斜他一眼："先别急着戴高帽，我还没答应要帮你呢。"

"那你方才演这一出是何意？"

"先试探试探此人的为人，再做打算。"

"用一锭金子，就能试出一个人？"

"你们这些老神仙，不晓得钱财对凡人的意义。不管是爱财如命，或是视钱财如粪土，终归一个人是不会对钱财无动于衷的。人有七情六欲，其中十之八九都可用钱财买通。"

北辰眸中一闪："那你呢？你可有七情六欲？"

春花现出嫌弃的样子："我师父说了，七情是封喉鸩酒，六欲是附骨之疽，钱财份上无父子，财神认钱不认亲。"

北辰倾身过来："甘华是胎生的神仙，可也难免动了凡情。你敢担保，有一日你不会像甘华一样为情所困？"

春花一僵："呸呸呸，休要咒我。"

见北辰惘然有所思，她又道："情爱于人，实在是无用之物。我在凡间时倒曾想过找个家道殷实的相公，那也是因为家贫吃不饱。如今做了神仙，出门有仙鹤，入室有芝兰，除了修道辛苦些，平日收收妖、疏疏财，再痛快不过。既可以各自安好，又何必互相束缚，绑手绑脚？凡人说什么只羡鸳鸯不羡仙，都是扯淡。我既做了神仙，怎么肯再当鸟？"

北辰被她这长篇大论唬得一愣一愣的，半晌道："你这油盐不进的样子，倒是和天衢圣君有几分像。"

春花呛了一口茶。

"你信不信我登报和你绝交！天衢圣君那老怪物，设下那么多天条戒规，条条断人财路，我可不敢跟他像。"

北辰失笑，接过她手中茶盅，一手抚着她背脊助她顺气。

"是我口误，你怎会与天衢相像？"

春花在天庭有品阶的诸仙中忝陪末座，除了大朝会，确实也没机会得见天衢的圣颜。即便见着了，也是隔得万水千山，看不清正脸。北辰心道，天衢虽已登仙两万岁，那容颜可并不是个老怪物的样子啊。

孟极幻化的胖丫鬟在马车外敲着门框："娘子，方才卖鱼的公子追过来了。"

春花连忙将面纱绑回脸上，变回柔弱不堪的富家娘子，轻咳了几声，才掀开门帘："公子，何事呀？"

萧淳那倒霉孩子低着头，送上金元宝："娘子方才遗落了金子，原物奉还。"

春花故作惊讶："怎么这样粗心！孟儿该打！"

胖丫鬟哆嗦了一下，不知是害怕还是受了风。

春花又道："古有林积还珠、甄彬还金，公子真有古君子风。"

萧淳脊背一直："娘子过誉了。"

"钱财是身外之物，公子有贤德却不掺假。这一锭金子便赠予公子了，请公子笑纳。"

萧淳一怔，而后皱眉怒道："娘子将我看作什么人？"他随手将元宝放在车踏板上，竟自掉头离去。

春花拍拍孟极："你追过去，问他姓名为何，家住何处。"

"你不是知道他姓名吗？"

"让你去便去！"

胖丫鬟从马车上出溜下去，不情不愿地撵了过去。

北辰摇开折扇，笑眯眯问："试出什么来了？"

春花也笑眯眯地答："不急，等孟极回来。"

不多时，孟极慢悠悠地回来了。

"他说自己叫萧淳，住古井巷十七号。"胖丫鬟钻进马车，立刻变回胖猫，抱起刚买的带鱼，一口咬掉一个鱼头。

北辰感慨："此人倒不失为一个正人君子，拾金不昧，甘华还算有眼光。"

春花道："正人君子不假，却并非无懈可击。他要真是全无名利心，又何必留下姓名？"

北辰挑眉："看来，财神娘娘已有计策了？"

"凡人哪经得住神仙考验？你托我做的，实在是件缺德事。"

北辰自知理亏："原是为了救甘华的前途性命，无奈才出此下策。你若实在觉得艰难，便算了，我自去找甘华说一说。"

"……"

想想登仙这些年，在大言仙山打过的无数秋风，春花有些心虚。

北辰的仙阶比她高太多，平时都是她沾北辰的光，难得有一次是他求到她这里来。何况，他非但没有以恩相挟，还一个劲儿地奉承讨好，更让她心里过意不去。

也罢也罢。

"俗话说'为朋友两肋插刀'，我就为了北辰大人，缺德一次。"

北辰盯着她，正色道："真有报应，我来担，绝不会牵连到你身上。"

春花大笑："你这个人，幸好是个无欲无求的老神仙，若是凡人，一定被人骗了还替人数钱。"

春花与孟极扮作一对主仆，自称姓"花"，在青衣镇连收了三间核心地段的铺子，出手极阔绰。不仅如此，她还买下了古井巷最大的宅院，敲敲打打地开始改建。一时间人人皆知，青衣镇来了一位财大气粗、人傻的美娘子。虽不知是商人妇还是官宦家眷，是正房还是妾室，但身边没有男子陪伴，众人便猜测她是个寡妇。

青衣镇说小不小，说大不大，再没什么比有钱的寡妇更令人浮想联翩。萧淳的母亲这些日子忙着筹办婚事，不大与街坊邻里走动，因此还不晓得这个簸箕大的八卦。

这日萧母买了几捆大葱，踱着步子往家里走，走到古井巷口，正遇到一大群工匠搬砖的搬砖，抬木料的抬木料，瞧着热闹非凡，她连忙拉住路过的蔡家阿婆打听了个究竟。

蔡家阿婆添油加醋、声情并茂地讲述了所有与那花娘子打过交道的人的见闻，一锤定音地做了结论：

"这有钱的小寡妇，搬到没人认识的地方，定是想找个相公咧！"

她口中啧啧有声："可惜你家萧淳马上就要娶亲了，要不这好事，还轮得到别人？"

萧母心里顿时有些不是滋味："寡妇有什么好的？我家萧淳将来是要考状元的，怎么能娶一个寡妇？"

蔡家阿婆意味深长地看了萧母一眼，看得她有些心虚。

还好她没深究，又转开了话题："花娘子买下了镇上最大的药房和当铺，说是要把生意做大，如今药房和当铺都在招先生、伙计，我家孙子去见工，一下子就得了药房学徒的差事咧！萧淳不是识字的吗？也可以去试一试的呀。”

这事倒还有几分靠谱，打鱼的活儿风吹日晒太辛苦，不如在铺子里坐店来得舒服。萧母暗暗记下，拎着葱往家去了。回到家中，四壁空空，炉灶都是冷的，甘华又不知道跑到哪里去了。这小妮子实在不是个过日子的人，烧火火灭，蒸饭饭焦，空有一副漂亮皮相，家世背景也是神神秘秘的，不像什么清白人家。她平日冷冷淡淡、不爱说话，有些厉害的样子，萧母心里还有些怕她。萧淳自己喜欢，穷人家娶媳妇又艰难，这送上门的媳妇既不要聘礼，做母亲的自然不好反对。

萧母正打算烧锅煮饭，忽听有人敲门，开门一看，是个陌生的胖丫鬟，穿着极为讲究，衣服都是她不认识的轻薄料子。

“是萧妈妈吗？”胖丫鬟声音平板，像在背书。

她指一指不远处正在重新装潢的大宅院：“我是花娘子的丫头。今后咱们就是邻居了，娘子吩咐我请萧妈妈过去喝一口茶。”

章六·千金买邻

叫她过来喝茶，就真是喝茶，什么杏仁茶、红枣茶、冬瓜茶、枸杞茶摆了一桌，任着她挑。萧母挨个喝了一盏，觉得再舒坦不过。

这位花家娘子长得甜，笑起来更暖，看着年纪不大，接人待物却很通情理，可惜身子不好，一会儿便是一阵咳，说起话来声音轻得如小猫儿一般。就她，能管下这样大一份家业？

刚喝完茶，又上了点心，八样甜八样咸，八样果子八样团，萧母有些后悔刚才喝茶猛了。

花娘子恬静地盯着她吃东西，仿佛很羡慕，过了一会儿才说：“萧妈妈得常来啊，我见了萧妈妈，像见了自己妈妈一般亲切。”

萧母受宠若惊：“娘子的母亲如今在何处呢？”

花娘子恹恹地叹了口气：“我是个苦命人，十岁上下母亲就去了。父亲续弦的夫人不喜我，但还算发嫁了好人家。成亲不到一年，夫君外出行商时遇上船难，也去了。他也是个无父无母的，挣下这一大摊子家业，却没有后嗣继承，只我一个孤女子勉强支撑。唉，我实在是个伤心人，流落在个伤心的地方。”

说到最后一句，她忍不住漏出悲声。

萧母忙道：“是我不好，触到娘子伤心事了。”

花娘子揩了揩眼角：“萧妈妈别这么说。我是个没主意的，家里也没个长辈，今后许多事，还盼萧妈妈帮着拿个主意才好。”

萧母叹口气："娘子这光景确实可怜。我说句不见外的话，家里没有男人，终究还是不成的，你如今，就缺一位知冷知热的相公。"

正堂屏风后忽地"喵"了一声，萧母吓了一跳。

花娘子安抚道："萧妈妈莫怕，那是我养的一只奶猫。"

萧妈妈定了神，又听花娘子道："萧妈妈说得极是。可我是薄命的人，身子骨也弱，哪个良家的男子能看得上我？"

"不知娘子想找个什么样的？"

"唉，我还有什么可挑的？只要家世清白、长相端正便好，若还能认得几个字，知情达理，就更好了。"

萧母登时激动起来："我家……"

"嗯？妈妈说什么？"

萧母强行将心中的话忍了下去。

花娘子柔柔一笑，也没有乘胜追击，又与萧母说了几句别的闲话，便将她送了出去，还搭送了一盒点心。北辰从屏风后出来，一副险些要笑岔气的样子："那萧妈妈还有点骨气，根本没接你话茬。这半卖半送小寡妇的招数，未必好使。"

"棒打鸳鸯是门黑心生意，哪这么容易做？"春花将那柔弱的模样拾掇起来，恢复了中气。

北辰："我只一样不明白。你既然做了个萝卜钓他，何不干脆扮成个千金小姐？"

春花抿唇："世上哪有完美无缺的货物？天降洪福只会引人疑虑，因时折价的才是抢手货。"

果然满口生意经。

北辰执扇一揖："小生受教。"

夜里萧淳回来，萧母畏畏缩缩地提了花娘子的事。萧母虽未明言，萧淳却已看出了她的心思，忍不住怒火，把她说了一通，又言明自己非甘华不娶，绝不可能负心薄幸。萧母自知理亏，委屈道："又没有说要你弃了甘华去娶她。我是想……唉，你若能去花娘子的当铺，做个账房先生也好啊。"

"娘，我明年定要进京赶考的，将来考中进士，让你和甘华都过上好日子。"

萧母掉下眼泪："你总说要去考进士，可每日出海打鱼这样辛苦，你哪有时间读书备考？"

"从前只有我们娘儿俩。现今不同了，有了甘华，我们夫妻同心，一起努力赚钱，日子总能越过越好。"

萧母听他这样说，也只能叹气，不再说什么了。

又是一个清晨，萧淳粗略地吃了个窝头，提了网兜渔具便要出海。经过巷口的时候，他看见街面的宅院门口围了好几个人。镇上的地痞乔四正把两个女子堵在门口，其中一个女子挡在另一个面前，正与乔四激烈地争吵。这两个女子很是眼熟，萧淳定睛一看，正是那日他拾金奉还的娘子和丫鬟。看来，她就是母亲口中的花娘子了。

乔四与青衣镇的捕头沾着些亲，平日里在镇上搜刮钱财，横行霸道，这是盯上了新来的肥羊要吸血。萧淳本不打算管这闲事，经过的时候，却听见胖丫鬟嚷起来："萧公子！可是萧公子吗？"

他脚步未停。

丫鬟继续叫道："萧公子，求你说句公道话，我们娘子快要晕倒了！"

萧淳顿了顿。

乔四哈哈大笑："萧淳是个没用的草包，借他两个胆，也不敢出这个头！"

胖丫鬟哭起来："娘子！娘子！"

那花娘子大约惊怕得很了，扶着朱漆大门，软软地倒了下去。乔四顿时来了劲，撸起袖子就要上手。萧淳脚步倏地停住了。他大步流星地走过去，将扁担横在乔四面前，拦得他倒退了两步。

"乔四，青天白日，你不要太过分！"

乔四一惊："萧淳，你真要多管闲事？"

"我本不想管，可你一个大男人，当街欺负一个弱女子，未免太不要脸！"

这一阵嘈杂，将街上的百姓都吸引过来。人们指指点点，乔四也不敢太放肆，指着萧淳的鼻子冷笑："萧淳，你手脚很快嘛，这寡妇刚搬过来，就勾搭上了？"

萧淳大怒："你嘴巴放干净些！"

乔四吓了一跳，往外跑了几丈，回头叫嚣："你们这对狗男女，给我等着！"

胖丫鬟边哭边摇晃晕倒在地的花娘子，继而用可怜无助的目光望向了萧淳："萧公子，我家娘子她……呜呜呜。"

萧淳叹了口气，俯身将花娘子抱起来，又命那丫鬟去请大夫。胖丫鬟只会嘤嘤地哭，死扯着萧淳的袖子不许他走。萧淳无奈，又念及她主仆对自己母亲的好，只好一直看护。整整两个时辰，灌了两服汤药，花娘子才悠悠醒转过来。

她靠在榻上，苍白虚弱，气若游丝，面容凄苦，实在令人怜悯："萧公子，难为你了。你帮了妾身，今后在青衣镇，免不了被人指指点点了。"

萧淳心中也有些发愁，但听对方这样说，不由得心软："娘子不必担心，我一个大男人，不怕这些。"

花娘子淌下泪来："人生多苦。妾身这半副残躯，留在这世上还有什么意思？"

萧淳安慰道："娘子不要这样说，你年纪还轻，还有许多岁月要过。"

花娘子叹了口气,目光停在某处,不知神游到哪里去了。萧淳这时才算看清了她的样貌。她生了一双很适合笑的眼睛,正因如此,愁苦起来也格外引人怜惜。

他定了定神:"没什么事,我就先告辞了。"

花娘子仿佛从梦中惊醒,蓦地扯住他衣角:"公子且慢!"

她对上萧淳的双眸,又慌张地低下头,片刻,仿佛做了什么重大决定,对丫鬟道:"你去外面守着,我有几句话想对萧公子说。"

萧淳有些发愣,知道如此不妥,却又迈不开步子。

花娘子咳了两声,垂首道:"萧公子,妾身知道如此不妥,先向您赔个罪。此处只有你我二人,接下来的话,若是污了您的耳,您便当作从未听过。"

萧淳胸中怦怦,面上仍镇定道:"娘子请说。"

花娘子又叹了一会儿气,斟酌了片刻,似是鼓起了全身的勇气:"妾身的处境,萧公子想必也知道一些。"

"嗯。"

"世上可接近之人虽多,却都是居心叵测的。妾身自来了青衣镇,只遇上两个真正的好人,一是萧妈妈,另一就是萧公子你。昨日与萧妈妈在此,她好心提点,妾身虽家有薄财,但一介孤女,如何能在这荆棘世间立足?唉,妾身有一不情之请,还请萧公子听了勿怪。

"妾身……有心与君结缡,不知萧公子意下如何?"

萧淳怔住,继而陷入沉默。

"妾身本无心再嫁,可一则先夫与妾身恩义甚深,不忍他偌大家业散入外人之手;二则……"她咳了几声,"妾身得的是心疾,大夫诊过,活不过二十岁……妾身只想余下这两年能有个依靠,不必自己四处奔走,待命终之日,身旁有亲人收葬,不至于孤魂流落荒野……"说到此处,她凄然饮泣。

萧淳面露不忍,但仍道:"娘子,萧淳已心有所属,不日便要成亲了。"

"那日听萧妈妈说,是有一位甘华姑娘是吗?唉,想必是位温柔贤淑、宜家宜室的好姑娘。"

提到甘华,萧淳心中浮起淡淡暖意。

"温柔贤淑、宜室宜家都算不上。"甘华性子刚强,只有两人私下软语温存时才显露些女儿家的温柔,"但她……她是极好的,对我也极好。"

花娘子又垂眸:"萧公子,妾身无非……是想要个名分。妾身与公子仅有两面之缘,却已看出公子是个难得的正人君子。妾身这身子,无法诞育子嗣,便是履行夫妻之礼也是难的。倘若公子不弃,妾身愿与甘华姑娘不分大小、平起平坐,并每日清心礼佛,祈求你们举案齐眉、白头到老。"

萧淳愣住了。

"妾身看得出，公子有凌云之志，早晚是要出头的。可是如今世道艰难，上须奉养老母，下须呵护娇妻，公子又怎能心无挂碍地备考呢？若不能全力赴考，将来又拿什么照顾萧妈妈和甘华姑娘呢？"

花娘子的一双水眸直直望进萧淳心中。

"公子若肯接纳，妾身愿倾尽所有，为公子奉养母亲、照顾妻子。如此，公子便可全力赴考，他日的荣宠诰命，都是甘华姑娘的，妾身绝不争抢。如此，岂不是两全其美吗？"

萧淳心中陡然一悸，下意识躲开了花娘子的注视。话说到此处，才真正说到他心里了。

章七·金石为开

北辰进来的时候，春花正拿着一颗蚕豆大的海珍珠当弹珠玩，几个玉石精排得整整齐齐，在桌子的一侧瑟瑟发抖。那海珍珠带着指力滚过来的时候，玉石精们尖叫着四处躲散。

"哟，不开心啊？"北辰在她身边坐下，"可是棒打鸳鸯，打得不顺利？"

春花叹气："真不顺利倒好了。"

"哦？"

"就是觉得……自己实在不是个东西。"

这语气甚是严重，把北辰惊了一惊：

"怎么这样说自己？"

春花毫无姿态地趴在桌上："其实那萧淳还算个良人，对甘华也有一份真情。我们这些神仙，自恃活得年岁久些，道行法力高些，便将凡人的情感玩弄于股掌之间，着实不要脸。"

北辰把她扶起来。

"凡人愚钝，为七情六欲所苦，故此世人才要修仙呢。若真能点破甘华的魔障，助她修行更上一层楼，也是你的福报。至于萧淳，你既没有逼迫要挟，一切都是他自愿选择，又何谈玩弄于股掌之间呢？"

春花唉声叹气："只怕过后，甘华不会感激我，还会恨我入骨。"

北辰默了一默："若我们真放任不管，甘华恐怕难以过关。"

"怎么？"

"北山穷奇出世了。"

春花大惊："你说的，是万年前那个屠尽了十万天兵的凶兽穷奇吗？"

穷奇和化蛇的故事发生在春花登仙之前，但也是天界人人皆知的掌故，所以她并不陌生。

穷奇为雌，化蛇为雄。两兽都是上古神兽，均属水性，循天理不应相聚。万年前，化蛇与穷奇背天道相恋，在东海畔掀起长达百年的大洪水，致使凡间百里良田化为泽国，生灵涂炭。天界派出十万天兵，都败在滔天洪水之中，被穷奇和化蛇联手屠尽。临此大难，天帝亲往古上天尊处求援，古上天尊派首徒天衢出世相助。天衢的道行高深莫测，在世间仅次于古上天尊本人，他以一人之力炼化出镇妖金塔，将化蛇镇压于塔下，穷奇受了重伤，躲入北山养伤，万年未敢出世。

经此一役，天衢在天界的地位再无人可撼动。天帝爱惜天衢刚直公正，极力挽留他为天庭效力，将天庭法司都交与他掌管。而天衢圣君顶着这样的武力值，在天界执法自然无往不利，众仙咸服。

见春花还是一脸懵懂，北辰解释道："镇妖金塔一直都由东海水君家专职守护。甘华的几个兄弟法力稀松，这重任自然就落到了她身上。这也是为什么东海水君不惜一切也要斩断甘华的情丝。倘若甘华受罚，不管是贬入凡间还是缚入雷镜台，守护镇妖塔一职便要旁落他族。长此以往，东海水君的地位也可能不保。

"甘华此刻正赶往北山拦住穷奇，消息已上报天庭，恐怕天衢也会亲自下界。若天衢发现了甘华的异状，定会剥夺她镇守妖塔的职位。我刚从东海水君处来，水君求你加快一些，尽速断了这段孽缘。"

春花啧啧道："都说凡人执迷，原来神仙也这么贪恋权位？"

北辰叹气："神仙大都是从凡人修炼而来，如何真能断情绝欲？若不是天条森严，天界众人又如何能各司其职，保世间太平？"

"话都让你说了。照你的说法，天条没有错，天衢圣君没有错，东海水君没有错，甘华公主没有错，你和我也都没有错。"

春花撇嘴："我瞧还是自己错了，不该交你这么个朋友。这事完了，我得在大言仙山门口竖个牌子，谁再来请托你办事，先同我打一架再说。"

春花还没想好如何"加快一些"，萧母倒先找上门来了。萧母先是像模像样地寒暄了几句，春花极有耐心地陪她兜了好几个圈子，她才小心翼翼地绕到正题："听说前几天，娘子见着我儿子了？"

何止是见着，如今大街小巷都传遍了，说穷小子萧淳与寡妇花娘子有一腿。春花暗暗掐了一把大腿，脸上立刻现出痛苦的红晕："那日地痞乔四上门逼迫，是萧公子路见不平，拔刀相助。萧公子的大恩大德，妾身今生今世都难以报答。"

萧母现出为难的神情："如今镇上人人都在说娘子和我儿子……唉，我们倒是没什么，娘子的名声可就……"她偷睨一眼春花的神情，又低下头去。

"是妾身连累了萧公子的名声。萧公子是人中龙凤，年少才高，怎能与我这短命之人扯上关联？"

萧母忙道："我不是这个意思。嗐，这事原没什么，可恨那些嚼舌头的最爱添油加醋。我也知道你们两人清清白白，可他们不信啊！"

春花做出无助的样子，期期艾艾了半晌，才道："人言可畏，其实那日我与萧公子提了一个办法，只是……我看他的模样，心中有许多顾虑。"

萧母急了："娘子同他说了什么？"

春花含羞带臊地将那日与萧淳说的，原样复述了一遍。萧母听着听着，渐现喜色，又不好立时表露，只好逼自己做出极为忧心的神情："娘子提的，倒也是个法子，只是太委屈娘子。"

春花又咳了一阵："萧公子与甘华姑娘过几日就要成亲，妾身此时提出这样的请求，实在是不妥。可是……妾身也没有办法啊。"

有了这些话，萧母气壮起来："快别提那个甘华！平日来来去去的，连个招呼都不打，三日后成亲，到今天还没出现。都怪我家萧淳太痴情，一个劲儿为她分辩，说定是被什么事绊住了。她一个姑娘家，能有什么比成亲还大的事？"

呃，制服凶兽算不算比成亲大的事？

春花揣度着，甘华现在也是分身乏术，不知追踪到那凶兽穷奇没有？真要追上了，她能不能打得过？春花心底还是很羡慕甘华这样悍勇的女战将的，降妖除魔、快意恩仇。可惜自己跟的是赵不平这个不靠谱的师父，正经法术没教几样，坑蒙拐骗倒是样样精通。想到这里，她口中忍不住为甘华辩解："说不定真有什么事呢。"

萧母无奈道："万一三日后她还不出现，我家该如何做人！"

事态紧急，北辰也已赶去东海助阵，春花觉得，甘华多半是赶不上婚礼了。

"花娘子，话说到此处，就不跟你见外了。我有一个主意，你听听合不合适。"

"妈妈请说。"

"我家是读书人家，婚礼的请帖都发出去了，新娘子不出现，今后我们在青衣镇上哪还抬得起头？我寻思，三日后，不管甘华那丫头出不出现，咱们先把你和萧淳的事办了。"

"欸？"

"一只羊是放，两只羊也是赶。同时进门，正好不分大小，娘子你说是不是？"

春花目瞪口呆，觉得她实在是个人才。萧母因自己大胆的提议兴奋得满脸涨红，丝毫没有注意花娘子呆滞到有违人设的表情。

"这……"春花深吸一口气，不露痕迹地把柔弱人设从鞋面上捡回来。

她看得出，那日没脸没皮地倒贴之后，萧淳是有一些心动的，但表面还是存着读书人的矜持。春花请他回去考虑后再答复，他也没有直接拒绝。萧母这个提议就猛太多了，简直是一剑封喉、毫不留情。

"妈妈方才的提议，萧公子同意吗？"

"父母之命，他有什么不同意的？我去和他说！"萧母把胸脯拍得震天响。

章八·探骊得珠

春花将与萧母商定的前后事宜捏了个仙诀，传信给北辰。她猜测，这事多半是萧母自作主张，萧淳知道了一定反抗得厉害，终究不够妥当。想了半天，她还是带上孟极，往萧家去了，刚到萧家门口，便听见里头号啕大哭、吵嚷不休。

柴门半开，春花犹豫了一下，才推门进去，只见萧母盘腿坐在地上，哭喊咒骂，大意是说萧淳如何不孝，专找了一个没有良心的女子来气她。萧淳站在院中，拉着一个穿红衣的清丽女子，那女子要甩脱他，又不忍心下重手，两人便拉拉扯扯、扭来扭去，不成样子。

女子叹道："萧郎，你拦我也是无用，我今日非走不可。"

萧淳苍白着脸，全没有素日的温文："甘华，我一直信任你。你总说家中有要事，来来去去，我何曾阻止过你？可是……明日是你我成亲的日子，你就这样走了，当真不需要给我一个交代吗？"

"萧郎，有些事，一时半会儿说不清楚。我保证一定会处理好的，待解决完了，我就回来和你成亲。"

她腰间有一道洇染的痕迹，较他处颜色更深，大约刚受过伤，只因穿着红衣，并不明显。声音清冷，容貌端丽，身姿高挑，不是甘华公主，还有何人？

"青衣镇上谁不知道我们明日要成亲？你就这么走了，让我娘和我如何自处？"

"萧郎，你多些耐心，再容我三日，三日后我一定回来和你成亲。"

萧淳恨声道："你是不是以为，不论什么时候回来，我都会在原处等你？"

天边隐隐有雷霆滚动，甘华身躯一震，回首看向东方："萧郎，我真的不能再耽搁了，迟了恐怕……要出大事。你信我，我只要活着，一定会回来找你。"

她注视了萧淳一瞬，狠心甩开萧淳的手，转身便走。春花迎面和她撞上，眼尖地看见她眸中有泪光闪动。甘华只当春花是个不相干的凡人，没有细看就轻掠而过。春花再转身时，她已经不见了。

真是一位打落牙齿和血往肚里吞的女英雄，春花在心里又夸了甘华一回。

大战当前，身上带伤，还冒着被东海水君责罚的风险，偷偷出来见萧淳这一面，可见她对萧淳用情极深。只是这些做神仙的习惯了喜怒不形于色，显露出来都是一副高冷模样，难免让对方寒心。

用情再深，在甘华心中，萧淳终归只是个凡人，像婚礼依时、谦和侍奉婆母、人言可畏这些凡人的困扰，在她心中实在不值一提。仙女甘犯天条下嫁，对凡人已是无上恩德，她怎能料到凡人也有自尊骄傲，有不甘怨愤？

仙凡相恋，果然是行不通的。情这一物，实在有百害而无一利。春花想，还是如北辰所说，帮着甘华快刀斩乱麻吧，也算是一桩功德。

春花欲将萧母扶起来，却被她反抱住大哭。

"我早知道，那是个不安分的女人，却没想到竟这样绝情！淳儿啊，你是鬼迷心窍，对她死心塌地，可她呢？她是把你当傻子一样摆布！"

萧淳的身躯震了一震，萧母的话，显然戳到了他的痛处。

"这……明日的婚礼，要不就取消吧？"春花就着萧母的话，柔声道。

萧母一惊："花娘子，你说话也不算话了吗？我们昨天不是说好，先把你和淳儿的事办了吗？"她连忙扯住春花的袖子，生怕春花也跑了。

"莫非是嫌没有媒人、没有聘礼？这些我们都可以去备！"

春花柔顺地低着头："妾身自然是百般愿意的……只是萧公子对甘华姑娘用情这样深，即便甘华姑娘不回来，他眼里……也容不下妾身。

"我看，甘华姑娘对萧公子也不是虚情假意，说不定真有难言的苦衷呢。萧公子，若是真心，有什么不能为对方做的呢？要不，咱们就再多等她些时日？"

她这话明面息事宁人，实则句句都在火上浇油。

萧母气得指着萧淳的鼻子骂："你这个没骨气的孬种，亏你读了一肚子的圣贤书，到头来被个女人拿捏得死死的！"

再看萧淳的神情，果然十分不好。

他沉郁地咬着牙："她心中，大约也觉得我很好拿捏吧！"

春花掐着这个点，怜惜地以手覆上他手背："萧公子，你还好吗？"

萧淳一愣，正与她恳切的水眸相对。

"妾身能为萧公子做些什么？只要公子一句话，妾身……做什么都是愿意的。"

她捂着心口惊天动地地咳了一阵，翻了个白眼，晕过去了，正跌进萧淳怀中。

萧淳将她打横抱起来："我送娘子回家。"

东方天际遽然划过青色长电，仿佛墨色琉璃被击裂了好几道口子。顷刻间，大雨便滂沱而下，如无数冰霜利刃，乱击如丛。萧淳将春花送回家中，她已"清醒"过来。

"下雨了。"春花招呼孟极，"快去给萧公子取一把伞。"

萧淳低头："不必了。"

"呃……"他忽然一揖到底，"蒙娘子不弃，萧淳感恩不尽。明日……萧淳准时前来迎娶娘子，此生定不相负！"

又一道闪电映亮他僵硬的脊背，他直起身，没有再看春花一眼，转身大步流星，冒雨而去。

孟极愣怔了半天："他怎么突然就同意了？"

春花望着萧淳的背影，幽幽叹了口气。

这时，黑色阴影从东方缓缓袭来，在头顶上冲开了一个豁口，雨水更密，便似天河改道，直流下界一般。

这雨势实在诡异，春花心中蓦地一慌。

她不是靠武力立足的神仙，但也知道，穷奇、化蛇是天界大敌，即便是天衢圣君亲自出马，也没有必胜的把握。北辰昨日已去了东海，自然要和东海的水军仇仇敌忾。从前北辰收到她的仙诀，一向是立刻回的，但今日早间她传了信，至今还没收到回音。

春花遽然立起，对孟极吩咐："你化作我的模样，若明日萧淳来接亲时我还没回来，你就先应付着。"

孟极险些绝倒："你要我替你去成亲？万一他要入洞房怎么办？"

"你看着办！"

春花捏了一朵云："我不放心北辰，得去东海看看。"

万里黑云夹带狂电而来，雨线凶悍地打在春花身上。她驾云的本事不算很好，勉强才能稳在云头，花了半炷香的时间，才来到东海域内。

黢黑浪涛之上，两团灼热的蓝色光焰各托着一头大山一般的凶兽：一头通体火红，形态如虎，四蹄如牛，双翼如蝙蝠，身躯上黄色亮斑若隐若现，正是穷奇；另一头人面豹身，通身碧蓝，四爪连蹼如遮天大伞，尾长如蛇，末端锋利带着倒钩，这便是被镇妖塔镇压了万年的化蛇。

春花吓得一哆嗦，险些从云头栽下来。

真让北辰这乌鸦嘴说中了。这下可好，两头上古凶兽聚齐。

无数个纯白的光点，列阵在一座浮空仙岛之上，正是东海的水军大阵。白色光点前头，一个青色的光点尤为耀眼，高踞于仙岛最高的悬崖上，春花勉强辨认出是个着青色战袍的挺拔身影。仙人斗法时修为在周身凝为真气光晕，光晕最盛者，必是修为最高的神仙。莫非是东海水君？北辰应当也在那处。她不及细想，掉转云头便往那青衣神君的方向飞去。

黑夜猛雨，泠泠水剑扫得她面上生疼。行至半路，穷奇忽然仰天长啸，声震海内，口中冲出一道水浪，向仙岛袭来。

春花大惊，强催股气，拼命加快速度，奈何平时学艺不精，脚下这朵乌龙云不听使唤，竟直往水浪来处冲了过去。她左支右绌，怎么也拗不过这朵有主意的云，只得闭上双眼默默祈祷，心想：自己可能是天界历史上第一个死于不会驾云的神仙。

她堪堪撞上水浪时，一道青色仙索倏然卷住她腰身。春花只觉腰间一紧，整个人已从那朵乌龙云上弹起来，斜飞掠过水浪，直落在仙岛之上，青衣神君的脚边。青色光晕的核心区域，一双修长冷眼淡淡地瞟了她一下："何方小仙，在此捣乱！"

光晕融融笼罩着春花，她趴在地上，半天才手脚并用地爬起来："我……我是来找北辰元君的！"

这人肯定不是东海水君！虽然她没见过水君，却也知道是个紫色胡子的老头儿，眼前的人青袍白甲，腰背挺拔，大约是二十岁凡人的相貌。但他眉峰浓重，眼睛狭长，眼尾微上挑，唇峰凸起，五官轮廓鲜明，面若寒冰，虽俊姿勃发，却给人缄默严厉之感，难以亲近。

听到北辰的名字，青衣神君微微蹙眉，现出不耐烦的样子，仿佛春花是一条泥鳅，沾手带泥，不沾手又滑走。

穷奇与化蛇此起彼伏地狂啸起来，白衣水军们受不了啸声带来的声波冲击，纷纷吃痛捂住耳朵，春花只觉有一头疯牛从耳朵冲进脑中，四处冲撞，脑骨疼得厉害。

她吃痛高喊，又要跌倒，那青衣神君袍袖带风，轻轻托了她一下。

"自己躲好！"他冷冷一斥，又用一道仙索将她卷起向后送去，直送到兵阵之后。

脑中撞痛稍有缓解，春花便听到化蛇在风雨中高声大笑，如震古洪钟："天衢，你困我万年，困不了我永世！今日，咱们新仇旧恨一起清算！"

章九·金城千里

春花一拍脑袋，这才醒悟过来，能与化蛇、穷奇对阵，万千天神中法力最高的那一位，除了天衢圣君，还有哪一位？春花只在几次大朝会见过天衢圣君，遥遥望见瑞气千条的祥光，何曾看见过脸？都说天衢圣君两万岁了，看相貌，比北辰大不了多少，与她原本想象的那个严苛腐朽、满脸褶皱的形容更是相去甚远。不过话又说回来，看人不看脸，论行不论心，脸长得好看又如何？反正她认定了，天衢圣君就是个刻薄寡恩、固执死板的老头子。

她兀自恍神，海中情势已变。海浪骤起，一个径宽数里的水龙卷迅速高耸入云，在中心现出一个深不见底的漩涡。两兽一东一西，高踞漩涡之上。

穷奇与化蛇情意相通，穷奇俯声长啸："一万年了！待我们淹了东海之滨，再没有什么水君，你便是东海的水君！我便是东海的君后！"

虽说反派死于话多，可哪个反派占上风时不想多说几句，以飨其得意？

"休得狂言！东海还没有你这凶兽说话的地方！"

仙岛东侧，一道红色光影兀地暴起，甘华公主手持双剑，身形变幻如游龙，剑光陡转，刺向穷奇右眼。化蛇大怒，长尾甩出金钩，相助穷奇。

两道清音同时大喝："甘华！"

青、白两道光影同时紧跟甘华而上，青者是天衢圣君，而白者，春花认出正是北辰。北辰方才应该是与甘华同守在仙岛东侧，这才没有看到颠三倒四飞过来的春花。

青白真气化为光剑先至，朝化蛇的蛇尾斩下，顿时金石交击，铮铮大响。三色光芒与两头凶兽混战一处，直打得飞沙走石、洪波海啸、天昏地暗、难分难解。九重天上最能打的三位神仙，都是古上天尊教出来的徒弟，他老人家众仙之尊的地位真不是浪得虚名。

春花谨记着天衢圣君的话，找了个凸出的山体躲好。此处远离水边，便是海水漫涨、光剑乱飞，也不容易错伤到这里。她往里缩了再缩，脊背和一人撞了个正着。

"哎哟！哪个不长眼的，竟敢冲撞本君！"

春花定睛一看，笑出声来："水君！我可是来帮忙的！"

东海水君捧住鱿鱼一般在雨中乱飞的胡须："既来帮忙，怎么躲在这里！"

"我还要问你呢！守卫东海，你身为水君，怎不去与天衢圣君并肩作战？"

东海水君老脸涨红："本君年纪大了，不善腾云……"

春花顿生天涯知己之感："我也……喀喀，不善腾云。咱俩刚好做个伴，此地安全，切莫出去！"

东海水君忧心甘华，探个头出去观望，一阵乱石飞来，险些砸碎他脑袋。幸好春花将他一扯，两人又缩回山后。

东海水君连连抚胸，这才端详她："你究竟是何人？"

"财帛星君座下，财神春花！"

"咦，竟是恩人！"

东海水君如逢甘霖，抓着她气喘吁吁地将前因后果说了一遍。

原来此前甘华往北山去寻穷奇，在北山之麓与穷奇大战了一场，受了穷奇一爪，伤败回来，穷奇遁逃到不知何处。关押化蛇的镇妖金塔就在东海百飓仙岛之下，水君命甘华死守百飓，等候天衢圣君赶到，甘华却犯了糊涂，关键时刻擅离职守，脱身去见她的小情郎。穷奇瞅得了这个空子，变身为白衣水兵，潜入百飓仙岛，震破了镇妖金塔，放出了化蛇。

东海水军倾力出动，尚不能阻挡化蛇、穷奇片刻，水宫眼看便要倾覆，幸得北辰元君及时赶来。他不愧是古上天尊五千年来最得意的徒弟之一，孤身抵挡了近两个时辰，一直支撑到天衢圣君赶来，方才退到后方治伤。而甘华急急赶回时，双方已鏖战一个日夜了。春花心中一坠，北辰那个热心肠，遇上事了，定是拼尽全力苦战。

"北辰元君他……伤得可重？"

东海水君叹了口气："他双拳难敌四手，此番中了化蛇的尾钩，即便休养回来，也要损耗近千年的修为。"

"啊？"

北辰这呆子，本是世外神仙，偏巧心软爱管闲事，这不是活该？难怪传给他的仙诀，他一直未回。

春花一时气恼，不由得迁怒道："镇妖金塔不是万年前天衢圣君亲手炼化的吗？怎么这么不结实？"

"傻孩子，金塔虽好，年久失修，有个漏水漏气也是难免。再金贵的玩意儿也有个保质期啊。"

春花哼了一声，免不了把这笔账又记在了天衢圣君头上。他既然法力高强，怎么不将镇妖金塔做得结实些，顶得十万八千年，也省得今日烦扰。

她心中担忧，忍不住又探头去观战。

化蛇修行数万年，法力高深，与天衢圣君对阵本是难分轩轾。但他战法险恶，每每借穷奇为饵阻挡诱敌，偷袭北辰与甘华。穷奇道行比化蛇稍浅，但对敌悍勇决绝，甚至不惜玉石俱焚。

甘华自知要对化蛇出塔负主要责任，一心要独力绞杀穷奇，重耀东海威名，然而身上有伤，行动稍一迟滞，便中化蛇偷袭，又添新伤。北辰的招法与他的性情相似，温和绵长，杀意不足，他伤势也不轻，勉强护住甘华已是不易，两人联手，竟也无法立时取胜。

一番对局看下来，真正独撑战局的还是天衢圣君。此时他化出无数道仙索紧紧绑缚住化蛇，虽有穷奇利爪划断了仙索，但化蛇尾上金钩已被他手中青釭宝剑利落地削去。登时，凶兽哀鸣响彻宇内，震得各人脑中嗡嗡大响。天衢圣君再度祭起青釭，排开恶浪，与凶兽利爪轰然相接，穷奇与化蛇同时被逼得跌入水龙卷中，溯游一周方才停稳。

天界诸仙法术皆有系属，各有所长。春花为财神，法术属金系；东海水君与甘华乃是飞龙化仙，法术属水；北辰原身乃一山间白鹿，术归土系；而天衢圣君，外人不知他的生由，只知他使的是木系法术。

木系法术是五系中仙基最弱也最难练就的，但若能厚积所成，达到上仙之阶，也是五系法术中上限最高、最渊深精纯的。金木水火土，唯木有灵，唯木有弱，唯木能自行生长，蔓盖成荫。据说木系仙人，修炼至至高至深之境，能在心林中开出一朵花来。赵不平提过，万万年来，只听说古上仙尊在归隐仙山之前，开出过一朵雏莲。

春花还不及感叹天衢的剑法出神入化，战局陡生异变。穷奇一口咬住甘华半个身子，利齿直插入她腹中！甘华不愧是千年来东海修为第一人，在此情形下，还能反手将双剑插入穷奇唇上软肉。然而终究受伤太重，春花只见她半个身子露在兽口之外，软软地斜了下去。

"甘华！"东海水君惊呼了一声。

春花急道："水君，你们东海的水军都是摆设吗？只教他们三个上去缠斗？"

东海水君苦笑："上古凶兽胎里自带凶性，戾气太重，我军将士稍离得近些，便被凶兽戾气所伤，实在帮不上忙。"

"你……"春花咬着牙，再看海中，北辰上去要将甘华的身体抢出来，却中了化蛇一记重击，蹼上倒钩如利刃刺透了他肩头。

北辰吃痛，索性长剑脱手，双手抱住化蛇爪臂，凝聚全身法力，将它定住了一瞬。便是在此刻，他大喝一声："师兄！"

天衢圣君电光石火间明白了他的意思，腰间锦囊浮起，耀出紫光，迅速生长成树荫般大，兜头便向穷奇罩去。仙索从一侧飞扑上去，将穷奇捆成长条，直塞进锦囊。囊口立时束紧，自动挂回他腰间。

"是圣君新炼化的锁灵囊！"东海水君惊叹，"听说再凶悍的妖兽被收进去，也只需七七四十九天，便会化为齑粉！"

春花惊奇道："这么好的东西，怎么不早拿出来！"

"圣君大概是留着给化蛇用的，此刻为了救甘华，只能先收了穷奇。"

"那……现在化蛇怎么办？"

穷奇被收，晕厥的甘华从它口中脱出，直往水龙卷中坠去。天衢圣君身法极快，如电般到了甘华边上，一把将她捞起。

与此同时，被穿在化蛇利爪上的北辰也一寸一寸将爪钩从自己体内拔出，伤口顿时激射出血箭，化入大雨，一身白衫尽是血色。天衢圣君似乎背后长了眼睛，仙索如藤蔓掠过，将北辰平平托住。

说时迟，那时快，化蛇已恢复行动，见穷奇被收，张开血盆大口对空嘶鸣，人面扭曲成哭泣的神情，扇动蝠翼，一头往天衢圣君身上撞去。

若是普通神仙，这一撞就要命殒当场。天衢圣君由于不能撒手将甘华和北辰扔进海里，只得硬生生受了化蛇这一撞。借这一撞之力，他将甘华与北辰双双向前送出，直落到悬空仙岛之上，自己却吐出一口殷红的鲜血，飞堕入无边浪涛之中。

章十·金塔伏妖

天衢的仙索托着北辰和甘华，缓缓落入仙岛，立刻有白衣水军上来，将甘华抬下去医治。北辰胸肩之间被化蛇戳了个血窟窿，意识还算清醒，直起身来高喊："天衢师兄！"

黢黑海浪中，茫茫不见人影。

化蛇在半空中怪声狂笑："天衢死了！天衢被我杀了！"

饶是北辰几经历练，此刻也难免惊心。

周遭乱哄哄地嚷起来，东海水君慌乱大喊："快去救天衢圣君！圣君啊圣君，你可千万不能死啊！"

几十个白衣水军纷纷化出原形跳下海去捞人。从旁伸出一双手，搀住北辰摇摇欲坠的身躯。

"春花，你怎么在这儿？"北辰一怔，连忙将她往身后推，"此地不宜久留！天衢坠海，东海水军拦不了化蛇多久……你快走！"

"你这样我怎么能走？"春花恼怒地瞪他，"今日不把化蛇困回镇妖塔中，大家一个都活不了。"

北辰无力："金塔已被化蛇冲破！你快走！天衢……连天衢都不知生死，你留在这儿又有什么用？不过平白送死罢了！"

这话说得，真叫人气不打一处来。

"多个人多份力，我也不是全无用处的好吗？何况，我看天衢那老神仙机灵得很，哪那么容易死！"

东海水君在旁连连附和："阿弥陀佛，无量天尊，圣君福大命大，一定不会有事的！一定不要死在我东海啊！"

听听这说的是什么话！春花翻了个白眼。

她一把将东海水君抓过来："镇妖金塔在何处？我去把它修好！"

水君大惊："金塔是天衢圣君亲自炼化的法器，你……"能修得好吗？

"少废话，金塔在哪儿？"

水君颤颤一指："便在那水龙卷之上。"

春花将脖子快要仰断，才看到水龙卷上云层深处横飘着的镇妖金塔，果然一角缺了一个大大的豁口。身为一个驾云水准堪忧的小神仙，她的内心有点崩溃。先不说修不修得好，她能不能飞过去也是问题。

北辰语气是从未有过的严厉："春花，你要干什么？"

春花还他一个十分正经的眼神。

"你们且挡一挡，能挡多久挡多久，我去试试。"话音未落，人已腾空而起。

春花迎着风雨垂直而上，被浇透了才想起使一个避水的法术。

唉，这回确实有点托大。

脚下的乌龙云磨磨叽叽、吭哧吭哧飞到半空，就像哑火了一般不肯再动。春花使出了吃奶的力气，也只能一寸一寸往上挪。仙岛上的水军们见一人冲天而起，以为又是哪位高阶上仙到了，纷纷呐喊助威。谁知这仙人驾云飞到半空就飞不动了，在云上又是跺脚又是叹气，众人的呐喊渐渐稀松，只能目瞪口呆地望着春花卡死在那处，真是想死的心都有了。

不远处，化蛇腾云掉过身来，正和春花打了个照面，也难得地愣了一下。它的反应可比春花快得多，不由分说一尾扫过来。春花吓得叽哇乱叫，脚下的云还是纹丝不动。唉，赵不平早就说她，早晚有一天死在法术不精上。师父啊，你可不是一般的乌鸦嘴。

她正以为小命休矣，脚下却平添了一股向上的助力，身子堪堪避过了化蛇的长尾，飞快地向上升去。这……这……这飞快的速度是她从未体验过的，如在梦中。

春花定睛一看，她的乌龙云早已不见，托着她飞速直升的是数道青色仙索，寒光入电穿云，顷刻便到了镇妖金塔所在的云头。仙索的尽头，是不知从哪儿冒出来的天衢圣君，依旧是高冷威严，玉树临风，一夫当关、万夫莫开的样子，连衣衫都没有沾湿半点。

他竟然没有死！

悬空仙岛的水军爆发出阵阵欢呼，春花心里也给他称了一万声赞。这位圣君大人不愧是天庭的希望。

天衢淡淡看她一眼，青光一闪，剑刃划破自己的手心。

"金塔被化蛇撞破，缺口在塔顶，需以我的鲜血炼补。"

"啊？"懵懂间，春花手中多出一柄沾了血的青釭剑。

"去！"

春花一愣，天衢已经腾空而去，和化蛇战作一团。他的意思，也是让她赶紧去修复金塔吗？亲手炼化金塔的天衢圣君，也觉得她能修好金塔吗？春花双手握着青釭，胸中瞬间涌起万种豪情，打定主意一定要将这活计办好，给她师父也长长脸。她将青钉插在腰间，把剑上天衢之血涂在指尖，凝神结出手印。这是她擅长的事，绝不会做不好。

"金钱有命，富贵在天，世间万宝，任我差遣！"

财神有令，世间财宝莫敢不从。春花全身金光大炽，长了手脚的金子精一个挨一个从她袖中爬出来，嗨哟嗨哟地攀缘而上，直扑到镇妖金塔的缺口处。金塔的残缺处也化出无数个金子精，只是显得高冷许多，嫌弃地将春花派来的金子精往外推。

春花的金子精们热情不改，亲亲热热地扑上去——

"哥哥！"

"弟弟！"

"姐姐！"

"妹妹！"

"舅姥爷！"

金塔蓦地放出万道金光，照亮了原本阴暗的夜空。两拨金子精认亲的认亲，打架的打架，在上空争吵不停。下方战得正酣的天衢圣君抽空抬头看了一眼，见这情状，不由得微微皱眉。渐渐地，抵触的金子精越来越少，认亲的越来越多，金子与金子相互融合，终于融为一体，最后一个金子精融进金塔，塔顶的金铃发出琤琤厉响。

春花大喜："圣君，我做到了！"

金塔重生，与天衢心意相通，无需指令便冲着化蛇兜头罩去。化蛇顿时魂飞魄散，扔下天衢，掉头便走。

天衢朗声喝道："孽畜休走！"

春花凝聚全身法力，将宝剑远远地掷过来。天衢稳稳接剑在手，翻腕一剑刺入化蛇后颈。

凶兽的咆哮响彻天海，化蛇带着宝剑与天衢在空中疾飞躲闪，兽咆与人呼交错狂响："不！我不回塔里！天衢，你杀了我吧，我不回塔里！"

然而大势已去，由不得它。镇妖金塔灵光大盛，化蛇在灵光下迅速缩成一条小蛇，被一道细细的光索牵引着收入塔内。金石相击，塔口缓缓关闭，在空中打了两个转，便带着千钧之力，重重沉入百飓仙岛之下。春花屏着气息，全神贯注于眼前的景象，没留意脚下踩空，一个倒栽葱从半空中摔了下来。在仿佛不会停止的下坠中，她隐约听见北辰叫她，然后，就什么都不知道了。

春花每回做梦，都梦到赵不平给她出题。这回，她又没考及格。依稀像是她刚上天的时候，赵不平在她心目中的光辉形象还没有破碎。他一向没有师父的样子，扔了一堆法术入门理论给她背，背完了就要考试。

她小心翼翼地问："师父，我真的是神仙了吗？"

"是啊。"

"我这么矬，也能当神仙啊？"

"呸呸呸，你是我财帛星君的首席关门大弟子，天赋异禀，仙缘深重，乃是修仙奇才，怎么会矬？"

"可是这个腾云的法术我已经练了七天，还是练不会。"

"呔，你是在怀疑你师父的眼光吗？"

"呃……"

"你可知，何谓'慧极必伤'？"

"并不太晓得。"

"就是有的人脑子太机灵了，难免看起来有些脑残。"

"……"

"你就是太聪明了，所以看起来不太聪明的样子！你得努力，不能一心依靠天分！"

春花想，师父说什么就是什么吧。

可是为什么下一次考试她还是考不及格？她真的已经很努力了啊！

"春花！你这题又做错了！"赵不平的咆哮从宝蟠宫一路飘出来。

春花被吓得一哆嗦，醒了，一睁眼，就看见北辰坐在身边，肩上缠了厚厚的一层纱布，还扎了个蝴蝶结，脸色苍白得吓人。

"你醒了！身上可有哪里不舒服？"

春花摇摇头："这是在哪儿？"

"这是东海水宫。你从半空中摔下来了，幸好被天衢师兄接住。"

东海水君的品位实在堪忧，四处光闪闪亮晶晶，十分晃眼。春花抱着头，想了半天，感觉忘记了什么重要的事："北辰，你伤口如何？"

北辰温和一笑："只需休养些时日便好。"

"那天衢圣君呢？"

北辰顿了一顿："天衢师兄事务繁忙，已回天界了。"

"喊，他也没受什么伤嘛。"到头来还是北辰这个冤大头受伤最重。

北辰面色有些古怪，咳了一声，看向身边一人。春花这才发现有他人在场，是个青衣青巾的小仙童，是凡人十二三岁的样子，五官清秀，神情却冰冷肃穆，一张嘴，更是老气横秋："既然财神娘子无碍，我们便可返回天庭了吧。"

"咦，这是哪里冒出来的小哥哥？"春花见他甚是俊俏，忍不住去摸他的头。他桀骜不驯地一偏头，躲了过去："请财神自重。"

"……"

北辰见春花脸上发青，连忙将小仙童挡在身后："春花，这位是……是紫阙仙山的童子，不要无礼。"

嘶，原来是天衢老神仙座下的人，难怪跟他一个德行。

春花把北辰扒开："冰块脸小哥哥，你叫什么名字呀？"

小仙童似是一怔，北辰抢着道："他叫冬……冬……"

春花拍手笑道："你叫冬冬啊？好名字好名字，以后姐姐就叫你小冬冬。"

章十一·金销玉碎

小仙童不悦地纠正："我叫冬藏。"

"无妨无妨，姐姐还是叫你小冬冬吧，甚是喜气。"

冬藏脸上的冷漠顿时出现裂缝，神情莫测地盯着春花。

空气中弥漫着尴尬的沉默。

半晌，冬藏吐了一口气："我们还是速速赶回天庭吧。"

"我们不回去。"春花撇撇嘴。

冬藏隐忍道："紫阙仙山尚有要务待我回去。"

春花一哼："小冬冬，你这么着急，怎不自己先回去？"

北辰连忙解释："这位……仙童在大战中受了些伤，故此驾云不便，要与我们一同回天界。"

春花大奇："紫阙仙山的仙童都这么不中用的吗？"

"春花，慎言！"北辰从牙缝里迸出四个字。

"本来就是！大战中这位小仙童躲在哪里了？我都没看到他！都是天衢圣君、甘华和你三人力拼，什么天界天兵、东海水军，都是废柴！"春花气哼哼地说。

口中溜过一个名字，她忽然醒悟过来："甘华呢？她现下怎样了？"

北辰看了冬藏一眼，小心挑拣着措辞："甘华伤得最重，所幸东海巫医得力，她一个时辰前就醒过来了。本该卧床好好休养，谁知水君一个没看住，她就不见了。"

两人对视一眼，知道甘华定是去找萧淳了，只是当着冬藏的面，不好细说。

萧淳萧淳，这糟心的名字。咦？

春花腾地从床上蹦起来："完了完了，今天是我'成亲'的日子！"

北辰和冬藏都目瞪口呆。

"你们在此等我，不要走开，我得去救小孟孟！"

036

再不去，她威猛刚烈的神兽孟极就要入洞房了！

青衣镇上大雨连日，终于放晴。百姓们生活依旧，浑然不知躲过了一场怎样的劫难。天塌下来自有法力高强的扛着，凡人无知愚钝，却也少了许多烦扰。

古井巷中张灯结彩，红绸铺地。萧家虽小门小户，婚礼办得还算体面。

春花到的时候，拜堂已成，酒客散尽，日落天昏。院中无人，仅有红花、红绸与红灯笼随风飘舞。红衣女子身背双剑，立在院门外的古槐树上，大风吹拂她高高束起的黑发，衬得她冷艳动人。

春花在她身侧落下，惴惴不安道："甘华公主？"

甘华与她打个照面，认出她衣饰："你是……财神春花？"

她的装束样貌与在凡间的花娘子均不相同，甘华没有认出来。春花心虚，将头埋得更低："是。"

甘华笑了笑："北辰师兄让你来看我？真是多劳他费心了。"

她面唇发白，身上几处殷红，汩汩地沁出血来。春花莫名心疼："萧淳呢？你不是来找他的吗？"

"嘿，我方才亲眼看着他拜堂成亲了。"

"你还好吗？"

甘华摇头："我实在想不通。怎么山盟海誓说尽，转脸便能反悔呢？我明明和他说了，让他等我，他却连一两日都等不了。凡人竟是这样的吗？"

"他……或许有什么难言的苦衷。"

"我为他受父君杖责，为他擅离职守，为他肯舍弃一身仙骨，他呢？有什么苦衷，等我两日都等不得？我知道，他母亲看中了那有钱寡妇的钱财身家，没想到的是，他也看中了。嘿，只是在我面前做的一出好戏。"

甘华潸潸落泪，又立刻自己擦去。

"父君说得没错，我该一心修道，护卫东海安宁和水族声望，为飞龙族争光，不该囿于小情小爱，与这些愚钝的凡人牵扯不清。"

春花亏心得厉害，几乎要将一切真相对她和盘托出，可见她刚强争气的样子，又觉得告诉她，她也未必会更好受。

"你是仙，他是凡。他不懂你的难处，你也不晓得他的苦楚。终究仙凡有别，不合适罢了。"春花讪讪。

甘华惨然一笑。

"你说得对。"她咬紧了苍白的唇，最后看了一眼喜庆的小院，决绝地别过头。千斤重担仿佛瞬间卸下，她一时脱力，竟晕了过去。春花吓了一跳，连忙上前探脉，发现她只是疲惫过度，才又宽下了心。她在甘华身上施了个障眼法，瞅着四下空寂，便悄然摸进洞房。

萧淳正和新娶的娇妻喝交杯酒。

孟极笑得比哭还难看，几乎要破功露出原形来挠他一爪。幸好萧淳心不在焉，按部就班地履行流程，并未发觉新娘子的异状。春花隐在房梁上，暗暗放了个迷糊虫到萧淳身上，他便撒了酒杯，趴在桌上沉沉睡去。

孟极长喘口气，变回胖猫："可憋死我了。你再不来，我就要跟他入洞房了！"

春花摸摸它脑袋，摸得它高兴舒坦了，才道："甘华在外头，晕过去了。你出去将她驮去东海水宫。"

孟极在桌上点心瓜果里啃了一阵，嘴里塞满吃食："那你呢？你不走，难道接着和他入洞房？"

"别胡说。我干了这样不地道的事，至少得给他们个交代。"

萧淳睁开眼，花娘子端坐着，虽然还是一身喜服，神情却有说不出的异样，手边不知何时多了个长子匣子，一下一下被她叩着。他想不起方才是怎么了，忽然就迷糊了过去，又忽然醒过来。

"娘子。"他将这称呼说出来，心里还是别扭得紧。

又想到甘华，他不禁怅然若失。甘华若是回来，看到他娶了花娘子，会后悔吗？若是她哭着求自己，自己会原谅她吗？不料，对面的新娘子轻咳了一声："我不是你的娘子。"

这声音坚定沉静，和他印象中怯弱悲伤的花娘子大相径庭。

"事情到了这一步，也该有个了结。我寻思着，还是该将所有的因果原原本本同你说一说。"

萧淳一怔，莫名觉得，此刻的花娘子和甘华有些相像，都带着些悲天悯人又高高在上的意味，仿佛她们从来没有像他一样，在这世上挣扎过，也没有过什么求而不得的东西。

他是聪明人，知道眼前的人不简单。

"花娘子这是何意？"

"你先别慌。"春花敲敲手边的盒子，"这里头是三千两银票，我在青衣镇买下的几间铺子，还有如今住着的那间大宅子，都给你。之前对你说的，保你安心赴京赶考，都是真话，说到做到。"

萧淳困惑地皱起眉。

他不否认，娶她是为了她的钱财，也是看她好拿捏，能够助自己实现青云之志。一开始，他怀疑过花娘子是个骗子，暗中去调查了她的铺面、家财，确信都作不得假，这才放心娶她。

春花叹了口气:"有些话我忍得久了些,说出来未必中听。辛苦你权且听着,莫要打断,让我说完。"

她这一场戏也是憋得很了,终于能将这段孽缘竹筒倒豆子一般说出来,从甘华的身份,到自己的身份,这个局如何开始、如何试探、如何做套、如何诱他入彀,说到甘华在院外看着他拜堂成亲时,萧淳已是汗涔涔湿了一身。

"她……都看着?"仿佛脸皮被细刃割下,露出里头的森森白骨。

"她都看着,怎么不出来说句话?怎么不阻止我?她就这么看着?"

"你这话,我答不了。"

萧淳双眼发红:"她既是天族公主,当然看不上我这……我这凡人。"

春花声音冷了些:"你们两人,原也算不得海誓山盟。她觉着自己是屈尊下嫁、以命相许,从没想过还要和旁人抢你。而你呢,觉着她是图你的才貌前途才托身于你,从未想要和她一生一世一双人。"

萧淳腾地站起:"你们这些神仙,就这样把凡人玩弄于股掌之间?"

"我设了这个局,确是坑了你。但所有利弊,都是你自己权衡的,我没有逼迫过你什么。"春花慢条斯理地说,"应承你的,我不反悔。你安心收下这些钱财,对外便说花娘子暴毙。今后是要做富贵闲人,还是要悬梁刺股去考进士,全都随你。若是这一生过得不痛快,到了地下,找阎王老头儿递个状子告我,也无不可。阎王有罚下来,我悉数担着,绝不讨价还价。"

"你……怎知甘华不会醒悟过来,回来找我?"

春花笑了笑:"也许有一日,她会醒悟,看破我这个局,却一定不会回来找你。

"萧淳,你也看开些。你这一生,要的是自尊和成就,娇妻美妾只是锦上添花。这一遭下来,你不吃亏。对甘华而言,她也能看明白。所谓情爱,不过都是一叶障目、乱花迷眼的仙途负累、人生劫关。"

她放下那价值连城的盒子,站起身,不欲再留。

踏出门时,忽闻萧淳在背后幽声道:"仙人看得透彻,不过是身在局外罢了。祝愿仙人将来也有幸历尽情劫,也有参不透、勘不破、刻骨铭心的结。"

春花蓦地打了个冷战。

章十二 · 金口玉言

东海这一劫,总算平安度过。东海水君对北辰和春花千恩万谢,送了几大箱海产,什么海参海瓜子、海马海狗丹,除了感谢他们与东海共克凶兽,还有顺利劝诫甘华的恩情。连孟极也得了一大筐小鱼干,多亏它将甘华驮回东海,巫医才能及时医治;北辰是个清心寡欲的神仙,这些海产自然又是被春花收入囊中，她遂在东海水宫借了一大间屋子打包礼品。

鱼胶数捆，美容养颜，留下上等的给天后娘娘，其余的按份按量给嫦娥、玉女、何仙姑、瑶池仙子分了；海马海狗丹，只有雷神电母、灶公灶婆家里用得上；海参鲍鱼合老人家胃口，给太上老君、太白金星、福禄寿几位仙君留作日常份子；还有海蛎子海瓜子什么的，便送给金童玉女、哪吒三太子这些孩子当零嘴儿。

她忙得不亦乐乎，与一旁无聊枯坐的两人仿佛分处两个时空。

终是仙童冬藏忍不住，皱眉道："你和天界每位神仙都有这么好的交情？"

春花哼着小曲儿："小冬冬，这就是你不懂了，交情都是来往出来的。礼尚往来，交情不就有了？正所谓'财运亨通，和气生财'。"

"如此广施小利，收买人心，你想干什么？"

春花一怔："你怎么跟你家圣君一样，乱扣人帽子？"

北辰出来打圆场："冬藏，你莫和她一般见识。春花，不可对冬藏无礼。"

他这稀泥和得极为失败，偏心到姥姥家了，话语一出，反而引火烧身。

春花腾地站起："北辰，我忍你很久了！甘华那一桩事不提，咱们助东海水君镇伏凶兽，我跟他要百八十串东海珍珠不为过吧？你可倒好，非要拦着不可，两边一谦让，珍珠变成了土特产。要不是因为你，我犯得着在这儿捆海鲜干？"

"北辰，几百年不见，你怎的这样没有骨气？连一个小小灵官都能爬到你头上！"冬藏也昂然蔑视他。

北辰觉得自己两头不是人，叹道："你们聊，我去找水君再开一局棋。"

过了很久，北辰还没有回来。春花脾气来得快去得也快，自己想通了也不需要人哄。再看那小仙童冬藏，面窗站着，脊背挺得直直的，很硬气的样子。

春花有些心软。这孩子在紫阙仙山那样的地方讨生活，日子一定很不容易，脾气古怪也难免，于是她抓了几只盐焗海蛎子递过去，笑嘻嘻道："小冬冬，还在生姐姐的气呢？"

冬藏看一眼她手上的海蛎子，无动于衷地移开眼。

嘿，还真有几分骨气。

这一眼激发了春花的斗志。她财神春花在天界，不能说是左右逢源，至少也是人见人爱、花见花开。她就不信，收服不了这小小仙童。她捧着海蛎子兜了个大圈："小冬冬，姐姐呢，这脾气也不是冲你发的。只因和你家圣君素有怨仇，所以有些小情绪。你就大人有大量，原谅姐姐好不好？"

冬藏怔了怔："你何时与我家圣君有怨仇？"

"哦哟哟，我和他怨仇可大了。"说到这个，春花可以抱怨一天一夜。比如七百年前，她在瑶池摆了个茶点摊子，刚开张没几天就被天庭法司下令取缔了；

又如，她好不容易得了一张南海仙岛上养出来的寒玉床，广发仙诀给众仙家竞拍，又好不容易，大罗金仙以十颗还命丹应了价，她却被天庭法司安了个私卖七级灵器的罪名，强行征收了寒玉床；再比如，有私用天庭邸报罪、私建登月天梯罪、私营天河渡船罪、私开旧物市场罪，等等。

听着听着，冬藏原本的面无表情变成了难以置信。

"这些事情，都是你干的？"

"可不是吗！每每想做点什么事，天庭法司就给我量身定做一个新的罪名。你说说，天衢圣君是不是和我有仇？"

"他未必知道这些事都是你一人所为的。"

"那就更可怕了。说明我和他天生犯冲啊！"春花用手肘顶顶他，"你家圣君一直都这样不近人情吗？他眼里除了体统就是规矩，还有没有别的？"

她往嘴里丢一只海蛎子："我猜，他对你们这些小仙童一定也很严厉。你们平日里定是坐卧难安、动辄得咎。小冬冬，姐姐与你打个商量，若有机会，你能不能旁敲侧击地劝劝天衢圣君，教他不要老是和我这讨生活的小神仙过不去？"

冬藏瞪着她，满脸一言难尽。

"咯咯，要不这样，下回你家圣君心情不好，想设个什么新罪名，你就给姐姐递个消息，让我有个心理准备，不要正撞到他刀口上。"

都说上头有人好办事，若真能在紫阙仙山有个内应，那可是大大的便利。

冬藏深吸口气："你是财帛星君门下，生活不会艰难，何至于整日要做这些投机倒把的营生，破坏天界体统？身登天界，就该断绝情欲，一心修道，普度众生。你整日撺掇众仙经营这些小惠小利，他们还有心思提升修行吗？"

"这都是造福众仙的好事啊。除了天衢那老头子，别的仙友都夸我纾困解难呢。互通有无，大家得利，凡间都是这么干的！"春花觉得自己坦坦荡荡，事无不可对人言。

冬藏再看这一屋子的礼品特产，顿时明白她为什么要广结善缘了。

他垂眸，冷笑了一声："财神的苦心，小仙明白了。"

春花没听出讽刺之意，只当又交了个好朋友。她盯着小仙童看了又看，觉得他好像比前次见的时候大了两岁，当真是面如冠玉、少年风流，心中越看越是喜欢，不由得一肘钩上他肩膀，笑道："小冬冬，听说紫阙仙山修行很苦，你平日里缺什么，尽管和姐姐说，不论是凡间的还是海外仙山的，姐姐一定给你弄到。"

冬藏忍耐地闭了闭眼，正要挣开她，忽又想起一事："修补镇妖金塔，连财帛星君都未必做得到，你如何做到的？"

"我驾云的功夫是不大行，可这金系术法我研究了两百年，才能将财宝恶灵化为善灵，供我驱策，连我师父都夸我有天赋呢。"

冬藏怔然。

净化恶灵与术法修炼的等级无关，却需施术者心怀至善、心无杂念。眼前这贪图享乐、利欲熏心的低阶财神，也算是心怀至善、心无杂念的吗？

北辰一脚踏进来，见春花钩着冬藏的脖子，惊得张大了嘴。春花忙向他挥手，也没在意自己是何时被甩脱的："北辰北辰，我的海产都已打包好了，咱们打道回府吧！"

回天界的路上，春花与小仙童冬藏还算相处和平，分手时他也没再说什么难听的话。倒是神兽孟极，总是对着冬藏露出森森白牙，满怀敌意。春花以为，这就是不浅的交情了。多个朋友多条路，她心中颇是欢喜。还未到财帛星君的宝蟠宫，她就碰上赵不平套着貔貅，拖了一车的杂货往回走。春花抱着孟极，翩翩落座在赵不平身边。拉车的貔貅立刻撑不住了，喘着粗气就地趴倒。

赵不平急了："下去下去！你这死丫头，自己多重心里没点数吗？"

春花和孟极连忙灌水的灌水，掐人中的掐人中，好歹把貔貅抢救过来。两仙两兽使出了吃奶的劲儿，才把那一车小山一样的货物拉回宝蟠宫。

"师父，这回又搜罗了一车什么破烂儿……喀……好东西啊？"

赵不平小心翼翼地拆开一个小包裹，给春花看。

"我近来发现，凡间的锁可真是有意思。凡人真是太有想法了，单是锁具就能做出那么多花样，有铜锁铁锁金锁银锁，有双鱼锁心形锁元宝锁蝴蝶锁，有链锁套锁连环锁如意锁，还有……"

赵不平两眼放光，一说起自己的收藏就停不下来。

他本是人间一个小县令，任内勤政爱民、殷民阜财，去世后还被民间供奉惦记，遂被天帝点化为财帛星君，掌管人间百姓财富用物。

神仙日子穷极无聊，赵不平便给自己找了一个没有尽头的爱好，就是收藏旧物，尤其是凡间的旧物。这事让春花极为头痛，因为宝蟠宫三十六间殿室，有三十四间都被赵不平四处搜罗来的旧物堆满，再多出几样，恐怕春花就要没地方住了。

他除了履行公务，就是五湖四海地收破烂，还拿出在人间管理财库的本事，将搜罗来的物品分门别类建库，编纂成册，撰成一本《凡间好物大全》。五千年过去了，这书还没有写完，书中品类日日都在增加。

春花猜测，师父一定是因为公事烦琐，耽误他收破烂和研究破烂，这才去凡间随便点化了一个徒弟，来帮他干活儿。赵不平聊了三天的锁具，到了第四天，才想起问一问春花这趟下凡的经历。

春花对外巧言令色、坑蒙拐骗不在话下，但对师父可什么都不敢瞒，于是将如何拆散苦命鸳鸯，如何在东海立了点微末之功，一五一十地禀报了。不出所料，她又被赵不平臭骂一顿，说她这逗猫惹狗的性子早晚要吃亏，毁人姻缘也迟早要遭报应。

春花只得拉北辰来垫背，说即便有报应，也是北辰那个子高的先遭报应。

神仙日子漫漫长，不搞事情心发慌。

章十三·纡金曳紫

桂子花开秋气清，微风片月绕檐楹。支颐笑说神仙事，久已逍遥过半生。老寿星座下白鹿生了一对皮光水滑的小仙鹿，满月酒办得铺张体面，一贯亲近的老仙友们都收到了帖子。

这群老神仙有一个共同的爱好，打双陆。春花猜想，这满月酒无非是借个名头，叫上仙友们吃点好的，再打几局双陆凑趣。春花双陆打得好，很讨老神仙们喜欢，满月酒当然少不了她。

递的帖子是请赵不平师徒俩一起同来，但赵不平沉迷于锁具分类，还在《凡间好物大全》里给锁具新修了一卷，忙着搞学术，根本没有赴宴的心思，春花只好自己来了。

酒过三巡，宴罢五羹，福、禄、寿、财、喜五星聚了四个半，开了两局双陆。

春花今日手顺，赢了福星老头儿两百筹，再打下去，眼看仙府都要输掉，福星拔腿就要跑。春花忙拽住他袖子，让他把输的筹子先兑现了。

老福星涨红着脸，嚷起来："什么筹子？天庭法司明发律令，不得聚众赌钱，你们不晓得吗？"

一句话把春花镇住了。

什么时候明发的律令？她怎么不知道？

老福星瞅中她发愣的空子，抢出袖子，跑得比老兔子还快。

春花叉着腰，瞪着其他几个老头儿，禄星、寿星、喜星讪讪低头。

"不只这个，还有不得私下流通凡间货物，大宴小宴不得送红包，不得在南天门外摆摊……"

"慢着！"

前面几条也就罢了，这不能在南天门外摆摊的禁令，分明就是针对她！除了她，天界还有哪个神仙会去南天门外摆摊？自从上次东海历险，回归天庭之后，春花就诸事不顺。

天后娘娘答应了给她办一场脂粉茶话会，推广凡间带回来的胭脂水粉，忽然就叫停了；文命星君给她写了三本苦情本子，本是要拿到凡间刊印的，拖了十几天还没交稿；还有今日小仙鹿的满月酒，她封了一个大红包给老寿星，他居然不敢要！

春花忽然醒悟——她可能是被针对了！而且，别人都知道她被针对了，只有自己不知道。

接下来几局双陆打得稀烂，老神仙们见她不用心，都觉得没意思，把她轰下场。老寿星和她最好，暗暗将她拉到一边，问："小春花，你近来，可得罪过天衢圣君吗？"

"没有啊。"

"我可听说，他亲自去找了天帝，说是这几年凡间俗物在天界泛滥，妨害众仙修炼，要下大力整治。"

"他怎么这么闲啊？"

春花想起东海夜雨中肃然而立的青衣神君。他们只打了短短的几个照面，好歹她还帮他修复了镇妖金塔呢！这中间，她得罪过他吗？关键是，她在南天门外摆摊这事，天衢圣君是怎么知道的呢？倏然记起那个叫冬藏的小仙童，莫不是那小浑蛋背信弃义，把她的话学给天衢圣君，告了黑状？真是这样，那可就是要完。春花拼命回忆，自己当着冬藏小浑蛋的面都说了些什么。

老寿星还在感叹："这次镇压化蛇、穷奇，天衢圣君受了重伤，连天帝都劝他多休几日病假，他却非要强撑病体办公不可。唉，真是鞠躬尽瘁、一片公心。"

春花哼了一声："他伤养好了吗？"

养好了，又要出来害人了。

老寿星摇摇头："这回没那么容易好。前日我去紫阙仙山探病，望见圣君还是个弱冠少年的模样。"

春花心中蓦然一动，仿佛整摞的金锭子被人从底下抽走了一个，上头的顿时摇摇欲坠："寿星爷爷，我记得……天衢圣君长得很是显老啊，怎么是个弱冠少年的模样呢？"

"他们木系仙人，受了重伤，都会退回年少的模样，在养伤的过程中逐渐长大，伤愈才回到现今的样貌。"

春花想起初登仙界的时候死记硬背过的一本本大部头书。她向来是考过即忘的，何况还总是考不过。

"咦，这事你不知道？"

春花背脊上滴下汗来："这事，我是真不知道。"

在驾云飞去大言仙山掐死北辰的路上，春花收到了北辰传来的仙诀。

仙诀的大意是说，东海水君在东海摆下了宴席，请他们两人吃饭。春花想着，这回总能坑那水君几串珍珠了，于是掉转云头，往东海水宫而去。

鱼女一路引她到碧螺亭。亭在一座孤礁之上，红藻卧波，烟岚横黛，如在幻境。亭中一方石桌，三个石凳，鲜鱼白酒，泥炉煮茶，清简而不失格调。上回来东海未曾细逛，竟不知还有这样清静幽雅的地方。

北辰已在亭中落座，仍旧是一袭白衣，仙风道骨，飘然出尘的模样。春花上去一肘勒住他脖子："我问你，那个冬藏小仙童，是不是天衢圣君？"

北辰被她勒得险些岔气，又怕动用法术伤了她，只得边咳边求饶："女侠神功盖世，饶命，饶命！"

"是不是？"

"是是是……"

女侠收了神功，愁眉苦脸地往旁边一坐："北辰，你这回可把我坑苦了。"

北辰叹气："我当时就让你对他客气些。"

"但凡我新认识个人，你都让我客气些。我哪里知道，小仙童会是天衢圣君假扮的？"

"……"

"亏我还一口一个'小哥哥'地叫他，这老神仙，真是老黄瓜刷绿漆，好不要脸。"

北辰忍不住辩解："他也不是有意骗你，只是碍于天界威严，不愿让别人知道他伤重至此。"

春花噌地站起来："他的脸面是脸面，我的脸面就不是脸面？"

哎哟，她这暴脾气。

"北辰元君，我要和你绝交！你听到没有？明天我就去天庭邸报广而告之，我、要、和、你、绝、交！"

北辰叹了口气，一年绝交八百次，也是没谁了。

不过，兵来将挡，水来土掩。

"算我欠你这回。咱们记在账上，一百条捆仙索？"他小心端详她的神情。

"没门儿，一千条也不行。"

"再加一百颗菩提莲。"

"你别想收买我！"

"我园中那十八株金报春全归你，三年内，岐玉洞里的玉石随便你挖。"

春花抿了抿唇，不作声。

北辰知道，这回不下血本是不行的。

"外加一根许愿金针，随时随地，只要女侠吩咐，我立刻去办。"

春花瞥他一眼，又垂下眸子，口中叽叽咕咕、念念有词。

北辰知道她在算账。

半晌，她撇着嘴："三根。"

"三根就三根！"北辰如蒙大赦，果然不怕欠债的精穷，只怕讨债的英雄。

"哼。"春花鼻孔朝天，坐下给自己倒了一杯热酒。

"看在你如此诚恳的分上，深明大义的我就不和你一般见识了。"

她的脾气向来来得快，去得也快，全看心里的账能不能算得过来。

烟涛浮动，暮霭沉水，白月生于白沫之中。略饮薄酒的春花脸颊泛红，眼眸微雾，看起来还生着些气，又不太气了。她眼珠还在暗暗转动，不知是懊悔刚才没多加些价码，还是在计算被天衢圣君盯上产生的损失。

北辰微微恍惚，忽又转过脸去，看向天边：

"这水君，自家请客，怎么还不出现？"

章十四·贝阙珠宫

北辰话音刚落，细沫波涛中便浮起一个人来。

"师兄久等了。"

甘华依旧是一身红衣，但化了宫妆，眉目如画，发间珠翠珊瑚点缀，端庄雍容。与上次相见比起来，她面容更为红润，意态更为娴雅，更显东海长公主的气度。春花心里的账本上，甘华可算是她最大的债主，是以她心虚地站起来，规矩地行了个礼。她手肘碰碰北辰，以眼神示意：不是说请客的是水君吗？

北辰回了她一个同样讶异的神情。

红衣如漂浮的红藻，翩然落在石桌一端。

"假借父君之名，是怕两位不肯来。两位也不必紧张，此前父君请托你们之事，甘华尽已知情。"

东海水君这老头儿，果然不是个嘴严的，这才几天就把事情说漏了。

甘华虽未发怒，春花却觉得手脚都无处安放。她与北辰，一个是打鸳鸯的棒，另一个是摧梧桐的霜，若易地而处，她绝对没有这么宽广的胸襟。

北辰先咳了一声："甘华，此事是师兄不厚道，春花是因我苦苦哀求，才牵涉在内。你心里有怨气，便冲我撒吧，做师兄的绝不还口。"

甘华垂眸把玩手上的珊瑚杯："师兄莫急。今日这宴，不是为了兴师问罪，是为了答谢恩情。本就是一段孽缘，我身处迷障而不自知，若非师兄和财神娘子助我斩断情丝，这一身修为，连带东海千年的清誉，都要毁于一旦了。"

说到此处，她幽幽叹了一声，起身深深一揖。

春花慌得从石凳上弹起来，双手将她扶住：

"哎哎，公主你别行这样的大礼。"

甘华一双秀目看定了她："再大的礼都是应当的。"

春花见她神情真挚坦荡，并无作假，这才稍稍安心："万千魔障之中，情障最难参透，公主也不要太放在心上，终归这一劫已过，今后还要向前看。"

北辰笑道："是啊。此前水君十分担忧，我也是为他拳拳爱女之心打动，才将春花拉下了水。此一役是你的劫难，我二人也不光彩，但都是为了东海安宁。甘华，你既看破了情障，咱们就此以酒浇去心中块垒，忘却前尘，从头论交，可好？"

甘华道："那是自然。我见财神娘子活泼亲切，又虚长你两千多年，今后就唤你一声'妹妹'，你唤我'姐姐'，可好？"

春花忙不迭点头。

于是将甘华扶起坐好，三人遂把酒言欢。

这事是春花心中一大疙瘩，如今甘华主动把话说开，化干戈为玉帛，真是再痛快不过。美酒佳肴，月夜撩人，春花心中芥蒂渐消，言语也更活泼放肆。甘华性子沉静内敛，倒也时不时被春花逗得轻笑出声。

酒到酣时，甘华笑问春花此次下凡的种种细节，只道东海水君并未详细解说。春花也觉无甚可隐瞒，便将前因后果细说了一遍，对萧淳所说的话也都逐一复述。

说着说着，见甘华面容上现出淡淡苦涩，春花便安慰："甘华姐姐不要难过。萧公子不是奸恶之人，你也不算所托非人。情之一物，于人于仙都是束缚多于慰藉。本以为是蜜糖，实则是鸩毒，本想着互相护持，往往只能互相连累。甘华姐姐长得美，修为也高，水君又对你寄予厚望，今后你在天界前途无量，妹妹我羡慕还来不及呢。正所谓，'谁遣同衾又分手，不如行路本无情'[1]，姐姐说是也不是？"

她神情本就灵动多变，此时数杯酒下腹，更是张牙舞爪，振振有辞。甘华微笑看着她，又见北辰以扇柄杵案，也是目不转睛地盯着春花，不觉心中一动："妹妹登仙不过七百年，倒比许多千年万年的神仙还要通透。这样的冷情冷性，不知是在哪处修出来的？莫非也有前尘往事、情殇隐痛？"

春花慌忙摆手："哪有什么前尘往事、情殇隐痛？我这人眼皮子浅，眼中除了金银财宝，就是吃喝玩乐，只想安心做个大散仙。情爱这等麻烦物事，怎会

1　出自唐代长孙佐辅的《别友人》。

和我这样低俗怠懒的人扯上关系？"

北辰为她添上一杯酒："你总是把自己说得一文不值。"

春花打个哈哈："人贵在有自知之明。我也没觉得自己一文不值呀，天界寂寥，众多神君仙女、仙翁仙姑的悠闲逸乐可都系于我一人。天界若没了我财神春花，该是多么无聊哇。"

北辰微笑："那自然是无聊透顶了。"

三樽玉液见底，甘华唤来鱼女："去将我窖藏千年的龙涎清露取来。"

北辰和春花都是一惊。

龙涎清露极为难得，乃是以魔龙龙涎与百飓仙岛的重阳晨露同酿而成，连北辰也只在一千年前的瑶池盛会上喝过一小杯。魔龙是造梦的上古异兽，万年前便已绝迹，春花只在老神仙们讲的传说里听过。

"甘华姐姐，这样稀罕的好东西，就这么给我们喝了，岂不糟践？"

甘华道："'长恨无人共一杯，直知好友自天来'[1]，与你们同饮，自然要最好的酒。"

她面上也泛起嫣红，含笑睇向两人："都说龙涎清露后劲很足，饮下之人沉醉忘醒，会做一个世间最美最美的梦。两位不妨一试，看看今夜会做一场什么样的梦。"

一番话说得春花心中痒痒，春花拍手笑道："那就多承姐姐美意了。"

其后，春花睡得极深，心中充满说不尽的祥和安宁。仿佛行了几万里路，眼前便是终点。既知前路，又无远忧，一瞬仿佛成了永恒。

这一夜竟是无梦，到神志清明时，春花直觉身上发冷，凉风不知从何处飕飕地往颈子里刮。

春花嘟囔了一声："小孟孟，关门……"

春花伸手去抓被子，想将自己裹紧，却抓到一个温热柔软的东西，摸来摸去，像是只手。总不会是自己的手吧？

雪白的光乍射入眼中，一时间视野模糊不清，只嗅得淡淡草香沁人心脾，她随手一搔头，惯常戴的两支钗子叮咚滚落，发髻松脱，密密地裹了一脖子。春花一骨碌坐起来，睁大了双眼。膝盖被压得几乎失去知觉，白衣半解的男子趴伏在她腿上，睡得极沉，露出形状优美的半个脊背，她随手扯住的，正是人家的手。春花再低头看，自己也是衣衫不整，胸前半掩，褻衣凌乱。

她喝了三杯龙涎清露，等来的，就是这个梦？

春花昏昏沉沉捧着头。这不符合她的预期啊，除非这半裸男子是个玉石打

1　出自宋代汪莘的《再用韵》。

造的假人。哎，看这男子发髻，还颇有点熟悉。春花颤颤伸手，将他的脸拨正过来，俨然正是北辰。她什么时候对北辰起了这种狎昵的心思？甘华给她喝了假酒吧？

冷意蹿入肌肤，激得她又起了一串鸡皮疙瘩。不对，这不是梦。她瞬间醒悟，慌张地裹住衣衫，将还在昏睡的北辰推得滚了两转，自己勉强扶着身旁的玉阶，站了起来。

身后是氤氲寒池，白色芦草摇曳生姿。

玉阶之上，穿得七彩斑斓的一大群小仙娥挤得水泄不通，个个伸直了颈子，面上都是八辈子没见过世面的羞涩情状。

见春花爬起来，窃窃私语的小仙娥们安静了下来。一群人大眼瞪小眼了片刻，终于有一个小仙娥反应过来，红着脸奔了出去："哎呀，不得了啦，北辰元君与财神春花在寒池畔私会偷情，被我们撞破啦！"

章十五·铜心铁胆

北辰元君与财神春花在寒池畔私会偷情，被一群采芦草的小仙娥逮了个正着。

偌大的天庭，已经整整三百年没出过如此香艳的韵事，消息像乘了风一样，不到半个时辰就传遍了整个九重天。

长生天帝连着三日称病躲了朝会，日常大事都由天衢圣君在紫阙仙山照简易章程裁定。一听说这事，天帝龙精虎猛地从龙床上跃下来，说兹事体大，非要拖着病体亲自审问不可。

天界严禁仙凡相恋，但针对神仙内部相恋的律条，其实是有些模糊的。文命星君翻遍了所有的天庭典籍，也没有找到哪一条天条禁止神仙结为爱侣。但是近万年来，除了天帝天后、雷公电母这几位生来便有姻缘命格的神仙，再没有一对仙侣修成过正果。

究其原因，无非有三：一是情爱有碍修行，那些结了仙侣的，大都在修行上难有进益；二是长得好看的神仙都清心寡欲，长得难看的，互相又不太看得上；三、也就是最重要的一条：七万年前，为彰天界威严体统，古上天尊曾定下一条法度，一对神仙要结为仙侣，须一同在雷镜台上历九十九道雷劫，若双双度劫不死，才能合其姻缘。

算术极好的文命星君在上溯古籍，细细推演，周密论证之后，得出过一个众仙家深为信服的结论，那就是雷镜台上一道雷劫，大约相当于普通神仙一百年修行。如此算来，九十九道雷劫，要剥去受劫者近万年的修行。

九重天上修行万年以上的神仙，除了古上天尊、天帝天后、天衢圣君，一只手便能数得出来。其余的真要是上了雷镜台，皮肉之苦暂且不提，修行自然全废，物种恐怕都保不住，没准会被劈成草履虫。

　　是故，过往有些野鸳鸯情不自禁犯了戒的，都是立刻认错，跪求法司以破坏天界体统之罪发落，没有一对敢声称要结为仙侣。

　　春花的好人缘在这关头得到了充分体现，出了这等八卦，镇守寒池的几位天将也没有难为她和北辰，而是静候他们穿衣休整，再押去乾元殿受审。大约是比春花多喝了几杯酒，北辰醒得也晚一些。待他醒来时，春花已经将前因后果梳理了个大概出来。简而言之，他俩果然遭了甘华的报复。

　　什么设宴酬谢，什么姐妹相称，都是甘华筹谋良久演的一出戏。也不知那龙涎清露是真是假，或是里头搁了东西。若宴开之时便在酒中动手脚，以北辰的道行，不会毫无察觉。必得是酒过三巡，昏昏沉沉之际，再换了新酒，他们才会毫无设防地喝下。等北辰与春花昏睡过去，甘华便将他俩提溜到寒池，拨乱衣衫，做成个野合的现场。表面上看，这事就是一对神仙酒后失德，坏了修行。要解释清楚，原也不难，却须得说清甘华陷害他们的动机。那就要说到甘华的凡间孽缘，又要说到他们两人如何明知甘华的过错，还存心包庇遮掩，私下替她斩断情缘。

　　唉，这又是另一桩罪过了。

　　春花心中的小账本快速地点算着，心里越发佩服甘华。这位东海长公主如此谋定而后动，面上又丝毫不露痕迹，真是个不得了的人才，若是生在凡间，说不定能抢个女皇帝做做。

　　北辰清醒后便一直垂首不语，春花叽里呱啦与他分析了一堆，见他还是一声不吭，这才察觉异样，推了他几把，他还是不作声。

　　"呃，北辰，你该不会是在……害羞？"

　　北辰陡然一震。

　　"此事……从一开始就是我的错。枉我还称她一声'师妹'，她怎能这样对我们！"

　　"所以我说，情之一物最是害人。若不是为情所伤，甘华怎么会冲昏头脑，做下这样的蠢事？"

　　北辰涨红着脸："春花，我会向天帝禀明原委，所有罪责都由我一人承担，还你清白。"

　　春花急了："仙凡相恋是大罪，咱俩也有包庇之责。与其扯出萝卜带起泥，倒不如就按甘华给我们安的这个罪名，草草收场。"

　　北辰难以置信："你不记恨甘华？"

"我当然记恨她，恨不得把她从东海拖出来打一顿！唉，可是我又打不过她。"

"那你……你怎肯担此污名？我们两人明明不是……"

春花叹了口气。

北辰没做过凡人，比她这种在凡间摸爬滚打过的神仙单纯许多。天上打坐一千年，不及凡间踩一回狗屎得来的教训深。

"你是没看见那群小仙娥又惊又喜的眼神。不论真相为何，这场狗血八卦是免不了了。

"北辰，我不是开玩笑，是认真同你商量。虽说做女仙的，名声上多些是非，但脸皮厚些，又怕他们什么？名声于我如浮云，唯有'利'字真实惠。我又没有心上人要剖白心迹，只当是被野狗咬了一口，养养便好。至于甘华那里，哼，日子还长着呢，不愁没有报复的机会。"

北辰面无表情地瞪着她，简直不知该说什么。

天庭朝会由天衢圣君主持，天帝亲临，议了整整半日，才有定谳。法司下诏，将北辰与春花二人双双贬入凡间，历劫思过，三日后午时三刻行刑。

其间，好几位老神仙为春花和北辰求情，说她修行日短，仙根不固，有些过错也难免之类的理由，全都被有礼有节地驳回。

天衢圣君鲜见地少言，只在天帝问明了情由后，忽然插了一句进来："你二人相交多年，怎么会突然酒后失德？"

这令人糟心的老神仙鬼精鬼精的，随便一句话，就问在紧要处。

春花只得闭着眼睛，漫天撒谎："这个……北辰仙君丰神俊朗、芝兰玉树，小神心中暗暗恋慕已久……"

"那北辰呢？"

"喀喀，北辰仙君自然也觉得我聪明伶俐、貌美如花……"

丹陛之上，帝座之下，负手伫立的天衢圣君微不可察地晃了一晃。

"你二人既是情深意笃，可愿同上雷镜台？"

春花吓得险些扑倒。

"不不不不，完全不是您想的那样，我俩是……一时失德……那个……露水鸳鸯，绝没有要结成仙侣的意思。"

天衢圣君皱起眉："北辰，你如何说？"

北辰一副形同槁木、心如死灰的样子："一切都是我的错，与春花无关。我愿一力担下所有罪责，恳请师兄对春花从轻论处。"

天衢圣君沉吟良久，终于没有再追问下去。

春花出了一脑门子汗，她知道天衢圣君针对她、厌恶她，却不知道到了要她死的地步。

她带着七百年的道行上雷镜台，天衢是想把她劈成只臭虫吗？

春花和北辰被暂羁在天劫牢，三日后就要下凡投胎。财帛星君赵不平一心闭门编纂他的《凡间好物大全之锁具卷》，神兽孟极和神兽貔貅都帮着他分类锁具，没有一个陪在春花身边。到事发的第二日，寿星上门报信，宝蟠宫中才得知情况。

赵不平仙缘半生，只爱金银财物，从不沾染爱欲，谁知到老了教出个只羡鸳鸯不羡仙的徒弟，险些把他气吐了血。他破口大骂，扬言要和春花断绝师徒关系，幸好寿星苦苦相劝，又为春花说了许多好话，这才勉强抚平了他的怒气。

两个老神仙驾了神兽去找福星、禄星、喜星。喜星与司命星君是交好的，便拉着他们一同去拜望司命星君。司命星君说这事光靠他不行，非得把月老拉进来不可。于是，老神仙们又去紫阙仙山外头把月老截在了半路。

七个年纪加起来超过五万岁的老神仙合计了一宿，终于在天明的时候浩浩荡荡地组团往天劫牢探监去了。

章十六·金枷玉锁

仙人贬入凡间历劫，尤其是历情劫的，定要被写个狗血的本子。本子的要旨是虐恋情深，一个倾国倾城貌，另一个多愁多病身，最终不是由爱生恨，就是阴阳相隔。不如此，不足以让历劫者对情爱欲念深恶痛绝；不如此，不足以让在天上"吃瓜"观赏的神仙们警钟长鸣。

故此，历完劫回来的神仙常常反目成仇，几千年都不说话。

司命老星君抱了一大摞本子，七个老神仙在天劫牢外开了个研讨会，商量哪个本子比较适合春花。

"这个好这个好。男主角女主角都是公侯世家的，两家祖上有世仇，明令后人不得相恋。男女主角成年后一见倾心，背叛家族私奔，可惜男主角一时冲动砍死了女主角的亲哥哥。两人虐恋纠缠，为世不容，双双殉情而死。"

"呸呸呸，自刎有损仙根，万万不可。"

"这个也不赖。女主角女扮男装混入男主角所在的书院读书，两人朝夕相处，日久生情。无奈女主角家里早就给她定了亲。男主角上门提亲被打出来，吐血而亡；女主角在出嫁的路上经过男主角的墓穴，下轿祭拜，伤心过度而亡。"

"啧啧啧，这也太惨了。换一个换一个。"

"还有还有。这个男主角和女主角分别是两邻国的王子、公主，王子乔装平民潜入邻国，与公主相爱，却为了自己的国家率兵灭了邻国，杀了公主所有的亲人。公主爱恨交加，饮下了忘情水，王子也陪她饮下忘情水。公主为保族人踏上和亲之路，又嫁给了王子。两人不记得对方，却忍不住相爱相杀，王子又杀了公主身边所有重要的人……"

"老禄，你虐我徒儿一次还不够，还要失忆重来，再虐第二次？"赵不平大怒。

"老财你别生气，这不是助咱们小春花历劫修行吗？"

天劫牢内的北辰元君终于听不下去了。

"各位上仙，各位长辈，你们这样，会不会太嚣张？"下凡历劫的本子不是该保密的吗？他们倒好，当着事主讨论得热火朝天。

老寿星挥挥手："天劫牢的守门天将是我牌友，不怕不怕。"

司命星君蹲在铁栅外，慈祥地问："小春花，这么多本子，你喜欢哪一个啊？"

春花听得要吐血："哪一个我都不喜欢。"

司命星君傲然不悦："这都是我压箱底的本子，每一个都是荡气回肠、撕心裂肺，经典中的经典。"

春花皱眉想了半天："有没有那种……自小定了娃娃亲，生下来就死的本子？"

"咦？"

"就是……能早死早超生的那种。我可不想在凡间和北辰虐恋情深，到时回来再见面，多么尴尬。"

春花双臂环抱，用下巴朝着北辰："咱们说好了，不管下界发生什么，北辰你可不能记仇！"

北辰失笑："你怎么就肯定，是你对不起我，不是我欺负了你？"

春花两条眉毛十分嗫嚅地抖动了片刻，老神仙们哈哈大笑起来。

北辰无奈："好，我一定不记仇。"

一直沉思的月老开了口："早死早超生的本子，也不是没有。"

老神仙们立刻围上来。

"我手上有个天煞孤星的命格，生来就克父母、克夫、克友、克自己，倒是可以给春花用一用。但命格归命格，天机终难测，从前神仙下凡历劫都是老老实实按正常本子来，还从未走过这样的绝路，不知道……会不会有什么不良反应啊。"

春花大喜："这个甚好，我要了。"反正她拢共修行就这么七百年，碗大的米瓮，还能吃出天大的亏？

老神仙们又合计了一阵，将各自镇宅辟邪开光的压箱底宝贝凑了一堆出来，给春花带上，方才放心离开。

春花临走的时候，老寿星还喊："小春花，早去早回，等你回来打双陆啊！"

春花连连应着，忽然觉得有些鼻酸。这些矫情的老头儿，她不在的时候，也要过得开开心心的啊。只是没见到她的胖猫孟极。它听说了她要下凡，有没有不开心？还能不能快乐地啃它的小鱼干？

依天界规矩，被贬下凡的神仙须在南天门外往生池中洗去仙骨，方可投胎为人，待一世历劫后，再从相邻的回澜池重塑金身，回归天界。

春花戴着个红漆大枷，双手被缚，气喘得比夔牛还粗。赵不平说什么出远门不可身上无钱，给她备下一条五斤重的金腰带，绑在腰间，沉得她整个人都往下坠。啧啧，只听说有人口含珠玉降生，谁家娃娃绑着金腰带出来的？

大枷上还贴着两张鬼画符，这是月老替她求来的，说是能保她下凡后母胎单身，少年夭折，无牵无挂，早回仙班。

隔着重重叠叠的人群，春花望见了往生池边依依惜别的两个男神仙。白衣的是北辰元君，温和朗逸，风度翩翩；青衣的是天衢圣君，肃穆内敛，冷眼如刀。

天衢圣君偏心到姥姥家去了，自己的师弟就悉心爱护，下凡之前还来千叮万嘱，大概是怕他走了歪路。而她呢，就因为老神仙们走后门探了一次监，受了牵连，天衢圣君亲自下令给她上了枷，据说是免得她下凡之前不安分，继续作死。

她只七百年的道行，能作死出什么？

穿过人群，来到池畔，春花耳尖地捕捉到天衢圣君一句淡淡规劝："你刚才这话，我可以当作没有听到。师尊昨日传了仙诀，说早算到你命中有此一劫，只盼你不要辜负他老人家的期望，下界之后修身养性，悔过自新，早日回返。"

咦，北辰是说了什么不得了的话？春花给了北辰一个探询的眼神，他却移开了视线。

往生池边围满了私心恋慕北辰英俊容颜的小仙娥，因不舍他离开天界，都一面怨愤地瞪着春花，一面揩着眼角。春花觉得自己好像犯了众怒，不由得隔开与北辰的距离，往天衢圣君身边靠了靠。天衢圣君眉头微蹙，微不可察地退了一步。

春花瞪着他脚步：怎么，连你也怕被我占了便宜吗？

她从前听到天衢的名字都是绕着走的好吗？他那个山寒水冷的样子一点都不招财好吗？动不动就长篇大论地说教，也是很吓人的好吗？正气恼的时候，春花突然发现她师父赵不平挤在小仙娥中间，拧着一块帕子默默抽泣。

"师父！"

赵不平这几日消瘦不少，胡子都稀拉了，见春花看向自己，慌忙侧过身去，用一边侧脸向春花疯狂使眼色，还用着口型说。

春花盯着他的口型，艰难地辨认出他说的是：孟极。

她用口型回他："孟极怎么了？"

赵不平继续挤眉弄眼，用着口型说："吉……发……涨！"

字都是好字，放在一起却全然看不懂。

天衢圣君看看挤眉弄眼的赵不平，又看看愁容满面的春花，终于道："财神娘子，可是有什么未了的心愿？"

春花慌忙摇手："没有没有，绝对没有。"

"下凡历劫不仅是为受罚，财神娘子若能多行善果，斩断情丝，修行上也是大有裨益。"

"知道了。"春花规规矩矩低头。

天衢圣君见她的脑袋被大枷压得抬都抬不起来，欲再说什么，勉强忍住了。

北辰元君靠近两步，伸手握了握春花的手："时辰到了，春花，我们凡间相见。"

春花待说什么，天边忽地腾起一团黑云，如滚滚毒烟，轰隆隆，声震百里，瞬息便到眼前。黑云之上，一头蓝身蝠翼、足踏黑焰的巨兽腾地跃起，张开血红大口，迎面向往生池畔的众仙扑过来。

人面，豺身，巨蹼，尾带金钩，不是凶兽化蛇又是哪个？

整个九重天都知道，凶兽化蛇已被天衢圣君以镇妖金塔镇入东海。这才几日，它就又逃出来了？春花忐忑不安地想，难道是她修复金塔的时候恍了神，修得不够结实？

往生池畔的小仙娥们静默了片刻，齐齐尖叫出来，娇柔矜持全然不顾，个个像没头苍蝇一般四下逃窜。

"天衢，拿命来！"凶兽化蛇的咆哮如晴天霹雳，沉沉压过来。天衢和北辰都已眯起双眼，召出掌中雷电，严阵以待。春花原本也是打算逃的，可是身子太沉了，实在跑不动。这一瞬间的工夫，她不小心听出了蹊跷，化蛇的声音与她在东海之畔听到的，似有不同，却又十分耳熟。联想起此前赵不平的挤眉弄眼，春花突然惊慌起来。她师父刚才……用口型说得稀烂的那几个字，该不会是"孟极要劫法场"吧？

孟极这个靠卖萌吃饭的，幻化变形还有几分本事，真打起来就是一个废柴，天衢圣君一根小拇指就能把它压死。

大山一样的"凶兽"扑到半路，被天衢圣君和北辰元君召出的雷电吓了一跳，脚下一个趔趄，自己绊倒在了云彩堆里。北辰元君一怔，似乎看出了什么。天衢圣君则神情冷怒，右手已按上腰间的锁灵囊。春花抚额，几乎不忍再看。她总不能……眼睁睁看着孟极这货把自己送进锁灵囊吧？在里头待上七七四十九天，是要灰飞烟灭的！

她情急之下，生出一股无穷大力，带着大枷与金腰带的重量，冲到天衢圣君身前，大喊一声："圣君，小神来救你！"

她的本意，是挡在天衢与假凶兽之间，给孟极制造逃跑的时机。谁知往生池边的青石上生满了苔，湿滑不堪，她一脚踩上去，重心不稳，整个人像把大锄头，往天衢圣君身上砸过去。天衢圣君似乎犹豫了一下，伸手要扶她一把，然而伤重未愈，又没料到她身上如此之重，两人贴作一团，一个倒栽葱，齐齐跌入了往生池。

巨大的水花溅起一米多高，而后水珠如雨洒落，池面渐渐恢复平静，直至什么都没有了。

众仙傻眼。

那"凶兽"化蛇好不容易从云头爬起来，见此情形，像被施了定身法一样，呆立不动了。

旁边一个英武的小天将蹿上云头，一枪刺中凶兽前腿。本以为会刺入层层坚硬肌肉，谁知却像刺破了一层包空气的水皮，凶兽像个胀气后穿孔的猪尿脬，渐渐松软缩小，"噗"的一声炸到远方，消失不见了。

北辰元君立在池边，怔了一会儿，忽然沉沉低笑起来。众仙家像看精神病一样看着他，只见清俊的北辰上仙向他们温和地挥了挥手："众位仙友，咱们青山不改，绿水长流。"

他身姿翩若惊鸿，浮光入镜般落入往生池，不见一丝水花，就已消失不见了。

往生池的凉水迅速淹没口鼻，失去神志之前，春花最后的念头是：她这回，可能真的作了个大死。

章十七·银海生花

钱春花的娘是个种地的农妇，干起活儿来能顶三个男人，可是，凭她再力大无穷，在这灾荒年景里也无用武之地。洪水淹了农田，村中又开始流行瘟疫。钱春花的爹死于瘟疫后，钱春花的娘终于下定决心，挺着六个月大的肚子离开了家乡。

三个月后，在一座偏僻小城的城隍庙里，钱春花呱呱坠地，开始了她作为一名小叫花的"辉煌"人生。自会走路，钱春花便跟着娘亲走街串巷，沿街乞讨，一口莲花落唱得是"天地为之变色，草木为之凋零"。

钱春花两岁上得了一场重病，钱春花的娘出门筹钱给她看病，一去就再也没有回来。城隍庙里的乞丐同行们初时还怜悯她，扔半个馒头给她果腹，后来见她病得越来越不像话，生怕被她身上的病传染，便索性将她赶出了城隍庙。在一个大雪的夜晚，钱春花躺在雪地里，模糊中似乎见到娘亲的手温柔地抚慰着她。

钱春花被冻死了。

春花的魂魄飘飘荡荡，没有上天，却反而飘到了地府冥司。她从前给孟婆带过不少脂粉香料，在奈河桥排队的时候，一眼就被认出来了。孟婆也很讶异，照理说，神仙转世都是在天界，不该走冥司这条路，孟婆遂找来秉笔判官掐算了半天，终于算出，春花阳寿未尽。

春花无奈："可是我已经死了呀！"

判官又掐指算了半天：

"你这样的案例实在鲜见，也许是天庭和凡间的接驳系统出了故障，天庭的接引者觉得你历劫还未历够，而凡间的接引者又晓得你已经死了，灵体无处可去，便推送到冥司来了。"

"那……怎么办？"

判官长叹了一口气："我是微末之官，权限也是有限。为今之计，只能送你去凡间再投一次胎。"

"……"

春花自认是个稳重而不失活泼的小神仙，对上孝敬师长，对下爱护仙童，平日里团结同僚，友爱睦邻，除了偶尔投机倒把捞点外快，真的没有什么不良的嗜好，怎么就沦落到这般田地呢？

"投胎便投胎吧，又不是没有投过。"

李春花的爹是江湖上著名的刀客，他挥刀快如闪电，出招时，对手还来不及看清他的招数，就已人头落地。当李春花的爹成为江湖第一刀客时，他忽然感觉到了厌倦。他累了，想找一个没有杀戮的地方，退隐江湖，娶一房媳妇，生两个娃。

他来到一个青山绿水的小村庄，娶了村中最美的女子为妻，夫妻恩爱，没几年，就生下了李春花。

在李春花刚满五岁的这个夜晚，大雨滂沱。睡梦中的李春花忽然大哭起来，李春花的爹感受到了一种不寻常的杀气。他从床上跳起来，取出了尘封已久的刀。一队黑衣人拥入了李春花家的小院，李春花的爹横刀立在门口。来客不由分说，上前交手。多年不使刀，江湖上比他刀快的已大有人在，铮铮一声，李春花的爹倒在血泊里。

后面的事情就简单得多了，李春花的娘喊了一声"大侠饶命"便血溅五步。

李春花哭喊了两声："爹！娘！"

李春花终究也难逃厄运，惨死刀下。

春花拖着步子，又来到冥司判官的公案之前，郁闷得不得了。判官刺溜滚到桌子底下，春花一把把他揪出来："你这是个什么破系统？"

判官颤声道："我的系统绝对没有问题，是财神娘子的命格太奇特！这可是个天煞孤星的命格啊！"

春花两手撑案，目眦尽裂，忍了半天才将一句可上溯千年的仙骂忍回去。此刻，她无比感念师父赵不平的先见之明，将五斤重的金腰带解下来，一把掼在判官面前。

"烦请判官小哥哥，想想办法。"

判官立刻双眼放光："好说好说！"

他埋头在桌案底下翻了半天，翻出一个玉石般的盘子："此为生劫镜，能算出您须历劫多少时日方可返回天界，再自动匹配上合适的命格。"

春花半信半疑地凑到那盘子面前，果见一妇人正在生产，看周遭饰品用度，应是个富贵人家。

"这是？"

"这是生劫镜为您挑选的最后一个投胎对象。"判官笑得亲切周到，"此女一生下来，便遭脐带绕颈而死，其母也因难产而亡。财神娘子且在此处喝茶歇息，静待历劫完成。"

有钱能使鬼推磨，此言不假。

小鬼送上茶水，春花遂好整以暇地往椅上一坐，以逸待劳。生劫镜中，产妇的呻吟越来越弱，终于一声如线断，停止了喘息。接生婆将一个红通通的小身体抱在怀里，拍打半天也无声息，急得汗如雨下，一旁的丫鬟疾步奔出门去："老太爷，少夫人撑不住，已经去了！生下的是位小姐，可是……也没有半点呼吸啊。"

窗外，蓦地响起一声老迈的啜泣。

"我儿福浅命薄，怎么儿媳也……唉！长孙家三代忠厚，为何上天要教我这老头子白发人送黑发人！"

春花一怔，但见生劫镜中现出一灰发老者，满脸泪水，颤巍巍扶着门廊向天拜下："老朽长孙恕，生年一甲子，谨小慎微，但求本分，从未求过富贵官禄。如今膝下荒凉，家业衰败，全是老朽一人的过错。满天神佛在上，若有劫难，请都降在老朽一人身上，留我这孙女儿一命吧！"

老者做涕零俯伏，泣不成声。

斜放在太师椅上的手渐渐握紧，春花如遭雷殛，神色恍惚地望着那老人。

几百年时光荏苒，如紫电清霜，而重温旧梦，岁月惊回，音容犹在。

春花不觉抬手摸了摸脸颊，竟有湿意。

又愣怔了一会儿，春花定定开口："那判官……"

"财神娘子请吩咐！"

"我有一事，求你答应。"

此时，正是大运皇朝天下，太平盛世已过百年，暗潮汹涌，妖孽丛生。汴陵城中，积善数代的长孙家得了一位女公子，出世时状似夭折，众人皆以为无望。谁知顷刻间，女婴又转死为生，啼哭大作，口吐一枝金报春，惊得产婆打翻了水盆。

长孙老太爷痛哭流涕，跪谢满天神佛大恩。其后，他大笔一挥，为女婴取名曰：长孙春花。

如意如意，事事如意，真的是件好事吗？

第二卷

如意算盘

章一·汴陵秋凉

大运皇朝享国日久，不觉已过两百年。据传，开国之初，司天地妖灵的断妄司首任天官曾亲临汴陵城，称此地风水得天独厚，有七百年财脉，不受战乱侵扰。甫经乱世，这谶语引得各地商贾纷纷向汴陵聚集，方才汇成了如今天下商都的繁华。究竟是言之所预，还是因言聚势，非贩夫走卒所能知。

但汴陵三江交汇，四省通衢，区位确是得天独厚。汴水从城中横流而过，形成一个方圆十里的镜湖，名鸳鸯湖。湖畔就是汴陵城最繁华热闹所在。

鸳鸯湖北岸以香街花楼、瓦舍勾栏为主，百年积累下风雅的娱乐之风，不仅经营妓业，更有许多棚座、茶园、酒肆，经营说书、戏腔、杂耍、皮影等，各样百戏又有分派，譬如戏腔又分南调、北调，南调又分九阳腔、婆婆腔、流水腔，不一而足。

南岸则是商铺聚集之处，其中饭庄林立，更有钱庄、布庄、药铺、典当、胭脂首饰铺、茶米盐铁铺、书画珍玩铺、衣帽鞋履铺、花鸟鱼虫铺、香局绣局、武馆棋社。

南岸商街上，牌楼最高、占地最大、生意最旺的一家，名唤春花酒楼。招牌由汴陵大儒七槐先生亲笔所题，太阳好的日子，四个大字金光闪闪，能从街头照耀到街尾。

俗话说，"邻近打高墙，越近越远"。春花酒楼近处，没一家饭庄开得长久。左邻的四海斋关门整饬了两个月，今日正是重新开张的日子。

严衍立在四海斋的雅间之中，凭栏俯瞰，只见清江濯锦，龙舸云帆，鸳鸯湖碧，霞枫秋凉。

"严兄觉得鸳鸯湖如何？"

"如石兄所言，人杰地灵，俊采星驰。"

"隔壁那临湖的便是春花酒楼，他们有自家的画舫，可以包船到湖心用膳。你看，岸边泊着的高船上搭了个台子，大约今日有什么盛事。"

坐在对面的青年公子自称石渠，是汴陵本地人士。三日前，石渠从京城游历归来，在赤峰寨附近遭强人拦路打劫。幸好路过的严衍会几手功夫，斥退了强人，两人便结伴同行，往汴陵而来。

一到汴陵，石渠就在四海斋摆了一桌答谢宴，感谢严衍搭救之恩。

严衍道："石兄对春花酒楼如此赞赏，今日怎么不去那边用膳？"

石渠咳了咳。

这位萍水相逢的严先生，年纪比自己大不了几岁，容貌若秋树般清冷，说起话来却肃穆端方，不但不拐弯，还隐隐有股威势，总教他想起幼时打过他八百回手心的私塾先生，真不知道是不通世故呢，还是我行我素。

但他打退匪徒的那一身功夫，真是教人大开眼界。石渠自幼爱读侠客传奇，早将严衍脑补成一位出尘脱俗的隐世大侠，心中的景仰如滔滔江水，连绵不绝。

"实不相瞒，我和那春花酒楼的老板有些过节，所以……呵呵，不太方便。"

怕严衍误会，他又补充道："严兄别觉得我是心疼钱，春花酒楼的菜不贵，若是不包船，今天这一席菜够咱们在春花酒楼吃上两顿的了。"

好像越抹越黑了……石渠尴尬地搔搔头。

见严衍饶有兴致地望着湖上楼船，石渠道："不如唤掌柜的过来问问，湖上在举办什么盛事。"

四海斋的掌柜陈葛是个清隽秀美的青年，男生女相，笑起来露出左右各一颗小虎牙，一双桃花眼仿佛带着钩子，看谁都有点肆无忌惮的味道。四海斋生意这么好，还是女客居多，多半都是冲着他来的。

陈葛一进雅间，外间无数的倾慕眼神便跟着进来，荡漾的珠帘都遮不住春意无限。石渠也被他的俊美容颜灼了眼，不禁真心夸道："掌柜的真是世间少有的美男子啊！"

显然，他们不是第一桌询问春花酒楼的客人。石渠还没将疑问解释明白，陈葛堆笑的眼眸就冷了两分："二位瞧见那'以武会友'的横幅了吗？今日春花酒楼在楼船摆下比武擂台，最终的胜者可以赢得赏银二百两，且比武胜出两场的，都有机会在长孙家谋个护院的差事。"

陈葛打量眼前两人，俱是文质彬彬："两位有意去试试身手？"

石渠慌忙摆手，他只是个手无缚鸡之力的书生。对面的严先生若肯出手，倒是有些机会，不过……

严衍道："今日贵斋开张，对面却大摆擂台，看来是要与贵斋别苗头、抢客人。"

这一句说在了陈葛的痛处："哼，长孙家的人尽是些奸佞狡诈之徒，明着争不过，就使出这些下作手段。"

石渠嘴唇嚅动，没说话。

严衍道："这春花酒楼的老板，莫非就是名满天下的汴陵女财神长孙春花？石兄，你方才说与春花酒楼的老板有些过节，就是她吗？"

石渠目光躲闪，只连连点头。

陈葛立刻来了兴致："这位兄台，也和长孙春花有过节？"

石渠干笑两声："也……不是什么了不得的过节。"

仇人的仇人就是好朋友，陈葛一掀袍子，坐下了："真是天涯何处不相逢。我看二位兄台是有缘人，免费送你们一坛好酒。"于是命小二添了酒杯，竟是要长谈的架势。

陈葛自言是颍州客商，数月前来到汴陵，从当地富户寻家手中接下了这家经营不善的四海斋，自己占了大股，寻家还留着小股。从盘下四海斋到今日开张，陈葛没少在长孙春花手下吃亏，说起来件件都咬牙切齿。

严衍听得甚是耐心，时不时四两拨千斤地提出疑问，陈葛的话匣子便越开越大。

汴陵人爱经商，不屑做官，各行各业自成商行，坐商与行商各司其职，财源遂能通达四海。若是有人在海外流落异族荒岛，说一句汴陵本地话，可比会说京城的官话好使。汴陵百姓常常挂在嘴边的一句话是：聚天下之财，也买不下一个汴陵，而在汴陵，出门便可买下天下。

不过八年前，汴陵商界还以寻氏为首，长孙家只是城中一个普通商户，旗下只有一家尚贤钱庄，虽是百年的老字号，生意却很勉强。八年前，长孙春花接手家业，先给钱庄改了名字，春花钱庄的生意自此蒸蒸日上，一跃成为汴陵钱庄业之首。至于酒楼、药铺、茶庄、戏园、货栈、典当等，都是后来才做起来的。

眼下，长孙春花刚满二十岁。她坐拥半城产业，精权算，善权衡，财大气粗，巧舌如簧，跺一跺脚，汴陵商界便要震三震。城中商户，人人尊称她一声"春花老板"。

严衍点点头："我在京城也听说过，这位长孙家的女财神，是不世出的经商奇才。"

陈葛啐了一口："什么经商奇才？无良奸商还差不多。她仗着与吴王府的世交，对其他商户蛮横打压，我平生从未见过如此卑鄙无耻的女人。哼，活该她年老色衰，嫁不出去！"

石渠当作没听到这句话，默默低头吃饭。

"如此说，这位长孙小姐年纪不小了？"

"哼，总该有三十八九了吧……"

石渠嘴里塞满了吃食，忍不住嘟囔："哪有这么大？也就二十罢了……"

陈葛又道："我虽没见过她本人，但想也知道，定是生得母夜叉一般，脸黑似锅底，贼眉鼠眼，尖嘴猴腮……"

石渠又嘟囔："长得……还算是标致喜庆的……"

严衍看他一眼："石兄对长孙春花很熟悉？"

石渠慌忙摆手："不熟，不熟。"

陈葛不无恶意地道："寻常女子十六七岁便要议婚，就算她二十岁，也是老姑娘了。"

"本朝圣上宽仁，从商者众，但女子经商，接手家业的还是少见。难道长孙家就没有男丁吗？"

"呵呵，谁说没有呢？"陈葛撇嘴笑道，"汴陵城中谁不知道，长孙家唯一的男丁是个脓包废柴，只会游山玩水、冶游宴饮、斗鸡走狗、流连花街，正事上一样也不行，还天天嚷着要考科举，结果连个秀才也考不中……"

石渠霍然起立，唇角微微发抖："严兄！这雅间里实在气闷，咱们出去逛逛，如何？"

严衍道："甚好，不如咱们就去看看隔壁比武擂台的热闹。陈掌柜若无事，不妨一同前往？"

陈葛欣然道："可以可以！刚好小弟也会两手功夫，说不定能在擂台上走两圈。"

石渠："……"

章二·以武会友

三人来到湖畔，正遇上一个膀大腰圆的赤膊壮汉被一脚踢下湖去，溅起暴雨般的水花。两个护院立刻潜下水去，将他捞起来。

擂台上的司事高声道："哪位壮士再来挑战？"

湖畔设了几层雅座供应茶水，视野宽阔，秋风微凉，吹来甚是惬意。外围更是里三层外三层围得人满为患，仿佛整个汴陵城的人都挤到了此处。

三人好不容易挤进去，在雅座后方落了座，便有春花酒楼的小二上来添茶。石渠连忙低下头去，装作整理衣衫。

便听严衍道："如此盛况，不知贵处的东家可在？"

小二笑道："东家小姐不在，今日是仙姿姑娘坐镇在此。"

"仙姿姑娘？"

"就是我们东家小姐的贴身护卫，您瞧，那擂台边上抱着大刀的便是。"

三人迎风望去，但见楼船顶上一个体态高壮的短装女子，脸大而憨，一双铜铃大眼精光四射。

　　陈葛险些岔气："这女子……叫仙姿？谁取的名字？"这么不长眼。

　　"是我家大少爷取的名字。仙姿姑娘是小姐收留的孤儿，自幼被送去名山习武，一身的本事。小姐不许她今日出手，否则，那二百两银子便没有别人的份了。"

　　小二不经意地瞥一眼石渠低垂的后脑勺，道："三位公子稍坐，小的去去就来。"

　　三人连看了三轮，先是一个瘦猴般的人使长棍，将一个拿刀的屠夫打了下去，又赢了个拿钉耙的农户模样的壮汉，结果一个肥头大耳的和尚上来，又把瘦猴般的人打得倒地不起。汴陵百姓虽然日常消遣众多，但这样的热闹还是不多见的，阵阵掌声雷动，方圆几里都能听得见。

　　和尚在擂台上打到第二轮，严衍听见身侧有人说话："几位公子，可否拼个桌？"

　　樱色缣衣的女子逆着秋日暖阳盈盈微笑，她个子不高，身量纤细，肤色白皙，脸颊有肉，一双眸子明亮而自带喜色，可谓……标致喜庆。缣衣不着繁饰，乍一看，是寻常殷实人家女子的打扮，但严衍注意到，她衣料都是名贵的江南细绢，脚着时兴的百合履，比起京中贵女的穿着也丝毫不逊，发间一支辟寒钗，落落大方。

　　严衍冲她颔首："姑娘自便。"

　　石渠则张口结舌，一副活见鬼的样子。

　　寻常女子和陌生男人说不到两句话，便面红耳赤，眼前这姑娘却神情从容，将三人从头到脚打量了一番："三位公子风采卓然，不是本地人吧？"

　　陈葛道："我嘛，来汴陵时日不长，算是半个本地人。严兄与石兄结伴入城，该是刚到汴陵。姑娘可是家住附近，特来看热闹？"

　　那姑娘眼眸弯弯地笑起来："我呀，本来要去四海斋吃饭，听说他们新来的大掌柜生得十分俊秀。谁知进门一问，却听说大掌柜出去了。唉，只好凑合着，来这边瞧瞧热闹了。"

　　这话若教别的女子说出来，多少有些轻佻之感，从她口中吐出，却是一派天真坦率。大约她神情坦荡亲切，也正是长者们喜欢的那种长相。

　　"这位公子，生得这样俊美，真是世间罕见。我想那四海斋的掌柜就是再俊，也俊不过公子你吧。"

　　陈葛听得心里十分舒坦，情不自禁地给姑娘殷勤布茶。

　　"嘿嘿，实不相瞒，在下就是四海斋的掌柜陈葛。"

姑娘惊讶地看着他："难怪难怪。"

两人你一言我一语，聊得逐渐火热。姑娘听得煞是认真，间或同仇敌忾，间或惊奇不已，引得陈葛又将自己与长孙春花的仇怨原原本本说了一遍，什么请大师傅的时候被临时挖墙脚，采购食材又被抬了价格，凡此种种。

姑娘听罢，跟他一同愤愤叹气："既然这样，陈掌柜何不上去打个擂台，正好杀一杀那长孙春花的威风？"

陈葛一拍桌子："你说得有理，我正有此意！"

严衍轻咳了一声："陈掌柜，这不是为他人做嫁衣吗？"

陈葛一愣，还没回过味来，又听那姑娘道："我信陈掌柜，一定不会输的！"

严衍眼皮微抬，看了那姑娘一眼，没再说什么。陈葛胸中登时豪情大起，走到岸边，飞身上了楼船。姑娘诚心实意地竖起大拇指："陈掌柜功夫真好！"

石渠自始至终没有说话，几乎把头埋到膝盖下面。

严衍看不下去："石兄怎的这样局促？"

石渠抬起头，目光与那姑娘一触，立刻收回，装作向擂台上张望。

姑娘问道："石公子和这两位公子认识很久了？"

石渠仿佛被雷劈中，弹了一下："只是初识……初识。"

"哦？我听严公子口音，是京城人氏，来汴陵是做生意，还是寻亲呢？"

石渠张嘴欲答，忽然发现自己与严衍相处了几日，竟然对他一无所知，于是也转头问："是了，严兄，你来汴陵是有何事？"

他对这位严先生一味感激崇拜，连人家的家门身份都没问清楚。或是他问了，对方说了，他却没有记住？

严衍深深看了姑娘一眼。

"严某在京城崔氏钱庄做过几年账房，因得了寒病，大夫建议迁往南方休养。久闻汴陵繁华，便想着来小住数月。"

石渠甚是失望地"噢"了一声。他本以为严衍是什么有秘密身份的江湖侠客，没想到只是个乏味的账房先生。

"严兄，你一个账房先生，怎么功夫这么好？"

"商场多见利忘义之辈，严某只是习了些防身的技艺，算不上好功夫。"

"那天在赤峰寨，我被拦路打劫，十几个蒙面贼人围上来，你连剑都没拔，嗖嗖嗖几下就把贼人赶跑了，这还不算是好功夫？"

姑娘笑盈盈的神情终于出现裂缝，皱起眉："你被打劫了？"

石渠心知说漏了嘴，缩缩脖子："都过去了，不值一提。"

"你是不是又大手大脚地花钱，被人盯上了？"

石渠争辩："没有！我都是按你说的，背了把剑，还故意穿得破破烂烂，谁知道在茶寮碰上一对卖唱的母女甚是可怜，我就……给了她们五十两银子。"

姑娘翻了个白眼："出手就是五十两，简直是送上门来的肥羊，不打劫你打劫谁？"

"你没看到，那卖唱的母女多可怜，我若不出手，小丫头就要被卖去给人做小老婆了！"

"你是看中了人家小姑娘的姿色吧？"

"冤枉！我可是一片好心，苍天可鉴！"

"……"

严衍慢慢向后靠坐，双手环抱胸前。这两人，是当他不存在了。他轻轻咳了一声，石渠这才醒悟过来，转脸尴尬地看向严衍："那个，严兄……我不是有意要瞒你的，其实我是……"

姑娘扑哧一笑："哥哥，人家早就看出来了，只有你还蒙在鼓里。"

严衍叹了口气。真是想装不知道也难。

"姑娘……想必就是名满汴陵的春花老板。"

擂台之上，陈葛已胜了三场，得意扬扬地接过了司事递上的赏银。

司事高声道："今日得胜的是四海斋的陈大掌柜。四海斋和春花酒楼是对头，可咱们该给的赏银，一文也不少！请各位街坊邻里做个见证，长孙家做生意，是不是一诺千金，童叟无欺？"

围观的百姓热情鼓掌："是！"

"咱们挣了银子，要存在哪家钱庄？"

"春花钱庄！"

"要买药材，该去哪家药铺？"

"春花药铺！"

"请客吃饭，该去哪家酒楼？"

"春花酒楼！"

陈葛原本兴高采烈，听着听着，面上的笑意渐渐凝固。刚才是谁说，他在为他人做嫁衣来着？真是做了好大一件嫁衣啊！他直觉看向楼船之下，自己方才所坐的席位。樱色衣衫的姑娘悠然站起，向他招了招手。

"哎呀，他发现了呢。"

长孙春花转向严衍，端庄地行了个礼："严先生对我家哥哥有救命之恩，可否赏脸一同回府用个晚膳，容我长孙家一表感激之情？"

石渠，不，应该是长孙石渠跳了起来："我不回家！"

长孙春花也不意外，清亮地叫了声："仙姿！"

楼船上的壮硕女子像是长了顺风耳，应了声，如飞马飘落在长孙石渠身边，一手将他摁回座位。

"仙姿，押少爷回家。"

长孙春花一手负在身后，另一手引路："严先生，请。"

章三·谢家宝树

长孙家的宅院坐落在汴陵城西，宅院不大，仆役也不多，没有汴陵首富的气派，不过摆设用品都极为讲究，不仅假山流水赏心悦目，还有三步一布垫，五步一茶亭，厚席铺地不硬，石径深雕不滑，像是专为体力不济、行路不便者精心设计的宅子。

居所布置能体现主人的性情。

长孙府的主人，至少在舒适享乐上是少有人能及的。

长孙春花友善浅笑："家中只有祖父、哥哥和我三口人，凡事喜简，让严先生见笑了。"

严衍面上无波，心底却生出些微微的厌恶。此人不论和谁打交道，一上来便腻笑，教对方卸下防备，一个不留心，被她卖了还要替她数钱。陈葛就是前车之鉴。他却看出，她的笑脸虚伪得紧，笑得越是亲昵，心里的算计越多。

严衍家中祖训：巧伪不如拙诚。放在平常，他是不屑与如此虚伪之人相交的，但他此来汴陵身负要务，不得不虚与委蛇。

那押着长孙石渠的女子仙姿神情甚悍，下盘极稳，眉宇间隐有凶异之色。有仙姿随身保护，难怪长孙春花一介弱女，能在汴陵城横着走。只是不知道，长孙春花是心知肚明，还是并无察觉？

几人各怀心思，到了花厅，筵席已经布好。上首一位须发皆白的老者沉沉一咳："孽障，你还知道回来？"

长孙石渠被仙姿拖到老者面前，唯唯诺诺地叫了声："爷爷！"

"跪下！"

"欸。"他应声跪好，姿势标准，动作熟练。

长孙春花道："爷爷，有客人到呢。"

老太爷长孙恕这才发现严衍的存在，将浑浊双眼抬了抬："小春花带了朋友回来啊？是哪家的俊后生，可曾婚配啊？"

春花咳了咳："爷爷，严先生是哥哥的朋友。"

于是将严衍如何在路上搭救了长孙石渠——细说。她言语缓慢，吐字清晰，长孙恕边听边笑，看向春花的眼神逐渐慈祥，和刚才威严易怒的老人仿佛不是同一个人。听罢前因后果，他扶着龙头拐杖，颤颤巍巍地站起身，向严衍作了一揖："多谢严恩公，救了我家这不知轻重的小畜生。长孙家永感大恩，必当竭诚以报！"

严衍连忙回礼，双方又虚礼了一番，长孙恕才道："大家都入席吧。"

长孙石渠也想趁机站起来，又遭呵斥："没让你起来！"

他只得继续跪着。

菜肴都是家常清淡口味，但烹饪精细，用材讲究，适合老人脾胃，甚是可口。长孙石渠跪在一旁，一会儿便给严衍使个眼色，央他求情。春花自然也看见了，却权当没看见。

严衍只好道："老太爷，不如让石渠兄起来吧。"

长孙恕哼了一声："看在严恩公的面子上，你就起来吧！"

长孙石渠如蒙大赦，扶着膝在席间坐下，刚想动筷，又听长孙恕道："孽障，你可知道自己错在何处？"

他默默放下筷子："孙儿在外游荡一年，害爷爷惦念了。"

"混账，这自然是一桩罪过，却不是最重要的一桩。还有呢？"

"还有？"长孙石渠蒙然看向春花。

春花道："爷爷，今日有客人在，家里的事，不如……"

长孙恕怫然道："严恩公对石渠有救命之恩，他是外人吗？自己做了丢人的事，还怕别人知道？"

春花抿了抿唇，不说话了。

严衍倒有些意外，这女子心机颇深，对祖父却是真心孝敬。

不一会儿，仆妇领上来一个颇有姿色的年轻妇人，怀里还抱着个粉妆玉琢的小娃娃。娃娃圆圆眼，圆圆嘴，手脚雪白得像多节的嫩藕，胸口一把闪闪长命锁，口水流得满襟都是。

长孙恕沉声道："小畜生，还不看看你的妾室和儿子。"

长孙石渠刚刚举起的筷子又啪嗒掉在了桌上，席间一时阒然无声，庭院中有鸟雀扑棱棱穿过巨大的芭蕉叶，飞起不见了。

长孙石渠猛地惊醒，眼泪都快飙出来了："爷爷，冤枉啊！什么时候有了儿子？我怎么不知道？"

妇人低眉顺眼，怯懦可怜。长孙石渠手指直指着她，颤声大叫："你是什么人？我不认识你，为何要说这是我的儿子！"

妇人面容凄苦："妾身烟柔，是……是万花楼的不幸人。两年前，少爷曾与妾身共度几日良宵，少爷都……都忘了吗？"

"忘你个头啊！你有病啊？"

长孙石渠感觉自己正身不由己地落进一个大口袋，拼命要爬，下滑的速度却更快。

"爷爷，这……千古奇冤啊！"他绕着厅中兜了两圈，不知该如何证明自己的清白，急得随手抱住一个厅柱，拼命将脑袋往上撞。

无须下令，仙姿已经先一步纯熟地捏住他下巴，让他动弹不得。

春花开口了，出奇地冷静："哥哥，撞头对脑子不好。"

长孙恕大骂："孽障，你从前整日流连万花楼，谁不知道？难道还有人诬赖了你不成？"

那烟柔抱着孩子，悲切地抽泣起来。孩子见母亲哭泣，不知道发生了什么，也跟着号啕大哭，哭声震得人耳膜直跳。

春花叹了口气，从烟柔怀里接过孩子，哄了一会儿，待厅中安静了些，才道："哥哥，你当时在万花楼相好的姑娘甚多，都记得叫什么名字、长什么模样吗？"

长孙石渠愣了愣。

他离家出走……不，是离家游历之前，确实过了几年荒唐的日子。不仅是万花楼的人，而且花街上的每一位鸨母都和他是"生死之交"，一个月倒有二十天是宿在勾栏里边。直到有一天，烂事被长孙恕知晓，不仅将他大骂一通，还让仙姿把他按倒暴揍了一顿，断了他的银钱，将他禁足在家。他实在受不了拘束，这才款款收拾包袱，离家出走……不，是离家游历。现在想来，和他相好过的姑娘确实不少，有的他真不记得模样和名字。他转脸端详那叫烟柔的女子，确实颇有姿色，楚楚可怜，是他当初喜欢的类型。

"哥哥，你看看衡儿，和你长得多像啊。"

衡儿？这小娃娃叫衡儿？长孙衡，是个好名字。娃娃长得很精致，嗯，若非他的骨血，怎么能长这么好看？

"哥哥，我托人到万花楼查过，人和日子都对得上，这孩子，只能是你的。你要还不放心，咱们……滴血认亲？"

长孙石渠一慌："不！我不滴血认亲！"

真要滴血认亲，证实确是他的孩子，那就一点自欺欺人的余地都没有了。春花看他松动了不少，将孩子往他面前一送："哥哥，你要不要……抱一抱孩子？"

小娃娃刚哭过，这会儿被哄得破涕为笑，口水直流，兴致勃勃地盯着眼前慌乱的男子，半晌，忽然咧开没长齐牙的小嘴，不太清晰地叫了一声："爸爸！"

长孙石渠魂飞魄散，发出土拨鼠一样的惨叫，抱头冲出门去。

这一顿饭吃得惊心动魄、胆战心惊。用过膳，长孙恕与春花百般挽留严衍在府中居住，严衍只说与故友约好了住处，不便爽约。

春花便没有强留，只是亲自一路送他出去。

行到门口，她停下脚步："严先生请稍留。"

严衍遂低头看她。

夜深如墨，四下只有他们两人。她靠得颇近，他能嗅到她身上淡淡馨香。这是……素馨？此时正是深秋，她身上竟还有春天的气味？

严衍不禁有些不悦，这女子于男女大防上毫不在意，他却不能不顾惜她的名声，于是，不着痕迹地退开两步："春花老板有何吩咐？"

春花似乎没听出他话语中隐隐的排斥，又跟着凑近一步："今日爷爷在气头上，教严先生见了家丑，实在惭愧。哥哥虽胡闹，长孙家的颜面还是要顾一顾的。我有个不情之请，请严先生不要对外人言及今日所见，不知严先生能否守密？"

她这番话甚是诚恳。严衍也觉合理，颔首道："这是长孙家家事，严某非长舌之人，自然不会对外人言。"

春花大喜，向他郑重地行礼："多谢严先生了。"

严衍走出几步，听她又在身后叫他：

"严先生来汴陵，是为公事还是为私事？"

严衍头也未回："今日晚了，改日再议不迟。"

春花盯着他背影看了一会儿，直望着他拐过街角，不见了。

"这人，耐性不大好嘛。"她自言自语，而后伸了个懒腰，转身入内。

章四·断妄存真

是夜，月色格外晦暗。

敲门声响起的时候，闻桑正在逼仄的陋室里吃一碗齁咸且坨了的汤面。这是他白日从衙署顺回家的。他严重怀疑，衙署的厨子打死了卖盐的。闻桑饿得前胸贴后背，不耐烦极了，于是咬着筷子捧着碗去开门。

门开的同时，一股冰冷彻骨的劲风袭入，他不及细看，身子已先反应过来，一个横跃侧翻避过来袭之物，面碗在手里转了几个来回，竟然未洒。门扇应声撞在墙上，一时绿光大炽，重物在地上拖行的声音由远及近。屋内地面上渗出水珠，很快又结成霜粒，顺着墙脚向墙上延伸。

闻桑产生了非常不好的预感。

他哆哆嗦嗦地探头过去，果见一条两人合抱粗的绿眼长虫，履着地面爬了过来。长虫两侧细足密密麻麻，爬得极快，头顶上一双小灯笼一般的绿眼睛，眼下裂缝中，紫色芯子吞吐不停。

"蜈……蚣……精……啊！"

闻桑三魂七魄丢了一半，将面碗掼过去，抱头逃窜。

他身为汴陵府高等捕快，兼断妄司汴陵栈栈长，大大小小的妖物也算见过不少，但没几个人知道，他的死穴是蜈蚣。这种多手多脚的小虫子教他觉得浑身都是痒疙瘩，平日巡街问案验尸的时候，遇到条小蜈蚣他都要哆嗦半天，离得远远的。

可这回，是个蜈蚣精啊！

定是水逆。

闻桑知道自己应该抄家伙，不管是画符、结阵，还是祭出降妖杵对付它。可是他两条腿完全不听使唤，脑子里一片空白，仿佛后脑勺漏了个洞，将他在断妄司十年学艺的成果漏了个干净。此刻，他和一个普通人一样慌张，哆哆嗦嗦爬上了八仙桌。大蜈蚣进了屋，唑唑地围着八仙桌转了两圈，霍然如人立，缘着桌腿节节升高，直升到绿灯笼眼睛和闻桑的双眼平行而视。蜈蚣脸上粘着两条面线，像是被驹住了，身子微微颤抖。

趁着这机会，闻桑捡回残余的理智，从怀中摸出降妖杵，直对着蜈蚣脸，颤声念道："无……无定乾坤网！"

小棉被一样的光网从降妖杵中射出，兜头往蜈蚣精罩去。蜈蚣精也不是善茬，扭身一闪，顺利躲过，而后反身朝闻桑劈头扑下。降妖杵从手中滑落坠地，八仙桌顿时粉碎，闻桑被无数蜈蚣脚按住双臂，压在地上，他睁眼便见蜈蚣精的大头在鼻尖上森森吐芯，涎水一滴滴落在他脸上。

天可怜见，难道断妄司副天官的首席大弟子，天纵之才的玉面小飞龙闻桑就要命丧此处？都说"没做亏心事，不怕鬼敲门"……咦……敲门？蜈蚣精来犯，怎么还会先敲门呢？似乎……好像不太对呢。闻桑僵硬了片刻，终于回过味来，可是方才造成的惊吓已经无可挽回，裤子底下湿了一片。

他闭眼大哭起来："大师伯，收了神通吧！"

庞大的蜈蚣精便如被钩了丝的纱一般，噗地散成一团烟雾，而后慢慢地淡了。

屋内暖和起来。

青衣男子负手伫立在门前，淡淡瞥着闻桑的窘态："还是这么差劲。"

断妄司直属御前管辖，职在管理化内妖邪，守护黎民，审妖断鬼。为断绝妖孽鬼蜮凭借灵力迫害大运臣民的妄念，故名断妄司。当然也有一种说法，是要将臣民与妖鬼隔绝开来，使百姓不知有怪力乱神，故名断妄司。

现任的断妄司天官，出身清贵世族，天生有异能，能目辨妖鬼。上一代老天官初次见他，便说他是星主转世，凡俗邪物莫敢近身，于是收为关门弟子，以天官之位相传。这位大人性情冷淡倨傲，精力旺盛又不近人情，御下严，御己更严。断妄司内，人人都晓得要绕着他走。

除京城总部以外，断妄司在各州府均有分栈，监查异闻异事。闻桑是孤儿，八岁被断妄司收养，如今任着汴陵栈的栈长，在官府文牒上的明职是府衙一名高等捕快。

府衙上下都知道闻桑"上头"有人，所以他不曾受过为难。唯一的困难就是汴陵物价高，居大不易。捕快俸禄太少，赁房子已去了大半，而衙门一天只包两顿饭。他居住的这间小屋里，除了一张土床，便只剩一张八仙桌和一把颤颤巍巍的破椅子了。

唉，现在连八仙桌也没有了。

闻桑的师父韩抉是严衍的师弟，也是表弟，现任断妄司副天官。他有一句话说得好："不要怕得罪你大师伯。不管你有没有得罪他，他都是一样恐怖。"

闻桑战战兢兢地给眼前的人奉上一杯热茶。茶叶末子是他从隔壁赵大娘处借来的，过几日又要还。他只盼破椅子能给他点面子，不要当场散架。

"大……大师伯，请喝茶。"

严衍接过茶碗，看着里头渣一样的茶末，微微皱起眉头。

"公门中无师徒。"

"是……天官。"

"你来汴陵这几年，怎么一点长进也没有，还是怕蜈蚣？"

"小时候被咬过，师……天官您是知道的。"

严衍睨着他："倘若今日来的，是真的蜈蚣精呢？"

开始了。

"人从爱欲生忧，从忧生怖。若能离爱，何忧？何怖？"

"天官教训得是。"只是能不能少说两句？

"你身为断妄司第十九代大弟子，应当以身立表率，给底下的师弟师妹做个样子。连小小恐惧都不能克服，谈何表率？"

是，他知道"祖宗"十八代都在天上，瞪着他这不成器的大弟子呢。

"我错了，一定努力锻炼自己，克服恐惧，像大师伯……天官一样，做一个内心强大、无忧无怖、断情绝爱的猛人。"

咦，他好像发挥得有点过了。闻桑抬头，见严衍高深莫测地瞟了他一眼，居然没有再说教。换了条裤子，闻桑这才笺着胆子问："天官来汴陵，不知是有何公干？"

严衍喝了口茶润润嗓子："我这次来，一则，是你师父不放心你，让我过来看望。"

师父，您是不放心我，还是担心我活得太轻松了？

"你师父夜观天象，发觉近来汴陵妖气冲霄，有妖孽聚集之象，恐有大事发生。我们都觉得你扛不住事，便决定由我亲自来看看情况。"

扛不住事……他现在就有点扛不住了。

"二则，是为了苏玠一案。"

"呃？"闻桑惴惴不安，"此案已经审结上报大理寺，大理寺觉得并无疑点。天官大人是发现有什么异常吗？"

严衍深深看了他一眼。

苏家是世代簪缨的清贵望族，苏玠的长姐是当今陛下的发妻，做太子妃时便因急病去世。陛下与苏氏鹣鲽情深，伤心了好一阵子。一年前，苏玠奉命前往汴陵采办内廷贡品，却在汴陵遭人暗杀，死于非命。汴陵府迅速缉拿了凶犯，却是一名烟花女子，因争宠生恨，在床榻上将苏玠杀害。

事情一出，几个苏姓后生的仕途提拔都临时作罢。苏家人好面子，苏玠之父苏崇急火攻心，大病三日后撒手人寰，苏家门楣染污，声名扫地，自此在京城夹着尾巴做人。

"半月前，陛下做了个噩梦。"

闻桑张着嘴，听严衍道："苏氏托梦，说苏玠之死另有隐情，恐怕是妖鬼作祟。陛下连日为噩梦所扰，便命我亲至汴陵调查此案，还苏家一个真相。

"断妄司以严守天道为任，不轻纵，不枉杀。我既来了汴陵，便不能不详查。"

闻桑点点头，这句话是断妄司的司训，他在京城的时候，一天能听到八百遍。

"那……三则呢？"

"三则，"严衍的神色添了几分不豫，"陛下给了我三个月假期，让我远离京城俗务，休整休整。"

这三个月的长假，其实是韩抉在皇帝面前求来的。断妄司天官是位有名的工作狂，从不休沐，底下的属员都被他练得疲惫不堪。韩抉牺牲了自己徒弟的身心幸福，将这尊"大佛"送到汴陵，好让一众同僚能喘息些时日。

韩抉的原话是："师兄，汴陵美人多，你好歹看上一个领回来，知道知道有家累的难处。"

严衍想起此话，不由得皱起眉。韩抉这个人，研制各种神兵法器的本事是没话说的，嘴可实在太碎了。

见他脸色不豫，闻桑生怕是自己惹了他，连忙道："天官打算从何处查起？"

"就从长孙春花查起吧。"

严衍将自己如何在道上救了长孙石渠，如何在鸳鸯湖畔看了一场唱作俱佳的戏码，又如何在长孙家吃了一顿十分尴尬的饭，对闻桑说了。念及对长孙春花的承诺，狗血认亲的那一段他只略略一提，并未细说。

"去年苏玠来采买绸缎、玉器与药材，多是从长孙家和寻家采买。他曾多次出入过长孙家宅邸，与长孙春花过从甚密。不过……事发当日是在勾栏之中，那犯案的女子也与长孙家并无牵扯。汴陵世代重商，商人之间同气连枝，有许多行规门道，不为外人与官府所知，非得深入其中，才能探知几分秘辛。"

他回忆起长孙春花，只记得那一脸貌似坦率、实则虚伪的假笑。

"此女于经商一途确有长才，只是有些心术不正，城府太深。苏玠一案，她不会毫无所知。"

闻桑听得饥肠辘辘，又听严衍说长孙春花挽留他暂住，被他婉拒，遗憾得握紧双拳。

"师伯，我这里，确实也住不下啊。"他讪讪道，"要不，您住我这儿，我去府衙差房找个地儿过一晚……"忍无可忍的肚肠终于不体面地鸣叫起来。

严衍面无表情地看着他，半晌起身："我去住客栈。"

他在椅上留下一块碎银："明日去买张桌子。"

章五·移宫换羽

二十岁的长孙春花，已是汴陵商会的会首，城中炙手可热的豪绅。纵然流传着许多关于她未嫁又行事张扬的议论，但同在生意场上，商户们当面都对她客气三分。她自问身经百战，能让她唉声叹气的难事不多，可今日，不偏不倚就有这么一桩。

长孙家老账房褚安平后院起火，在汴陵养外室的事情东窗事发了。乡下的褚大娘子直接打到钱庄里来，两人一通互殴，将账房砸了个稀烂。春花赶到的时候，账本文墨散了一地不说，褚大娘子盘腿坐在地上，哭得"天地变色、日月无光"。褚安平缩在张小桌下头不敢出来，只露出半张青紫的老脸。

这位褚大娘子干了几十年农活儿，力大无穷，行动矫健，身手不凡。钱庄的护院围在一旁，顾念着是褚安平的家眷，没有一个敢上手。几个做杂役的嬷嬷撸了袖子要去架她，却险些被抓花了脸。偏偏是这日，仙姿被留在家中看守长孙石渠，不在身边，掌柜、伙计、嬷嬷、护院和围观的钱庄客人都将目光盯住了春花。春花在心底深深叹了口气，迈着步子走到褚大娘子面前："大娘子，您究竟想要个什么结果，说出来，我们好给您做主。"

褚大娘子见是她，勉强止住哭号，抽抽噎噎地提了两条铁律：一是要褚安平发卖了外室；二是要褚安平辞了汴陵的差事，回乡下安分度日，和她一起侍奉公婆。

听到此话，在小桌底下的褚安平有骨气地扔出一句："办不到！"

褚大娘子随手将一块墨砚砸过去，褚安平躲得甚快，没有砸到。

春花笑道："这两条，确实难为了褚先生。您再说说，还有什么别的法子？"

褚大娘子哼了一声："别的法子，也好办。这几年老褚在你们家辛辛苦苦挣的钱，都便宜那个狐狸精了！要么东家您把这三年的工钱重新结给我，我就让他继续在这儿干；要么，我就把老褚带走！"

褚安平躲在小桌底下喊道："东家小姐，别听这臭婆娘的，大不了我不干了，也不能让您受这个委屈！"

"哼，你就是在这春花钱庄里，跟什么人学坏了！什么春花钱庄，这么俚俗的名儿，做的生意也不干净！老娘今天非把你带走不可！天底下钱庄那么多，还怕混不到口饭吃？"

春花唇边挂着一丝笑，眼眸渐渐冷了下去。

俗话说，"八百壮汉不如一个好账房"。褚先生在长孙家干了十年，打得一手好算盘，里里外外看顾得妥妥帖帖，春花对他有十二分的信赖。如今他还在壮年，带的两个徒弟还没出师，真要撒手不管，她一时间确实找不到合适的人手。这几年产业拓得快，她是有些过于倚仗褚安平了。不知被谁看了出来，点醒了褚大娘子，才敢这样肆无忌惮。

可她这个人呢，最讨厌被威胁。

春花沉吟片刻："非要把褚先生带走不可？没得商量了？"

"没得商量！"褚大娘子牛皮哄哄的，叉着腰。

"看来是没办法了。"春花遗憾地向左右道，"去报官。"

她大咧咧往一旁唯一完好的长凳上一坐，摊开双手，随身的两个大丫鬟自动送上算盘和契账。

春花左手翻开契账，右手将算盘唰唰一拨，整齐平放。

"要走可以，咱们先把账算清。褚先生在长孙家干了十年大账房，三年前我做主，给先生分了钱庄两股，重签了契约，这三年每年分红二百两，均已拨付。重签的契约里明白写了，不论何时，褚先生若因自家，辞了差事不干，三年内不得在江南任何一家钱庄做事，否则，须七倍赔付我长孙家这两股的三年分红，咱们按市价年息九分，连本带息再计七倍，合计是……"飞快拨弄算珠的纤手戛然而止，"四千五百八十九两三钱四分。"

褚大娘子呆立着听完这一席话。前头的她全没听懂，最后这串数字她却是明白的。寻常钱庄的大账房一年薪俸也不超过一百两，这个数字，褚安平至少得白干到老死。

"你……你乱七八糟地说什么？别以为我们乡下人读书少，就来蒙我们。"

春花微微一笑："大娘子不懂，褚先生却是懂的。我瞧你们夫妇今日一唱一和，想必收了别人不少钱。区区几千两银子，你们早就不放在眼里了吧？"

褚安平夫妇登时一怔，下意识交换了个眼色。

这情景落在春花眼里，再明白不过。

她有些遗憾地叹了一声："实在不想赔银子，也行。咱们就按契约办事，三年内，别让我在江南任何一家钱庄看见你，每年二百两的分红，我照样给你。三年后，钱庄股份我原样收回，你不能要。

"今日，你们夫妻俩在我这里演的这一出戏，拿了谁的银子，原样给人家还回去，偷了我的东西要送人的，现在就留下。否则，一会儿官差到了，大家不好看。"

春花从刚才就一直在想，褚大娘子特地来闹一场，究竟有什么好处。要真是冲着褚安平去的，不能去家里闹？不能去那外室那里闹？非要闹到店中来砸自己相公的饭碗不可？恐怕是要趁乱顺走什么东西。

平日账房井井有条，账本经许多道手，丢了必有线索。如今她这样一闹，人多眼杂，丢了东西，就再难查问了。

褚大娘子扯着嗓子喊："我们没收人银子！胡说，你……诬赖好人！"

春花摇摇头，换了个人说话："褚先生，咱们共事多年，您对长孙家有些恩情，我不会忘。大不了，咱们好聚好散，不要弄得失了脸面。"

褚安平猫在小桌底下，半晌没说话。

褚大娘子先急了："老褚，你……"

"够了！"褚安平手脚并用地爬出来，给春花行了个礼："东家小姐，都让您看出来了，我这张老脸也算是没了。我实话实说，是有人给了两千两银子，让我们给您找不痛快。我也是听了这蠢妇的撺掇，一时糊涂……没有守住。"

毕竟是十年的账房，心里多少残留一些对行当的敬畏。他从怀里掏出两本内账，放回到一个雕花匣子里去：

"我藏下的东西，当您的面，放回去了。求东家，放我们一条生路。"

春花道："你们把方才我说的事做了，我自然不会把你们往死路上逼。"

褚安平满面紫色，羞惭道："多谢东家。"

"官差即刻便到，你带着你家大娘子，速速离开吧。"

"什么？怎么就走了？"

褚大娘子还要发作，被褚安平呵斥了一声："闭嘴吧你！"

他将褚大娘子一把拽起来，就往外走。

褚大娘子咬了咬唇，走了两步，蓦地一阵不甘心，甩脱了褚安平，转身便往春花扑过去，两手高高扬起："我打死你这臭丫头……"

这一下春花没有防备，周围的护院专注看戏，一时也没反应过来，眼看她便要被抽上一个巴掌，褚大娘子却自己"哎哟"一声，抱着胳膊痛呼起来："哪个不长眼的砸我？"

围观众人都莫名其妙——根本没有人靠近她，更加没有人砸她。

这时街面上远远地喊了一声："官差来啦！"

褚大娘子吓得猛一哆嗦，再不敢撒泼，拉着褚安平就往外奔了出去，仿佛后头有鬼在追他们。

其后，府衙的官差来到，照例询问了几句，见没有大碍，便收班回去了。其中还有一个姓闻的捕快，春花从前也见过，他多问了几句，譬如是否要上告，是否要拿人什么的。春花顾念褚安平在长孙恕那里还有些情分，便没有追究。

街上围了几层看热闹的人，见此情形，也纷纷都散了。

春花吩咐底下的人收拾残局，偶然往外看了一眼，便看到一个眼熟的背影。

她下意识追过去："严先生？"

严衍转过身来，正对上她一脸天真友善的笑容，仿佛刚才那个使霹雳手段的悍东家是另外一个人。他忍不住又蹙起眉，口中还是有礼地打招呼："春花老板。"

春花端详他的神情："严先生，也喜欢看热闹啊？"

"只是路过。"他默了一会儿，"有春花老板在的地方，总是有热闹可看。"

春花盯着自己的脚尖想，他可能觉得，她就是个大热闹吧。

"方才那泼妇要打我，是严先生出手相救？"

"严某离得远，不及相救，想来是春花老板吉人自有天相。"

嘿嘿，还不承认。

春花挑眉，果断提议："正是午膳时分，我请严先生吃饭？"

严衍有些意外："石渠兄呢？还有那位仙姿姑娘，没在你身边？"

春花摆摆手："我哥回来这几日，天天想着要逃。我让仙姿在家看着他，好好学学，怎么当爹带孩子。"

严衍眉峰成峦，想要说什么，又忍住了，只道："那对账房夫妻是收了谁的好处，你不想查一查？"

"自然是要查的。严先生想帮我？"

严衍面无表情地转过脸去："你心里有数，便无需严某插手。春花老板贵人事忙，严某这就告辞了。"

"哎，严先生，你住在哪家客栈？我哥还想去拜会呢！"

严衍默了一会儿，撂下一句："福喜客栈。"

他走出几步远，春花又在他身后道："严先生，有机会一起发财啊！"

严衍决定不予理会。

春花遗憾地想：这个人，真是很难接近啊。

不过这样的人，倒很适合做账房先生，至少看起来，不会背着娘子私置外室，也不会收受贿赂来偷她的账本。

章六·王谢堂前

暖风花绕树，秋雨草沿城。[1]午后湿淋淋下了一场小雨，人身上都是雾蒙蒙的。长孙石渠携了礼品去客栈找严衍，却扑了个空。小二对他说，严先生午后便出门了。石渠在家里闷了几日，当然不甘心这就回去，于是在客栈外堂坐着等严衍，一直到接近晚膳时分，没等到主人翁，反而等来了一个熟面孔。

那人从客栈对面的一家当铺出来，眉眼奔拉着左顾右盼一番，便连忙低头走路。石渠眼尖，一下看出，那人正是长孙家的老账房，褚安平。他虽不管生意，但作为长孙一员，自然也对褚安平的行径不以为然。他见褚安平鬼鬼祟祟，猜测可能是去见收买他的人，便忍不住偷偷跟了上去。

穿过了两条街，石渠眼看褚安平进了一家胭脂铺，买了两盒胭脂，又拐进一家绸缎铺，买了两匹上好的细绢。这就让人猜疑了。褚安平的娘子石渠也见过，是个粗鄙凶悍的母大虫，从没见她用过什么胭脂水粉，细绢也是不穿的。

石渠忽然福至心灵：莫非那外室的事情不是做戏，老褚这老不要脸的，真的养了个外室？

好奇之心占了上风，石渠跟得更紧了。

褚安平脸上带笑，又走过一条街，在一扇小宅院门前停下来。他敲了门，立刻有人伸手出来，将他买的物事都接了进去，随即人也跟着进去了，石渠只来得及看到一段绛紫的衣袖一闪而过。

院子离城隍庙不远，算是汴陵核心地段，门面和装潢都颇为气派，至少要一千两银子。褚安平这些年在长孙家挣的钱，应该都花在这座宅院上了。

石渠更好奇他那个外室的长相了。老房子着了火，再也难救，褚安平为了第二春可真是下血本了。

他在门外踱了两个来回，看见斜对面有个摆馄饨摊儿的，便上去叫了碗馄饨，问："这府里可是有位标致的小娘子？"

卖馄饨的见他一副纨绔打扮，张嘴就是猎艳的口吻，不耐烦道："小娘子没见过，母大虫倒是有一头。"

1　出自唐代李白的《送袁明府任长沙》。

石渠一愣，这么说，这宅子里竟然住的是褚大娘子。

正待追问，褚家宅院里骤变陡起，一声惊愕的高喊震破了黄昏的天空，接着便是急踏慌乱的脚步声，从里头一路传出来。石渠连忙放下筷子冲过去，在门口和褚安平撞了个满怀。

"怎么了？"

褚安平神情惶遽，颤抖着指向宅内："我娘子……死了！"

"死了？"石渠大惊，"怎么死的？"

他伸着脖子要往里看，只见内里一重堂内，苍黄衣袍的妇人背对着他趴卧在地上，身侧似有暗红的凝固液体。褚安平如梦初醒地望着他，仿佛刚刚认出来："大少爷？"

"是我，是我。"石渠安抚地拍拍他的手，"你别急，告诉我，发生了什么事？"

褚安平却仿佛被烫着一般，倒退两步，良久，嘴唇嗫动："是你……是你！是你杀了我娘子！"

他猛地扯住石渠的袖子："来人啊，杀人凶手在这里，快报官啊！"

断妄司的宗旨，不是除尽异类，而是守护黎民。所有与凡人混居的异化生灵，断妄司统称为"老五"，若分雌雄，雌的唤作"五娘"，雄的唤作"五郎"。这称呼是首任断妄司天官杜撰出来的，他说天地之间，造化最大，神为次，人为第三，其余花木鱼鸟兽等凡间生灵为第四，而那些不在阴阳轨中，由神、人、物任性演化之物，统称为"老五"。

大运皇朝皇气弱，镇不住隐藏的妖鬼异类，羡慕人间生活的异化生灵便化作人形，混迹在人群中。只要不利用异能危害他人，断妄司对老五便睁一只眼闭一只眼。每一处断妄司分栈的任务，除了镇伏危害黎民的老五，还有一个琐碎至极的职责，便是接收辖内自愿登记的老五档案，以供存证查找。

严衍在闻桑处翻阅了已登记的一千三百九十六份老五档案，对汴陵妖界大致有了个了解。汴陵富足，人民安居，娱乐丰富，妖物们选择此地定居倒也不奇怪。但前些年，汴陵登记的老五一年不过增长十几例，近一两年来，却是翻倍增长，每年都有上百新增。

断妄司的登记，就如水中冰岛，只能采集到水上一角的模样，大部分的老五是隐藏在水下的。这一点，严衍比任何人都清楚。他心中担忧，老五们如此大规模地向汴陵聚集，动机究竟为何？

天色已晚，他知道当着自己，闻桑连口舒心饭都吃不上，因此告别了，回到自己居住的福喜客栈。刚进门，忑忑不安的店小二就迎上来，说长孙家的大少爷等了他一下午，把几份礼物胡乱堆放在门口，人却不见了。

小二说，接近黄昏的时候，长孙石渠似乎看到了什么不得了的人，说要跟过去看看，很快便回，可是直到现在都没有回来。

严衍心想，长孙石渠为人没有常性，谁知道看见什么，一时兴起就跟着走了，忘了原本要做的事。他本不太想管这事，可店小二十分紧张，扯着他的袖子，请他一定要确认长孙石渠的行踪。

长孙家在汴陵城中的地位非同一般，长孙家大少爷更是出了名的不靠谱，故而这店小二也怕长孙大少爷出点什么事，牵连到他。

"他离开之前，在做什么？可有什么异状？"

小二拉着他来到客栈门前，说石渠当时就是站在这里。

"他当时向对面张望，忽然就说：'小二哥，我见着熟人了，去去就回。若是严兄回来，让他千万等我，别再走开。'"

严衍站在石渠之前所站之处，朝对面一看，赫然是"寻记典当"的金字招牌。

他思忖片刻，穿过街道，来到寻记当铺。

里头的朝奉已经准备打烊，他也不废话，径直问道："今日黄昏，可有什么特殊的人前来典当？"

对方见他没头没脑地进来就问，不耐烦道："典当物品，概不退换，除非拿银子来赎。"

严衍也不生气，继续道："这个人，与春花当铺相熟，按理是不该来你们铺里典当的，可是偏偏来了你们这里。他和长孙家的恩怨牵扯，你难道不想知道，不想去和寻老板讨个赏？"

朝奉一愣，立时就想起了下午来的那个人。

那人来时，他也十分疑惑，本着典当行规，不能四处宣扬，但心里探听的欲望就像猛虎在柙，早就关不住了，但表面仍淡淡道："谁不知道褚安平和长孙家闹掰了，春花老板还报了官。"睨一眼来者，"这位先生知道内情？"

严衍神情微动。

长孙石渠遇上褚安平到寻记当铺典当，肯定想跟上去看个究竟。他或为寻衅报复，或为质问，总不会有什么好念头，这一去没有回来，或许真出了什么事，于是严衍也不管探听八卦的朝奉，转身便出了门。

沿路打听了褚安平的住址，严衍一路来到城隍庙附近的褚家宅院。褚家门前围满了人，其中最令人注目的一个便是穿着捕快官服的闻桑，正和对门馄饨摊的摊主说话。闻桑本来一派威严地向摊主取证，见严衍过来，脸上绷不住一慌："大……天……严叔，您怎么来了？"

严衍对他这个称呼吃了一惊，倒也没表示反对："出了什么事？"

闻桑凑近些，低声道："死了人。"

严衍到之前，长孙石渠已被衙役押送至府衙暂押，闻桑也已询问了好几个证人。

苦主褚安平称自己午后便出门，黄昏才到家，一进门便发现褚大娘子倒在厅中，头上被砸开了两个口子，血流满地。他连忙出门报官，在门口撞上了石渠，当下便怀疑，是长孙家记恨他们夫妇讹诈偷盗之事，下了毒手。

褚大娘子是半个月前从乡下老家进城的，此前褚安平都是一人居住。褚家两老均已过世，儿女也已成家，褚大娘子在乡下的责任也了了，便来投奔长久没有一起生活的丈夫。

这处宅院是褚安平半年前购置的，长孙家给的年俸和分红都甚是可观，买下这宅院还算合理，只是一人独居，原本无需这样大的宅院，况且他也没有雇用仆妇。故此，外界都传言他在宅中养了个娇滴滴的小娘子。

邻居们只是传闻，一一盘问过后，却没有一个人见过那小娘子。

仵作验了褚大娘子的尸身，人死了一个时辰左右，应是在午后申时被害。而照褚安平的说法，那时辰他根本不在家。门口馄饨摊的老板也做证，说褚安平是刚过午膳时分就匆匆出门了，到黄昏时才回来。

严衍想了想，申时，长孙石渠还在福喜客栈等他，所以也无犯案可能，只要将福喜客栈的小二唤来询问，便可查证。

闻桑道："如此最好。但褚安平言之凿凿，自己夫妇近来只得罪了长孙家，定是长孙家杀了他娘子。即使不是亲自动手，也是买凶杀人。他死咬着长孙家不放，知府大人也只好将长孙石渠暂时收监，明日再行审问。"

"还有一事……"

"什么？"

闻桑游移不定："长孙石渠口口声声说，褚宅中还有一女子，穿绛紫色衣裙。但我们将褚宅里里外外搜了个遍，并未看到还有别人。街坊四邻也都询问过，从未见过褚家有其他女子。"

严衍神情一凝："你的意思，这又是老五犯案？"

"那也未必，这位长孙大少爷脑子不大清楚。前几年他还曾报过案，说一位相熟的青楼姑娘跳湖淹死了，结果人家还是活生生的呢。可见他的话，作不得数。"

严衍点点头："你且仔细些查证。"

章七·沉香碳谜

褚大娘子颅骨上两个伤口，一深一浅，深的正砸在太阳穴上，是致命伤，伤口凹陷整齐，是被边缘锐利的硬物方角砸中所致。查看尸体周身，并没有什么挣扎搏斗的痕迹。凶手应是先砸了一下，将褚大娘子砸晕，怕她没有死透，便又给了她一记。

严衍记得，褚大娘子性格很是泼悍，身手也矫健，若不是猝不及防，便是对方力气极大，才能将她一击砸晕。

闻桑将一个哈欠咽回肚里。

"这事，要是老五做的，不会用这么粗暴的法子。"

"也许是老五做了，又想伪装成人做的。"

"会不会是褚安平杀了妻子，立刻出门去，装作毫不知情，再教别人看见他酉时到家？"

"时间还是对不上，除非有同伙。"

"也许，正如褚安平所指控的那样，是长孙春花支使人潜入宅院，杀害了褚大娘子。"

闻桑心有余悸地说："长孙家那个很像老五的女护卫，就很有问题。"

严衍道："我见过她的身手。若她出手，不可能两击才致命。"

此案有三处关键的疑点。其一，褚安平的外室，是否确有其人？其二，有人给了褚安平夫妇两千两银子，让他们在春花钱庄闹事，偷盗长孙家账本，这人是谁？其三，褚安平在长孙家干了十年，颇受重用，年俸丰厚，何至于沦落到去当铺典当？他究竟为何亟须用钱，以致不惜背叛长孙春花？

这三点，都要落在褚安平身上。

严衍沉思半晌："褚安平也押在大牢？"

"不错，他也是嫌犯，知府大人今日家中有事不问案，王捕头不敢轻纵，便一起关了。您要见他？"

"不急，先去褚宅。"

闻桑立刻清醒了。

"天官，我此前已经仔细查探过褚宅。这么晚了，万一有鬼……"

严衍瞥他一眼："你不是怕蜈蚣吗？鬼也怕？"

怕蜈蚣算是他的个人特色，怕鬼，这不是人之常情吗？

"都听您的。"

雨后的汴陵城被氤氲的湿气包裹着，连敲梆的声音都仿佛带着水汽。

屋脊起伏，在微微月光的照耀下带着水光，但湿滑的青瓦丝毫没有拖慢两个黑影的身法，万籁俱寂之中，两人无声无息地进了褚宅。

这是个两进的院落，打扫得干净体面。内院中有一株大槐树，正房在正堂之后，是褚安平夫妇居住的房间，两侧有厢房、耳房、灶房、茅房。灶房之中，灶火燃尽熄灭，锅中尚有残汤凝结，灶案上几碟小菜俱已干结。几间厢房中有一间有简单的床铺和被褥，被褥无尘，有躺过的痕迹，其他几间无人居住。

严衍在正堂中停下，端详着门边那摊血迹。闻桑则四下兜了一圈，一个人转到正房里去翻查。

褚安平这卧房里的描金大床、妆奁台凳、书案柜几都是时下最时兴的样式，可见置办的时候费了番心思。床上帘被都是清一色的绛紫色，织锦的鸳鸯戏水被面，同心如意枕面。有些胭脂水粉堆放在妆奁之上，都是没有开封的样子，衣箱中也都是些年长妇人的暗色衣饰。

闻桑难以抑制心中的奇怪之感。

此处装饰，都是按照时下年轻新妇中意的风格打造，却并无年轻女子居住的痕迹。若说褚安平是为了讨好褚大娘子才做此布置，他是打死都不信的。

卧房与书房相接，以一道屏风相隔。

书案摆设也很考究，定做的细木格子，文房四宝均以确定的尺寸整齐摆放在格子里，严丝合缝。各类卷轴账目也有确定的格架安放，还有索引便于查找。大约做账房的，都有这样的强迫症吧。

闻桑翻查了半天，也没找到什么有用的线索。

蓦地，窗格子簌簌响了起来，外头一时风声大作，"啪"的一声将窗户冲了开来。闻桑心中一惊，腰里盘着的软剑隐隐震动。他不及警示严衍，闪身躲到屏风之后，捏了个隐身的咒。洞开的窗格中，一道红光直冲而入，在案前凝聚成一个穿劲装的人，闻桑看不见脸，只影影绰绰地看到顾长的背影，是个五郎。闻桑心中暗暗点数他经手登记过的老五，没有一个与眼前的人重合。

来者大大咧咧地在房中扫视了一圈，便径直走到书柜前翻箱倒柜，看来对这里十分熟悉。他手法毛躁，找到什么东西，发觉无用便随手一丢，原本陈设整齐的书房被弄得乱七八糟。再这么下去，恐怕他要弄坏线索，闻桑抽出软剑，身子如鹞子一般轻轻跃起，脚尖在屏风梃上一点，向来者袭去。来者也十分警觉，仿佛背上长了眼睛，身子一侧，堪堪避过闻桑的软剑。闻桑胆子不大，但功夫是不错的，软剑快似白电，毫无迟滞地转了个弯，刺向对方面门。这下那五郎再难躲避，软剑"唰"的一声搭在他颈子上，剑锋削去了一缕如墨的黑发。对方瑟瑟颤抖起来，面容隐没在屋檐的阴影之中，闻桑只能看见形状优美的嫣红薄唇，不知为何，心中微微一荡，仿佛有细小的蚂蚁从缝隙里爬出来。

他连忙清了清嗓子，喝道："断妄司办案！速速报上姓名、生年、属类，否则断妄司可就地诛杀，不负鬼神！"

对方沉默了一瞬，这才发现眼前只有闻桑一个人。

"原来是断妄司的官爷，可吓死人家了呢……"

嫣红的唇勾出极好看的形状，五郎小心翼翼地侧了侧身子，让面容显露在微弱的月光之下。闻桑怔了怔。他今年十九，在断妄司有十年了，所见过的老五大大小小也有上百，却从未见过如此美艳动人的男子，含情带嗔，颊若春桃，轻轻一个媚眼扫过来，便教人想把天底下的奇珍异宝都捧到他面前来，任他挑选。

"官爷……"男子伸出青葱玉指，拈起寒光四溢的剑刃，往外移开，"您别用剑指着人家嘛，人家可不是坏人呢……"他睁着双楚楚可怜的大眼睛，一寸寸向闻桑靠近，玉指点上闻桑胸口，"您放了我吧，我没有做坏事哦。"

闻桑一瞬间觉得他说得好正确。可不是吗？人家也没做什么坏事，自己就用剑指着他，怎么就这么狠心？

"我不是故意的……"他喃喃道，顿时面红耳赤、手足无措起来。

"没关系，没关系。"对方冲他妩媚一笑，露出两侧各一颗可爱的小虎牙，"人家不怪你。"

玉手自胸膛移到肩上，人也绕到闻桑身后，凑近他脑后吐气如兰："小哥哥，断妄司的官爷都像你这般俊俏吗？"

闻桑感觉耳朵快要烧着了。

"我呀，最喜欢你这样威猛俊俏的小哥哥啦……"

男子在款款笑意中瞳孔暴扩，红光大作，面上生出红、白两色绒毛，冒出一双尖尖兽耳，小虎牙抽长成森森獠牙，张成血盆大口，向闻桑后颈咬下！青色的电光自室外劈至，将那美艳男子直轰到墙上，又弹回来，跌在地上。他浑身兽毛更长，噗地喷出一口血来，才挣扎着要起身，一道电火行空，在他头顶聚成浓浓云团，将他笼罩在当中，动弹不得。

"这是……掌中雷！"那老五惊惶莫名。他听过传闻，掌中雷乃是断妄司天官代代相传的秘技，凡间老五们皆闻之色变。

严衍从门外踱进来，冷冷地看着他，一脚踢在懵懂跌坐地上的闻桑背上：

"丢人现眼的东西，还不起来！"

声音中自带一股清冽入耳的灵力，闻桑双肩一抖，这才从迷幻梦境中幡然醒悟。

"师伯，我刚才……"他面皮紫涨，恨不得找个地洞钻进去，心里明白自己是中了媚术，但方才明明有了防备，怎么还如此轻易中招呢？

严衍看出他心思，道："这是结了媚珠的狐妖，你定力不足，自然无还手之力。"

狐妖柔弱无骨地伏在地上，又瑟瑟发抖了一阵，款摆着腰肢抬起头来，仍旧是一副美人面孔："天官大人，人家知错了，您就饶了我吧……"

闻桑又百爪挠心起来，连忙闭眼，却听雷声贯耳，那狐妖被雷光笼罩，四肢张成"大"字形被压伏在地，仿佛身上有大石压顶，手脚拼命挣扎，却动弹不得。

"孽畜，还敢用媚术！"严衍声色冷厉，不怒而威。

狐妖呜咽起来，手脚渐渐缩短，团成一个红、白两色的毛团。原来是一只赤狐，皮毛因挣扎变得杂乱不堪，口边嘤嘤地流出血来。他咳出两团带血的毛球，蓦地"呜哇"一声大哭起来："天官大人，饶命啊！我再也不敢啦！"

这声音粗嘎有力，是个成年男子的声线，再无之前娇柔妖媚的意态。

闻桑被他吓了一跳，联想起方才萌动的春心，顿时有些反胃。

"你，究竟叫什么名字？为什么在此？"断妄司首席大弟子恼羞成怒地吼道。

狐妖哭喊起来："呜哇！严兄，我是陈葛啊！"

章八·韫椟藏珠

民间百姓供奉五大仙，分为狐仙、黄仙（黄鼠狼）、白仙（刺猬）、柳仙（蛇）、灰仙（鼠），其中又以狐仙为首。狐仙善媚，往往千年能结媚珠，也有一些天资出挑的，天生便能结媚珠。《太平广记》中便有云："狐口中媚珠，若能得之，当为天下所爱。"

四海斋的大掌柜陈葛原来是个五郎，还是个结了媚珠的狐仙，这倒是教人始料未及。难怪四海斋的生意好，不论是达官贵人还是平头百姓，都争相前去，其中又有一半多是女客。

闻桑对陈葛恨得咬牙切齿，用无定乾坤网将他捆成个线团，只露出个脑袋，扔在冰凉的地板上。他拿出一条粗如儿臂的打魂鞭，在地上抽了两鞭，把陈葛吓得魂飞魄散、哭爹喊娘。"快说，你今夜到褚家来干什么？"

陈葛吞吞吐吐，半天说不出一句囫囵话。

严衍坐在椅上，淡淡地看着闻桑狐假虎威的样子："给了褚安平两千两白银的人，是你？"

陈葛不敢否认，怯怯地低下头。

闻桑恍然大悟："你与长孙家不和，所以挖了褚安平，让他去偷长孙家的账本。但你既是个五郎，也有法力，自己去偷不是更快？"

陈葛蔫蔫道："长孙春花身边的女护卫是个硬茬，我不敢。"

严衍道："你知道她是什么？"

"不知道。我一见她，汗毛就竖起来了，肯定是个食肉的大型猛兽。"能把自己拆骨吞吃入腹的那种。

"那你今日潜入褚家，又是为何？"闻桑追问。

陈葛恨恨地啐了一口："老褚把答应我的事办砸了，银子却不还我，真是岂有此理！我听说他家里出了事，便索性自己来拿。"

闻桑冷笑："你倒是会趁火打劫。"

"这位官爷！"陈葛不乐意了，"我只是取回自己的东西，怎么就趁火打劫了？"

"还敢顶嘴？"闻桑看他是横竖不顺眼，将鞭子在手里卷了，不轻不重地敲他的脑袋，"你个老五，到汴陵这么久，登记了吗？知道爷爷是谁吗？爷爷是断妄司汴陵栈的栈长！"

陈葛被他敲得头昏脑涨，扯着嗓子叫："来人啊，断妄司恼羞成怒、公报私仇、严刑逼供啊！"

严衍喝止了闻桑，问："褚大娘子被害，可与你有关？"

陈葛头摇得如拨浪鼓一般。

"那你知道多少？"

陈葛老实道："肯定是他那个外室干的呀。那娘们儿我见过，一看就不是人。"

他第一次遇上褚安平，就是在寻家的当铺。

陈葛与寻家大当家寻仁瑞是生意伙伴，寻家当铺有些难以处理的死当押品，会托陈葛放在四海斋代为展卖。

那日，褚安平遮遮掩掩地到寻记当铺当了一把两寸长的碧玉算盘，青青翠翠的，煞是可爱。陈葛看见，多问了两句，大朝奉便将褚安平的身份家底与陈葛细细说了。按理说，长孙家名下也有当铺，给褚安平的典当价格更加实惠。他特地来到对家的当铺，肯定是为了避开熟人，可见是十分缺钱了。

大朝奉说，褚安平是出了名的老实人，吃喝嫖赌样样不沾，除了埋头算账，只有一样癖好，就是收集各式各样的算盘。这本来就是他吃饭的玩意儿，称手不称手，一摸便知。东家长孙春花也知道他有这样的癖好，出门遇到什么奇形怪状的算盘，就会给褚安平捎回一把来。这些年下来，他收藏的算盘至少有几百把。人人都说，褚安平挣了那么多的银子，除了捎回老家供养父母儿女，其余的都花在算盘上了。

如今也有许多商人将算盘当作招财的吉祥物，供作摆设，市面上也有专为赏玩所制的算盘，除了名贵的紫檀、花梨做的木算盘，还有金银玉石、瓷烧的算盘，大到一丈的木雕屏，小到两三寸的把玩件，都是图个好彩头。

　　大约半年前，褚安平开始将手上的算盘挨个典当，凑钱置办了一座不小的宅院。有认识他的人见他常常出入胭脂铺、绸缎铺、首饰铺等处，便暗暗地传他养了个外室。

　　陈葛第一次和褚安平搭上关系，约在他家里见面时，褚大娘子已经从乡下搬进来了。

　　陈葛趁着夜深进了褚宅，掏出银票的时候，褚大娘子的眼睛都要从眼眶子里瞪出来了。她长久住在乡下，不知道丈夫在城里靠打算盘就能挣到这样多的钱。

　　陈葛打的主意是这样的，长孙家在汴陵生意做得开，有一半是和吴王府交好的原因。吴王府的资产许多也是交给春花钱庄在打理，但王府对于银钱往来上的私密性要求极高，倘若内账外泄，第一个便要责问长孙春花。从此以后，春花也就再难得到王府信任了。故此，他计划着让褚安平将涉及吴王府的账本偷出来，再外泄出去，自然能让长孙春花吃不了兜着走。褚大娘子见钱眼开，满口答应替他偷账本，还与陈葛商量设了个局，故意恶心长孙春花。褚安平虽不大情愿，但为了顺利和离，只好顺着她。

　　闻桑一愣："和离？褚安平要和？"

　　"可不是吗？褚大娘子要两千两银子方肯与他和离。我对褚先生说，他肯照我说的做，这银子我来出。"

　　陈葛趴在地上，嘴角贴地，沾了满嘴灰，吹了半天，都吹到了嘴里，又呸呸呸地吐灰。

　　严衍与闻桑对视一眼。

　　"你说你见过那个外室？又是何时？"

　　陈葛眼珠一转，露出个贼兮兮的笑："我这么聪明的人，怎么能不留个后手？我给了他们两千两银票，出了门，又翻墙回来。"

　　褚大娘子和褚安平分居已久。褚大娘子跋扈，自己霸占了正房，把褚安平撵到厢房去住。她生怕褚安平等她睡着了偷偷进来，将门反锁了，把那两千两银票在卧房里各个地方都藏过一遍，最后终于定下主意，塞在书架里的一个摆设花盆里头。陈葛在窗外挑破了窗纸看着，觉得实在好笑。从正房走出来，经过中院，陈葛听到厢房里褚安平低低说着什么。

　　他最爱听人壁脚，于是凑到窗边，顺着开着缝的窗扇，望见褚安平背对他坐着，软语呢喃地说："绛珠，你再忍忍，很快就只剩我们两个人了。"

　　褚安平面前分明没有其他人，只有他一个人在房中！

　　陈葛揉了揉眼睛，赫然便看见褚安平对面坐着个穿绛紫衣裙的美貌女子，眼眸莹亮低垂，似有泪光。

"褚郎！"女子柔柔唤了声。

她身姿婀娜，双肩削薄，身影甚至有些透明之感。陈葛一下子觉得十分眼熟，却不知在哪儿见过。女子若有所感，眸子蓦地和陈葛对上。陈葛惊慌后退，碰到窗格，发出细碎声响。褚安平闻声而起，那女子立时油尽灯枯一样如烟散入空中，消失了。

说到这里，陈葛双肩一颤，打了个哆嗦。

严衍皱眉深思。天生万物，各有异能，其异能多半与原身有关。比如陈葛的异能是媚术，拳脚功夫却并不精妙。世间老五多种多样，还没听过哪一种是能随意隐形现形的。

"你可听过避役吗？"严衍道。

闻桑蒙然摇头。

"十二时虫，一名避役，生人家篱壁、树木间，大小如指，状同守宫，而脑上连背有肉鬣如冠帻，长颈长足，身青色，大者长尺许，尾与身等，啮人不可疗。[1]避役善变色，能与所在融为一体，如化入无形。"

闻桑一脸崇拜地望着他，心道，师伯真是博学。

"这么说来，是个避役精？"

严衍摇头："我只是猜想。"

闻桑："……"

严衍转向陈葛："你可将她的模样画出来？"

陈葛忙不迭地点头。

闻桑收了打魂鞭，解开无定乾坤网，将陈葛拎起来。陈葛在书案上翻找了半天，找出纸笔，画了个雏形出来，无奈画技实在太差，画成个口歪眼斜的妖怪形状。闻桑夺过来看了一眼，又举起沙包大的拳头要揍他。

陈葛抱头："别别……我尽力了，确实画不好啊……我是只狐狸，又不是个毛笔精！"

严衍叹气："你说，我画。"

陈葛画画不行，动嘴皮子却是强项，一会儿嚷嚷："眉毛拉长一些，嘴唇饱满些。"一会儿又道，"眼睛大一些，下巴尖一些。"

严衍画着画着，忽然顿住，放下了笔。

闻桑与陈葛一左一右伸头过来看那画像。

陈葛先叫起来："对，就是她！简直一模一样！"

闻桑挠了挠头："怎么……看着有些眼熟？"

---

1 改编自李时珍《本草纲目》鳞部守宫（附录）。

"对啊对啊，我也觉得眼熟，却想不起来在哪里见过。"

严衍端详着手中画像，有些无语。

画中的女子明眸皓齿，竟与长孙春花有七八分像。

章九·素娥青女

一大早，春花便派了罗子言去府衙赎人。

罗子言是汴陵排名第一的讼师，天生一副讼师相，弯勾鼻，薄尖嘴，两只浑圆的眼睛，时常拎一把无字纸扇，不阴不阳地扇着。他是长孙家的喉舌，许多生意契约都由他拟定，商场上的官司有他一张锦绣妙口，黑的也能说成白的。更何况，他和知府曲廉还是幼时私塾的同窗。

春花将案情与他简单说了，他拍着胸脯打包票，午膳前定将长孙石渠带回来。谁知才不过半个时辰，罗子言便灰头土脸地铩羽而归，不仅没有带回长孙石渠，反而带了个不速之客回来。

春花望着书房里好整以暇站着的人，不禁头痛："闻捕快，有何贵干啊？"

闻桑冲她抱拳一礼："春花老板，有个小忙，想请你帮上一帮。"

春花瞥了罗子言一眼，见他畏畏缩缩，不敢与她对视。罗子言向来牙尖嘴利，偏偏曾经在闻桑手上犯过事，被他打了十几板子，幸好春花替他交了三倍罚金充库，才将他捞出来。从此，他见着闻桑便像没嘴的葫芦，只剩瑟瑟发抖。

春花心生警惕："闻捕快这是上门打秋风来了？若要帮忙，先放了我哥哥。"

闻桑轻咳一声："案子还未审结，不能放人。"

"福喜客栈的伙计与褚家门口的馄饨摊主都能证明，人死的时候，我大哥还未到褚家，并无作案时间，依律可排除嫌疑。"

"不一定是他亲自犯案，或许是买凶杀人，也未可知。案子尚未审结，人不能放。"

春花近来日日看账本到深夜，昨夜又只睡了一个时辰，心情很是暴躁，听到这番言语，大怒："闻捕快，这是讹上我们了？"

闻桑连忙摆手："此案内有玄机，确实需要春花老板帮个忙，也好为长孙少爷洗脱冤屈。"

他从怀里掏出一张纸画："这是有人亲眼见过的，褚先生的外室。"

春花劈手夺过来，眼珠子险些掉出来："这是……我？"

闻桑怕她不信，将褚安平与褚大娘子的计算详细解说一遍，为免节外生枝，对陈葛的干系只字未提。

春花不说话了，似在琢磨他的话有几分可信。

闻桑继续道："此事蹊跷，恐有精怪作祟。春花老板与褚先生共事多年，对他的脾性十分了解，若肯配合查案，必能发现我发现不了的线索。"

春花冷笑："常听罗讼师说，闻捕快专办些旁人办不了的古怪案子，不知闻捕快希望我怎么配合？"

闻桑踏近一步，压低声音，飞快地说了几句话。

春花脸色一变："我要是不从呢？闻捕快还打算把我哥哥一辈子押在狱中？"

闻桑面上堆笑："您与吴王府的交情，谁都知道。我一个小小捕快，自不敢和吴王府作对。只不过……此事关系长孙家的名声，尽快破案，对您也有好处不是？"

春花将身子靠着椅背，目光如电，将闻桑由上到下重新审视一遍："闻捕快，调来汴陵的时间不长吧？家住哪里？家乡何处？家中还有何人？"

闻桑被她看得后背发冷："春花老板真要借吴王府的势来欺压我这小捕快？"

他这么说，春花反而笑了。

"闻捕快要是觉得，欺负我长孙家，就能博一个不畏权贵、严正执法的美名，那可就打错算盘了。我……"

她说着说着，却忽然一愣，仿佛想起了什么，顿时有些失神。

闻桑精神一振："春花老板，可是想到什么线索？"

他拘着长孙石渠其实没什么用，本打算直接放人，是尊贵的天官大人定了这条计策，让他来逼着长孙春花协助查案。别说长孙春花肯不肯吃这闷亏，就算她肯配合，焉知不会心里记恨，以后借吴王府的手整治他？到时清正廉明的天官大人拍拍屁股走人了，他在汴陵可就不好混了。

他心里七上八下，但看春花还是沉思不语，又唤了一声："春花老板？"

春花倏然拉回心神，望着画卷上盈盈欲泣的紫衣女子：

"这个忙，我帮了。"

天色转暗，府衙大牢中，从天窗透进的一隙日光也渐渐昏黄，随后变成了墨蓝的幽光，将潮湿的囚室映照得分外阴冷。

褚安平在大牢里关了一日一夜，也不见有官来问案，心中暗暗焦急。他挂念着家里，生怕又出什么事，转念又一想，自己的经历太过离奇，旁人如何能猜得到，心中遂又笃定下来。

狱卒们都出去外间用晚膳，许久也不回来。偌大的牢中，只有褚安平一个人。秋意已深，空气中水汽闷积，更觉寒凉，他没来由地打了个寒噤。蓦地，一丝幽幽的泣声缭绕而至，褚安平双肩一颤，起身四顾，竟辨不出声音来处。似乎是女子的哭声，微微抽噎，婉转郁结，渐渐离得更近，来到褚安平囚室的铁栅外，终于发出一声无奈的吟叹："褚郎！"

褚安平大惊失色，冲到铁栅前，向外望去。一名紫衣女子缓缓行来，发髻凌乱，额前乌发遮住了侧脸，只能隐隐看见忧伤的眉眼。她走到离褚安平一丈远的地方，站住："褚郎……"

褚安平手指攥在铁栅上，指尖发白："绛珠，你来做什么？"他四处张望，见无人在近处，还是不放心，"你快回去，若被人看见，一切努力就白费了！"

女子委屈地望定他，只不作声。

褚安平心中一软，好言安抚："你不必担心我。他们找不到证据，自然会放我回去。你在家里好生等我。"

女子后退一步，含含糊糊地说："褚郎，我今日……看见她了。"

"谁？"

"死了的……"她低下头，嘤嘤哭泣起来。

褚安平浑身剧震："别怕，她已经死了！再不能伤害你了！"

"可是，我怕！褚郎，她死得好惨啊……我不想待在那里……"

"绛珠别怕！再等等，我一定带你离开！今后只有我们两个，双宿双飞……"他蓦地伸手出去抓她的手。女子没有防备，竟被他抓了个正着。褚安平一愣，只觉触手温热，指腹上有一层厚厚的茧，那是他熟悉的，常年打算盘留下的茧子。他本就是细心的人，方才一时震惊才被蒙住，到了此刻，哪还有不明白的？他如遭雷劈般缩回手，难以置信地瞪着眼前的人："不是绛珠！你……你是长孙春花！"

春花面无表情地抚额，向一旁的角落道："我尽力了。"

只是没想到，这么快就穿帮了。这个闻桑，教她说的什么忸怩作态的言语，掉落的鸡皮疙瘩都埋脚脖子了。轻若薄纱的布料蹭得她皮肤发痒，她扯一扯裙摆："褚先生，你这年纪，都能当我爹了，没想到，对我还有这种心思。"

她语出坦荡，反倒是褚安平立刻臊红了脸。

"你胡说！绛珠是绛珠，和你完全不同！"

闻桑从角落拐出来，站在褚安平和春花中间，冷笑道："你敢说，绛珠的相貌，不是为了迎合你的心意？"

世上哪有这么多巧合？褚安平在春花手底下做事，日久年深，起了不该有的邪念，但自己也知道，这邪念并无可能。那绛珠也不知是什么邪物，大概就是利用了褚安平的这点念头，幻化成人诱惑了他。

褚安平拼命摇头："绛珠没有错！都是我的错！"

他倏然收住话语，神志清明了不少，知道已经透露太多。

闻桑趁热打铁："如今案情已经分晓，定是褚大娘子发现了你和绛珠的事，你们合力将她杀了！还不认罪？”

褚安平却学聪明了，不中他圈套，冷笑：“你们不必装神弄鬼来套我的话。根本没有绛珠这个人，你们说是我杀了我娘子，拿出证据来！”

闻桑与春花对看一眼，都是无语。其后，不管如何威逼恐吓，褚安平就如一个封了嘴的葫芦，不肯再说一句话了。两人甚是气馁。尤其是春花，费了这么大的劲，才套出这么点东西。不过，既知道确有绛珠其人，也能确认，是褚安平与绛珠联手害了褚大娘子。如今的难题，只在如何找出这身份成谜的绛珠了。

春花与闻桑两个各自沮丧地走出大牢，在府衙门口撞见个熟人，定睛一看，竟是严衍。

春花下意识地拢了拢头发：“严先生怎么在此？”

严衍将她这充满幽怨鬼气的装束上下扫视一眼，默默转开脸。

闻桑咳了一声：“严先生是来……”他脑子一时滞住，有点编不下去。

“闻捕快招我来问询。”严衍面色不变，话接得十分稳当。

春花了悟，现出感激之意：“严先生多番为我哥哥清白奔走，春花感激不尽。”

严衍向她颔首：“春花老板客气了。”

闻桑听得心里万马奔腾。这可真是知人知面不知心，命他强行扣下长孙石渠，借以要挟长孙春花的，可不就是断妄司的天官大人吗？这会儿，倒是在姑娘面前扮起了好人！他张了张嘴，瞟到严衍冷冷的眼神，腿肚子一抖，连忙闭嘴。

见春花一脸疲惫，闻桑心里也有些愧疚，道：“春花老板，今日多亏得你相助，总算套了些话出来。你先回去歇息，我禀过知府大人，即刻送长孙少爷出狱。”

他抱拳行了个礼，直起身子的时候，春花却还没有动，直愣愣地站着。

半晌，她转头问他：“咱们其实……已经知道绛珠在哪儿了，对吧？”

“呃？”

绛珠自然是在褚宅。但是褚宅他们已探过多次，并未发现异样。如果褚安平不松口，谁能找得到绛珠？

“我左思右想，总觉得不甘心。”她这回牺牲得这么大，没点收获就收工，不符合她长孙春花雁过拔毛的作风。

“闻捕快，我打算去一趟褚宅。”

“咦？”

“或许，我能让绛珠主动现身呢。”

她兴致勃勃地拍拍闻桑肩膀，闻桑反而一头雾水。

究竟谁才是捕快？她怎么还来劲了呢？

长孙家的马车在衙门口停下，车上只有一个车夫候命。

严衍不知何时跟在春花身后出了衙门，见此情形皱眉道："春花老板深夜出门，没有带仙姿出来？"

春花一怔，摇了摇头，隐约觉得被数落了。

他这语气，怎么跟私塾夫子似的？

"为免不测，严某随你同去吧。"

咦，原来人家是一片好心。

春花对自己的小肚鸡肠有点不好意思，于是笑盈盈道："这自然好，麻烦严先生了。"

闻桑也想跟着上去，却听她不冷不热地说了句："粗陋小车，恐怕配不上闻捕快的官威。"

"……"

闻桑摸摸鼻子："我走着去便可，春花老板不必客气。"

章十·紫玉成烟

从府衙到褚宅，行车大约半炷香时间，不短不长，刚刚好够打个盹儿。

掐指一算，春花已经整整九个时辰没有合眼了，还是连日来，每日只睡一两个时辰的情况下。她一上车，便自动想将身子瘫下去，碍于同车的还有一个人，便硬撑着扯出个礼貌的笑："那个……严公子，不介意我小憩一下吧？"

严衍看她一眼："春花老板请自便。"

春花于是放心地靠在车壁上，合上眼睛。两三次呼吸之后，轻微的小呼噜声就响了起来。

严衍十分无语地瞪了她一眼。

他自问对女子没有偏见，也不觉得女人非要温良恭俭、蹑手蹑脚不可，但此人的举止，即便是作为男子，也太不拘小节了吧？他熟识的女子，多半是京中的贵眷，个个矜持有礼，何曾有这样随心所欲的？

严衍出身的门第，家教极严，坐卧行止皆有规矩。所有的规矩一言以蔽之，就是不能让人太舒服。

长孙春花此人，言行毫无规矩，不畏人言，只凭好恶，行事只怕更无底线。苏玠一案，不知她在其中牵涉多少，想到此，严衍心中不由得增了一丝成见。

马车颠簸，可丝毫没有影响到春花的睡眠。她身子剧烈摇晃，却仍能保持平稳的呼吸和姿势，严衍也不得不服。行到一个路口，马匹长嘶了一声，车辆猛地转弯，春花晃了一晃，直冲着严衍怀里倒过来，严衍下意识向旁挪了一挪。

"梆"的一声，春花半个身子趴在车座上，撞得脑门硬是红了一块。她龇牙咧嘴地醒过来，蒙然问："怎么了？怎么了？"

严衍平板道："你摔了一跤。"

"哦。"她伸手摸摸脑门，皱了皱眉，倒没问他为什么不扶，自己哎哟哟地爬起来坐好。

严衍望着她，不知为何，十分想叹气。

这人，究竟算是太有城府呢，还是太没城府呢？

这时，便听到闻桑在外头气喘吁吁地道："两位，到地方了。"

下车的时候，闻桑盯着春花脑门上的红肿看了半天，探询的目光飘向他不苟言笑的大师伯。您是在车上把人家姑娘打了一顿吗？

春花没有察觉闻桑的异样。她小睡了一阵，精神了不少，心里反复地盘算，如何才能让那绛珠自个儿跳出来。这几天她快被账本"淹"了，终于能出来换换脑筋，还有点小激动。

严衍看出她跃跃欲试的心情，提醒道："里头不知道是什么鬼怪，春花老板，切勿掉以轻心。"

春花又产生了那种被数落的感觉。

她深吸一口气："你们且在外头等着，我一个人进去。"

"……"

严衍与闻桑面面相觑。她怎么越被吓，胆子越大？

春花道："你们和我一起进去，那绛珠必定不敢出来。"

严衍道："你一个人进去，不安全。"

春花想了想："要不，我带把刀进去？"

"……"

严衍看出来了，这姑娘，就喜欢玩点刺激的。

他忍住无语，思忖半响，略略让步：

"这样，你自己从正门进，我们翻墙进去。若有不对，你立刻呼救，听清楚了吗？"

春花心不在焉地点头："听清楚了。"

庭院中阒然无声。春花穿着一身薄纱，压根不挡风，手臂上起了一大片鸡皮疙瘩。爷爷常说她是胆如斗大，气比笋短。嗯，确实有那么点儿。闻桑给她解释过褚宅的布局，她心想着那东西，不是在褚安平住的厢房中，便是在书房之中。谁知两处都翻找了一遍，她竟连颗珠子都找不到。

正堂中，一片"人"字形的暗迹，大概就是褚大娘子陈尸之处。春花哆嗦了一下，踮着脚绕了过去。蓦地，她脚步顿住了。褚大娘子从乡下搬过来，已经在这宅子里住了许多天，怎么偏偏那一天，褚安平和绛珠就起了杀心呢？

她假扮绛珠时，褚安平曾对她说："她已经死了！再不能伤害你了！"

这样说来，褚大娘子是要伤害绛珠，才逼褚安平出手的吗？那么事发之时，褚安平、褚大娘子与绛珠，一定都在这正堂之中。春花以火折子将正堂中的两根油烛燃亮，这才看清了正堂中的摆设。一张紫檀鼓腿供桌在当中，两把乌木元螺钿椅，配天然几、八仙桌各一。

她试探地叫了声："绛珠，你在吗？"

厅中烛影摇摇，夜影幢幢，微风撩动布幔，仿佛在回应她的话语。

春花在椅子上坐下，仿佛自言自语：

"绛珠，我今日去看过褚先生了。他同我说，自己后悔了。"

无人回应。

她继续道："他说，你不过是一块木头，根本不能陪他度过余生。他与我朝夕相处，觉得我好看，这才照着我的样子，幻化了个你出来，所以，你根本不该存在，不过是我的替身罢了。你明不明白？"

庭院中寂寂无风，屋内的各式家具却嗡嗡晃动起来，仿佛有一只看不见的手，撼动着地面。

春花震了一震，忽然后悔没真的带把刀来，一时游移不定，是该掉头就跑，还是该刺激得再狠一些？

她起身，不着痕迹地向门口靠近，话里还是加了一把火："褚先生说，你害他丢了差事，死了老婆，还害他坐牢。他真恨不得当初让褚大娘子亲手劈了你！绛珠，你根本就不是什么如、意、算、盘！"

这话一落，平地一股风起，堂中桌椅纷纷摇晃着倒地，一个凄厉的女声长长地唤道："褚郎，你好无情啊！"

紫檀供桌蓦地裂开一个暗格，桌腹内飞出一个四角包金的黝黑物事，直向春花砸过来。

春花吓了一跳，扭头往门外狂奔："啊啊啊，算盘杀人啦！"

刚跑到褚大娘子横死的地方，便被门槛绊了一脚，眼看就要跌在那摊暗色血迹上。她是来抓凶手的，可不是来案件重演的！那算盘紧随着冲她后脑而来，又急又快，不把她脑后砸个血窟窿，誓不罢休。春花惊叫一声，忽地腰间一紧，身子已被带出两步。杀人的算盘擦着她的头皮斜飞而过，坠到院中。只差毫厘，她便恐怕会落到和褚大娘子一样的下场。

月光如水银泻地，闻桑早支开了无定乾坤网，等着那算盘自投罗网。

果然一张网中，算盘在里面挣了几下，都没有挣脱，终于翻倒过去，不动了。

春花气喘吁吁地扒着严衍的肩膀，心有余悸道："还好，本姑娘机警过人。"

抬眼望见严衍紧锁的双眉，她连忙站直，讪讪一笑："该多谢严先生救命之恩才是。"

在春花的印象中，褚安平一直是个安静的中年男人，算起账来是一把好手，提及家中的父母妻儿，总是一副重责在肩、不敢懈怠的模样。褚安平是长孙恕一手招进长孙家的。提起这位老账房，长孙恕总说他人品佳、心眼儿实，却是个奔波劳碌不享福的命。

据长孙恕说，褚安平幼时家徒四壁，读了几年书家里便供不起了，便送去铺子里给账房先生当学徒。

褚安平埋头苦干几年，把师傅们的本事都学到了手，自己也能独当一面了。父母给他说了一门亲，就是远近闻名、性情悍勇的褚大娘子。岂料父母的身体就此差了起来，其后都瘫痪在床。褚安平上有老、下有小，全靠褚大娘子一个人在老家照顾。他一个人在汴陵做事，挣回的银子，自己留下勉强够果腹的，其余全部捎回家，为父母治病，供子女读书。

随着长孙家的生意越做越大，褚安平备受重用，手头也越来越宽裕。前些年，他还清了欠下的债务，为父母风光送了终，几个子女也都各行嫁娶，另立了家业，日子总算过得松快了些。

春花晓得他没有别的爱好，只好收藏各式各样的算盘。但凡遇上新奇另类的算盘，她便买下来，送给褚安平。这些年，她送过褚安平几十把算盘，只有一把让她印象深刻。那是一把紫檀木包金箔的长算盘，样式和雕花都平淡无奇，算盘珠子却十分油滑，包了几层浆，打起来声音利索，十分称手。

就这么一把算盘，是春花当铺里留下的死当品，原主典当时曾对当铺大朝奉说："这是一把如意算盘。"大朝奉把这事当笑话，说了好几年——这算盘若真是如意算盘，主人怎会沦落到拿它来典当的地步？

当时春花觉得这算盘如意未必真，故事却有意思，便转送给了褚安平。褚安平十分喜欢，每日盘点清账，随身携带的就是这把紫檀算盘，算起来，也用了有两三年。

今日闻桑提起绛珠这名字，春花立刻就想起了这把紫檀算盘。

如意如意，事事如意，真的是件好事吗？

闻桑将那算盘里外三层捆了，拿回衙门去拷问。严衍坚持要送春花回府，春花也没推辞。

一上车，严衍便问："春花老板早就知道，绛珠的原形是把算盘？"

春花笑道："只是猜测。这把如意算盘，还是我送给褚先生的。当时只图个好彩头，没想到，还真是把能叫人心想事成的算盘。"

严衍定定看她："那春花老板觉得，有心杀死褚大娘子的，究竟是褚安平，还是绛珠？"

"这重要吗？终归是两人合谋……"

"自然重要。人有人法，妖有妖规，一旦触犯，便该按各自罪责相应论处，怎能含糊其事？"

春花愕然而笑："严先生真是个较真的人。"她思忖片刻，缓缓道，"算盘如意，如的毕竟是人的意。想那绛珠，连自己的相貌衣着都为着讨好褚先生，又怎么可能按照自己的心意来杀人呢？"

严衍对她的话有些意外，双眉微扬："方才绛珠要杀你，难道不是按自己的心意？"

"也许褚先生想要的，本来就是一个会动情和生妒的女人吧。"春花摇头自嘲，"情爱这事夹缠不清，我也只是胡乱猜测。嘻，倘若我有一把如意算盘，只希望现下能变出一张床来……"

她说着说着，声音渐弱。

严衍抬眸去看，只见她又靠在车角，红唇微张，沉沉睡去。

仙姿候在府门前，见自家马车来到，不等停稳，一个箭步就上去掀了车帘，眼前的情形令她张口结舌。她家小姐毫无形象地靠在车角，睡得昏天黑地。严衍两只手指轻点在她眉心，让她不至于向前倾倒。

严衍将手臂举了一路，冷着脸，皱着眉，神情说不出是耐烦还是不耐烦。

章十一·明月楼台

案子过了几遍堂，褚安平还是抵死不认罪，坚称其妻非他所杀。知府曲廉审得焦头烂额，幸好捕快闻桑当堂呈上了新的物证：一把带血的紫檀算盘。

算盘虽是在褚宅找到的凶器，却只是孤证，不能直接证实凶手就是褚安平。闻桑便称，算盘中藏有褚安平杀妻的铁证，只消劈开看看，便能证实他的罪行。说也奇怪，这话一出，褚安平立刻改了口，承认妻子是他亲手所杀，只求知府大人不要毁了算盘。

如此，褚安平杀人之罪确凿，因有隐情免死，判了个流放三千里。此案在汴陵传得沸沸扬扬，连吴王都亲自过问。

市井中更有流言纷纷，千奇百怪。

有人说，真正的凶手是长孙家的大少爷，但因长孙春花与吴王府交好，吴王对知府大人施压，强行将罪名安在了褚安平身上；有人说，褚安平养了个美貌的外室，那女子因妒生恨，害了正房，褚安平为了保护情人，才心甘情愿以身相替；还有人说，褚安平得了一把能幻化成绝世美人的如意算盘，为和算盘精双宿双飞，这才杀死了自己的发妻。

故事越离奇，百姓越爱听，这第三种传闻，最广为人知。

就在这时，长孙家的春花文玩行推出了一批"同款"紫檀算盘，一上市，便遭到汴陵男子疯抢。文玩行门前大排长龙，连知府大人都派了小厮偷偷摸摸地买了一把。

毕竟，世间哪个男人不想要一把这样的如意算盘？

长孙春花虽损失了一个账房先生，却又赚了个盆满钵满。

正值深夜，褚安平作为精神失常的案犯被单独关押，牢中并无他人。也不知昏睡了多久，他睁开眼的时候，眼前多了一个人。闻桑向他咧出一个灿烂的笑："褚先生，神志可还清楚？"

褚安平不吭声。

闻桑再道："去年在汴陵不幸身亡的苏玠苏大人，你还记得吗？他在汴陵，是否曾与人结仇？"

褚安平冷冷看了他一眼："不知道。"

"苏玠是个养尊处优的公子哥儿，京中家教严，到了汴陵这花花世界，哪经得住这些老奸巨猾的汴陵商人的种种诱惑？恐怕是知道了什么不该知道的事，又被人陷害，封了口舌。你跟着春花老板行走商界，有些传闻，你不会不知道吧？"

褚安平倏地抬头，涣散的目光现如针般刺在闻桑脸上：

"你是想，让我攀诬东家小姐？"

闻桑笑笑："我没有这个意思。"

褚安平沉默一阵："我是要流放的人，大约也活不了多久。"

盘坐的膝上，蓦地被人扔了一把紫金络袖珍算盘。

闻桑道："这是春花文玩行的新品，送你一把，路上留个念想。"

褚安平低下头，将那算盘在指尖把玩了一番。

半晌，他瓮声瓮气道："那位苏玠大人，死在花娘菡苕的香榻上。但据我所知，他死前来往最多的花娘，其实是软霞楼的花娘樊霜。"顿了一顿，他补充道，"苏玠与樊霜相识，还是我们东家小姐撮合的。

"我就只知道这么多。苏玠的死究竟和东家小姐有没有关系，你得问她。"

严衍将往年的案件存档盘查了一遍，心里有了数，又花了许多时间在探访街衢风物上。

汴陵民风与京城大不相同。汴陵男女说话都轻声细语，不似京城人洪亮爽快，但在街骂之中，每每稳准狠毒，一语封喉，引得围观众人惊奇不已。

这日，严衍别了闻桑，一人穿过熙攘闹市，行到城隍庙西，蓦地生出些异样之感。身后有一段足音，跟了他两条街，显是有意盯梢。他没有刻意甩脱，略站了站，身后之人还是没动静，他便继续往前走。

"那位仁兄……"

严衍转头，看见个年轻的后生，对方脚步虚浮，眉心发青，是熬夜肝虚之相，不像是有功夫在身的。后生手捂胸口，喘得像头牛一样，追赶而来。

"仁兄，您掉了东西！"他将一物举到严衍面前，摊开手心，竟是一锭明晃晃的金元宝。

严衍沉默了一会儿。

最近几日，他遇上好几件莫名其妙的事，这回倒不太震惊了。

"在下并未携带此物，恐怕是他人遗失的。"

后生呵呵一笑："我亲眼看见从您身上掉下来的！整整追了您两条街呢！"

严衍暗暗疑惑，面上只道："你认错人了。"

后生瞪目，去抓严衍的衣袖，却被一阵微风吹得一个趔趄，站稳后揉了揉眼睛，严衍竟已走出了数丈之远。

"咦？"后生愣怔了一会儿。莫不是出现幻觉了？

那后生连唤了几声，见严衍的身影已消失在人群中，便没有再追上去。他捧着金元宝想了一会儿，掉头走入一条窄小的街巷，转过几个弯，来到另一条宽阔的车行大街，一辆锦幔玉钩的马车停在街口。

后生走到车前，低声道："东家，他没要。"

马车里柔声道："你不会硬塞给他呀？"

"他动作太快，我还没来得及，他就走远了。"

"唉，小章，你还是太老实。"马车里的人撩开锦幔，絮絮地数落。

看见外头的情形，车中人愕然止住了话头，春花钱庄的二账房小章茫然地与自家东家对望。小章身后，一袭青衣的严衍眉心成褶，抱臂而立，淡然注目。尴尬在春花脸上一闪而过，随即迅速泛起梨涡浅笑："严先生，好巧啊。我请你吃饭？"

半斤荞麦皮，也想榨四两油，这就是石渠对自己嫡亲妹妹的评价。

石渠出狱之后，第一件事就是请严衍吃了顿饭。他感激严衍替他仗义执言，洗刷冤情，掏心掏肺地对严衍说了许多话。尤其是自家妹妹为人的套路，他掰开揉碎了说给严衍听："严兄，她有没有问过你住哪里？"

"有又如何？"

"她有没有对你说过：'有机会一起发财啊！'"

"……"

"我这妹妹，但凡她看中的人，先是千方百计地友善示好，然后便会找些不相干的人去反复试探，譬如故意掉些金银财宝，或是落难佳人求救，考验你经不经得住诱惑。"

"……"

"倘若经住了诱惑呢？"

石渠将手中折扇一展："嘿嘿，那你可就逃不出她的手掌心了。"

春花宴请严衍，是在春花酒楼的湖中画舫最高层的露台雅间。楼船的底层，有咿咿呀呀的小倌站在船头，迎风清唱缱绻的汴陵小调，清风软枕，天水相映，戏腔软糯。

宴是小宴，上的是春花酒楼的招牌席面，取名"八珍玉食"。

所谓八珍，其实是三荤三素两豆腐。荤是水晶肴蹄、软兜长鱼、白袍虾仁；素是芍酱梨丝、竹笋香蒲、秋露石耳；豆腐是文思豆腐、镜箱豆腐。另佐珍珠白米饭，上躺半枚高邮咸鸭蛋，晶莹流黄。酒是菖蒲酒，茶是竹叶茶，色香满溢，令人口中津液顿生，食指大动。

严衍双手合抱，向后一倚："春花老板，现在可以好好解释一下，为何跟踪严某？"

春花露出诚恳笑容："严先生，明人不说暗话，我想请您接替褚先生，做春花钱庄的大账房，薪俸只管开口。"

严衍轻嗤一声："我若不肯呢？"

春花笑意不改："您先提个价格，未必就合不上。"

"不是薪俸的问题。严某只是……不大喜欢你这个人。"

他指尖在桌面上轻叩，冒犯的话语一出口，便着意观察她神情的变化。人在受到冒犯时，总是更容易脱下虚伪的面具，现出本性。酒楼的小二正满脸堆笑地向他杯中注茶水，听到此处，手下一抖，茶水洒出不少。立在春花背后的仙姿面现怒色，嗖地拔出刀来。

严衍冷冷地扫一眼仙姿："春花老板，这是要强人所难？"

春花也没有料到他这样直接，一时觉得该生气，却不知为何，又觉得有些好笑。

她示意仙姿把刀收起。

"我招的是账房，又不是招婿，不必两相喜欢。你把账目管清楚，我腾出手来谈生意。我用你所长，你也别揭我的短，大家一起发财，不好吗？严先生看我不顺眼，少看两眼，不就得了？"

幽深黑眸有些意外地睨着她。

春花眼角一弯："这年月，人心复杂，招个合意的手下人不容易。我这个人，防心有点重，总要多试探几次，才敢推心置腹。我观严先生为人，外严内慈，颇有古君子端方之风，很对我的脾性。"

"春花老板与严某相识日浅，怎么对严某如此了解？"

春花微笑："前日在城隍庙口有老妇晕厥，是严先生扶起来送到医馆的吧？"

"那是春花老板安排的？"

"那是我们春花绣庄里的绣工王嬷嬷，会祖传的纳纱绣针法，天下无双。"春花有些不好意思，"昨日在江边，一个小姑娘与家人走散，是严先生把她送回家的吧？"

"也是你的人？"

"钱庄护院李大的女儿。别看年纪小，一身的功夫，三五个壮汉打不过她。"春花笑吟吟道，"还有今日，小章送金元宝给你，你不肯要，不是太过正直，就是防心太重。无论哪一点，都是一个优秀账房的好品质。"

严衍默然半晌："以春花老板的声望地位，想找个账房先生，何须如此迁就严某？"

"账房先生满地走，能入我眼的人却不多。我一旦认定了一个人，便不会轻易放过。"

正说着，二账房小章拿了两本新账进来，请春花阅看签押。春花眸中带着笑意，食指在纸面上画了两画："此处，数目与去年的合不上吧？"

她掌心向上摊开，指腹搓了搓。小章立刻明白她的意思，从背后掏出算盘，供她复核测算。

那算盘珠子碰撞得清脆，严衍不经意地瞟了一眼，瞬间怔住："这不是……"

褚安平的如意算盘吗？

春花闻声对上他怀疑的目光，立刻绽开笑容："褚先生那个算盘，甚是喜庆，彩头也好，就命人原样定做了一个。"

这话骗得了别人，可骗不了严衍。

那如意算盘乃是积年的老物，吸纳了太多人心欲望，木纹周遭笼罩着一层淡淡的黑色灵气，天下独此一把。旁人不识，他却不会认错。他心中暗骂，这个闻桑！他分明让闻桑将这邪物送回京城，给韩抉炼化，却不知是在哪个环节，被长孙春花这奸猾之徒调了包。但她如此堂而皇之，他没有证据，竟也无法直接点破。

严衍思忖片刻，慎重道："春花老板也贪图宝物如意吗？只怕想以心役物的人，最终都会落个役于物的下场。"

拨打算盘的纤手停了下来。

春花仰起脸："我不担心这个。"她指尖拂过如意算盘，黑色灵气蓦地收敛起来，竟浅淡至难以察觉。

严衍大为震惊："你向它许了愿？"

"许了啊。"

"许了什么愿？"

他如此严肃，春花不由得失笑："我愿它……当一把最称手的好算盘。"

严衍瞪着她，一时竟说不出话来。

世间最难受制的，便是人心。那些满口仁义道德、清心寡欲的圣人，也未必能掌控自己的欲望。而眼前这贪图享乐、嗜钱如命的商贾女子……

春花并未察觉严衍的异样。

她算明了账目，签了花押，站起来施了一礼。

"今日我所求之事，严先生不必立刻答复，可以考虑几日再说。"她语带揶揄，"我看严先生是个爱清静的雅正君子，不妨在此听一曲乡音，一解异乡劳顿。话已说完，我这不顺眼的人，就不在此处讨严先生心烦了。"

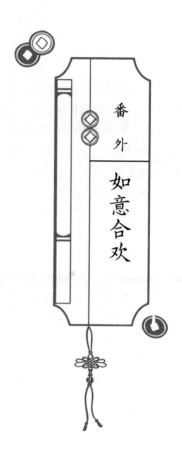

番外

如意合欢

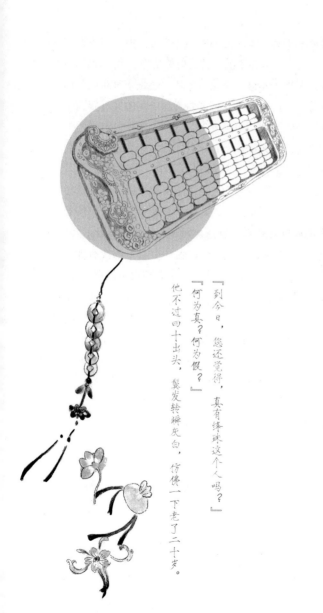

「到今日，您还觉得，真有绛珠这个人吗？」

「何为真？何为假？」

他不过四十出头，鬓发转瞬灰白，仿佛一下老了二十岁。

褚安平年轻的时候，也有过娇妻美妾、挥斥方遒的书生梦想。但家中负累太重，他早早地就认了命，知道自己这一世最要紧的，就是好好工作、努力挣钱。

　　长孙家给他的这份差事，旁人都艳羡不已。不论是年俸，还是东家对他的信赖尊重，他都十分满意。他心想着，再过个两年，就能将常年卧病的父母接到汴陵来住，届时子女也大了，一家人团团圆圆、平平安安，这一生也就没有别的念想了。可偏偏就在他买下新宅院之前，父亲的病势挡不住了。父亲一走，母亲失了支撑，不几日也跟着去了。子女们都成了婚，见着老人们不在，吵嚷着要分家。

　　这些家里的事，一向是褚大娘子在管，横竖他只管在汴陵挣钱，按月寄银子回乡。他只知道，分家的事情扯了许久都没有结果，家乡送来的每一封信都是在诉苦、抱怨和争家产。初时他还拆开几封看过，再后来，便懒得拆开了。

　　褚安平的生活极致简单。这些年节俭惯了，他在口腹和穿着上都没有什么大的欲望。他每日只睡三个时辰，早上卯时准时去钱庄上工，到夜里盘点入账，回到家中已是亥时。东家小姐也觉得他辛苦，劝他每个月休上几天假，他却不肯。若不上工，他也不知道自己还能干什么。

　　就是在这个时候，东家小姐送了他一把紫檀木的算盘。

　　工欲善其事，必先利其器。账房先生最得有一把称手的好算盘，得结实顺滑、珠子圆润、声音清脆。这把紫檀算盘用料好，尽管没有上漆，但色泽莹润，算珠光滑，一看就是把好算盘。他一眼就喜欢上了。

　　东家小姐说，这是把如意算盘。

　　这一句话把他说蒙了。如意如意，如什么意呢？

　　他竟想不到自己还有什么想要的。

　　许多个独自盘点清算的深夜，他将结了厚茧的手指抚过每一颗算盘珠，似将自己说不清道不明的心思寄托在这算盘上。隔位六二五，退位一二五，一八七五记，改曰二十五。

　　算账的活计越来越容易了，有时候他似乎都不用费力去拨动那算盘珠子，只要心中稍稍一动念，算盘便自动替他算出来了。他心中隐隐惊奇，知道这不是一把普通的算盘。

直到那一晚，他一个人在房中盘点清算的时候，绛珠出现了。

她说她叫绛珠，声音柔而亮，像轻轻拨打的算盘珠子碰撞的声音。这像是他会取的名字。他都还没说出口，她就知道，自己该叫这个名字。这还不算什么，真正让他惊恐的是，绛珠和东家小姐长得竟有七八分像。

他是看着东家小姐长大的，从她十岁上下跟着老东家学看账，便认识她了。说起来，打算盘的手艺还是他亲自教会她的。可是东家小姐长得真快啊，不再是个聪明伶俐的小丫头，而是富有主见、心思难测的春花老板。这些年，他倾尽了心思，帮她把长孙家的家业发扬光大，她也对他极为尊重，开口闭口都称他"褚先生"。甚至，他喜欢收集算盘这点小爱好，她都记在心里。

他曾经隐隐意识到自己那点心思，但明知无稽，也从未正视，言行上向来是谨守本分的。直到绛珠出现，他望着那一张与东家小姐相似的脸，第一次直面自己龌龊的邪念，简直就像被扒光了一样。

但他很快发现，绛珠和东家小姐是完全不一样的。绛珠是完美的，饿时送上清粥小菜，渴时送上香茶甘酒，冬日她暖得像火，夏日她凉得如玉。她的每一句话都贴近他心意，每一个笑容都能抚平他过往的一道伤痕。更重要的是，她一心一意地依恋着他、渴望着他、需要着他。

至此，他对东家小姐再无任何遐想。东家小姐是高高在上的，从来都与他无关。而绛珠是属于他的，完完全全属于他。

他知道，绛珠的美无需脂粉绸缎来维持，但他心甘情愿做着寻常男人为自己所爱的女人能做的一切。他不再关心老家的芝麻琐事，不再频繁寄信或寄钱回去。他对生活中除了绛珠的其他人都不感兴趣。和绛珠共度的每一天，都像是偷来的。他怀着一个甜美而疯狂的秘密，不想对别人说，也不敢对别人说。

人的改变总是有迹可寻，外人开始传言他养了个外室。他从不辩解，他们什么也不懂。

他捎回老家的钱和信越来越少，褚大娘子终于察觉了异常，亲自赶到汴陵。她说子女们分家的事已经安排妥当，老家再没有非要她去尽的义务，所以，她要搬到汴陵来，和他一起生活。

褚安平吓得魂飞魄散。

他是感激这位糟糠之妻的。他只知算账挣钱，奉养公婆和教导子女都由她操持。两人已经十几年没有在一起生活，她虽有抱怨，但也勉力支撑下来，这也多亏了她强势坚韧的性格。可要和她一起度过余生，对他来说简直是个噩梦。

他语焉不详的抵抗对褚大娘子来说完全不堪一击。她将老家诸事略做安排，风风火火地便来到了汴陵。几乎是一进宅子，她就开始质疑他的品位，指摘他的衣食住行，抓他每一句话的破绽，怒斥他的不知体贴和忘恩负义。他把绛珠深深地藏起来，可褚大娘子还是迅速发现了他的变化，知道了他心里有一个"野女人"。但她抓不住证据，就算外头风言风语传得再厉害，他毕竟没有一个真的外室。

于是，时时刻刻的争吵开始了，他惊奇一个女人怎么能如此口出恶言。

绛珠就藏在那张紫檀供桌的暗格中，但此刻，他们仿佛相隔天涯，他无比地想念她，想得仿佛心脏被人挖去了一块。

大运皇朝律法中有"三不去"：有所娶无所归，与更三年丧，前贫贱后富贵。这三条，褚大娘子每一条都符合。是以他不能休妻，简直毫无办法。

他忍无可忍，对褚大娘子提出了和离。出乎他的意料，她居然答应了，只是狮子大开口，管他要两千两银子。

褚安平典当了所有能典当的东西，还是不够。

这时四海斋的陈大掌柜盯上了他，亲自上门来许诺，只要他肯背叛东家小姐，便给他两千两银子。他本来不肯，但褚大娘子一口答应了下来。他害怕她改变主意，不肯和离，只得遂了她心意。然后，就有了春花钱庄那让他无地自容的一幕。

他知道，自己断送了前途。账房这行业最重品行，东家小姐识破了他的诡计，事情传扬出去，从此汴陵不会有一家商户肯用他。

不过，他已经顾不了这么多了。

褚安平没有把两千两银子还给陈葛，而是给了褚大娘子。钱可以再想办法，大不了将这宅院卖了，但他再也忍受不了那泼妇在他耳边聒噪。

褚大娘子干脆利落地收拾了行李离开。

褚安平被相思之苦折磨了太久，刚送走褚大娘子，立刻取出了紫檀算盘。手指抚上算盘珠的一瞬间，绛珠就出现了。两人相视良久，抱头大哭。

他万万没料到，褚大娘子竟然去而复返，并亲眼看见了他召出绛珠的经过。他见识过褚大娘子太多的恶言，没有一次比得上这次的恶毒阴狠。

她大肆嘲讽他的笨拙、无能和可悲，笑得腰都直不起来。她说："还以为你真有本事养个野女人，没想到是算盘打出来的鬼东西！我早说了，有哪个活的娘儿们看得上你这老货？"

"一把算盘，也敢跟老娘抢男人，这世道里的人真是发神经了！你想和离，做梦！老娘做鬼也不会放过你！"褚大娘子在屋外转了两圈，拎着把劈柴的斧子进来，冲他冷笑，"你信不信，我劈了这死木头！"

一向老实本分的褚安平愤怒了，他可以容许别人侮辱他，却容不得绛珠受到伤害。心神一动，紫檀算盘立刻感知，平地飞起，高高坠下，砸中了褚大娘子的天灵盖。她一声都没出，便伏倒在地。褚安平被吓呆了，不知是被自己吓住，还是被绛珠吓住。

绛珠哭得像个泪人一般，抽泣着问他："褚郎，我是不是做错了？"

褚安平蹲下，试了试褚大娘子的脉搏，人还活着。

他知道，自己应该去请大夫。可是让她活过来，绛珠的秘密一定会曝光，他会被人看作疯子，而绛珠……绛珠可能会被人夺去，甚至毁掉。绛珠楚楚可怜地望着他。不须他言语，就已经明白他心中所想。

"褚郎，不要怕。"她温柔地说。神情比他还要冷静。

"趁这时候，你赶紧出去。这里有我。

"你放心，她死的时候，你不在，没有人会怀疑你。"

褚安平像个孤魂野鬼，失魂落魄地走出院子。他回过头，掩上门的时候，从门缝里看到站在血泊旁的绛珠，他瞬间汗毛倒竖、胆裂魂飞。

绛珠还是一样美丽，苍白脸颊上沾着殷红鲜血，唇角一抹冰冷微笑，仿佛地狱盛开的索命幽兰。

花合欢兮并蒂长春，人合欢兮如意延年。[1]

天刚亮，褚安平便被两个衙役押解出城。他要去的是三千里外的南蛮之地，毒瘴猛兽丛生。

行到城门口，衙役解开了他的大枷，只留脚镣。

"褚安平，有人送你！"

不远处的马车旁，一个穿鹅黄衫子的女子向他盈盈施了一礼。

褚安平蒙然："……东家小姐。"

春花递给他一个小包袱："此去遥远，也许今生也难得再见。我备了些药品和银两，路上用得上。"

褚安平垂下头，不接那包袱，半晌道："东家小姐不怨恨我？"

春花笑道："我打算盘的手艺，是您手把手教会的。恩仇两边算，仇怨已经两清了，恩情还可再报上少许。"

褚安平动了动嘴唇，却没再说话。

春花再道："您占的钱庄股份，每年分红会寄到乡下，平分给你的子女，一分也不会少。"

褚安平摇摇头，对子女的福祉漠不关心。

他嗫嚅了片刻，问："绛珠呢？绛珠怎么样了？"

春花默然："到今日，您还觉得，真有绛珠这个人吗？"

1　出自清代许叔平《里乘·雄黄弹》。

褚安平倏然抬头盯着她，双手忍不住剧烈地颤抖起来。

"何为真？何为假？"

他不过四十出头，鬓发转瞬灰白，仿佛一下老了二十岁。

第三卷

海中龙王

她在人间做了两百年的樊都知，温柔解语、知情识趣，春花秋月等闲度过，此刻终于想起，自己是一头会流泪的白色海龙。人间原来不是她的江海。江海才是她的江海。

章一·覆鹿寻蕉

更夫打过三遍梆子，夜色更显晦暗。白日里繁华的南岸商街退去了人气，荧荧白月映照在微有积水的青石板路上，带出一丝寒意。他湿答答地爬上岸来，立刻被深夜的秋风吹得瑟瑟发抖。这人类的毛发皮肤实在太薄，根本无法御寒。

好……好冷啊！

他几乎是将全部家当都带在身上了，鲛纱锦衣、白玉珊瑚簪、沙金项圈，这次达不到目的，他就不回去了。在青石板路上走了一段，终于听见前头喧闹的人声。多向几个人打听，他总能找到的！

他鼓起了勇气："这位大哥，请问一下……"

围在牌坊口等活儿的三个壮汉回过头来，见到的是一个年十六七的小少爷，衣着鲜丽，唇红齿白，稚气未脱，只是鬓发皆湿，有些狼狈。

壮汉们乐了：这是哪里冒出来的肥羊？一身金光耀眼，像把所有家当都穿在了身上。

"我想打听一个人。"

"什么人？"

"肥羊"脸色红了红："我娘子。"

壮汉们露出好奇的神情："哟，你这么点大，都有娘子啦？"

"小少爷，你娘子长什么样子？"

"肥羊"窘迫地捏着衣角："我娘子呀，她比我大一点，有点凶，有点泼辣，但是长得特别美，九天上的瑶池仙子都及不上她。"

壮汉们哂笑，其中一人眼珠一转："你说的人，我们好像见过呢！小少爷跟我们走吧，我们带你去找她。"

"真的啊？"他绽出惊喜的笑容，"你们真是好人。"

"肥羊"毫不设防地跟在三人身后，掠过牌坊，向北而行。

鸳鸯湖的北岸，嬉笑怒骂，花红柳绿，夜晚刚刚开始。熙熙攘攘的行人，看到汴陵有名的三个地头蛇领着个暴发户似的小公子，都纷纷侧目，但却不敢上前提醒。四人来到北岸一个静僻的码头。领头的泼皮指了指一艘停泊的破船："你娘子就在船上。"

"肥羊"不疑有他，欢脱地唤了声："娘子！"便冲上了船。

泼皮们浮起得逞的笑，耳语两句，跟在他身后，也进了船舱。

舱中没有点灯，只有窗格的破洞映入苍白的月光和北岸街的灯火，依稀可见阴暗残旧的木架、散落的麻绳和壁檐角落里丛生的蛛网。

小少爷愣了一下。他顿了片刻，转过身来："我娘子呢？"

泼皮中的一个捡起地上的麻绳，在手里试试结实程度。另一个张开双手，向前两步，笑道："小美人儿，今儿个算你不走运，落在我们三个手上。

"老三，把舱门守好。老二，把他身上的衣裳和金玉宝贝都给我扒下来，看看还有什么别的值钱东西。"

这艘破船废弃已久，平时根本不会有人来查看，这三个泼皮有恃无恐，想来不是第一次干这勾当。

"你们胡说什么？我娘子在哪儿？""肥羊"还没了解状况。

"这肥羊虽然傻，长得倒是挺俊的。"

小少爷煞白了脸，思索了一瞬，终于醒悟过来。

"所以，你们不是真心带我来找我娘子的，是吗？"饱满红润的唇负气抿起，"你们……其实是坏人吧？"

三人互看一眼，肆无忌惮地大笑起来。

桨声灯影的角落里，年久失修的破船蓦地震了一震。若此时有人在舱外观看，会发现船的吃水瞬间诡异地低了数寸。柔弱天真的"肥羊"注视着他们，幽幽叹了一口气："那也没有办法了。"

泼皮们已经急不可待，不再废话。一个人守住舱门，另外两个人拎着绳子就冲了过来。小少爷立在舱中，身形纹丝未动。待那两人冲到身前，他倏地咧开嘴，笑了起来。樱桃小口迎风便张，仿佛被无形的巨手撕开成一个山洞般的血红大嘴。厚唇白牙，唇上两个绿灯笼一般的死鱼大眼，左右剧烈地摇晃。

两人惊得面无人色，还未能相信自己的眼睛，大嘴便兜头啃过来，瞬间将他们罩住，在喉咙里滚了滚，咕噜一声吞了下去。守在舱口的泼皮见此情形，失声惨叫起来，明知要逃走，双腿却像埋在地里的萝卜，怎么也拔不起来。

破船离繁华处甚远，船上的人就算叫破了喉咙，也不会有人听见。

船舱里不知何时涨满了咸腥的黏液，淹没了人的小腿。张大嘴的妖物上身如马，皮壳坚硬分层，下身却如蛇，柔软灵活。它在黏液中盘了一圈，顺滑地来到最后的泼皮面前，停住了。

"你刚才说，要做什么？"

腥臊的风从血盆大口里吹出来，血肉与海水的咸湿气味交织在一起，令人作呕。泼皮抖得如筛糠一般，几欲晕厥。有那么一瞬间，他幻想着眼前这东西会大发慈悲，放过他。然而妖物只是打了个嗝，大口再度张开，那泼皮一嗓子都没出，便消失在它口中。

废弃多年的破船终于抵挡不住重量，咯吱作响，沉入湖中，刚没入水中，便裂成了两截。水下的巨兽摆了摆尾，悄然潜得更深，只在湖面上带起一圈涟漪。

鸳鸯湖的北岸，嬉笑怒骂，花红柳绿，夜晚刚刚开始。

刚才的一切，仿佛只是汴陵城不小心做的一个噩梦。

春花也在做梦——一片寂黑之中，一只通体雪白的狸猫如跨越一潭无形的水，徐徐而来，身姿高傲，眼神笃定。

"长孙春花，你还恋栈这红尘吗？"

春花默了会儿："托您的福，还没活腻。"

那白猫居高临下，庄严道："你注定在二十二岁上横死，何苦再纠缠尘缘？"

"咦，你去年说的是二十岁……"

白猫咳了一声："休要多言！我给你指一条明路，你走不走？此刻速速自我了断，立刻便能魂归极乐，羽化登仙，安享永寿，无量荣光。"

"……"

据说女子梦见白色狸猫，是上上大吉，既有桃花之喻，又有招财之妙。春花记得，约莫是十二岁，这白猫第一次入她梦，劝她去死。一开始，祖父以为她中了邪，请了许多法师来驱邪，却始终无用。日子长了，她的神经也钝了，对梦中白猫的话渐渐麻木。有时白猫入梦，她还能同它聊上两句。

直到一日，遇到一位游方的老道士，同她讲，梦中的征兆都是自己心中恐惧所化。梦中有猫劝她去死，其意在于催她奋进，惜取少年时，莫要蹉跎时光。

她觉得老道这话好像有点忽悠的意思，但这番提气强心的解读，令祖父和她都大为振奋，便给老道士布施了不少银子。后来听说，那老道带着长孙家布施的银两，前往苏杭筑了一座大观，香火十分旺盛。

白猫还是常常入梦与她闲聊，一开口就劝她去死。

"长孙春花，你究竟在何处执着？"

"这人间的富贵钱，我还没赚够。"

白猫噎了一下，恨铁不成钢地向她撞过来："你的劫数已经到了，你不知道吗？"

车辕在坑洼的路上跳了一下，马车随之一震，白猫化为无形，春花便从梦中醒了过来。胖娃娃长孙衡坐在他娘烟柔的怀里，流着口水，笑哈哈望着她："嗒嗒……嗒嗒……啊……"

车帘从外面被掀开，露出仙姿的脸："小姐，到码头了。"

十月半，牵挦团子斋三官。[1] 汴陵人依水而生，对下元节格外看重，下元风俗也与京城不同，家家门前插了黄旗，沿街招展，又修斋设醮、置办供品，只为当夜在汴水乘船祭拜水官，祈求解厄禳灾。

再过十日便是下元，鸳鸯湖上照往年的风俗，连着十日演出水上傩戏，还有梅花桩、簪花彩头、八面旗舞等活动。水上的行船人家有身手好的，便受了城中富豪勋贵的资助，单练一套爬杆轻功，去抢下元节的红缨彩头。民间的赌坊纷纷开了赌局，普通小民也可下注猜测谁会是最后的彩头红。

今日是下元水上盛会第一日，汴陵城有头有脸的人物都带着家小，包了船来看傩戏。衡儿的母亲烟柔向来老实，这回主动提出要带衡儿出来祈福祛病，春花怜她一片爱子之心，便顺了她的意思。长孙老太爷年纪大了不能乘船，石渠和仙姿都跟着出来了。

一到地方，石渠先跃下了马车。春花欲撑一撑他手臂借力，却撑了个空，这毛躁人已经三步并两步，奔到人群中去了。

仙姿单手把衡儿抱出来："少爷跑得可真快，像放了笼的兔子。"

春花嗤了一声。自从上次被冤入狱，石渠又被长孙老太爷禁足了好久，今日是第一次被放出来，即便拖家带口，也挡不住他春风荡漾的心情。

"可要跟上去吗？"仙姿问。

"不必，专心护着衡儿。"

春花又对烟柔道："你也在家里拘了很久，今日带着衡儿好好逛逛，有什么中意的，只管让仙姿买下来。"

烟柔怯怯一笑："我只怕……被从前万花楼的人认出来。"

春花道："我哥回来了，你和衡儿的名分也已定了。任谁问起，你都是长孙家的长房妾室。"

烟柔叹了口气："大少爷对我十分厌恶，这就罢了，可他对衡儿，也没有父子的亲近。"

春花笑笑："我哥这个人，虽没什么常性，却最心软，小猫小狗小娃娃小女

---

1 民间谚语，指农历十月十五民间传统的下元节这一天，要人们会炸团子，作为供品斋三官，即天官、地官和水官。

子，他最难抗拒，时间长了便好了。"

烟柔还欲说什么，春花拍拍她的手："不必惧怕，天塌下来我顶着。"

几人穿过人流，在沿岸的集市逛了一会儿，给烟柔买了些小首饰，又给衡儿买了个拨浪鼓。行到码头时，长孙家雇的画舫已停靠在岸边，船老大支了踏板，三个女子并乳娘带一个小娃娃上了船。

湖上清风和畅，十分惬意。烟柔取了祭祀的五果、香烛、黄表，在船头布置好香案。

她在黄表上依次写下长孙老太爷、长孙石渠与长孙春花的名讳，偏头道："大小姐，可还有别的亲朋好友，要祈求祛病消灾的？可以一并写上。"

春花一愣，想了半天："那我就写一个吧。"

她取过一张黄表，自己执了兔毫，小心谨慎地写上三个大字：蔺长思。

烟柔盯着看了半晌：蔺是国姓，名讳长思的……

"哎呀，这是吴王世子的名讳啊。"

烟柔弯了眼角："吴王世子出身高贵，温柔多才，只可惜自幼便顽疾缠身，深居简出。汴陵所有的未嫁女子都在背后偷偷为他祈福。没想到，咱们说一不二的大小姐也是其中一个。"

春花笑笑："多我一个，也算多一份助力吧。"

她执起黄表，要与其他的放在一沓，却发现香案上只余长孙恕和长孙石渠的两张黄表，写着春花名字的黄表却不翼而飞了。

烟柔脸色微变，心知这不是什么好兆头。

"许是湖上风大，吹走了。我再写一张。"

春花不以为忤："别麻烦了，反正我也是祸害遗万年。"

仙姿将手掌在眉上搭了个"凉棚"远望，湖心一艘高耸的楼船在日光下金光耀眼。

"软霞楼的樊霜姑娘也出来游湖了啊！"

春花顺着她的方向望去，又听她惊讶道："与樊霜姑娘同船的，不是严先生吗？"

烟柔也凑过来看，蓦地惊呼："还有大少爷！咦，好像打起来了！"

章二·楼船箫鼓

石渠离了自家马车，熟门熟路地上了软霞楼的码头。

软霞楼的鸨母正与一个穿戴花里胡哨的小公子拉拉扯扯，也不知是为了算缠头，还是抢姑娘。

两个护院上来，把小公子扯开，鸨母这才恢复自由，见石渠到了，执一把香扇迎过来："长孙大少爷，您可回来了，我们楼里的姑娘等您等得每日以泪洗面呢！"

石渠被香粉激得连打了两个喷嚏："妈妈，我是来找樊霜的。"

鸨母顿时不知是该喜还是该忧，赔笑道："您来得不凑巧。今日樊霜姑娘有贵客，喏，乘了最大的那艘船，游湖去了。"

石渠怒了："她不知道我回来了吗？怎不等着我来找她，却先去逢迎别人？"

鸨母苦着脸："我的大少爷，您是拍拍屁股离家出走去了，咱们楼里的姑娘都得吃饭，总不能都不见客吧？"

石渠哼了一声，倒也不是真的生气。樊霜是鸳鸯北街公认的花魁行首，与他是多年老相好了，才情美貌自不必说，性情也是温柔和善，连春花也不得不承认，她是个知情识趣的好女子。

石渠早八百年就动过为樊霜赎身的心思，无奈长孙老太爷不同意，樊霜也不肯。如今他平白收了个万花楼的烟柔，还多了个儿子，再要娶第二个青楼女子，可真是难如登天。

他离家一年，未见樊霜，真是抓耳挠腮地在心中想，当下对鸨母冷笑："我也不为难你。你告诉我，樊霜在哪条船？今日是去了谁的局？"

他终究是大金主，鸨母不敢得罪，便如实回道："是寻家大爷的局，请了几个公子少爷谈花筹会的事，都是斯文人。"血红的蔻丹指向湖心最富丽堂皇的画舫，"就是那艘船。长孙少爷，您就说是自己瞧见了樊霜的，可千万别把妈妈我卖了啊。"

这一会儿愣怔，方才与鸨母拉扯的小公子挣脱了护院的钳制，又冲了过来，一把扯住她："你快告诉我，我娘子在哪儿！"

鸨母脸色一变，气急败坏地骂道："软霞楼的姑娘来来去去，一年到头没有一百也有几十个，老娘哪知道哪个是你娘子？"

小公子脸涨得通红："我家娘子，就是容貌最美、性格最好的那一个！"

鸨母连着翻了好几个白眼。

"您这话说的！我们软霞楼的姑娘，哪个容貌不美、性格不好？"

小公子一愣，居然被问住了。

鸨母笑了笑："软霞楼不是一般的勾栏，姑娘全凭自愿，没有半分强迫。我看公子也是好人家的，何必留恋一个抛了夫家、只身入青楼的烟花女子呢？要不这样，我们楼里的姑娘你中意哪个，我让她陪你一晚，夜资给你减半，如何？"

小公子沉默了片刻，重重地哼了一声："不！我只要我娘子！"

鸨母被这二傻子缠得几乎崩溃，又招呼护院来架走他，却被一道清声喝止了："让我来劝劝他。"

鸨母狐疑地盯着长孙家大少爷。

自己就是个脑子有坑的，还要劝别人？

石渠在一旁，大约听懂了这小公子的诉求，顿生一股同是天涯痴情人的惺惺相惜之情。他将小公子拉到一边，低声询问："你娘子叫什么名字啊？"

小公子眼圈发红，怔怔看着和善的来人。这几日遇到太多居心叵测的人，他不确定对方是想帮他还是想害他，犹豫了半天，渴望找到娘子的心情还是占了上风。

"她叫……小白。"

石渠："……"

莫说软霞楼，就是整个鸳鸯湖北岸也找不出一个叫小白的花娘。

他安慰道："可能是进了勾栏，改了别的名字。"思忖一阵，他拍拍对方的脊背，"你瞧见湖上那艘最大的楼船了吗？那是寻家的楼船，今天不少北岸的姑娘都在那船上，我中意的姑娘也在船上。嘿，说不定你娘子也在上面呢。"

"真的？"小公子瞪大了眼睛，激动的泪水在眼圈里打转。

"上去看看不就知道了？男子汉大丈夫，别跟个泪包似的哭哭啼啼。"

小泪包"哦"了一声，破涕而笑："我该怎么称呼你呢？"

"我呀，行不更名，坐不改姓，人称'汴陵及时雨，玉面小郎君'，长孙石渠是也。"

"长孙哥哥，你真是好人。"

这一声，说得石渠十分舒坦。

"那你呢？叫什么名字？"

小公子扁了扁嘴："我叫小绿。"

一叶扁舟轻帆卷[1]，石渠打赏了船老大，与小绿一起乘着轻舟，直向寻家楼船而去。

船上，小绿声情并茂地和石渠分享了他的苦涩情史。

小白和小绿是青梅竹马，生活在海外小岛上。小绿性格老实本分，一心跟着岛主习武修道；小白却心思灵巧，向往外面的世界。有一天，岛上来了强敌，小白担心小绿的安危，不愿他跟随岛主上战场御敌，小绿却坚持要履行自己的

1　出自宋代柳永的《迷神引·仙吕调》。

责任，保护小岛。后来，小绿得胜归来，小白却不见了。

"小白说我不识人间富贵。我听说人间最富贵的地方就是汴陵，小白一定在这里。"小绿伤心地扯了扯衣服，"我这次出来，带了许多宝贝。长孙哥哥，你要是能帮我找到小白，这些金银珠宝我都给你。"他将脖子上的沙金项圈取下来，递到石渠面前。

石渠有些无语，清了清嗓子："那你又是怎么找到软霞楼的呢？"

"前几天，我吃了……呃，碰上一个人，他在软霞楼见过我娘子。"

"会不会是骗你的啊？"

"不会的，我能看到他见过的人。他就是在软霞楼见过我娘子。"

石渠严重怀疑，这个小泪包脑子有点问题。不过他言之凿凿、情深义重的样子还真是有点感人。联想起自己对樊霜的情深不悔，他不禁同病相怜起来："你别担心，只要你娘子在那楼船上，我一定帮你找到她。"

与长孙家这种暴发的富户不同，寻家是百年积富的豪绅，家中子孙众多，门第森严。寻家生意多集中在船运、茶酒、营造上，事大利薄，前期打点和兴建投入太多，回收得慢。像钱庄、药铺、丝绸铺这些周转快、利润厚的生意，寻家涉猎得不多，这两年被长孙春花抄了后路，逐渐落后于长孙家。

寻仁瑞是寻家的长房长子，理所应当地继承了寻家的管事权。他行事霸道狠戾，性喜豪奢，加之交游广泛，黑、白两道都吃得开，自认汴陵城中有名有姓之人，无不是他的兄弟。

寻家与长孙家的生意各有偏重，交叠竞争之处也不少，汴陵人都知道，两家是斗得你死我活的对头。寻仁瑞为人高调要强，万事都要与长孙春花争个长短。

今年的下元节花筹会，吴王交给了寻家主办。据说，届时吴王世子还将亲临，为夺得花筹的能人簪花祈福。这位世子爷身子骨弱，吴王和王妃都是千般呵护，鲜少让他出席公开场合，过去两年的花筹会由长孙家举办，吴王世子可从没出现过。今年出现，这对寻家而言是天大的荣耀，自然要广而告之。

为了筹备花筹会，寻仁瑞特地命人兴建了一艘巨无霸楼船，比鸳鸯湖上所有的楼船都大上一倍。今日楼船首日下水，为图吉利，他办了一场楼船宴会，邀请的都是汴陵城中与寻家合作良好的商户老板。一则，检验楼船，商讨花筹会事宜；二则，也是借机抬一抬自己在汴陵商会中的声望，在排场上压长孙家一头。

楼船舱内雕梁画栋，软帐毡地，空间颇大。堂中仆婢如云，还有轻纱舞女翩翩起舞，两侧各有五六张席位，招待的都是汴陵商界有头有脸的人物，肉香酒香美人香，弥漫醉人。

寻仁瑞三十多岁年纪，蓄短髭，衣衫华美，大拇指套着一个鸡卵大的翡翠金丝的扳指。相貌还算周正，方脸浓眉，只是眉目间有些阴郁。倚在寻仁瑞身侧的，便是软霞楼的花魁樊霜，她一身白衣，肤光胜雪，一双美目如明珠生晕，柔情款款。

酒过三巡，樊霜下了主位，轮番敬酒，推杯换盏，应对自如。来到严衍面前时，她笑着举盏："久仰严公子大名，今日一见，果然是华茂春松、气宇轩昂。"

严衍淡淡道："严某初到贵地，何当樊霜姑娘久仰？"

"严公子是春花老板看上的人，当然值得樊霜久仰了。"

汴陵没有不透风的墙。春花老板看上了一位外地来的账房先生，公开礼聘，这事第二天就传到了寻仁瑞的耳中。陈葛受寻仁瑞之托，将寻仁瑞那番自我吹捧和攻讦对手的话转述给严衍听，并邀请严衍参加楼船盛会。陈葛私下知道严衍身份，本以为他不屑于参加商贾宴饮，却不料他真的来了。

樊霜柔声道："严公子初到汴陵，就有两位大人物争相宴请，今后前途不可限量。"

严衍一哂："如此，该先多谢春花老板替严某扬名。"

樊霜扑哧一笑，手中玉盏与严衍的轻轻一碰。

正在此时，船舱外传来一阵吵嚷。寻府家丁急匆匆进来回报："长孙家大少爷乘了小船过来，非要上船不可！在甲板上和陈大掌柜吵起来了！"

寻仁瑞展开一把镂金纸扇，低声对樊霜道："长孙家这位大少爷，为了寻芳，可真是连脸都不要了。"

樊霜无奈地摇头："他是个活宝，虽然莽撞了些，却也是至情至性之人呢。"

寻仁瑞挑眉："原来樊都知中意这一款？"

樊霜掩唇一笑："寻爷说笑了。咱们汴陵城中，除了吴王府那两位，哪还有男子能及得上寻爷的气度风采？"

寻仁瑞听得舒心，拊掌大笑，用扇柄点了点："还愣着干什么？快请长孙少爷上船。"

长孙石渠这傻子，天堂有路他不走，地狱无门偏闯进来。这种借机羞辱长孙家的好机会，寻仁瑞怎么会放过？

章三·以蠡测海

陈葛站在甲板上，沐浴着湖上清风，驰目骋怀，一眼望见乘舟而来的石渠，脸色骤变，掉头就往船舱内去。

石渠的利眼早看见了他，挥舞双手叫道："陈葛兄弟，是我啊！快将船梯放下来！"

陈葛只恨自己脚下没有生一双风火轮，跑得太慢。

他冷着脸靠近船舷："我可不是你兄弟。"

石渠哽了下，低头认真反省了片刻，露出歉然的笑："上回在四海斋，是你说我们兄弟有缘，还敬了我三盏酒，你忘了？"

陈葛翻了个白眼，转身就要走。

石渠急了："哎哎，之前隐瞒身份是我不对。我给你赔不是还不行吗？好兄弟，你就让我上船吧！"

这两人吵闹了一会儿，将船舱内的人引了出来。寻家的护院赶来，说是大当家请长孙少爷进去。长孙石渠领着小绿，得意扬扬地登上了楼船。陈葛气鼓鼓地瞪他一眼，不意与跟在石渠身后的稚嫩少年打了个照面，陈葛微微一愣。

凡间的老五，一向有个约定俗成的规矩，那便是互相之间认出来了，只要彼此没有妨碍，便不点破。在这城中，有许多化身为人、老实本分生活的老五，大家相安无事，断妄也不会找他们麻烦。

可是这个少年不同。

陈葛僵了一僵："哎……等等……"

伸手要去拦住二人，那少年蓦然回头，与他对视了一眼，眸中有绿光大炽，宛如咸湿的海风扑面而来，将他刮得倒退了两步。陈葛心中剧震，再抬头看，那两个人已吊儿郎当地进了船舱。

石渠边走边低声叮嘱小绿："一会儿进去了，你先别说话。待我先镇住他们，再替你找你娘子。"

小绿点头："长孙哥哥，我全听你的。"

隔着交错的觥筹，樊霜向石渠含笑致意。石渠立马觉得身子酥了大半，恨不得肋生双翼，飞到她身边。

寻仁瑞清了清嗓子："长孙大少爷离家出走一年多，这会儿回来，是玩够了，还是被老太爷派人逮回来的？"他轻摇镂金纸扇，"今日这么多老板都在，独缺长孙家，不如就由长孙大少爷做个代表吧。"

席间诸人纷纷大笑，长孙家这位少爷的德行，无人不知。

石渠涨红了脸："寻仁瑞，把你的脏手从霜儿身上拿开！"

一个与寻家亲善的商人嘲讽道："本以为长孙少爷出门一趟，能有点长进。原来今日，又是争风吃醋来了。"

寻仁瑞又讥诮一笑，纹丝未动："谁让人家有个好妹妹呢？不管闹出什么事，自然有人收拾，只要往自家妹子衣裙底下一躲，便万事没有。"

众人又哄堂大笑起来，只有樊霜和严衍没有跟着笑。

樊霜起身，向石渠盈盈一拜："听闻少爷新纳了一房妾室，还喜得贵子，正该安享天伦之乐，不必以霜儿为念。霜儿身如漂萍，受不起长孙少爷垂爱。"

石渠大窘。

一年前他离家出走，也是因为偷偷凑了一万两银子要到楼里给樊霜赎身，谁知被老太爷发现了，没收了所有银子，将他拘禁在家。

他急声道："霜儿，我这一年，在外头也攒了些银子，虽然还差一点，但我会继续努力，一定会给你赎身。"

樊霜有些无奈地按了按额头：

"长孙少爷，有件事，霜儿没来得及告诉你。"

在场众人，包括寻仁瑞都竖直了耳朵静听。

"去年，你偷拿了家里一万两银子，要为霜儿赎身，妈妈本是同意了的。是霜儿不肯，派人告知了贵府老太爷，你才被抓了回去。"

石渠："……"

微妙的尴尬弥散开来。数十双眼睛直直地望着石渠，其中有些还带着几分同情。石渠脸上红了又白，青了又紫，一时恨不得找个地缝钻进去："你……不是说了，也中意我吗？你说欣赏我的诚恳、善良、真性情……"

樊霜面有难色，实在不知该如何捅破那层窗户纸。陈葛从甲板上慌里慌张地冲进来，一把扯开石渠，颤声指着他身后："长孙石渠，你带了个什么东西过来？"

小绿一直躲在石渠身后，低着头，此刻被陈葛如临大敌地指着，众人这才注意到他的存在。他从指缝里露出圆溜溜的大眼睛，梭巡了一圈，视线定在主人席上。樊霜依偎在寻仁瑞身边，此时才注意到小绿，顿时花容失色，霍然站起："你……"

小绿仿佛自知犯了天大的错，神情沮丧，怯怯地唤了声："娘子……"

石渠遽然转头，半晌，伸出一根如风中稻草般的手指，颤颤指向樊霜："她……就是你娘子……小白？"

"我不是小白！"樊霜蓦地厉喝，声音失了惯常的温柔情意，仿佛变了一个人。

"你就是小白！"小绿泫然欲泣。

"她怎么会是小白呢？"

石渠大受打击，倒退三步，难以置信地回想了半天，双手死死按住小绿的双肩。

"你说她是你娘子，你们拜过堂、成过亲吗？可有文书凭据？"

这一场闹剧越闹越离谱，还没有收场的意思，在场诸人看得津津有味。宴会的走向，已远远超出了寻仁瑞的本意。

"够了！"寻仁瑞收起最后一丝耐性，招来寻家护院，"把这两个闲杂人等，给我赶出去，扔到湖里喂鱼！"

严衍在座中安然饮酒，似乎未瞧见方才的情景。

这时，左右护院群拥过去，想要擒住石渠和小绿。石渠连连躲闪，一眼望见严衍，慌忙冲过去，躲到他背后。

"严兄救我！"想了想，石渠又道，"严兄，你怎么在寻家的船上？站错边了吧？"

严衍看他一眼："严某可不记得自己站过长孙家的边。"

"嘿，你都救过我两回了，还说没站我们家这边？严兄，我拿你当兄弟，你可得帮我。"

这可就是死皮赖脸了。

"严某无能为力。"严衍嘴上这样说，却站起身，有意无意地格挡了一下。两个护院包抄过来，毕竟顾忌严衍这正牌客人，没有下重手，一时僵在一旁。

石渠哈哈一笑，顿觉得了脸："严兄，你帮我拖住这两个，我去带上樊霜，我们一起走！"

走去哪里？跳湖吗？严衍无语地瞪着他。

石渠灵巧矫健得不像个败家子儿，拍了拍严衍的肩膀，正待冲到主位，却发觉已有人捷足先登，拉着樊霜向外跑去。

友谊的小船说翻就翻。石渠怒瞪着小绿的背影，破口大骂："你这满口胡言的小子，给我把霜儿放开！"

寻仁瑞脸上有些难堪："哪里来的小崽子，在我的船上，带走我的女人？"

寻家护院遂扔下石渠不管，一窝蜂朝小绿和樊霜包围过去。

小绿警惕地望着眼前的数个大汉，咬着牙道："小白，我找了你上百年，好不容易找到你，一定要带你回东海。"

樊霜被小绿护在身后，面容毫无血色，口中喃喃道："你我早已恩断义绝，我不会和你回去的！"她眼角扫了一眼严衍，"此处有高人在，你……你快走！"

小绿眸中有绿光一闪："谁不让我带你走，我就把他们都吃了。"

樊霜身子剧震，睁大着双眸："小绿，你不要乱来！"

她这话说得晚了。

小绿愤懑的双眼蓦地放大，眼珠子膨胀成两个小灯笼一般，从眼眶里凸出来，身子迎风便长，瞬间长成三人多高，浑身坚硬的鳞片闪着荧荧绿光。长长的马脸上，厚嘴抿了抿，猛然抻长，一张血盆大口登时从楼船内的一楼豁开到三楼。

寻家的护院训练有素，平日专教训那些滋事的泼皮和欠债的老赖，但终归都在人群里横行，哪里见过这等阵势，纷纷惊恐尖叫起来，作鸟兽散。

筵席上的汴陵富户们养尊处优，最是惜命，更没见过这等状况，一个个从席间爬起来，争先恐后地往楼船出口奔去。小绿化身的巨兽摆着长尾，缘着新鲜上过漆的木地板，滑到寻仁瑞面前，阴郁地说了声："她是我的女人。"

寻仁瑞连巨兽的眼睛都没瞧见，只见到森森的白牙和深邃大口中猩红的小舌头。什么汴陵豪富、霸道当家的形象都顾不上了，他两眼往上一翻，露着眼白晕了过去。小绿森森地一笑，张开大口，正要把寻仁瑞整个人吞下，灯笼眼瞥见长孙石渠扯着樊霜，顺着人流向舱外跑去。

它如同被利刃刺中，悲鸣了一声，掉头向舱门冲过去。

原本被忽略的人们赫然成了被狩猎的对象，顿时哭爹喊娘地四处逃窜，有些跑得快的，到了船舷边，无计可施，只得闭着眼睛扑通跳下了水。

陈葛紧跟在严衍身后，小声道："天官大人，那人……是个老五啊。"

严衍眯着眼睛，"嗯"了一声。

"您……不收了他？"

严衍上下打量他："不是我收了他，是你收了他。"

"呃？"下一秒，陈葛觉得自己身子轻飘飘地向那水生的巨兽撞去，正撞在巨兽脖颈上。巨兽身形一滞，随之而至的是一柄青釭宝剑，劲如疾风，刺入它硬甲与鳞片相接缝隙的软肉上。它痛"喏"一声，长尾钩住了楼船的雕檐。无奈雕檐都是细木铆镶的，根本禁不住如此怪力，半边楼船被长尾扯掉。木料翻飞，一半楼船与巨兽一同落入了鸳鸯湖中。

这空有华丽外壳的楼船，看来是支撑不到十日后的花筹会了。

严衍跃到甲板上，以掌力重压船头，终于将楼船的残骸缓缓稳住，浮在水面。寻家宴请的宾客们在楼船底下黑压压地浮了一大片，幸好这是在汴陵，生活在江边的百姓，十个里有九个都善游泳。严衍飞身上下，几番来回，将不会游水之人送到甲板上，确认并无人溺水，方才停下。

岸边码头上，有红衣的捕快赶来，其中一个依稀可辨，正是闻桑。许多小船正从码头摆渡过来接落水之人。

楼船底下的震动渐渐安静了下来。水中巨兽似乎停止了躁动，顺着水流渐渐远去了。严衍微微皱眉，这个老五，未免放弃得太容易了。

严衍倏然转身，才发现船上竟不见了石渠和樊霜的身影。

章四·泥牛入海

长孙家的画舫是一艘小船，春花多给了船夫一锭银子，让他全力向楼船划过去。快行到近前的时候，湖上所有的人都听到一阵巨响。楼船的右侧，几层的围栏和檐角哗啦啦落入了湖中，随之激起数十米高的水花，仿佛还有什么重物一同沉入了水底。

湖中瞬间形成汹涌的水波，连他们所在的画舫都剧烈地摇晃。春花心中骤然一慌，失声唤道："仙姿！"

仙姿心领神会地应了一声，飞身而起，脚在浪尖点了两下，落在楼船之上。她目光梭巡在奔逃的众人中，迅速发现了惊慌失措的长孙石渠。仙姿一把扯住石渠后领，便往船下跃去，却发觉手中重量比往常重了许多，定睛一看，这败家子儿手里还抓了一个。

"少爷，你干什么？"仙姿很想把他丢在这岌岌可危的楼船上。

石渠从她眼中看到了嫌弃，但仍然坚定地握住樊霜的手。

"霜儿和我同生共死。"

樊霜嘴唇苍白地看了看他，并没有反对。

仙姿翻了个白眼，也不知道眼下是什么情势。脚下猛然剧震，船体倾斜起来，楼船底部仿佛被什么东西重重撞击。她心知不好，也无暇再和石渠计较，只得一手拎一个，双脚在船舷上借力一蹬，向自家画舫而去。

几个纵跃，三人落在长孙家的画舫上。

石渠周身汗湿，瘫倒在地，喘着粗气："大船上有……妖怪！"

春花一愣，蓦地双手被人握住，樊霜声音发颤："它……口能吞海，快走，快上岸！"

远远的湖面上，蓦地直冲起一股暗流，由湖底连至水面，形成雁阵般的波澜，蜿蜒着向这边奔涌过来。

被烟柔抱着的衡儿似乎感受到了致命的威胁，放声大哭起来。船老大惊慌失措，被仙姿吼了一嗓子才醒悟过来，使出吃奶的劲头往岸边划去。这画舫是个游览观赏的工具，原本是以平稳缓慢为卖点的，根本没想过有一天要靠速度逃命。一船人手脚并用，齐齐趴下，以手划水，只盼爹娘给自己多生两条手臂。

"长孙石渠！你又招惹了什么不得了的东西！"春花一边划水一边大叫。

石渠忙里偷闲，瞅一眼身后，见那水下涌流已经越来越近，索性闭眼拼命拍打水面："我也不知道啊！"

画舫终于靠岸，不及系舟，船老大已自蹦上去逃命。仙姿一跃上岸，先将烟柔和衡儿接了上去，石渠扯着乳母，也跟着跃了上去。春花动脑子还行，这身子动起来可不大灵敏。她在船上跌跌撞撞走了两步，好不容易扒住船舷，眼前同时递过来几只手。她不及细想，快速抓住其中一只。顺着那手的力道，她本想向前一跃上岸，谁知那手难以觉察地向前微微一送，竟是不着痕迹地推了她一把。

春花一怔，只觉身子一晃，竟又跌回了船舱。

就在此时，异变陡生。

庞然大物垂直破水而出，画舫宛如一只玩具木船，被巨浪高高冲起，又徐徐落下。春花只觉身子在船舱里掉了个头，下坠的时候脑袋朝下，双目所及之处，正是一血盆大口大张着等她。

"长孙春花，你还恋栈这红尘吗？"梦中白猫的质问如在耳畔。

不是说好的，二十二岁上横死吗？还有两年呢，被猫吃了吗？

她不甘心，真的不甘心。

泰山崩于前而色不变的春花老板闭上眼睛，放声大喊："救命啊！"

腰间突然一紧，春花睁开眼，一片青色的衣角在她眼前飘了一飘。有人拎着她的腰带，踩着下坠的小船，向上跃了两下。她被几次抛高落低，昏昏沉沉中，望见巨兽的大口几近闭合，只剩一道山谷般的缝隙。那人拎着她，靠近了天光射入的"谷顶"，却终究晚了一步。巨口如隆隆震动的大山，严实合拢。

天光消失，春花顷刻便失了神志，堕入无边黑暗之中。

不知名的巨兽沉入水中，湖面荡漾了片刻，便归于平静，仿佛什么也没发生过。只有一张浸湿的黄表漂在水面，上书的"长孙春花"四个字已被水浸透，墨迹化开。鸳鸯湖畔，百姓惊慌四散，闻桑一人呆立在奔逃的人群中，茫然了许久。

断妄司栈长手册上可没写，天官大人被怪兽吞了，该怎么办！

长孙石渠比春花大五岁，父母故去的时候，他已经晓事，对这个小猫一样的妹妹有着山一样的保护欲。小时候，几家富户的孩子在一起读私塾，石渠加入了以寻仁瑞为首的熊孩子帮，挨个儿去剪女娃娃的辫子。剪到春花头上时，石渠不答应了，不自量力地跟寻仁瑞打了一架，被大几岁的寻仁瑞揍得鼻青脸肿，从此结下了仇深似海的梁子。

汴陵人虽重商，但多半还是会让子孙勤习诗书，考取功名。长孙兄妹的父亲长孙逊是少有的考中进士的商人子弟，可惜身子弱，刚被派了一个吏部行走的小官，不到两年，便因公务烦冗、操劳过度，急病而死。其后不久，长孙家少夫人也因难产而亡。

长孙恕在儿子身上吃了一个亏，痛定思痛，立下家规，后人不许求功名，只能求富贵。

石渠幼时博闻强记，不管是《管子》《墨经》，还是《货殖列传》，都倒背如流。长孙恕十分骄傲，逢人便说，自家有个过目不忘的聪明孙儿。作为长孙家的长孙，他被长孙恕寄予了厚望，指望他学得精明强干，把长孙家的家业发扬光大。无奈，他看见账本数字就打哈欠，外出游冶时豪掷千金，让他在商场上和人讨价还价，比杀了他还痛苦。

后来有一天，他宣称要像父亲一样，去考科举。

爷爷说："从政都是贵胄子弟的把戏。我们这些升斗小民，赚钱才是正道，不要掺和自己不懂的事情。"

但石渠说："我若做了官，一定不会像父亲那样笨。"

春花从未见爷爷生过这么大的气，他将石渠关在家中三个月，彻底误了那年进京赶考的时间。与石渠交好的几个少年公子都从京城回来了，他才被放出来。

从那以后，石渠再不提科举的事，整日与一帮书生文人厮混一处，风花雪月，声色犬马。

石渠十七岁那一年，长孙恕忽然就不逼他继承家业了。十二岁的春花天生一张春风化雨的甜嘴和一副锱铢必较的黑心肝，在为人处世上也是一点即通，人人称赞她是个经商的好苗子。长孙恕权衡再三，做了一个胆大而英明的决定，将家业交给春花掌管。

春花一向觉得爷爷没有错，哥哥的确是个不靠谱的浪荡子。所以，她的巧言和心计都用在石渠身上，逐渐成了和爷爷站在一边数落石渠的角色。

两兄妹小时候，感情好得跟一个人一样，年长后，却渐渐生出隔阂来。

于半掩的迷雾中，春花抓住一只骨节分明的手，触感微凉，仿佛是许多次从厨房偷出糖糕，哄她开心那人的手，又仿佛是蹒跚学步跌倒的时候，不耐烦却还是将她扶起那人的手。她尝试握紧那手，那手却蓦地松开了，目光向上，眼前忽地浮现少年石渠咧开嘴的笑脸。

春花猛地睁开眼，坐了起来。

眼前一片漆黑，她还以为自己瞎了，片刻之后，渐渐适应了黑暗，终于能影影绰绰地看清些东西，这才望见面前青衣男子微亮的瞳孔。

"严先生？"她揉了揉酸胀的眉心，也不知从哪儿沾了一手腥臭的黏液，蹭了自己一脸，"……这是哪儿？"

严衍单指竖在唇上，示意她噤声。

所坐的地面忽然轰隆隆滚动了起来，两人仿佛蹲在一个活着的骰盅里面，随着上下晃动颠簸。春花坐不稳，险些一头栽倒，被严衍眼疾手快地扶起来。若不是严衍大树般深栽地面，她恐怕要被活活晃成个六点朝上的骰子。"骰盅"的震动过了许久才消停下来，记忆如涓滴溪水回流，春花心中升起不祥的预感。

"我们该不会……"她惨笑，"在那头怪兽的肚子里吧？"

似乎是在回应她，一股龙卷风直上头顶，带着几丝黏液涌上顶去，咕噜噜一声轰然巨响，好像是……打了个饱嗝。

春花僵住了。

这一霎，严衍以为她又要放声大哭。

他眼见她跟着画舫掉进巨兽口中，俯身去救，好不容易抓住腰带，待要借势跃出，却被她一阵鬼哭狼嚎吵得头疼，一不留心，便错过了逃离的时机。谁知春花张了张嘴，抓着他的手剧烈地摇晃起来："都这样了，我还没死。真是走了狗屎运啊！哈哈哈……这是要发财啊！哈哈……"

"……"

严衍不露痕迹地甩开她，低头用什么东西轻轻擦拭自己的双手。"刺啦"一声，一丝微弱的光亮照亮了两人的轮廓。春花和严衍都是一愣，此处竟然有火折子！

一个男人颤然出声："你们……也是被那妖怪吃进肚子里的吗？"

传说，东海有兽，名为魇龙，头如马，尾如龙，有磅礴巨口，能吞万物，其涎可与百飓仙岛重阳晨露同酿成一种令人醉生梦死的美酒，名曰龙涎清露。魇龙吞人可造梦，被吞下之人不觉身死，神魂尚在，仿佛身坠异世。

断妄司的典籍中说，魇龙属海龙族，为东海龙族。大约一万头海龙之中，才能有一头异化为魇龙。最后一头魇龙在万年前的穷奇、化蛇大战中舍身战死，由上一任的东海水君亲手安葬在东海一处世外仙岛中，再无后人。

……再无后龙。

断妄司的副天官韩抉是这么说的："典籍这玩意儿，分分钟能把你忽悠瘸了。"

章五 · 湖海飘零

魇龙腹中自有幻境。被吞吃之人，神魂会永远沉迷在幻境之中，无法挣脱，成为魇龙的养料。

严衍觉得，这怪兽有几分形似魇龙，却又不是魇龙，也不知什么物种，恐怕是将他们吞到了一个囊腔之中，以备今后食用。他一向独来独往，艺高人胆大，如此险境倒也从容，只是身边多了一个养尊处优的富家千金，未免累赘。严衍心中暗暗叹了口气。若不是青钰剑落在了外面，他破腹而出，也不是什么难事。

春花落入怪兽口中，他本不必亲来救。但她毕竟是苏玝一案的重要人证，若是死了，于他查案不利。嗯，自然是这个道理。否则他怎会如此冒进，硬从妖怪口中夺人？

先前被吞下的两个泼皮说，他们在怪兽腹中已经待了好几日，幸好身上带了火折子，能看清周边情形，却不知道如何才能逃脱。这会儿，竟有新来的难友，简直欣喜若狂。

"我们兄弟发了善心，想帮他找娘子。谁知道他是妖怪变的，把我们骗到船上，就吞进来了。"

两个虎背熊腰的壮汉哭得如泪人儿一般。

"我们都是老实本分的良民，怎么就这么倒霉啊！"

"我娘还在家等我呢！"

严衍冷眼不语。

这两人贼眉鼠眼、神情躲闪，一看就不是什么诚恳之人。

春花听见他们哭，头皮一炸，道："都别吵了！既然现在还活着，就说明一时半会儿死不了。与其在这里哭，不如四下再去找一找生路。"

严衍有些意外。她不似那些娇滴滴的深闺小姐，遇事只会哭，这会儿倒是精神得很。

"春花老板有良策？"

春花看他一眼，眉头锁得像座山："总比坐以待毙要好。"

怪兽忽然安静下来了，不知是潜入了深水，还是又化作人形上了岸。

严衍静了静，道："也好，咱们分两个方向，去找生路。"

怪兽腹中另有一番天地，空旷广阔，高呼还有回响。严衍在前面举着火折子，肩膀平直宽阔，春花跟在他身后，忽然幽幽地道："严先生，你不是个普通的账房先生。"

严衍步子未停："春花老板以为，严某是什么人？"

"你功夫很好。我猜，你除了做账房，是不是还做护院？"她顿了顿，"学了这么多门技艺，你小时候真的很缺钱吧。"

"……"

严衍不可思议地回头看她，瞧见她一脸的同情。

她扯住严衍袖子："严先生，咱们……好歹也算熟人吧？"

严衍挑眉："大概算吧。"

这机关算尽的小女子落入绝境，迂回了半天，不知又要耍什么心眼。然而春花咬了咬唇，从怀里掏出一个绣着迎春花的锦袋，递给他。严衍将锦袋拈起来，晃了晃，里头叮当作响："这里面是什么？"

"这是……账柜的钥匙、金库的钥匙，还有我书房中暗格木箱的钥匙。"

严衍一愣，半晌冷冷道："春花老板这是在交代遗言？"

春花挤出一个笑："你身手好，说不定还有出去的机会，见着我爷爷和哥哥，替我将这锦袋交给他们。"

严衍有些难以置信："你不怕我侵吞了长孙家的财产，远走高飞？"

"严先生不是这样的人。"春花咧嘴一笑。

严衍看着她的笑容，忽然不悦，没来由地还了一句："你怎知我不是？"

春花捏着衣角，犹豫了半天，还是坦诚道："我们第一次见面，你就觉得我欺负了陈葛，后来，又觉得我欺负了我哥哥。所以，你说不喜欢我，是为他们打抱不平。你与他们素不相识，却还存着公义之心，可见是个有侠义心肠的人。

"今日我遇了难，你明明看不上我，却还是舍身相救，结果和我一起，落入妖怪腹中。可见，你本是个极心软的人。

"像严先生这样的人，不论是交友还是共事，都是上上之选。我要真死在这里，你一定会想方设法，把我留下的东西交给我爷爷和哥哥。就像那个话本里说的什么赵家的婴儿……"

"……那是程婴守诺，抚养赵氏孤儿。"

"对对对。"春花忙不迭地点头。

严衍觉得自己被她赖上了，试图反驳，动了动嘴唇，却什么也说不出来。他将那锦袋扔回她怀里，皱着眉道："跟紧点。"

春花愣了一愣，连忙跟上去，心中莫名有些得意："哎哎，严先生，咱们要是一起活着出去了，你就从了我，给我当账房先生吧？"

话音刚落，她踩中一摊黏液，脚下一滑，向前倒去。严衍感知背后响动，转身一接，只觉触手温软。

"你做什么！"他克制地低吼了一声。

火折子滴溜溜掉在地上，熄灭了。

春花蒙然干笑了两声，摸黑攀着他的手臂小心站直。她忽然意识到，真的死在这里，就再也见不到爷爷了。不知道在船上放开她的那只手，究竟是谁的呢？对方竟然这么希望她去死。她死了，那个人会开心吗？

"对不起，滑了一下。"她声音里还是带着些调侃的笑，严衍却微微一怔，淡淡的素馨香气盈满鼻间，在妖怪腹中竟然也不觉恶臭难闻了，有微凉的液体滴落在他手背上。她不知道他眼力极好，明明眼中有晶亮的水光涌出，还挤眉弄眼地强颜欢笑。

"对不起啊……"春花又充满歉意地道，"这下糟了，火折子也没了。"

她自幼养尊处优，被长孙家老太爷捧在手掌心上，信奉"劳心者不劳体"的准则，平日更是能坐着绝不站着，能躺着绝不坐着，难免有些笨手笨脚。她从未想过，堂堂长孙家的大当家，竟然会沦落到葬身妖腹的下场。

她正歉疚时，手掌忽然遭人握住。

"你看，有光！"那人在她头顶上沉沉地说了声。她没听出那人话语中的安抚之意，顺着语声，竟真在纯然的黑暗中看到了一线微芒。严衍牵着春花的手，来到一团绿光旁边。两人皱眉对视："这是……卵？"

严衍回想船上见到的少年："这妖物该是个雄的，腹中怎会有卵？"

春花也目瞪口呆地望着这一团绿色的卵，半晌，忽然想起："这妖怪，不会是海龙吧？"海龙、海马是同宗，是由雌性将卵产在雄性的囊袋中，经雄性孵化，生出仔鱼。

严衍意外："你也认识海龙？"

"海龙干可入药，我们药铺里采买了许多，我特地问过药铺掌柜。掌柜的说，这玩意儿对男人有不可言说的好处，利润很高。"春花咧嘴，"想想那妖怪的样子，确实长得像海龙。"

"这么说，我们此刻在海龙的囊袋之中。"

"那岂不是，等海龙生小海龙的时候，我们就能出去了？"春花大喜过望。

严衍一晒，正要作答，背后忽有风声疾至。他揽住春花，侧身躲过袭击，回身来看，竟是那两个泼皮跟在身后，手持匕首，森森地逼近。

"这小子有点功夫，先抓女的！"其中一个泼皮大呼。

春花失声叫道："我们不是一起在找出路吗？你们要干什么？"

两个泼皮红着眼睛："找什么出路？我们在这里待了七天，根本没有出路！"

"抓了我们，难道就有出路了吗？"

严衍捏了捏她掌心，眸色更暗："你们在这里待了七天，靠什么为食？"

面前的两人对视一眼。荧荧绿光中，映照出两人身上沾满的黑色血污。

"我们兄弟，本来有三个人啊……"

章六·襟江带湖

不是只有妖怪会吃人，人也会吃人。

"大哥，咱们是先吃男的还是女的？"

"先干掉男的，留着女的，谁知道还能扛几天？"

两个泼皮大张着猩红的嘴，似在调笑，眼中却无笑意，反而透出一种非人的疯狂。

春花强忍着恶心，向前一步。

"我有一件事不明白，你们吃了我们俩，倘若还是出不去，接下来……"她伸出一指，"是你先吃了他，还是他先吃了你呢？"

两人俱是一愣，其中年少的那个怒道："这是我大哥！"

另一个也怒道:"这是我弟弟!"

"哦?"春花冷冷道,"被你们吃掉的那个人,不也是你们的兄弟吗?"

年纪小的泼皮恨恨地说:"你们要是早一天进来,我们就不用吃他了!"

"……"

春花低声对严衍道:"他们要是知道还能出去,会不会发疯啊?"

严衍轻哼了一声,不言语。

年纪大的泼皮吼了一声:"少说废话,先把男的解决了!"提着匕首向严衍刺过来。

严衍长眸微眯,正要动手,斜方兀地冲出一个哈巴狗大小的活物,带着劲风朝两个泼皮扑了过去,一口咬在一个泼皮手臂上,他痛得放声大叫。另一个人惊惶莫名,顾不上严衍,手中匕首往同伴手臂上的活物刺去,那活物却十分滑溜,顺着人身如泥鳅一般滑开,匕首正刺在同伴的手臂上,又是一阵痛呼。

"大哥,你干什么!"

活物恶狠狠地向两人露出牙齿,扭身又一口咬在另一人的小腿上。两人不知这是什么怪物,吓得汗毛直立,手里的匕首掉落在地上。好不容易摆脱了纠缠,两人顾不上捡起匕首,手脚并用地扭头就跑。过了很久,还能听到他们魂飞魄散地大叫。

春花骇了一跳,慌忙捡起他们掉下的匕首,只见上面粗糙地刻着一个"钱"字。她不及细想,立刻将利刃倒转,指向地上的活物:"这……又是什么?"

活物贴着地面,慢慢地掉过头来,一双绿幽幽的眼睛正对着春花和严衍,口中咝咝作声,倏地从地面暴起,袭向两人头脸。严衍慢条斯理地伸手,一拳揍在那活物脸上。仿佛一条被大狗咬了的小狗,那活物闷哼一声,脸朝下扑在地上,咿咿呀呀地哭起来。

"呜哇!"它翻了个身,坐起来的竟是个穿红肚兜的小娃娃,是人类幼崽两三岁大的样子。

"你们欺负我!我要告诉爹爹!"

严衍冷哼一声,又要上前揍他。春花见他比自家侄儿长孙衡大不了多少,心中立刻软得如糖稀一般,连忙拦住严衍。她走近些:"小娃娃,你也是被妖怪吞进来的吗?"

不问还好,这一问之下,小娃娃更是号啕大哭,扑过来,将鼻涕眼泪抹了她一身。

严衍强忍住翻白眼的冲动:"你看不出,他就是海龙卵所化的吗?"

那一堆海龙卵中,果然有一个最大的,失了原本莹绿的光泽,像一个透明的气泡。春花一怔,对上怀里娃娃纯真的眼神,猛一哆嗦,险些将他扔掉:

"你……也是妖怪？"

小海龙委委屈屈地："我替你们咬坏人，你们还打我！"

"你方才冲我们扑过来，也是咬坏人？"严衍挑眉："海龙精雄性怀子，百年生产。你莫要被这小妖幻化的孩童模样骗了，说不定，他年纪比你还大。"

小海龙怨恨地瞪他一眼，将头埋在春花怀里。

春花轻拍他屁股："我们和方才那两个人不一样，不是坏人。"

小海龙的眼珠子滴溜溜地在眼眶里转了一圈："你可能是好人，他……"胖嘟嘟的手指向严衍，"这么凶，一定不是好人。"

"……"

春花尴尬一笑，向严衍使了个眼色，示意他不要介意，又道："小朋友，你告诉我该怎么出去好不好？"

"这是我爹爹的肚子。我爹爹找到我娘，就会把我生出来，到时你们就能一起出去啦！"

春花还不是很能理解这种设定，琢磨了半天才问："那怎么能找到你娘呢？"

"软霞楼的樊霜姑娘，就是他娘。"严衍接过话头。

春花微微一愣。

严衍意有所指道："春花老板和樊霜姑娘交好，难道不知道，她也是个海龙精吗？"

鸳鸯湖上出了怪事，湖边的码头自然全都关闭。软霞楼的鸨母会做生意，开了个后门迎客，楼中依然是宾客满堂。鸨母在堂中迎来送往，时不时与熟客寒暄两句，打听得最多的，便是刚刚发生的那件怪事。

"您听说了吗？长孙家那位春花老板被水怪给吞了！"

"可不是吗！知府大人命人在鸳鸯湖上打捞了三个时辰，便是只螃蟹也该捞着了。鸳鸯湖沿汴陵江连通入海，那水怪说不定已经顺流向东，逃入大海了。"

"这事儿也真邪门儿。我听说，吴王世子为了救春花老板，亲自去请澄心观的霍善道尊出山除妖呢！"

"这么说，长孙家可就全乱套了！"

"长孙老太爷还不知道这事呢。铺子有可靠的掌柜管着，暂时还出不了什么乱子，只是那位长孙大少爷，从岸上离开，竟然径直又到勾栏里来啦。"

"那个纨绔，干出这种事也不稀奇。"

议论的香客说到这里，一把拉住鸨母："妈妈，还不是您这儿的姑娘有本事！"

鸨母涨红了脸："您别瞎说，今儿个可没见着长孙大少爷来。人家家里出了白事，便是来了，我们也不敢接待啊。许是别家的姑娘接了吧。"

与此同时，一辆不起眼的灰帘马车从软霞楼快马而出，往汴水与鸳鸯湖交界的龙息泉方向驶去，没有惊动任何人。

樊霜只身出来，幂篱遮面，不欲人知，在车中催促那驾车的车夫："快点，再晚就来不及了！"

车夫含糊应了一声，马鞭抽得更响。出了城门，又行三里，马车驶入旷野之中，忽然停了下来。樊霜在车中一愣："怎么不走了？"

掀起车帘，一把尖刀泛着寒光横在眼前。"你……还我妹妹的命来！"拿刀的手抖得比筛糠还厉害，长孙石渠穿一身车夫的短打，戴着斗笠，嘴上粘了几缕假得不能再假的胡子，嘴唇颤抖，说出口的威胁在尾音上停顿了半天，终于落在一个尴尬的地方。

樊霜盯着石渠，静默了片刻。

他能干出这种事，倒是令她刮目相看。

"长孙少爷，春花老板被妖怪吃了。您若要报仇，该去找那个妖怪。"

樊霜的冷静让石渠更加焦躁。

"是你！你和那妖怪是一伙的！我亲耳听到他叫你'娘子'！"石渠咬了咬牙，"再不济，我捉了你，去威胁他，让他把我妹妹吐出来。他在乎你，一定会顾忌。"

樊霜几乎是有些同情他了。

"我以为，你是喜欢我的。你说过为了我，什么都愿意做，可是如今却为了你妹妹来威胁我。"

石渠悲愤莫名："霜儿，我是喜欢你，为了你，我什么都可以做。但我妹妹不同，她是长孙家的希望。长孙家可以没有我，但不能没有她。"

"所以呢？你就拿着一把刀，来威胁我一个弱女子？"

她轻描淡写的口吻激怒了石渠："霜儿，你别再骗我了。那日我亲耳听见小绿说，他找了你上百年！你们两个，都是妖怪！"

他肩膀颤抖，持刀的手却毫不犹豫地逼近了樊霜。

"你一定知道小绿在哪儿，对不对？"

樊霜婉约的美眸赫然荧光一闪，一阵腥湿的海风吹来，白衣女子如同乘着无形的水流，溯游至空中。石渠还未反应过来，手中尖刀已经不见了。

樊霜仿佛没有重量，轻飘飘地浮在半空："你既知道我是妖，就该知道你不是我的对手。此刻我若杀了你，如同踩死一只蚂蚁，不会有人知道，也不会有人怀疑。"

一股细泉如绳索般缠在石渠颈间，他面容憋得紫涨，想要挣扎，却发觉手脚都动弹不得，只能徒劳地张大口，试图吸入最后一点微弱的空气。

"你……杀了我……也做不了人！"石渠的声音断断续续地从喉咙里挤出来。

樊霜悚然而惊，半晌，诧异地笑起来。

"做人？

"我从前想做人，想要和你们一样过繁华热闹、爱恨情仇的生活。为了做人，我抛弃了丈夫，抛弃了族人。化蛇大战，东海水君振臂一呼，整个水族闻风而起，只有我，临阵脱逃。趁着族人都上了战场，我逃到人间。过了许多年，遇见许多人，却从来没有遇到一个真心对我的男人。

"你们人间，也没有什么了不起！

"你捧着银子来赎我，只是为了和家里闹别扭。你根本不曾问过，我想要什么样的生活！还有那个苏玠，他闯了祸，我拼了性命替他遮掩，可他呢？他把我当作一个漂亮的幌子，心里却只惦记着别的女人！"

她说了一大堆，石渠根本听不懂，只抓住"苏玠"二字，登时浑身冰凉："苏玠也是……你杀的？"

樊霜淡淡一笑，先是摇头，又点了点头。

"长孙少爷，今日，实在是不能留你的性命了。"

颈间，泉水所化的绳索倏地收紧，石渠立刻透不过气来。他眼前渐渐暗了下来，脑海中隐约浮现出几张面孔：包括印象里的父母，然后是祖父、春花，最后竟然是长孙衡那个小娃娃。至少，长孙家还有一条血脉留下。希望衡儿长大以后，不要像他，更像春花吧。

就在石渠以为自己必死无疑的时候，一个硕大的红白毛团从密林中飞出，一双尖钩利爪袭向樊霜胸前。樊霜眼中荧光一闪，如鳝鱼般扭身闪避，裙袂已化作如蛇一般的长尾，盘在近前的一棵大树上。清泉般的绳索归于无形，石渠的身子失了依托，整个人轻飘飘地落在地上。

龙尾人身的女子冷笑着在胸前画出水样屏障："都是老五，咱们向来井水不犯河水，你今天坏我的事，未免坏了规矩吧？"

红白毛团落在地上，幻化成神情闲适的美貌男子。他不耐烦地伸了个懒腰："有什么话不能好好说，非招惹上断妄司你才满意不可？"

樊霜啐了一口："陈葛，断妄司在汴陵只有一个半大少年，他管得了谁？你莫诓我！"

陈葛无奈地摇了摇头，不大想告诉她严衍的身份。他掏了掏耳朵："我刚才听你那意思，是要杀人？去年那位姓苏的大人，也是你杀的？"

樊霜眸中厉色闪过："陈葛，你不是一向与长孙家不和吗？我杀了长孙石渠，不是正适了你的意？"

陈葛大摇双手："别别别，心意我心领了。长孙家的人是招人烦，但让你当着我的面杀人，今后我在汴陵就不用混了。"

"况且……"陈葛翻过腕子，亮出利爪，"樊霜姑娘，你好像还有重要的地方要去？"

樊霜胸中如遭猛撞。

"在这里滞留太久，会出事吧？"

陈葛笑呵呵道："我听说，吴王世子十分担忧长孙春花的下落，已经从澄心观请了霍善道尊，循着妖气，往龙息泉去啦。"

章七·海翁失鸥

石渠在迷迷糊糊中，感觉有微凉的手落在他脸上，正在感激那手的温柔，"吧唧"一声，脆亮的耳光拍在了脸上。石渠猛一哆嗦，惊慌地睁开了眼睛，迷茫的视线刚好对上陈葛似笑非笑的狐狸眼。

"陈兄！"他惊呼，这才发现，自己狼狈地倒在布满枯叶的荒林中。

"陈兄怎会在此？是你救了我吗？"

"我只是路过此地，发现石渠兄一个人躺在地上，是遭了歹人袭击，还是中了哪位姑娘的仙人跳？"

昏迷前的记忆回笼，愁苦漫上面容。石渠悚然爬起来："陈兄救命之恩，改日报答！我还有地方要去……"他想跑，奈何腿肚子打战，还被陈葛搀了一把。

陈葛心里暗暗叹气："石渠兄要去何处啊？要不，我和你同去？"

石渠急忙摆手："此事危险，恐怕连累陈兄。我还是自己去！"迈出两步，蓦地一愣，自言自语道，"樊霜说要去……什么泉？哎呀！"

石渠一巴掌拍在自己脑门上，奈何就是想不起来。

陈葛背过身去，翻了个白眼。

"那个……石渠兄，你要去的该不会是龙息泉吧？"

"咦？你怎么知道？"

陈葛干笑了两声："石渠兄，你此去凶险，还是带上我一起去吧。你忘了吗？我还会几手功夫，真有什么事，也能帮上忙。"

石渠感动地盯着陈葛，看得陈葛浑身如冒出一窝蚂蚁一般不自在。半晌，他狠狠一拍陈葛的肩膀："好兄弟！"

这一拍险些将陈葛的狐狸脸拍出来。他咬着牙根，忍气吞声地附和："好兄弟！好兄弟！"

奸诈狡猾的长孙春花，怎会有个这么蠢的兄弟？

海龙腹中别有天地，严衍和长孙春花对外界发生的事情全然不知。

严衍审视的目光下，小海龙娃娃乖巧地端坐着。

"我爹爹和我娘，都来自东海的海龙一族。我们这一族出过好几头魔龙，但都是上古以前的血脉，近万年来，再未有哪一头海龙异化飞升为魔龙了。我爹爹和我娘，是最后两头拥有魔龙血脉的海龙。族长说，只有他们两个成亲，我们这一族才有可能再诞生一头魔龙。"

春花听得直皱眉："生出一头魔龙，有什么了不起吗？"

小海龙震惊地瞪她。

"当然了不起了！上古时代，一头魔龙能张嘴吞下十万天兵！据说一万年前的穷奇、化蛇大战，正是我们祖爷爷，最后一头魔龙，跟随在天衢圣君座下打败了凶兽化蛇。"他原本双目炯炯，说到此处忍不住惆怅地耷拉眼皮，"这些年，族中再也没有诞生过魔龙，所以才会被东海水君这一飞龙族骑在头上。几百年前，飞龙族甘华公主强行夺走了我们珍藏的最后两壶龙涎清露，族长连声都不敢出。"

春花望着这愁苦的小娃娃，虽然对他们东海龙族的内斗不明就里，却也生出万般同情。她伸手摸摸他头顶，正要出言安抚，却听严衍在旁边像老夫子一样，沉声道："不要跑题。继续说你爹娘的事。"

春花十分不能认同地看了他一眼。

这个人，小的时候一定不招人疼爱。

小海龙委屈地含着一汪泪，继续道："我爹爹和我娘成亲不久，就有了我，我娘却不知道。"对上两人诧异的眼神，他解释道，"我们海龙一族交配，是雌龙将卵产在雄龙囊袋之中，由雄龙孵化。最终是否成功，雌龙是不知道的。"

严衍轻咳了一声："说重点。"

春花挑眉看了他一眼，喊，保守鬼。

"我爹爹说，我娘从小就觉得族人都老实愚笨，只会受人奴役。她渴望外面的世界，不愿承担生育魔龙的重任。所以在数百年前化蛇重现人间、东海又起大战、族人齐上战场时，只有我娘临阵脱逃，逃到人间来了。"

"从那以后，我爹爹就带着我，到人间来找她。"小海龙难过地低下头，"我爹爹说，我娘是不知道我的存在，才会走的。要是知道有了我，她一定不会离开我们。"

"那你们是怎么知道你娘在汴陵呢？"

"我爹爹在人间遇到了甘华公主。她说汴陵繁华，我娘喜欢热闹，一定在汴陵。"

春花默了会儿："不知为何，我总觉得你说的这位甘华公主，有点搅屎棍的意思。"

严衍瞥她一眼："神仙的事情自有神仙去管。我们管好人间事就行。"他顿了顿，"春花老板，不是和樊霜很熟悉吗？我听人说，去年身故的苏大人和樊霜相识，就是春花老板拉的……牵的线。"

春花微微一震，蓦地想起了什么。

"这事，是寻仁瑞那个大嘴巴说的吧？"

严衍未置可否，哼了一声。

她斟酌片刻，谨慎道："我哥哥恋慕樊霜多年，这事在汴陵不是新闻。去年苏玠大人到汴陵采办贡品，商会宴请，歌姬相陪，都是免不了的，并不是我刻意安排。后来我哥哥有意为樊霜赎身，但樊霜……似乎是恋上了苏玠，非他不嫁，于是将赎身银子全数送回。因为这事，哥哥被爷爷禁足了很久。"

"春花老板难道没有从中撮合？"

春花微微叹气："我……自然是不愿哥哥迷恋樊霜，惹爷爷不快。苏玠大人来时，我在他面前极力推荐樊霜，也是有的。其后樊霜果然恋上了苏大人，自然就抛下了我哥哥。"

"春花老板干起这棒打鸳鸯的活计，倒是驾轻就熟。"严衍讥讽道。

春花沉默良久："严先生说得是。我如今，已经知道错了。"

严衍以为她会反唇相讥，却没料到这样的回应。

"我自幼便自诩聪颖通透，觉得寻常人的爱恨痴缠实在无稽。到年纪长些，更加有些刚愎自用，有时为了达到目的，操纵他人的情感，也觉得不算什么。"她轻轻一叹，"像我这样的人，到世上来一遭，好像只是为了旁观他人的喜怒哀乐。热闹是属于那些执着沉迷之人的，并不属于我。"

她又忆起梦中白猫的诘问："长孙春花，你还恋栈这红尘吗？"

她和樊霜又有什么区别！嘴上说爱着人世繁华，不过是叶公好龙。

春花倏然抬眸，与严衍直视："严先生可有同感？"

严衍一惊，竟不自觉地避开，清了清嗓子，问："既然苏大人和樊霜交好，又怎么会死在另一个花娘的榻上？"

春花不着痕迹地垂下眸子："这些，我就不知道了。"

严衍凝视她的颜顶，敏锐地察觉她仍有隐瞒，然而当下继续追问，只怕她也不肯再说。他的身份，是个寻常的过路人，贸然追问太多，反而引人怀疑。良久，他道："严某早年在京城，也曾听说苏大人年少博学、清白正直。如今看来，竟也是个寻花问柳、到处留情的浪荡子。"

"苏玠是个正人君子，并不是什么浪荡子。"春花迅速反驳，竟有些维护苏玠名誉的意思。

小海龙茫然地看看眼前的两个男女，只觉得气氛忽然就尴尬了起来。

他忽然福至心灵："你们两个……要不也生个娃娃吧。"

春花和严衍都被他噎了一下。

"这样以后就不会吵架啦。"

两人面面相觑，正无语时，海龙腹内忽然再度地动山摇。严衍一手揽住春花，另一手拎起小海龙，勉强站稳。巨大的气浪在海龙腹中膨胀，伴着水汽，盘旋而上。巨兽的怒吼破体而出，直上云霄，又闷闷地回荡。

小海龙丝毫不惊，欢喜地拍拍手："我娘到啦！"

龙息泉是一汪有年头的冷泉，泉池不大，泉流向南注入汴水，再向东海而去。传言上古时有龙陨落于此，死前流下眼泪，化作泉水，故名"龙息"。只有东海的海龙一族才晓得，此处正是上古魔龙陨落之地，也是海龙族的伤心地。樊霜知道，小绿离了鸳鸯湖，一定是在这里等她。

白衣的女子立在泉池畔，轻轻唤道："小绿，你出来。"

池面粼粼，并无动静。

她耐心地等了一会儿。果然，不一会儿，一个硕大的脑袋自水而出，露出一双灯笼大眼。

"小白。"

樊霜与那大眼对视了片刻，冷冷道："你不能变化成人形，再和我说话吗？"

小绿从鼻子里喷出两道水汽，冲起半米高的喷泉。

"我不。这是我本来的样子，也是你本来的样子。可是你只想当人，忘了自己的责任。"

"责任？和你成亲，传宗接代的责任吗？"樊霜轻哼了一声，"小绿，我和你，不是注定要在一起的，我从来没有喜欢过你。"

"可是……我们是最后的魔龙血脉……"

"去他的魔龙血脉！"樊霜不耐烦地大吼，"我不在乎这世界上还有没有魔龙，只想做自己！"

潜在水中的巨兽怔了一下。

又不知沉默了多久，它在咕嘟咕嘟的水泡中沉了下去。一道绿光自水底飞出，落在岸上，化作一位唇红齿白的小公子，眼睛中透露出人间少见的纯朴和认真："小白，人间的事情我不懂。我只知道，要为了海龙族强大而努力，要好好对你，要和你一起，生一个孩子，繁衍魔龙的血脉。"

樊霜忍耐地闭了闭眼。

"但是你说要做自己，好像是和这些都不一样的。"小绿轻轻执起樊霜的手，"小白，你在人间这么多年，终于能做自己了吗？"

这问话，教樊霜一愣。

她在人间数百年，纵享欢情，收割真心，也遭遇背叛，食遍华宴美食，看遍笙歌燕舞，比起海底清修，不知多么逍遥快活。

这样，就算是做自己了吗？

她挣脱海龙一族的宿命，来到人间苦苦寻觅的，究竟是什么？

恍惚中，她竟大汗淋漓。她不敢深想，挥袖甩开小绿，在胸前结出水刃，寒光闪闪，指向昔日的爱侣："小绿，你我总算夫妻一场，我求你，你不要再出现，不要再打乱我的生活，我记你一份恩情。"

小绿要上前一步，却被水刃顶住胸膛。

"你若想……带我回东海，那是万万不能的。"樊霜一字一句，"除非，你我性命相搏。"

小绿双目莹然，仿佛欲泣，良久，幽幽叹息了一声："小白，其实我这次来，是有一个好消息要告诉你的……"

他话音未落，平地里一声玎玎磬鸣，如高山擂鼓，声传百里，直震得两头海龙头昏眼花。樊霜听得这声音，惶然大惊。小绿眼眸一暗，下意识将她扯到身后。

瑞气千条的七星法剑不知从何处飞来，正正刺入小绿胸口。

半空中，灰衣鹤发的老道脚蹬祥云，手托金磬，容颜慈悲，冷冷叹声："孽畜，还不速速受戮。"

章八·东海逝波

樊霜震惊地瞪着小绿胸口的七星法剑："道尊，你这是做什么？"

龙息泉边的密林之中，一顶重帘小轿方才赶到。轿子落了地，两队王府服饰的甲士列阵在旁护佑。轿中人咳了两声，声音虚弱："道尊，这就是……就是害了长孙家小姐的妖魔吗？"

灰发老道翩然落在轿前，大袖一挥，七星法剑如一道金色闪电，回到身后小道童背着的剑鞘之中。"世子，贫道扶乩占卜，就是这两个海龙精无疑。长孙家小姐……"老道顿了一顿，似有不忍，"就在那雄海龙的腹中，恐怕已化作一摊血水。"

轿中之人咳得更烈："道长，活要见人，死要见……"

最后一个字，无论如何也吐不出来。

老道叹了一声："世子节哀。"

时已入夜，大风猎猎地起了，将灰色道袍吹得逆风飞扬。老道转过身，擎起金罄，以手指向池畔白、绿二妖。樊霜将小绿抱在怀里，见他胸口的鲜血如注，染红了泉池岸边的衰草，顺着泥土的缝隙，蜿蜒滴入龙息泉。泉水瞬间如同煮沸的开水，冒起殷红的气泡，水汽蒸腾。

夜空中一声霹雳，密密的"雨刀"刺了下来。

樊霜再抬起头时，目眦尽裂，红肿的双眼圆瞪着道尊："乘人不备，暗中偷袭，你不讲道义！"

"降妖除魔，不必拘泥于道义。"

冷意在她心中升起："我等异类，即便是犯了律法，也有断妄司处置。道尊是要降妖除魔，还是要杀人灭口？"

拂尘微扬，厉风瞬息便至，响亮地抽在她脸上，精致的脸颊顿时高高肿起。

"无量寿福！孽畜，你等幻化人身，危害人间，罪大恶极，人人得而诛之。"道尊和颜悦色，"樊霜，你耽于声色，修行退步得厉害，法力还不及贫道三成，若肯束手伏诛，贫道留你个全尸。"

樊霜顿了一下，知道他说的是实情。

吴王世子微弱的嗓音穿过雨声："道尊，莫要恋战，速速降伏妖魔，剖开妖怪肚腹，或许……或许还能救人！"

道尊神情恭顺："谨遵世子命。"

手中金罄再度擎起，金光普照，罩住的却不是小绿，而是樊霜。

汴陵百姓传言，汴陵城能够富乐太平，都是澄心古观建在风水要地，镇护财脉的缘故。澄心观香火鼎盛了百年，这一任观主霍善道尊道法高深，连吴王一家都对他敬重有加。

陈葛伏在不远处的灌木丛中，对身边的石渠感叹道："看看你们人间这些所谓高人，多么虚伪刻薄。"

石渠满身满脸都是水，与陈葛一起窥探着泉池边的景象。他挂念春花的行踪，并未留意陈葛说的是"你们人间"。

"道尊既是世子请来的，怎么只顾对付樊霜，却不救人？"

陈葛冷哼："老杂毛，表面一套，背后一套。"

他又转过脸，正经八百地对石渠道："看这情形，你妹妹肯定已经没啦。你还是回去安排后事吧。这些妖魔鬼怪的纠葛，你一个凡人，就别掺和啦。"

石渠对他泼的这盆冷水恍若未闻。眼看小绿快不行了，他埋头就要往外冲，被陈葛扯着领子拽回来。

"你干什么？"

石渠指着小绿："我妹妹一定还在他肚子里！我去跟道尊说，先剖开那妖怪的肚子看看！"

陈葛掐着他后脑勺，把他摁在泥地里："傻子，谁是好人谁是坏人还不知道哩。你且看看再说！"

龙息泉畔，雨水浸湿了小绿的面容，他双眼渐渐失神，几乎维持不住人的形态。

"小……小白……跑……"他伸出染血的手，抚上自己的肚腹，急切地要说什么，却难以成句。

"跑去哪里呢？"樊霜泣声，"他们要的是我。小绿，我做了错事，早已回不去东海了。"

滚烫的液体混着冰凉的雨水在樊霜脸上流淌。

她在人间做了两百年的樊都知，温柔解语、知情识趣，春花秋月等闲度过，此刻终于想起，自己是一头会流泪的白色海龙。

人间原来不是她的江海。江海才是她的江海。

樊霜擦去泪水，低声在小绿耳边道："小绿，你忘了我吧，好好地活。"

雪白的水流从泉池中引出，在她身前结成冰雪样的屏障。樊霜反手一掌，将小绿推入氤氲鼎沸的龙息泉池。少年如铅块沉入水底，瞬间化作墨绿的水中巨兽，排开鼎沸的泉水，浮出水面，龙血汩汩地流出，龙息泉化作了殷红的血池。

龙息泉对他来说，像一个小小的鱼缸，刚够他伸展开身体。樊霜湿发散乱，唇边淌血，擎起水盾，挡住金罄的金光，头也不回地大吼："小绿，走啊！回东海啊！"

道尊眯起双眼："孽畜，你们以为，今日还能走脱吗？"

道尊向身后叱了一声："剑阵何在？"

五个身穿法衣的小道童应声而出，整齐划一地抽出背后的七星法剑，集成五行阵，五剑如同合一，刺向金罄笼罩下的樊霜。水盾只强撑了一瞬，便遭五行阵刺破，五柄法剑齐齐刺入樊霜肚腹。她"哇"的一声，喷出猩红热血。水诀已破，金罄再无阻碍，金色霞光大炽，将樊霜整个人包裹起来。樊霜惨然一笑，知道大势已去，口中发出最后一声轻呼："回东海啊……"

霜白的纱衣遭血污染红，金光笼罩中，汴陵少年争缠头的国色花魁悄然化作一头莹白的小海龙，而后快速被收入金罄，消失不见了。

雷声轰鸣，大雨滂沱，再无忌惮。

泉池中，绿色海龙展开长尾，悲声咝鸣起来，仿佛要将痛失爱人的消息远远地送回东海。

藏身的陈葛愣了一愣，忽地啐道："浑蛋老杂毛！手也忒黑！"

趴在泥地里的石渠惊见此景，不知从何处得来神力，竟挣脱了陈葛的桎梏，猛地蹿起来，不管不顾地跃进了龙息泉。

"这傻子！"陈葛来不及阻拦，又惧怕澄心观那邪门的老道，只得咒骂了一声，仍伏在原地。

他恼火地想，淹死这傻子算了！

……只是，见死不救，好像是有些有碍修行吧？

龙息泉中洪波涌起，小绿在水中剧烈翻腾，饶是霍善道尊法力高深，也有些忌惮，不知从何处下手。软轿中骤然传出一阵剧烈的咳声："道尊，白妖已死，绿妖……你擒不住吗？"

道尊知晓，吴王世子已渐渐失去耐心。他吩咐身边道童："立刻去泉水入江处，织起法网，莫教任何妖物逃入汴水！"

他反身回禀："世子，绿妖法力非同一般，与其硬拼，不若……瓮中捉鳖。"

石渠一跳进泉池，就后悔了。他一个手无缚鸡之力的文弱少爷，连水性都称不上好，说是捉妖，实际是送人头还差不多。然而，他又有什么办法呢？哪怕和春花一样被妖怪吞了，也好过一个人回家见爷爷吧。

龙息泉比他想象的还要深，他屏了气息，慢慢下坠，直至脚尖触及水底的沙土。

殷红的水底，绿色海龙在他面前隐约现出全貌。

水面上大雨倾盆，水面之下，却出奇静谧。海龙掉转了身子，将灯笼大的绿色眼睛正对着他。也许是错觉，他竟觉得海龙的眼中，有着与他一样失去亲人的哀伤。

一人一龙对视了半晌，仿佛世间再无他物。

然后，石渠听到了小绿的声音。

这声音不像是从远处传来，倒像是原本就在他脑中。

"长孙哥哥。"

石渠听得汗毛倒竖，心想：谁是你哥哥！你还我妹妹！

小绿默了一默，而后长叹了一声："长孙哥哥，你是个好人，是我对不起你……你再帮我一个忙，好不好？"

要不是在水中，石渠绝对会冲着地上大啐一口。他奋力向前游了两尺，恨不得冲过去徒手抱住海龙，咬块肉下来。

小绿似乎笑了一声。

"你和你妹妹，都是好人。我儿子……很喜欢你妹妹。"

"……"

"长孙哥哥，我有一个儿子，尚不足日，不能离体，若是我死，他也不能活。你若愿意替我养这孩子，直至足日生下，我便将你妹妹还给你，如何？"

这一下把石渠说蒙了。怎么又冒出来个儿子？"养这孩子，直至足日生下"，又是几个意思？他不及细想，全部心思都放在"将你妹妹还给你"那几个字上，宛如绝处逢生，大喜过望。

心想：可以可以！我家有钱，莫说一个孩子，十个八个也能养活！你快把我妹妹囫囵地吐出来，我替你向道尊和世子求情！

他正不知所措，忽听到小绿纵声长笑，似乎胸中块垒尽皆去除。

人的笑声和海龙的长鸣汇聚在一起，于石渠脑中轰鸣。

"此地危险，不宜久留，我送你们离开。"

小绿在他脑中轻轻说了一句："谢谢。"

石渠糊里糊涂地被泉流裹挟着，冲向大江之中。江水冰冷，却有一股暖流从四肢百骸直蹿入心口，又汇聚到肚腹中，漫不经心地安下了家，意识像一朵抓不住的云朵，片刻就消散于无形了。

他觉得自己长出了鳃，像一条真正的鱼一样，自由自在地在水里徜徉。去他的樊霜，去他的纨绔子弟，去他的长孙家的体面，去他的……

陈葛把自己倒悬在一棵歪脖子树上，眼疾手快地把石渠从汴水中捞起来，荡了一圈，甩手将湿淋淋的石渠扔在岸上。探了探这傻子的鼻息，确认他还在喘气，陈葛才放下心，气恼地捏着他的耳朵大吼："傻子，快醒过来！"

章九·凯风寒泉

澄心观的小道士在汴水岸边织起金色法网，阻拦邪物从龙息泉进入汴水。法网甫成，两边的水面却如镜面一般平静。其中一个小道士打了个哈欠："师父让我们在这儿守着，有什么用？那绿妖受了重伤，游不了多远。"

另一个瞪他一眼："师父让咱们守着，咱们就守着。"

话音才落，龙息泉一侧的水位蓦地涨高了几丈，大浪"咆哮"着向天空卷起，再回落时，分明是一头海龙张大巨口的形状。

小道士们吓得魂飞魄散："师父啊！啊啊啊啊啊……"

法网瞬间被大浪冲得零散，化作残片，随着水浪和其他的生命一起，汇入奔涌向东海的汴水。

雨后初霁，东方露出了一片令人感到疲倦的灰白。汴水中，莫名涌起的潮水终于缓缓退去。江畔浅滩上留下了大片的贝壳虾蟹，还有四个大活人。

严衍直起身来，察觉自己的手臂被人紧紧抱在怀里。他低下头，想把那女子的双手掰开，目光却情不自禁地投向她的面容，只见她眉头深锁，双眸紧闭，浓密的眼睫还沾着水珠，口中喃喃说着什么，倒真像是一个柔弱无助、做了噩梦的小姑娘。他的手掌不自觉地移到她腮畔，拨开一缕湿透的发丝，又停住了。严衍一怔，这才惊觉，自己竟发了会儿呆。遂摇头散去奇怪的想法，摊开一掌，放出断妄司特有的烟火信号。

春花被烟火惊醒，猛然坐起身来："哥哥！"

眼前是平静的汴水，岸上没有小海龙，没有小绿，没有樊霜，也没有长孙石渠。

龙息泉中发生的一切，他们在海龙腹中听得如在眼前般清晰。虽说小绿是将他们吞吃入腹的祸首，但春花觉得，他好像也没有那么罪大恶极。只是，海龙一族再诞生一头魔龙的希望，就此要断绝了。

严衍扶她站起，两人对视一眼，竟不知说什么好。

早先的两个泼皮停在一个互搏的姿势，如两条木雕的蛆虫一般，趴在石滩上。大潮退去，两人互视了片刻，蓦地大叫"咱们出来了""大哥，咱们活着出来了"。

两人欢喜得拥抱着狂跳，跳了半晌，忽然定住了。

其中一人惘然地说："咱们既然能活着出来，那二哥……"

另一人也呆住了。

"我们……吃了二哥……"良久，一人忽地暴起掐住对方的脖子，口中狠狠道，"什么二哥！从来就没有二哥！"

被掐之人双目暴出，也回手相击。两人都不肯放手，惨呼声此起彼伏，原本是劫后余生，却似重回了十八层地狱。春花遍体生寒，身子微微晃了晃，发觉有人托住她腰肢。严衍侧身挡住她视线，低声道："别看。"

当闻桑带着捕快们赶到时，那两人已经彻底疯癫，化为两头只知互相撕咬的野兽。

岸边聚集了许多百姓围观，有认出那两人的，高声嚷起来："钱婆婆，那可是你儿子？"

一个白发老妪颤巍巍来到滩上，望着疯癫的两人，不知所措地大哭："阿大、阿三，这是怎么了？"

"阿二呢？怎不见阿二？"

她抓住人便问，众人也只是摇头，不知就里。

闻桑叹道："这钱婆婆，从前到处炫耀她有三个身强力壮的儿子，如今两个疯了，一个没了，真是可怜啊。"

老妪来到春花面前，严衍想将她隔开，却见春花摇了摇头，示意自己可以应付。

钱婆婆希冀地盯着她："你知道我们阿二在哪儿，是不是？"

春花犹豫了一瞬，终是在钱婆婆的殷切注视中叹了口气。

"婆婆，你家阿二已经死了。"

钱婆婆呆住了。

春花继续道："你家阿二和妖怪搏斗，不幸身亡。你另外两个儿子为了给他报仇，也都拼了性命，很是英勇呢。"她摸遍了全身，竟然身无分文，于是拿了个刻着名字的木牌，放进钱婆婆手里，"婆婆，你两个儿子已经疯癫，以后生活想必艰难。这是我的名牌，你拿着，去春花绣庄找个营生，可好？"

钱婆婆摸摸手里的木牌，又看一看她，神色阴晴不定，半晌，倏地将那木牌冲脸扔回给春花："你神经病？我有儿子，找什么营生？"

钱婆婆恨恨地剜了她一眼，扭身找她的两个儿子去了。

春花被砸得发蒙，默默捡起掉在地上的名牌，揣起来也不是，不揣也不是。她发了一会儿呆，抬头撞上严衍颇具兴味的眼神。

"春花老板，你这谎话张口就来，算不算又是——操纵他人的情感？"他唇角微微上扬，难得地给刻板的面容添了一丝暖意。

春花错愕一阵，旋即自嘲道："就算我陋习难改吧。"

闻桑看了看自家大师伯温和的眼神，只觉得日头可能是打西边出来了。

"两位，鸳鸯湖的妖物，已被澄心观的霍善道尊降伏。旁人都以为你们已经不在人世，若见了，不知该如何欢喜呢。尤其是吴王世子，这几日为了给春花老板你报仇，那可真是……"

春花掸了掸袖口，向严衍行了一礼："这次大难不死，又是亏了严先生，加上前头两次，长孙家已欠你三条命了。今日……"她面色发白，身子微微摇晃，已是疲惫至极，但要强的性子仍撑着她不紧不慢地说完场面话，"今日春花就此告辞，改日必当重谢。"

收回扶在严衍臂上的手，她稳住身形，向闻桑一笑："闻捕快，可否麻烦你，雇一顶小轿？"

"晓得！"闻桑脆生生地应了，刚迈出一步，便被严衍拦住。

严衍皱起眉，不悦地望着她："你都这样了，一个人回得去吗？"

春花默默地想：夫子，你又来了。

隔着衣袖，他又托起她的手肘："我送你回去。"

长孙石渠拖着沉重的步子，迈进长孙家府邸。烟柔抱着衡儿在门廊下等他，见他进来，三步并作两步地冲过来："可有消息？"

石渠疲倦地摇了摇头。

听陈葛说，龙息泉已被吴王府与澄心观彻底封锁，放出来的消息，只说两头妖怪已被道尊当场斩杀，而被妖怪吞噬的人，从此再无音信。龙息泉下，与小绿的对话，大约只是一场梦吧？醒来了，一切都是虚妄。

再没有妹妹，再没有，他从小放在心尖尖上疼的妹妹了。

烟柔呆了良久，柔声道："少爷，当心身体。家里还有许多事要您拿主意。"

石渠伸出手，摸了摸衡儿水嫩的小脸，顿觉肩上的担子有千斤重。

"你照顾孩子，也甚是辛苦，回房歇息去吧。一切有我。"

烟柔讶然，这位娇气的大少爷，从前是不会在意她辛苦与否的，因为他眼里，根本看不见她。

烟柔不由得哽咽了，屈膝恭顺道："是。"

仙姿从内堂匆匆而来，神情紧张："少爷，老太爷等了许久，非要你去见不可，恐怕是瞒不住了。"

石渠叹了一声，该来的总是要来的。

进了内堂，长孙恕已在上方端坐，龙头拐杖、戒尺、荆条、马鞭、条凳、香炉等各色家法均已备好，全看他当下的心情，觉得哪一样更称手。

"小畜生，你回来做什么？"老太爷见他是一个人回来，便没有好话。

石渠也不还嘴，自己找了个不近不远的位置，老实跪好。

"爷爷，孙儿来领罚了。"

长孙恕将龙头拐杖杵了三下："我问你，你妹妹呢？"

石渠垂着眸子："爷爷，孙儿从前不是东西。今后……今后一定勤学苦练，好好打理家业，好好挣钱，一切都听您的，绝不违逆！"

长孙恕瞪着他，脸上一阵青、一阵白，半晌霍然立起，哑着嗓子吼道："你说这么多废话做什么？我只问你，你妹妹呢？我的小春花呢？你把她弄到哪里去了？啊？"

泣声再难掩盖，石渠放声恸哭，磕头连连，额头把地砖撞得咚咚响。

"爷爷，孙儿会和春花一样，好好奉养您的！"

长孙恕身子微晃，倒退了一步，突然明白了什么。

他双手撑住龙头拐杖，勉强保持神志，没有被巨大的悲痛摧垮。

"石渠啊……"老人气若游丝地出声。

石渠睁大了眼。这些年，长孙恕一直叫他"孽障、小畜生、浑蛋、败家子"，好像已经很久……没有叫过他的名字了。

"石渠啊，你爹就是不听我的话，才走得那么早。你娘呢，刚生下春花，就随你爹去了。你们兄妹俩，是爷爷活着唯一的盼头。春花刚生下来的时候，一点气息都没有，爷爷我……就跪在这庭院里头，祈求满天的神佛，给她一点生机。你妹妹的命，是爷爷用自己的命求来的啊！

"石渠啊，你妹妹……要是真出了什么事，你也得一五一十地跟爷爷说，不能瞒着爷爷啊……"

老人捂住布满岁月沟壑的脸颊，老泪纵横。

石渠扑过去，抱住长孙恕的双膝，大哭道："爷爷，我说！春花她……她……"

"喀喀！"

庭院中，春花忽然从廊柱后头默默露了个头出来："爷爷、哥哥，你们这是……唱大戏吗？"

章十·海不波溢

鸳鸯湖上的一场异事，幸有霍善道尊出手摆平，道尊救民于水火，收了妖魔。除了一个作恶多端的泼皮丧命，并无其他百姓死亡。长孙春花在奈河桥上打了个转，又平安无事地绕回来了。寻仁瑞听说了消息，气得砸坏了两个珍藏的紫砂壶。

樊霜虽被霍善道尊收入了金磬，但她最后说的话，令严衍十分在意。他与闻桑核对了近五十年汴陵发生的大案，竟都与澄心观有点关联。

澄心观这位霍善道尊在汴陵广结善缘，在汴陵的老五都听过他的名号。从前只知他德高望重、道行高深，倒是头回展露心狠手辣的一面。

"但是霍善道尊所为，都是降妖除魔，与咱们断妄司是一致的啊。"闻桑不解地敲着脑袋。

严衍冷哼了一声："断妄司的司训是什么？你忘了吗？"

闻桑沮丧地翻了个白眼："断妄司以严守天道为己任，不轻纵，不枉杀。"

"这就是了。白海龙是否与苏玠之死有关，尚无论断，绿海龙更未杀过一人。霍善道尊不问是非，不量刑责，只为迎合吴王世子，便狠下杀手。这不是枉杀，是什么？"

闻桑搔了搔头："可他们都是老五啊。长孙石渠也说了，樊霜曾对他动过杀心。那个小绿，害得许多人落入海中，更间接令两人疯癫、一人丧生，怎么也算不得无辜吧？"

严衍盯着他，忽然沉默了。

闻桑一阵心虚："师伯，我说错了吗？"

半晌，严衍叹了口气："闻桑，倘若世间的是非公道都可以凭一己好恶轻易判断，还要法度何用？"

闻桑呆了呆："师伯，我不明白……"

"我且问你，倘有幼童玩闹，以瓶水冲垮蚁穴，该如何论处？"

这一问，问得闻桑摸不着头脑："呃，幼童玩闹，不归咱们断妄司管吧？实在不行，责令他娘揍他一顿？"

"你如此说，是因为你是人类的断妄司。倘若，你是蚁类的断妄司呢？"

闻桑着实一愣。

严衍摇摇头："你回去，将司训再抄一千遍，想明白了再来见我。"

两人上了福喜客栈的楼梯，闻桑率先推开严衍所住客房的门，倏地顿住了脚步："师伯，我可否……晚点再回去抄一千遍？"

严衍在他身后，以为他被一千遍司训吓住，想躲懒。正要斥责，便见闻桑颤颤地伸出手，指着房内："师伯，这位是……师伯母？"

"……"

床榻上，侧躺着个冶艳的半裸美人，大红锦被衬着白花花的肉体，仿佛要将人眼灼瞎。

"严先生回来啦？真教奴家久等呢！"

严衍着实一惊，原本冷峻的面容更是冻得如冰窖一般。他将闻桑拨开，快步进房，厉声问道："何人派你来的？"

那裸身美人全身流水般款摆了一番，柔媚地道："我家东家让奴家来，伺候先生。"

"你家东家是谁？"

"哎哟，先生您何必明知故问呢？我家东家还指望请您出山效力呢！"美人嗔道。

"……"

长孙春花这下作的女人，把他看成什么人了？

严衍瞳中渐渐仿佛有风雷聚集。他深吸口气，压下胸中灼烧的怒火："你走吧，我不需要被伺候。"

"先生，别害臊呀。"美人起身蒙上一袭纱衣，踮着脚向他走过来。

"这汴陵城里，还没有见了奴家不动心的男人呢！"她粉面泛上红晕，伸出青葱玉指，朝严衍胸膛点去，"我们东家吩咐过了，今日不把先生伺候好，奴家绝不离开这屋子。"

玉指在三寸之外，陡然停住。

美人花容瞬间失色："奴家怎么……动不了了？"

严衍也不答她，侧身的同时两袖拂动，一股劲风裹起那美人，直飞出门。美人四仰八叉地趴倒在门外的走廊上，哎哟叫起来，好一会儿才扶着腰爬起来。客栈大堂和其他房间的客人听见这动静，都纷纷张望过来，这下看得几乎眼珠子掉落了满地。美人又羞又窘，连忙向房中逃去，岂料，房门快准狠地在她鼻尖前阖上。

"哎，先生开门啊！奴家……奴家的衣服还在里面呢。"

房门倏然开启，几件衣裙连带着床上的锦被兜头朝她飞过来，遮住泄露的春光。待她瞅见空子要钻进门，那扇门又被毫无感情地阖上了。严衍坐在桌前，听见门外那美人娇声哀求了半晌后，终于自己穿好衣服，哭哭啼啼地去了。

闻桑吓得三魂七魄丢了两魂六魄。如果说，从前师伯生起气来，是冬天掉进冰窟窿，那今天这阵势，可就是暴雪压城了。他小心翼翼地发问，生怕被暴雪的余威扫到："师伯，这姑娘，是谁派来的啊？"长得还挺好看……

严衍一拍桌面，怒道："除了长孙春花，还能是谁！"

海龙腹中历险一回，见她心中存有善念，并非全然奸猾虚伪，这才对她有所改观。却没想到，她为了招揽他，竟动用了如此卑劣的手段！闻桑不敢正面触其逆鳞，嗫了声，溜着墙脚出了门。过了一会儿，他又开了门，溜着墙脚回来了。

"那个……大师伯，这姑娘，不是春花老板派来的。"

严衍一愣。

"……是寻家老板派来的。"

"如何见得？"

"这姑娘是寻府的管家亲自领来的，管家塞了元宝，小二才给他们开的门。"

严衍不说话了，仿佛有一盆凉水兜头泼过来，把他这无名火浇得一丝火星不剩。确实，一未审验，二未对证，他为何这么快就给她定了罪？他脊背上陡然漫过一丝凉意。若要严守天道，执法公正，除了要断绝私心、亲疏、好恶，还要去除偏见这大敌。不仅闻桑要将司训抄一千遍，自己也该抄上一千遍才是。

半晌，严衍不露痕迹地说了声："原来如此。"

暴雪猛烈侵袭过境后，天空突然放晴。

闻桑眼见他师伯浑身包裹的冰块逐渐消融，觉得自己真是个小机灵鬼。

他轻咳了一声："大师伯，有个事，不知道你听说了没？都说长孙家那位春花老板啊，这回受了惊吓，回去就病了，到今天都三天了，病还没好呢！

"欸，师伯，您这刚回来，又要出去啊？

"……您忙，您忙，我回去抄司训去了。一千遍对吧？得嘞！"

严衍到了长孙府，出来迎接的却是石渠。石渠感激涕零地握住他双手："严兄！你定是知道了我的惨事，特地来探望我的吧？"

严衍见他一瘸一拐，问道："石渠兄，为何不良于行？"

石渠脸似苦瓜："别提了，我那天拼得一身剐，敢把皇帝拉下马，要去给爷爷报噩耗，正剖白心声，春花这死丫头她……她竟然全须全尾地回来了！

"幸好我机智，便宜行事，立刻同爷爷说，是我最近和万花楼的姑娘们排了一出惨戏，其中我扮的那个男角儿恰巧死了妹妹，要锤炼锤炼痛哭号啕的演技。"

严衍："然后呢？"

"爷爷自然是照单全收啦。那家伙……拐杖打折了上荆条，荆条招呼完上马鞭，一张好好的条凳，都被打裂了……最可恶的是春花那死丫头，眼睁睁地看着哥哥挨揍，还在旁边笑……"

严衍唇角一弯，春花那幸灾乐祸的模样如在眼前。

石渠摸着肿了半边的屁股："严兄，我这光景，坐是不能坐了。咱们去园中走走。"

长孙府的园子不大，却是假山重峦叠嶂，曲径通幽，别有野趣。

行了一段，严衍便问："听说，春花老板病了？"

石渠挥挥手："熬夜看账本，忘了关窗，受了风寒。这丫头，这么大个人了，还毛毛躁躁的。"

"可请了大夫看过？"

"看了，让她静养，可她哪歇得住啊？"

行进的脚步蓦地顿住。

丛丛玉簪缘石径而开，绿叶肥厚，花萼纤细雪白，如点点碎星。细密的矮竹掩着碧波之上的小亭，有笑声如细碎风铃，从小亭中顺风传来。严衍微微一怔，透过纤纤竹影，望见亭榭中有一男一女，对坐笑言。

石渠站在一旁，笼着手："喏，吴王世子领着医馆的许大夫，日日来看诊呢。"

春花梳了高髻，金步摇、玉对钗、点翠珠钿戴了一头，苍白的小脸裹在一团金光耀眼里，显得格外娇小。她神情少了平日的鲜活精气，眸中欢喜却不虚假，红唇微启，露出两颗小虎牙。对坐的吴王世子玉冠白袍，清隽文雅，一脸病容，双眸却亮若晨星，浅笑着看向她。

如斯美景，如斯佳人，果然似水流年。

石渠一拍脑袋，后知后觉道："严兄，莫非你也是来探病的？"

小亭中的情形，在外人看来是宾主尽欢、其乐融融。亭中人却是如履薄冰、步步为营。微微秋风吹过，竹林沙沙作响，清香满溢，春花轻微地打了个冷战。

世子蔺长思皱起眉："你这人，天凉了怎么也不知多加件衣？"

他目光梭巡了一圈，索性将自己身上的披风脱下，递过来。

春花连忙摇手说"不必"。

捧着披风的手定在半途，凝滞了片刻，又若无其事地收回。

蔺长思轻轻叹了口气："许大夫的话，你要听，不要任性。我看你面色暗淡，目光滞顿，定是许久没睡过好觉了。"

春花不以为然："那个老头儿，说我贪念太深、思虑过重，恐怕不能长命……这是看病，还是算命？"

蔺长思现出忧色："他是看着你长大的，若真这么说，也是为你好。"

"我平日能吃能睡，身体好得很，哪有什么思虑？"

蔺长思耐心规劝："上古之人，其知道者，法于阴阳，和于术数，食饮有节，起居有常。[1] 你总是白日奔走，深夜看账，长此下去，身体受不住的。"他停了停，忍不住提议，"王府的老账房吴先生，经历眼界不比褚先生差。我叫他过来，帮你几日，可好？"

春花摸摸鼻子："王府的账房，我可不敢用，万一泄了王府的隐私，可怎么办？这些都是我做惯了的事，眼下还能抵挡一阵子，你别担心。今后我再招人，这私德上也得留心，前一个褚先生，便是教训。"

蔺长思一怔："听这口气，你是有人选了？"

春花笑眯眯地坐直："对啊。我近来看上了一个，可好可好了，只是人家还未答应。"

"能让你看上的人，想必是极好的。"

"为人正派，脑筋又清楚。虽然脾气不大好，不过谋人取才，用人取德嘛，别的也不重要。"

蔺长思一时说不清心里是什么滋味："你这口气，不像是招账房，倒像是要招赘。"

春花捧了茶正往嘴里送，听他这样说，呛得连连咳嗽。

蔺长思轻抚她背脊："账房是紧要的人，可要我替你把关？"

"那敢情好。你替我好好相看，我请你吃好茶。"

蔺长思沉吟片刻，忽然正色："春花。"

"嗯？"

"我这辈子不纳妾、不花心，也绝不会养什么外室。你觉得，我的私德可还行？"

春花愕然。

1　出自《黄帝内经》。

章十一 · 飞鸿戏海

春花记得，第一次见蔺长思的时候，她只有十二岁。在其他姑娘还在母亲怀里撒娇的年纪，她已经接下了长孙家的掌家重任。那一年，吴王妃生辰，王府办了一场游园会，遍请了汴陵有头有脸的人家。长孙家生意做得不大，并未在受邀之列。

那时寻家和长孙家已结了怨仇，自然不可能帮忙。春花请长孙老太爷出马，拐弯抹角地托了梁家夫人带她一同赴会。就是在那场游园会上，吴王妃拾到了一方自己少女时亲手绣制的绣帕。几经查问，才知道是长孙家的春花小姐遗失的。

谁能想到，长孙春花的母亲和吴王妃竟然是幼时比邻而居的手帕之交。王妃是个重感情的人，听说闺中密友早早离世，眼前的小丫头和密友年幼时相貌颇像，勾起了许多回忆，哭了许久。

她将蔺长思带到春花面前，认真叮嘱："长思，春花的娘亲是你母亲最好的姐妹，从今往后，你要把春花当作妹妹一样爱护。"

"长思遵命。"蔺长思恭恭敬敬地允诺。

扎双鬟的少女盈盈向他下拜："长思哥哥。"

一年到头，用尽心思攀附王府的人实在太多，她可算是其中最成功的一个，也因此，显得十分突兀扎眼，立刻便被游园会上的其他富家千金排挤了。蔺长思再看到她的时候，她被几个富户家的小姐围在中央，推倒在地上，沾了一裙子的灰。

"你费尽心思，演着一出认亲的大戏，是要钱财，还是想嫁进王府？你也配？"少女之间的争风吃醋，虽然幼稚可笑，却不减其尖酸和残忍。

蔺长思看不惯仗势欺人的事，想起母亲的叮嘱，要去帮她，却被寻仁瑞拉住。

"那丫头也不是善茬，能耐得住，世子看一看再说。"

名叫春花的小姑娘慢吞吞地从地上爬起来。

"你们以为，把我的衣服弄脏了，我就会出丑吗？"

"不然呢？"为首的富家千金气焰嚣张地瞪着她。

春花从袖中掏出一把细长的鬃毛小刷子，轻轻刷过裙摆。刷过之处，原本沾满灰尘的丝帛一下子就干净了，灰尘全被鬃毛吸走。富家千金们原本等着她撒泼失态，这下都愣住了。

终于有一个忍不住，问："你……这是什么衣料？"

"这是春花布庄新进的南洋布料，名字就叫'不染尘'，柔软贴身好打理，万一弄脏了，用这猪鬃细刷轻轻一刷，便崭新如初。特别适合游园、踏青、骑马这样的场合呢。"

春花笑眯眯道："这料子，汴陵只有我家有货。我穿得不好看，倘若是姐姐穿上，一定比我好看一百倍。万一需要和世子哥哥一同骑马、打球什么的，也不必担心失了仪态。

"姐姐们若需要，打发丫鬟去我家布庄订货便行。都是好朋友，报我的名字，给姐姐们打七折，再免费送一把随身的鬃毛刷。"

蔺长思微微失笑。

富家千金们面面相觑，半响，为首的难以置信地问道："我们是……好朋友？"

"可不是吗？姐姐们个个美若天仙，将来的世子妃，一定是姐姐们中的一位呢。"

蔺长思有些笑不出来了。

那一天，长孙春花和汴陵城中所有的名门闺秀都成了"好朋友"，春花布庄的布料被抢购一空。其后，"长孙春花"这个名字，迅速在汴陵商界声名鹊起。

蔺长思自幼身患顽疾，自问无欲无求、不争不抢，只有这么一点挂念，却不为人知。

"我这辈子不纳妾、不花心，也绝不会养什么外室。你觉得，我的私德可还行？"

春花捧了小暖炉，收回心神，侧头一笑："世子爷自然有松筠之节。不像我这市井丫头，死皮赖脸、轻浮懒散，这辈子只能孤独终老了。"

蔺长思默了一会儿，没有再说什么。

良久，许大夫过来看他，他便起身说要走。

走出两步，蔺长思又回身，道："明日我不来了，你也松快些，少簪几个簪子。"

春花吐了吐舌头。

蔺长思便微笑："许大夫开的汤药，还是要按时喝，一剂也不可落下，知道了吗？"

"知道了，长思哥哥。"

严衍与石渠在园中亭后听了一会儿后，仍到春花书房中等待。等了一炷香的工夫，春花还不见踪迹。

书房大得不像话，橱格与书案上堆满了如山海一般的文簿，窗下一方软榻，上头纸张书本扔得横七竖八，三五个暖炉四散翻倒，七八支秃笔混迹书页中。各处都铺设了地毯和软垫，重重杂物中，可见人蠕动爬行留下的痕迹，主人的散漫放纵可见一斑。

严衍不是急性子的人，但也不习惯等人。想了想，便起身要走。

这时，门外脚步声起，咋咋呼呼飘进来一句："仙姿，我的云液酒呢？扬州的沈大厨就来这么两天，再吃不上，我'长孙春花'四个字倒过来写！"

书房的薄木门遭人一脚踢开，方才还娇怯怯的病美人咬着块千层油糕，边走边往下拽簪子，直拽得满头金饰丁零当啷掉了一地，一头青丝如云般披了下来。

"可累死老娘了……"

她动作倏地顿住，严衍立在书案前，愕然与她相望。

两人木雕一般定了半晌，仙姿拎着两壶酒从门外探进头来："小姐，是大少爷把他领到这儿的，跟我可没关系。"她敏感地觉出气氛诡异，于是将云液酒往门口一放，自己蹑着脚走了。

严衍清了清嗓子："春花老板。"

千层油糕吧唧落在了脚面上，春花大窘，脑中浮现上千条挽回她高贵冷艳形象的理由，却没有一条讲得通。好在，她是位拿得起放得下的女英雄。捋了捋额发，春花换上惯有的亲善笑意："严先生，今日怎么有空前来？"

严衍唇角勾起："原是来探病的。春花老板如此精神，可不像是在病中。"

春花将软榻上堆满的书册拨了个窝出来，自己坐下。

"病是真病了，不过，被许大夫连开几服狗都不喝的苦药，也好得差不多了。只是对外还不敢说病好了，要不，掌柜管事们送账簿和文书，就更没节制了。嘿嘿，偷得浮生半日闲[1]嘛。"

严衍没接话。她只略尴尬了一下，便响亮地埋怨："我这哥哥怎么把你领到这儿来了？连茶水都没人伺候。要不，咱们去后园亭中喝茶？"

严衍垂眼道："不必了，严某也不是来喝闲茶的。"

他原本是起身要走的，这会儿，径自来到书案后坐下，拎起两本流水账，翻看了两页，问道："这个月的旧管新收与开除见在都未配平。可见你这一病，手下人也偷起懒来了。"

春花一愣。

账簿本不该教外人随意瞧，但这人看账，看出了一股青天大老爷审案的气势，竟把她镇住了。

"那几本我还没来得及核对，想是他们疏忽了。"

严衍从旁拎了笔，自顾自开始在账簿上圈红改字。

1　出自唐代李涉的《题鹤林寺僧舍》。

再不阻止，她这长孙家大当家的脸面往哪儿搁？

"那什么……"放开那账本！

话未说完，她蓦地福至心灵，明白了什么，顿时喜上眉梢，从软榻上蹦起来："严先生，你答应给我当账房先生啦？"

严衍抬眸，温和地看了她一眼，就像老夫子终于遇上了个会答题的学生："严某在汴陵只是暂居，在春花老板手下讨几个月饭钱，过后还是要走的。"

这真是意外之喜了。春花笑得眉目如花："无妨无妨，能用一天是一天。"

今后的事情，今后再说呗，留不留得住能人，还得看她的本事。

"您这是，立马上工？"

"稍解春花老板燃眉之急。"他淡淡一笑，"哦，该改称'东家'了。"

这一声"东家"在他口中柔柔打了个转，不知怎的，春花脸颊上竟有些发烫。

她拍手笑道："正有好酒，该浮一大白！"于是从软榻底下的小柜中摸出两个青瓷杯，斟了两杯扬州云液，一杯递给他。

严衍讶然接过，她手里的瓷杯已主动撞上来，清脆一响。

"严先生，从今日起，咱们一起发财啊！"

下元当日，宫观士庶，设斋建醮。家家户户在汴水之滨设了斋品为家人祈福，为亡者祭祀。家中殷实的，于月出之时，乘彩船不系而行，船上悬挂各色灯笼，摆放斋酒果品，焚香祷告。

今年的花筹会萧条了不少，为解百姓顾虑，吴王夫妇偕了世子，亲上楼船，向汴陵百姓致意。

此前寻仁瑞夸下海口，必定把花筹会办得体体面面，精心准备的楼船却被大嘴妖怪咬了个稀碎，自己也险些做了水鬼，实在没有别的办法，只好求到长孙家门前，租了一艘旧年的大船。

长孙春花坐地抬租，寻仁瑞心疼得像吐了几缸血，虽然护住了面子，里子却漏了个精光。此刻，春花的心情大好，一艘彩灯画舫载不动她的春风得意。

吴王世子参加花筹会，本就是她私下向蔺长思求来的。去年拿下的几个造船作坊，还未转成明股，都接了寻仁瑞的单子，给他做楼船。寻仁瑞讲排场，撇开物料人工，那大楼船净赚了他五千两。长孙春花本想在造船上坑他一回就够了，谁知水官赏脸，还能在租船上又坑他一回，真是畅快、欢喜、爽。

长孙家一家人乘着画舫，顺水而下。茶点酒水都是扬州特产，尤其翡翠烧卖晶莹剔透，春花一个人就能吃一盘。

烟柔拿了黄表来请春花写字，春花笑了半天："今年无论如何，得给寻仁瑞祈一道福了。衷心祝愿他身子康健、福寿双全。"

经过这段时间的大起大落，石渠再没了寻芳的心思，下元夜便老老实实待在画舫上，帮着抱孩子。他望着趴在自己身上滴口水的胖娃娃，忍无可忍地掰开娃娃的嘴，八颗小米粒一样的乳牙错落生长，清晰可见。衡儿在他的魔掌下艰难地蠕动挣扎，嘴里无意识地呀呀叫唤。

"无齿小人！"他愤愤不平地骂道。

胖娃娃还不知道自己被骂了，笑呵呵地抱住他的手掌："爹爹爹……爹爹爹……啊……"

一个浪头打过来，画舫晃了两晃，一阵反胃涌上喉头。石渠连忙把孩子往烟柔怀里一塞，自己扑到船舷边上大吐特吐。

"真是怪了。大少爷打小就是不晕船的。"仙姿百思不解，"难道是喝多了酒？"

春花饮了两壶云液，两腮酡红："哥哥身子不舒服，就让他领着衡儿先回吧。"

画舫在码头暂靠，石渠带着乳母和衡儿下了船，烟柔要跟上去，被春花一拦："让他们去吧，咱们几个女人家，难得看看热闹，再顺着湖游一圈。"

烟柔愣了愣，焦急道："少爷怕是……顾不好孩子。"

"怕什么？还有乳娘呢。"

春花如此说，烟柔也无法，只得回船上坐了。舟橹摇摇，湖水漾漾，灯火如一筛子红豆，在如昼的下元夜明艳跳动。仙姿冲了新茶，将旧茶碟拿到甲板上倾倒。画舫中只剩春花与烟柔两人，静了下来。烟柔没了孩子在侧，仿佛找不到自己存在的理由，抿了口茶又放下，眼眸只盯着自己的脚尖。

春花喝多了酒，神情越发懒散，向烟柔笑道："湖上风景甚美，你多看两眼啊。"

烟柔摇摇头："前几日刚闹过水怪，妾身还是……有些怕水。"

春花便转过头，凭栏坐着，倾身去撩那湖水，像是要徒手抓出条湖鱼。她向来随心所欲，身子渐渐倾得过了，眼看便要跌下湖去。烟柔一惊，失声叫道："姑娘小心！"

烟柔身子疾扑过去，手指却不是展开去抓，而是并指成掌，就势往春花背上推去。她掌心快要触及春花肩头，不知从何处冒出一只手，鹰钩般钩住她手腕。

烟柔惊惶抬头，正对上仙姿冷冷的视线。

春花回过头来，神色阴晴难辨："烟柔，你这是要拉我回来，还是要推我下去啊？"

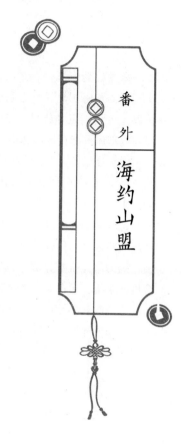

番 外

海约山盟

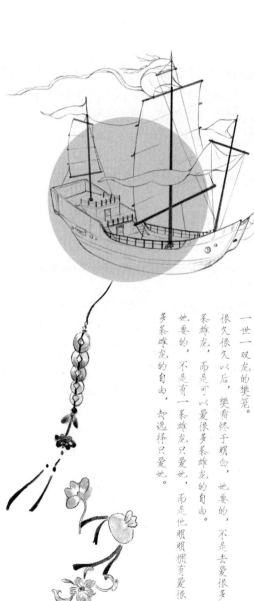

宝盘上的时光如同一颗光辉夺目的宝石，轻易打败一生一世一双龙的樊笼。

很久很久以后，樊看终于明白，她要的，不是去爱很多条雄龙，而是可以爱很多条雄龙的自由。

她要的，不是有一条雄龙只爱她，而是他明明拥有爱很多条雄龙的自由，却选择只爱她。

海龙们的家园，在东海偏北的一处海底珊瑚林，远离尘世，远离捕猎者，甚至远离那座明晃晃显眼的东海水宫。老族长蠡瑚说，海龙和飞龙几万年前是一家。可是，飞龙族早已搭上仙班，继承了东海水君的位，彻底放飞了审美，海龙族却还只能在珊瑚林中游来游去，过着心大且不害臊的原始生活。

　　说到这里，蠡瑚常常愤愤地啐一声："东海水君，老暴发户！"

　　除了骂一骂飞龙族，好像也没别的办法能够安抚海龙们的自甘平庸和日渐焦虑。

　　蠡瑚活了一万多年，老得嘴都快张不开了，是唯一一头见过活魔龙的海龙。在蠡瑚的心里，只有孕育出一头魔龙，海龙族才能再现万年前的辉煌。

　　别的海龙，都是成年以后由父母定下亲事，只有小白和小绿，因为担负着全族的希望，还在爹肚子里时，就注定要成婚。

　　小白的异心始自一个寻常的日子。那天她和小绿吵了架，赌气回了爹家。

　　她愤愤地抱怨："我难道不能爱很多雄龙吗？为什么只能爱小绿一个？"

　　海龙一族，血脉里打着烙印，注定是一生一世一双龙，海枯石烂，婚盟不改，倘若变心，将受全族唾弃。

　　爹爹被她离经叛道的说辞吓了一跳："小绿有什么不好？他是咱们这一代嘴巴最大的海龙，老实本分，修行也努力。你和他好好过，将来真生了一头魔龙出来，咱们一家不就光宗耀祖了吗？你那些姨夫姑父，不都得看咱们的脸色？"

　　小白和她爹聊不到一个珊瑚权上，气得独个儿浮出水面去散心。她盘在一座小小的礁岛上，正伤心时，海面上驶来一艘九桅的巨大宝船。船体红漆打底子，金漆描饰，重重楼阁，十六道白帆张满，仿佛一座移动的海上城池。船头上，鼓乐齐鸣，一队环佩罗衣的美人正踮着象牙般白皙的小脚，翩翩起舞。肤色、发色、服饰各异的男女在甲板上随之起舞狂欢，好不快活。

　　领舞的美人红发雪肤，媚眼若丝，一个急促的回旋，竟不小心跌落海中。小白吓了一跳，连忙游过去将她救起，一人一龙被船上的人发现，双双被捞回船上。混乱中，小白挤出一点法力，幻化成人的形状，只有被她救起来的红发美人看到了她的长尾巴。然而，她只是深深地看了小白一眼，什么都没说。

宝船上载着一队贵族商队，航程的终点是世上最豪奢的城市——远宁。小白于是被当作流落荒岛的渔家女子，和红发美人住一间船舱。红发美人名叫卓合，来自遥远的异国。本国的贵族偕商队出使中土，挑选了许多美丽的舞女同行，卓合就是其中最美的那个。

"啊，我听说过。人类的女子，有些是取悦男人的工具。"小白耿直地说。

卓合先是一愣，而后大笑："我才不是取悦男人的工具。"

"我，是自由的。"卓合的眼珠极亮，勾魂摄魄，"男人们都爱我。我挑选其中顺眼的，与他们相好。赚到了金子，再取悦自己。"

卓合白天酣睡至午，醒来就打扮得花枝招展，与姐妹们在船上到处嬉戏。到了夜晚，她穿梭在不同的宴席中，莺歌燕舞，若碰见中意的男子，便是整夜整夜地不归。她的歌喉如痴情的夜莺，石头人听了，也忍不住泪下。她的体态秾纤合度，舞姿婀娜迷人，最坐怀不乱的男人也曾拜倒在她的石榴裙下。如她所说，所有的男人都爱她。这是小白不了解的新奇世界，风花雪月，灯红酒绿。

她终于忍不住问卓合："要怎样，我才能成为你呢？"

卓合大笑起来。

这是一个海鸥齐飞的午后，卓合望着海平面上隐约浮现的陆地，轻声说："你什么时候挣脱了自己的枷锁，就到远宁的飞霞楼来找我吧。"

宝船靠岸的前夜，小白离开了宝船。她带着满脑子的奇思妙想，回到珊瑚林。

小绿大惊小怪地扑过来："你到哪儿去了？我和爹娘都担心死了！"小白心中一暖，心想，自己与卓合不同的是，有小绿做她的港湾。

然而下一刻，小绿便急吼吼地拉着她回珊瑚洞："今儿个是我合适的日子，咱们得抓紧，这个月怀不上小海龙，又要等下回啦。"

化蛇破出金塔的那夜，东海水君遍召水族。海龙一族虽与水君不和，但大敌当前，也只得同气连枝、共同抗敌。小绿穿上甲胄，领着所有年轻力壮的海龙，准备上战场。

整兵完毕，小绿问她："小白，你不去吗？"

小白惊恐道："我们不是魔龙最后的血脉吗？如果我们死在战场上，那谁来生下最后的魔龙？"

小绿仍然憨厚一笑："如果海龙族都没有了，只剩下我们两个，生下魔龙还有什么用呢？海龙族全族平等，大家都要为全族的存续奋斗至死。"

所以，都是骗人的吗？她还以为，魔龙的血脉代表一种特权，代价则是被迫履行繁衍的义务，可是到上战场的时候，就全族平等了？

"我不去。"小白冷着脸，背过身。族人给她的只有枷锁，她为什么要为族人奉献生命？

"你若不去，他们会看不起你的。"

"我不在乎。"

小绿长叹了一声，没有强迫她。

"那……小白，你等我回来，我们再在一起。"

小白终究没有等待小绿回来。宝船上的时光如同一颗光辉夺目的宝石，轻易打败一生一世一双龙的樊笼。

很久很久以后，樊霜终于明白，她要的，不是去爱很多条雄龙，而是可以爱很多条雄龙的自由。

她要的，不是有一条雄龙只爱她，而是他明明拥有爱很多条雌龙的自由，却选择只爱她。

而这些，小绿永远不会懂。

没有自由去爱的能力，则无从谈爱。

小白逃出海底，化成人形，千里迢迢来到远宁。可这时，远宁已不是那个世间最繁华的大城市，卓合也已死去很多年了。

卓合的故事，还流传在中土。据说她被中土的皇帝看上，成了宫中最受宠的妃子，她的美貌经由画师的妙手，被保存在画卷上。她的故事被无数的戏班争相传唱，她是世间男子心中永不褪色的美梦。

小白敲开最负盛名的青楼的大门，找到了鸨娘："我要成为卓合那样传奇的女子。"

鸨娘上下打量了她一番，笑了："那就随我们去汴陵吧。"

在世间浮沉百年，樊霜已通晓世故，见惯情爱，再不是那个憨傻直率的小白。鸳鸯北街女都知中，她稳坐第一把交椅。生意场上，遇见谈不拢、拿不下、搞不定又打不垮的客人，请出樊都知出马，三杯美酒下肚，再头铁的百炼钢都会化为绕指柔。

忽有一日，来了位苏玿大人，似乎不太一样。

他得了到汴陵采办贡品的肥差，洗个手都能漂起厚厚油花，整个晚宴却都在和人争论绸缎的等级价格。在座的大人物暗暗向樊霜使了个眼色，她心领神会，银鱼般挪移过去。

"春宵一刻，苏大人明明是雅人，却和我们这些俗人混迹一处，说些市侩之语，难为苏大人了。"

苏玠止住了口舌之争，微笑道："春花老板说，有一位樊都知，雍容婉约、解语风流，看来就是姑娘了。"

樊霜连连自谦，记下了长孙春花的人情。

她百般讨好，终于将苏玠拖进了这场绮靡之宴，与众人共染俗尘。又饮了几杯，气氛融洽，樊霜凑了个趣，讲起了一个香艳的小故事。她说的正是卓合的故事，讲她在宝船上如何倾倒众生，到了中土如何艳压远宁，最后又是如何与微服私访的皇帝相识。

故事尽时，她按惯例留了个悬念："请各位贵人猜猜，这位卓合美人最后有没有嫁入皇宫？"

听众们都好圆满，自然纷纷答是。

樊霜款款一笑，正要引出郎情妾意的团圆结局，顺水推舟，却听苏玠道："卓合确有其人。但本官曾在弘文馆中读到过前朝的记载，与樊霜姑娘所讲，大不相同。"

樊霜一惊。这故事她讲过几百次，头一次有人质疑。

苏玠朗声道："哀帝时，有东海外伶人卓合，善歌舞，容姝异，有艳名，帝遂诏入侍。卓合持剑入宫，面东而哭，自刎于玉阶之下。后三年，贼兵自东而来，天下遂覆。

"这是前朝起居注中的记载，外人少知。"

众人讶异。樊都知讲惯了的清甜小掌故，真相竟是如此。

半晌，樊霜颤声追问："苏大人所读记载中，可有说到卓合她为何要自刎？"

苏玠喟然："既然已经回不了家，怎能再失了自由？"

苏玠身死之时，正是这样的欢宴之后。樊霜将他扶入暖厢，送上牙床，点起安息香。刀尖刺入苏玠胸口的那一瞬，他圆瞪的双眸仿佛在说：你也回不了家，如今还失去了自由。

她身后的人冷冷提醒："既选了这条路，就不要后悔。"

樊霜咬着牙，问苏玠："东西究竟在哪儿？"

苏玠向来温文的面容染了血，平添了一丝张狂："你们永远都不可能找到。"

刀刃更进一寸，他口唇中涌出更多鲜血，然后缓缓低下了高贵的头颅。死得像路边冻死的乞丐一样狼狈。

身后的人哼了一声："把那个叫菡苕的花娘带进来吧。等她醒了，会清楚地记得，这一切都是自己亲手所为。"

我与严先生不同。我信的，是一个『利』字。

世人熙熙，皆为利来。我若能利及众人，众人便会反惠于我。而情这一物，便如一叶障目，让世人看不见真正的利之所在，或是只见小利，不见大利，只见眼前利，不见长远利。倘若人人都能看清自己的利益做买，我长孙家的生意，也会好做许多。

——长孙春花

第四卷 拙贝罗香

章一·盐香风色

又是匆匆一日过去，春花归家时，星月皎洁、明河在天。

晚膳时辰已过，仙姿扛不住饿，一头扎进了厨房。春花正待穿过前庭往书房去，却撞见祖父长孙恕手里捧着个茶碗，窝在太师椅中，鼾声如雷。她蹑手蹑脚地走过去，将茶碗从老人怀里掏出来。老人鼻子一抽，猛地打了个喷嚏，自己把自己从椅上弹了起来。春花手一哆嗦，茶碗翻到地上碎成了几瓣。长孙恕猛然睁眼，便看见春花小浑蛋恭顺娴静地站在面前。

"怎么回事儿？我睡着了？"长孙恕再看一眼地上，"是你把爷爷的茶碗给瓶了？"

"没有啊。"春花无辜道，"爷爷，我刚回来，就是这个样子啦。"

"……"

长孙恕没工夫和她计较："你回来得正好，爷爷等你一天了。"

长孙恕一指案上："你来看看，这都是爷爷在城中搜罗来的青年才俊的画像，每一个都知书达礼，家境清白，上有兄长，情愿入赘……"

"哎呀，爷爷！"春花一拍额头，"我想起还有几十本账本没有看，得……"

长孙恕揪着春花后领，把她摁在太师椅上。望着堆成小山的画卷，春花恨不得融化成一摊油汗。汴陵城哪来这么多上有兄长还至今未娶的才俊啊？

"坐好！这么大的姑娘了，站没站相，坐没坐相！"

长孙恕瞪了她一眼，仿佛她唐突了画卷里的美少年们。

"先看这幅，是办私塾的吕先生的二儿子，学问很不错，性情也文雅，就是有点口吃，不过吵架一定吵不过你。"

"还有这幅。这是卢老爷家的小儿子，是个面瓜脾气，长得也不错，白白胖胖，细皮嫩肉的……"

春花垮着脸："爷爷，咱们这是要招孙婿，还是吃人肉啊？"

"你正经一点！"长孙恕想把这小浑蛋的嘴缝起来。

"这个我觉得是最适合的了。虽然家境穷些，但是上无双亲，只有一个哥哥，老实本分，将来咱把他哥哥接过来同住，也省了你与公婆应酬。"

春花听着听着，忽然觉得不对。

"爷爷，别人相孙婿，都要找聪明能干的，您给我找的，怎么都是老实、脾气好的？听上去没一个脑子好用的。"

话音刚落，春花头上就挨了一卷轴。

"不是个蠢的，怎么能心甘情愿跳你这火坑！"

"爷爷，我也没有这么差吧……"春花揉着脑壳，转了转眼睛，"咱们好歹也是和吴王世子指腹为婚的人家……哟！"

话音未落，春花又挨了一记，这回是真打疼了。

"说过多少次，这话，休要再提！"长孙恕狠狠瞪了她一眼，"有婚书吗？有媒证吗？王爷认过这事儿吗？"

春花讪讪："我晓得，这只是我娘和王妃未出阁时的一句戏言，作不得数。这几年，若不是王妃觉得亏欠了我们，怎么会对咱家的生意这么照顾？"

"你知道就好。"长孙恕叹了一声。

"前些年，世子的身子最不好的时候，王妃也同我提过这门婚事。嗐，说是婚事，不就是冲喜吗？你哥哥那时太混账，家里全靠你支撑，我对外咬死了口，只招赘不嫁女，王妃也就没再提这茬。"长孙恕半耷拉着眼皮，瞥了她一眼，"你这几年花了重金，到处为世子寻医问药，爷爷都看在眼里。但他的身子再好，也就是这样了，不能因为你娘的一句戏言，误了终身啊。你不会怪爷爷，坏了你世子妃的前程吧？"

春花笑笑："爷爷，我同世子，实实在在只有兄妹之情。我盼他身子康复，是真心实意，没有私念。"

长孙恕这才安了心："我还不知道你的德行吗？真进了吴王府，就你这自以为是又任性的脾气，有几个脑袋够砍？他们是皇族，咱们长孙家生意做得再大，也是平头百姓，可不能再和官宦人家沾上关系，像你爹那样，徒惹了一身是非。"

看来一时半会儿，是吃不上饭了。春花从腰里摸出两个蜜饯，趁着垂头做忏悔状的时候，塞进嘴里。

"也是我太心软，太纵容你们。你们父母死得早，我老头子一把屎一把尿把你们拉扯大，你们想要星星月亮，我都上天去摘……"

春花："……"

长孙恕抹了一把不存在的老泪："再看看这个小相公。此人面相宽厚，眉心有痣，一看就是个好拿捏、好算计的软柿子……"

春花突然福至心灵，截断了长孙恕的话头："爷爷，成亲这事，总该有个长幼之分吧？如今哥哥老老实实待在家里，您还不赶紧给他踅摸个好媳妇？"

提起长孙石渠，老头子就来气："那个混账，还没成亲，就闹出个儿子，哪个好人家的闺秀肯嫁给他？依我看，就跟烟柔凑合过一辈子得了。"说到此处，他顺口问道，"这几日，不见烟柔来请安，可是在石渠那儿受了什么委屈？"

春花顿了一顿，复又笑道："怎么会呢？烟柔那日在船上受了风寒，大夫说，看着有些像瘴疠，担心传给家人，我将她挪去城外庄子里住了，请了大夫专门照看。"

长孙恕皱起眉："怎么好好的就病了呢？这姑娘也是命苦之人，进了咱们家门，不能苛待她。石渠是个粗心的，你多上点心。"

"爷爷放心吧。也未必就是瘴疠，或许养几日便好了呢。"春花笑嘻嘻道，"哥哥这些日子改了脾气，每日闭门读书，对衡儿也十分亲近，看来是找着当爹的感觉了。"

隔日，刚起床的衡儿便哭着要娘，奶娘哄不住，只得抱给石渠。石渠被娃娃缠得不行，便来守着春花要人。春花换了宫装钗裙正要出门。石渠见了，不由得一愣："这是要去王府？"

"是啊。王妃招我去王府，说有要事商量。"

石渠顿时忘了怀里哭啼扭动的"小肉虫子"，忧心忡忡道："王妃若是……又想拉你冲喜，你可千万别同意。"

春花有些讶异："哥哥，世子近来身子已大好了。你别瞎说。"

"虽说是大好了，但……终归是一辈子的事，哥哥还是希望你嫁个身子康健的普通人。横竖，咱们家里有钱。"

春花不知是该哭还是该笑："哥哥，我若真心想嫁给世子，他便只有一日寿命，我也会嫁；我若不想嫁，哪怕他壮得像头牛，我也不嫁。你可明白？"

石渠怔了怔，而后展眉笑了："明白。"

继而又苦下脸："烟柔的病几时才能好？把孩子扔在我这儿，成什么样子！"

春花叹口气："娘病了，需要静养，自然只能来找爹啊。"她凑过去，拿着支步摇在娃娃眼前摇了一会儿，他竟然不哭了，转而愣愣地望着她。她将步摇塞在石渠手里，理了理衣裙，便出门了。

石渠站在原地，又沉思了一会儿，怀里的衡儿蓦地扁嘴，哼哼唧唧哭起来。他只得将步摇再摇晃起来。

"衡儿喜欢金闪闪亮晶晶的东西吗？跟你姑姑小时候一个样儿呢。"他叹了口气，抱着衡儿往外走去，"爹爹去给你找个金的拨浪鼓玩，你不要再哭了，好不好？"

　　吴王府是汴陵城中最大的金主，王府坐落在汴陵近郊，独踞一山一湖，宅院恢宏，高檐碧瓦。近几年，王府的药材由春花药铺专供。初八是药铺到货的日子，春花便与许大夫一同取了药，去往王府。照例是王妃、春花与蔺长思三人用膳，烩丝瓜、烩三鲜、松茸汤面，都是清淡的家常口味，却鲜气四溢。王府的谢大厨是汴陵最好的厨子，连春花酒楼的大师傅也只能甘拜下风。

　　春花吃了一块丝瓜，感叹道："世子爷，咱们打个商量，你每月将谢大厨借我几日，去酒楼掌厨，一天一百两，成不成？"

　　蔺长思微笑："这可不成。你把谢大厨拐去了，我们全家吃什么？"

　　"谢大厨走了，还有我呀！我带十八个厨子来给凌姨置膳。"

　　"那可得分出十七个来，把你看住了。"

　　"看我做什么？"

　　"万一让你溜进了厨房，就你这厨艺，得毒死多少人？"

　　春花没好气地道："人人都说世子爷温文尔雅，怎么总挤对我这可怜的小女子？"

　　吴王妃听这两人一唱一和，又好笑又无奈。

　　"长思，你别欺负春花。"

　　春花得了便宜，拍手道："还是凌姨最好，为我主持公道。"

　　吴王妃摇头笑道："前几日，都说你被鸳鸯湖里的妖怪吃了，可把长思急坏了，去澄心观求了霍善道尊，这才把你救了回来。为了这事，他还和王爷大吵了一架。

　　"后来你平安回来，又生了一场病。长思带了七八个大夫去给你看病，都说没有大碍，他才放心。回来又和许大夫连日商议你的方子和饮食，知道你性子散漫，他恨不得让许大夫贴身盯着你。"王妃叹口气，"这些他都未和你说吧？这孩子，自己身子不好，心思却极细腻。"

　　春花闻言看向蔺长思，只见他墨眉微弯，神情柔和，听到此处，轻轻咳了几声，垂下眸子。

　　"春花老板是有大主意的人，只是不注意自己的身子，倒教我这久病的人日日担心。"

　　春花向来吃软不吃硬，听他这样说，只好讨饶："长思哥哥，我知道错了。认打认罚，但凭处置。"

　　王妃咯咯笑起来："看到你们兄妹二人感情这样好，我就放心了。"

　　听到"兄妹"二字，蔺长思的目光在春花脸上一绕，见她神情毫无变化，便不着痕迹地瞥向一旁。

三人一时静默。吴王妃清了清嗓子："长思，起风了，你还是回房歇息吧。春花这里，我替你好好训斥她。"

章二·美人香草

春花对这位凌氏王妃颇有亲近感。她生下来就没了母亲，祖父虽然疼爱她，但对母亲的事所知并不多，倒是结识了吴王妃后，从吴王妃口中听到了许多母亲少女时的趣事。

王妃给春花夹了两只红润的虾仁，笑盈盈地盯着她吃了，方才开口：

"今日唤你来，是有件要紧事。"

春花笑道："凌姨尽管吩咐，我一定肝脑涂地、万死不辞。"

"哪里就用到你'万死'？不过是长思的婚事罢了。"

这话一出，春花顿时有些食不知味。她放下筷子，脸上笑容未变："长思哥哥的婚事，还有我能帮上忙的地方？"

王妃见她既无羞涩，也无急切，宽下心来。

"长思这孩子，病了这些年，近来终于有了转好的迹象。我心里知道，一是由于霍善道尊日日燃灯祈福，二也由于你四处寻医问药，帮着调养的结果。从前给他说亲的，都被他婉拒了，他说不知道自己能活多久，不愿祸害别家姑娘。如今，连许大夫都说他身子康健了许多，绵延宗嗣不成问题。这孩子命苦，我只盼他娶一个守礼贤惠的，早些为王府开枝散叶。"

"不知凌姨相中了哪家闺秀？"

王妃叹息："正是此处为难。长思这孩子，看着温和孝顺，内里很是固执，若他不中意，谁劝都没用。汴陵闺秀那么多，我怕挑来挑去挑花了眼，挑了个不顺他意的，反而不好。"

春花点点头："长思哥哥的婚事，确实不能草率。"

王妃握住春花的手："你脑筋活，办事又妥帖，替凌姨出个主意。"

春花对长辈的央求向来没有抵抗能力，蹙眉思索了片刻，蓦地想到了一个一石二鸟的计策：

"凌姨，今年的斗香大会，您交给我来承办，如何？"

汴水结冰前，是最后的行船季。巨大的商船船队自泉州港沿海北上，至汴水入海口，再换船溯游而西，经停汴陵，去往京城。商船带来的海外的珊瑚珠玉、奇药异器，还有从南洋各岛采集而来的香药，总会掀起一场汴陵商界的狂欢。一年一度的斗香大会便在此时举行。谁能再取得个名次，便能在香药界扬名立万，还会受到城中香药局的重金礼聘，为接下来一年的产货设计香方。

王妃一愣："这孩子，好好地在说长思的婚事，怎么扯到斗香大会？"

春花狡黠一笑："今年的斗香大会，我打算邀请汴陵的名门闺秀来做评审。届时，请王妃和世子前往观看，并为优胜者赐予彩头。"

香药是闺中女子最大的乐趣之一，也是最重要的一项花销。汴陵的闺秀们最爱攀比香方，讲究个时兴、稀缺、独特。以香为引，各家闺秀都能参与，不至于拘泥害羞，世子也可从旁观察，名为"斗香大会"，实则是个变相的相亲选妃大会，若世子没看上，闺秀们的名声也不受影响。

王妃露出一个了悟的笑容。

"如此甚好。也无须对长思明言，免得他又别扭起来，不肯去，坏了咱们的事。"

她一片欢喜，仿佛已经抱上了孙子。

春花怅怅地想，蔺长思以后明白过来，又要说她做个圈套让他钻了。不过，总是为了他好，真遇上了良缘，岂不皆大欢喜？

从王府出来，过两条街，便是古树巷。巷口有一棵不知年月的老槐树，树下常年开着一家古树婆婆豆腐脑儿。春花最馋这一口，特地绕过去吃一碗豆腐脑儿。她挑了张稳当的小方桌，刚端起碗，巷口信步走过一个熟悉的身影。

啪地放下碗，她站起身来："严先生！"

她嗓门脆亮，方圆数丈的客人都扭过头来看她。独那人，仿若充耳未闻地消失在巷口。是了，这个人明明白白地说过不大喜欢她，虽为了挣点银子，屈尊对事，但面对面见着，还是嫌弃的吧？

春花略有些泄气地坐了回去。

一口甜润的豆腐脑儿下肚，心情又好起来了，她吧嗒吧嗒嘴，对自己叹道："人生行乐耳，所乐亦分类。但须及时行，各人自领会。"[1]

"吃一碗豆腐脑儿，也要发此大感慨？"

有人拉开邻侧的小凳，在她身旁坐下。

"严先生！"春花惊而复笑，望一眼巷口，竟不知他何时走过来的，"我还以为你没听见我唤你呢。"

严衍叹了一声："本来是没听见的。后来想着，还要在东家手下讨生活，便听见了。"

春花默了一会儿。这位严先生，挤对起人来可真是不含糊。不过，自他上任以后，账目被梳理得明明白白，她每日都能睡够三个时辰……嘻，爱挤对人

1　出自清代袁枚的《小仓山房诗集·书所见》。

这点小毛病，算什么？

她笑嘻嘻道："严先生，我请你吃好吃的豆腐脑儿，你答应我一件事，好不好？"

严衍挑着眉："东家有何吩咐？"

"咱们私下谈事，你尽管挤对……呃……尽管直言。当着外人的时候，你还是……喀喀，对我恭敬些，给我留些面子，如何？"

她捧着个粗瓷大碗，唇间粘着晶亮的糖液，笑得毫无心机。若非见识过她的圆滑果断，真以为是哪家未经世事的傻姑娘。严衍有一瞬间的失神，旋即警醒，淡淡一笑："自当从命。"

春花见严衍答应，有些小小欢喜。绿荫如盖，豆香入风，枝叶清香满鼻，一时静谧无声。

豆腐脑儿又上了一碗，春花招呼他："严先生，趁热吃。"

碗中豆腐脑儿雪白细腻，汤色清亮，表面撒着一层细碎的冰糖，犹如冰凌，扑面香甜。

严衍一手端起粗瓷大碗，另一手执起粗糙的木勺，动作端正严谨，仿佛他吃的不是豆腐脑儿，而是宫宴中的蜂脂琼浆。

春花猜测，他小时候，家里一定管得很严。什么坐卧行止，日常的动作由他做来，都是开合有度，文雅端方而不失大气，真真是俊逸好看，乃至有股道德上的优越感。他恐怕是后来家道中落了，才沦落到给人当账房吧？这样的话，还是不要在他面前提起他的家世，以免他脸上挂不住。

"钱庄的事情还需严先生多费心。我有些旁的事，这几日就不过去了。"

严衍露出探询之意，春花便补充道："今年的斗香大会，吴王府交给咱们承办了。这是大事，香药局那帮制香师个个脾气古怪，只管制香，不懂人情，还得我亲自盯着。"

严衍点点头："可有严某帮得上忙的地方？"

春花还未开口，严衍脸色一凛，一手腾地暴起，将她往旁边一扯。她还没明白是怎么回事，人已转了两圈，鼻尖撞在他胸口，撞得生疼。一声巨响，不知何处飞过来一个人，把小方桌砸得四分五裂。红色捕快闻桑跃上来，将那人一把摁住："兔崽子，你倒是跑啊！"

那人鬼哭狼嚎，两个衙役上来用绳子把他捆了个结实。闻桑得意地拍拍身上的尘土，转过身来，笑意傻傻地凝在脸上："师伯！"

严衍一手端着豆腐脑儿，另一手将春花揽在怀里："捉个小贼，怎么如此大动干戈？若是伤到无辜百姓，又当如何？"

"无辜百姓"从他怀里挣出半张脸，揉着鼻子，挥挥手。

闻桑只得向这两尊大佛赔礼道歉。正要拎着犯人离开，严衍又在背后冷冷道："砸了别人的摊子，也不赔偿？"

闻桑摸遍身上，一文钱也无，只得向严衍摊开手。

春花打了个圆场："闻捕快办差也是为了百姓安宁，这摊子，我来赔。"

闻桑这才如蒙大赦。

春花看了眼犯人："咦，这不是徐师傅吗？"

严衍一怔："你认识？"

"他是我家香药局的制香师傅，不知犯了什么错，官府要捉拿他？"

闻桑道："这事儿吧，有点奇怪。"他拉过一张凳子坐下，忽然意识到严衍还站着，又弹起来，站着禀报，"这位徐师傅今日放工回家，不知怎的发了疯，说自己老婆是蜈蚣精变的，拿着菜刀要砍死她。幸好徐夫人跑得快，被他追了两条街，碰上小爷我巡街，这才把刀缴了。谁知，他拔腿就跑，咱们也不知道是怎么了，只好追上来，捆了再说。"

说到"蜈蚣精"这三个字，闻桑想起严衍在刚来汴陵那日，幻化的蜈蚣精，忍不住打了个哆嗦。

"那他夫人……真的是吗？"

"是什么？"

"蜈蚣精啊。"

闻桑和严衍对视了一眼。闻桑咧嘴："哪能呢？就是一个干瘦的妇人，手无缚鸡之力。她要是妖怪，我把脑袋揪下来给您当球踢。"

春花讶然："徐师傅老实本分，不像是平白拿刀砍人的人啊。"

"可不是吗？街坊邻居说，他今日回家的时候，还好好地和他们打招呼，也许是东家无良，差事干得太累，才发了失心疯。"

闻桑说完才想起，他口中的"无良东家"就在眼前，险些咬了舌头。

春花倒没放在心上，忧心道："徐师傅是我从临安斥重金挖来的，为人宽厚仁善。还望闻捕快尽快查清真相，在真相未明之前，不要苛待他。"

闻桑点点头："这个，您只管放心。"

春花点点头，目光在闻桑与严衍之间梭巡了一圈："我方才听到，闻捕快称严先生'师伯'？"

章三 · 衣香鬓影

闻桑险些闪了舌头，支吾道："那个……我是叫……四伯。"

春花咂咂嘴："原来，闻捕快与严先生有亲？"

"远房！远房亲戚！"想了想，闻桑又补充，"也是这几日才认回的。原来我太爷爷和他太爷爷是族兄弟。"

"咦，那不是堂兄弟吗？"

"不对不对。是我太爷爷和他爷爷是族兄弟。"

"那，你们怎么不同姓？"

"这个……嘿嘿，因为我爹是入赘，我随我娘姓。"

"严先生至多二十七，闻捕快你爹至少得有三十了吧，怎的还称他'四伯'？"

"这个这个……因为他辈分高啊，他爹爹是我爹爹的四伯，他自然也是我四伯……"

闻桑满脑门儿汗，快编不下去了。严衍放下手中的豆腐脑儿，听着这两人在编排他的祖宗十八代，在心里叹了口气。

"你们慢聊。"他起身，信步走出古树巷，余下两人面面相觑。

半晌，春花道："你这位四伯，真的是难相处啊。"

闻桑心有余悸地感叹："要不，我怎么到现在还没有四伯娘呢！"

"原来严先生还未成亲。"春花来了精神，"他喜欢什么样的姑娘啊？"

严衍若是成了亲，在汴陵有了家，说不定就死心塌地给她当账房了呢。

这问题把闻桑问倒了。

他苦思良久："大约得是……三昧真火，才能融化得了他这块寒冰吧。"闻桑叹息，"我这位四伯，心里只有工作，大家都说，他这辈子是要成仙的。"

原来……一个账房先生也可以如此热爱自己的事业！

春花顿时肃然起敬。

调香是个讲究风骨格调的行当，师傅品性不同，调出来的香调也不同。春花香药局和寻家香药局对门而开，两家的调香师分属不同流派，春花家主做熏佩之香，寻家则主做凝气调神与药用香。春花这两年从邻近城市挖了几位知名的调香师傅，终于与寻家形成对峙之势，但寻家航运生意做得好，海外的稀缺香品供应充足，春花香药局一时间难以追上。

春花别了闻桑，便往自家香药局走。新上的几味香药方子都由徐师傅主调，缺了他，果然铺子里乱成了一锅粥。春花与主管柜台的熊掌柜商量了一番，暂时由另外两位调香师傅主理新的方子。

她亲往香药库房中清点了一遍库存，见几种备料都还充足，这才松了口气。只是接下来的斗香大会，没了徐师傅，她不知该派何人参选。她本来铆足了劲儿，想在斗香大会上博一回名声，这回可全都泡了汤。再要去找新人，又哪里来得及？

从库房出来，她听见两个小伙计倚在门边闲聊："徐师傅这疯病，真是邪性。据说他是得罪了人，被下了诅咒。"

另一个惊道："徐师傅性子那么好，能得罪谁？"

"你不知道，赵家香药局那位西域番僧，调了几个香方，请徐师傅过去品评。徐师傅说他用香心术不正，有害人体，两人便吵起来了。赵家香药局铺子小，对咱们徐师傅的话也看重，就把那位番僧给扫地出门了。您说，三两句话断了人生计，可不就是得罪人了吗？"

"嘿，徐师傅常说，香是灵媒，能通神仙佛祖，也能通妖鬼邪灵，功力高深的调香师傅，多少都有些邪门本事。"

春花静听了片刻，待他们闲聊到别的事情上，方才从库房中出来。

她吩咐身边的护院："你去打听一下，赵家香药局之前请的那位番僧现在何处。"

护院应声而去。

春花出了门，正要上马车，眼尖地瞅见对面寻家香药局门前也停了一辆马车，油壁紫帘，车头悬挂两个清心药囊，香气浮动，十分熟悉。

"这不是寻家小姐的马车吗？"

熊掌柜在她身边咂嘴："是那位号称'汴陵第一美人'的寻家小姐！"

春花惊得险些岔气："寻静宜什么时候是汴陵第一美人了？"

"东家您不知道？寻家大爷把这位妹妹藏得可严了，她一年都出不了一趟门。据说一位老画师在寻府画影壁，从窗棂缝隙里瞥见了寻家小姐的真容，惊为天人，便绘成画卷广为流传，却被寻家以重金压下。百姓们买不到画，传啊传，就传成了汴陵第一美人。"

春花默了一会儿："寻仁瑞这套路，也太老套了吧。"

熊掌柜也感叹："老套但有用啊。咱们做生意，讲究奇货可居。寻家大爷一心想把妹子嫁入吴王府，这才煞费苦心呢。"说到此处，熊掌柜突然想起自家东家和吴王府的关系，不由得暗骂自己多嘴，"那个……这等久居深闺的女子，除了容貌，恐怕一无是处，哪比得了咱们东家？这个……豪爽大方，见多识广，仗义疏财，四海之内皆兄弟……"

夸着夸着，他就有点夸不下去了。

春花抚额："熊掌柜，我给您工钱，是让您给我挣钱的，不必口头上奉承我。"

她依稀记得，小时候，寻静宜就是个普通的好看姑娘，怎么就当上汴陵第一美人了？寻家收买的市井喉舌真是可怕。要是如此，她是不是也能混个汴陵第二美人来当当？

寻静宜和她，七八岁野孩子的时候也曾一起玩耍，后来年纪渐长，两家结怨，寻仁瑞视春花为洪水猛兽，再不肯让春花靠近寻静宜三尺以内，生怕她一身的污浊草莽染污了自家冰清玉洁的妹子。寻家严禁女眷抛头露面，即使出门，也要层层遮盖，最好连鞋底都不要教人瞧见，不像春花这张脸，已经抛头露面得没几个人不认识了。

此时，四个女婢从寻家香药局中扶出一个身量高挑的素衣丽人，月白的幂篱从头顶盖到膝上，裙角不染尘埃，莲步缓趋，暗香如冰凉小蛇，抚平秋燥。这样隆重的出场，除了是寻家大小姐寻静宜，不作他想。

机会难得，春花三步并作两步抢过去，拦在马车面前："寻家妹妹，可还记得我？"

几个女婢连忙将寻静宜护在身后，一脸防备地瞪着她：

"大胆！"

戴幂篱的人退了两步，轻声开口："这位是长孙家小姐，是我认识的人，你们不得无理。"

女婢之一不放心地说："小姐，大爷嘱咐过，不让你和外人多说话。"

春花翻了个白眼。

寻仁瑞这个人，自己花天酒地、声色犬马，倒要把妹妹打造成个无瑕圣女，真是可笑。

"我没有恶意，只是许久未见你家小姐了，想问问她好不好。"

寻静宜在幂篱中轻轻颔首："我甚好，多谢春花姐姐惦念。"

春花道："十日后，我家承办斗香大会，各家的闺秀都在邀请之列，寻家妹妹可会来？"

寻静宜一愣："我也可以去吗？"

"是啊。"

春花记得，寻静宜自小就喜欢鼓捣香花香粉。今日见她也是在香药局，想是这点意趣还未放下。

"我们小姐才不会去呢！我们小姐端庄守礼、谨言慎行、冰清玉洁，可不像有些人……"那女婢，说话的口吻和寻仁瑞一样讨人嫌。

春花不理会她，还是向寻静宜道："过两日，帖子便会送到府上。寻家妹妹，可不要错过啊。"

戴幂篱的人将帕子在手里绞了几圈，半晌才低声道："我会和哥哥商议的。"

女婢们将她簇拥上马车，缓缓挂下帘子，马车徐徐驶去。

熊掌柜跟了过来，低声道："寻家和咱们不睦，东家何必讨这没趣？"

春花摇头叹道："我只是觉得，这位寻家妹子甚是可怜。"

"她锦衣玉食，又美名在外，前途无量，整个汴陵的女子都羡慕她，有何可怜啊？"

春花睨着熊掌柜："熊老，你是真的不晓得姑娘们要什么啊？这可不行，咱们香药局，做的就是姑娘家的生意呢。"

寻静宜坐在车中，取下幂篱，露出一张精致秀美但略显苍白的瓜子脸，幽幽叹了口气："阿荪，我好几年没见她了。没想到她如今生得这般好看，真是鲜活恣意、顾盼生辉，不像我。"

一只修长的手覆在她手上，男子温柔的声音在她耳畔道："没有你好看。"

"哥哥说她行为不端、作风放肆，整个汴陵都能和她交朋友。可我，只有阿荪你这一个朋友。"

"有我，不够吗？"

她不说话了，只是微微叹息。

阿荪宽慰她："好了，不要多想。看看今日取了什么香品。"

寻静宜绽开笑容："昨日来的船上，有海外岱舆山上采集的香草，形状气味和咱们在古卷中见过的遥香草有九分相像。我取了一些，回去可以试一试几个香方。"

"这真是再好不过了。"

阿荪温柔地望着她，仿佛她是月光，在他眼中盛满。

车外的婢女倏地出声："小姐，您说什么？可是在唤我们？"

寻静宜抿唇笑了，向车外道："没什么，自言自语罢了。"

章四·一薰一莸

出乎意料，斗香大会的帖子送到寻府，寻仁瑞直接就同意了，还嘱咐寻静宜好好准备。

"哥哥不是和长孙春花不和？"

寻仁瑞道："吴王府里的耳目送出消息，这回的斗香大会，实是为世子选妃筹办。这么重要的场合，你怎么能缺席？"

他握住寻静宜的手："长孙春花仗着和王府的关系，处处压哥哥一头，连汴陵商会会长的位置都被她夺了去。倘若你能嫁入王府，成为世子妃，咱家就能扬眉吐气了。"

寻静宜怔了怔。

为什么他非要压长孙春花一头不可呢？各做各的生意，不好吗？外面的事情她不懂，从小到大，哥哥便是她的天，哥哥的话，便如同圣旨一般。

寻仁瑞没有察觉她的心思，振奋道："养兵千日，用兵一时。这几年，我遍请名师，教你琴棋书画、焚香煮茶，莫说是寻常千金，便是宫里的公主，也比不上我妹子端庄贤淑、温婉大方。妹子，咱们一家的荣辱富贵，都寄托在你身上了。"

寻静宜犹豫了片刻，终于还是垂首："是，哥哥。"

斗香大会在汴陵南郊的裴园举行。裴园以遍植红枫与叠石奇景闻名，是许多年前一位裴姓富户所建，因家族凋落，几经易手，终于在去年落入长孙春花手中。

裴园清静私密，远离凡俗，各家内眷往来，顾忌也少些。春花辟出十余间厢房，编上号码，供比试使用。每位制香师傅将参赛的香丸在指定房间燃起，由春花陪同吴王妃、世子和众家闺秀挨个评判，评出优胜的房间号，最终再揭晓对应的是哪位制香师傅。

寻家的女婢将软毯在地上铺好，垫了脚凳，寻静宜这才下了马车。陈葛守在马车前，等得身上蘑菇都要长出来了，心道寻仁瑞这妹妹出个门，比公主出巡排场还大，一顶幂篱从头到脚将她遮得严严实实。想他陈葛如此美貌，可从不介意被众人看见。

要不是寻仁瑞不肯来看长孙春花的脸色，又放心不下妹妹，逼着他来帮忙护送，他才不来这什么斗香大会呢！

迎客的是长孙石渠，一眼看见陈葛："陈兄，原来你也好香道啊，哈哈，咱们又多了一项共同的爱好！"

陈葛："我可没这么风雅，今日是为护送寻大小姐而来。"

石渠穿一身靛青绣如意纹的衫子，文雅清贵，花团锦簇，路过的闺秀都忍不住看着他，偷偷议论。

竟然抢了自己这汴陵第一美男子的风采，陈葛不由得哼了一声："石渠兄，你最近是不是胖了？"

石渠没有察觉他话中恶意："陈兄，你怎么知道的？"他摸摸自己的脸，"说起来，最近饭量大了，脸上多了两团肉，腰带也紧了不少。嘿，春花说我以前太瘦，缺些男子气概，如今胖了一些，还更俊了，特地去布庄给我做了新衣裳。"

"你这妹子，是把你当不开薪俸的知客呢！"

石渠一愣，复又笑道："陈兄又胡说了，一定是忌妒我有妹妹，你没有。"

陈葛气窒，心道：你这个憨憨，早晚被你妹妹卖了，还替她数银子。

就算他被长孙春花坑到只剩条裤衩，又有什么相干！陈葛领着寻静宜，绕过石渠便往里走，还没走出多远，便被前头迎面而来的人吓了一跳，慌忙深揖下去："……严先生！"

门子通报，寻大小姐到了，春花才领着严衍迎出来。

她狐疑地看看陈葛："陈掌柜，怎么行这么大的礼啊？"

陈葛讪讪一笑："我是……仰慕严先生为人。"

这位断妄司的祖宗怎么还在汴陵？

春花笑道："你还不知道吧？严先生已受聘为我春花钱庄的大账房了。"

她难掩得意："我听说，此前寻大当家也去严先生处递过拜帖。可是，严先生还是择了我这块良木呢。"

严衍淡淡一笑："东家，莫要太张狂。"

春花下巴一扬："我就这么张狂。"她拍拍严衍的肩，"严先生跟着我，慢慢就会习惯的。"

陈葛呆了呆。谁会相信，断妄司的天官大人竟屈尊在钱庄里当账房？

他投向春花的目光几乎要带着怜悯了，长孙家怕是要出大事。

筵席即开，春花引着吴王妃入了主席，招呼蔺长思在左席坐了，自己坐在王妃右侧。

王妃拍拍她手："春花，快说与我听听，今日有哪些闺秀到场啊？"

春花有些心虚地睇了蔺长思一眼。

"右首第一位是赵家姑娘，绘得一手好丹青；第二位是田家姑娘，家中做珠宝生意，有一位舅公在京城礼部任职；再后头是李家姑娘，三岁能诗，七岁能文，咱们春花酒楼影壁上那首诗就是她题的。还有，寻家的静宜妹妹，今日也来了呢。"她凑近些，特地让蔺长思能听得仔细，"寻家妹妹在闺阁中调得一手好香，据说寻家香药局的大师傅都常常去向她请教。"

蔺长思失笑："这些闺阁秘事，你都是从哪里打听到的？"

"我自有我的渠道啊。"春花冲他挤挤眼。

这时，席间忽然传来惊呼，原来是寻静宜摘下了幂篱，露出一张绝美的玉容。她神情宁静淡泊，柳眉翘鼻，眸如秋水，仿若临湖西子，我见犹怜。

吴王妃感叹了一句："寻家这丫头，几年不见，出落得如此美貌，难怪有'汴陵第一美人'之称。"

春花笑道："如此美人，世子爷不动心吗？"

吴王妃道："容貌倒是其次。我听说此女勤修女德、娴静文雅，颇有贞姜班昭之风。"

蔺长思原本淡淡含笑，听了此语，道："只可惜，美人如花隔云端[1]。"

吴王妃拍着春花的手："快将寻家丫头唤过来，让我好好看看。"

寻静宜端了琉璃杯，款款来到席前，庄重地给王妃和世子行了礼。王妃便问她，平日在家中都做些什么打发时光。她俏脸微红，轻声道："小女在家，多是种花、制香、读书这三件事。"

王妃来了兴致："你平日种什么花？制什么香？"

"小女喜种兰草，庭中有小打梅、龙岩素各两盆，绿墨、白墨、徽州墨共十盆。制香以婴香、乳香、鸡舌香居多。有时也从香药局取些稀罕的香料，自己配着玩。"

王妃听她语声轻柔悦耳，情态娴雅，心中十分喜欢，遂向春花使了个眼色："今日是斗香大会，可惜我对香道不甚精通，正缺一个像你一样的行家从旁解说。"

春花立刻解意，忙站起身："王妃、世子，那些制香师都在后园等待，我去安排一番，免得他们乱了顺序。此处就请寻家妹妹作陪，为王妃解说吧。"

吴王妃拉着寻静宜的手，意味深长地看了蔺长思一眼。

"长思身子不好，往日也在家中钻研香道，你们两人正好切磋。"

春花笑靥如花，抬起头时与蔺长思视线触了一下，不禁垂首，福了一福，侧身离开。

陈葛正好与长孙石渠坐在邻席，一落座，便见石渠不停地向他使眼色。他实在不想搭理对方，怎奈对方锲而不舍，只好叹了一声，勉为其难地凑过去："干什么？"

石渠笑嘻嘻为他倒上一杯酒："陈兄，你与寻家关系这样好，寻仁瑞是要将妹子许配给你吧？"

陈葛给他个大白眼："我可没有这个命！"恨不得按着他的脖子让他往前看，"你瞧王妃这么中意寻姑娘，这世子妃的位置非她莫属了。到时你妹妹，哼，只有靠边站的份儿。"

石渠愕然良久，终于醒悟过来，一拍脑袋："原来是这样啊！"

正说着，却见蔺长思站起身，向寻静宜行了一礼，转身往后园去了。

这位体弱多病的世子爷，似乎有自己的想法呢。

春花前脚离席，蔺长思后脚便跟了出来。他循着长廊，问了几名家仆，却怎么也找不见她的踪迹，再深入后园，遇上一片如火的枫林，林后有一座小暖

1　出自唐代李白的《长相思》。

阁，有厚帘暖厢，正像是那丫头会躲的地方。

他径直掀帘入内，谁知对面见着一个剑眉沉目的男子，坐在书案前执卷细读。蔺长思一愣。

这人五官如刀刻般冷峭，周身一团山峙渊渟的气势。应是未曾见过，却又莫名有几分熟悉。

"尊驾是？"

对方像是刚刚发现他，放下手中书卷，彬彬有礼道："在下是春花钱庄新近聘请的账房先生，姓严名衍。"

章五·香火因缘

原来这就是春花口中"可好可好了"的账房先生。

春花将他描绘得老成可靠，蔺长思本以为是和褚安平差不多年纪的中年人，谁知却是个比自己大不了几岁的俊朗青年。

蔺长思眸中的光芒暗了暗："严先生，你家东家方才离席，可曾到此？"

严衍似笑非笑地望着他，目光仿佛能刺破一切优雅高冷的面具，抵达人内心最深处的窘迫之处。久居高位，蔺长思并不习惯被如此目光审视。不过他教养极好，只是淡淡地皱了皱眉。

"不知世子爷找她，所为何事？"

这下，饶是蔺长思好脾气，也难掩不悦："我找她，还要你同意不成？"

暖阁的屏风后，有人影轻轻晃动，只是蔺长思目光紧盯着严衍，并未察觉。严衍觑着那屏风，叹了口气："东家确实来过，不过只停留了片刻，便去西厢厢房中查看燃香的事宜了。"

屏风后的人听他如此说，舒了口气。

蔺长思哼了一声，欲转身离开，对方继续道："前头那句话，是东家方才疾冲进来，嘱咐严某对下一个进来的人说的。"

"……"

"她说完这话，也不等严某同意，就躲在那边的屏风后头了。"

一道视线像是穿过屏风，木愣愣地刺在他身上。严衍恍若不觉，笔直一指："世子爷自去寻她，严某告退。"

什么叫作"小阴沟里翻了船"，春花总算是知道了。大家都在江湖上混，彼此都该留有几分余地，遇事也该有些心照不宣的默契，何曾见过严衍这般不揪不睬、板板六十四的主？

蔺长思在暖阁中站了一会儿，才慢慢踱到屏风后头，果然见到春花缩着脑袋蹲在角落，皮笑肉不笑地仰头看他。

他面容浮上苦笑："你又何必如此？"

春花是活跃气氛、化解尴尬的好手，总能三两句话点出各人心中的忌惮企图，将剑拔弩张的几方撮合成利益一致的好伙伴，也正是因此，长孙家的生意才能做大。可这个当下，她当真想不到一句能说的话。

"那个……长思哥哥，你听我解释……"

蔺长思面色越发苍白，双手在袖中紧攥，又松开。

"你解释，我听着。"

坏了，他真要她解释？

他不是应该说"我不听"，然后拂袖而去吗？

"呃……"春花的大脑飞速启动，但平时举一反三的聪明脑袋仿佛被水浸了一般，转也转不动。

蔺长思看出她编得艰难，苦笑一声："你别编了，编出来也是骗我。"

春花就是再木讷，此刻也听出了他话中的伤怀之意。

"春花，我问你，今日这场斗香大会，可是我母妃让你办的？"

原来他已经知道了。

春花犹豫再三，老实道："其实，是我向凌姨建议的。

"凌姨忧心你的婚事，我便想了这主意，借着斗香大会，让你见见城中的名门闺秀。若有你中意，凌姨也中意的，你的婚事就有着落了。"

蔺长思咬着牙说："长孙春花，你操的好大一份闲心！你是什么人，竟来张罗我的婚事？"

春花不敢直撄他逆鳞，软言道："我这不也是为你着想吗？何况成与不成，还是在你，凌姨总不会强逼你。"

"若是这些姑娘，我都不喜欢呢？"

春花一怔："那你喜欢什么样儿的？"她搔搔头，"也别太挑了。我看寻家那位妹妹就很合适，品行相貌，都是万中选一，就是有个差劲的哥哥。你若娶了她，千万记得，和大舅哥少来往。"

"……"

蔺长思气得一佛出世，二佛升天，只恨不能把她的头拔下来，看看里面装的究竟是什么。他本是温和柔善之人，生此怒火，只觉喉头一股腥甜，一手捂住胸口，重重地咳嗽起来。春花吓了一跳，慌忙搀他到椅子上坐了，要奔出去叫人，却被他一把抓住手腕。

四下陡然静谧，窗外一只燕雀扑棱棱地飞了过去。

春花屏了气息，一眼撞进他微红的眸子。

"你……"他微微喘息，"当真不知道我喜欢什么样儿的？"

她的心腾地悬空。

她是知道，还是不知道？

"这事，我不知道呀。"她干笑两声。

蔺长思的目光瞬间空寂下来，紧握着她的手慢慢失了力，终至放开。春花等了许久，也没等到他出声，但见他气息渐渐平稳，苍白的脸上浮上一丝红晕，这才松了口气。

蔺长思忽地开口："我听说，你祖父在外头找了许多少年郎的画像，给你选赘婿？"

……怎么突然说到她身上了。

"确是有这么回事……"爷爷的标准非同凡响，要长得俊俏的老实人，越老实越好，说出去叫人笑掉大牙。

"非要招赘不可吗？"他忽然温柔，倒教她丈二和尚摸不着头脑。

她叹了口气，如实回答："爷爷愿意折腾，便让他折腾去吧。只要能让爷爷开心，我怎么都行。"

蔺长思长笑一声："若你不是这般孝顺，我真以为你是个冷血无情的人。"

春花哑摸半晌，竟没听出这话是在夸她还是骂她。

"你和母妃精心安排了这场大戏，我怎能不知情识趣？春花，你……不要后悔才是。"

蔺长思扶着椅背站起来，深深地看她一眼，竟头也不回地步出暖阁。

城中共有十七家香药局，各派了一位制香师参赛。寻静宜坐在吴王妃身侧，挨个儿为她介绍。赵家师傅备的是雀头香，可减缓女子气郁头痛；李家师傅备的是徐铉伴月香，典故名头都甚好，实际不过是日常用的檀香加了一味花草；长孙家师傅备的是辟寒香，烧之一室暖香，秋寒尽辟。

吴王妃才不在乎谁输谁赢，频频四顾："长思这孩子，又跑到哪里去了？"

正说着，蔺长思不知从哪里冒出来，在她身旁落座，神色阴晴不定。

吴王妃大喜，拉住他手臂，将一本小册子塞在他手里。

"你快瞧瞧，这是十七份香方简介，静宜方才同我说了一遍，我可一个字也没听懂。你们是香道同好，倒可以好好切磋。"

蔺长思心不在焉地展开册子，寻静宜却是个实在人，听了王妃的吩咐，轻声道："今日十七份香丸，依静宜看，其中十六份还是咱们中土古传香谱上的方子，略加调整罢了。只有那位西域来的盘棘师傅，方子颇为奇特，其中用了番沉、罗斛，还有几味不认识的，值得仔细参详。"

蔺长思一愣，没料到这位寻家小姐是真的懂香，只见寻静宜低眉顺眼，规规矩矩地侧坐着，和某人惯常的德行截然相反。

于是他展开册子，细细去看她提及的那一页：

"这位盘棘师傅，从前未曾听过。"

"是一位远道而来的番僧，曾被赵家香药局聘请过，如今在秦家香药局供职。"

"寻小姐足不出户，对汴陵的香药局倒十分熟悉。"

寻静宜对上他目光，秀脸微红："小女……不常出门，都是从一个朋……一个仆婢那里听来的。"她说到"仆婢"二字，微不可察地停顿了一下，目光投向身侧。只有她看得见，站在身旁的阿荪听到这两个字时，淡淡地别开了脸。她怯怯地伸手去捉阿荪的袖子，却被他闪开了。

"我只是一个仆婢罢了。"

她委屈极了，咬着下唇："阿荪……"

"什么？"蔺长思捕捉到她的喃喃低语。

"没什么。"她窘迫地低头。

蔺长思见她局促，有些同情："寻小姐可喜欢吃鸳鸯蛊？"

"甚好。"

"菩提丸子？"

"也好。"

这姑娘，说起香药头头是道，说起别的，便好似被锯了嘴，手脚都不知往哪儿放了。蔺长思叹了一声，控制不住自己将她和某人做比较。吴王妃只看见自家儿子给姑娘布菜，喜出望外，深觉春花这斗香大会开得妙。再努努力，她明年抱孙子也不是不可能呢。

春花坐在暖阁中发了一会儿呆，拍拍脸颊，换上悠然得体的笑容，这才向外走去，一出门，便撞上严衍立在一株半凋零的红枫树下。他今日穿的是春花钱庄统一制作的玄青两色襕衫，袖缘绣云气纹，质清貌冷，出尘脱俗。分明是驯服人的衣衫，他穿在身上，倒像是把衣衫驯服了。

春花对着他笔直的脊梁又愣了一会儿，才醒悟过来，恨恨地咬着牙。

伙计就该有伙计的样子。从前是她对他太过迁就了，才教他蹬鼻子上脸，欺负到东家头上了。

她长孙春花什么样的人没见过？什么样的糟心伙计没用过？且给他好好来一个下马威。

章六 · 拣佛烧香

正犹豫是捅他一刀，还是踢他一脚，严衍听见了动静，转过身来，淡淡睨着她："东家这是来兴师问罪？"

春花双手抱臂，咬着下唇骂他："东家有难，严先生不施援手也就罢了，怎么还倒转头来拆台？"

严衍挑眉："严某不过指了个路，怎么就拆台了？"

春花怒道："有的窗户纸不宜捅破。难得糊涂的道理，你不明白？"

一片枫叶飘然掠过严衍的剑眉，落在他肩上，显得他眉眼越发冷峭，也越发……欠打。

"严某只知，事无不可对人言，藏头缩尾，非君子所为。"

她五米长的大刀呢？

"那位世子爷，是个至情至性的人。他心悦于你，你却揣着明白装糊涂。"

"你怎知他就心悦于我？即便他心悦于我，难道我就非得投桃报李不可吗？"

"你若不心悦于他，为何不直言？"

春花一窒。

是啊，究竟是为何，不能坦言拒绝？

浸淫商界多年，她太清楚有些话能说，有些话不能说，适当地装疯卖傻、偷奸耍滑，对大家都好。她如同靠近陷阱的猛兽，皮毛触及了危险的冷意，凭着直觉果断后退，又何须细想？

严衍端详着她的惘然，讥讽一笑："长孙家倚仗吴王府，在汴陵商界畅通无阻。若是能与王府联姻，对东家来说，岂不是一桩美事？照东家的性格，正该汲汲以求才是。

"然而东家心中明白，王爷王妃绝不可能迎你进门，强行攀附，只会让他们心生厌恶。世子心系于你，你若直来直去，伤了他的心，也等同得罪了王府。

"长孙家绝不能失去王府这棵大树。东家权衡利弊，只得支吾其词、躲躲藏藏。

"东家如此行事，实在虚伪。"

"虚伪"二字，和她遭遇的其他谩骂相比，简直是隔靴搔痒。但不知为何，此刻这两个字，正中了她的痛处。

她蒙了一瞬："不是这样的。"

她是虚伪，但自问对待吴王妃和世子，从来只有一片赤诚。严衍并不知道她和蔺长思的过往，更不知道她是如何努力，才能谨守边界，不将长孙家的生死存亡都寄托在吴王府身上。

蔺长思对她关怀亲切，大约只因他久居深宅，见过的女子不多。她从来就明白，位高男子的暧昧暗示，并不值得当真，就好似女子买胭脂，今日喜欢淡橙，明日喜欢绛紫，后日又爱嫣红，哪里会有常性？她以为，这是她和蔺长思之间的默契。谁知道他心里这样认真？

春花自动将商场上那一套虚与委蛇用在蔺长思身上，自觉八面玲珑、进退有度，怎么在严衍口中，倒成了个虚情假意的人？

"你……"她欲端出东家的架子，训斥他犯上，却不知怎的，心虚气短起来。这位账房先生人品确实端正，可如今看来，实在端正得过了头，端正到她头上来了。请他吃豆腐脑儿的时候，明明答应得好好的，在外头要顾及她的面子。是了，如今只有他们两人。是自己说，私下相处时尽可直言，如今要为了他的毒舌与他反目，不是又打了自己的脸吗？

春花向来自诩三寸不烂之舌，许多年未尝过在口舌上败北的滋味了。

严衍坦然回视，似乎等着她长篇大论地反驳。

春花忽然明白了，自己究竟看中了这位严先生哪一点。

大概就是那种，无论做什么，良心都不会有亏欠的气势。在他心中，是非黑白清清楚楚，无须权衡，无须周全，无须闪躲。像他这样的人，若有然诺，便是刀山火海，也会一心向前，不像自己，可以找到千百种借口来推搪责任、权衡利害。就像那日在鸳鸯湖上、巨兽口中，官府衙差与亲眷好友都袖手旁观，万贯家财也是毫无用处，只有严衍义无反顾，舍命救她。

她丝毫没有被英雄救美的自觉，只因明白，遇险的是任何一人，严衍都会拼却性命来救。

十二岁掌管长孙家以来，春花日日想的都是揣度他人心思，费心周全，顺事婉陈，权衡利弊。如严衍这般坦然，她确实没有；但她，何尝不羡慕？

春花伸手摸了摸脸颊，触手竟有湿意。也不知是那句"虚伪"刺痛了她，还是自己藏了多年的委屈突然破土发芽。她猛然醒悟自己的失态，背过身去。她这高贵冷艳的功夫不足，还得修炼。

严衍见她面上阴晴变幻，久久没有反唇相讥，却突然掉下泪来，着实吃惊。这女子，不是脸皮厚过城墙吗，怎么被他轻飘飘一句话给气哭了？他一时拿捏不准，这眼泪是真情所致，还是一种操控他人的手腕。

春花飞快擦去泪珠，这才转过身来，沉声道："严先生，我与世子之间的事是私事，你不该过问，更不该无端质疑，置我于难堪之境。"她抿了抿唇，"让严先生配合扯谎，确实是我没有考虑周全，下不为例。但今日我失态之事，还请严先生不要对外人言。"

嗯，这才像她。

严衍默了一会儿："东家是指……在暖阁中发生的事？"

她摇摇头，有些鄙夷地盯着指尖泪珠。

"我费了多少力气，才证明自己不是个会掉眼泪的女子。"

春花眼眸还微红，神情已恢复了惯常的舒展，见他沉默，追问道："你不肯？"

严衍心里叹了一口气。

自打认识她开始，他就不断地被她要求谨守秘密。

"严某承诺，绝不告诉别人……东家方才哭过。"

香药局的熊掌柜气喘吁吁地穿过枫林："东家，香药均已备好，单等您开局了！"

春花应了一声，回头看严衍："严先生不去前头品评香药？"

"严某不懂香道，就不妄作评论了。"

她似笑非笑地看他一眼。

"如此，严先生自便吧。"话毕，负手沿着小径悠悠踱去。

严衍在枫树下站了一会儿，缓缓锁起眉。

他不懂香道，更不懂情爱。吴王世子与长孙春花的那点情愫，不是他此次暗访查探的重点。情爱中人，矫饰虚言的还少吗？她今日所为，与常人相比，也不算奸恶之举。他想不明白，自己为何会忍不住对她出言讥讽呢？就好像认识她以来，他一直等着这么一个机会，戳破她左右有局、进退合宜的虚伪面具。如今真的撕破了，底下无非是一个普通姑娘的普通思量，倒是自己这用心，阴暗得令他心惊。

严衍师从断妄司老天官岐山，家规与门规都森严刻板，自幼持身端正，按行自抑，万事明澈于心，不受眼耳鼻舌身意迷惑困扰。一日三省是他惯常功课，今日这三省，却有些省不明白了。

裴园的回廊九曲十八弯，偏有一弯格外隐蔽。仆婢们人来人往，谁也没注意到这里还有个死角。春花拖着步子往前庭走，路过此处，分明听见有人在里头轻轻叹气。她已经走了过去，想了想，又蹑足回来，毫不羞耻地听起壁脚。

墙角，月白色的幂篱随风而起，里头说话人的身份不言自明。

"王妃喜欢我，这不是很好吗？

"世子他出身高贵，文质彬彬，如兰君子，还通晓香道。我若真嫁给他，也不愁没有话说。

"哥哥也希望我嫁给世子，如此，对我很好，对寻家也很好，大概就是话本里说的，金玉良缘了吧。

"阿荪，我若嫁进王府，你陪我一起吗？"

这是寻静宜和贴身丫鬟倾谈心事呢。春花心想，这位寻大小姐颇有盘算，并不像表面上看起来这么天真柔弱。她正要离开，莫名生出一丝诡异之感。寻静宜缓缓从拐角内步出，两人目光撞了个正着，都是一愣。春花忽然明白了这诡异来自何处。寻静宜身后空空如也，并无丫鬟陪同。从头到尾，都只有她一个人的声音。那她方才，究竟是在对谁说话？

寻静宜面容苍白，飞快向后看了一眼，又欲盖弥彰地转过头来。

"春花姐姐……你……听到什么了？"

春花手臂上的汗毛噌地竖了起来，长久形成的危机感在此刻警铃大作，脖子上倏然拂过一丝凉意，淡淡的异香浮动，不知是寻静宜随身香囊的气味，还是别的什么。

"寻家妹妹！"她登时咧开笑容，"从前，我也喜欢一个人发呆，自言自语呢。咱们这些知书达礼、内心纤细敏感的女子，都是这样。你不必害羞。"

寻静宜被她的不要脸惊着了。

"装园小路多，妹妹下回还是带一个随身的丫头，免得一个人走失了。"她伸出手，"要不，随我一同去前庭吧？香药都已备齐，马上就要燃香了。"

伸出的手空悬了半天，也不得回应，寻静宜如临大敌地盯着她，似乎在犹豫什么。春花收回手，神情也不尴尬："此处风景确实上佳，那妹妹就再站一站，我先去前头安排燃香了。"

良久，寻静宜终于点了点头。

"春花姐姐先走。"

春花转过身，慢悠悠地走开。此前的异香转淡，脖子上萦绕的凉意也渐渐消失。

劫后余生，她长出了一口气。最近邪门儿的事情，似乎有点多啊。

章七·三浴三薰

品香的情趣，几乎是闺秀们出身修养的标识。蔺长思与寻静宜一左一右跟在吴王妃身边，明眼人都看出了王妃对寻静宜的喜爱。即便如此，闺秀们仍然不放弃——不能做正妃，做个侧妃也是好的呀。

春花于香道只是浅通，熊掌柜前一日写了不少花样说辞给她备用，她连夜背了，现场说来十分流畅，仿佛每字每句都是出自她自己的真知灼见。

西厢的十七间厢房中，放置了十七味香药，逐一燃起。春花备了不易沾染香气的轻裘给每位闺秀穿戴，又在门前设了婢女打扇去味，以保香气互不混合，方能得出中肯公道的品评。一连进了十六间厢房，十六味香药都是用于静心养志，以香气持久深长为卖点，众人不禁有些乏味。

众人进到十七号厢房，袭来的竟是一股奇异的甜香，初嗅似乎过于甜腻，但顷刻间，那香气又化于无形，仿佛无香，各人只觉通体酥软松弛，血脉偾张，目之所及，顿时色彩明艳，他人言语尽是悦耳奉承。

吴王妃惊呼了一声，看向寻静宜："这是什么香？竟如此令人畅怀！"

众人纷纷附和。

寻静宜秀眉微蹙，思忖片刻："这香药的主香乃是多重沉香，也不算稀罕，但其中有一味，甜腻霸道，顷刻便能侵入发肤肌理，实在是奇香，小女平生从未闻见。"

闺秀之中有秦家香药局的千金，闺名"晓月"，闻得此话，不以为然道："这就是寻姐姐孤陋寡闻了。这味香名唤'千步香'，产自南郡湿地滩涂中的千步草。千步香虽然稀有，却也不是什么旷古绝今的珍品，《述异记》《雅香集录》中都提到过此香。去年我爹爹往南郡买货的时候，在一个小岛上收了许多，姐妹们若是喜欢，尽可来我家香药局采购。"

她如此说，大家自然都明白，这一间燃放的是秦家香药局的香药，于是纷纷夸赞附和，就连吴王妃也背过身去，笑意盈盈地问询了几句。

寻静宜道："秦家妹妹怕是弄错了。千步香的味道我是识得的，这香丸中除了千步香，还有一味不知名的香料。"

秦晓月柳眉倒竖："这香丸是我家出的，里头有哪些香料，我还不知道吗？"

"千步香香气虽甜，却无后香。此香丸中尚有一味，香气沉郁霸道，极尽激扰人心，非是调理情志，却有乱人心魂之意，若是久用，恐怕……"

她话音未落，秦晓月尖叫起来："寻静宜，你什么意思？我家难道会特地拿出有害身心的香药给王妃和世子用吗？"

寻静宜一愣。她本就不常出门，凭着对香道的执着多说了两句，没想到却得罪了人。

春花听见两人争执，走过来道："寻家妹妹不过是随口一说，并非意有所指。香道原本多门，各有各的见解，秦家妹妹也不是那小家子气的人，不会得理不饶人吧？"

秦晓月被她提醒，偷眼看了眼吴王妃和世子，便低头不作声。寻静宜咬着下唇，还要说什么，手臂被春花轻按。她微微一怔，便不再说话了。

出了厢房，回到席中，十七位制香师傅已各手捧了自家香丸，候在庭中。众家闺秀纷纷赞赏第十七味香，恨不得当场下单采购。秦晓月得意扬扬，自以为本届斗香大会的魁首非秦家莫属。评比揭晓，果然是秦家香药局的盘棘师傅独占鳌头。

春花留意观察那位盘棘师傅，但见他头顶头陀箍，生得红髯黄眸，一身异域僧人打扮。

大运皇朝民风开放，尤其汴陵四海通商，常有异域商人往来，如此长相倒也不是第一次见。可是此人神情阴郁，双眼如电，极其慑人，长相又颇丑，怪脸嶙峋，着实扎眼。春花与他对视了一眼，顿觉手臂上爬过千足小虫一般，不由得打了个寒噤。

她低声问熊掌柜："坊间传闻，徐师傅的疯症与这位盘棘师傅有关？"

熊掌柜一愣："徐师傅和盘棘师傅前阵子确实来往频繁，交换了不少香药心得。但要说盘棘师傅动了手脚，害了徐师傅，我却不信。在香里做手脚是香药行的大忌，一旦被察觉，声名尽毁，再无前途。盘棘师傅提交的香丸，都是咱们行里几位老资历的香药师傅细细查过的，应该没有问题。"

春花眯眼深思，目光移到寻静宜身上。

众人都围着秦晓月大加赞赏，寻静宜一下子便被孤立了。她离群独坐，神情窘迫，脸色苍白，目光却紧盯着盘棘师傅，口中低低说着什么。

这位寻家姑娘，又在"自言自语"了。

"熊掌柜，您也是香药行里的老人了，该知道香道最看天赋，年长未必才高。今日若是徐师傅还在，说不定能有个定论，偏这么巧，徐师傅又遭了厄运。这难道，真是巧合吗？"

熊掌柜道："东家想查一查盘棘师傅的底细？"

"嗯。"春花微微一笑，"这位盘棘师傅，不远重洋来到汴陵，就想扬名立万，却为何不来我春花香药局，却先进了赵家香药局，又去了秦家？秦炳坤那老头儿，眼光差，脑子蠢，这么好的事情，不会凭空砸到他头上，必有猫腻。"

熊掌柜被她强大的自信震撼了："东家这么说，也不是全无道理……"

"过了今日，秦家香药局定会客似云来。香丸里若真有问题，扩散出去，全城百姓岂不都要受其所害？"

"东家，要不要请仙姿姑娘过来贴身保护？"

"仙姿有别的差事，这几日不在城中。裴园是我的地盘，众目睽睽之下，能出什么事？"

春花安抚地摆了摆手，余光扫到寻静宜悄悄起身往后园而去。

寻家这位妹妹，看着怯怯弱弱的，倒有几分胆色。

"我瞧寻家小姐深谙香道，也许她能拿出证据，证明秦家香丸的问题。"

熊掌柜不以为然："寻家小姐年纪才多大？只闻了一回，就能断定香中有古怪？一介女流……”

“熊掌柜，我也只是一介女流呢。”

熊掌柜知道自己失言，不再多说，领命告退。

春花的目光扫过席间众人，不意与蔺长思的目光撞了个正着。他神色一僵，便转头与身侧的秦晓月交谈。秦晓月心花怒放，吊着眉梢向他甜笑，恨不得整个人贴过去。春花在心里深深叹了口气。这么着，也不是个办法。

她鼓起勇气，终于武装起死猪不怕开水烫的得体笑意，往蔺长思身边走过去：“世子……”

“裴园的枫林甚有情致，秦小姐还未赏玩过吧？”蔺长思目光停留在秦晓月脸上，丝毫未移，语气温柔。

秦晓月两颊晕红，眸如春水：“没有呢。世子可愿作陪？”

蔺长思微微一笑：“荣幸之至。”

言罢，两人直接起身离开，竟似没看见春花一般。

春花的笑容僵在脸上，良久，叹了一声，在吴王妃身边坐下。

吴王妃不知她心中辗转，笑着道：“小春花，你这个斗香大会办得甚妙。我看，寻家和秦家两位千金都很不错，长思都很喜欢。若不是她们二人之间有些龃龉，便一起娶进王府，也是佳话。”

春花怔了怔，想起秦晓月的嗲声嗲气，婚后定是恃宠而骄，依蔺长思这绵软的性子，怕会被欺负得毫无底线。寻静宜倒是个温柔大方的好性子，只是这“自言自语”的癖好实在诡异，若不知底细，也难为良配。她办这斗香大会，确是想为蔺长思张罗一个良缘。若是乱点鸳鸯谱，反坑了他，可就不好了。只是在吴王妃面前，她总不好口出恶语，坏人前程。她想了想：“凌姨，长思哥哥若有了心动的姑娘，当然是极好。倒也不可操之过急，还是要细细考察才是。”

吴王妃笑容微收，若有所思地看她一眼。

“你说得不错，是要细细考察。”

十七位制香师傅得了赏赐，逐一向吴王妃拜谢，随后便是点了城中知名的杂剧班子“三生缘”的几出折子戏。蔺长思、寻静宜与秦晓月久久不见回来，众家闺秀和王妃都专注于看戏，看得十分动情。这几出都是热门剧目，春花看过不下十遍，实在索然，正想离席去偷个清静，蓦地一个清冷的声音在她耳边响起：

“春花老板。”

春花应了一声，左右四顾，身边各人都将注意力集中在戏子身上，竟无一人像是出声唤她之人。她震了一震，一丝不算陌生的冷香闯入她鼻息，脊背上登时有冷汗流了下来。一个墨绿襕衫的清秀男子不知何时出现在眼前，恰立在吴王妃的对面，明明遮挡了吴王妃看戏的视野，吴王妃却毫无所觉。

春花张大了嘴。

男子恳切地望着她："春花老板，静宜有难，劳烦你速去搭救。"

章八·兰艾同焚

表面循规蹈矩的寻家姑娘，私底下却是个沉迷香道的痴人。今日遇上一门新奇的香，若不能取得一颗秦家香丸仔细研究，寻静宜是不能安心的。可前头已得罪了秦晓月，不能直接讨要，寻静宜便瞅定了制香师傅们都挤到前头看戏的时机，偷偷溜到西南院的制香所。

"她一进制香房，就被那叫盘棘的制香师傅制住了。那盘棘……竟然看得到我。只恨我法力低微，打不过他。"

春花心中一沉："那盘棘，也是个妖怪？"

"他身上杀气极重，即便不是五郎，也是罪孽深重之人。"

春花微微蹙眉，这似乎不是她第一次听人提起"五郎"这个称呼，却想不起来是谁说过。

"那……咱们该去请澄心观的道尊前来除妖啊，你绑了我，有什么用呢？"

墨绿衣衫的男子不答，只引着春花穿过中庭。她双手与脖颈上都缠着一根长长的细叶枝，凡人却看不见。迎面遇上的家人纷纷行礼，她强笑应着，故作无事。

"这位大仙，你是精怪，法力高强，何须我去救人？"

男子侧身示意她走在前面，行止竟颇有风骨："我们这一族，是妖中君子，仅有的法术就是隐身在人身边，清谈论道。若是动起手来，连他族未成年的小妖都打不过。"

小妖是打不过，勒死她可是易如反掌。春花叹气，觉得颈子上的叶子越发紧了。

什么妖中君子？莫非是个兰花精？

"大仙，你叫什么名字呀？"

对方不答。

"就算是死，也得让我知道死在谁手上吧？"

对方这才惆怅地看她一眼："我叫兰荪。"

寻静宜闭目倚坐在一株枫树下，秀眉深锁，仿佛陷入极大的痛苦挣扎。春花眼尖地发现，她侧脸的一缕乌发短了一截。兰荪疾行到树下，伸手欲触碰寻静宜的脸颊，手指却停在离她五寸之处，不能再近前。

他环视一周："盘棘，我把长孙春花带来了。"

红髯的僧人从树后现身，眉目狰狞地冷笑："你倒不全是个废物啊，兰荪。"

"我们有言在先，你快放了静宜。"

盘棘咧开厚重双唇："且慢，你先割她一缕头发。"

这是个什么变态？春花又惊又怒。

兰荪也是意外："你此前只说将她带来，并未说要割她头发。她是仙胎转世，你我这样的五郎，若出手伤她，有损仙缘。"

春花听得一头雾水。仙胎是个什么胎？

盘棘嘿嘿一笑："正是晓得这个，才让你动手！"

"你不守信用！"

"你不动手，我便要对你的小心肝儿动手了。"粗陋的大手抓起寻静宜柔弱的脖颈，将她抵在树上。寻静宜在他手中无力地挣扎，玉容泛起青色。

"你别伤她！我动手便是！"兰荪忍无可忍，细叶如绿色电光直射向春花，割断一缕长发，并在她雪颊上留下了一道浅浅的血痕。

发丝缓缓飘落在盘棘掌心，兰荪咬牙道："现在，你可以放了静宜吧？"

盘棘嗒嗒怪笑："一个闺阁小姐，原本也没什么用，还给你！"

仿佛有利刃自天灵盖劈落，硬生生将春花劈成两半，在巨大的疼痛中，她几乎昏死过去，勉强找回意识，只觉一半身体极重，另一半却极轻，重的如铅块铿然倒地，轻的如轻烟冉冉上升，转了个向，落在盘棘的左肩上。

长孙春花的身子从地上爬起来，掸了掸身上的泥土，露出一贯热情得体的笑，向前庭去了。

春花坐在盘棘的左肩上，浑浑噩噩地看着自己身体的背影，再看向身边，并排坐了三个形容同样木然的魂儿。

一个是寻静宜，一个是徐师傅，还有一个——竟是秦晓月。

寻静宜的魂儿愧疚地看了她一眼，如烟飘起，随即一个倒栽葱，没入树下昏迷的本体之中。羽睫轻扇，寻静宜悠悠醒转，一睁眼便抓住兰荪衣襟，恐慌道："阿荪，我记起来了。

"那香原来唤作裂魂香。"

裂魂香，入腠理，割发裂魂，善恶各行。

淡淡血腥之气散入秋风，顷刻便消失不见了。

蔺长思伴着秦晓月，在装园各处游赏。他意在观景，秦晓月却无心赏枫，一双炽热的水眸盯着他不放，所说尽是倾慕之语。渐渐地，蔺长思也觉得有些无趣。

"秦小姐，咱们还是折返吧？"

秦晓月喜悦的娇颜瞬间垮了下来："世子，不喜晓月陪伴吗？"

蔺长思面皮微微发烫，有些后悔。方才离席，乃是一时激愤，只想在春花面前与旁的女子展现亲昵，未料到秦晓月是这样黏人的性子。也是自己鲁莽，招惹了她。

"你我离席甚久，恐怕母妃惦念。"

秦晓月失望地垂眸。她本想借此机会与蔺长思耳鬓厮磨、情意相许，却不料他谨守边界、毫无逾矩。难得的独处时光便要结束，错过了这次机会，吴王府世子妃的位置恐怕再与她无缘。四下无人，秦晓月身子晃了一晃，堪堪往蔺长思怀中倒了过去，蔺长思下意识地张臂，抱了个满怀。他大惊，低头端详秦晓月面容："秦小姐，你怎么了？"

一缕甜香扑鼻而来，他不及掩住口鼻，已吸入了大半。这香气如点点火星钻入他五脏六腑，顿时烧得整个人如同一锅沸水，燥热难当。

"世子！你不舒服吗？"秦晓月潮红着脸颊，反手搀起蔺长思，"晓月……扶你去休息可好？"

蔺长思四肢乏力，身不由己，张口欲呼，竟也出不得声，终于由秦晓月搀扶着，进了近处的一间厢房。盘棘隐在树后，静静注视。春花的半个魂儿坐在他左肩上，对挨着她的另外半个魂儿说："装的吧？"

秦晓月的半个魂儿忧愁地点点头。

"太龌龊了。"另一边，徐师傅的半个魂儿点评道。

秦晓月的半个魂儿更加忧愁地点点头。

戏台之上，男女戏子各据一角，凄凄惨惨地互诉衷肠。以吴王妃为首，各位闺秀小姐都用帕子揩着眼角。石渠正与陈葛低声说着什么，陈葛不耐烦又不得已地听着。严衍回到筵席上，在他二人身边落了座，断续听见"想吐""吃酸的"之类。

严衍拍一拍石渠："你妹妹怎么不在席上？"

石渠一脸茫然，倒是陈葛答道："戏开场后，春花老板只坐了一会儿，便离席了。"

"可看见她往何处去了？"

"只瞧见她自言自语了半响，脸色不太好看。"

陈葛一个没忍住，多挤对了两句："寻家小姐也有独处时静声自语的习惯，旁人见了都说她心思细腻，我见犹怜。春花老板这般，可能就是传说中的……东施效颦吧。"

他看了严衍一眼："天……严先生，为何这么关心春花老板？"

石渠道："严兄如今已是我们钱庄的大账房，自然要多关心东家。严兄你放心，跟着春花好好干，她不会亏待你的。"

他拍拍严衍，又拍拍陈葛，一副"哥仨好"的样子："严兄、陈兄，咱们三个，真是有缘啊！"

陈葛干笑了一声。

断妄司天官屈尊在春花钱庄做个账房，定是要查什么弥天大案……可别牵连到他身上。嗯，今后须得离长孙家的人远远的。

电光石火间，他已经拿定了主意，手中茶盏往案上一磕，瞪着石渠："我说你，有病了就去看大夫，跟我说个什么？你是个男人，恶心想吐冒酸水，总不能是有孕了要生娃娃吧？"

石渠的脸腾地涨红："陈兄，你这么大声做什么？"

"别叫我陈兄，我跟你不是兄弟。"

"你怎么翻脸比翻书还快？"

"……"

不知何时，春花已回到了席间。吴王妃与邻座的千金向她点头致意，她有礼还礼，并无异常。她睁着乌溜溜的大眼睛，目光在席间梭巡一圈，终于落在了严衍身上。春花眼珠一亮，欢快地向他招招手。

严衍一怔。

斗香大会之前，他二人在后园中时，她还是一副恨不得扑过来咬他一口的样子。他慢慢眯起眼，觉出些不对劲。见他不动，春花有些着恼地咬唇，索性起身，向他走过来。她走的是直线，径直走上了戏台，从正要深情相拥的男女角儿中间不紧不慢地穿过。男女角儿一抱没有抱上，再抱就落了刻意，抱也不是，不抱也不是，一番情意滞在了原地。

胡琴和鼓点戛然而止，席间众人面面相觑。

只有春花，丝毫不觉异常地走到严衍面前，咧出一个甜美的笑容："严先生。"

严衍神情莫测地盯着她："东家有何吩咐？"

"你伸手呀。"

"……"

严衍默了一会儿，还是依言摊开手掌，且看她要什么把戏。掌心一痒，他定睛一看，掌中多了三条色彩斑斓、肥硕柔软的毛毛虫。

春花嘿嘿一笑，往地上扔了块帕子，掉头就跑，一溜烟儿便消失不见了。

严衍沉默半晌，蓦然起身。

吴王妃在上首，这才醒悟过来：

"世子去了何处？别是突然发病了，快去找啊！"

十里外的澄心观，霍善道尊正在静室中冥思打坐，倏然心血来潮，心中感应。

"徒儿，今日城中有盛事？"

道童恭敬侍立："春花老板在裴园召开斗香大会，吴王府王妃、世子及众家女眷均有出席。"

道尊慈眸轻启，徐徐道："恐有妖物作祟其中，看来，还需本座亲自走上一遭。"

章九·采兰赠芍

断妄司典籍中有一卷专述人魂，便是讲魂分阴阳。阳魂上升，阴魂下堕，阳魂清正，阴魂幽昧，故阳魂于外主善行，而阴魂则于内主恶行。

老五们有句老话：发与魂牵。一缕发便是一缕魂，寻常人剪头发，本无甚大碍，但若用上裂魂的法术，便可通过割发来窃取人的魂魄。

严衍垂眸，看着手心里三条一拱一拱的毛毛虫，压下心中怒意。长孙春花言行颠倒，一脸戾气，加之额前一缕断发，显是被人为割去了阳魂。如此说来，前几日那位提刀杀人的制香师傅，也是被割了阳魂才发疯的。只是严衍与他不熟，未看出头发被剪的痕迹。

光天化日，权贵宴饮，竟有妖物如此肆无忌惮。或许苏玠之死，也与这割发裂魂的妖物有关。

他大步穿过枫林，但见几丛玉簪后半露着螺髻，还有一支金镂牡丹步摇在其间时隐时现。

长孙春花私下不喜点饰，但在有这些达官贵人往来的盛事上，为了撑场面，又要堆金叠玉，恨不得把全部家产插在头上，旁的闺秀嘲笑她庸俗浮夸，她也不以为意，做了亏心事四处躲藏的时候，就有些吃亏了。

严衍拎着后领，把春花从玉簪丛后拖了出来。

身为断妄司天官，他见过许多阳魂受损而行十恶的人，有阴邪鬼蜮暗箭伤人的，也有残暴无识、血腥杀戮的……拿几条毛毛虫来吓人，算是什么阴魂？

春花吓了一跳，像一条华丽的花青虫一般，扭动起来："放开我！你欺负人！"

严衍挑起眉："我如何欺负你了？"

"你……"春花一窒。

她竟然想不起来了。

但是，看到他好整以暇的样子，她就觉得讨厌，自己一定和他有不共戴天之仇。

"你可知道自己是谁？"

"我……是天底下顶聪明能干的春花老板呀！"

严衍一怔。倒是还不忘自我吹捧。

"那我呢？我是谁？"

她又是一愣："你是……"

她苦恼地皱眉，掰着手指想了半天："我瞧你，像个腊月里的冰块坨子，蛀了虫的木头墩子，十年没刷的老鞋帮子，漆苔刮不下的水缸底子！"

每一个，都死硬死硬的，欠收拾。

"……"

绰号花样翻新，想必在心里骂过他无数遍。严衍欺身过去，一手擒住她两只手腕，轻轻使力，便将她脊背摁在树上："你今日，都见了什么人？可还记得去过哪里？"

春花杀猪一样哇哇乱叫："杀人啦！救命啊！"

严衍不欲惊动他人，伸手捂住她口唇，却被她一口咬在虎口上，牙咬之处顷刻就渗了血。他微微皱眉，掌心劲气轻渡，春花便翻了个白眼，昏了过去。

闻桑接到信诀，急急赶来，正看见严衍将春花拦腰抱起，轻轻放在角亭之中。他伸出双指，凝聚神华，点在她眉心。

闻桑大惊："师伯，你要对她用'探魂'？"

严衍神情凝重："你看不出她被割了阳魂吗？"

阳魂离体，若不能在三日内唤回，阴魂便会彻底占据身体，放大心中原本只是星星之火的妄念邪念，人也就彻底疯癫了。事急从权，要迅速找到施法裂魂之人，只有用探魂术。

"可……探魂是禁术，在凡人身上用探魂，会受到反噬的！"他师父韩抶曾说，若非父母妻子，擅用探魂，后必有劫。

闻桑惊慌道："不如我先检视园中妖气，再寻迹……"

"那老五既然光天化日对她动手，取她阳魂定有大用。慢一分，恐怕就救不回来了。苏玠一案，她是重要线索，绝不能出事。"

严衍剑眉紧蹙，盯着春花卷翘的浓睫。她沉睡的时候，倒是格外无辜。

探魂之术，需侵入受者心魂。受了探魂之人，便如将心底最隐秘的心思赤裸裸地暴露在施术者面前，毫无隐私可言。即使在断妄司，也只有天官才可在极为紧急的情形下使用探魂。看师伯这样子，竟是已经拿定了主意，这些都不顾了，闻桑犹豫半晌，终于闭口不言。

严衍口中念念有词："生为无定，死曷未归。"

青色神华从他眉心缓缓流至指尖，渗入春花眉心。她皱了皱眉，似有不适，片刻之后又平静了下来。

严衍缘着她的神魂，不费吹灰之力便知道了她如何跟随兰荪离开筵席，又是如何被盘棘割去了阳魂带走。他十分小心，尽量不去碰触她其他的记忆。终于探知了阳魂远去的方向，他深呼一口气，慢慢退出她的心魂，倏然，耳边响起她沮丧的声音："若是仙姿在就好了。"

他一怔，复又明白过来，这是她遇险时脑中的自言自语。

是啊，平日与她焦不离孟的仙姿，怎么不在身边保护她呢？若有仙姿在，那老五盘棘未必能讨得了便宜，下一句话，却令他结结实实地愣住——"拷问了烟柔七日，也该有结果了。"

春花的阳魂蹲在空中，不知怎的，口中弥漫起淡淡的血腥味。

这真是奇了，一个魂儿，竟然也有味觉吗？

她将这事和蹲在旁边的徐师傅说了，徐师傅道："你大约是咬了人。"

春花大惊："我向来文雅得体，怎么可能到处咬人？"

"也许你心中，一直有一个想咬的人吧。"

"……"

盘棘腾了云，来到城外有奚山南边的一处山洞。几个魂儿被他以香线捕住，只得跟随。

山洞入口狭长，有花木掩映，不易察觉。进洞来，里面却是个细嘴大肚瓶的空间，山壁呈赭石色，是多年香料熏染留下的斑痕。洞中陈设崭新，锦幔低遮，玉席铜炉，云烟缭绕，浑似一个富贾人家。

有奚山并非险山峻岭，春花和秦晓月幼时都曾与家人上有奚山游玩过，从未想过，这里竟会有个妖怪洞。

盘棘进了洞，立刻有一只圆头带触角的细身小妖迎上来："香尊回来了！"

盘棘瓮声瓮气道："将这三个阳魂看好，莫教他们逃了。待我沐浴祷告之后，再来将他们炼成仙香。"

小妖应了，如牵风筝一样将春花、徐师傅和秦晓月的三个半拉魂儿牵去一侧的香室。春花眼见里头全套的香具，甚至香台、香杵等还印着春花家木具铺的图纹，不由得沮丧地叹了口气。

秦晓月的魂儿吓得簌簌发抖："这么说来，他是要把我们都烧了，炼成香？"

春花问："徐师傅，什么是仙香？"

徐师傅道："古籍中曾记载过，香中的极致圣品，名唤'仙香'，乃是要以有仙缘之人的心魂炼制。炼成之后，燃之生白烟，冉冉可缘之登天。只有冤孽深重无缘正道又痴迷成仙的人，才会想要炼制仙香。"

春花的阳魂抖了一抖："这法子好没道理。明明做了恶事，怎么能炼成成仙的香？一定是假的。"

徐师傅没说话，倒是看守他们的小妖听不下去，反驳道："你们凡人懂什么？这可是妖尊大人亲赐给我们香尊的法子。哼哼，把你们三个炼了，我们香尊大人就能飞升上天做神仙，到时我们一洞的孩儿们都跟着上天！"

春花听着这话术，倒与大街上招摇撞骗的丹药贩子所说有几分相似。她目光在小妖身后停了一停，忽然绽出笑容："你们香尊别是被忽悠了。若这么容易就能成仙，那妖尊大人自己为什么不用？"

小妖一愣，想了半天，竟不知如何反驳。

秦晓月和徐师傅见春花和妖怪唠起了闲嗑，又惊又疑，又听她笑嘻嘻道："其实我这里，有一个比先前的方子更灵的古法，不必寻什么有仙缘的人，此时此刻就能让你立地成仙，你听是不听？"

小妖大惊，瞪着一双复眼："你骗人！"

"我是有仙缘之人，否则你家香尊为何捉了我来炼香？我们有仙缘的人，是不会说假话的。"春花咧嘴，"你若要听，就近前来。我只说给你听，若教别的小妖听到后先用了，你便用不成了。"

那小妖半信半疑，挣扎了片刻，还是凑了过去，将长长的触角弯向她。

"你说。"

一切发生得极快。不知从何处冒出一条翠绿丝绦，紧紧箍住小妖的钩唇和颈项，小妖还未发出声音，便被紧紧勒住，晕了过去。春花这才嘘出一口气。淡淡水光掠过，翠绿丝绦从小妖身上收起，落在地上，化成了绿衣兰苏的样子。

"春花老板，我来救你了。"

兰苏领着三个半拉魂儿，终于逃出盘棘的洞府，又一路狂奔，直奔到一处溪水旁，才停下，各自喘息。

春花变了个魂儿后，原以为飘来飘去甚是轻快，谁知眼下身子沉重无比，险些就要飘不动了。再看另外两个魂儿，比她还不如，几乎像两团沾了水的棉花，团在地上。

兰苏担忧："你们离魂太久，渐渐要失去灵气了。"

秦晓月慌得泪眼迷蒙："万一那妖怪追上来，可怎么办？"

兰荪抿了抿唇："若是他追上来，我拼了自己的性命不要，也要保你们逃走。"

春花叹了口气："你也不是个坏兰花。既然要救我，何必在裴园中坑我？"

兰荪不答。

展目望去，溪边花木扶疏，绿草丛生，其中一簇簇叶若被剑裁的，酷似兰草，仔细看来，却不是兰草，而是与兰草十分相似的石菖蒲。

香典之中，菖蒲亦是极为常用的一味香，叶无脊，香名为"荪"。

"春花老板，我……不是兰草。"兰荪指着溪边，落寞道，"我其实……只是一株石菖蒲。"

兰荪兰荪，原来不是兰，而是荪。

"这有奚山，就是我生长了数百年的地方。我们石菖蒲一族，虽不及兰草得世人尊崇，却也对君子之风心向往之，唯愿与人类以诚相待，滴水之恩，向来也是涌泉相报。寻家静宜小姐，是我们一族的大恩人，我便是拼着自己的性命不要，也一定要护她周全。我先前不得已，先遂了盘棘之意，将你换了她的阳魂。这都是我的罪过，若有报应，就报应在我身上吧。"

真是好话赖话，都教他一只妖说了。

他甚是惆怅，怔怔地看着溪水，像是陷入了什么往事回忆。春花无奈道："罢了罢了，我不怨你，咱们快走吧。若教那老妖怪盘棘追上来，大家一起玩完。"

她话音刚落，凌空落下一个人来，冷冷道："都是我囊中之物，还想往哪里跑？"

章十·荪梢兰旌

盘棘身着宽大红袍，衣袂犹带水汽，看来刚焚香沐浴过。他一头红发披散，暴怒之下，双目裂成数格，厚唇边现出两个毒钩，蠢蠢欲动。

"兰荪，你我虽为宿敌，但天道自有循环，我也没想赶尽杀绝。可你非要和我作对不可，就别怪我手下不留情了！"

兰荪瑟缩了一下，旋即挺直了瘦削的胸膛，将几个魂儿挡在身后："盘棘，你本是有奚山的虫族，只因搭上了那位神秘妖尊，竟然霸了有奚山，现在还来祸害汴陵百姓。我菖蒲族虽法力低微，却也不会任虫族随意践踏！今日，你要取这几个凡人的阳魂，须得从我尸首上踏过去！"

盘棘眸中红光大炽，怪声大笑："等我碾碎了你这棵破草，再去擒那位寻家小姐回来炼香！"

兰荪化作一条绿色丝绦，如电般缠上盘棘枯瘦身躯，死死勒紧。盘棘阴恻侧一笑，肋下见风生出密密麻麻的橘红色节足，穿破桎梏，那丝绦顿时千疮百孔，如一团破絮，飘飘落地。红色妖气直冲云霄，盘棘此时原形毕露，扁头长须，獠牙毒钩，抽长的身躯两侧千足摇动，正是一只硕大的红头蜈蚣！

循迹追来的闻桑迎面遇上这蜈蚣，吓得肝胆欲裂，掉头就跑。

"蜈蚣精呀！"

紧跟而来的严衍一脚将他踹回去："像什么样子！"

"师伯！"

闻桑抖如筛糠。为什么是蜈蚣！老天是不是有心和他作对？怕什么来什么！

"这是你的业障，早晚需要克服。择日不如撞日，速去擒了那蜈蚣精！"

"……！"

"去！"

闻桑哆哆嗦嗦地掏出降妖杵，摇晃着来到蜈蚣精盘棘面前："大……大胆老五！吾乃汴陵断妄司栈长，你残害凡人与其他生灵，已触犯断妄司律法，还不快快……快快束手就擒！"

盘棘正待一招结果了重伤的兰荪，见此情形，轻蔑笑道："什么狗屁断妄司！毛都没长齐还敢放狠话？待我啃了你的脑袋，给孩儿们下酒！"

钩齿斜张，血盆大口向闻桑兜头啃过来。闻桑手中降妖杵仿佛失了灵，变成根棒槌，任他催动什么咒语，都毫无反应。他吓得哇哇乱叫，上蹿下跳，只顾闪躲，所幸身手还在，蜈蚣精啃了几口，都啃了个空。

春花的半个魂儿这会儿终于看见了熟人，颤巍巍地飘至严衍身边："严先生，你是来救我的吗？"

严衍目光冷冽，仿若未闻。

春花嘤嘤低头："是了，我现在是个魂儿，你肯定看不见我。

"呜呜呜……我可能要死了，回不去身体了。我早就知道自己活不久，可是还有好多事没有交代完呢，就这么死了，真的是好不甘心啊！呜呜呜……"

她绕着严衍转了好几圈，仿佛这样就能让他看见自己。

"别哭了。"

"咦？"春花的魂儿僵在半空，"你能看见我！"

严衍轻瞥一眼她腮上挂着的泪珠："闻桑是断妄司的异人，他能令我看见游魂。"

春花欣喜："你果然是来救我的！"魂儿有了希望，却失去了那一点执念支持，颓然下坠，吧唧粘在他脚面上。

浓重的疲惫感如泰山压顶，离体的魂魄意识渐渐模糊。

"我不行了，飘不动了，回不去了……"

严衍似乎叹了口气："你可坐在我肩上，我带你回去。"

春花缘着他的手臂，慢慢爬到肩上，找了个最舒服温暖的位置，老实趴下。

一股树木清香自他身上侵袭而来，逐渐将她淹没，似乎是柏木，或是檀木？上回她在鸳鸯湖遇险，被他搭救的时候就闻见了。不知他惯常熏的什么香，很是令人安心，晚些得向他讨个方子，放在香药局里卖，定是不错的，春花模模糊糊地想。

"闻捕快他……打得过那个妖怪吗？"

"他应付得了。倒是你……"严衍低声道，然而后面的话，春花已听不到了，魂儿蜷缩起来，在他颈窝里沉沉睡去。

闻桑在战局中左支右绌，缠斗良久，满头大汗，终于和降妖杵达成了默契，喷出一张无定乾坤金网，将大蜈蚣盘棘罩在网内："师伯！我逮住它了！"他话音刚落，盘棘便挣脱了一根网丝，发出闷声长啸，张牙舞爪。

严衍哼了一声，青色雷电从掌中蹿起，向网中蜈蚣劈下，蜈蚣的头上被劈了个大口子，顿时倒地不动，腥黑的血淌得到处都是，触角也断成两截。

"哟！"闻桑缩了缩脖子。师伯下手真是狠，早点出手不好吗？

银色祥云自绿色山巅之后浮起，掠空而来，应是多年修道之人方能驾驭。

严衍举目远望，微微凝眉："霍善道尊将至，我不便与他相见。你擒了这蜈蚣精与菖蒲精，再回来审问吧。"他掐了个诀，秦晓月和徐师傅的阳魂一声不响地凝成晶莹的光球，纳入他袖中。

"啊？"闻桑不安地盯着不甚结实的无定乾坤网。再回头时，他的师伯已经不见了。

能不能……不要留他一个人和蜈蚣精在一起啊！

春花只觉，自己被一片巨大而柔软的叶子托着，在水上载浮载沉。她浑身针刺般密密麻麻地痛，仿佛从头顶百会以下，硬生生被撕成两半，重新团了团，加水和成泥，捏成个新泥人。浅浅的安息香沁入了鼻息，这是她闺房中日常熏的香。头颅如被车轮碾过，扁平肿胀。朦胧中，她听见有人低声说：

"……法力颇高，又声称与老天官有旧，我还得尊称一声'师叔祖'……"

"……被道尊收了去……"

"……世子倒是无大碍了，可惜……"

话音如弦，陡然中断。春花察觉额上一暖，有人轻轻唤她："东家？"

眼皮如同被针线缝了个锁边，奋力良久才扯开一条缝儿。

一个模糊的人影连滚带爬地扑过来："姑奶奶，你可算醒了！"

她一怔，下意识就要起身。还未用力，肩膀被按回床榻。

剧烈的疼痛迟了一瞬方才袭来，瞳中立刻蒙上水意。

"别动！"严衍皱眉看她，"裂魂归位，至少要休养十日，方能下床，否则魂魄不稳，再脱出来，就麻烦了。"

她瞳孔微震，目光在他面上停了停，下移落到长孙石渠急切的脸上。

"是是是，闻捕快也是这么说。你放心，那蜈蚣精已被霍善道尊收服，不能再为害人间了！"

她欲张口说话，喉中如沙地一般粗糙疼痛，探询的目光又移到严衍脸上。

"东家想问，徐师傅和秦小姐的魂魄如何处置？"

泛红的水眸一亮，长睫眨了眨。

"闻捕快已将他们魂魄归位，如你一般，此刻都在家中休养。"

春花神情一宽，垂下眸子，思忖片刻，又抬目望他。

"东家是想问，那菖蒲精可还有生路？

"霍善道尊将他一同收了。他助纣为虐，害你被蜈蚣精所擒，也是罪有应得。何况他还潜入闺阁，迷惑年轻女子。"

闻桑从旁探出个头来："那菖蒲精，辩称他是为了报恩才潜入寻府，说得有板有眼的。他说十年前，有奚山虫豸泛滥，四处啃食菖蒲族根须，他的数千族人命丧虫口。幸而有一位年幼的贵女前来有奚山游玩，眼见满溪菖蒲衰败，心生不忍，派了家中园翁前来除虫，又将活着的移栽盆中，送入花草市悉心培养，他们菖蒲族才得以幸存。"

石渠也是头回听说此事，奇道："那贵女，就是寻家小姐？"

"霍善道尊派人前往寻府询问，寻府家人却说，从无此事。可见那菖蒲精是谎话连篇，作不得数。"

水眸闪了一闪，忽然恳切地望住严衍，努力用眼神传递着什么。

石渠和闻桑都摸不着头脑，严衍沉默地与她对视了片刻，忽有些了然。

"东家，那位贵女……该不会是你吧？"

石渠和闻桑都一愣。

石渠一拍大腿："我想起来了！那年你才十岁，和寻家小姐去有奚山玩了一趟，回来便说要做花草生意，收了许多兰花回来卖……"

他倏然住嘴，忐忑地看一眼闻桑。

闻桑还无所觉，倒是严衍冷笑了一声："寻家小姐自幼喜兰，绝无可能将菖蒲错认兰花。会费心移栽菖蒲这种溪边野草的，也只有东家您这样有生意头脑的女子了。"

春花的眸光有些心虚地飘了飘，但还是慢慢迎上他的注视。出乎她的意料，严衍神情中倒没有讥讽，只有些淡淡无奈。

他轻轻勾起唇角："东家觉得他可怜？"

"……"

"他大约听旁人说寻家小姐爱兰，便以为恩人是寻家小姐，这才报错了恩。他隐身闺阁，虽然不曾有什么恶行，但终归是有害女子名节。若非霍善道尊与闻桑都愿守秘，寻家小姐此刻已是身败名裂。"

话虽如此……

春花有些气闷地想，这算来算去，始作俑者倒像是她长孙春花了。

石渠的目光在严衍和春花之间来来回回，忽然发觉了事情的诡异之处。这位严先生，是能掐会算吗？怎么一个眼神，就能猜到他这一肚子弯弯绕的妹妹想问什么？

严衍继续道："东家现下还有闲情忧心妖物吗？"

欸？

"吴王世子要成亲了，东家还不知道吧。"

章十一·玉软花柔

裴园中出了邪祟，好几位贵人都撞了邪，就连吴王世子本人，从斗香大会回来后都一连多日卧床不起。消息如长了翅膀一般，迅速传遍了汴陵城，再加上前些日子鸳鸯湖水怪之事，一时物议沸腾、人心惶惶。

有人说，是城中几大富户多为富不仁，奢靡堕落，招惹了邪祟；也有人说，是去年澄心观加建的事被吴王世子拦了下来，妨害了汴陵的气运，神灵降罪，这才令妖物横行。

幸好，还有霍善道尊大人力挽狂澜，逐家上门驱邪，守护汴陵安宁。

再几日，吴王府传出了消息，世子正室未定，却要先娶一门侧妃，女家正是开香药局的秦家。

传言有鼻子有眼，说世子在斗香大会上与秦家小姐一见倾心了，回去便害了相思病，王妃几经询问，世子才吐露真情，恳请王妃成全。王府看不上秦家门第，无奈世子坚持，王爷王妃拗不过，便遣了媒证上门，聘秦家小姐为侧妃。秦家倒不嫌这身份低微，无上欢喜，一口答应。

消息一出，顿时又将寻家和长孙家推到了风口浪尖上。

赌坊里原本押的，都是这两位中的一位能入主王府，做世子妃。如今正妃还没进门，先娶侧妃，恐怕以后正妃的日子不好过。

据说斗香大会之后，寻家小姐与长孙家小姐都大病了一场，旬日方才好转，是身病还是心病，可就难说了。

外头传得沸沸扬扬，两府却毫无动静。

裂魂的后劲儿太大，休息了十几日，春花依旧觉得精神恹恹。钱庄里有严衍，倒是无甚大事，年节也还远，未到集中收账的时候，其余各铺的掌柜也颇给力。她索性给自己放了个大假，闭门谢客。

长孙恕和长孙石渠都觉得她能多休息几日，是件好事，连上小娃娃长孙衡，一家人终于能一起吃上三顿饭了。谁知半月过去，她身子好了大半，却没有要出门上工的意思。

这日，严衍又拿了两摞新账入府，给春花签押，刚到前厅，便被长孙恕和长孙石渠祖孙俩拉到一边。

"严先生，闻捕快说春花伤了心魂，对脑子也有影响吗？"

"应当不至于。"严衍愣了愣，"可是有什么症状？"

"她从前，日日在外头访友宴客，恨不得睡在铺子里。可如今，对生意上的事不闻不问，各掌柜送来的本册也不细看，就签了花押。"石渠难得忧虑，"该不会还魂的时候，还错了吧？"

话音刚落，脑门上挨了长孙恕一个栗暴。

"瞎说什么！我瞧她，恐怕是伤情了。"

"咦？"

"那日严先生说了吴王世子要娶妾的事，她脸色一下子就变了。"长孙恕忧心忡忡地说。

严衍回忆起当时的情形，春花确实一下子就愣住了，随后询问了世子结亲的对象，终于哑着嗓子说了一句："若是真心中意人家，为何又聘为妾室？"

伤情？他斟酌着措辞："东家小姐似乎……对世子无意吧？"

"是呀，春花早说了，她只招赘，不会嫁入王府的。"石渠应道。

长孙恕又敲了他一记："你妹妹是怕她嫁进了王府，留下我们两个，一个老，另一个傻，没人看顾。

"这汴陵城中女子，谁不想嫁入王府做凤凰？咱们春花这人品、性情、样貌，汴陵城中数一数二，王妃和世子都高看几分。若不是你不成器，我又何须强留她在府中招赘？"

石渠如梦初醒："如此说，春花真是伤情了啊！"

长孙恕长叹一声："为今之计，只有尽快为她找一个良家男子招赘，以慰情伤。"

"爷爷说得对！最好是为人正派、家世清白、会些功夫，又懂生意的，还能在外头帮上些忙。"

"不错。咱们也是仁厚之家，不管什么样的男子，只要入了长孙家门，咱们一定不会亏待他的。"

长孙恕和石渠对视一眼，齐齐转过来，热烈而诚挚地看定了严衍。

"认识这么久，还不知道严先生你家中，还有些什么人呢。"长孙恕慈祥地冲严衍摇摇手。

"……"

这对话，似乎往奇怪的方向去了。

严衍咳了一声："老太爷，若无其他事，严某还是去向东家……"

他话音未落，便有仆从来报，说大小姐刚刚出门了。

三人一怔。

良久，长孙恕和蔼道："严先生，不如留下喝杯茶，等春花回来，可以一同用晚膳。"

严衍微笑婉拒："钱庄中还有事，严某就不久留了。"

春花丝毫不知，自己被爷爷和哥哥编派成了个痴怨女子。她乘一辆青壁小车，未挂名牌，只带了一个信得过的老家人，往南郊而去。

南郊有长孙家发迹前的老宅，是长孙春花出生的地方。老宅年久潮湿，祖父年岁渐高，五年前春花做主，在城中置了新宅，老宅便荒废了下来，只留一个老园翁看管。她未走大门，而是来到西南角门处，叩了两下门。此前她叮嘱过，若非她本人，断不能开门。老园翁将门开启一道缝，见是她，才取下绞索，让她进去。

车夫依命将马车停去远处，一道黑影从马车后壁轻轻飘落，负手打量了下四周，靴尖轻点地面，衣袂如松涛浮动，从容跃过院墙。

春花穿过废弃荒芜的庭院，来到厨房侧面，有一地门，通向存放腌菜的地窖。

"日日饭食可都正常？"她问。

"吃得不多，"老园翁答，"倒也饿不着。"

春花点点头，示意老园翁在外守候，自己提了油灯，缘梯而下。

地窖中木栅栏是新装的，隔了一半，栅栏上上了三重铁锁。外头守着的是仙姿，见她来，立刻站起行礼。里头关着的，是一个蓬头垢面的妇人，眼圈血红，衣衫不整，抱膝缩在墙角。听见她进来，妇人惊惶的眼神与她一对，又受惊低头。

春花道："听说你想见我，可是终于有话要说了？"

妇人将自己抱得更紧，脊背微微发抖。

春花叹了口气："烟柔，自从你到长孙家，我对你还不错吧？供你锦衣玉食，给你一个好身份，你却想害我性命。

"那日鸳鸯湖上遇水怪，我明明已经抓住了你的手，你却将我往湖里推。料我必死，谁知我又活了。我不动声色，你就以为我忘了危急时的境况。嘻，倘若你就此安分，也就罢了。然而下元夜游船，我再试你，你还是贼心不死，想将我推入湖中。

"你指望我死了，你便能当上长孙家主母，只要将衡儿握在手中，我那祖父和哥哥敦厚老实，自然被你玩弄于股掌之间。我长孙春花虽讲究和气生财，却也不能两次教人骑在我头上作祟。"

栅栏之内的烟柔嘤嘤哭起来，却不开口。

"你也不必装可怜，我瞧出来了，你是个思虑周详、心黑手狠的。"

烟柔哭了片刻，抬起满是泪痕的秀脸，凄凄道："小姐如此对我，不怕有负故人所托吗？"

春花大笑："你倒是说说，我这位故人姓甚名谁？"

烟柔咬唇："奴家早说过了，与公子相交，乃是化名，不知真名。"

"哼，我初时也曾信了你的话，如今想想，实在破绽百出。"

春花站得久了，有些眩晕，仙姿忙扶她在软椅上坐了。

她喘了口气，继续道："我本可将你送官，却没有。你可知道为何？"

烟柔一愣。

"我左思右想，以公子为人，绝不可能与你这样阴毒之人相交。你老实同我讲，你和公子，究竟是怎么一回事？为何你会握有他的信物？"

烟柔沉默片刻，倏然冷笑起来："我说的都是真的！我是衡儿的娘，是长孙家的妾室，你能关我一时，不能关我一世！大少爷和老太爷都会找我的，衡儿也会找娘的！"

春花眸带怜悯："爷爷和哥哥都以为你得了瘵疠，过些日子报个病重身亡，他们滴几滴眼泪，也就过去了。我是个讲究人，不至于对你用刑，但让你烂在这地窖里，却不麻烦。"

烟柔的面色瞬间雪白如纸。

春花摇摇头，眸中厉色一闪："那么现在，我重新问一句：'你可有话对我说？'"

仙姿搀着春花，从地窖上去，口中埋怨："教你养好了身体再来，你偏不听。这裂魂之术十分阴毒，恐怕对寿数也有损。"

春花看她一眼："你是知道的，我自幼经常做噩梦。近来，梦里的白猫说话也越来越直白，从前还说什么芳龄不继，如今都直说我活不过今年了，即便是寿数有损，也损不了几日。"

仙姿一愣。"小姐不是不信这个吗？"

"从前是不信，近来想想，觉得这白猫也许……不是出于坏心。"春花低头笑笑，"今年过得确实坎坷，又是水怪，又是蜈蚣精，要不是有位严先生数次相救，我已不在这里了。"

她握住仙姿的手："未雨绸缪少不得，我若真有个三长两短，爷爷和哥哥便成了他人刀俎上的鱼肉，终归……得将一些后事安排妥当才放心。"

仙姿移开眼神，不敢与她对视："小姐想……如何安排？"

春花摸摸下巴："也许，是得招个能干的相公。"

出了地窖，老园翁倚在柴堆上，闭眼打起了呼噜，春花一惊，下意识向周围张望，既无人影，也无闲杂脚印，院中一切，与她下去之前一般无二。

仙姿上前拍醒老园翁，他哼唧两声醒了过来。

"东家！老汉也不知怎的，打了个盹儿……"

春花笑笑："园翁年纪大了，觉多也是有的。"

她眸光投向仙姿，仙姿会意："除非是法力极为高深之人，否则，我不会毫无察觉。"

春花微微安心。

仙姿不是人，这事，她早就知道的。

章十二·浣芷湘兰

冬月到了下旬，鸳鸯湖上结了一层薄薄寒霜。湖上画舫早已泊岸停工，湖堤只有几株银杏和晚枫赭黄相映，其余俱是秃枝，全无夏秋时节的热闹繁华。这时节多雨，又下不大，都是尘埃般的稠密雨点，扑面微凉。闻桑带着一身寒意撞进四海斋的包厢，抖了抖身上浸润的水珠，老实地行了个尊师礼。

"师伯！"

严衍示意他在对面坐下，将温好的酒倒与他一盏。美酒入腹，通身如被熨般暖起来，闻桑咝地吸口气。

"您当了春花钱庄的大账房，越发阔绰了，一两银子一坛的梨花舫也舍得喝！"他凑近些，"老实讲，春花老板给你一月多少例钱？"

严衍淡淡一笑："二十。"

"二十两银这么多？"闻桑掰着手指算，是自己的十几倍呢！

"二十金。"

闻桑被震住了，半晌一拍桌子："那是二百两银啊！一年就是……两千四百两银啊！"莫说他的月银了，断妄司天官的俸禄也没有这么多啊！

他越想越激动："要不，您在这儿多干几年，买个大宅子，再把剩下的钱给断妄司的兄弟们涨涨俸禄……"

话语渐渐放肆。在严衍面无表情的注视下，他瞬间又归于老实。

严衍轻哼一声："让你去查那花娘菡苕，可查清了？"

闻桑呵了口气："这事说起来也古怪。苏玠一年前到汴陵任采办使，确实频频出入欢场，与花魁都知们相交甚好，却似乎从不留宿。至于菡苕，苏玠到汴陵之前，她已经从万花楼赎了身，不算是花娘了。听说她性情颇有几分冷傲，不受客人欢迎。赎身的银子是她自己凑齐的，当时鸨娘还怀疑这钱来路不明，但菡苕出手十分大方，鸨娘贪财，便没多加追问。

"万花楼的鸨娘说，像这样的，多半是找了个富贵良家子上岸，因对方身份太高，只能把她养在外头，不能亲自出面为她赎身。从那以后，他们就再没见过菡苕。

"府衙结案的卷宗里记载，苏玠被害当晚，本是要留宿在软霞楼的樊霜处的，樊霜还在楼下迎客，尚未回房，那菡苕却冲了进去，一刀杀了苏玠。动机嘛，自然是因妒生恨了。"

严衍皱眉深思："如你所说，菡苕早已是自由身，又是如何结识了苏玠，还因爱生恨？"

闻桑一愣："也许是……在外面？"

"苏玠在欢场中尚能守身自持，偏跑到外头去，结识一个已赎身的花娘？"

闻桑苦着脸："师伯，我知道你和苏玠有些交情，但知人知面不知心，谁知道他偏好哪一口呢？"

严衍哼了一声："我与苏玠，不过有几面之缘。"

苏玠比他小两三岁，并不相熟，倒是他长兄苏瑾在吏部任职，两人打过不少交道。苏家与严衍家祖上同是助太祖开国的元勋贵胄，严衍的祖父早年曾任宫学太师，对苏家的家教，向来看不上，说苏家满门都是沽名钓誉、好大喜功之徒，只有小儿子苏玠还有几分干净颜色。没料到，最终是苏玠，成了败坏苏家清誉的"害群之马"。

"菡苕在万花楼，可有关系密切的花娘，或有常年相好的其他恩客？"

"呃……有一个叫云暖的，与菡苕交好。菡苕事发后，她好像也被一家富户买走了。"

"买走她的富户是谁？还有，菡苕死后，尸首是何人收殓？葬在何处？"

闻桑一怔："这倒不知。"

一记冷冷的眼风扫来，闻桑哆嗦了一下："我这就去查。"

严衍叫住他："不必，我已查到了。"

闻桑感觉像是考试又没及格。从小到大，他在大师伯手上就从没及格过。

"我还有一事要和你交代。"

"师伯请吩咐。"

"过几日，澄心观中要办腊祭，观中人多眼杂，势必松散。你随我一起去探一探。"

闻桑丈二和尚摸不着头脑，满面疑云，却又不敢说话。

严衍叹口气："你想问什么？"

闻桑嗫嚅半天，夯着胆子问："师伯，你来这汴陵一个月了，又查商人，又查花娘，现如今还要查道士，这……"

严衍看他一眼："澄心观可不是普通的道观。那位霍善道尊与我师父——你师祖还是旧识，论起来，连我都要称他一声'师叔'。"

"既然是师祖的旧相识，咱们又何必再查？有什么疑问，直接登门询问不行吗？"

说起来，上回在有奚山遇上霍善道尊，师伯也是避而不见。

"你可知道，吴王当年为何将封地选在此吗？"

"咦？"天老爷，这跟吴王又有什么关系？

"先帝争太子位，多赖吴王出力。先帝登位后，由着吴王在江南选一块封地，吴王便选了汴陵。二十年下来，其他几个藩王的封地赋税无力，渐渐势力衰微，只有吴王在汴陵树大根深，财势与民望都蒸蒸日上。

"当年，正是采信了霍善道人的天演术，吴王才将封地选在了汴陵。师父在世时，对霍善的推算颇不以为然，曾亲至汴陵看堪舆，却没有发现什么宝气财脉。"

闻桑不解："不是说，开国之初，便有位断妄司天官来过汴陵，断言此地有财脉汇聚吗？"

"断妄司典籍我熟读多遍，从未有过到汴陵看堪舆的记载。这宝气财脉的传言，最初出自何人之口，或许就是我们要寻找的线索。"

春花回到府中，下人报称，有客在花厅相候。

"寻府派了位小厮，说是有要紧事禀告，今日非见到您不可。"

这倒是太阳从西边出来了。寻仁瑞能有什么要紧事和她说？

寻府小厮戴一顶瓜皮小帽，身量娇小，正端坐在花厅中喝茶，见春花进来，一个抬头，露出清秀非常的脸。"他"站起身，十分端正地行了个男子礼：

"长孙小姐，我们大爷有些生意上的消息，让我给您带几句话。"

"……"

春花木了一瞬，才道："既是生意上的消息，你们都下去吧，没有吩咐，不要近前。"

下人们遂远远避了，花厅中只余两人。春花在上首坐下，跷起个二郎腿："你哥哥若知道你这么跑过来，定要找我麻烦。"

传闻中端庄守礼、谨言慎行的汴陵第一美人握住袖缘，两脚鞋尖内侧轻轻摩擦，局促得仿佛要缩入地下。

"我也是没有办法，除了阿荪，我……只有春花你这一个朋友。"

春花勾起唇角："咱们这十年，好像没说过几句话。"

寻静宜微红着脸："你也许不信，咱们小时候一起玩的情分，我一直是记着的。"

春花在心里默念了十遍"和气生财"，才耐心地冲她又笑了一笑："寻家妹妹，你大病初愈，冒着有损名节的风险登门，必是有难事要求我。你姑且说着，能不能办，我听听再说。"

寻静宜咬着下唇，几乎要咬出血来。

"我想请你，帮我救救阿荪。"

寻静宜十岁那年，寻仁瑞备下重礼，亲到澄心观，请霍善道尊为小妹起卦。道尊破例起天演术，得了一签，解道："寻家女姻缘贵重，非王即爵，日后带挈满门富贵荣华，只有一条凶险，女子体弱，易遭风邪侵袭，需惜护闺誉，严守闺训。"

寻仁瑞大喜过望。汴陵城中，非王即爵的，除了吴王府的世子长思还能有谁？

自那日起，寻仁瑞为妹妹请了三个师傅、四个嬷嬷，分别教导诗书礼仪、琴棋书画、香花绣茶。明明是商户女，偏要成云中雁。寻氏静宜像一件奇货可居的奢品，被哥哥小心收藏，只待逢时，千金而沽。父母早亡，她十九年的人生中，一切都由兄长掌控。只有一件事，她悖逆了兄长——十二岁上，寻家花园雾气中，悄然出现一个墨绿襕衫的俊雅青年。青年自称兰荪，为报恩而来，请她提一个愿望，他必竭力为她达成，即使粉身碎骨也在所不惜。

"走兽百，花木千。某修行已近千年，只有这一段恩缘未了。待报了此恩，便有飞升的机缘。"

她受宠若惊。虽然不记得救过他，但孤单的绝望盖过了冒认恩情的愧疚。

"不用粉身碎骨。"十二岁的寻静宜孓着胆子说，"你可以……做我的朋友吗？"

除了研习香道的快乐，阿荪是她漫长无聊的人生中唯一的友情慰藉。兄长和师傅们并未察觉，无法规正，也不会打扰。

直到那一日，她因为好奇潜入秦家制香师傅的制香房，被那古怪的盘棘下了裂魂香，割去了一半魂魄。割发裂魂，善恶各行，阳魂离身，阴魂深堕。

只剩了阴魂的寻静宜，做了一个痛快的梦。梦中没有无尽的妇德规训，没有兄长和寻氏族人的希求，没有吴王妃和世子的青眼，她利用阿苏的报恩之心，强求他的陪伴，不顾他孜孜以求的修仙坦途，一同去往一个纵情恣意的世外桃源。

长睫如织羽，遮去寻静宜眸中的羞惭和自怜，重抬眸时，她神情中浮起勇敢，虽伴随着脆弱与恐惧，却十分坚持："春花，阿苏为了救我，却害了你，是我们对不住你。可他并不是大奸大恶之徒，救了我之后，不是立刻又追上去救你了吗？"

春花睨她："你这番话，怎么不去澄心观说？"

"斗香大会之后，霍善道尊亲至寻家，将我和阿苏的一切都告诉了哥哥。哥哥……十分震怒。我在门外偷听到，他们要在腊祭那日将阿苏炼化祭天。"

敲在太师椅扶手上的指尖微微一震。

章十三·黍稷非馨

澄心观建在有奚山麓，依山就势，缘游山行道向上遍植金线柏，有五殿七阁十三洞，绵延数里。腊月初六的午后，雏鸭绒毛般的嫩雪飘起，直至入夜也未停歇。自山顶眺望，只见一片莽苍雪白，如在仙宫。

为筹备初八的腊祭大典，澄心观连着多日闭门谢客，除了五重大殿灯火通明，其余配殿俱是暗淡在夜色之中。

五重殿后，有一单檐歇山五重阁楼，门前有石狴犴两头，其中灯火晦暗，但时有金芒辉耀。

两个知客道士将手揣在棉袍袖中，哈着气，絮絮走过。

"什么客？这么晚了还要奉茶！"

"听说是位稀客。道尊原本打算闭关，听说客来，亲自出关相迎。"

"如此尊贵，总不见得是吴王吧？"

"嘘，别瞎说。"

其中一个脚底打滑，险些撞上石狴犴。他惊悸地看一眼阁楼，喘了口气："这不度阁中锁了两个大妖怪，师尊怎么也不派人看管？万一跑出来害人可怎么办？"

另一个嗤笑："你懂什么？不度阁中有玄旌法阵，若无师尊亲自开启法阵，谁也近不得妖物半分，何须再派人看守？"

两人说说笑笑，穿过前殿，往知客堂去了。

两个墨色身影自山顶翩然破雪而下，无声地落在不度阁的檐角上。

阁中第三层，两张金色大网相对支开。网并非实体，而是由无数道金色电光穿梭而成，在半空中缓缓浮动。大网的末端均汇聚在阁中一头石狴犴的口中。金网的中心，各如缚茧般困着一个老五。

盘棘已恢复了红发僧的模样，只有头顶触角仍未收回，每过一段时间便奋力挣扎一番，直到疲惫无果，喘息着休息一会儿，又不死心地再试。与他相反，兰荪盘膝坐在金网之中，静心打坐。见盘棘吵得厉害了，他半合的双目张开："何必再做无谓挣扎？"

盘棘面目赤红，冷笑："你我修行近千年，难道就为了让那牛鼻子老道焚烧祭天？我不甘心！仙途近在咫尺，怎能半途而废？"

兰荪叹息："盘棘，你我也算旧相识。为霸占有奚山，你蜈蚣一族险些将我菖蒲族屠戮殆尽，不过是因为菖蒲香专能克制蜈蚣罢了。我菖蒲族修行首重练心，在伤人法术上远不及你们，这才被压制多年。这是你我两族私怨，你死我活，亦是物竞天择。但你攀上了什么妖尊，正途不走，偏走这炼香吸魂的偏门，危害凡间，早已自毁修行，还谈什么仙途？"

盘棘恨声："你又好到哪里去？你们菖蒲族人整日夸口，族中有一个离功德圆满只差一步的兰荪。我还道你早已名列仙班，谁知却为了个凡人女子在闺阁中龟缩了这么多年。你修君子心，我偏就破了你的君子心！"

兰荪默了一会儿，竟没反驳，半晌摇头："一切孽缘，自有因果。我不怨，亦不悔。"

盘棘似是觉得讽刺，嗤笑一声，忽然心念一动，红眸如火电射向石柱之后："什么人？"

石柱后的闻桑看了严衍一眼，愧汗低头。这隐匿灵力之术他修习年限尚浅，一不小心就漏了一分出来。严衍倒是没说什么，拉下蒙面黑布，负手自石柱后踱出。

"是你！"盘棘瞪着他，"断妄司的人，也如此藏头露尾？"

严衍淡淡一笑："断妄司依法度办事，特来问两位之罪。"

盘棘的目光掠过他，在畏畏缩缩的闻桑身上打了个转，又移回来："我等被霍善道尊拘在这里，你们问了罪又有何益？"

"道之以政，齐之以刑，民免而无耻。[1] 若为无辜，断妄司自会相救。"

---

1 出自《论语·为政篇》。

盘棘嗤嗤怪笑："这玄旌法阵，你破得了？"

严衍不语，回身一个指诀打出，竟划破了兰荪身侧一道金线。兰荪微微一怔，以崭新的目光打量了严衍一番："天官印？原来是断妄司天官到了。"

玄旌法阵乃道家至高法阵，除非施术者本人，否则无法破解。但断妄司受领天命，天官持有万法道印，自可破解一切凡间法阵。

兰荪左手得以从网中解脱，却并未移动。反是盘棘见状大喜，高呼："快放我下来！"

"不急。"严衍松了松手腕，踱步靠近，"我问，你答。"

盘棘道："你要问什么？"

严衍淡笑："返魂袖中春，可是你所制？"

盘棘陡然变色，神情在惧、怒之间数次变换，末了，阴恻恻道："你问这做什么？"

"去年，采办使苏玠在软霞楼中被害，花娘菡苕自认为真凶，供认不讳。菡苕于秋后处斩，尸首被葬在南门外十三里的野松岗。恰好，我于日前寻到菡苕尸首，虽只余白骨，却仍在骨中检出了一味奇香。"

严衍脊背刚直，负手而立，宛如铁面无私的神祇，怒目叱道："将返魂香掺于花楼常用的袖中春，裂其魂魄，夺其心智，栽赃嫁祸，是不是你所为？"

就算是断妄司天官，也不过是个凡人，眼前这人一叱，却似带着洪荒雷霆之势，万钧迎面而来——又是一个仙胎！盘棘惊惧大起，眼中赤红尽褪，现出青白瞳孔："不！不是我！"

"你藏身赵家香药局，专做袖中春，尤其与都知樊霜过往甚密。其后花楼中花娘多有发疯暴毙，赵家香药局疑心你，又不敢声张，便将你辞退，你才进入秦家香药局。你求仙心切，手下人命想必不少，怎么一个小小的菡苕，就不敢承认了？"

语如千斤石，在盘棘耳边重锤，他瞬间大汗淋漓，半晌怒道："焚身祭天又如何？老子不怕！我不要你救了，你走吧！"

闻桑听得稀里糊涂，小声问："师伯，你什么时候去验了菡苕尸骨？"

严衍不答，继续逼问："你如此惊慌，可是和你口中的妖尊有关？你以返魂香控制菡苕，是因为受了妖尊指示，要杀害苏玠？"

盘棘崩溃大喊："你别问了！"

严衍面如铁石，继续道："盘棘，世间老五，若是戕害黎民，终究只有堕入魔道一途。你虽罪孽深重，但若能迷途知返，随我回断妄司剔骨断妄，从头修行，仍有前途，也不枉来这人间走一遭。"

正当此时，不度阁外忽地传来人声："雪厚路滑，道尊且看着些脚下！"

有人轻笑了一声，随即，霍善道尊和煦慈祥的嗓音响起："小心为贵客掌灯。"

严衍与闻桑对视一眼，一同飞身跃上房梁，随手在脚下捏了个静声咒。不度阁的大门"吱呀"一声被推开了。两道脚步声直上楼阁，一轻一重，轻者法力深厚，落地几近无声，自然是霍善道尊；重者一步一拖，似杂念极重，心不在焉。这步音……倒是十分熟悉。呼吸间，两人已上了三层。

那"贵客"身着银兔毛边的绣金嫩黄斗篷，宛如从雪地里攀折进的一丛盛放迎春花。她抖了抖身上雪，向后脱下斗篷帽子，凝脂一般的小脸带着惯有的亲切笑靥从绒毛堆里露出来。

果然是她。

严衍微不可察地皱起眉。她不好好在家养病，来此作甚？

春花搓一搓近乎冻僵的双手，笑呵呵看着如蜘蛛网中猎物一般被困的盘棘和兰荪："道尊果然道行深厚。这两个妖怪被捆在这网里，不会轻易挣脱吧？"

霍善道尊淡淡含笑："春花老板勿忧，除非仙人到此，否则绝不可能破除贫道的玄旌法阵。"

"这我就放心了。"春花长长嘘了口气，揣着手道，"我想私下问他们几句话，不知道尊可否行个方便啊？"

霍善道尊轻轻抚了抚雪白长髯，和颜悦色道："虽则他们已被玄旌法阵所困，但为春花老板安全计，贫道还是陪伴在侧的好。"

春花与他对望一眼，明白对方心志坚定，绝不会在此事让步，于是叹道："既如此，小女子待会儿若问出什么不体面的话来，道尊就当没听到，可还行？"

霍善道尊微笑："自当如此。"

春花清了清嗓子，前踏两步，先对兰荪开了口："兰荪公子，我听说你在十年前曾受人恩惠，这几年都跟在恩人身边报恩？"

兰荪静静看她，不明白她葫芦里卖的什么药。

"那个……我近来总做梦，平白想起许多以前的事，于是就突然想起……"她笑盈盈望着他，"你的恩人，似乎应该是我呢。"

兰荪一呆。

"派园翁去有奚山除虫的是我，移栽菖蒲误作兰花出售的，也是我。"

她从腰后摸出一个紫檀的小算盘，拨了几下："当年我从有奚山移植了菖蒲七十九株，都按一品兰花价格卖出，每株十八两。扣去车马、人工、铺租，净得利一千零二十五两，你再容我抹个零，就算一千两。"

兰荪云淡风轻的脸现出几分茫然来。

春花还在飞快拨打算盘珠子："如此，我还欠你一千两。不过呢，你前几日与这蜈蚣精合起伙来诓我害我，还割我头发，怎么也得算个精神损失费。误工十余日，我铺子里也少赚了不少钱，合计嘛，也就算是一千两吧。"

微翘指尖猛然停顿，合为手掌，托起那算盘，往兰荪面前一递。

"我这个人啊，最讨厌当日账不能当日清，总想着你这两笔账，我也睡不安稳。今日见着你，咱们就前债后债相抵，你不必找我报什么恩，我也不记你的仇，就此两清，可好？"

兰荪愕然瞪着她，竟不知说什么好。

房梁上，闻桑喃喃道："这春花老板，三更半夜跑来找妖怪算账，是不是神经病啊？"

章十四·十步芳草

兰荪俊美的双眸先是困惑，许久之后，沉沉笑了起来："原来是这样。"

他向春花深深拜首，春花硬撅撅地扭过头去，余光瞥见他眉心隐约亮起一点莹白的光。

霍善道尊道："春花老板如此解释，是要助这妖孽了断尘缘？"

"了断什么尘缘？"春花茫然，"我只是不忿他报错了恩还不自知。"她从袖袋里掏出一纸契约，"来来来，你在这字据上摁个手印，今后哪怕是上了公堂，那一千两银子我也是绝不会吐出来的。"

兰荪没有动作，春花索性点了朱红在他手指上，硬生生摁了上去。

"哈哈哈，道尊你看，我今点破，这妖怪多么悔恨，多么气恼，多么无地自容！看到他这么不开心，我也就放心了。"

霍善道尊沉默地注视她志得意满的笑容，半晌道："这菖蒲精道行已过千年。春花老板如此清算一番，非但不能令他无地自容，反而还助了他修行。"

春花拈着那字据，大吃一惊："我一个生意人，怎么晓得你们这些修仙的门道？"

"……"

若不是此女和王府渊源颇深，堂堂澄心观住持，何须给她三分薄面？

霍善道尊忍了一口气："春花老板，不是还有话要问蜈蚣精吗？"

春花一拍脑袋，将字据小心叠起，放入袖中收好，又摸出另外一张纸来，递到盘棘面前："盘棘师傅……"

霍善道尊身姿忽然矫健，旋身挡在那纸笺和盘棘之间："春花老板，又要签什么字据？"

春花怔了一下，而后嘿嘿一笑，脸上竟有些微红："道尊，这可不是字据。"

霍善道尊眯起眼，捋着一缕雪白胡须，去看那纸笺。

"这是前两年青楼之中最为风靡的迷情宝药'袖中春'香方。"春花一扬手，"可惜不知什么原因，后来便失传了。我想问一问盘棘师傅，这香方是否准确无误，我好拿回香药局中照着生产呀。"

饶是霍善道尊历经尘世风雨，也不禁老脸一红。

"你一介女流，要这……何用？"

春花似笑非笑地睨着他，半晌，垂眸抿唇，好整以暇道："既在澄心观中，自是不好欺瞒诸位神仙和道尊。实不相瞒，这方子，是攸关我的终身大事呢。"

房梁上两人、梁下的一道两妖都是一愣。

闻桑下意识竖起了耳朵。

"我嘛，年纪也日渐大了，祖父有意为我招赘一个贤惠夫君。嘻，我却自己看上了一个。哦，便是我们钱庄新来的一位大账房，能写会算，样貌俊美，身材高大，体格壮健，为人也老实可靠，只可惜，脾气有些别扭。"她继续娇羞欢喜道，"我有心啊，用这袖中春，好好增进一下我们之间的感情呢。"她上下打量已经木然的霍善道尊，笑嘻嘻绕过他，将纸笺送到盘棘面前："盘棘师傅，劳您看看这方子，可有缺失啊？"

阁中一时寂然无声。

闻桑一时不知该鄙视她的愚蠢，还是赞赏她的勇气。这胆大包天的女子，居然敢觊觎断妄司天官，他万年冰块……不，是高洁不可侵犯的大师伯！他下意识地盯住自家大师伯，见他面上如沉雾缭绕，喜怒不辨。这这这……大师伯表面上平静，内心可能已经气炸了吧？他在京中，可从未听过大师伯与哪位女子有过纠缠。据他师父韩抉所说，多年前一场皇家游园会上，他大师伯吓哭了几个问路的官家千金，这日审阳、夜断阴的"活阎王"名号也就不胫而走。从那以后，再没有哪家女子敢和他大师伯议亲，愁煞了大师伯的姨母霖国夫人。

良久，兰荪轻咳了一声，目光往上飘了一飘，奈何春花半点也没有领会。

本以为盘棘绝不会理会她，盘棘却盯着她手中香方看了半晌，开口了："需在人中白之下，添一味天葵子，再减一味紫苏子，催情效果更佳。"

春花低头看了看手里的方子，沉吟片刻，大喜道："多谢盘棘师傅赐教。如此，到了阎王面前，我便不记恨你害过我一遭了。"

原本的香方被她小心收起，霍善道尊不知，其上紫苏子中的"苏"字，被一笔红墨斜画了去。

霍善道尊平日端方慈祥的面容已是极为难看："春花老板要问的话，都问完了吗？"

"问完了问完了。道尊，咱们有言在先，你听到了什么不体面的话，都要当作没有听到啊。"

"贫道今晚，什么也没听见。"

闻桑心中一万头羊驼奔腾而过，再也忍不住，轻轻抽了口气。

霍善道尊一凛，缓缓仰起头："贫道果然是老了。不知哪位高人深夜造访不度阁，藏身梁上多时，贫道竟然此刻才察觉。"

闻桑吓了一跳，这老道士耳朵竟如此灵光！迎上严衍责备的目光，他委屈地低下头。严衍心中叹了口气，这师侄还是太嫩。他按住闻桑肩头，摆了摆手，示意他不要动。

底下霍善道尊呵斥道："三清在上，还请高人速速现身，莫要玷污我道门清净地。"

春花呆愣了片刻，今夜居然还有插曲。她心中有事，急于离去，于是笑道："没想到澄心观也会闹贼。道尊请自行处置，小女子先告退了。"

春花转身便向下楼的台阶走去，身形甫动，霍善道尊已觉出不妙，连忙喝道："春花老板且慢！"

然而已经迟了，梁上一道如电的黑影瞬息即至，霍善道尊一柄拂尘袭来，欲卷住春花手臂，却还是晚了一步。这拂尘乃是道家法器，每一丝缕都蓄积了霍善道尊的多年道行。拂尘反手向来人扫去，竟被对方以肉掌接住。霍善道尊周身道印尽开，若是寻常妖物或凡人，早已承受不住道印法力压制，口吐鲜血，而眼前的黑衣人却在道印之中灵活腾挪，如入无人之境。

瞬息间，两人已过了数招，彼此都心知对方功夫道法不在自己之下。再一次掌力相交，两人皆后退三步，各据一端。

春花肩上横遭一股大力拖曳，转了两圈，便发觉自己被人扣住了喉头，眼角瞥见，挟持她这人身量颇高，黑巾蒙面，受视野所限，看不见正脸。

她和石渠自幼便被祖父教诲，若遭绑架，一定万分配合，要钱给钱，要色给色，只求活命。此刻她下意识大叫起来："壮士饶命！你要多少钱，我都给得起！撕票可就人财两空了，壮士！"

扣住她的手似乎僵了一僵，旋即扣得更紧。

"闭嘴！"背后之人飞快地在她耳边说了一句，声音格外低沉，倒是透着一股莫名的熟悉。春花十分配合，立刻紧闭双唇。不度阁外的小道士们听见响动，噌噌噌冲上楼，立刻被阁中夺目的金芒道印所迫，一个个又跌下楼去。

霍善道尊一甩拂尘，冷笑："阁下挟持一个普通女子，又如何出得了澄心观？还是快快束手就擒。"

黑衣人咳了一声，胸中一股血腥之气翻涌上来，又被他压下。他沉声道："她可不是什么普通女子。汴陵首富长孙春花，若在贵观遭了不测，只怕道尊难以向吴王府交代。"

霍善道尊沉默了。对方说得不错。若不是忌惮吴王府的关系，他今夜何必亲自陪同这寡廉鲜耻的无聊女子前来不度阁？但道法如此高深之人，世间罕见，他所知不过寥寥几人，怎会有一人出现在汴陵？若教此人就此轻易离去，恐怕后患非常。

他尚在思量，对方已干脆开口："道尊，今日误入观中，并无恶意。他日有机会，再来请罪。待在下离去，自会将春花老板送到安全之处。"

霍善道尊冷哼一声："阁下当澄心观是什么地方，想来便来，想走便走？"

他口中念念有词，手指撮成心诀："玄旌法阵，起！"

话音刚落，不度阁中的狴犴双目暴起红光，千万条金光丝线澎湃而出，将整个不度阁围成金色牢笼。黑衣人挟着春花，原本已向窗口飞扑而出，见此情形，只得脚尖轻点墙壁，将春花护在怀中，转身跃回原地。

"道尊，当真要拼个鱼死网破吗？"

严衍轻轻眯起眼。要破这玄旌法阵，于他不是难事。但如此一来，他的身份便再无法隐瞒。他到汴陵只欲查访苏玠一案，却拔出千头万绪，发现众多疑点，此刻还不能暴露身份。实在无法和霍善道尊真刀真枪战上一回。他心中已有计划，正想个什么法子，能先把长孙春花敲晕，又不会留下后遗症，蓦然却见阁中有银光骤起，渐渐化作一个膨胀的光团，从核心向外侵蚀金色法网。

光团的中央，正是方才还老实被缚的菖蒲精，兰荪。

仿佛从九霄云外传来清越的钟声，又似有质朴女声隐约吟唱，蓦地，一道柔和清音响起："菖蒲兰荪，修道千载，尘缘已了。念你一心向善，特证妙果，赐'瑶池洒扫真人'，即刻登天。"

那银色光团越胀越大，延伸出一道明亮的光梯，直穿过不度阁的屋顶，上达九霄。

霍善道尊几乎不敢相信自己的眼睛，高声道："贫道修行多年，降妖除魔，从未懈怠，尚且未获正果。兰荪在凡间尚有罪愆未消，如何便能成仙？"

那柔和清音似有不悦："天道自有安排，何敢妄议！"

霍善道尊只好噤声。兰荪在光团之中，神情越发愕然。

那柔和清音不耐烦道："兰荪，还不登天？"

兰荪似有所悟，登上天梯，又回身看了看阁中几人，其中盘棘妒忌发狂的神情他毫无所觉，目光却在黑衣人和春花的身上落了一下。

"唉，原来如此。"他叹了口气。

"玄旌法阵，存之何益啊？"

衣袖翩翩拂过，金色法网铸成的牢笼迅速鼓胀，随即轰然一声——碎了。

阁中众人都目瞪口呆，黑衣人却似早有预见，一把抓住春花，跃出窗外，几个纵跃，便消失在茫茫雪色之中了。

兰荪笑着挥了挥手，再转头时已无任何留恋，与银色天梯一同隐入了无边雪夜。

章十五·芳兰竟体

严衍挟着春花出了不度阁，外头已吵嚷起来，许多火把攒成细流从观内各处涌来。

春花道："这两日正是腊祭，吴王府派了重兵在观外把守，壮士要无声无息地逃出去，恐怕不易。"

严衍知晓她秉性，定能做个优秀配合的人质，心中有些好笑："你乖乖的不要生事，待人少些处，我会放你下来。"

他此话一出，怀中女子气息大大一松。明明是害怕的，非要装作沉着机敏不可；明明一肚子鬼主意，非要装作从善如流不可。

他一手挟制在她腰后，另一手紧握她上臂，两人相倚着在雪夜里簌簌行走，渐渐远离喧嚣的核心。若是不知内情，看起来倒像一对情意缱绻的爱侣。

行了片刻，春花忽地顿住脚步。

"这好像是……去后园的方向。"

"那又如何？"严衍看过澄心观的地形图，后园偏僻，有一侧门通向外面，方便掩人耳目。

"壮士……咱们可能走错了，不如换个方向。"她讷讷低语，想扭身，却被严衍按住肩。他自上而下盯着她低垂的小脑袋，好像能透过头顶，看见她脑瓜儿正疯狂转动。

"后面有人追过来了。"

腰间力度不由她犹豫，春花只得继续前行，心中默默念祷。

千万……千万不要……

"东家终于来了，教小的好等！"

一个黄衣的青年道士不知从哪里冒出来。严衍虽然蒙面，但站得极近，道士没看出两人之间千钧一发，还以为他是同行之人。

道士愣了一下："东家不是说，趁老道士入了关，一个人来吗？这位是？"

春花口中含糊应了一声，握住春花上臂的手紧了紧。

看来这女人夜访澄心观，不仅仅是为了助那菖蒲精得道成仙。

道士压低声音："前头观里好像出事了，混进了不该进来的人。东家嘱咐我的事，都查清了，您可要亲自看一看？"

春花偷眼看了看身旁的黑衣蒙面人，见他一动不动，小声道："我还有些事，改日……"

腰上蓦地一痛，她"嗳"了一声，忍痛道："倒也不着急，那你就带路，一起去看看吧。"

道士闻言，有些狐疑地上下打量她一番，看不出什么疑点，便转头向树林深处走去："两位随我来。"

道士在前方引路，口中不厌其烦地解释："澄心观共有五殿七阁十三洞，地形复杂。曾有传言，观中十三洞的地下是一个处处相连的地宫，有大妖镇于其中。不过十三洞各有奇景，游人往来众多，从未发现过什么地宫。

"小的受东家嘱托，在澄心观出家，每日留意观中地形，终于在后园中发现了一处机关。每逢初一、十五，那老道士都会独自一人到后园中来，定是为了开启这机关。"他在一处结冰的水潭停下，回头问，"东家，我妹子俏儿在家还好吗？近来可有长进？"

春花一呆，而后垂眸，道："你妹子俏儿女红练得甚好，前几日，绣庄的陈大娘还夸她贤惠能干，求亲的男子比比皆是。"

道士听了，似乎呆了一呆，半晌露出欣喜的神色："那就好。"

春花轻轻提了一口气。

他妹子李俏儿看见针线就肚子疼，何尝练过什么女红？希望他能听懂自己的暗示。说时迟那时快，道士忽然发难，回身向严衍拍出一掌。严衍反应极快，却也只能微微侧身避过，这便放松了对春花的挟制。春花就地一滚，道士立刻欺身上来，挡在两人中间，和严衍战作一团。春花屏息注视这缠斗的两人，右手从靴子里掏出一柄短小精巧的匕首。

这黑衣人并不在她预期内，打乱了计划。但她今日之行，是经过仔细筹谋的，因此防身之物，不是没有准备。

道士大喝一声："东家先走！"

春花犹豫了一瞬，道士身上已中了一掌，他显然不是黑衣人的对手。她咬着下唇，掉头往水潭边落满积雪的假山洞中逃去。

道士在打斗中余光看见她的动向，吓得魂飞魄散："小心机关！"

话音未落，"轰隆隆"一声，假山前赫然现出一个森然地洞，春花一脚踩空，直直坠落下去。

道士大恐，不顾来人武功强于自己，拼着受伤也要扑过去救。谁知对方动作比自己还快，弃了自己，飞跃而去，堪堪抓住了春花斗篷的一角。春花震惊地瞪着逼近的面孔，下意识将手中匕首往前一送，"扑哧"一声，插入了对方左胸！热意顺着匕首的短柄沾染到她手上，那黑衣人闷哼了一声，手中却没有丝毫停滞，一把将她拉入怀中，一手罩住她后脑勺。两人沿着地洞，直直坠落。

地洞轰然合拢，平静的积雪如镜，仿佛刚才什么也没有发生。

那道士——由春花钱庄护院李奔所假扮的——挣扎着爬起来，口中吐出一口鲜血，扑过去转动假山石上的机关，只是已经迟了。

这地道，若是进了人，便是大罗金仙也无法从外面开启。

春花许久才适应了眼前的昏暗，勉强看到一个幢幢的影子。她将身上摸了个遍，竟然摸出个火折子。仙姿给她置办的这一套遇险生存的家伙，倒是很齐全。她擦亮火折，终于在一星亮光后见到那个挟持她的黑衣人，正闭目盘膝而坐，一动不动。他胸口插着短匕，暗色的血沿着匕首的血槽往外冒。他……还活着？

春花深吸了口气，以火折映照着，环视自己所处的空间。四周的石壁很是整齐，这是个人工挖成的深井，顶上的活板距离她站立之处不下五六丈，且活板已经合拢，并无光线透入。

举目四顾，毫无出路。

春花在心中深深叹了口气。

她真是，流年不利啊！

"壮士？壮士？"她细声唤。

对方不答，只有长久的沉默。

她于是挪到墙边，以手小心试探每块石头，尝试再启动一次机关，能找到出路。

"我若是你，便不会妄动。"

春花讪笑一声。

这人真是命大，左胸中了一刀，竟然还不死。果然她捅人的经验不多，失了准头。

"壮士伤得可重？方才我是一时情急，并非有意要伤你……"

对方粗重地闷声道："无妨。"

怎么会无妨！她狐疑地瞪着他。

"你过来。"

她又不傻。但她这回摸遍全身，再也没有什么可以当作武器的东西了。她深吸口气。长孙春花行走江湖，靠的从不是手中利器，而是口舌利器。

"凡人必有所求，壮士深夜来此，想必有更重要的目的，说出来，也许我能为你达成。"

黑衣人盘膝而坐，黑巾蒙面，双目隐在阴影里，瞬间睁开，如夜猎的猛兽之眼般灼亮。方才一直没有机会和他正面相见，这会儿，她忽然觉得那双眼睛有几分熟悉。良久，他开口，声音刻意压抑，仿佛得了喉疾："你……遇事总是先谈交易？"

"我是个生意人，相信天底下没有交易解决不了的问题。打打杀杀，都是莽夫所为，实在不必。"

对方似乎低笑了一声。

春花一愣，这有什么好笑的吗？

正要诘问，耳听对方道："如果，我想要的就是你的命呢？"

她脑中猛然"嗡"的一声，千万种可能性快速闪过。纵横商场多年，她得罪的人固然累累，却都是为了一个"钱"字，不可能闹到要她性命的地步。只有一件事，一件——手中的火折几乎燃尽，只剩一点微芒，春花屏住了呼吸，问："那……你还在等什么？"

对方怔了一下，俄而叹了一声："我还想知道，你打算如何用那袖中春，来增进我们之间的感情？"

火折失手掉到地上，霎时间，一室黑暗。

这可能是长孙春花人生中最跌宕起伏的一瞬间。她先是脸皮滚烫，而后又浑身发冷。眼前之人究竟是敌是友，她竟然没有把握。这位严先生的家世背景，她早就打探得一清二楚，即便他会点拳脚，在她心目中也不过是个老实本分、有点严肃的账房先生。但今夜，他在这里出现，一切就不一样了。若他是心存不轨的恶徒，那她当然可以离他远远的，等他流血流到死；若他是好人，她好像……也没有什么勇气再面对他，毕竟……她在不度阁中胡诌的那一段，关于他体格壮健的话，他也都听到了。

眼前一片漆黑，春花犹豫良久，蹲下去小心摸她的火折子。

有声音淡淡提示："在你右手边，再往前一分。"

春花将火折摸在手里，这才醒悟："你看得到？"

"自幼练了些夜视的功夫。"

"……"

她方才的羞恼、恐慌、纠结，也被这人看见了。

潜入澄心观，不是一般人能做到的。

这位严先生，究竟是什么人？

"你……究竟是什么人？"

严衍不答，心里却是长长地叹了一口气。

闻桑若是稍微聪明一点，应该已经出了澄心观。在后园中，严衍要逃脱，本也不难。但一则被发现得太早，想要查探之事还未有眉目。二则……接了个烫手山芋在手上，不知该如何处置——打晕她，扔在一个人来人往的地方，倒是可行，可她刚遭受裂魂之苦，再受伤，恐怕会留下后遗症；若是留下她不管，这女子鬼灵精怪，立刻就会引来追兵。

他一时不决，便被那烫手山芋坑了一手，误碰了机关，双双陷落到这不知名的地洞中来。

左胸的伤口还在汩汩流血，幸而她手劲儿不大，没有伤到要害，严衍不得不承认，这回是他大意了，竟然为一个弱女子所伤。或许，是他忘了设防。

章十六·苟令衣香

匕首的银色握柄泛起寒光，森森立在严衍心脏上方三寸，胸肩之间，入肉两寸。春花陡然去够那匕首，却被严衍一把抓住手腕，反身按在石壁上："你握住这匕首，是要拔出来，还是要往里再送几寸呢？"

黑暗中，灼灼双目逼近，直盯着她，仿佛要看透她所有秘密。

她呼吸瞬间漏了一拍。

相识以来，总是她戏谑，他淡漠。他虽一副不好相与的样子，行止却极为守礼，从未如此无遮无拦地盯着她看。

"那要看你来此的目的究竟是什么了。"春花咬着牙，一字一顿，"严、先、生。"

力气透过失血的伤口缓慢流失，严衍一手钳制着她，另一手在她肩侧轻轻支撑，微不可察地喘息了片刻。

"我对你……并无恶意。咱们做个交易，我将我的目的全部说出，你也将你的目的都说出来，如何？"

"我只和信得过的人做交易，像你这种满口谎言的小人，不配。"

"精明如春花老板，也有不敢做的交易。"他歇了一会儿，继续道，"也罢，我先说，你听完了，再决定要不要说出你的秘密。

"你听过……断妄司吗？"

春花愕然抬眸。

"我与闻桑，都隶属断妄司，受命前来汴陵，查访不法妖徒。"

"我凭什么信你？"

"我腰间有一块玉牌，上书'赦不妄下'四个字。"

春花在他腰上一摸，果然摸出一块牌子来。

"所以，你根本不是什么账房先生。"

"东家，当初是你，威逼利诱、巧取豪夺，非要请我做账房先生不可。"

好像是这么回事。

"那……你来澄心观做什么？"

严衍叹了一声。两人双眸相对，气息相触，春花直觉他呼吸越来越粗重，下巴几乎抵在她额头上。

"菖蒲精兰荪，虽犯有伤人之罪，却罪不至死。何况……"

"何况什么？"

"何况，还有人觉得他很可怜……"

他声音渐渐微弱，春花只觉手上钳制一松，对方整个人便压了过来。她承受不住他的重量，一屁股坐下，失了支撑的男子身躯缓缓倒在了身侧。手心沁出了一层薄汗，春花在胸口揩了揩，半天才将急促的呼吸平复下来。她重新燃亮火折，举火折的手微微发颤靠近眼前男子的脸，咬了咬牙，飞快拉下了他遮面的黑布，熟悉的俊容再清晰不过地显露。

"呵呵，严先生。"她自言自语，不知是嘲讽还是愤怒。

他双眸微合，显然已是失血过多，昏迷过去了。是了，他原本就在和霍善道尊的缠斗中受了伤。匕首的银柄被轻轻握住，春花心跳如擂鼓，此前严衍的问话又在她耳边响起：

"你握住这匕首，是要拔出来，还是要往里再送几寸呢？"

火折几近燃尽，决断就在顷刻。

春花早就知道，身边生活着许多与"人"不同的生灵。

爱吃小鱼干的女护卫仙姿，穿衣花哨的讼师罗子言，魁梧但好甜香的熊掌柜，还有四海斋那位俊美得勾魂摄魄的大掌柜陈葛，后来遇见的海龙精樊霜、菖蒲精兰荪、蜈蚣精盘棘之类，不过是进一步印证她的猜测罢了。

但她第一次听说"断妄司"，是从苏玠口中。

苏玠说，断妄司崇尚众生平等，执法严明，惩奸除恶，是为了凡人和老五都能安居乐业。若不是他们苏家和断妄司天官谈家一向有些不对付，他还真想进断妄司，做个栈长、部师什么的。

认识苏玠的时候，她的心思还没有这样重，除了记账赚钱，很少考虑别的。

那时她还敢于幻想。

乞巧节上，城中姑娘们将自己手打的平安彩络子送去城隍庙开光，再送给自己的心上人。于无数送到吴王府邸的平安彩络子中，有一条就是她亲手打的。后来，她旁敲侧击追问蔺长思，是否收到过一条金红两色、歪歪扭扭、滤血蜈蚣一般的彩络子，他都笑说没有。于是，她乘人不备，溜到蔺长思房中翻找那条彩络子，却意外听到了他与吴王妃的对话。

吴王妃说："我和她娘从前，确实是有过约定。如今上门提亲冲喜，也不算突兀。她爷爷虽然不肯，那孩子却和你感情甚好，总缠着你叫长思哥哥，想必不会拒绝这门亲事。"

蔺长思的声音是她从未听过的冷冽不悦：

"母亲，若要娶她，孩儿宁可去死。"

"你不是一向很喜欢春花吗？"

"当作一个玩耍的小妹妹，倒还有几分意思。但她一个商户之女，琴棋书画一窍不通，德言容功样样不行，如何能进王府？万一我有幸活得长久，难道要和她一辈子对坐谈生意经吗？"他言辞笃定坚持，"孩儿若要娶妻，必得娶一个情趣高雅、温良贤淑的大家女子。"

果然，吴王妃叹了一声。

"既然你父王和你都看不上春花，那这门亲事，就到此为止吧。"

春花坐在房里，无声无息地哭了一会儿，没有找到亲手打的丑兮兮的彩络子，倒是找到了一个梁上君子。苏玠笑嘻嘻地从梁上探个头出来："小姑娘，别哭了。你的这点心事，我都知道了。"

严衍睁开眼，昏黄的火影在眼前重叠变换了多次，才重合为实景，鼻尖有淡淡沉香气息浮动。有人扶他坐起来，往他口中灌了一口温酒。如炙的暖意直达胸腹，一股灵力自丹田回升，自动融融地护住了他全身心脉。小小的火焰在逼仄的地下深井里跳动，所烧的材料……莫名有些眼熟。

"你……烧的什么？"他迷迷糊糊地问。

"你的剑鞘啊。"春花冲他笑了一下，"你放心，上面的玉珠翡翠我都抠下来了。"

"……"

严衍闭了闭眼睛。这是宫中名匠以百年沉香木为他打造的剑鞘，可收敛青釭宝剑的戾气。木头本身可比珠玉装饰要稀缺贵重得多。他低头看看左胸，胸口匕首已不见，一块花得灼眼的帕子盖在伤口上，又以布条绕胸绑了几圈，有酒香弥漫。

"幸好，我带了一小壶暖身的屠苏酒。"

严衍以手撑地，想要坐直些，不意牵扯到伤口，轻"嘶"了一声。

春花连忙扶住："刚包扎好，别乱动！"

他摇摇头："皮外伤，不碍事。"他之所以支撑不住昏厥过去，主要是因为与霍善道尊对了一掌。不过，两人各有损伤，道尊应该也已入关疗伤了。这话在春花听来，可就有些托大了，她毫不留情地"喊"了一声。

伤口已止了血，细细留意，还能嗅到淡淡药香，应是金疮药一类药物。想不到，她这次出来带的东西还挺齐全。

严衍略有些艰难地抬眸看她："东家，不打算杀我了吗？"

"这话该我问严先生。严先生可还打算杀我吗？"

严衍低头笑笑："我从未有过要伤害东家之心。依东家的聪明，应该不难猜到。"

春花抱臂睨着他，半晌，"嗯"了一声。

严衍救她的次数，一只手都要数不过来了。他若有心杀她，机会何其多哉，何必费心跟踪她到澄心观再下手？方才掉落深井之时，他虽被她所伤，却还是舍命相护，否则以她这点微末本事，从如此高处跌落，如何能毫发未伤？说起来，是她误伤了严衍。但谁让他故弄玄虚地挟持她来着？

总之，道歉是不可能的。

"严先生既然已经醒了，不妨好好想想，咱们该怎么出去。"她睨他一眼，又快速转过脸去。

"我粗粗估计了一下，咱们掉进来已经有一个多时辰了。为何还没有人来抓我们？"

严衍举目四望，道："这里并不是防贼的陷阱，而是一个机关暗道。"

"怎么说？"

"机关分明是从外面打开。那小道士是你的人，若机关还能开，他会不救我们吗？"

"呃……"

"若有人在暗道中，机关便无法从外面开启。这机关，是为了要进入暗道的人而设。"严衍顿了一顿，"你找一找我腰间锦囊……"

他话音戛然而止，微微皱眉。韩抉给他做的乾坤百宝囊如破布一般扔在地上，鸡零狗碎的小玩意儿撒了一地。

严衍叹了口气："看来东家已经搜过身了。"

春花毫不理虚地点点头。

"……你找一个司南一样的小盒子。"

春花在鸡零狗碎的东西中翻了一会儿，不费力便找到了。

"你将盒子靠近四壁看看，若有机关或结界加持，那盒子的指向会变动。"

春花依言，在四壁走了一圈，终于在一侧墙壁上发现了一个微微凸起的浮雕。若不是有这小盒子指方向，靠人眼是不可能发现的。浮雕两端尖翘，中间隆起，春花端详，才发现是个元宝的形状。她看看严衍，见他颔首，方才伸手轻按。一阵咯咯作响，墙面上豁然出现一个一人高的洞口，内里的甬道黑黢黢不见尽头。

"这里面……是什么？"春花呆呆道。

严衍深吸一口气，自觉调息初有成效，缓缓道："你和那小道士约好在此，不就是为了找这条暗道？他隐瞒身份藏身澄心观，时日非短，你应该比我更清楚这暗道的秘密。你们……究竟在查什么？"

春花沉默片刻，忽然问："你真是断妄司的人？"

"如假包换。"

"那……你认识断妄司天官……谈东樵吗？"

章十七·软玉温香

财神殿位于澄心观西北角的最高处，虽然偏僻，平日却香火鼎盛，这几日腊祭封观，才难得冷清下来。

霍善道尊犹豫片刻，轻轻叩门。得到里面的回应，他推门而入。一个戴着兜帽的人背对着他站在殿中，已等候多时了。

他躬身行了一礼："那人身上没有妖气，但道法奇高，隐身在不度阁中，竟连贫道都没有察觉。能从澄心观全身而退的凡人，世上不超过三个。王府府兵已封观搜寻了整整一日，依然未能擒获，或许……已经逃出去了。"

那戴兜帽的人转过身来，唇角在阴影中勾出一丝讥诮。

"上一回道尊也是这么说。可苏玠不仅逃出去了，还带走了东西。"

平日八风吹不动的霍善道尊面色一变，额头竟沁出汗来。

那戴兜帽者继续道："京中暗探传来消息，谈东樵表面称病，实则已经出京。若是去了别的地方，自然与咱们无关，但若是来了汴陵……"

霍善道尊悚然而惊。他暗暗调息，压下胸中因受伤而乱涌的气流："依贫道看，来人不是谈东樵。"

"何以见得？"

"来人隐身不度阁许久，却没有破坏玄旌法阵，更未出手解救盘棘与兰荪，可见意不在此。倘若真是断妄司天官亲至，玄旌法阵又算得了什么？"

戴兜帽者冷哼一声："即便不是谈东樵，焉知不是断妄司其他的人？汴陵栈那个小捕快，这几日在做什么，你可知道？"

戴兜帽者盯着他如雪的须发看了半晌，蓦地叹了口气。

"道尊，你我在汴陵经营多年，若是毁于一旦……你我身死不足惜，但这鸳鸯湖畔千里风光，可就再也不能见了。"

霍善道尊沉默片刻，垂首："贫道亲自搜索，挖地三尺，也要找到那人！"

戴兜帽者不置可否，沉声问："明日腊祭，你准备得如何？"

"祭品被长孙春花从中作梗，少了一个。不过贫道做了万全准备，已新选了补上了。是去年新到的老五，本地并无亲眷。"他顿了一顿，"那长孙春花……"

戴兜帽的人沉默了片刻。

"她若是什么都不知道，就不必为难。若是……"

他转身，目光投向大殿上方十丈高的泥金财神塑像。

"若是知道得太多，就一起处置了吧……无论如何，不能影响了腊祭。"

摇曳的烛火中，财神塑像乌鬓如云，宽袍雪衣，衣袂袖端都绘着金色线绣，曲眉丰颊，笑若春山，细看之下，竟与长孙春花的相貌有几分相似。

春花手擎火把，立在甬道口："那……你认识断妄司天官……谈东樵吗？"

严衍一怔。

"算是……认识吧。"

"我听说，你们断妄司属员私下给天官取了个绰号，叫'活阎王'？"

严衍目光下移，盯着她隐在背后的一只手，再抬眸，见她微微含笑，仿佛只是随口闲扯。他在心里轻轻叹了口气："'活阎王'是外人的称呼，断妄司里头，都叫他'孔屠'。"

春花笑靥未改："为何叫他孔屠？"

严衍再叹。

"迂腐如孔夫子，用法严酷似屠伯，故名'孔屠'。"

"原来如此。"

春花垂下眸子，盯着自己的脚面，不知在想什么。

严衍屏息，耐心等待，终于见她面上那生意场上常见的笑容渐渐收起，而背后不知紧握着什么的手也悄悄放下。春花这人，防心太重，冷不丁便设个圈套来试探，令人防不胜防。要应对，却也简单，只需坦诚以告，她自有判断。

春花盯着他看了一会儿，忽地抿了抿唇，解开身上斗篷，替他披上。

严衍微微松了口气："东家信我是断妄司的人了？"

严衍目光落在她微微汗湿的乌鬓上，耳听她轻声道："你们断妄司想查什么，我管不了。不过做东家的，自然要将伙计的身家性命背在身上。你且撑着些，我定会将你全须全尾地带出这鬼地方。"

严衍身子一僵，欲说什么，却又止住。

蓦地，有洪钟铿然而鸣，声震百里，透地而来。甬道中灰尘簌簌而下，两人耳畔都是嗡嗡一震。

春花陡然变色："他们……竟然如期腊祭！"

严衍循着她的目光向上，看向地面活板门中投下的一隙微光，原来已是清晨。

腊祭者，猎禽兽以飨百神。大运皇朝自京城以降，各地皆行腊祭，烹牛宰羊，行猎宴饮。严衍皱起眉："汴陵腊祭，有何不同？"

春花神色凝重："据我所知，汴陵腊祭，祭品可不是牛羊。"

她将脑袋钻到严衍臂弯里，将他的手臂放在自己肩上，轻轻搂住他腰。

"腊祭既已开始，留在此处，便是坐以待毙。咱们只能往里走了。"

原来这甬道是个细长漏斗的形状，行得远些，通路逐渐狭窄，两人须贴得更近才能通过。摇曳火光中，望见春花额上沁出的汗珠，严衍忽然一窒，行动略略僵硬起来。淡淡素馨清香侵入鼻间，仿佛有明黄小花顶穿了积雪，盈盈绽放，青吐金蕊，他呆了一瞬，直觉那气息仿佛一股绵柔丝线，攀缘到他胸口，微微地扫了一扫。

"你不必……"

"我知道你要说男女授受不亲。然而事急从权，你就忍一忍吧。"

严衍被她撑了一句，竟然哑口无言。他虽自幼家规森严，倒也不是不知变通、忸怩作态的人，顿时也觉自己甚是无趣。

一时甬道中仿佛空气凝滞，尴尬如小虫般悄悄爬上小腿。

春花咳了一声："数十年前便有传言，说澄心观下头有一个庞大的地宫。李家小三做了半年多的假道士，只查到这一处秘密的机关。他说有师兄弟专门负责运送物品下来，往年都是在腊祭前后最为繁忙。我猜，这里就是那地宫的入口。"

严衍蹙眉。

"东家为何要查访这地宫所在？"

"澄心观建观数百年，年年腊祭，汴陵百姓都倾尽所有供奉财货，顶礼膜拜。但这腊祭，却只有城中最早的两家富户寻家和梁家的家主能参与。我从前，颇有些胜负心，觉得自己连汴陵商会的会长都可以做，凭什么却被腊祭祭典拒之门外？"

"然后呢？"

"然后便有一个好友，自告奋勇，要替我探一探腊祭的名堂。"

"……"

严衍正想问她那好友是谁，脚下却踩中了什么硬物。他低头一看，蓦地一震。

春花要拿火把去照，被他止住："别看！"

春花听他声音不对，虽然不明所以，也只得依言，壮着胆擎着火把继续前行。

严衍又道："你把火把熄了吧。"

"呃？"

"前头有些光亮，亮着火把，反而看不清楚。"

不知为何，他话语中有一股笃定的力量令她颇为信服。所谓用人不疑，疑人不用，做东家就得有做东家的魄力，她如是想，于是依言弃了火把，搀扶着严衍往前走。

严衍揽住她腰肢，时不时微微用力，似是引她避过脚下的什么东西。

再走一段，春花也望见尽头的一隙光亮，才知严衍不是诳她。两人相携不知走了多久，甬道逐渐宽敞，终于现出尽头的两扇石门来。

春花将火把靠近石门，但见其上雕花繁复，且有片片金箔贴饰，富丽堂皇。花纹有江河湖海、云山岛屿，间中夹杂着奇特的文字，不知是什么符咒。石门最中央以纯金雕刻镶嵌着几只长尾长嘴的小兽，门扇中间有隙，露出一束明亮的光，内里如同白昼。

春花深吸一口气，欲以手推门，却被严衍拉住。

"东家，可知道这地宫中有什么？"

春花道："幼时爷爷说过，澄心观下供奉上古高神，若汴陵人小心侍奉，可保永世兴旺；若有不敬，则再无鸳鸯湖十里繁华。也有长辈们说，澄心观镇守着我们汴陵数百年的财脉，若有一日澄心观不在了，汴陵的繁华亦将断绝。"

"倘若这地宫中真有什么上古高神，你就不怕冒犯？"

春花愣了一瞬，忽然失笑。

"这事，我也想过无数次。"她抬眸凝望严衍，神情中竟是前所未有的严肃谨慎，"自十二岁上，我便常常梦见一只白猫，说我活不过二十二岁，我从来不信。我长孙春花长到这么大，一针一线、一粥一饭，都是汴陵百姓劳作所得，从未受过什么上神的恩惠。即便他日遭遇不测，也是出自人祸，与神何干？若真有上古高神居住此地，我也要和他要一个答案。"

严衍眸中一震。

"严先生，你既是断妄司的人，又从京城来，大约是奉了命令的。你想查的事情，我也许比你多知道一些。"她叹了一声，"你方才不让我看的，是地上的尸骨吧？"

"倘若我……走不出这地宫，你可去我书房中第三行最左边架子上找一个暗格，里面有一封信，替我送给你们断妄司的谈东樵大人。事关生死托付，切记切记。"

她以手覆上石门，还未用力，石门竟仿佛通晓人性一般，訇然而启。

两人俱是一愣，严衍极快地将春花向后一拦，退出数尺。

奇诡灼目的辉光自门中漫射而出，仙乐阵阵，沁人心脾，一解甬道中的阴暗局促。从辉光中袅袅化出两个人影，渐行渐近，到了眼前，才看出是两个黄衣垂髫的俊秀童子，脸上俱带着盈盈笑意。

"两位芳客应缘到此，我家神官大人已等候多时了。"

章十八·捻土为香

待到不度阁中众人散去，闻桑才乘人不备，溜出了澄心观。冒雪回到衙门时，天光已明，于是急急领了一班捕快赶回澄心观，却在山门前被一队吴王府的府兵拦住。闻桑只道是接报观中遭了贼，这才领人前来。府兵头领却狐疑地打量他一番，道："观中何时遭贼，我等怎么不知？"

闻桑一愣。

那府兵头领不耐烦地挥一挥手："王爷有令，除了参与腊祭的宾客，余人一律不得进出！你一个小小捕快，有几个脑袋够王爷砍？"

闻桑无奈，只得领着随行捕快回了衙门，回到严衍的住处等了半日，都未见他回来，又往长孙府探问，果然长孙春花也还未归。不过长孙府的家人说，澄心观遣了人来告知，长孙春花在观中不慎扭伤了脚，故而暂时歇在观中，让他们不必担心。

闻桑左思右想，还是换了便服，一路兜回澄心观。王府的府兵将澄心观围得水泄不通，他隐身在山门，到第二日天明时，方才看见两队车马自山下囊囊而来。这才恍惚想起，腊祭便是今日了。

领头的两辆马车分别挂寻家和梁家的木牌，车后跟着长长的祭礼队伍，红绸箱奁不知数。马车在山门前停下，下来三个人，一个是寻家的年轻家主寻仁瑞，一个是梁家的老家主梁远昌，还有一个白衣红氅、身姿如柳的，闻桑定睛一看，竟然是陈葛。

梁远昌与长孙老太爷是同辈，年纪已近七旬，但精神矍铄。他上下打量了一番陈葛，缓缓道："老朽没记错的话，腊祭向来是咱们寻、梁两家的事，连长孙家都未蒙机缘……"

寻仁瑞甚是客气地拱拱手："梁老爷子，若无道尊他老人家的允准，寻某怎么敢擅作主张？"

梁远昌愕然，却没再多问，哼了一声，转身进了山门。

陈葛一脸的兴奋："寻兄，这回多亏你了。"

寻仁瑞含笑冲他点点头，神情中带了些不明的意味。

闻桑正苦思冥想时，忽见山侧小道上，一个小道士不知从何处溜了出来，拎了包裹鬼鬼祟祟地往山下跑。闻桑直觉有古怪，于是暗暗跟在那小道士身后，一记回旋腿将他踢倒，弯膝顶住他胸口："你是何人！"

小道士吓得面无人色，嘴唇发抖，半天说不出话来。

闻桑反省了一下，觉得可能是自己太凶了，于是放缓语气，又道："你不要怕，我是衙门的捕快。"

小道士瞪着他，忽然叫起来："我认得你，你是闻捕快！我们东家说过，你是个好人！"

闻桑摸了摸鼻子，顿时不太好意思继续用膝盖压着人家，默默地撤了回来。

那小道士一骨碌爬起来："小人是长孙家护院李奔，我家春花老板遭人挟持，掉进腊祭的地宫里去了。小人实在没有办法，本就是想去衙门报官的。"

闻桑神情凝重起来："这位李……兄弟，你可有办法，偷偷领我进去？"

李奔领着闻桑，从一个小门溜进观中。乘人不备，两人俯身跃上了祭台一侧的屋檐，将身子隐在庑殿顶之后。

午时一过，观中黄钟长鸣了三声，在群山中杳渺回响。祭台搭在后园的一处空地上，数十名道士鱼贯而入，不顾霜雪，在祭台下盘膝打坐，为首的正是霍善道尊。

祭台之上，香烛高烧，铜铃黄表、法轮金器灼灼耀眼。闻桑眼尖地看见，寻仁瑞与梁远昌高冠华服，神态严肃端重地分坐在左右两边，而最中间上首坐着的，却是一个戴兜帽的人，他的面目隐藏在兜帽之下，看不清长相。

闻桑心里琢磨了一阵，这汴陵城中，有几个人能坐在寻家与梁家的上首呢？

"嗡"的一声浊响，原来是霍善道尊击了金磬。

"本观，一百九十八载以来，为守护汴陵灵脉，夙夜匪懈，苍天可鉴。今又至庚子之年，本观偕汴陵故旧寻、梁二族，奉然诺，备少牢，以报大功，以飨神灵！"

那密密麻麻的道士齐应了一声："然！"纷纷敲击面前的铜磬，而后嗡嗡地念起不知什么冗长的祭文来。

闻桑挠了挠耳朵。这腊祭，和民间各处的腊祭也没有太大的不同吧？

李奔看出他的疑惑，低声道："观中腊祭，历年都只有寻、梁两家才能观礼，王府府兵封观看守，不许外人进入观看，必然有些不寻常之处。"

也不知念了多久，道士们倏然静了下来。

细密微雪轻轻落了下来，闻桑蓦地抖了一下，仿佛有什么冰凉阴冷的东西随着雪粒蔓延开来。

霍善道尊站起身。

有道童端上盛着清水的甘露碗，呈到梁远昌面前。梁远昌叹了口气，背过身去，另一道童取出银色小戒刀，在他后颈上轻轻划了一刀。闻桑低叫了一声，但见七滴鲜血从梁远昌颈后流出，滴入甘露碗中。梁远昌神情如常地自行包扎好伤口，仿佛这动作他已做过无数次了。道童又如法炮制，从寻仁瑞颈后取了七滴鲜血，滴入碗中。

霍善道尊再击金磬，高声道："请少牢！"

两名素衣道童自祭台后缓缓而来。一人手上托一只琉璃净瓶，瓶中影影绰绰，似有长条状的活物扭动；另一人则托着一个纯金打造的笼子，一头火红的小兽在笼中哀哀悲鸣，团团打转。闻桑定睛一看，那竟是一只狐狸，脸生得很秀气，一双骨碌碌的黑眼珠满含着泪珠。

那盛着寻、梁两家鲜血的甘露碗，一半倾入了琉璃净瓶，另一半，托在狐狸面前。狐狸惊惧地瞪着那碗，缩到笼子的角落。霍善道尊淡淡地看了它一眼，狐狸悲呼了一声，仿佛明白自己毫无退路，只得慢慢挪到笼边，伸出舌头，不一会儿便将半碗血水喝个干净。两个素衣的道童一动也不动，闻桑这才注意到，他们的眼珠呈现一种诡异的青灰色，仿佛毫无意识的傀儡。

猎兽为少牢，以诸侯之礼祭天，原也不算什么，闻桑看过比这残忍数倍的景象。但不知为何，眼前的情形让他一身汗毛竖了起来。

闻桑低声问："这少牢，为何要喝下寻、梁两家的血？"

李奔摇摇头："小人也是头回看见腊祭，只是听师兄弟们说过，此前负责进献少牢的师兄，都消失不见了，据说是……羽化登仙了。"

"进献？向谁进献？"

他话音刚落，便见祭台正前方的地面陡然下陷，露出一个洞口来，一个平缓的坡道向下延伸。

奉持少牢的素衣道童缓缓向坡道下走去，洞中瞬间放射出氤氲宝气，如七彩祥光，缭绕不去，仿佛有泉水从洞中潺湲流淌，再侧耳细听，却似袅袅仙乐，钟鼓齐响。

于是在场众人，连霍善道尊都徐徐下拜，以头叩地，高声道："寻、梁二族，奉然诺，备少牢，以报大功，以飨神灵！"

闻桑觉得有什么不对，细细搜寻祭台，倏然呆住。

他眼睁睁看着陈葛进了澄心观，现下陈葛却到哪里去了？

地下。

春花与严衍随着两个童子穿过石门，但见洞中并无日光照射，却幽光弥漫，宛如通宵夜宴，头顶皆是悬珠之壁，四望尽是累累光芒。

春花失声："这是夜矿！"

见严衍露出讶色，她忙补充："夜矿便是夜明珠，如今市面上不多见，一颗小珠就价值百金。传闻古时豪富郭况'悬明珠与四垂，昼视之如星，夜望之如月'[1]，那也不过是四颗。夜矿产自西域，汴陵地下，怎会有如此大量的夜矿？"

前方领路的童子笑道："对我家神官来说，这些不过是田间稗草、滩涂烂石罢了。此乃小洞天，前方还有大洞天。"

四人穿过簇簇夜矿，过了一重洞门，目尽之处，又是另一番景象。

外界分明是寒冬腊月，这洞天之中却暖如晚春。一汪清泉流过，蜿蜒至一出口，泉边有枫树十余棵，粉芍药数丛，石壁上布满绿莹莹的爬山虎。一股似花似草的奇香悄悄弥散开，春花顿觉灵台清明、心情舒畅，仿佛立刻可以轻轻跃起来，在空中翻个筋斗。

她惊愕道："这洞中不通日光，怎会有如此天然奇观！"

严衍道："你再看仔细些。"

春花一愣，再定睛一看，见那"清泉"竟是无数莹白珍珠堆叠的，"枫树"与"芍药"都是深深浅浅的红色宝石，而石壁上爬满的"藤蔓"，竟都是剔透的翡翠。

领路的童子对她的惊叹十分满意，微笑道："我家神官说，珍珠翡翠白玉石，和花树水草一样，只耐一观。两位可尽情观赏。"

春花默了一会儿，将严衍拉到一边，低声耳语："这位洞府主人，不说富可敌国，至少也抵得上十个汴陵城，还喜欢装作不经意地炫耀奢靡，却又幽居地下，实在有些古怪。"

严衍思忖一瞬："你翻一翻我的锦囊，里头有个圆柱木筒。"

春花从他腰间掏出锦囊。

"这是防身的暗器，上面有个小弹珠，可以按下去。你将它套在手上，若遇到什么古怪的东西便对准了按下弹珠。"

春花依言，又觉得不放心："万一你发现了什么，又不好直接告诉我，该怎么办？你现在行动不便，还得靠我保护你。"

严衍觉得，那倒也不至于。

春花："不如咱们商量一个暗号，你说出来，我便知道有问题，立刻用这暗器。"

严衍叹了口气："什么暗号？"

春花神情端重地道："你就说……'我错了'。"

1　出自晋代王嘉的《拾遗记·后汉》。

严衍："……"

"为什么是这句？"

"这天底下，要挑一句你惯常绝不会说出口的话，一定是这一句了。"

领路的两个童子笑眯眯地向他们招手："两位，前方便是神殿了。"

章十九·香轮宝骑

穿过弥漫着轻雾的圆月拱门，春花顿时感到仿如被一股干暖的香风吹彻衣衫，说不尽的沁人心脾。春花深深吸了一口干爽清冽的空气，脚下的步子便忍不住有些贪恋。举目寻那两名领路的童子，竟已不知踪迹，只剩一片轻纱似的薄雾。肩上的重量不知何时已经卸下，她方有所觉，垂在身侧的手蓦地被握住。

"东家莫怕，我在。"

严衍的声音离得甚近，仿佛贴着她耳边低语，很是温柔。春花心神微微一恍，正不知是什么滋味，明亮的光晕冲开薄雾，照亮了眼前。

与其称神殿，不如说这是一座极幽深壮阔的洞堂，洞高近十丈，庄严宁肃，玉阶绵延直上，两侧神像均以整块晶玉雕琢而成，鳞次栉比。每一座神像都有两人多高，洞顶垂下无数紫青光笋，亦如小洞天之中的夜矿。玉阶的顶端，有一个宝气缭绕的珠光宝座，通体以紫金石打造，靠背如莲花延伸出数瓣，每一瓣的顶端都镶嵌五色宝石，相向而行，角度微有变化，那莲瓣的色彩便随之不断变幻。

座中之人便在那瑞气千条中站起身来："两位芳客，别来无恙。"

这位身穿一袭白衫，玉冠束发，容貌清隽，温和可亲，春花见着，竟不觉得疏离，反而有些面善。

"这位……神官，如何称呼？"

神官和善地笑道："在下……北辰元君。芳客原是故人，已将我忘了吗？"

春花怔了怔。

北辰元君这名字，确乎有些耳熟。然而她确信，打娘胎出来这二十年，从未有幸认识过什么神仙。她略有些疑虑地看向身边的严衍，严衍轻轻捏了捏她的手："断妄司中确有记载，北辰元君仙居东海大言仙山岐玉洞，司掌日月更替。"

"那他为何，说我是故人？"

严衍不语。

神官撩袍自玉阶上徐徐而下，转瞬便到了眼前。

"春花，你我在天庭本是至交好友。你因触犯了天庭律例，被贬入凡间，我这才在此设了个结界，引你来我洞府，点化于你。"他顿了一顿，见春花露出狐疑的神色，再度笑道，"你心中定然不信。我这里有观世镜一面，你且一观。"

他凭空摊开掌心，掌中光芒大作，顿时从虚空中现出一面镜子来。但见那镜面如水波纹一般轻轻荡漾开，中心慢慢浮现出模糊的景象来。

初看，是一座老式的戏台，上头两个男女戏子正唱得悲悲切切。镜面浮动，现出台下两个人来，一个乌发黄衫，另一个玉冠雪衣，两人言笑晏晏，神色亲昵，中间有一小方桌，上面伏着一头毛色雪白的活物，却不知是什么。

春花胸中猛地一撞，虽看不清镜中两人的面目，却不知为何，十分笃定那黄衫的女子便是自己，而那白衣的……仿佛有个名字正在唇边呼之欲出："北……"

眼前的"北辰"神官，与她心中的北辰似乎并无二致。

"我……"她舔了舔干涩的唇。

"北辰"比她更快开口："我还知道，你是为苏玠之死而来，是也不是？"

"……"

"苏玠之死，原本就是天庭为你设的一道劫难。"

"北辰"甚是怜惜地望着她："你认识的苏玠乃是一只狐妖，他杀害了凡人苏玠，以假身接近你，迷惑你入歧路，远离仙途。若非我及时发现，你早已被他夺了仙身，入了畜生道。"

"北辰"靠近一些，目光极亮，仿佛要看到她心里去："那假苏玠，还给你留了东西吧？那都是他们狐妖迷乱心神的幻术，你若带在身上，便立刻交托给我，方可保仙根无损。"

"他只是给我留了一封信，说他若是死了，定有蹊跷，但并没有留下什么东西。"

"北辰"神官微不可察地松了一口气。

他沉吟片刻："你能找到此处，今生大劫已度。我今将凡人苏玠的魂魄自地府召出，命他还阳。春花，你积此福报，此生往后自然福寿双全、家宅安宁、姻缘圆满、子孙满堂、无疾而终。待仙缘圆满，便可重回天界。"

"北辰"彬彬有礼地向春花作了一揖："你我仙缘已尽，你且去吧。"

春花张了张嘴，还欲问什么，神官雪白大袖一挥，一股轻烟迎面而来，她顿时失去了知觉。

她再醒来时，已是身在自家的床榻上。

一切都蒙着一层朦胧的微光，满眼大红的喜色，熟悉的闺房中坠满红色纱幔。春花茫然起身，恍然在妆台铜镜中见着肤如凝脂、唇若春桃，着凤冠霞帔的自己。

锣鼓和鞭炮声远远地传过来了，夹杂着男男女女兴高采烈的吆喝吵嚷。她呆了半晌，举步循声而去。

一脚迈入正堂，一个红盖头蓦地兜头罩了过来，春花脚下一个踉跄，幸好被一只宽厚有力的手扶住，低眸去看，那手亦是穿着大红衣袖，袖缘绣着一圈金线，和自己的一模一样。

不知谁的破锣嗓子高喊了一声："一拜天地！"

春花惊住了，脚下磨磨蹭蹭，正犹豫要不要掉头逃窜，那扶住她的手握住她的，轻轻拽了一拽。她身子便不再听使唤，游魂一样被他拽到了堂前。

"二拜高堂！

"夫妻对拜！"

堂上受礼之人抚髯大笑："老朽这一生，到此可算圆满啦！"

一旁立时有人应和："石渠公子进京应试，金榜题名，光宗耀祖；春花小姐又招赘良婿，兴家散叶。长孙老太爷真是天下第一等有福气之人！"

侧方一人身着绯袍官服，腰间挂一只亮闪闪的银鱼袋，温文持重地道："若不是我这妹子苦求，爷爷也不会放我进京赶考。我从前做了太多混账事，如今终能挣得些功名，一则自食其力，二则也为百姓社稷出一份力，实在多亏了爷爷和小妹的多年包容。"言语间甚是感慨。若不是认得声音，春花真不敢相信这是泼皮般浪荡了二十多年的亲哥哥。

石渠向前踏行两步，来到春花面前，低声笑道："好妹子，你为我和爷爷殚精竭虑了这么些年，今日以后，便可心安了。如今千挑万选，招赘了个如意郎君，你心里可还欢喜？"

春花一怔。

听石渠的意思，这位如意郎君，乃是她亲自挑选的。

也是，若非过了自己这一关，旁人谁又能做得了她的主？

此刻满座皆欢，祖慈孙孝，一派融融气象，难道不是她长久以来一直盼望的吗？

盼兄长早日开悟，沉稳担当；盼祖父去除烦扰，晚年安泰；盼寻得一个忠厚正直、才能卓著的赘婿。即便是有一日自己不能侍奉，他也能主持家业，为祖父养老送终，为兄长经营周旋。

那一夜一夜的思虑，便如算盘上的珠子，被她拨了再拨，小心安放计算。而今，竟都如她谋划的那般成真了。这真是，风斜画烛天香夜，凉生翠盖酒醺时[1]。

果然像"北辰"神官所说的那样，一切所愿尽得偿。

破锣嗓子喜气洋洋地喊道："礼成，一对新人送入洞房！"

---

1 出自宋代辛弃疾的《最高楼·和杨民瞻席上用前韵赋牡丹》。

浑浑噩噩中，也不知是如何回到了新房，端坐榻上，触手都是柔滑清凉的蜀锦床被，春花蓦地心安了下来。

是她喜欢的质感，是她亲自挑选的好料子。

是她周密计划的人生。

身侧，有一人挨着她坐了下来。

来吧。春花心想，且让我瞧瞧，我精挑细选的夫婿究竟是什么样子的。总不至于是卢老爷家那个白白胖胖的小儿子吧？

喜秤杆轻轻挑起盖头一角，她听见清浅的一声："娘子。"

这声音，竟有几分熟悉。

不待她细想，盖头翩然落下。她的目光顺着绣金线的喜服攀缘而上，从玉带紧束的窄腰，到宽广的胸膛、肌理分明的阔肩、如刀刻般利落刚硬的下颌……

"严先生？"春花目瞪口呆，幸好严衍伸手替她扶住满头珠翠，她才没有一个倒栽葱从床上栽下去。严衍的神情是她熟悉的淡然，也许是大红喜服的映衬，他眼尾多了一团氤氲的暖意。

"娘子，"他端详着她，轻轻问，"若不是我，该是何人？"

这下把她问住了。

招赘这事，她从前虽不着急，心中也是有所谋划的。她将前二十年认识的男子挨个扳手指数了一数，确实好像……这位严先生，是最合适的。春花脸上微微有些发烫，想起自己说过要招赘他的狂言，大约也不是空口无心。如此说来，她这东家当得是有些包藏祸心。

春花轻咳一声："应该……没有错，就是严先生你了。"

她小心地将视线与他对了一下，但见他眸中如石落平潭，起了一丝波纹。

"为何是我？"他再问。

"呃，那自然是因为……合适。"

见惯了商场上貌若忠厚、内藏奸诈的虚伪之徒，更有那些狗走狐淫的猥琐鼠辈，她一直觉得，自己若要招赘，对方人品必须贵重，且须在生意上有些才具，至于出身家世，则不能太高，寻常即可。

故此，吴王世子这般的高门大户，自然是不在考虑之列的。

而这位严先生心思缜密，管账御下都是雷厉风行、干脆利落，她十分欣赏。他虽口中刻薄，但律己极严，性情板正，对她这样满嘴跑马、左右逢源的人来说，偶尔被当面冒犯，非但不令人郁闷，反而还颇有趣致。

还有相貌——他的相貌俊冷，总带着拒人于千里之外的漠然和不能苟同，大约不会是哪方春闺的梦里人，但……对她这种厚脸皮来说，倒是颇为顺眼，乃至常常升起一股窥探撩拨的欲望。

这大约就是……合适吧。

"合适？哪里合适？"严衍又问。

春花被他问得错愕，于是又扳着手指数了一阵，不好意思地笑起来。

"哪里都很合适。

"你在那断妄司里当差，奔波劳碌，有什么好？若是辞了差事……和我一起，咱们白日里一起去巡铺子，晚上一起看账，好好挣银子，早晚有一天，把整个鸳鸯湖都盘下来，岂不快意？"

再生两个小娃娃，一个学他吹胡子瞪眼，当个教书先生专训人……喀喀……教化世人；另一个学她应酬四方，通往来，惠万家，承袭家业，长命富贵。这话她在心里憋了一憋，没好意思吐露，怕他觉得自己想得太长远。

严衍双眸如星，深深凝视着她，神情变幻往复，倏然悠悠叹了口气。

"春花……"

"嗯。"

"我想……我错了。"

春花呼吸一停，仿佛一桶热水兜头浇下，蓦然间大汗淋漓。

鸾歌凤舞飘珠翠，疑是阳台一梦中。[1]

章二十·槐南枕香

春花陡然惊坐起，睁大眼睛。

什么喜堂、洞房、香闺、红烛，通通消失了，也没有什么光怪陆离的大小洞天，只有阴暗潮冷的一方石洞，洞顶的石笋幽幽地滴下水珠，一滴正中春花眉心，冰凉刺骨。

严衍在她身侧盘膝而坐，闭目念念有词。他一手紧握着她的手，另一手在胸前捏了个诀，指尖一缕微光与印堂相连，又从印堂中漫射出无数青色光丝，笼出一个方圆三丈的结界，恰好将两人罩在当中。

漆黑的浪涛从外涌来，一浪一浪拍在结界之上，却被青色光丝阻拦，不得入内。窸窸窣窣的声响在四面八方此起彼伏，挥之不去。春花勉强适应了昏暗的视野，定睛一看，骇得头皮一炸。那根本不是什么浪涛，而是无数尖嘴黑毛的肥硕大鼠。老鼠们集结成群，嘶叫拥挤着向他们冲过来！

她便要起身，却被严衍按住。

1　出自唐代佚名的《与崔渥冥会杂诗》。

他面沉如水，剑眉紧蹙，交握的手却十分有力。春花醒悟过来，知他不便言语，须得竭尽全力才能维持结界不破。

春花一时有些分不清梦境与现实。

家给人足、如意欢喜的一生就在眼下，种种艰难坎坷，似乎都是很多年前的事情。灵台渐趋清明，记忆中种种不合理之处也如海水落潮后的沙石，浮出水面。是了，她为了查清苏玠之死，和严衍一同跌入了澄心观的地宫，遇到了一个自称"北辰"的神官！她根本不记得如何从地宫中离开，但从那之后，一切都按照她心中最期待的方向发展！此刻她终于醒悟，那些岁月静好、举案齐眉，不过是镜花水月、南柯一梦罢了。

她和严衍此刻仍在澄心观的地宫之中。

春花大怒："什么'北辰'神官？根本就是装神弄鬼！"

结界之外，那"北辰"神官从鼠群中现出身来，衣着未改，面目已全非，只见他瞪着一双芝麻眼，面削嘴尖，两撇灰白八字胡，神情阴冷。他身后跟着一个白衣女子，容貌娇丽，神色踟蹰。

女子道："妖尊，拙贝罗对付凡间人妖绝无失手。可这两人都是……仙身慧根，无法彻底控制。"

那妖尊哼了一声："你若没有魇龙之血，能制拙贝罗，本尊怎会留你到今日！"

白衣女子轻咬下唇："属下……终究不是真正的魇龙，造梦之力不及纯粹的魇龙血。"

她如霜面庞飞快地抬起来，看了妖尊一眼，又深深埋下。但春花已经看清她的长相。

"樊霜！"她喊了一声。

蔺长思曾告诉过她，海龙精樊霜被霍善道尊以金磬法器收服，早已化为血水。春花与樊霜过往还算有两分交情，也曾怜惜她流落风尘，提出要替她赎个自由身，无奈她自己不肯。春花为切断长孙石渠的念想，才托了苏玠与她假意周旋，却不想，因此害了苏玠。

樊霜并未回应，倒是那妖尊抬起眼皮，向她冷笑了一声。

春花怒道："你们要杀要剐，直说便是，何必使这些障眼法玩弄人心？简直卑鄙无耻！"

妖尊诡异地笑起来："本想织个幻境，让两位快活安详地驾鹤往生，两位却不配合，非要醒来不可。这可就莫怪本尊无情了。"

青色结界的光线渐渐暗淡，妖尊续道："你身边的人法力虽高，但身负重伤，体力已是强弩之末。这结界支撑不过一刻，届时我的孩儿们一拥而上，莫说是仙根，便是骨头末也剩不下。"

春花背脊一寒，再去看严衍，但见他额间已有微汗，手心也烫得惊人，仿佛要借握力传达什么。她恍然明白，这妖魔所言非虚。春花背上密密地出了一层汗，不禁想将平日与奸商谈判叫阵时的本事尽数施展，脑子飞速运转起来。蓦地脑中灵光一闪，她抽出雪亮的匕首，抵住严衍咽喉："你们若上前，我便先杀了他，再自杀。此刀可不是凡器，削铁如泥，一刀下去，立时毙命。"

妖尊与樊霜俱是一怔。

春花惯会察言观色，立时知道自己抓住了对方的要害。

果然那妖尊强笑道："本尊要的就是你们的性命，你却以此威胁，岂不可笑？"

春花也笑："你本可以一上来就置我们于死地，却非要编个幻境骗人不可。我猜，你一定不愿我们就此死了，想必还有别的章程要走。"

妖尊默了一会儿，又阴恻恻道："你一个娇生惯养的小姑娘，动什么刀呢？恐怕连只鸡也没杀过吧？"

春花放声大笑，反手在自己臂上划了一刀，鲜血立刻从衣内渗了出来。

"这位妖尊狗尊还是王八尊的，你去汴陵城里打听打听，谁不知我长孙春花心狠手黑，说到做到？不信的话，尽管来试试！"输人不输阵的道理，她向来晓得。要论这些虚张声势的比拼，她可没输过。

妖尊一时语塞，实在没料到，被这浑不懔的女子几句话弄得束手缚脚。

严衍紧握她的手微微一动，似是瞬间松弛了下来。

春花莫名读懂了其中赞许的意思。在这险象环生的洞府中，她竟然有点小开心。

樊霜附在妖尊耳边，压低声音："妖尊，绝不能让他们就这样返回仙班。属下倒是有一计策。"

妖尊轻轻皱眉："你说。"

"不如暂且放过他们性命，把他们交给属下。"樊霜水眸一勾，视线婉和地在妖尊脸上绕了一绕，又低下头去，"属下听说，那位男仙君是天生天养的仙君，自童子之身修行，一点元阳未泄，若是樊霜能破了他童子之身，岂不就斩断了仙根吗？"

妖尊一愣，这倒是个新奇的提法。

"至于那位女仙君，仙缘本就浅薄。若无男仙君相助，她根本破不开拙贝罗幻境。待整治了男的，还怕收拾不了她吗？"

妖尊抬起眼皮看了樊霜一眼："想不到你还有些用处。"

樊霜抱拳："为妖尊尽忠，肝脑涂地。"

妖尊大悦，正要再说什么，一个黄衣小妖冒了出来。小妖獐头鼠目，却还顶着两个不伦不类的童子发髻，正是此前引严衍与春花入洞天的小仙童之一。

"妖尊，腊祭的祭品到了，只是……有些不对。"

妖尊眉头一跳，冷道："这些没用的凡夫俗子，连祭品都能出错！"他看了看眼前的群鼠，冷脸一挥衣袖。群鼠瞬间沉寂下来，停止了对青色结界的冲撞，掉头向洞穴的一个出口蜂拥而去，只一会儿就消失在黑暗之中。

"此处交给你了。若有纰漏，休怪本尊无情。"他深深看了樊霜一眼，旋即领着小妖，向群鼠消失的方向去了。

春花并未听见妖尊与樊霜的低声耳语，但见群鼠撤去，妖尊也随之离去，洞中只剩他们两人与樊霜，心中不禁一松。然而目光与樊霜一对，见对方款款走来，她心中又是一愣。

"站住！"春花急叱，握紧了手中匕首。

樊霜幽幽地望着她，半晌娇媚一笑："你放心，我不会伤害你们。"

春花岂会信她？

"樊霜，你只要靠近一步，我们两人立即死在此处。"

樊霜叹了一声："我方才已和妖尊说了，就留你们在洞中住上一段时日，不必赶尽杀绝，妖尊也已同意了。你又何必不识好歹？"

见春花不语，她又道："你的这位严先生，法力耗损得所剩无几，身上又有伤。等他元气耗尽，就连我也无力回天了。他这样拼尽心力护着你，你忍心让他死在你手里吗？"

春花神情一滞，倏地想起幻境中的严衍在洞房之夜唤过她一声"娘子"。明明都是假的，她怎么记得这么清楚？

真是疯了……

她连忙甩甩头，甩去不相干的杂念，怒道："你……"

青色结界忽然如薄尘散开，严衍睁开了眼睛，周身光华尽敛。

"听她的。"

春花抿了抿唇，拿匕首的手蓦然被他握住，轻轻放下。

"你已经做得很好了，到这里便可以了。"严衍柔声道。

樊霜笑弯了腰，款款走来："还是严先生识趣。"

严衍勉强聚起仅剩的气力："樊霜姑娘如此，必是有所求。不妨明说了吧。"

樊霜捋了捋鬓边乌发，妩媚一笑："我这个人最是坦率。自打在楼船上第一次相见，我便对严先生一见倾心。只要严先生肯与我携手同上牙床，春宵一度，遂了我这点痴念，我便助两位离开，如何？"

拔掉春花的脑袋，她也猜不到樊霜会提这种"狗血"的要求。

"不行！"她想都没想，便大呼。

樊霜失笑："为何不行？"

春花支吾半晌，心念一转，指着严衍的伤口："你看他伤得这样重，现在定是不行的！"

"……"

这话实在有些彪悍，就连严衍面上也微微一震，嘴唇动了动，终究没说什么。

樊霜怔了一怔，旋即笑弯了腰。

"行与不行的，也要看眼前是谁。"

她退后一步，蓦地开始宽衣解带。春花大惊失色，她纵横江湖多年，也确实没有见过这个阵仗，当下扑过去，一把将严衍护在身后，将那削铁如泥的匕首指向前方，颤声道："你……别过来啊！"

樊霜似笑非笑地望着她，蓦地使了个眼色。

春花还未明其意，只听不远处一声闷响。

那本该随着妖尊离去的黄衣小妖不知从何处跌了出来，双眸紧闭，毫无生气地倒在地上。

章二十一·芝焚蕙叹

樊霜的妖娆媚态瞬间凝结成冰，拾起衣物，照样穿了回去。她走到小妖身边，确认他已无意识，轻拂衣袖，将他化作一团黄光，纳入了自己袖中，再回头瞥一眼春花如临大敌的模样，不禁失笑："长孙春花，你自诩聪明，难道看不出我方才是在拖延时间？这小孽畜奉妖尊之命监视我，我给他下了拙贝罗，起效慢了些，只好想法儿演一场戏给他看。"

春花僵在一个老母鸡护崽儿的姿势上，定了一定，讪讪收回双手："我怎么看不出？这不是……将计就计，配合你吗？"

严衍看了她一眼，唇角微微一勾，旋即恢复正色，向樊霜道："樊霜姑娘既是妖尊属下，为何出手相救？"

樊霜道："此处不是说话的地方，你们随我来。"

这洞中地穴斗折蛇行，春花扶着严衍跟跄地跟在樊霜后面，几度便要失去樊霜的踪迹，幸而樊霜回头查看，又让他们跟得紧一些。

三人似乎兜了一个很大的圈，方向却是往原地去的。

樊霜看出另两人心中疑虑，道："你们还以为自己是在一个洞府里吗？

"此处名唤'安乐壶'，是妖尊的一件仙家至宝，壶腹中可装载乾坤日月，地形千变万化。每年腊祭之时，妖尊将壶嘴对准澄心观，祭品与祭者才能进入壶中。壶道宛如迷宫，离开的路线只有一条，且有九九八十一次转动，每一次转动，出壶的路都会变化。"

她话音刚落，只听轰隆隆一阵巨响，霎时地动天旋，前方的甬道出路被截断，身后返回的路径也已被石壁堵上。三人被困在一个逼仄的空间，四面都是滑溜的石壁。

樊霜大惊，四处查看石壁，无奈道："壶内转动一次，须等半个时辰。我们只能在这里等候下一次转动。"

"那妖尊……不会追过来吗？"

"腊祭的祭品走脱了一个，洞中大乱，他暂时未必会发现。"

三人默默互看，眼下也只好如此。

春花扶严衍坐下，又查看了一遍他胸前伤口，见没有震裂出血，这才放心下来。忽然想起什么，她在身上翻了一会儿，翻出一个小瓷瓶，立即大喜，送到严衍面前："我怎么忘了！药铺的黄掌柜给我随身备了颗玲珑百转丹，他说只要吃下去，阎王站在旁边也能吊住一口气。"

严衍垂眸，望着白玉手掌上一颗褐色小药丸。

春花误解了他的意图，解释道："前头还怀疑你不是好人，所以没有拿出来。"

"现在就确认我是好人了？"

"呃……"春花被问得也一愣，倒是认真思索起来。

严衍打量着她，倏尔微微一笑，捏起她掌心的药丸，放入口中。

淡眸微垂，落在她犹在渗血的臂上，他不由得蹙起一双剑眉。

"你毕竟是闺阁女子，怎的伤起自己来，丝毫也不手软！"

春花从沉思中回神："我心上有数，割得不深。"

一旁的樊霜冷哼一声："当年长孙老太爷经营不善，要将尚贤钱庄卖给寻家，咱们这位春花老板举着火把，说要跟钱庄玉石俱焚，结果火星燎了袖子，险些烧掉一只胳膊。那会儿她才多大？十一还是十二？现下这点小伤算得了什么？"

严衍一怔，飞快地看了她一眼。

春花不由得戏谑道："樊都知不只醉心钻研各家公子癖好，连我的事也知道得很清楚。"

樊霜道："何止是你？你爷爷，你爷爷的爷爷，我都熟悉得很。"

说到此处，她倏然一阵恍惚，而后低头叹了一声。

严衍沉沉道："樊都知，你对那妖尊屈身以侍，时日想必不短。究竟有什么隐衷，他又是什么来头，现下可以明言了吧？"

春花附和："严先生是断妄司的高人，司里还有一位法力无边的天官，什么妖尊道尊王八尊的，一定不是他的对手。"

严衍咳了一声，生受了这一拨汗血宝马屁。

樊霜拧起秀眉，深思良久，终于下定了决心。

"妖尊的真身为何，我并不清楚。两百年前，我初到汴陵之时，妖尊就已在此受香火供奉了。他是汴陵的缔造者，是汴陵所有繁华背后的庇护者，也是汴陵唯一的神，那时我们都敬奉他一声：'汴财神。'"

汴陵兴于大约三百年前，最初不过是汴水边一个普通渔村。真正兴旺，是从一户富商人家从南海郡迁入开始的。

那富商带来了许多资财，兴建屋舍、集市、工坊，又广施善行修桥铺路，博得了一个"首富大善人"之名。其时天下大乱，群雄并起争锋，只有汴陵安居世外，富庶安宁，有些贼寇乱兵前来劫掠，都被各种天灾机缘挡在了数百里之外。

财随人居，人随财走，汴陵城吸引了许多工匠商人，很快就闻名四海。其后，大运皇朝逐得九鼎，尽收天下之兵，汴陵城守向太祖称降，天下遂能一统。

百年商都的繁华安乐令天下歆慕，无论是凡人还是老五，有些本事的，自可凭着一身干劲在汴陵享受人间富贵。汴陵人心思活、路子广，敢于冒险，又从不排外。世上新奇的玩意儿，若不是被皇帝老子收入皇宫的，汴陵应有尽有。

樊霜来到汴陵不久，便结识了首富家的公子，与他痴缠数月。有一天晚上，她吃醉了酒，无限欢愉，现出了原形，再醒来时，便已身在安乐壶中。她那恩爱了数月的心肝冤家跪在妖尊身边，献宝一般说她是他亲手供奉的少牢。樊霜试图反抗，但妖尊法力高深，她竟然没有丝毫还手之力。

她被禁锢在安乐壶中不知多久，身边还有许多老五，花草树木、飞禽走兽，皆不能幸免。每一个都是奔着幸福安康前来汴陵讨生活，却落入了妖尊的猎场。她的狱友们常常换新，被带走的，都不知去了何处。

直到有一日，妖尊身边有一个甚得信任的属下，名叫盘棘的，醉心制香，声称可以用魇龙之血制出一味名唤"拙贝罗"的奇香，倘若使用得法，连已成正果的仙人也能克制。她体内既有魇龙血脉，妖尊便将她视为至宝，不仅放她出了安乐壶，还以取之不尽的金银钱财供她任意享用。

樊霜叹了口气，似乎颇为怀念那一段纸醉金迷的日子。

"那时节，朝廷刚刚成立了断妄司，首任天官前来汴陵巡查，曾说汴陵有七百年财脉。这话，想必你们都曾听闻。"

严衍和春花点了点头。

"首任天官这话，还有后半句，却不曾传世。他说这七百年财脉，来路不正。

"首任天官留在汴陵细细查访，终于查到了妖尊驱使凡人为他猎杀老五的真相。首任天官与妖尊在有奚山大战了七天七夜，却不慎中了拙贝罗香，死在了妖尊手下。

　　"那拙贝罗香，可引人入幻梦，前半生心心念念的愿望都可在幻梦中一一实现。首任天官迷失在了幻梦之中，灵魂不得归处，身体则是如常人一般腐烂，直至死亡。"

　　严衍愣了一愣。断妄司典籍中只说首任天官云游时失去了踪迹，世人皆以为他得道升天，却不料是死在了汴陵。

　　春花颤颤举起只手："你说的拙贝罗香，和方才我所中的那个香，不会是同一个吧？"

　　樊霜神秘一笑："巧了，就是同一个。"

　　"那严先生怎么没有入梦？"

　　"他心志坚定，心中毫无执念挂碍，拙贝罗香对他无用。"

　　春花咳了一声："幻梦中梦到的，都是前半生心心念念的愿望？"

　　樊霜点点头："我很好奇，春花老板是做了个什么样的美梦？"

　　春花下意识看了严衍一眼，连忙转过脸去，虚张声势地大笑两声："哦，呵呵，我还能梦见什么？当然是漫山遍野金银珠宝了。"

　　她脸上仿佛被红热小针密密地扎了几个眼，再偷眼去看严衍，见他神色淡然，一副高深莫测的样子，也不知是信还是不信。

　　樊霜意味深长地看了她一眼。

　　严衍出声道："那后来呢？"

　　"妖尊也在那次大战中受了重伤，时至今日也没有痊愈。他不便再自己出面猎杀老五，便以神迹收服了一班糊涂的道士，建了这澄心观，以神谕通告下令。

　　"凡是前来澄心观重礼参拜求财者，都能如愿以偿，久而久之，澄心观便成了汴陵最受人尊崇的所在。而霍善道尊受命在外捕捉老五，再进贡给妖尊，也就是理所当然的事了。"

　　严衍皱起眉："他抓了这么多的老五，究竟为了什么？"

　　樊霜涩然垂首："吞噬妖力，滋养财脉。妖尊与那首富钱家似乎有很深的渊源，他需要源源不断的妖力支撑，为钱家后人延续长命富贵。"

　　春花撇撇嘴："汴陵富户向来以寻、梁两家居首，如今我长孙家也争得了几分田地，可从未听说过什么钱家。"

　　樊霜摇摇头："钱家传至四代之后，无子，只有两个女儿，一个嫁了寻姓，另一个嫁了梁姓。如今的寻、梁两家，都是钱家的后人。"

　　春花一怔。汴陵富户以参与腊祭为荣，她从小便知道，只有寻、梁两家能行腊祭，原以为是两家在汴陵树大根深，联合了不许别家参与，没想到竟和血缘有关。

"人常言，富不过三代。那寻、梁两家在汴陵却能稳稳掌控航运、营造、路桥、盐米等多条命脉，屹立百余年不倒，你不觉得奇怪吗？"

"可是，我长孙家家财已超过了寻、梁两家，成为汴陵首富。"

"你自然与旁人不同。仔细想想，你们长孙家的家财是何时超过那两家的？你又是何时当上汴陵商会的会长？"

春花全身剧震。

她当上商会会长，正是在苏玠身死之后！

章二十二·迁兰变鲍

樊霜冷笑："那苏玠着实油滑，连我也被他骗过了，还以为他……哼，他诓我带他来看腊祭，谁知却潜入安乐壶，盗走了妖尊至宝！

"寻、梁两家的船、茶、钱、当的大主顾都被你挖了去，生意虽还算平稳，却再无往日风光。他们日日前来澄心观哭诉，求妖尊除掉你这个心腹大患，妖尊却不知为何，一面让他们对你能避则避，一面又命我去寻苏玠。"

"苏玠这扁毛畜生，狡诈得很，也不知把至宝藏在了何处。我们以返魂袖中春割了他相好菡苕的半魂，将他们二人来来回回审了数次，都不得答案。最后……"樊霜眼中微微泛起红意，"我虽然恨他，但见他最后被拷问得奄奄一息，也实在可怜，便只好亲手了结他。"

她话中虽有恻隐之心，却没有半点悔意。

春花只觉一股热流冲上了颅顶。

苏玠不是人，她是知道的，但这并不妨碍他们成为朋友。他身上有很多秘密，闯进腊祭以后看到了什么，也从来没有告诉过她。她最后一次见苏玠，他摸遍全身，摸出几两碎银子，塞在她手里："我有一样东西，须得存在你这儿，托你照顾。"

她撇嘴："这点银子怕是不够。"

苏玠哈哈一笑："不够日后再补。"

他转身要走，蓦地又回过头来："要是我死了，可就没有钱补了啊。"

她记得，自己狠狠地向他的背影翻了个白眼。当时只道是玩笑，没想到有一天，真的落到要拼尽全力兑现承诺的境地。

记忆中，矫捷清朗的少年从梁上露出头来："小春花，谁欺负你了？

"不就是个腊祭吗？一群丑老头子聚在一起，有什么好看的？你要真这么在意，我替你进去瞧瞧？"

她无所觉地碰了碰脸颊，这才发现颊上微湿。

"是你亲手杀了他？"

樊霜意外地看她一眼："我们老五之间原本就是弱肉强食，不像你们凡人规矩多。老五若不危害凡人，互相争斗、吞食妖力，断妄司是不管的。"

严衍吃下玲珑百转丹，调息良久，面上终于现出些血色，自觉胸中有暖流源源不断涌入四肢百骸，于是深吸了一口气，站起身来。他侧首看了看噙着泪花的春花，转向樊霜，丝丝冷意自眸中射出。

樊霜一怔，下意识退了一步。她张了张嘴，待要说什么，石壁毫无预警地平移，隆隆地转了起来，不久便露出一扇黑漆漆的拱门。于是，她只是意味不明地看了他们一眼："以前种种是非，待你们出了安乐壶，自可有冤报冤、有仇报仇。现下先出去再说。"

春花冷然望着她："你既然一直为妖尊做事，又害了苏玠，今日为何要救我们？"

樊霜微露踟蹰，半晌道："我有一件重逾性命的东西，寄放在了石渠公子处。护着你们，才能保那东西无虞。"

春花还要说什么，樊霜不耐烦地皱起眉："再磨蹭，谁也别想出去！"

春花伸出手指："那是……一只狐狸？"

其余两人一愣，顺着她所指看过去，果见一只长得极好看的小狐狸气喘吁吁地停在拱门之外。它像是从泥淖里挣脱出来一般，浑身的毛乱糟糟的，沾满泥尘，仔细看才看出通身是红色的，只有肚腹、四爪和尾尖发白。小狐狸瞪着樊霜，面露恐惧，再偏头，看见樊霜背后的严衍和春花，乌漆漆的瞳孔蓦地放大，尖吼了一声，狂喜地向严衍扑过来。严衍怎会让它扑中？侧身一闪，小狐狸便撞在了石壁上，听声音撞得不轻，呜呜咽咽地抱头哭了起来。

春花先起了恻隐之心，过去将它抱起来："这里怎么会有狐狸？"

樊霜道："多半是妖尊抓来的老五。"

春花一愣。

她凑近小狐狸湿漉漉的双眼，仔细打量："你是……可以变成人的吗？"

小狐狸恨恨地冲她龇牙，那嫌弃的神情莫名有些熟悉，她一时却想不起在哪里见过。

樊霜忽然叫了声"糟"。"它身上有禁制，无法变回人……它就是今天腊祭的祭品。"她冷冷扫了小狐狸一眼，"妖尊认得它身上的血气，势必亲自来追。

我们得把它留在这儿，否则会一同被妖尊发现！"

春花一怔，手中下意识松开，小狐狸被她闪了个屁股蹲儿。

樊霜道："它又不是你的同类！别管它了，快走！"

严衍注视着春花，点了点头。

是了，老五的生死，他们断妄司也是不管的。

春花被严衍拉着，踏出两步，猛地顿足。她转头看着那小狐狸。它似乎猜到了自己不被关心的命运，眼中再无戾气，只是凄苦地望着她。

她拉住严衍："不知道这小狐狸变成人的时候叫什么名字，做什么为生，是不是还有个家要养活？"

严衍望着她："天道自有其常。你何必深想？"

春花道："这些老五，他们也织布做饭、迎客算账、养马造车，他们虽不是人，但人世间的繁华，也有他们一分贡献。他们的性命，怎么就不重要呢？"

精于香道的兰苏，会写讼状的罗子言，和气迎客的熊掌柜，她的宝贝护卫仙姿，还有苏玠，玩世不恭但讲义气的苏玠。

所谓人间的繁华，没有了他们，还剩下什么呢？

严衍触及她的目光，神色有些复杂。

他心中向来存着天道律法和伦常，从无倾斜。人妖殊途，老五的世界自有规矩，从来就无需断妄司插手。但……

他叹了一声："那就带上它。"

樊霜回首看看他们，挑起眉："你们两个凡人，还真是奇怪。"

三人一狐加快了脚程，不多久便来到一条细长的甬洞之下。

樊霜道："上方就是壶口，你们快上去。"

甬洞四壁滑不唧溜，根本无攀爬着力之处。严衍四处探了探，直觉他要自己一个人跃上去或许还有可能，带着春花，却是万万不行。

春花看出他的顾虑，道："你若能上去就先上去，垂了绳子下来拉我。"

严衍有一瞬间的犹豫，但旋即点点头，也只能如此了。他轻轻跃起，使出壁虎游墙的功夫，缘着洞壁向上攀爬。约莫半炷香的时间，甬洞终于到顶，他攀住井沿，翻身跃出甬洞，周遭寂静如谜。严衍的双目习惯了黑暗，接触到上方透下来的微光，一时觉得有些刺目。顷刻后，他才看清，自己身处一个殿宇之中，这甬道的出口就藏在一个巨大的神像背后。

殿中空寂无人，窗外有熹微日光透入，此时应是清晨。

严衍绕过神像，四处翻找，终于在神龛下找到了一段布幔，可以结成绳索。他不经意地抬起头，望见那神像的面容，不由得呆住了。神像面容莹润，神情温和，眸中却隐隐透出一股邪气。更重要的是，神像的相貌，竟与春花有八九分像。神像的头顶上，一张金箔匾额幽幽地亮着四个红色大字：招财进宝。

密密的玄旌法阵倏然在他身侧张开，殿门豁然洞开，八名道人飞身而入，将严衍团团围在中间，为首的正是澄心道尊霍善。

"道法无量！贫道在此恭候多时了。"

财神像的眼眸似乎妖异更盛，泛起了紫光。严衍耳中敏锐地捕捉到甬道中传来女子的惊呼，他眸中倏然一冷。顾不上隐瞒身份了，他双手在身侧结出手印，周身蓦地青光大放，如暗夜中爆出万丈烟霞，霞光刺破金色的玄旌法阵，神火一般冲向围困他的八个道士。

岂料道士们却像未卜先知一般，同时回退，避过了青色神火。

霍善道尊慈悲无限地抬眸，叹了一声："施主能破玄旌阵，能使掌中雷，果然是断妄司天官谈东樵到了。"

甬洞之下。

春花等了片刻，耳听严衍已攀了上去，心中一宽。

樊霜道："你这年轻郎君，会不会上去了就一走了之？"

春花一怔，而后道："他要丢下我，早就丢下了。"

何况，她在严衍胸上捅了一刀，严衍也并未记恨她。

春花看向樊霜，一时不知该恨她还是谢她。

"你……跟我们一起出去吗？"

"出去，又能去哪儿呢？我回去，只说是被你们打晕了，妖尊即便要罚我，也不会要我的性命。"樊霜苦笑一声，忽地想起什么，伸手抚上春花的手，"我看你还算个有感情的凡人。你若……还记我一点恩情，回去之后，好好照顾石渠公子，让他注意保暖、按时就寝，平日一定要吃得温补些。"

春花实在丈二和尚摸不着头脑，倒也胡乱应下了。

小狐狸忽然躁动起来，挣扎着要从春花怀里蹦出去，直往甬洞上爬。一阵腥臊之气不知从何处弥漫出来，随之而来的是无数小尖爪子爬过石壁的声音，骚动的群鼠如浪涛一般填满甬道，前赴后继地涌过来。

"是妖尊！"

小狐狸绝望地攀着滑溜的石壁，身子却停在原处，丝毫不见上移。春花焦急地看着上方，忽见甬洞顶上青光大盛，心中蓦地一慌。群鼠的洪流之后传来妖尊沙哑阴冷的声音："樊霜，你真以为我舍不得杀你吗？"

樊霜握紧了双手，双目发红地瞪着涌来的群鼠，她漫长的一生如电光石火一般在她脑中历历轮转。东海水底的珊瑚林，自由的美人卓合，憨厚鲁莽、死在霍善道尊手下的小绿，以及骗过她，也被她骗过的那些虚情假意的男子。

樊霜忽然冷笑："谁要当你的宠物！"

身着白纱的娇艳美人遽然脱去衣衫，化作了一条银白修长的海龙。龙吻尖巧而美丽，轻轻托起春花和小狐狸，长啸了一声，如她最高贵的同族飞龙一般，直冲出甬洞，翱向九天。

章二十三·兰因絮果

仿佛狂风从地下席卷直上，一条长吻的雪白海龙赫然出现在财神殿中。众人还来不及看清眼前的情形，便听见地底下传来震耳欲聋的怒吼："贱婢安敢叛我！"

海龙低下头颅，将春花和小狐狸轻轻放在地上，口吐人言："不必怕他。他受过重伤，须在安乐壶中静养两百年才能痊愈，如今时日还不够。"

殿中，澄心道尊霍善率众道士退出两步，改用新的八卦法阵。这是个保存实力、四两拨千斤的法阵，施阵者远离受阵者的攻击范围，却能交替施展小幅攻击，乃是道教所创专用于围攻道行高深的大妖，极难突破。严衍一时觑不到空当，只得全心应对，背向高声道："樊霜，先带他们走！"

海龙垂眸："我……走不了。妖尊在我身上施了禁制，我此生都不能离开安乐壶。否则……"

甬道中传来冷笑："否则便会立刻烟消云散、魂魄无踪。"

春花怔然。

"樊霜，你擒了那两人与祭品回来，本尊尚可赦你一命，莫要执迷不悟。"

樊霜冷笑："回去，是不可能了。妖尊，就让属下最后再送你一份大礼吧！"

盘踞的海龙蓦地跃起，顺着财神金像盘旋而上，矫捷的身躯将神像紧紧围住。

甬道内大呼："樊霜！你敢！"

霍善见状亦是大惊："且住！"

话音未落，海龙浑身绷紧，如百炼钢索般紧紧箍住神像，无数的裂缝从神像眉心延伸出来，神像姣好的眉眼身手登时化作制作粗劣的汝窑。"嘭"的一声，神像爆裂开来，海龙的身躯随之断成数段，萧萧坠落。巨大的爆炸将财神殿的屋顶炸出个窟窿，石块金块簌簌而下。神像所在之处顷刻化作一堆乱石，海龙的身躯被深深掩埋在下面。

春花抱着小狐狸，眼疾手快地躲在一根倾斜的柱梁下。不知何时肩上挨了一记落石重击，她也来不及呼痛，只叫道："樊霜！"

八卦法阵中，众人凝神聚力，正僵持不下，不敢擅动。

霍善双目通红："你们……竟敢渎神！"

铜钱剑杀意更盛，带着怒气向严衍攻去。

春花见状疾呼："道尊，你侍奉多年的财神实乃妖物，你才是真正的渎神者！"

霍善闻言，心神一恍，铜钱剑势头减弱。严衍吃力挡下这一招，突觉丹田处一阵剧痛，胸前伤口一片湿滑冰冷。他心知自己法力尚未完全恢复，如此消耗不了多久，分神向春花喊道："快走！"

春花一怔，再看一眼神像残骸，底下毫无生命迹象，心中更是一沉。她抱起小狐狸，掉头向殿门跑去，刚踏出一步便顿住，看向严衍："你尽力撑一撑，我去搬救兵！"

严衍一怔。

断妄司以严守天道为己任，护佑黎民。他手中办过案件无数，所遇对手较眼前更为凶险的亦不在少数。黎民逃命之前，大言不惭地说要搬救兵的，这还是第一次。

然而地底再次传来怒吼："一个也走不了！"

神像的残骸忽然急剧收缩，石块如磁石般向中心聚拢，汇聚成一头小山般的石头怪兽，拦在春花面前。

"你们以为本尊出不了安乐壶，就奈何不了你们吗？"

后无退路，小狐狸皮毛一乍，从春花怀中跃出，挡在她身前，凶狠地露出白牙。

石兽轻蔑一呵，张开大口，小狐狸便如一片红色指甲盖儿般，消失在它口中。它咕噜噜咽了下去，还打了个响嗝。春花脚下如同灌了铅，竟是动弹不了，眼睁睁看着石兽吞吃了小狐狸，又向自己扑过来，心中霎时一空：我长孙春花，是要交待在这里了。

生死之间，最放不下的事如走马灯一般在她脑海中掠过：爷爷的旧症、哥哥的前程、长孙家的荣光……没有了她，他们会难过很长时间吧？但总算还有一份不小的家业，其后，总会各有福祉，各斩牵绊。

这也是极好的呀。

春花快速地总结自己前头这二十年毫不拖泥带水的人生，顿感十分满意，亦无遗憾。耳边蓦地响起一声厉喝，不知怎的，她身子一轻，飞了起来，竟躲开了石兽的攻击。再落地时，她才发觉自己置身于温暖的怀中，脸颊紧贴着一个滚烫的胸膛。猛然抬头，严衍如霜雪般苍白的脸映入她眼帘。他双眉一跳，噗地喷出了一口鲜血。

"严先生！"春花失声。

霍善道尊尚在呆愣中。

法阵中人忽然生受了他一掌，旋即突破了法阵，却不攻击，而是跃向了被石兽追击的女子。石兽滞了一滞，看向八卦法阵，霍善立时领着众道士拜下，口呼"神尊"。

石兽冷笑了一声，再看向角落里相拥的男女。

"去死吧！"

石块攒成的巨爪带着劲风袭来。

严衍撑着最后一口气，翻身将春花护在身下，闭上了眼睛。意识逐渐消散，他仿佛回到了少年时。他刚被师父收入断妄司，跪在妄念碑前，随着师父声声诵读司训："不轻纵、不枉杀！"

师父朗声问："红尘于我何有哉？"

小小的少年高声答道："护佑黎民，严守天道！"

他记忆中的黎民，愚昧而脆弱，为私利蝇营狗苟者不胜其数。黎民于他是责任，千万人来来往往，亦无不同。然而在他将死的这一瞬间，黎民凝结成了怀中女子的形象，满心计算却鲜活真实，值得一切善心护佑。

他在红尘中走了二十余年，此刻真切地觉得，死于卫道途中，心悦而无憾。

巧的是，凡间这时，在九重天上，正是福、禄、寿、喜四位星君约在瑶池畔的小亭子里打麻将的时辰。福、禄、喜三位早早到了，单是寿星久久不至，半晌才捎来个仙诀，说是养的小仙鹿吃坏了东西拉肚子，来不了了。老神仙们三缺一，恼得无事可干，一同将老寿星骂了个狗血淋头。

而后，喜星神神秘秘地掏出一面镜子："话说，小春花下凡有些时日了。看天时，她也差不多该功德圆满、寿终正寝了。我从司命那儿顺了一面观世镜来，要不咱们……一同观赏观赏？"

观世镜浮尘一散，便现出此时凡间的情形来。

三位老神仙齐齐愣了神。

喜星搔了搔脑袋："啊！这……"

"按照司命新写的本子，春花不是被这石头妖怪一口吞吃了吗？"

"是啊是啊，怎么咬了个空？"

"唉，她竟然没有死吗？"

喜星忧从中来："春花在凡间风生水起地混了二十年，已是没按本子来了，这下连新排的死期都错过了……这……这司命也太不靠谱了吧！待天衢圣君回天庭，可是要怪罪的！"

福星颤颤地伸出一根手指头："老禄啊，你眼神好，快瞅瞅，那坏了小春花命数死期的，不就是天衢圣君吗？”

“……”

“……天衢圣君是要死在石头妖怪手里吗？”

“他死了，岂不是就要回天庭来了吗？”

“……”

老神仙们面面相觑。谁还不想多浪几天呢？还是禄星脑子转得快，左右张望了一番，眼尖地盯上了旁边一个正在扫地的小神仙。

“兀那小仙官！”

小仙官生得眉清目秀，扛着扫帚，着一身墨绿衫子：“几位上仙有何吩咐？”

禄星倚老卖老地咳了一声：“我看你很眼生，何时飞升的啊？”

“小仙刚刚飞升，不到一刻钟。”

“哎哟，正新鲜热乎着呢！”禄星大喜，“正好我们几位上仙有件要事，交由你下凡去办。”

小仙官一愣：“小仙……刚刚飞升，私自下凡……不太好吧？”

禄星瞪他一眼：“我让你去，怎么是私自下凡呢？何况……喀喀，咱们天庭上最爱管事儿的那位不在，最近大家都过得……嘿嘿，很是松快。”

小仙官目光往观世镜上瞟了瞟，微微一怔，旋即好脾气地笑了。

“那么，几位上仙，究竟有何吩咐呢？”

严衍仿佛乘着一叶扁舟，在宽阔的大江上漂流，在流水中打了几个转儿，随后从舟中持桨站起。低头再看手中，桨竟然消失不见了。他愣了一愣，随即想起，自己并没有什么特别要去的地方，持桨亦是无用，于是便任由自己这样漫无目的地随波逐流，又不知过了多久，前方竟出现了一个江心小岛。

小舟如被系，自然而然地滑入小岛的渡口。

严衍下舟，登岛。

小岛不大，只有一棵参天大树在岛的中心生长，树干可由十余人合抱，枝干修整，茂密沉郁。这是他熟悉的地方，是无数个修炼打坐的深夜里，他曾到访的所在。师父说若修行者修道至深，及至登仙之时，便能在灵识中生出一座隐秘灵台。

他从未对人说过，他自幼便有一处灵台，正是这棵江心岛上的巨树。

严衍负手站在树下，不知自己从何处而来。他双目投向江上碧波，毫无意外地感到单调沉寂。蓦地，身后有人唤他：“严先生！”他皱了皱眉。

他离京之时，韩抉给他造了个假身份，又让他取个假名。他于是将本姓“谈”字拆开，取“言”“炎”二字谐音，故名严衍。被叫得多了，他偶尔会忘记原本的身份，真以为自己只是个姓严的账房先生。也许是因为那唤他"严先生"的人，对这红尘中存在的一切人事，都太认真，太当回事。

身后那人又唤："严先生。"

他有些不耐烦，转过身去："别叫了。"

蓦地愣住。

一处虬结古朴的枝干上，不知何时，绽出了一枚不易察觉的鹅黄骨朵。

严衍遽然睁开双眼，大汗淋漓。

章二十四·兰芝长生

腊祭仪式告终，除了观中道士，其余人都已离观。闻桑和李奔在观中寻摸了许久，没有发现任何异常，严衍和春花好像凭空消失了一样。正灰心丧气时，忽听数声巨响，有一座殿宇的屋顶炸了。两人连忙赶来，从屋顶窟窿里往下一看，惊得是魂飞魄散。闻桑总算没有掉链子，立时摸出无定乾坤网，扔了出去。那是韩抉亲手研制的法器，果然将石头妖怪阻了一下。严衍闭目倒在春花怀中，不知生死。

闻桑飞跃而下，急问："他怎么了？"

春花被闻桑一问，有些发蒙，半晌喃喃道："他……被我捅了一刀，中了老道士一掌，又被……那妖怪啃了一口……"

闻桑："……"

他按住严衍手腕，惊觉脉息已几近于无，连忙先出手封住他周身大穴，再看一眼春花，一时也说不好她是友是敌。

李奔已从身后抢过来，要把春花拉起："东家，咱们先走！"

一拉，却没有拉动。

春花低头，怔怔望着严衍的脸，只觉他浑身滚烫，不由得紧紧揽住他的肩。她一时也不知身在何处，要去何方。但让她撒手放开严衍，是万万不能的。

殿门前，众道士已重新建起八卦阵，严阵以待。霍善伸出铜钱剑，朗声道："你们这些渎神之人，一个都别想走！"

石头妖怪轰隆隆在殿内乱撞，拼命想要挣开无定乾坤网的桎梏。若是等它挣脱，那就真是谁都走不了了。

闻桑与李奔对视一眼——闻桑想的是，他本是个孤儿，自幼被断妄司抚养，师伯和师父对他有再造之恩，粉身碎骨亦不能报；李奔想的是，他一家都是逃荒来到汴陵，由长孙家收留，教会他习武，今日若不能以身护主，回去也无颜见家中父母姐妹。

两人虽是初识，却在彼此眼中看到了熟悉的神情，于是抽出兵刃，迎上霍善。

　　"铮"的一声，无定乾坤网在强力之中，碎裂了。石头妖怪履着地面，轰隆隆向春花和严衍奔涌过来，口中嗡嗡有声。只有春花听见了它的怪叫，似乎是："财神春花！"

　　蓦地，残破屋顶之外，自昏暗的天际洒下了莹白的点点碎光。光芒所到之处，仿佛延缓了时间，所有的人、妖，动作都慢了下来。春花茫然地望着那石头妖怪渐渐趋近的丑陋躯体，不知何时停滞在了面前。似乎有层透明的光幕，如铜墙铁壁，挡在了她和石头妖怪之间。碎光如雪，顷刻洒满了地面。莹白的光堆中如水凝结一般，缓缓立起一个人形来。

　　"春花老板。"仙人兰荪向她彬彬有礼地作了一揖。

　　"小仙与你尚有一段因缘未尽，特来相救。"

　　春花一向以为，只有那些写话本子的肚里没词儿的时候，才会天降个神仙，"碾压"一切妖魔鬼怪。没想到这回，轮到自己撞大运了。

　　她问："你能救严先生吗？"

　　兰荪笑笑："不能。"

　　"你能……杀了妖尊吗？"

　　"亦不能。"

　　春花深吸口气："那你能做什么？"

　　"我能救你。"

　　兰荪微微一笑，那神情是高不可攀、无关痛痒，却又仁慈宽厚。

　　"你今世历劫，原本尘缘已了，该命绝于此，却阴错阳差，错过了死期。我今来问你一句……

　　"长孙春花，你还恋栈这红尘吗？"

　　这声音如高山擂鼓，震得春花耳膜发疼。她赫然醒悟，这是梦中白猫反复问过她的话。

　　恋栈吗？她低头看严衍。

　　"若我死了，他……会怎样？"

　　"自然也没有活路。"

　　"若我能活呢？"

　　"你可以尽你的力，用人间的法子救他。"

　　春花忽地又想起在安乐壶中因拙贝罗香而做的那个梦。

　　"我对这红尘，十分恋栈。"

　　兰荪盯着她看了一会儿，随后含笑点了点头。

他转身，面向石头妖怪。

石头妖怪冲破了光幕，凝结的时间倏然流动。

妖尊咬牙切齿的声音从地底响起："兰荪！你不过是我踩在脚下的一根破草，上天镀了一层金，你就把自己当令箭了？"

兰荪淡淡一笑："天道伦常，非你所能左右。"

八卦阵中，无论是众道士还是闻桑、李奔，都如遭大石重压，口吐鲜血倒地。在神光与妖力的相抗之中，凡人的法力微不足道。兰荪轻轻抬手，从宽大袍袖中蹿出一条碧绿丝绦，沿着石头缝直钻了进去，在石头妖怪体内横冲直撞。石头妖怪通身的缝隙中绿光大放，"砰"的一声，石头再度炸裂，喷撒了一地，定睛细看，竟是堆砌如山的金玉碎块。

妖尊从地下发出凄厉而惊悚的惨叫，仿佛受伤垂死的野兽。一股灰色幽光逃入安乐壶的甬洞，顷刻间，地下隆隆剧震，地面裂开，黑色光团从地下快速升起，也不恋战，通过屋顶的窟窿，倏地蹿入云霄，消失不见了。

春花大惊："你不追吗？"

兰荪道："他受了重伤，只能逃回安乐壶中。后头便是你们凡间自己的事了。"

他转脸看向伏在地上，神情仍十分不甘的霍善道尊："你乃侍神的修士，却连是神是妖都分辨不出。既然眼睛无用，就由本仙取走吧。"

话音刚落，霍善道尊双手捂脸，嘶哑痛叫起来，再放下手掌时，双眼中瞳仁已变作浑浊的白色。

春花微愣："神仙……都是如此随意惩罚凡人吗？"

兰荪道："并非随意。多少有些因果吧。我此次下凡，既为还恩，亦有还仇。"

"那……静宜呢？她于你是恩，还是仇？"

兰荪默了一会儿，半晌道："凡间事于仙人而言，都只是露水一滴、昙花一现。既已超脱，安有眷恋？"

他收回手掌，隐入袖中，满意地点了点头。

"春花老板，快去救你想救的人吧。"

靠一日一株百年老参吊着口气，连喝了七株老参，严衍终于从阎王殿被抢救了回来。严衍身体和灵力都受损得厉害，病情平稳后，又昏睡了三天三夜。

严衍睁开眼，闻桑惊喜的大脸放大在眼前。

"师伯，你终于醒了！

"你一定很奇怪，是谁救了你们吧？

"是个活的神仙啊，你也认识的，就是之前那个菖蒲精兰荪啦！哇，成了仙果然不一样，他只动了动手指头，那个石头妖怪就被打爆了头！

"春花老板还真是个讲义气的。李奔要拉她先走，她动都不动……晕倒之前，还撑着最后一口气，把传家的玉牌套在你身上，让李奔带你去医馆找许大夫，说是不论用多贵的药材，都一定要把你救回来！嘿嘿，那老大夫果然有本事，把整个汴陵城的百年人参都调过来给你熬汤喝！

"欸，师伯，你怎么不说话？是哪里不舒服吗？"

严衍被他吵得太阳穴阵阵暴跳剧痛，最后的记忆如呼啸的山风涌入脑海。他倏然紧攥住闻桑的手："长孙春花呢？"

闻桑一愣，忽地脸红，支支吾吾道："春花老板她……"

严衍一惊："她怎么了？"

闻桑嚷起来："她说身上太臭，洗澡去啦！"

"……"

严衍胸前伤口一痛，心中却是猛然一宽，仿佛激烈湍急的巨浪遇上绵软的沙面，瞬间落定，铺满江滩。

闻桑并不知道自己的大喘气引发了怎样的波动，继续喋喋不休道："嘿嘿，其实我也有那么一点儿小功劳呢！要不是我和李奔及时赶到，抵挡了一阵，你们可能都等不到兰苏下凡，就要丧命啦！"

严衍试着撑了撑虚弱的身子，却只觉眼前一黑，又脱力地倒回床榻。

闻桑大惊："师伯，许大夫说了，你得多躺几天！"

严衍剧咳了一阵："扶我起来！"

"师伯，你别逞强啊……"

遭严衍冷眼一瞪，闻桑不敢违逆，颤颤伸出双手。身后传来一声轻嗤，顿住了他的动作："大夫都说了，要卧床静养，怎么还要逞强？"

严衍循声望去，先望见长孙石渠从门外冲进来，大呼小叫："哎哟哟，严兄，你再不醒，我们医馆大夫的薪俸都要被春花扣光了！"他似乎又长胖了，更显得皮光肉滑、唇红齿白，怀里托着一只火红的小狐狸，"这死里逃生的小狐狸现下伤都好得差不多了。你可不能输给它，也要快点好起来啊！"

那狐狸在他手里挣扎了两下，终究挣脱不出，只得一脸生无可恋地任他摸来摸去。"咚咚"几声，长孙老太爷拄着龙头拐杖迈进门来，石渠连忙扶了一把，被老太爷甩开。老太爷慈祥和蔼地走到床边："严先生，你是咱们钱庄的顶梁柱，要是没有你，春花一个女孩子怎么顾得过来？你就放宽了心，在家里住着，想住多久住多久，一定得把身子养好啊！"

最后出现的，是长孙春花。

她笑语晏晏地立在门槛上，并不进来，乌发只簪了一半，另一半散落在胸前，依旧穿鹅黄衫裙，如一簇隽甜的迎春花在清风中微微摇晃。

章二十五·穆如清风

腊月十五，曲知府禀明了吴王爷，领着一班捕快将澄心观搜检暂封，以免民众侵扰破坏。这事的起因，是霍善道尊不知怎的，盲了双目，大失常性，在澄心观中持剑狂奔，伤了十几个弟子。

道士们联合吴王府的府兵，好不容易才将他制住。老道士破口大骂，什么"渎神不敬"，什么"装神弄鬼"，叫嚣了两个日夜，终于奄奄昏迷。吴王爷一向慈悲为怀，对澄心道尊敬重有加，特为他请了城中最好的大夫，却也看不出个所以然来，只好为他择了一处偏院休养。

澄心观没了主心骨，观中道士纷纷散去，或投奔他观，或还俗归家。

闻桑也在搜检的捕快之列，他在后园中找到了一条地道。地道的尽头却是封死的石壁，并没有什么机关，只发现了一些经年已久的破碎白骨。仵作验了，均是兽骨。澄心观的异事，也只能不了了之。

有好事者声称，霍善道尊发疯那日，曾有地动山摇的异象，澄心观上空腾起一团黑云，直上青天逃逸而去。百姓们都传闻，是澄心道尊多年来降妖除魔，造了太多杀孽，遭了反噬的缘故。

年关将至，街市上大小商铺竞售各式年货，除了桃符新历，还有那些年画春幡、烟花爆竹、蔬食饧豆、干货腊味，不一而足。腊月本就是长孙家旗下产业一年中最繁忙的时候，春花安排着酒楼置办了十样锦食盒，钱庄特制了锦缎手绣的大红利市包，药铺推出了可由买家手制的屠苏袋，长孙家的年礼在汴陵城风靡一时。

腊月二十四，吴王世子新纳的侧妃秦氏亲写了拜帖，到长孙府拜望。

这位王府侧妃新嫁了数日，据说归宁的时候排场颇大，秦家将府门口的整条街以红布铺道，不知道的还以为当上了王府正牌的亲家。递张拜帖也是走个过场，春花刚收到拜帖，家人便来报说秦侧妃已在门前了，命她速去迎接。

受过裂魂之术，善魂虽重新归位，心智却多少会受些影响。春花觉得自己近来多了些妄想的症状，却不知秦晓月是什么情况。她迎到府门前时，秦晓月正从一辆四面雕如意牡丹的华丽香车上款款下来，站在长孙府的门匾下。走得近些，正听见秦晓月拿着点腔调对婢女道："我从前觉得长孙府门庭最是气派，如今看来，好像也不过如此嘛。"

"……"

春花只好当作没听到，笑吟吟地将人迎进来："本该我先去贺妹妹与世子新

260

喜，可惜这近年关了，俗事缠身，一直未能成行，反教妹妹先来看我。"

秦晓月笑一笑，眉间似有郁色仍未化开："久闻长孙府园中玉簪花种得好，可否与春花老板去花园中走走？"

"这寒冬腊月，哪里有玉簪可看？"见秦晓月面现不豫，春花话头一转，"不过园中尚有几株蜡梅，还可一观。"

秦晓月比斗香大会时瘦了不少，眉眼微凹，眼下似有微微黑影。然而脂粉涂得厚，高耸的发髻上钗环琳琅，颇有些明艳的豪富气魄。她与春花并肩而行，眉宇深蹙，却不说话。行了一段，秦晓月蓦地止步："我嫁入王府时日尚浅，却偶然听说了一桩传闻，颇为奇特，是以想来向春花姐姐求证。"

春花知她前来必有深意，也不意外："不知是何传闻？"

秦晓月微垂水眸："听闻，春花姐姐曾与世子议过亲。"

春花一怔。

"我从前以为世子属意的是寻静宜，却没想到，他心里的人是你。若是寻静宜，我自问比不上，但你……相貌才情均不及我，又整日抛头露面，早坏了名声。他怎会……怎会中意你呢？"

春花默了一会儿，而后哂笑："秦家妹妹这是从哪里听来的闲话？我从前确实和世子议过亲，但那是小时候娘亲们随口一说，后来王妃提过一次，也只是说笑，从未当过真。我与世子从来只有兄妹之情……"

她话音戛然而止。秦晓月摊开手掌，掌中安静地放着一条金红两色、歪扭陈旧的平安络子。

"这络子是你亲手打的，我记得许多年前在你那儿见过，还嘲笑过你打得丑。"秦晓月幽幽地道，"世子竟将它……珍藏在书房的沉香匣子里，我碰倒了匣子，他一连三天都没和我说话。"

她声音微带了点哽咽："他那样温和的人，竟然为了这个，三天没和我说话。"

春花收起了笑意，冷冷睨着秦晓月："秦家妹妹走这一趟，究竟想要个什么结果呢？是想让我承认心悦世子，还是想让我否认，和世子撇清干系？"

春花叹了口气。

"早几年，我确实是给世子送过平安络子。不过嘛，我也亲耳听见世子说，他只当我是妹妹，若要娶我，他宁可去死。"

秦晓月愣愣地望着她。

"不瞒你说，我那时是觉得有些丢脸的。不过后来想明白了，我长孙春花活在这世间，有太多得意欢喜事做，可不是只为了喜欢一个男子。心中有事挂怀，看人看事都难免偏颇，这于我毕生所求，大为不利。"春花目光炯炯盯着秦晓月，"于你，世子是绝世难得的良人。于我，自己才是最好的良人。你我所求，根本不同，莫要无谓争斗。"

秦晓月为她冷然目光所慑，不禁低下头去："我听人说，霍善道尊出事那日，你也在澄心观？他们说霍善道尊疯了，是妖物作祟反噬？是不是……和盘棘有关？"

春花道："此事，你该去问衙门，或者问吴王。"

秦晓月嗫嚅片刻："你……可会将我受裂魂之事，告诉世子？"

"若此事于他有大干系，我自然要告知。"春花道，"眼下，似乎还没有必要。"

秦晓月不说话了。

春花向她行了一礼：

"不知秦侧妃，还有何吩咐？"

目送秦晓月离开，春花转过身，便见几株梅树之间，一个修长俊逸的身影清晰地映入了眼帘。

"严先生！"春花咧开嘴，冲他一笑。

严衍有些闪神。

他已经能看出，这笑容与面对秦晓月时客套得体的笑容有所不同，却和她面对祖父兄长时的笑容，有几分相似。严衍在长孙府中休养了多日，终于能够下床。他想着叨扰太久，该搬回客栈，长孙老太爷和石渠却都推说做不得主，让他千万一定要向春花本人告辞。

这几日来，春花都忙得脚不沾地，两人竟是连面都见不着，他好不容易才在花园中遇上她。

春花上下打量他一番，微微皱起眉："还没好透，怎能受风呢？"

春花走过去，替他拢了拢披风系带，在胸前打了个蝴蝶结。见他面色有些苍白，应是在外头站了一会儿了，她了然："你都听见了？"

严衍点点头："见你应付得极好，便没有打扰。"

春花一哂："世间痴心女子多错付，何必再加为难？"她顿了一顿，用探询的目光投向他，"严先生，可曾受困于情吗？"

严衍摇头："严某信法度，信义理。情乃虚无缥缈之物，凡人各有心思，多冠以'为情'之名，实则行的都是龌龊之事。不如以法度为尺，万物皆可丈量，无分轻重，亦无亲疏。"

春花心中一动，倏然看向他，半晌笑道："你这话，妙得很。"

"哦？"他微微低头，正与她目光相对。

"我与严先生不同。我信的，是一个'利'字。

"世人熙熙，皆为利来。我若能利及众人，众人便会反惠于我。而情这一物，便如一叶障目，让世人看不见真正的利之所在，或是只见小利，不见大利，只见眼前利，不见长远利。倘若人人都能看清自己的利益攸关，我长孙家的生意，也会好做许多。"

她喃喃道："谁遣同衾又分手，不如行路本无情。"

严衍沉默一瞬，蓦地勾起唇角，笑了："你这话，也妙得很。"

春花被迎面而来的璀璨笑颜灼了一下，仿佛冰湖春融，枯树绽芽，一瞬间由冬入春，被席卷进漫天桃花。她眨了眨眼，那笑容却又突然消失了，再细看下，对方依然是沉静无波的神情。

是她看花眼了吗？

平时冷冰冰的人，笑起来怎么能这么好看呢？

他不笑的时候，显得格外严厉难以接近。若他像石渠一样腻笑，只怕整个汴陵的芳心都要丢在他身上了。春花觉得，自己好像得了个旁人不识的宝贝。她心中一动，忍不住发问："严先生，你们断妄司，给你多少月俸啊？"

得知他是官门中人之后，她又刻意观察过他。严衍穿着颇为简素，饮食也不甚讲究，整体看起来就是……很穷。春花直觉，他应该是个比闻桑大不了多少的小官，最多算个……捕头？

严衍与她并肩偕行，忽地一丝素馨的淡香又沁入鼻息。枝上蜡梅如少女红唇初绽，严衍不知怎的，卸下了心防，如实道："每月三十两。"

春花震惊："这也太少了吧！"

她又问："你家中……还有什么亲人吗？"

严衍思忖片刻："父母早逝，家中只有年迈祖父，还有……一位姨母。"他于亲缘上十分淡泊，祖父严格而不亲近，姨母虽关怀备至，却难以交心。

"原来如此。"春花低头，沉思了起来。

青灰色的天空中云层混浊，渐渐地，竟落下丝团般的雪絮来。

春花驻足，仰脸道："下雪了。"再看看严衍，忙踮起脚，替他将披风的兜帽戴上，柔滑微凉的指腹轻轻擦过严衍脸颊。严衍不觉一愣，下意识向侧让了一步，拉开两人距离。

"东家。"他垂眸道。

春花收回手，偏头看他。

"严某的伤势已无大碍，今日见东家，是为了辞行。"

章二十六·岁聿其莫

春花笑了笑："你是要离开我家，还是要离开汴陵？"

是她轻忽了。他既是断妄司的官差，当然不会长久地在春花钱庄当账房。

"多承照顾，严某的伤已大好，也该搬回客栈了。"严衍觑她一眼，"早几日就想同东家提，无奈东家太忙。"

原来是想搬回客栈啊。

春花松了口气："年尾的杂务太多，这几日都抽不开身。"

这一会儿的工夫，她竟已想好了七八种留下他的法子，正犹豫要用哪一种，忽有下人来报，衙门的闻捕快来了。

这正中了春花下怀，她忙道："闻捕快来得巧，酒楼送了新鲜的小羊羔肉，正适合支炉子现烤。爷爷和哥哥出去布施了，咱们三个恰好凑一桌。"

大运朝能牧羊的草场不多，羊肉价高甚于白银。除了大内禁中，民间极少有人能吃得上羊肉。这回春花酒楼从漠北进了十余头契丹小羊羔，不过一日便被汴陵富户几乎抢个干净，只剩两头，留着长孙家自己食用。长孙府的厨子颇得春花酒楼的真传，将羊骨熬汤做底，羊腩炖烂，羊排烘烤，腿棒腌卤，外脊挂炙，不久便整出一席全羊宴。

闻桑只在京中吃过一两回羊肉汤饼，且都只有表面两片薄薄的羊肉，从未见过如此豪放的吃法，薅了一根羊排，撒些辣茱萸粉，咬一口，外焦里嫩，油滑喷香。

左右呈上屠苏酒，他狠狠喝了一盅，只觉从脚底板升腾起一股热气，立时将满身寒意驱赶了出去，不由得拍着大腿喊了一声："好肉！好酒！"

又见严衍尚未动筷，闻桑便啧啧感叹："这账房先生的伙食，可比咱们断妄司好多了。师伯，我要是你，就为这一口吃食，也愿意留在春花老板这儿再当十年的账房先生。"

严衍看他一眼："既如此，你就辞了差事，留在这里吧。"

闻桑晓得自己又说错话，缩了缩头："可惜我不会算账。"

春花旁观这两人神态，微笑道："羊肉温补，严先生多用些。尤其是这外脊肉，最宜挂炙，将熟未熟之时，将外层薄薄切下，口感最好，只是对刀功要求颇高。"

春花便取了细小银刃，从挂炙的外脊肉上慢慢下刀。但那外脊肉长长的一条，带着些筋膜，她用刀不得法，切了半天，纹丝不动，不由得微露尴尬。

严衍盯着她动作看了一会儿，不由得皱眉："你不善用刀，小心割伤了手。"

春花讪笑："平日这些都是仙姿来做，我的确是有些笨手笨脚。"

严衍摇了摇头，从她手中接过银刃。薄刃在指尖轻轻一翻，便从外脊肉上削下薄薄的一片，他以箸夹起，蘸了粗盐，轻轻放在春花碟中："试试。"

春花夹起一尝，果然细嫩弹滑，肉香馥郁，拍手道："你这刀功倒比仙姿还要厉害三分。"

于是春花笑眯眯望定了他。

严衍眼见她这坐等投喂的姿势，愣了一下，旋即在心里叹了一声。指尖薄刃飞舞起来，不多时，便切了数片嫩红薄肉，整整齐齐码在盘中。春花也不含糊，举箸夹起，蘸了粗盐便往嘴里送。严衍再切了两片，切的速度刚好匹配上她吃的速度。闻桑拿着一根棒骨据案大嚼，边吃边望着眼前这两人，渐渐觉出些不对劲来。以他的人生阅历，又说不出是哪里不对劲。他苦思冥想了半晌，终于从一团乱麻般的思绪中勉强抓出一缕线头："那个……师伯，你不是说，今日就要搬回客栈吗？"

这话一出，严衍的动作顿住了。他看了闻桑一眼，放下了手中银刃："方才已向东家辞行，稍后，你便同我收拾一下。"

春花看看盘中炙肉，微一思忖，展眉道："严先生有公务在身，我也不好勉强。但许大夫说了，你这回伤筋动骨，若不好好休养，以后会留下病根。眼看就是年关，我们家中人丁单薄，爷爷最喜热闹，不如，你们就留在府里过完年，再做计较。"

闻桑听着，不对劲的感觉更加浓厚了。

他轻咳了一声："师伯，咱们的案子，不是还没查清吗？"

春花看了他一眼。严衍也看了他一眼。

闻桑默默地噤了声。那不对劲的感觉很强烈，但是他好像……不应该再说话了。

静了片刻，严衍道："苏玠的案子，已知是妖尊胁迫樊霜所犯。但苏玠究竟是因何而死，与那花娘菡苕又有什么牵扯，这些内情尚不明朗。妖尊盘踞汴陵多年，所做恶事一定不少，是否有其他帮凶，亦须严查。"

"妖尊受了重创，必不能逃远，我已传书回京，招司中同人前来相助。你……"他看了春花一眼，"其后诸事，都与你无关了，你也不必再担心。"

春花迷蒙点点头。

"你与苏玠渊源颇深，对他的死，是否还知道一些别的内情？"

"呃？"春花不防他突然发问，一时怔住。

她当然知道别的内情。可说与不说，哪些可说，哪些不可说，还须拿捏尺度。

严衍观察着她的神情："在海龙腹中与安乐壶中，危难之际，东家都曾提起一封信……"他沉吟，"是写给天官的信？或许，严某可以代为转达。"

春花的神情凝住了。

她垂下眸子，道："那信，是苏玠死前留下的，与他的死因无关。若是我不在了，有些他的私密，要托付给别的可信之人。我既还在，也就无须劳烦谈老大人了。"

"噗……"默默抱着酒壶的闻桑喷出了一口屠苏酒。

"谈……老大人？"

春花不觉他的异样，点点头："苏玠说过，你们这位天官铁面无私、德高望重，一面孔夫子，一面包青天。那必定是位沉稳的老大人了。"

严衍在心里深深叹了口气。他再看一眼春花："此行虽是为公务，但终究是对东家有所欺瞒。严某还未好好致歉。"

春花忙道："严先生这几个月帮了我很多，理事也是兢兢业业，毫无破绽，并没有什么对不住我的。"

她眼珠一转，立刻打蛇随棍上："其实我留你，也不仅是为了养伤。这时节，有本事的先生都回去过年了，一时也找不到人手接替。待年后，我将一应账务整理清楚，再寻个靠谱的账房接替你，如何？"

她这话合情合理，又巧借了几分严衍的歉意。是以严衍虽有犹豫，终究还是点了点头。

闻桑又灌了自己一口酒，脑子开始昏沉。

好像有什么东西，越发不对劲了。

秦晓月回到王府，向吴王爷和王妃请过安，这才回了世子居住的凤麟轩。

入夜，雪已下彻，园中如浑玉净白，万籁俱寂，只有被压弯的松枝偶尔簌簌落下一抔雪来。

秦晓月在门廊下抖落了满身霜花，抬眼正望见房中安坐的蔺长思。他面色是惯常的苍白，披着大氅，倚灯坐着，手中一卷发黄卷册，目光却灼灼望她。

秦晓月惊住了。

成亲已过半月，她虽只是个侧妃，但蔺长思并无正妃，以往也不好女色，什么通房、婢妾通通是没有的，王府内都当她是半个世子妃，可这还是他第一次到她的居所来。

秦晓月连忙行了礼："世子怎么在此？"一时又有些难以置信的欣喜，吩咐下人："快去备些热酒来给世子驱寒。"

蔺长思抬了抬手："不必了。"

他双眸依旧温和，只在注视她的时候，平添了一丝冷意。

"你今日去了何处？"

秦晓月垂首，静了一瞬，才回道："妾身……去了长孙府。"

"去做什么？"

"听闻春花姐姐新进了几斤秘齐香，特地去讨一些，给世子调个益志的方子。"

"哦？那讨回来的秘齐香呢？"

秦晓月不说话了。

蔺长思淡淡笑了一声，摊开手掌："你拿了我什么东西，该还回来了吧？"

秦晓月暗暗握拳，将下唇咬得红肿，抬眼飞快地看了他一眼，又低下头去，半晌，从袖中掏出一条平安络子，放在他手心。蔺长思合上手指，剧烈地咳了两声。秦晓月颤颤地伸出手，却终究不敢去扶。

他缓缓起身，走出两步，背向她，道："我心里如何想，与她无关。她有要做的事情，你以后……不要再去扰她。"

言罢，他便要离开。秦晓月在身后叫住他："世子，你不想知道她见了这络子，说了什么吗？"

蔺长思止住了步子，并未回头。

这已经足够激励秦晓月说出她要说的话了：

"她说，自己活在这世上，不是为了喜欢一个男子的。

"世子可知道，她接了那位姓严的账房先生入府，两人同食同寝，亲密非常。外头都传闻，开了年，她便要招赘那个账房。

"她本就是个水性杨花、不守闺训的女子。

"坊间还说，澄心观闹妖怪，都是她惹的。怎么就这样刚好，她头回去澄心观做法事，第二天道尊就疯了？这女子，恐怕是有点古怪。"

秦晓月喋喋有声，越说越气愤。不意蔺长思听了这些话，慢慢地回转身来，盯住了她："你今日……究竟是为何去找她？"

她被这肃然的目光冰冻了一瞬，心中蓦地慌乱，不自觉答道："不是妾身非要去不可的，是王爷……今日提了一下，让妾身得空可以去长孙府探望……世子，妾身也是遵了王爷的命令。"

蔺长思深深看了她一眼，半晌，道："我娶你之前就已说明，你既顾惜名节非要嫁我不可，便要安稳度日、不要生事，如此我能保你一世平顺。若想要自由，我随时可以写下文书。你可明白我的意思？"

秦晓月颤了颤，良久才凄声道："明白。"

他于是不再多言，拢了拢身上的大氅，踏入了一夜雪色之中。

章二十七·春露秋霜

汴陵岁末的这一场雪，下了五天五夜，眼见着暖阁外的青松被日日积雪压得弯了腰，转眼便是腊月二十九。汴陵百姓有的回乡下过年，有的留在城里，多半也都忙于家中岁事，城中繁华街道纷纷闭户，一时倒冷清得像个孤城。

长孙府内张灯结彩，家人洒扫门户，布置香花祭祀供礼，厨房里烹羊宰牛，浣豆酿茶，各司其职，人人忙得脚不沾地。

严衍是客，又是病号，日日只在暖阁里看书看账，但窗外的热闹喜庆多少沾染了几分。先有裁缝给他量体做了两身新衣，又有厨子来让他定两道除夜的菜，钱庄的小章送了干净桃木牌让他写桃符，扰得严衍烦不胜烦。但只要有些不耐烦，对方便理直气壮地告诉他，这是长孙家的规矩。

除夕对严衍而言并无特殊意义。

他父母早逝，祖父亦修无为之道，向来寡言少欲。往年除夜，都是祖父与他两两相对，除了命厨房加两个菜，便是考校他修为学识。一待亥时，祖孙二人祭过祖先亡者，相对一揖，回房休息。

严衍当然知道，别家府内都不似他家这样寡淡。但看长孙家的态度，也未免过于隆重了。

巡夜的刚敲过二更，暖阁的门扇嘭地被撞开，一股寒风卷着细密雪花扑进来。

书案上的烛火疯狂摇晃，长孙石渠东倒西歪地撞了进来，一见他随意披衣坐在案前看书，不由得大惊："严先生，你怎么还没穿戴好？"

严衍皱眉："石渠兄有事？"

石渠愣怔地看着他，半晌一拍脑袋："哎呀，我都忘了，你不知道我们长孙家的规矩。"

严衍露出一丝苦笑："这几日已学了许多贵府的规矩。"

石渠嘿嘿一笑："别的我不管，今夜这个可是最有意思的规矩。春花和我去散金银，你去不去？"

散金银，是汴陵一带富商祖辈留下的习俗。在年节之前，大雪之日，有德行的富商会前往城中最孤苦艰难的穷困人家，暗中将破碎金银或纸钞藏于贫家门户。这些贫家次日展门见了金银，不知何人，还以为是菩萨显灵，于是便可以这小小财富团圆家人，过个好年。

如今盛世藏富于民，贫家渐少，况且行善不留名，于善人生意并无益处，故而这传统失传已久。严衍没有想到，身为汴陵首富的长孙家竟还保留着这习俗。两人穿戴整齐到了门庭，一眼望见长孙春花抱着个沉沉的锦匣，立在大红灯笼之下。她今日不欲招摇，穿了一身莹白斗篷，边缘亦是纯白绒毛，眉眼如墨，发上插一枝嫩黄蜡梅。于这幽幽雪夜之中，不似往日金尊玉贵的女财神，倒像是一只天然懵懂的梅花精。

听见踏雪之声，她回过头来一笑，仿佛春风化开了雪色："哥哥。"

见严衍跟在身后，春花微微一愣，面露责怪："外面这样冷，你把他拉出来做什么？"

石渠也不示弱："你把他养在暖阁里，都快发霉了，'金屋藏娇'也不是这个藏法。"

春花被他挣得一愣，一时竟找不到话语反击，只得偷觑一眼严衍，见对方没有恼怒之色，这才放心。

"这本是我家的习俗，雪夜劳累，严先生不必勉强同行。"她含歉意地解释。

严衍淡淡睨她："出去走走甚好，倒也不勉强。"

"……"

春花瞪一眼得意扬扬的石渠："那就同去吧。"

严衍前踏两步，行至灯火中。他面色虽苍白，但五官凌厉清冷，更有一股沉着气势，身着墨色大氅，衣袂绣着数株老松，正是春花特地让布庄的裁缝为他赶制的年节新衣。

这颜色孤高端正，果然很适合他，春花心中暗暗地想。有细微的愉悦浮上心头。

西郊的方家巷子，是整个汴陵最贫穷的片区。除夜将至，别处都是一片欢腾热闹，张灯挂彩，只有此处一片沉寂晦暗。只有两三户人家的窗户透着暗淡的灯火，间或有女人孩子的哭声，有时又有连续的男人怒骂的声音，惊起远远近近的狗吠。

路上几乎无人，家家紧闭门户。三人涉雪而行，身后跟着的正是已经还俗回家的李奔。他恢复了护院的装扮，看起来颇为孔武有力。有个醉醺醺的汉子路过，见这几人穿着考究，想上来蹭些便宜，见李奔在旁边一挡，也就讪讪退去了。

路边一只枯瘦的老猫惊叫了一声，飞快蹿进了树丛。

严衍道："世人都道'汴陵富庶甲天下'，没想到，还有这样破落潦倒的地方。"

春花道："汴陵能人众多，人人都想做人上之人，总有些人争不过别人被挤下来，活得毫无希望。此处房屋老旧失修，许多已无主，少许收着十分便宜的租子。因此居住在此的多是无处可去的流浪者，有因身有残疾而被抛弃的，有家中人口太多无力被赡养的，也有那些滥赌成性不事生产的地痞流氓。他们远离繁华闹市，多靠打些零工为生，往往吃了上顿没有下顿。若是走投无路犯了法纪，官府只管往狱里一扔了事，平日很少管他们的生死。"

她让石渠托着锦匣，自己从匣中拿出一颗碎银，以一张黄纸包了，亲自塞在一户人家的门扇底下。沿街沿户，都是如此，竟也不厌其烦。

严衍看见那黄纸上带着墨迹，于是抽了一张来看。只见上头画着一幅小画：一个高高的匾额上画着一朵重瓣小花，底下是一个小人儿挑担执锄，咧着嘴笑，小人儿的一只手上拿着个闪亮的金元宝。

他问石渠："这画是何意？"

"这都看不明白？"石渠眉毛一振，终于抓着一个展露自己非凡智慧的时机，"这是我们长孙家铺子的招牌，底下这人在干活儿，拿了不少工钱，所以特别开心。"

严衍默了一会儿："长孙家……很缺伙计吗？"

"当然不是！"石渠骄傲道，"我们长孙家招伙计，都是要抢破头的。"

"那为何还要如此费心？"

"春花说了，住到方家巷子来的，多半是很难在别家找到差事的人。散金银，只能解一时之急，治标不治本。我们长孙家开了个学徒塾，但凡有那些缺胳膊少腿，或是年迈体弱的，便由师傅教导一门新的合适手艺。譬如腿脚不好的可学绣花，口不能言的可学按图送货。大约三个月，就能上手干正经活儿了。学徒期间的伙食，都由长孙家承担。"

严衍一怔："这倒是个好法子。但你们是商人，如此行事难道不会亏损吗？"

"能好好学徒三个月的，定是有决心好好工作养家的人。自家培养出来的，不仅熟手，还会忠心。春花说了，'千金难买是人心'。"

严衍沉默了一阵，忽然想到两人从海龙腹中脱困之后遇到的那位老妪。那时春花也曾将自己的名牌赠予她，给她安排个差事，只可惜对方不领情。

"这法子，还是我和春花一起想出来的。她算过账，只要每年拿出产业利润的十分之一，足可支撑。"石渠沾沾自喜，"但我们终究只是普通商户，许多贫户怕我们为富不仁，当我们是骗子。春花和我曾向知府大人进言，提过这学徒塾若能由官府来组织，定能事半功倍。但知府大人觉得……此事不易有功，反易多事，便没有了下文。"石渠叹了一声，"不是我说，要是有一日我能考中进士，混个官做，定能有许多利民举措。"

严衍微微失笑："你们兄妹二人，行事的确与旁人不同。"

蓦地想起一事，严衍眸色微沉，问道："严某听闻，春花老板年幼时，曾起意要烧钱庄？"

石渠呆了呆，旋即哈哈大笑："这事儿在汴陵是出了名的，也只有你这外地人不知道。"

那一年，长孙春花只有十一岁。

长孙家数代经营尚贤钱庄，一向是谨守本分，童叟无欺，但终因规模有限，服务单一，被寻家钱庄抢了不少老主顾。直到那一日，忽然有大批百姓上门挤兑存银。

长孙家的存户主要是几个大户，要是有大笔开支，都是会提前打招呼的。这些银钞为何会散落到百姓手中，百姓们又为何如商量好了一般同时上门兑银，这里头的文章，行内人一看便知。

长孙恕自然也知道自己是被算计了，无奈库中存银有限，四处奔走，多年的生意伙伴竟无一个出手相助。还是一个老友暗中提醒了他，寻家早前已放出了风声，要收并尚贤钱庄。汴陵城中，哪家富户敢公开与寻家作对？

眼看付不出兑银，三日内官府便要来上封条。长孙恕无计可施，穷途末路，思及家中还有两个孩子需要抚养，只得同意，以三万两的净银将尚贤钱庄卖给寻家。

入夜，寻仁瑞亲带了自家钱庄的掌柜、账房、管事、伙计，前来验收尚贤钱庄。不料，长孙春花领着石渠、仙姿、李奔等人，各个手擎火把，拦住了寻仁瑞的去路。钱庄周围早堆满了木柴火油。

隔着幢幢火光，春花对长孙恕喊话："爷爷，你把钱庄交给我，我绝不会让它倒掉！你若非要把祖传的产业卖给寻家不可，那不如一把火烧个干净！横竖咱们祖孙三人吃糠咽菜，也能活！"

那时寻仁瑞刚接了寻家家主之位，正是意气风发之时，自然没把一个乳臭未干的丫头放在眼里，招呼左右护院便要强制验收。

却听那黄毛丫头冷笑道："寻当家的，你为了收我家钱庄，所投绝不止三万两，其中从地下周转而来的也应不在少数。我今日烧了钱庄，长孙家当然玩完，但你此前高价买走的尚贤银钞也都形同废纸了。光脚的不怕穿鞋的，你自己掂量掂量。"

寻仁瑞表面未动，内心却是大惊。

到了这个情形，双方都有不少筹码压在赌局中。他初掌大权，寻家其他几房都看着他的动作，若在长孙家栽了大跟头，以后这家主恐怕难当。确实像这丫头所说，长孙家可以什么都不要，他寻仁瑞却输不起。他心中虽惊惧，面上却仍虚声恫吓："丫头，这可是你长孙家的祖宗基业，你当真忍心烧个干净？"

春花在火光中与他相互对视，哈哈大笑起来："寻当家的，我长孙春花过去、现在、未来，说话一定算数！"

她手中火把轻轻一掷，便点着了半边牌匾，火焰腾地燎着了前头半间铺子。

寻仁瑞大惊失色，两人对峙了顷刻，他蓦地大呼："快救火！"

这是寻仁瑞与长孙春花第一次正面交锋，也是他后来无数次落败的开端。

章二十八·各得其宜

石渠的讲述停了下来。严衍道："后来呢？她当真烧了钱庄？"

"呵呵，她怎会如此蠢！寻仁瑞来之前，我们已将所有存银、票据、账簿都搬到后院去了。大火烧了前半边院子，后头安稳无事。"

"第二日，我和她一起，终于说服爷爷，把管家权交给了她。她站在钱庄前院的废墟上，给来兑银的存户叫价，凡是肯推迟六个月兑银的，加五分利，推迟一年兑银的，加十分利，但名额有限，只能从低至高竞价，待名额满了，剩下的存户便只能当日按原价兑银。渐渐便有些存户受了她鼓动，在七八分利上便忍不住叫了价，拿银钞回家去了。那些当日坚持要兑银的，也都兑出了现银。咱们钱庄，竟然就这么撑下去了。"石渠嘿嘿一笑，"从那以后，爷爷对春花是心服口服，真正让她放手去管家了。"

严衍心道，小小年纪，就有这样深的心机。

"她年纪小，又是个女孩子，家里虽有几个忠心的护院能保她安全，但白眼欺辱总是免不了的。还是后来攀上了吴王妃这层关系，外头才逐渐对她客气一些。别看我这妹妹面上总是笑眯眯的，里头其实十分要强，也尤其沉得住气，比我这哥哥不知强多少倍。"石渠满口称赞，丝毫没有被妹妹比下去的沮丧。

严衍皱起眉。一个十来岁的女孩子，想要在满是人精的汴陵商界闯出一片天地，曾历过的种种艰辛，不问可知。他忍不住道："你既知她艰难，身为七尺男儿，怎不扛起家业重担？"

石渠怔了怔："严兄你也觉得，我该拿回掌家权，让春花回家去做个大门不出，二门不迈的闺秀吗？"

严衍一愣。

他还真无法想象，把长孙春花圈养在闺阁之中是个什么样的图景。

石渠自嘲地笑笑："莫说她不肯，即便是她肯，这一摊子事，我也撑不起来。"

严衍摸摸鼻子，石渠倒颇有自知之明。

"我这妹子，有心胸，有手腕，有本事，十个男人都顶不上她一个能干，凭什么不能掌家？她掌家虽累，自己却开心得意，我们长孙家也日进斗金，汴陵百姓更是多了许多营生。我有幸和这么个妹妹从一个娘胎出来，怎么就不能做条咸鱼了呢？"

严衍被他厚如城墙的脸皮震撼，竟然一时没有话反驳，只好点了点头。

石渠更得意了，笑呵呵道："如今，我和爷爷只盼她找一个稳重可靠的夫婿，若能帮衬她一二更好，以后也能开枝散叶，培养下一代接班人。"

若有所图的目光在严衍身上绕了又绕。

严衍权作不察，背过身去咳了一声。

石渠便以为自己暗示得还不够，有些发急地靠近他，低语："其实啊，是她让我多在你面前提一提她的长处。喀喀，这意思，你明白的吧？"

避无可避，严衍只得长长叹了一口气。

"石渠兄，严某身在公门，凡事都以公务为重。在汴陵不过一匆匆过客，实在不宜有过多牵绊……严某向来不解风情，若是多心误解了，还望见谅。"

石渠呆了一下，待要再说什么，严衍已迈步前行，迎向远处的春花与李奔，把他一个人抛在了身后。

"欸，严兄，你等等我啊，咱们再商量商量！"

回程的时候，锦匣中的碎银与黄纸均已散尽。依旧是李奔赶车，石渠一改来时的聒噪，竟然闭目缩在角落养神。

此时已是子时，春花前日忙了一整天，这会儿困得眼睛眯成了两条细线，却还强撑着眼皮，有一搭没一搭地和严衍说话。

严衍道："这样的事，东家其实也不必亲力亲为。"

春花打着哈欠，笑笑："爷爷说，定要家主亲至，才算诚心。"

严衍眸子微凝："只要是能够振兴长孙家家业，能让令祖父开心的事，你都会去做吗？"

"那是自然。我这一生的心愿，就是爷爷和哥哥平安喜乐，长孙家兴旺安宁，别无他求。"

春花没有察觉他话中难得的探询，又打了个长长的哈欠，微眯的双眼渐渐合上，细嫩的小脸埋进了毛领，仿佛一朵淡雅小花收拢了花瓣，沉沉睡去。严衍神色复杂，他真正想问的话，并未宣之于口——为了长孙家兴旺安宁，所以你要招赘一个最为"合适"的夫婿吗？

马车在没过靴背的雪地里囊囊而行，行至一个弯道，压过硬石，车内蓦地一颠，春花直直地向对面倒了过去。严衍发觉自己犹豫了一瞬，还未清醒，女子纤细的身躯已落进了他展开的双臂中。暗香盈怀，他忽地难以呼吸。石渠在这一震之中睁开双眼，看到的便是这一幕。他呆了呆，脸上瞬间通红。

"喀喀……车里闷得慌，我出去跟李奔一起赶车。"

他逃命一般钻出车厢。

春花在严衍怀中微微挣扎了一下，找了个舒服的姿势，又睡去了。这细微的惊动如一缕轻烟，将严衍熏了个正着。他神思不定地想：这里是待不得了。

雪夜似乎比往日的夜更长一些。过了丑时，雪停天霁，天光微微发蓝，正是长孙府中人人熟睡的时刻。一个黑影在屋檐一角上轻轻一踩，翩然无声地落在院中。

书房坐落在长孙府东南角，与闺房只隔了一重月门。一个小婢打着哈欠经过，应是起来如厕，穿过月门去了。

黑影在廊柱后立了一会儿，闪身来到书房门前。门上的锁并不复杂，他指尖轻轻划过，锁芯便弹了出来。书房内的陈设是黑影熟悉的，他无须点灯，便穿过堆了一地的账册舆图，绕过前日刚送来的布料样品，来到书案之后的书架前——第三行，最左。书格中是一个铜铸的双飞燕子，黑影伸手试了试，果然是个机关。黑影轻轻折下燕子的翅膀，书格内壁倏然滑开，露出一个暗格，雪光映入房中，将暗格中一个乌木方盒照得分明。

黑影轻轻吸了口气，将那方盒取出，又从身上取出一把细小的钥匙。

"嗒"的一声，方盒开启。盒内静放着一封书信。

黑影借着雪光将书信展开，却蓦地愣住了。

书信上，正面反面都空无一字。

细微的响声从远处传来，黑影耳力极好，微微一震，目光投向窗外，果见一人乌发如泉，秉烛披衣，穿过月门踏雪而来，不是长孙春花又是哪个？

春花行至书房门口，礼貌地咳了一声，方才道："是严先生吗？"

黑影——严衍，在心里深深叹了一声。

终究他还是低估了她。

不知从何处无声无息地落下一个人，静默地站在春花身后。严衍认出，正是许久不见的护卫仙姿。这将计就计的招数他查案时用得不少，这回，竟轮到自己被请入瓮中。他将手中白纸放回方盒，转身向春花行了一礼："东家如何知道，严某会在今夜出手？"

春花微微苦笑："严先生答应留下过年，绝不会多留一日。明日除夜，人人守岁，那就只能是今日了。"

出乎他意料，春花眉宇间没有怒意，倒是笼着一层心如止水的倦怠。

她叹了一声："非要走到这一步不可吗？"

严衍沉默了一瞬。

公门中人，查明真相才是大义，对此他从无疑虑，但不知为何，此刻还是感到了一丝理亏。

"人都有不欲对人言之事。但苏玠一案，不仅牵扯他自己，还关系京中苏家百年的声誉，更关系着其他受妖尊所害之人。我虽不知你应承了苏玠什么事，但为汴陵安，为社稷安，我还是希望你据实以告，助我查清真相。"

春花看向他："我听说，京中的苏家已将苏玠从宗谱上除名了。"

"倘若查知苏玠是受人迫害冤屈而死，我自会为他洗刷污名。苏家也会将他记回宗谱。"

春花冷笑："这可不是苏玠想要的公道。"

严衍盯着她半晌："若我没猜错，石渠兄的妾室烟柔，便是与苏玠同死的花娘菡苕的密友。你将她软禁在南郊老宅，又是在逼问什么答案？你不是也想要一个真相吗？"

春花倏然抬眸："你……竟连这个都查到了。"

"你既有书信留给谈东樵，说明你也担心，若遭遇不测，真相无法大白于天下。既如此，为何不在安然无恙时将书信交出？"

"严先生，你逾矩了。"春花的话音冷了下去，"长孙春花是个生意人，不懂你的那些公理正义。我只认两件事：一件是一诺千金，九死无悔；另一件，是永远不要贪冒无法承担的风险。"她望定了严衍，"你就是那个风险。"

"我确实有意……劝严先生你辞了公差，入赘我家。"她冷不丁地坦承，倒教严衍不知该如何应对，"但严先生若以为能左右我做事的方式，那就太高看自己了。"

严衍沉默了。

春花站起身："书信什么的，我早已销毁，你也不必再找。严先生是断妄司的人，确实不宜再屈就在我这小小钱庄。若是不介意，明日便搬出府吧，长孙家奉上双倍月俸，绝不阻拦。

"如此也算，各得其宜了吧。"

她拢了拢身上外袍，转身踏出了书房，只将一盏星烛留下，再无他言。

菖蒲善越冬，先百草而醒。

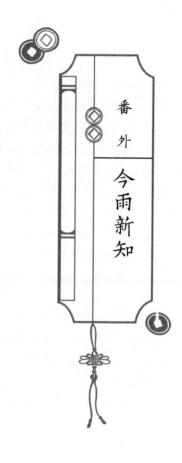

番外

今雨新知

雪夜，寻府。

寻静宜已被禁足在闺阁中多日。寻仁瑞下了严令，任何仆婢若再私纵小姐出府，或帮助小姐与外界联络，因果不问，即刻打死。

婢女推门进来，见她呆坐窗前，忍不住劝道："小姐，明日除夜，您好好地敬大当家一杯酒，说句软话，他一开心，兴许就什么都不计较了。"

寻静宜未置可否，抬眼只见紧闭的窗扉。

"咱们做女子的，不都是在家从父兄，出嫁从夫婿吗？小姐仙女一样的人品，大好的前程，何必执拗？"

寻静宜依旧低头不言。

婢女叹了一声，不再多说，放下一碗暖身的羹汤，便离去了。

兄长自然是十分失望的。她未能成功嫁入吴王府，反而落了个私通妖人的名声。不仅如此，她还瞒天过海，扮了男装去给兄长最大的敌人长孙春花通风报信。本是被兄长放在心尖上疼爱的金枝玉叶，如今却成了寻家甩也甩不掉的羞耻。

兄长从前常说："你看那长孙春花，父兄无能，内无倚仗，只得抛头露面出来打拼。而你生在寻家，锦衣玉食，父兄宠爱，家族繁盛，无忧无虑。静宜，你要懂得惜福感恩哪！"

那时她深以为然，现下终于发觉了其中的荒唐之处。

纵然是家财万贯，嫁入侯门，举案齐眉又如何？长孙春花有一样，自己永远及不上：她有的选。

银烛渐渐烧短，窗外的风雪呼啸忽然安静了下来，仿佛有人在外头套了个罩子。寻静宜从惘然中回神，披衣推门而出。园中本有温室，被兄长一声令下，拆了个干净。有些娇贵的兰草，什么小打梅、龙岩素心、绿墨、白墨、徽州墨，往日里不知花了多少心血照料，现下却被随意丢落在地，被冰雪掩埋了大半，一片疮痍。

寻静宜望着破败的残叶发了一会儿呆，忽见脚边的雪缝中，一抹莹绿不经意地钻了出来，枝叶舒展招摇。

菖蒲善越冬，先百草而醒。

她背脊倏然蹿过一股暖意。身后有人唤她："静宜。"

兰荪比从前清瘦了一些，豆绿色的宽衣广袖穿在他身上，无风而膨胀，似乎蒙着一层淡淡的光晕。她有一瞬间的战栗："春花说，你会来看我，原来是真的。"

兰荪低头看了眼她脚边的菖蒲："你我之前，确有前缘纠葛，该是有个了断。"

寻静宜怔了怔："阿荪，你怪我骗过你？"

"我怎会怪你？"

她一喜，旋即听他道："是我自己糊涂，怨不得旁人。"

寻静宜喜色消失，静默了一瞬："是了，你如今已位列仙班。

"阿荪，做了神仙，是不是就可以随心所欲了？"

兰荪认真思索片刻："天界亦有无数律条法度、等级排位、高低贵贱。清心寡欲，各修己道，便是天道。"

"你呢？也清心寡欲了吗？"

"登仙之后，豁然开朗，从前一世界，不过现下一芥子，自然无所执着，也再无挂碍。"

他从容耐心地答她，仿佛慈悲而无感情的老师。

寻静宜注视着他："阿荪，我们不能再做朋友了，对吗？"

"仙凡殊途，你自有造化际遇，不必强求。"

寻静宜沉默了。

兰荪的目光落在雪中残败的花叶上，轻轻皱起眉。他还记得，她有多么在意这些名品兰花。

"我倒是可以……救活它们。"

"不必。"她抬手制止。再抬眸与兰荪对视时，面容已恢复了沉静安详。

"阿荪，你走吧。世界之大，终不只闺阁……我也会有新的朋友。"

冬日，宜栽菖蒲。

兰荪走后，寻静宜亲手将那雪中萌出的小株菖蒲移入盆中。从前这些泥土活儿都是花匠来做，哪里轮得到她动手？泥水脏了衣摆，她却视而不见。一个圆溜溜的小脑袋从墙外探出来，细声细气地道："你笑什么？"

寻静宜竟不意外，淡然问道："你是谁？"

小脑袋探了探，确信四下没有旁人，脚尖在墙头上一点，翩然飞落在寻静宜面前。原来是个扎双髻的小丫头，十二三岁的样子。

"我叫李俏儿。"她答，"李奔是我哥。今天东家有别的差事给他，所以就让我来问问……"

话语倏然停住，李俏儿一拍脑瓜："咦……问什么来着？东家交代了好几次，我又给忘了！哎呀！"

寻静宜笑了。

"没关系，我记得。"她擦了手，"你随我来。"

李俏儿跟在她身后，一进屋就打了个喷嚏。

"你这儿可真香啊！"她乌黑的眼珠滴溜溜直转，"到处都是花草。这么多纱，比我们春花布庄里还好看呢。"瞅见桌上的一碗暖汤，她也不客气，自己捧了，呼噜呼噜灌进肚子，"好喝！"

寻静宜侧头，有些新奇地打趣："你喜欢？那你替我住在这儿，好不好？"

李俏儿睁大了眼睛："我才不呢。东家说，等我满了十五，就能跟着商队护镖了。到那时候，我哪里不能去？"

寻静宜讶然："你一个小姑娘，怎能东奔西走做镖师？你父母兄弟答应吗？"

"答应啊。"李俏儿满不在乎，"不答应又能怎么样？东家说了，只要我好好练功夫，以后就能干自己想干的事。"

"那以后你嫁了人怎么办？"

"我就嫁个……能让我干自己想干的事儿的人呗。"

"……"

寻静宜觉着，自己心上沉积了许多年的白毛霉斑，忽然如蒲公英的细羽，被微风吹散了。她大笑起来，自己也不知道自己在笑什么。李俏儿便看着这漂亮姐姐开了妆奁，取出一封精致的信笺，郑重其事地交到自己手上。

"你告诉长孙春花，这文契我已签好了，盼她信守诺言。"

李俏儿瞪着那信笺上"空口无凭，立约为证"八个大字，忽然就想起来了："哦！东家让我告诉你，她给你在春花钱庄开了个户头，先存了五百两进去，这是凭据。今后每个月，我来给你报一回账，什么时候你想离开寻家了，她帮你张罗房子、置地。"她把文契揣进怀里，三两步就又跃上了墙头，回头向寻静宜咧嘴一笑，"神经兮兮的姐姐，你以后要是不想做制香师傅，也可以跟我一块儿走镖哦。"

同样的雪夜。

长孙石渠泡在盛满热水的木桶里，舒服地慨叹了一声，没有什么比冬天泡个药浴更爽了。他近来总觉得身子越来越沉，想来是风邪入骨、寒湿太重的缘故。嗯，一定是这样。一旁的小几上传来咯吱咯吱的声响，石渠一个眼刀扫过去，笼子里困着的红毛小狐狸以一个极为僵硬的姿势定在原地。他收回目光，果然咬笼子的声音又响起来。现在的狐狸都这么聪明了吗？简直要成精了。

石渠叹了一声，把笼子拎过来，与惊恐的小狐狸对了个正脸。

"你就非要逃不可吗？"

小狐狸愣了愣，慢慢放下爪子，以一种"啊哈哈，我听不懂人说话"的神情，移开了目光。

石渠没好气："本少爷是看你可怜，才收留你的好吗？外头的小狐狸都得自己去打野食，你在我这儿有吃有喝，还不怕被老虎豹子叼走。"

小狐狸翻了个白眼。

"春花说你有点傻，不知道怎么撞到妖怪陷阱里去了。巧了，我也有点傻，咱俩刚好做个朋友，你就别走了吧。"石渠笑得没心没肺，"咱们这几天玩得不开心吗？我把所有的心里话都跟你说了！你要是走了，我还跟谁说呢？"

小狐狸隐忍悲伤地想：就是因为这个才要走啊！谁要听你又臭又长的心里话！

石渠伸了手指进去，摸一摸它柔软的皮毛，顿觉心暖了不少。

"小狐狸，我跟你说啊……"

我不听，不要告诉我……

"今天春花跟我说啊，她支持我去考科举呢。"

啊，你去啊，滚得越远越好……

"她以前都站在爷爷那边，打击我，啰唆我。没想到这回开了窍！她说进京赶考的盘缠都给我备好了！"

就你这点智慧，烤个红薯差不多。

"就是不知道……爷爷会不会生气呢？"

最好气得打断你的腿。

"啊……得好好闭门苦读一阵子了，这些年都荒废了……"

石渠说着说着，困意渐渐涌上来，手中一松，笼子咚地掉进了洗浴的热汤中。他却毫无所觉，脑袋一歪，陷入了沉睡。浴桶之中，忽有红光泛起，不一会儿，一个湿淋淋的俊美青年破水而出。陈葛从桶里挣扎着爬出来，伸出沙包大的拳头，在石渠眼前晃了晃，口中骂道："你大爷！"

石渠睡得沉，呼噜声都出来了。陈葛咬牙切齿，手掌在他裸露的颈子上比画了半天，终于还是放下了。

"蠢货！谁要跟你当朋友啊？"他把那关过他的笼子踹出老远，骂骂咧咧地推开窗，跃了出去。

欸，这么冷，开着窗，那傻子要着凉的。

反正也是顺手……

陈葛关上了窗，大摇大摆地走了。

我自幼受爹爹教导，以为从商是为了人、财、物皆能尽其所用，为百姓谋便利。

从未想过，世间还有如此买椟还珠之人，为了贪图财物，害死了一位惊才绝艳的大师。也是那时我才明白，若让寻、梁两家继续在汴陵只手遮天，祝殷就绝不会是最后一个祝殷。

——长乐春花

第五卷　参差其羽

章一·遭家不造

阿九的爹在世的时候，亲口说过，住在方家巷子的，都是不求上进、不事生产且没用的穷鬼。

老爹生病之前，家里就已经开始败落了。好像是老爹接了个大的营造生意，却给办砸了，把前头几十年挣来的家产都赔进去了。老爹的病耗尽了家里最后一点积蓄，他死后，娘和阿九连城里最便宜的边角旧房都住不起了，于是，只能流落到搬进方家巷子。

但阿九一直记得，他不是生来就穷困潦倒的。他小时候过过好日子，那时老爹在营造行里有名望、有排场，往家里送礼的叔伯往来如流水，鸽子蛋大的珍珠也扔给阿九当过弹珠玩。

阿九在工地上忙了一天，一直到日暮西沉，才拖着疲惫的身躯往家走。

这是三个月来，阿九找到的第一份正经差事。要不是他死鬼老爹和工头老郑有几年交情，这好事轮不到他头上。

工程的地主是个舍得花钱的主儿，大过年也不停工。说是修整别院，挖了数十丈宽的大池子，底下全部要铺满黔地特产的寒青玉石，等夏天暑热的时候浸凉池。阿九小时候听他爹说过，这种寒青玉石极其稀有，三寸见方的一小块就能卖出普通人家一年的口粮价。玉石夏日清凉，冬日却格外冰冷，拿在手上，寒气嗖嗖地往心里蹿。

手抖的人是不能干泥瓦活儿的，尤其铺池底是个技术活儿，讲究严丝合缝，那玉石薄脆，一个不留意磕了个角，整块就不能用了。幸好阿九小时候跟着他爹干过几年，手上还有些功夫。

阿九嘴里哼着小曲儿，晃晃悠悠地穿过菜市街。兜里铜钱随着步伐叮当乱撞，愉快得像他此刻的心情。今天挣了五十文，明天再挣五十文，一个月便是一千五百文，一年下来扣掉吃穿住用，给娘请个好大夫，还能省下一两银。好好干三年，就能离开方家巷子，住回城里去了。

刚过完年，人们仿佛彻底忘却了上一年的困苦辛劳，信心满满地期待着美好的新一年，连吆喝声都攒着股劲儿。

卖冻梨的大婶平日是看不上他这扫帚星的，今日突然看他顺眼，喊了一句："阿九，买几个梨回去给你娘煲点汤，说不定她眼睛就好了呢。"

阿九神色黯了黯。自从爹死了以后，他娘日日手绣活儿，早早地就把眼睛熬瞎了。但她每日还是摸黑绣，知道单靠儿子是养活不了他们娘儿俩的。

可是今天不一样了，今天阿九挣钱了。

他掏出几枚铜钱："来两个梨。"

身后，蓦地叱声大起，不知谁家郎官纵马狂奔经过此地，街面上百姓纷纷向两侧退散。阿九连忙向侧边闪躲，手肘撞上一根细细的支木。本该深插入土的木棍不知为何，一碰就倒了。"呼啦"一声，顶上遮棚歪下一角，立时崩成了半截，积雪、冰水混着碎石瓦块轰隆隆滑下来。猛地钝痛袭来，阿九"嗞"了一声，捂住手臂，跪倒在泥水里，有锐利的石块砸在他臂上，也不知骨头是碎了还是折了。

旁边的人比他叫得更惨，街铺的屋顶塌了一角，把底下的鸡蛋、冻梨摊子都砸了个稀巴烂。

卖冻梨的大婶和卖鸡蛋的大爷冲上来，一左一右地揪住阿九不撒手："赔钱！"

"你这个扫帚星，真是名不虚传啊！早知道就不招呼你来买梨了，我的冻梨啊！"

锦衣策马的郎官早就跑远了，阿九疼得额头上沁出汗来，寒风仿佛吹进了手臂的创口，把全身的血都冻住了。

他只得把兜里的五十文掏出来："只有这么多了。"

进屋的时候，阿九听到娘在唤他：

"九儿啊，昨儿个财神娘娘显灵了。我在门缝里捡的，你看看有多少？"

手里被塞进一块硬物，屋里没点灯，他凑到窗口，就着月光仔细一看，是一张画着图的纸片半包着一块指甲盖儿大的小银疙瘩。他把那小纸片随手一扔，把银疙瘩揣进兜里。

娘听不见他回应，又问："九儿啊，今儿个上工顺利不？没人欺负你吧？"

"有郑叔在，谁会欺负我？"

"哦。"娘顿了一顿，"结工钱了吗？"

"结了。"

"多少？"

阿九在黑暗中捂着浸透了血的手臂，冷冷地说：

"没数。我没忍住,又赌光了。"

娘再不作声了。

阿九觉得屋里比屋外更冷,一脚把门踹开,走了出去。

方家巷子的夜依旧是孤苦而清冷的,家家户户都在叹气,新年的欢乐与他们无关。

一只野猫饥肠辘辘地跟在阿九身后,阿九回头踹了它一脚。它"喵呜"了一声,蹿进不知谁家园子里几尺高的雪堆,不见了。阿九模模糊糊地想,手伤成这样,郑叔那里的活儿是干不成了……还是得去赌坊试一试,别的地方,太慢了,再弄不到钱,娘的眼睛就再也治不好了。

主城西门有宵禁,得绕道南门才能进城。阿九抄的是近道,需要穿过一片乱葬岗。他哆哆嗦嗦地穿过几根歪歪斜斜的白幡,躲过地上几个人形雪堆,忽地听到一声不该的响动。阿九吓得魂飞魄散,脚下一软,滚到一个破石碑后头,不敢动了。仓皇杂乱的脚步声由远及近,蓦地止住了。阿九屏住呼吸,从石碑后往外看了一眼,头皮一炸,一个长发蓬乱的女人——也许是女鬼——趴跪在雪地上,叩头如捣蒜,口里还絮絮哭诉什么。更令阿九惊恐的是,女人对面的半空中,飘浮着一个灰衣人,宽大的灰袍下竟然没有脚!他们离得不算近,阿九断断续续听到"杀人""孩子""春花",其余的便听不真切了。

那灰衣人逼近了些,阴恻恻说了什么。

女人吓得浑身颤抖,大声喊:"不是我!"

一股奇香在寒意中弥漫开来,女人忽然僵住不动了。过了一会儿,她缓缓爬起来,仿佛变了一个人一般,朝灰衣人恭谨地行了一礼。

阿九脊背上出了一层冷汗。

那香气如幽微丝线般继续扩散,蹿入鼻息,阿九只觉得浑身一软,意识仿佛被一把鱼钩从天灵盖钩了半截出来,却被颈后的什么东西卡住了,进退不得。身体已经僵硬,像一截木桩一般,倒了下来。那灰衣人反应如电,瞬息飘到阿九眼前。灰袍领口的脸颊正对上阿九的鼻尖。

这时候,月亮出来了。

月光穿过层层迷雾,洒满雪地,也照亮了灰衣人的脸。这是一张小而尖的脸,眼如绿豆,口鼻突出,面上覆着奇怪的杂乱毛发,不似人脸,倒像是某种熟悉的兽脸。

兽脸嘴角突然一咧,露出上下四颗尖长的门牙,声音尖细得令人汗毛倒竖:"蝼蚁。"

嘴大张,一口咬进阿九的脖颈,鲜红的血如箭般喷出。阿九看到的最后图

286

景，是灰衣人胸口衣料上绣着的一朵三瓣祥云。幸好，他胸口内袋里还有一块碎银子，死的时候，不全然是个一无所有的穷鬼。

浮沤梦幻身，百年能几几。[1]薄雾再掠过的时候，乱葬岗上只剩几根白幡在风中摇动，人、鬼、妖，俱已无踪。

吴王府，墨云轩。

吴王蔺熙性情宽厚。尽管好享乐，喜排场，但从未做过什么盘剥百姓的事情。他是先帝最宠爱的弟弟，荒年能为江南要下免税的文牒，什么水利、开埠的好事也总能轮得上他。在他治下，百姓争相从商，百业兴隆，许多江南百姓甚至只知有吴王，不知有天子。蔺长思进来的时候，吴王正在看一张封地舆图。他抬起头，端详了一下儿子的脸色："晚上的药服了吗？"

蔺长思回道："服过了。"

吴王展颜："那便好。"他手指着舆图中一点，"长思，来替父王看看，此处风景如何？"

蔺长思却不动。

"父王，晚间来请脉的，怎么不是许大夫？"

吴王神情一凝，放下舆图道："刘大夫是梁家药铺新请的首席，几年前刚从太医院退下来。有他替你调理，父王也放心些。"

"王府的药材向来是春花药铺供应的，请脉也该是许大夫来请。"

吴王默了一会儿："王府的药材专供，父王已转交给梁家了。这是小事，没来得及同你提。

"父王知道，你和你母妃偏心长孙春花那丫头。这些年，父王也睁一只眼闭一只眼。但，一切都要以你的身体为重。"

蔺长思倏然抬头，仿佛想从父王的神情中窥探出什么。

"父王近日心绪颇不宁静……若有烦忧，不妨说给儿子听听，也有个商量。"

吴王低低叹了一声，却并不回答。良久，他再度摊开舆图："长思，你看此处如何？"

蔺长思凑过去，勉强辨认出汴陵江和沿岸四镇，再细的就辨认不出来了。

"这是……汴陵城西？"

"不错，此处两水并一山，是一块风水宝地。父王有心在此山上修一座别院，正待梁家的营造工坊绘图纸。"

蔺长思一怔："汴陵城中的营造生意，向来不是寻家居首吗？"

---

1 出自唐代拾得的《诗》。

吴王道："寻仁瑞这后生还是太年轻，近来的几件事他都办得不行。梁远昌活的岁数长，还算是个老成可靠的。"

"如今王府住着甚好，为何又要建别院？"蔺长思皱起眉，"父王，近来朝中颇有议论，还有几个御史联合参咱们王府挥霍无度、奢靡铺张。陛下虽念着叔侄情面未置可否，但终究……时绌举赢，非是明智之举。"

吴王的目光从舆图上抬起来："父王年岁已高，近来常感世事无常、体迈心衰。建别院在此处，是希望给你留一个山清水秀的休养之所。将来你若有了喜欢的姑娘，只要不是那长孙春花，便随心意娶了，一同居住在别院，长命安乐，岂不妙哉？"

"父王……"

吴王伸出一只手，制止他接下来的规劝："父王这一生，从无争权之心。所做的一切，都是为了你们母子的平安喜乐。"他是个大腹便便的中年人，锦衣华服遮掩不住虚耗和衰弱，平日仁厚和善的神情中竟多了一丝迫切。

蔺长思话到嘴边，却不知如何说。他少年时生了一场大病，父王母妃从此为他四处求医卜告，百般溺爱。这世上，唯独没有资格苛责吴王靡费的，就是他了。只是父母之爱，非要以无尽物欲来体现不可吗？他叹了口气，欲再说什么，脑子骤然清脆一响，仿佛有一根弦在他脑海里崩断了。他从不知道这弦的存在，但崩断的时候，便好像全身的生气都就着弦丝散去了劲。蔺长思像个被水冲垮的泥人儿，倒了下去，失去意识之前，耳边是父王狂乱的嘶吼："道尊！快请道尊！"

与此同时，书房中伏案看账的长孙春花被噼啪爆开的烛花吓了一跳，突如其来的心慌让她有些不知所措。她站起身，活动一下僵硬的肩颈，推开了窗。

惨白的月早已被浓重的乌云遮住，远处，仍有无尽的黑云涌来。

章二·处堂燕雀

春花匆匆赶到长孙衡的居处，推门进去，她愣了一愣。

"爷爷？"

白发苍苍的老人坐在小床边，向她做了个"嘘声"的手势。婴孩应已入睡许久，房中烛火未灭，昏暗幽微，本该看护的奶娘却不在房中。

春花比了个口型："奶娘呢？"

"我让她歇着去了。"长孙恕盯着床上沉睡的小娃娃，粉嫩的圆腮上还沾着一丝亮晶晶的口水。

"这娃娃，长得和你哥哥小时候真是像啊。"老人干瘦的手摸了摸娃娃的嫩脸，在小娃娃身上轻轻拍了拍，小娃娃胸口长命锁上挂着的小铃铛被轻轻拨动，"这锁，倒是不错……"

春花深吸了口气："哥哥总算有点做爹的样子，还想着给衡儿打了把长命锁。"

长孙恕"哦"了一声，并未回头。

春花撇嘴："爷爷如今有了重孙，眼里就看不见小春花了。小时候你就偏心，我和哥哥打架，你总是偏帮哥哥。"

老人怔了怔，尴尬笑笑："那时还不知道，你哥哥长大了竟是这么不争气。"

春花下意识抚着左手腕，静默了一会儿，忽向门口道："仙姿，你回来了？"

老人闻言，霍然直起身子，向门口望去，门口空空如也。劲风自后脑而来，老人倏然跃开两丈，宽大的袍袖兜住袭来的异物，"啪"的一声甩向墙壁，定睛一看，竟是一支银羽袖箭，羽上一圈黑纹。不给他喘息的时间，再一箭干脆利落地射出，正中他肩头。

"断妄司的破灵箭！"

以中箭处为中心，如有气浪遽然爆开，"长孙恕"上半身被气浪席卷，须眉脱落，人的伪装尽数消失，露出一张灰而尖的兽脸。尖厉痛苦的嘶鸣炸得春花头皮发麻，然而这一箭，还不足以取他性命。春花以右手托住左手腕，长袖落下，露出腕上套着的箭筒。她心跳剧烈得如同花筹会上的助威长鼓，得用尽全身力气才能控制双手不至颤抖。但此刻她是小娃娃和妖物之间唯一的障碍，她绝不能尿。

那妖物上半身布料被撑得破烂不堪，现出獐头鼠目的原形，下半身还是人的形状，蹲伏在地上剧烈地喘息，绿眼恶狠狠地瞪着春花。

春花眯起眼，将箭筒对准妖物，厉声说："别动，再动就射头。"

这破灵箭是严衍在安乐壶中交给她防用用的，可惜时间匆忙，根本没派上用场。脱险后，严衍又详细教导过她使用之法，说这破灵箭于凡人只是普通暗器，于老五却能造成致命伤害。

那妖物一滞，果然定住了身躯。

默了一瞬，他瓮声瓮气道："我何时露了破绽？"

"一开始。你扮成我爷爷的样子，手边却没有拐杖。"

"为这点怀疑，你就用破灵箭对付自己的爷爷？"

余光瞥见小床内侧倒地的奶娘，春花眸色更冷。

"我幼时和哥哥打架，爷爷从来是偏帮我的。"

"春花老板果然心细如发。"对方阴恻恻一笑，"你如此疑心谨慎，只能说明……我找对地方了。那东西……"他歪头看小床上的长孙衡，"就在这娃娃身上。"

春花脊背一凉，绝不能让眼前这人——老五——活着走出长孙府。

"你究竟是谁？"

摇曳的烛火在对方脸上留下大片阴影，他咧嘴大笑，猩红的口中冒出四颗尖长的前齿。

"愚蠢的凡人。"大袖一挥，卷起一股腥臊的妖风，妖物迎面向春花扑过来。腐臭黏湿之气熏得春花险些背过气去，劲风刮乱了准头，接连几支袖箭都没有命中，只有一支擦过妖物脸颊。

春花抱起长孙衡向旁一跃，滚进角落，堪堪躲过利齿。妖物一扑不中，迅捷掉头又扑了过来。小娃娃骤然被颠醒，号啕大哭。春花将他紧搂在怀中，向那妖物背后高喊了一声："仙姿！"

妖物冷笑一声："还想骗我！"

他头也不回，蓦地却不自觉起了一身鸡皮疙瘩。

耳边倏然传来一声："喵——"

妖物浑身的毛发都乍了起来，掉头往门口一看，圆脸丫头仙姿向他招了招手。天道埋在妖物骨子里的恐惧把他定在原地，令其动弹不得。他的实体仿佛瞬间消散成了空气，只有破烂的衣物委地，从衣领里爬出一只一尺长的大老鼠，脊背上还带着根破灵箭。仙姿轻轻跃起，化身为一只通体雪白、四爪带黑的白猫，一口便将那老鼠吞入肚中。

长孙衡扑在春花颈子里，哭得地动山摇，口齿不清地喊着什么。春花反应了一下，才听出他叫的是"姑姑"。她心中一软，摸摸娃娃柔软的颅顶："衡儿不怕，姑姑在。"

将衡儿放回床上，春花这才发觉小腿胫骨疼得厉害，也不知刚才撞在哪儿了。她拖着脚，伸手摸了摸奶娘鼻息，发现还有气，这才长出了一口气，而白猫还在就地大嚼。

春花道："吃完了就过来。"

白猫便一咕噜把嘴里嚼的全咽下去，摇身又变成个圆脸壮实的丫头，走过来。

"倒也……不用站得这么近。"春花咳了一声，仿佛已经闻见了死老鼠味儿。

仙姿撇撇嘴："小姐，我若没回来，你可就一命呜呼了。"

"那不正合你意？"

仙姿的眼珠滴溜溜乱转："要死也不能死在这么个小角色嘴里。"

春花神情柔和了些："你怎么回来了？老宅那边都还顺利吗？"

仙姿缩了缩头："不顺利，烟柔跑了。"

本以为春花会大惊或大怒，不料她却只是幽幽叹了口气。衡儿在她的轻拍下渐渐停了哭泣。春花拿起他胸口长命锁，端详了片刻，又放了回去。良久，她起身，来到窗前："毕竟是一个大活人，咱们还能关她一辈子吗？逼问了她这么久，也没问出什么，可见对于苏珩的死，她是真的什么都不知道。"

"她今夜刚刚逃脱，便有妖物来探看衡儿，这绝不是巧合。若非我一早存了戒备之心，就会真把他认作爷爷了。"她顿了顿，"他今日能扮成爷爷，明日便能扮成哥哥，扮成我。仙姿，你们老五，都能随意变幻成其他人的样子吗？"

仙姿摇头："得是修行千年的妖，才能随心变幻。我看这小妖道行粗浅，应该是有其他大妖在他身上施了法术。"

"那便不可不防。"

小腿上的疼痛一阵一阵地提醒着自己的疏失，春花凛然："仙姿，从今日起，你就守着衡儿，寸步不离。咱们若能过了这关，我给你买一百年的小鱼干。"

当夜不能安宁的，除了长孙府，还有寻府。

寻仁瑞不知道自己是多少次从梦中惊醒了。梦里，他孤身一人在浅滩上奔跑，身边一个护院家丁都没有，一个青面獠牙的夜叉在后头咆哮着追赶他，总是差一些便要追上了。他只好使出吃奶的劲儿奔跑，而那浅滩却总也跑不到头，跑得他快要虚脱而死的时候，蓦地夜叉腾挪到了他眼前，张开血盆大口，等着他自己跑进去。

寻仁瑞大吼一声，汗涔涔地惊坐起来。

最近，他夜夜都是如此，不几日，整个人便枯瘦下来，脾气也变得格外暴躁，接连打伤了好几个伺候的奴婢，闹得家里没人再敢靠近。他从床上爬起来，抽出榻前挂着的剑，一脚踹开房门，站在庭院里大叫："何方邪祟装神弄鬼！有本事出来和你寻爷爷决一死战！"

园中寂寂，下人们早就躲远了，竟无一人回应。他在园中号叫半天，终于累了，拖着剑，悻悻地回房，刚关上房门的时候，门外浓烟阴影乍现，在窗纸上渐渐汇聚成一个高大壮硕的长角夜叉形状。

"吾来了……"夜叉嘭地撞上了他的房门。

寻仁瑞肝胆欲裂，吓得把剑一扔，掉头钻进了床底下。

"霍善……霍善道尊……救命！救命啊！"

寻府最高的阁楼一角，立着个俊美的青年。大风吹得他红色衣袂翻飞，他居高临下地俯视鬼哭狼嚎的寻仁瑞，唇角露出一丝淡淡的笑意。

蓦地，身边有人长叹一声："你这样，有意思吗？"

青年转身，阁楼另一角有个人和他以同样的姿势翩然而立，只是那人穿着一身洗得皱巴巴近乎褪色的捕快制服，毫无仪态。

"闻捕快……"美人拱拱手。

闻桑还了个礼："陈掌柜。"

两人默然，又欣赏了一会儿寻仁瑞的痛苦。

闻桑："差不多得了。我师伯找你有事。"

陈葛点点头："再等等，他马上就尿裤子了。"

"……"

一刻钟后，闻桑与陈葛出现在福喜客栈，严衍的房间。陈葛一见严衍就大大咧咧道："天官大人，您不是住在长孙府养病吗？怎么被撵出来了？"

闻桑心里一突，拼命给他使眼色，无奈陈葛根本没看见。

严衍冷笑了一声："我上回见阁下，也还是个杂毛，可见时移世易，不可妄测。"

陈葛杵了闻桑一肘，低声道："你们天官，心情很不好啊。"

闻桑回了他一个"知道你就收敛些"的眼神。

严衍整肃面色，沉声道："陈掌柜，今日请你来，是有事相问。"

陈葛抬眸，向他一抱拳："我们狐族一向恩仇必报。天官救过我性命，所问之事我自当知无不言。不过，天官既已查到我身上，想必也已知道了不少。"

严衍点点头："你与花娘菡苔，是什么关系？"

陈葛："菡苔是我妹子。"

闻桑一愣："可那菡苔分明是个凡人，师伯不是还验过她的尸骨吗？"

陈葛苦笑："两位岂不知，这世上还有二五子？"

有些老五行走人间久了，难免眷恋红尘，想过人的日子，于是照样成亲生子，繁衍后代。那些老五和凡人所生的半人半妖，在老五中被蔑称为"二五子"，即五之一半的意思。二五子半人半妖，又非人非妖，虽生来人形，却两边都难接纳，往往不得善果。

陈葛道："我就是个二五子。

"我父乃狐族长老，母亲只是一凡人。母亲生下我才知道父亲非人，于是弃我而去，重嫁人，生了菡苔。我恋栈红尘，不专修行，为狐族不容，于是离开族中，到尘世寻找菡苔。

"我那妹子，自小善良，长大后各处飘零，沦落风尘，却绝不是心狠手辣之人。我最近一次见她，已帮她赎了身。她说有了一个心仪的男子，只是对方出身颇高，还需先断了家中牵绊，才能共效于飞。"

严衍："她说的那男子，就是苏玠？"

陈葛叹了一声："我只离开了两年，回族中安顿事务。再回汴陵寻她时，她已被定罪处斩。我不信她是凶手，于是在汴陵盘了这饭庄，暗中查访。街谈巷议中多指长孙春花是背后凶手，我原本也有此怀疑，是以联合寻家处处与她作对。但久居汴陵之后，我才发现身边老五常常无故失踪。

"然而汴陵财气旺了数百年，对老五有不可抗拒的吸引力。老五们或为享受，或为修行，仍旧如飞蛾扑火一般来到汴陵。那些失踪的老五都与我一样，自恃法力，不把凡人放在眼里，却在不经意中着了凡人的道，被献祭至澄心观。"

陈葛恭谨地向严衍行了个大礼："天官大人，我知道断妄司不理会老五之间的争端，我们这些二五子，你们也未必放在眼里。但我那妹子菡菪'货真价实'是个凡人，她死于澄心观地下那位妖尊之手，这是确凿的事实。我只求你，给我妹子一个公道。"

严衍站起身，肃然回望："公道就是公道。老五也好，凡人也好，二五子也好，都值得一个公道。"

章三·鼎鱼幕燕

樊霜身死，妖尊逃遁，但苏玠之死谜团仍未解开。

澄心道尊霍善修道多年，为何会将一个妖物奉为神尊，笃信不疑？澄心观以老五做腊祭少牢，一次只需两只，为何这些年来有那么多老五失踪？最重要的是：妖尊所谋者，究竟为何？是成仙，是为法力的进益，还是有更大的图谋？

陈葛将他所知悉数坦陈，补充道："陈葛虽法力低微，但天官有差遣，陈葛必肝脑涂地，死而后已。"

严衍道："妖尊与汴陵渊源太深，不会走远。我如今只有一个顾虑……"

陈葛了然："天官是疑心吴王府。"

"吴王身份特殊，民望亦颇高，我不得不忌惮。若手中握有实证，自可一击命中，但若无凭无据，只怕打草惊蛇，反而让那妖尊有了防备。"

"天官所虑不错。"

严衍道："近来吴王府动作不少。元节还未出，便要大兴土木，在城西修建别院。这肥差往常定是要给寻家的，这回却交给了梁家。陈掌柜浸淫商界多年，可能猜出其中缘由？"

陈葛摇摇头："吴王府掌握着汴陵风向，商户们宁可自己贴钱也想做吴王府的生意。梁家这些年一直屈居长孙家和寻家之下，前阵子得了一批珍稀药材，硬是把吴王府的药材生意给抢了下来。这回又接了王府别院的活儿，我瞧吴王是要拉梁家一把。"

他看看严衍："长孙家和梁家可是世交。当年若非梁家夫人带长孙春花进王府，长孙春花也攀不上王妃。天官大人想查梁家的事，怎不去问长孙春花？"

"喀喀……"闻桑拼命咳嗽起来。

陈葛一拍脑袋："忘了，长孙春花不是把您赶出来了吗？"

闻桑已经不想说话了。

"欸，我想起来了。长孙家和梁家五年前好像因为什么事情闹掰了，从那以后，两家生意上来往得就很少了。"

"你可知道是因为什么事？"

"两家抢一个营造行里的大师傅，梁家抢赢了。"陈葛撇撇嘴，"长孙春花那女人，翻脸比翻书还快，干出这种忘恩负义的事，也不稀奇。"他顿了顿，"天官大人，过两日是梁家老太爷七十大寿。梁家放出话来，要在寿宴上义拍一件珍藏多年的宝贝，所得全部用于给吴王修建别院。我估计，梁家手上资金还是有点紧张。"

严衍眸中一亮："陈掌柜也收到了寿宴的请帖？"

陈葛拍拍胸口："那是当然。"

春花领着小章跨进梁府，迎面就遇上了梁昭。

梁昭是梁远昌的第四孙，不论才干、相貌、年纪都不出挑，但确实是梁家大房唯一的嫡孙，梁家大夫人唯一的亲儿子。

梁夫人对梁昭寄予厚望，希望他在各房嫡子庶子中脱颖而出，得梁老太爷青眼。然而梁昭从小就浑浑噩噩，除了吃喝玩乐、逗猫惹狗，别的不会。梁夫人看在眼里，急在心里，动不动就用"别人家的孩子"长孙春花来鞭策梁昭，久而久之，梁昭便和春花结下了私仇，一见她就没有好脸色。梁昭成年之后，娶了五六个妾室，生了一堆孩子，其余依然一无是处。

春花对梁昭倒没有什么成见，除了又蠢又好色，梁昭还算是梁家上下比较真诚的一个人。当然，也许是幼时得了梁夫人不少照顾，她看梁昭，总还带有一点善意。果然，梁昭和她打了照面后，先是震惊，而后仿佛看见鬼一般面露嫌恶，远远地避开了。

小章义愤填膺，要冲上去开骂，被春花拦住："不要节外生枝。咱们今日只有一件大事要做，你还记得是什么？"

小章点点头："一定要买下那幅《来燕楼》。"

梁家寿宴设在花厅，里外三层，与宴者都是汴陵有头有脸的人物。当然，席间又只有长孙春花一个女子。梁远昌见她进来，有些意外，但还是偕几个儿子亲自过来迎接。

"春花老板大驾光临，老朽真是面上有光啊。"他呵呵笑着，"不知春花老板是为贺寿而来，还是为了义拍而来？"

春花也不掩饰，笑着行了一礼："自然是为了那幅《来燕楼》而来。"

梁远昌面色一变："你如何知道今日义拍的是《来燕楼》？"

春花道："我自有我的消息来源。梁家祖父，您心里明白，这《来燕楼》只有在行家眼里才值钱。汴陵城中没人出得到我的价格，咱们何不省了这义拍的流程，您直接把图卖给我得了？"

梁远昌盯着她，神情隐晦难定。这小丫头片子是他看着长大的，吃过的米还没他吃过的盐多，却总有底气拉大旗作虎皮。

春花再道："梁家祖父，咱们两家五年前的芥蒂，和《来燕楼》渊源太深。如今你把《来燕楼》卖给我，也算前嫌往事一笔勾销了。"

梁远昌沉吟不语，梁家长子梁兴从旁提醒："父亲，咱们广发了义拍的帖子，不能失信于人啊。"

梁远昌于是点点头："春花老板，还是先请入座吧，稍后义拍开始，你若出得高价，老朽自然将《来燕楼》拱手奉上。"

春花冷笑了声，不再纠缠，让小章送上了寿礼，便入席就座。

梁兴望着春花背影，低声对梁远昌道："父亲真要把《来燕楼》卖给她？"

梁远昌叹了一声："这几年，她在汴陵呼风唤雨，多么得意！我也曾担心她心中嫉恨，暗地里给梁家使绊子。不过她顾念着我和她祖父那点微薄交情，还有你媳妇对她的一点恩情，毕竟没对梁家动过手，反而是能避则避。这《来燕楼》，当年就该是她的，如今她肯光明正大地买，那就给她吧。"

梁兴脸上现出不忿："父亲是年纪大了，对一个黄毛丫头如此退让。她有什么了不起？吴王府不是连药材生意都了咱们吗？"

梁远昌瞪他一眼："吴王府的生意，是容易做的吗？我是年纪大了，可我不糊涂！当年那事，咱们做得确实不地道。拳怕少壮，但凡你房里能生出一个有本事的，我还需要忌惮她长孙春花吗？"

梁兴讪讪不语。

另一边，春花入了上席第一桌，环视一周，居然都是熟人。寻仁瑞还在病中，派了钱庄两名大掌柜代为拜寿，旁边是秦家香药局的秦炳坤，还有两个空位。春花刚坐下，便听一个熟悉的声音高调地叫了声："严先生，这里有位子！"

她回头一看，竟是陈葛和严衍。严衍也没料到会在此处碰上她，听陈葛说，往常梁家的筵席，长孙春花是从不出现的。两人眼神对了一下，严衍几乎是立即从她神情中读出了她要说的话：严先生这么快就另谋高就了啊？

出乎意料的是，她并没有说出口，只是淡淡点头，表示认识，便转过脸与席上其他人说话了。

"……"

陈葛凑近了惊奇道："天官大人，她……居然没搭理你。你们不是很熟吗？"

严衍磨了磨牙，发现自己已经不自觉在脑中默诵断妄司典籍里的猎狐七术：水浸、火烤、冰封……还有什么？倒是小章恭恭敬敬向他行了个礼："严先生。"

严衍点点头，随口问道："钱庄诸事都好吗？"

"还算平安。只是苦了东家，我看账比先生慢太多，有些还是要东家自己拿回去连夜核对。"

严衍皱眉，果见春花眼睑下又冒出了久违的淡淡阴影。

官宦之家往往蔑视商人，以为从商者都是奸诈欺瞒之徒，京中的达官贵人们尤甚，严衍从前也算是其中一员。但在长孙春花这里，他只看到一个勤恳辛劳的商人，靠身体力行的查访、礼贤下士的招揽和聪慧果断的新意，在强手如林的汴陵商界谋得一片属于自己的天地。

世人骂她不守闺训，更疑她行事不正，皆因她是女子罢了，实在不公。

坐对面的秦炳坤见他二人落座，大声道："陈掌柜，寻家和长孙家也就罢了，你一个开饭庄的，也要抢《来燕楼》？"

陈葛蒙了一蒙："《来燕楼》是什么？"

秦炳坤看他好像真的不知，便悻悻住了嘴。

春花失笑："看来这一桌子人，只有陈掌柜一个人是真心来贺寿的。"

严衍也从未听过《来燕楼》，思忖了片刻，正打算不耻下问，却见春花招呼小章到近前，状似闲聊道："小章，你总该听过《来燕楼》吧？"

小章看了一眼严衍，温顺地答："小的似有耳闻，但内中故事并不清楚。还请东家赐教。"

春花便好整以暇道："五年前，汴陵营造行里有一位天纵英才的营造师，名唤'祝般'，这来燕楼，就是祝般师傅设计的最后一座楼宇。祝般师傅在来燕楼上倾注了毕生心血，为了兴建来燕楼，还借贷无数，可在建成那日，来燕楼竟断了一根弯梁，塌了。祝般师傅也因此声名尽毁，倾家荡产。"

严衍听得认真，忍不住问："既然已经塌了，今日义拍的又是什么呢？"

春花却仿佛没听到，不作声。

小章幡然醒悟，连忙依葫芦画瓢地重问了一次。

春花这才道："来燕楼塌了以后，祝般师傅心有不甘，大病而亡。死后，他生前所绘的来燕楼设计图稿不知怎的到了梁家手里。今日义拍的，就是来燕楼的图稿。谁拿到图稿，就能依图重建一座来燕楼。"

小章已经是个成熟的传声筒了，乖巧地提问："来燕楼都塌了，设计图稿还有什么价值？"

"来燕楼建成之日，斗拱织彩，横梁云纹，雕镂连檐，藻绣朱绿，果然招来远近十里的燕子，绕楼喜鸣不止。其后虽然楼塌燕散，但那吉祥盛景，汴陵人都亲眼所见。"她顿了一顿，"燕子又称'元鸟'，即尘世的第一只鸟。修道之人以为元鸟为沟通世间与仙途之鸟，能招来燕子，就能招来仙人。"

"你们汴陵人除了关心赚钱，还关心修仙？"严衍纳罕。

春花甚是耐心，等小章问了，才慢悠悠答道："一般汴陵人自然是不关心修仙，但……吴王府那位笃信仙术……"她颇有深意地收住了话头，扫视席间众人，朗声道，"小章啊，今儿个咱们是冲着什么来的？"

小章会意，大声道："咱们就是冲着《来燕楼》来的。谁要是阻拦，就是和咱们长孙家作对！"

陈葛望着这些造作的人，目瞪口呆。这真是两口子认亲，多此一举啊！

严衍蹙眉，陷入了深思。当年祝般兴建来燕楼，便是为了讨好吴王，虽然功亏一篑，但有规可循。如今谁能重建来燕楼，便能讨得吴王的喜欢，从今往后在营造行里自然是无往不利。他嘴唇动了动，正要追问，有一小婢从旁靠近："春花老板，我们大夫人请您单独一见。"

章四·燕巢危幕

春花留下小章守着义拍，自己离了席，往后堂而去。

梁大夫人生得菱形脸，杏仁眼，细眉毛，年轻的时候就是个寡淡的长相。她与梁家大爷的感情也很淡，三十岁上才生了梁昭这一棵独苗苗。她说话轻声细语，只是爱唠叨，总是一句话翻来覆去地说。她盼望有人听她说话，常常却没有人听。见了春花，她很是高兴，招呼着春花坐下吃云片糕。春花推辞，梁大夫人便有些不开心，道这云片糕是她早起亲手所做。春花便吃了两片，静等她开口。

梁大夫人踌躇了片刻，终于打算进入正题："你自幼，就是个重情义的孩子……"

这话如一个黏糊糖人般打在春花眉睫上，她道："您别这么说。汴陵城中谁不知道我无情无义、心冷手黑？"

梁大夫人被她噎了一回，讪讪道："咱们娘儿俩也有日子没见了。春花，五年前那事，是我对不住你，我单想着为昭儿在老爷子面前博一个前程……"

春花心里惦记着来燕楼图，打断她："五年前的事都过去了，就别再提了。"

梁大夫人哽了哽："你今日既然肯来，就还念着几分情分。唉，我一个妇道人家，大门不出二门不迈的，遇上难事了，除了跟你说说，还能跟谁说呢？"

云片糕在口中化成滑腻腻一团。春花想起年少时，梁大夫人给梁昭吃云片糕，分过一块给她的事，于是叹了口气："那您就说吧。"

前厅，席间渐渐坐满。

梁老爷子郑重地讲了几句话，便命管家取出了一个长方形的红漆盒子。

"众位请看，这，便是当年祝般师傅留下的来燕楼全图。"

梁远昌从盒中取出画卷，徐徐展开。

既是营造工程用图，并不追求写意美感，而以精准为要。所绘是一座标准的十架椽屋，分心槽处用三柱，大、小木作尺寸标注细致、线条流畅。而作为外行人，只能看到一座楼栋的四幅切面图，乍一看，列梦檐以布翼，荷栋桴而高骧[1]。最为惹眼的便是飞檐椽上各蹲着一只振翅待飞的燕子。

梁远昌命管家拿着画绕堂一周，请座中众人观看。众人都听过祝般之名，但对来燕楼绘图的价值却难以判断，末了，问至开价，竟无一人答价。

梁远昌叹了口气，收起了画卷："诸公稍坐，用些酒水，赏过歌舞后再起拍。"

一队舞姬袅袅婷婷地拥入，跳了一支时兴的《翠腰》。陈葛看得津津有味，严衍却是毫无兴趣，他心中隐约感到异样，却又难以察觉得确切。

一曲终了，舞姬雁行般散去。

异变便在此时陡生。队末的舞姬经过梁远昌身前时，猛然夺过他身侧的画卷，飞跃而起。她身姿矫健，掠出一道幻影，绝不是凡人应有的速度。

是老五!

梁远昌惊呼了一声："快拦住！"

那老五在空中几个纵跃，反应迟钝的护院根本沾不到她衣角。顷刻之间她便到了门前，向门内冷笑了一声，便要大摇大摆地走出去。不料刚一回头，面前陡然戳出一个寒光湛湛的剑尖来。若非她停得快，印堂便要被那剑戳个对穿。

舞女的面纱飘然落下，露出一双芝麻小眼和两颗大门牙，面上还长着几丛灰毛。一旁的陈葛看了，险些呕出半个肺来。

严衍执剑冷目："断妄司在此，焉敢放肆？还不速速报上家门？"

老五愀然变色，并不答话，扭身便闪。然而它哪里快得过严衍？青釭剑如猎鹰尾羽，织就一面盾牌，将它的去路封得水泄不通。严衍有意留它性命，未下杀手。那老五只觉浑厚的气劲从四面八方挤压过来，它仿佛被困在四面透明

---

1 出自汉代班固的《西都赋》。

的小井中，动弹不得。它哀嚎了两声，终于失了斗志，再不抵抗，低头在双手中生出黑色妖火。

"它要烧画！"陈葛大叫。

严衍双眸一凝，一剑斩下那老五的双手，画卷骨碌碌滚落一旁，陈葛连忙捡起。老五发出凄厉的哀鸣声，恨恨地看了严衍一眼，蓦地大喝一声，从心脏处爆开，化作一片血雾，将门前的石板地染成了血池。

梁家人这时才追了出来。梁远昌一把抢过陈葛手中画卷，确定它无事，这才颤声看向那血池："这是何人？竟然在光天化日之下抢夺民财！"

陈葛的手悬在空中，冷笑一声："梁老爷子，这恐怕不是人。"

"啊？"梁远昌面色灰白，仿佛随时都要晕过去。

严衍道："梁老爷子，还是先报官吧。义拍之事，不如择日再议。"

梁兴附和："是啊，爹，先把画收起来，改日再……"

"不行！"梁远昌斩钉截铁叱道，"你等得，那别院工程等得吗？今日一定要把这画卖出去！"他如溺水中的将死之人，举目四顾寻找浮木，"长孙春花呢？她不是愿意出高价吗？"

周围人都是一愣。一个菱形脸的瘦削妇人由婢女搀扶着，匆匆而来，正听见梁远昌的问询。她神色变了变，迅速扯出一抹得宜的笑容："父亲，春花有些不适，儿媳让她在我卧房中歇息片刻，稍后便来。"

梁远昌微微宽了心，将来燕楼图抱在胸口，颤颤地往堂中去了。宴中众人鸦雀无声。事情发展得太快，恶人刚刚冒头便被制服，想跑的人现下倒也不好意思跑了。倒是那来燕楼图，甫一示人就遭盗抢，恐怕真是有些玄机在里头。

厅中静了片刻，忽有人道："梁老爷子，我愿出五百两买这图。"

喊话的是秦炳坤，他向来精于钻营，万事都要抢在别人头里。

立时便有人跟上："我出六百两！"

"我出七百两！"

"八百两！"

陈葛听得张目结舌，对严衍道："这老五，怕不是梁老头儿自己雇来当托儿的吧？"

严衍没有回应。他终于明白了心中的异样源自何处。长孙春花今日是为义拍而来，怎么会在梁府内院中耽搁这么久？方才庭中这样吵闹，内院不可能听不到。是什么样的不适，让她忘了势在必得的来燕楼图？

他一把抓住陈葛："梁大夫人的卧房在哪个方向？"

"欸？"陈葛一愣，"这事儿我要是知道，可就麻烦了……"

话音未落，严衍已如离弦之箭一般，向梁大夫人来的方向飞奔而去。看守的护院欲拦住他："这是内院，请客人……"

指风如刀，瞬息间撂倒了两个护院，严衍脚步未有丝毫停留。内院中仆婢不多，他也不废话，抓住一个婢女逼问梁大夫人的居所，婢女见他正气凛然、面沉而怒，哆哆嗦嗦地指了个方向。刚转过月门，便听见一阵扑腾后瓷器桌椅倒地的声音，严衍心中一紧，仿佛被带利钩的重砣钩住了狠狠一吊，撕开一道漏风的破口。

梁大夫人的居室外无人守卫，门轩分明从外深锁。严衍一脚端开内室房门，甜腻旖旎的暖香扑面而来。鹅黄衫裙的纤细身影背对着他，正扶着桌面，歪歪斜斜地要站起身来，却终于体力不支，再度软倒。严衍两步上前，一把将她抱进怀里，翻过脸来。春花发髻散乱，钗环尽堕，杂乱的衣襟难掩春色，双目泛着浓重红意，满脸潮热，喘息深重。她目力似乎有些受损，睁大眼睛望他，却无法对焦，神情迷茫。严衍将她抱起，胸口忽被一硬物顶住。他顿住，低头看见她袖中露出一角的箭筒，出箭口正对着他，心中猛地一宽，仿佛一块大石落了地。

他未动，轻声道："东家，是我。"

春花一愣，眨了眨茫然的眼，抵住他胸口的左手一软，被他整个儿揽住。

"严先生……"

她声音是少有的柔软娇媚。严衍心思微动，已读出她的压抑克制。

"可有受伤？"他盯着她，小心翼翼地问。

她吃力地仰起头，慢慢道："梁夫人说，要给梁昭争个前程……对我用了袖中春。梁昭……没得逞……中了破灵箭。"

"你的眼睛……"他见她秀致的腮微微红肿，唇边还噙着一缕血丝，轻触她的脸，她"嗞"了一声："被他掴了两巴掌，有些晕，看不太清了。"

严衍目光投向她身后的床边，果然有一锦衣男子捂着胸口哀哀叫唤，鲜血流满了指缝。少有的盛怒席卷了他的意识，非要用上超人的定力不可，才能压下将那人三刀六洞的冲动。

他强行抑制胸口起伏，沉声道："我带你回家。"打横将她抱起，只觉她轻盈而滚烫，像一朵热夏的花。春花将脸贴着他肩头，猫儿般轻轻喘息片刻，呼吸终于平缓了一些。她攥住他胸口布料。

"我不能……就这么走了。"她喘了几声，"你可有法子，让我清醒些？"

严衍皱眉看她，终是依言把她放在院中，取了花缸里已解冻的冰水，洒在她脸上，又从怀中找出一颗药丸，喂她吃下："这是清心丸，修炼之人打坐时常服，多少对……有几分功效。"

她咽下了，脸颊越发晕红，手心也越来越烫。严衍知她看似平静，其实正用极强的意志力压抑着袖中春的药力。梁家竟将青楼中不入流的迷情香药用在她身上，他思忖一瞬，解下外袍，将她紧紧包裹起来：

"你想做什么？"

她来不及答，人群已一窝蜂拥入小院之中。领头的正是梁大夫人，紧跟其后的是梁兴和梁府的几个护院，再跟着的还有陈葛。梁大夫人一见此景，便知道计策失败，连忙扑进房去，见自家儿子受伤，发出母兽般的咆哮。

梁兴随着进屋，哪儿还有不明白的，高声叱骂了几声，似是打了谁巴掌。未几，他从房门步出，招呼两个护院把叫得如骟猪般的儿子抬去就医，自己则深吸了口气，向春花作了一揖。

"春花老板，这事，是贱内自作主张，我梁家对不住你。"他顿了顿，又道，"不过出了这种事，总是女人家吃亏。"

梁兴的目光和严衍一触，悚然一惊，下意识移开目光："梁家……愿意负责。你只要松口，明日我就让昭儿八抬大轿把你迎进门。"

春花垂着头，冷笑了一声。

严衍知她意思，冷声道："梁大爷这是痴人说梦。"

梁兴脸上青一阵白一阵，硬着头皮再道："春花老板不想嫁……梁家愿奉上万两黄金，弥补春花老板所受伤害……这事终究不体面，若是公之于众，我家昭儿是被骂惯了的，虱子多了不痒，你春花老板的名节就此断送了，今后还有哪家清白的郎君愿意结亲？"他话赶话，越说越觉得是这么回事，越说越有底气，说到最后一句，已有些拿捏的意思了，"为着咱们两家的体面，这事儿还是揭过去的好，春花老板，您说是吧？"

章五·燕翼贻谋

春花十二岁掌家，以未嫁女之身穿梭于名利场，针对她能力手腕的质疑、猥琐的想象、谣言，从未停止。试图在酒席上下药或灌醉她，从而污她身子，侵占长孙家家产的男人，早年也曾遇到过几个，但她防心甚重，仙姿也一直贴身保护，从未中过这种下三烂的圈套。

这些针对女子的恶意，她不是第一次遭遇，也不会是最后一次。她只是从未想过，这恶意会来自梁大夫人。那个幼时曾把她抱在怀里哄过，亲手喂她吃过云片糕的梁大夫人。

七情是封喉鸩酒，六欲是附骨之疽。明知对方有所算计，她却囿于旧日恩情，未做最坏打算，果然反害己身。

清心丸并非袖中春的解药，只能缓解和延迟意识昏聩。两种相反的力量在她体内针锋相对，激起一阵剧烈的痛楚。清心丸的药效如一排小针，穿破暧昧旖旎的迷雾，密密地扎在太阳穴上，她顿时头痛得几乎要裂开，但意识，总算是清醒了些。春花再度睁开双眼，口中血腥之味愈浓，双手攥紧成拳，指甲深陷进掌肉，掌心立刻溢出血丝，她却毫不知情。蓦地，她的手遭人握住，被强迫摊开，避免她再度伤害自己。

"还撑得住吗？"

春花一怔，点点头。

严衍的声音她是熟悉的，向来带着事不关己的冷意，兼有些严厉刻板的评价与质疑。这会儿，他的声音却是出奇地柔和。她真想看看他此时说话的神情啊。

"严先生……可会帮我？"

握住她的手紧了紧："当然。"

他也不劝慰，继续问："东家心中早有了主意，想怎么做？"

春花目力恢复得有限，但总算辨识出对方的面容轮廓，心中蓦然一定。是了，长孙春花何曾是自伤自怨的人？敢欺辱她的人，她必得十倍百倍地还回去。她自幼便懂得，要做成常人做不成的事，就得对抗常人无法对抗的恶意。所能依靠的，只有自己而已。

春花深吸口气："扶我……去前厅。"

严衍小心翼翼地扶了她起身。梁大夫人掠过梁兴，扑了过来，拦住两人去路："春花，就算你不顾惜自己的名声，你爷爷、哥哥的名声也不顾了吗？你若答应嫁给昭儿，我发誓，今后梁家内院，都让你说了算！"

春花神情无波，置若罔闻。严衍搀扶着她，掠过梁大夫人，向院外一步步走去。梁兴这才醒悟，连忙示意，几个护院便持了棍棒，上来拦阻。陈葛本是混在护院之中进的内院，见此情形，哪里还按捺得住脾气？他闪身而上，一脚一个，踹翻了几个护院。他使了巧劲，一个护院跌跌撞撞地倒退两步，和梁大夫人撞成一团，梁兴下意识去扶，也被带了个狗啃泥。陈葛嘿嘿一笑，嚷道："长孙春花，老子可不是帮你，实在是这窝姓梁的太不要脸了！"

梁大夫人阻拦不得，喊道："春花！你再能干，也不过是个女人！"

春花背脊如遭芒刺，震了一震，但脚步未停。

梁大夫人双目含泪，苦口婆心："咱们女子在这世上活得艰难，不能因为一时意气毁了终身啊！你这么闹，今后还有谁肯要你？这世上哪个男人会不在乎这种事？还是……"

她骤然停住话音，一道凛若冰雪的视线利刃般不偏不倚地刺在她脸上，仿佛将她内心的阴暗活剖了出来给世人观看。

严衍回首："配得上她的男人，自然不会在乎。"

前厅中义拍尚未结束，来燕楼图的价已翻了几倍。

小章孤零零地叫了两回价，耳听那数目噌噌往上涨，心里也不由得犹豫起来。他在门口等了又等，终于见着春花与严衍缓缓而来。小章瞧见她的模样，大惊失色："东家这是怎么了？"

春花也不解释，只问："叫到什么价钱了？"

"三千两……"

"咱们出五千。"她双眸红肿，声音微弱，话语却再笃定不过。

小章不敢有违，高声叫了价。

厅中的富贾们原本目光灼灼地盯着上首的来燕楼图，并未留意到他们，一听见这价钱，纷纷转过头来。

小章硬顶着一口气，重复了一遍："长孙家，出价五千两！"

春花虽罩着严衍的外袍，却难掩一脸的狼狈。

人群中顿时窃窃私语："五千两，也太大手笔了吧？"

"咦，春花老板这是怎么了？"

"好像是出事了？"

"呀，一个女子，如此衣衫不整、蓬头垢面，看来坊间关于她的传闻都是真的！"

"喊，有钱又怎么样？丢尽了她父兄的脸。"

这些闲言碎语入了春花耳中，如同虫鸣。她神情凛然不可侵犯，由严衍搀扶着，一步步来到堂上梁家老太爷身边。

"五千两，可还有人叫价？"春花面向堂下。

厅中又是一片窸窣议论，却是无人响应。

她点点头："既如此，来燕楼图就是长孙家的了。"

梁远昌不明就里望着她：

"春花老板，你这是……"

春花不答。清心丸药力有限，她知道自己支撑不久，低声对小章道："我说一句，你说一句。"

当了一天传声筒的小章惊疑不定地点点头。

"诸位东家、老板，远道而来的朋友，若还有不认识我的，此刻认识一下，我便是汴陵长孙家的当家人，长孙春花。"

小章高声跟着重复了一遍。

"今日受邀前来为梁老贺寿。开宴之前，梁家大夫人将我独自唤至房中，请我吃了两片云片糕。糕中放了软筋药物，她将我留在房中，燃放袖中春，又唤来梁家四公子梁昭，将我二人锁在房中。其后……梁昭欲行奸污之事……"

小章复述到一半，险些吞下自己的舌头。

"东家，这……"

"照着说！"春花身子虚软，向下一垮。严衍一把扶住，不着痕迹地让她半个身子都挂在自己身上。她停下来，剧烈地喘息了一会儿，继续道："我以随身暗器射中梁昭右胸，梁昭未能得逞。暗器为两寸余长的袖箭，验伤即可为证。幸而，严先生及时赶到相救，梁家大爷梁兴与梁大夫人又率护院阻拦……更以女子名节、家族名誉要挟，强迫我忍气吞声、息事宁人。

"诸位中许多与我有生意之交，知晓我为人。长孙春花言行坦荡，从未恐惧过流言。今日索性把话说明，不论失身与否，我都是长孙家的当家人，汴陵商会的会长！

"自今日起，长孙家与梁家割袍断义。长孙家走通的路，不许你们梁家跟着走；长孙家吃得下肚的，绝不会给梁家留一粒米！"

小章硬着头皮，尽职尽责地传完了话，只觉腿肚子不住发颤，仿佛有烈火从嗓子眼儿一路往全身蔓延。春花喉咙一紧，声音彻底哑了下来。

"我……说完了吗？"她强撑着最后一丝理智，问严衍。

清心丸的效力退去，袖中春带着汹涌的迷乱再次席卷了春花的意识。目力所限，严衍眼中的怜惜、震动乃至激赏，她一丝都没有看见。

严衍叹了声："东家做得很好，剩下的交给我吧。"

这一句话仿佛解除封印的咒语，她那军前斗士般紧绷的身躯蓦地松懈下来，轻倚在他臂间。

他环住她纤细的腰肢，朗声对众人道："请在场的各位做个旁证，今日之事错在梁家，日后官府追究，自有章程。长孙家不得公道，誓不罢休。"

他转向梁远昌："梁老太爷，好自为之。"

梁远昌面若死灰，面容枯槁，嘴唇动了动，竟无话可说。

严衍拿起盛放来燕楼图的漆盒，扔给小章抱着。而后，他裹好春花身上外袍，将她打横抱起，穿过梁家的寿宴，穿过城中一众富商震惊莫名的目光，穿过纷纷的物议，背脊挺直，如沉稳高山。

身下的马车频频晃动，令人烦躁不已。

春花醒了又昏，睡了又醒，浑身热得难受，仿佛一团烈火从脚底板直烧到头顶心，困在她身体里四窜，却寻不到出路。她发了一身腻汗，似乎骨头被沤成了稀泥，脑子也熬成了一锅糨糊。忽然有清凉甘泉灌入口中，顺着喉咙下去，所到之处，热意稍稍缓解。她渴求更多凉意，不禁往甘泉的来源凑近了些，伸手抱住——触手微凉，仿佛盛夏夜里她戴着贴身入睡的寒青玉石。她颤抖着将脸颊往上贴，却不知为何，身体里那团火烧得更旺了。

那玉石却成了精一般，生出一双手，将她猛地向外一推。

"你且忍一忍，马上便到了。"

春花勃然大怒，凭什么让她忍？

缘着冰冰凉凉的手又扑了过去，她大力地把那滑不唧溜的玉石精往身下一摁："嘘，别动！再动，叫严先生把你抓起来。"

玉石精果然僵住不动了。

春花睁开迷蒙的眼睛，玉石精在她眼前汇聚成一张巧匠雕刻般峻冷的容颜，看着很是眼熟，但对方泛红的眼尾和微乱的发丝又让她觉得有些不同寻常。她双手捧住，仔细地看："你变的这个长相，我很是喜欢。有没有女子夸你生得很俊呀？"

玉石精默了一会儿，道："没有。倒是有很多女子……"他斟酌了一下用词，"怕我。"

他容貌偏冷，又有严苛之名在外，虽然出身显贵，却从无女子敢当面示好，遑论议论美丑。与韩抉相比，他少了许多无谓的桃花烦扰。他的唇色很浅，唇线绷直，春花却觉得自己见过那唇角弯弯的模样。

她嘿嘿一笑："那是她们胆小。"脑袋一晃，几支碍事的珠钗叮叮当当坠了下来，乌发如瀑布盖了两人一身，"我跟她们不一样，胆子可大了。"

话音未落，她哆哆嗦嗦地冲着那浅润的唇亲了上去。

章六 · 雁字回时

这一夜，对汴陵城中的许多人来说，都极为漫长。

梁昭已被州府收押待审，梁家好说歹说，总算没有让梁兴与梁大夫人被一齐带走。事关城中两大富商，曲知府不敢擅自开审，打算先禀明了吴王再做打算。梁家急找的大讼师，给他们支了个招：长孙家财势不弱，与其在公堂缠讼，倒不如在开审前私了。天刚泛白，梁远昌携了重礼赶到长孙府。守了半个多时辰，终于在书房中见到了长孙恕。长孙恕年纪大了，鲜少起得这样早，神思倦怠，仿佛随时会打起呼噜，陷入昏睡。

梁远昌先开了口："老哥哥，我亲自给您赔罪来了。"

长孙恕沉沉咳了两声，打起精神："春花那孩子受了惊吓，还在房中休息，老朽也只是粗略听了一耳朵。既然梁老弟亲自来了，不妨打开天窗说亮话，咱们两个老东西，仔细说道说道。"

梁远昌见他还算客气，心下一安，于是将昨夜之事委婉地复述了一遍，虽不能将黑的说成白的，但凭着锤炼了数十年的三寸不烂之舌，也修饰抹平了不少。末了，他道："我老头子管教无方，家门出此败类，自然难辞其咎，原本是没脸来见老哥哥你的。可是昨夜春花丫头那架势，不光要和梁家彻底断交，还要逼得梁家在汴陵城混不下去！老弟，以咱们两家多年的情谊，何必非要闹得鱼死网破不可？"

长孙恕一怔："春花她……果然说得如此严重？"

"老哥哥，我知道这丫头是你心尖上的宝。只要能给春花丫头解气，把昭儿那孽障打断一双腿，我老梁也绝无怨言。可是，这难道就是对春花丫头最好的补偿吗？"梁远昌掏出手巾，擦了擦额上的密汗，"父母之爱子，则为之计深远。[1]春花丫头年轻有本事，但遇事还是容易冲动，老哥哥可千万得替她把把关。我有一个两全其美的法子，说与你听听？"

他与长孙恕两个相识六十年了，深知这老家伙从年轻的时候就脾气耿直但心慈手软，若不是晚年得了个泼辣果断的孙女，长孙家早被寻家吞吃得渣都不剩了。长孙春花嚣张跋扈，就算吴王爷亲自发话，也未必压得住她。世上唯一能让她改变主意的，也只有这老家伙了。

果然，长孙恕抬起满是褶皱的眼皮："梁老弟请说。"

梁远昌掏出两张刚拟好的庚帖，递到长孙恕面前。

"老哥哥，春花这个当家人做得有多难，别人不知道，你还不知道？一个女娃娃，非要学男人做生意不可，哪还能有不吃亏的？这事真闹开，她的名声可就彻底坏了，你给她揣摸的那几个身家清白的入赘郎君，恐怕一个也不敢上门了。依我看，索性还是让春花和昭儿配成一对，对他们俩都好。我们梁家甘愿入赘，奉上三倍赘礼。"他端详长孙恕脸色，又补道，"当然，到此处，你们长孙家还是吃了大亏的。"他抬抬手上庚帖，"这是我家三房小孙女满儿的庚帖，我已连夜差人与石渠的合过了，那真是天作之合。"

长孙恕："梁老弟这意思，不仅要让梁昭入赘我家，还要把你最宠爱的嫡孙女嫁给石渠那个浪荡子？"

梁远昌："不错！"

"石渠和春花两个的婚事，一直是老哥哥你的心病，我哪有不知道的？这事儿过后，咱们两家就是双重的亲家，今后和睦如一家，汴陵商界，岂不都是咱们说了算吗？"他咬了咬牙，"老哥哥若还不顺心，我把梁家的整个药材生意给满儿当陪嫁，送给长孙家。"

这本钱，确实下得十分重了。

1　出自先秦刘向的《触龙说赵太后》。

长孙恕沉默了一阵，命人请石渠过来。

石渠一进门，看见梁远昌就要发飙，幸好长孙恕抬了抬手，示意他安静。

长孙恕慢条斯理地将梁远昌开出来的条件说了，向石渠微一颔首："你梁家祖父开出来的条件，对你、对长孙家的前程都十分有利，哪怕是你将来科举不中，有这样一个岳家，也不怕被你妹子撵出门。石渠，你如何说？"

长孙恕很少用这样庄重严肃的语气同他商量事情，石渠愕然了半晌，青白二色在他脸上交替变幻了几次，终于甩头大怒："爷爷，你老糊涂了吧？"

梁远昌目瞪口呆，长孙家的二世祖果然名不虚传，这傻子若是梁家的孙子，早被打死了。

长孙恕竟然并不恼怒，只是沉声道："好好说话。"

石渠愤愤不平，嗓门儿大得能掀翻屋顶："长孙家是块多了不起的牌子？我长孙石渠是个多了不起的人？凭什么要用我妹子给我和长孙家换前程？自家的姑娘受了委屈，长孙家不能拼上合家之力给她出气，那要这破家还有何用？我看散了也就散了吧！娶老婆生孩子，也只能生一窝孬种！"

他手指着梁远昌："你拿自家的姑娘不当人，我管不了。我妹子可比一百个姓梁的捆在一起还要金贵！"

梁远昌气得浑身发抖："老哥哥，你这孙子，也太不像话了！你可得好好管教！"

长孙恕扶住靠在一旁的龙头拐杖，颤颤巍巍站起来，向梁远昌拱了拱手："石渠方才说的话，就是我的意思。不论我家春花丫头想做什么事，我老头子和她这不成器的哥哥全力支持！你说'父母之爱子，则为之计深远'，我以为最深远的，就是让她光明正大、问心无愧，凭自己的本事，走自己想走的路。"他深深叹了一声，"梁家老弟，我长孙恕是老糊涂了，却还没糊涂到你想的那个地步。五年前的事，我老头子还没忘呢。从今往后，你我也不必再来往了，咱们就各凭本事，各行其路吧。"

梁远昌脸色红了又紫，难看至极。以他的身份地位，何曾受过这样的羞辱？他冷冷哼了声，再无敷衍，说了声"告辞"便拂袖而去。

石渠眼见这峰回路转，虽觉畅快，却也有些摸不着头脑。

长孙恕望着梁远昌远去的背影，叹了口气："你妹妹想和梁家掰腕子，这事没那么容易。这几日让她好好在家歇息，你跟着我，把城中几个老兄弟都拜访拜访。"

石渠终于会意，狠狠给爷爷竖了根大拇指："爷爷，刚才我要是答应了那老匹夫的条件，你该不会把我撵出去吧？"

长孙恕瞟他一眼，不答反问："你刚才……说谁是老糊涂？"

"……"

严衍在书房门外又站了一会儿，才转身离去。他听李俏儿说梁远昌上门，怕长孙家祖孙应付不了，才特意赶过来，现下看来，倒是多余了。不过，这倒让他明白了，长孙春花是如何养成这样的心性。外人羡慕长孙家男人躺着吃香喝辣的福分，却看不见长孙家相依为命的义气决心。

他转身离开，穿过条条回廊，路过庭园，府中三步一布垫，五步一茶亭，厚席铺地不硬，石径深雕不滑，处处无华却讲究，每一处景观，每一块地砖，都彰显着春花对祖父兄长的拳拳爱护，实在很难不叫人羡慕呢。

严衍推开春花闺房的门，愣了一愣。方才离去之前，那姑娘还在床榻上沉睡，身边有许大夫照看，此刻却是人去榻空。

严衍深深地皱起眉，转脸看见许大夫端了汤药走过来。

"严先生！"

他以下颌示意屋内："她人呢？"

许大夫笑呵呵道："东家已醒了，精神还不错，俏儿扶她去看衡小少爷了。"

"胡闹！"严衍面现薄怒。

许大夫望着他的背影，感叹了一声："现在的年轻人，气性都这么大！"

马不停蹄地来到长孙衡的居所之外，果见那女子斜倚在门廊下的躺椅上，披了件毛边大氅，手里捧着个小暖炉。奶娘抱着长孙衡，仙姿立在身后，李俏儿拿了个金光闪闪的拨浪鼓，一下一下地逗着娃娃，娃娃便不经撩地发出一阵又一阵铃铛般的笑声。春花望着他们，眉眼弯弯，带些恬静的笑意，双唇有些苍白，乌发编成简单的双麻花辫，一看就是李俏儿随手绑的，额边碎发在微风中轻轻拂动，全然没有了呼风唤雨的大当家气度，像个被宠在谁膝下的小姑娘。

严衍远远地看了一会儿，举步上前。

"东家该在房中歇息，不该在此吹风。"

春花的目光与他触了一下，居然微微有些躲闪。但她自制力极强，仿佛脑仁里有只手摁着眼珠子不要拼命转动，面上看来仍然十分端庄沉稳。

严衍想到了这一层，心里已有了数，不知为何有些愉悦。

春花咳了一声："许大夫说我身子无碍，若体力允许，就可以出来逛逛。"

严衍看她一眼，摸摸她手里的暖炉，已不大热了。他不知从哪儿掏出一个刚烧好的小暖炉，塞进她手里，将原来的替换下来。

春花瞠目结舌地看看他背后："你是变戏法儿的吗？"

严衍沉沉地笑了起来。

李俏儿见状大吃一惊："东家，严先生原来会笑欸。"

春花也笑起来。眸子又与严衍对了一下，不着痕迹地垂了下去。

"严先生，陪我去园中走走？"

严衍瞥见她淡红的耳根，点点头："东家请。"

章七·燕约莺期

严衍自幼随断妄司老天官修行，修的是无心道，讲究一个"定"字，自在八风吹不动，敌不动，我自然不动。

前方，披大氅的女子已经绕着长孙府乏善可陈的小园子走了两圈，两根乌油油的麻花辫在肩上滑来滑去，偏是不转过头来，也不说话。严衍跟在后头，初时还有些守株待兔的从容，渐渐地觉得不太像话。春花耷拉着脑袋自顾自往前走，走到第三圈，蓦地眼前出现一双黑靴。

"欸？"她刹住步子，抬眸看是严衍，不禁一怔，又看看身后，这才醒悟，他在原地等了她一圈。

"要是还没想好说什么，我帮你起个头？"

他双臂环抱，好整以暇地睨着她。

"寻常女子经过这一场折腾，多半会哭个三五天。你……若是想哭，哭一会儿也无妨，我不告诉别人便是。"

这人，不一本正经的时候，原来是这样的。

春花咳了一声："严先生，你我……已不是东家和账房的关系，但你昨夜还是仗义援手，春花感激不尽。"

严衍因她的官样轱辘话皱起眉，静了一瞬，问："五年前，你与梁家究竟有何过节？"

春花苦笑一声。

"此事，还要从祝般说起。"

五年前，城中营造大师祝般正风头无两，他兴建的几座楼台宅院都成了名士云集之地，因此也积攒了不少身家，便开始筹划兴建来燕楼。

那时春花旗下尚无营造行，正想招揽祝般与她合伙，但祝般孤傲，看不上她。春花不惜三顾茅庐，示以诚意。也是在那时，祝般向她展示了自己亲手绘制的来燕楼图。其后，祝般的幼子生了一场大病，需千年何首乌做药引方能根治。那时全城只有春花药铺存有一株千年何首乌，她正欲以此为礼，获取祝般的信任，梁大夫人却在这关头亲自上门来求取。

"梁大夫人于我有恩，她前来哭求，说梁昭也生了重病，还是急病，若无我那株何首乌，活不过三天。"

"所以……你把何首乌让给了她？"

春花叹了口气："祝家少爷的病是慢病，我想着先救了梁昭的命，再差人去寻一株给祝家。"

没过几日，消息便传出来，祝般带着自家营造行，并入了梁家版图。祝般手书一封向她致歉，言明梁家为其子寻得了救命的药材，他无以为报，只得和梁家合股。

"如果只是如此，倒也没有什么。商场上原本钩心斗角，一时心软被人钻了空子，也是常有的。"春花道，"梁家可恨之处，在于得到了祝般这样的营造大师，却不珍惜。"

祝般为了修建来燕楼，投入了大量财力、心力，在别的工程上，渐渐便有些捉襟见肘。梁家拍胸脯保证，若遇难处，梁家必定出资支持，还怂恿祝般以家产抵押，从寻记钱庄借了十万两银子。

来燕楼坍塌那一日，祝般身败名裂，所有在建工程全遭毁约，积压账款没有一笔收得回来。寻记钱庄便在这时上门收账，清算了祝家所有的资产，仍不足以抵那十万两本息。祝般苦苦哀求寻记钱庄宽限些时日，寻仁瑞不为所动。

再后来，祝般气得大病而亡，孤儿寡母无力支撑，寻、梁两家瓜分了祝家。寻家得了祝家的老宅和几栋兴建过半的楼宇，梁家则成功将祝家营造行彻底据为己有，并将来燕楼图收入囊中。

春花神情中带着淡淡愧意："我自幼受爷爷教导，以为从商是为了人、财、物皆能尽其所用，为百姓谋便利。从未想过，世间还有如此买椟还珠之人，为了贪图财物，害死了一位惊才绝艳的大师。也是那时我才明白，若让寻、梁两家继续在汴陵只手遮天，祝般就绝不会是最后一个祝般。"

严衍沉默良久，深深看她一眼，半晌移开目光："梁家近来抢了你许多药材生意，主要是靠着一批北地的珍稀药材。我观梁家近年来亏空不少，不该有此财力，恐怕他们药材的来路有些不明。你若想对付梁家，或可由此入手。"

春花回神，讶然道："我还以为，你们公门中人不赞成私斗。"

"君子以直报怨，以德报德。世俗幽昏，往往令无辜女子受负俗之累，正该以铁腕破除。何况……商场争斗，不生伤亡、不破法度，不算私斗。"

"我昨夜承诺要帮你，必不会失信。"

严衍转过头来，眼睛里难得带着点温柔，仿佛洒金的月夜。

春花有一瞬间的失神。

初识之时，她自觉看破了严衍冷峻面具背后的正直，费尽心思网罗；其后屡屡受助于他，却从未见他以恩相挟。他看似克己复礼如腐儒，却对他人，尤其是弱者极为公正耐心，语出苛责，也多半是因为有更高的期望。他也是除了爷爷和哥哥，唯一从未对她指指点点或居高临下对她加以怜悯的男子。虽然一句话就能气死一池子入定的万年龟，他却是最令她可以安心信赖、以背相对的伙伴。从前说要招赘他，还是有些玩笑，如今倒是……确实不想放他走了呢。

只可惜……她踟蹰了片刻，终是从袖中掏出一方寸余金印，捧在面前："春花何德何能，竟能得断妄司谈天官一诺！"

严衍——不，此时应当改称为谈东樵——目光下移，落在她手中金印上，眼中的温柔渐渐退去，转为冷然。金印上以紫火小篆符文刻着四个字：天官断妄。但凡对断妄司略有所知的人，都晓得这是断妄司天官随身携带的火符印玺，只此一方，无法造假。

他昨夜将外袍披在她身上，一直未曾取回。情况紧急，竟连火符印玺藏在外袍里的事都忘了。或许，他并不真正想要瞒她。

谈东樵在心里深深叹了一声，每每对她多一分欣赏，便忍不住少一分防备，于是立刻被她抓住痛脚。

这已经是第几次了？

他们两人，究竟谁修的是无心道？

"谈某公门中人，迫不得已隐匿身份，失礼了。"他诚心诚意地向她一揖。

春花见他承认得爽快，倒是微微一愣。

苏玠说过，他生平服气的人不多，谈东樵算一个。

"他们老谈家，一个个眼睛长在头顶上，恨不得跷到天上去。

"尤其是那个谈东樵，据说三岁会背《论语》，八岁进了断妄司给前任天官当关门弟子，也不知修了多少年，照样修成个八风吹不动的老神仙。"

这误事的苏玠，害她一直觉得谈东樵是个仙风道骨的老爷子。

"不过呢……"苏玠眸中笑意倏尔收敛，"倘若有一天我被害死了，我希望是谈东樵来查我的案子。"

那时，春花以为苏玠只是开玩笑，没有想到有一天，她真的落到要拼尽全力兑现承诺的境地。春花来回思忖了片刻，终是深深地福了一礼下去："此前不识得天官，多有得罪。既然是天官亲自到此，春花自然知无不言，言无不尽，全力配合天官大人查明案情。"

她将金印交回谈东樵手中，又从怀中抽出一封薄薄的信笺，双手奉上。

"这便是当初苏玠留给天官大人的书信。他曾说过，这信如非天官大人亲自来取，不可示人。"

谈东樵接过信笺，展开细细读过，眸中微震。

春花拢了拢身上的大氅："天官大人的疑惑，应当解得差不多了吧？其余的，小女子所知也有限，恐怕帮不了天官大人了。"

她转过身去，倏地微风吹拂而来，片片雪色随风而落。本以为是乍暖还寒，又下起了细雪，定睛一看，却是白色蜡梅落了一地。明明就要入春，怎的突然萧瑟起来了？春花抿了抿唇，决意接受这次眼拙脑抽、招赘不成的失败，不再自寻烦恼，下次再接再厉。蓦地，身后有人淡淡出声："公事的疑惑，确实解得差不多了。私事的疑惑，却还未解。"

春花声音有些颤抖："天官大人还有何疑惑未解？"

谈东樵静了一瞬，道："那日澄心观不度阁中，春花老板曾言道，看上了一位身材高大、体格壮健的大账房，想要招赘为夫婿，还要用袖中春增进一下彼此之间的感情。"

"……"

"不知这位大账房，指的可是谈某？"

走得干脆利落、毫不拖泥带水的身影霎时晃了一晃，春花清了清嗓子，头也不回："天官大人误会了……我给盘棘看的，其实是一份返魂袖中春的香方，之所以同霍善道尊说那样的话，不过是托词……"

"全是托词？"

"绝无一句真话。"

谈东樵在她背后长长地出了一口气，仿佛放下了许久的担忧。春花在心里默默撇了撇嘴。他是怕她这地头蛇强娶了他不成？她正要前行，那糟心的"孔夫子""血手人屠"又叫住她："那昨夜，春花老板在马车中将谈某按住，强行非礼，又是为何？"

冷静持重的长孙家当家人在自家花园里绊了一跤，若非被修无心道的天官大人眼疾手快一把拉住，险些摔了个屁股蹲儿。

章八·蚕头燕尾

春花居然忘了，这位天官大人是个认死理的主儿。

揽住她腰身的坚实手臂透过层层深衣传递着热度，手忙脚乱中，春花抓着一根蜡梅树枝，连忙站起，转过身来，如临大敌地瞪着谈东樵。谈东樵疑心自己再靠近一步，这平日气定神闲的姑娘就要拿出破灵箭来对付他了。常言道，"上天有好生之德，网开三面"。他后退两步，给她留了些腾挪的空间。果然，她神情镇定下来，悄没声儿地长出了口气。谈东樵勾了勾唇，发觉自己近来笑得有点多。

"春花老板，还未回答本官的问题。"

这还摆出官威来了。春花没好气地想。

"捉贼拿赃，捉……"察觉比喻不妥当，她咳了一声，"春花不明白天官大人在说什么。"

这回答似乎并不令谈东樵意外，他挑眉看了她一会儿，徐徐道："春花老板否认亦是无益，本官留存了证据。"

这活阎王，据说夜审阴、日断阳，该不会真有什么秘法重现罪案现场吧？

春花口舌干涩，声音也哆嗦起来："什么证据？"

他凑近一步，低下头，将那浅润的唇凑到她眼前："或许要传仵作来验了伤，春花老板才肯认？"

她定睛一看，这才望见他唇上两个淡淡血点，间距与她的两颗小虎牙距离恰恰相当。

手指猛一蜷缩，她生生地在蜡梅树上抠下块树皮来。

干脆来个人挖个坑，把她埋了吧。

两人大眼瞪小眼地对峙片刻，春花终于败下阵来，垂头丧气道："天官大人既然有证据，那……可能是真的吧。不过您也知道，我昨日中了暗算，药效上来，干出什么出格的事儿也不稀奇。都说'不知者不罪'，反正……我自个儿是不记得了。"

她只记得有个玉石精，凉凉的、润润的……

谈东樵神情肃穆地思考片刻："春花老板又想拿'难得糊涂'来搪塞过去吗？"

那……必须搪塞过去啊。不然还能图个什么结果吗？难道强抢了他当上门女婿，或者跟他回去做天官夫人？似乎还是前一种更可行一些……春花被这胆大包天的念头吓了一跳，连忙摆手："不过是被亲了一口嘛，又不至于掉块肉，您大人有大量，何必和我计较呢？要是觉得吃了亏，大不了我赔银子，您开个价？"

谈东樵着实皱起了眉："春花老板这口气，倒是跟梁家人的嘴脸差不多了。"

春花又惊又怒："这怎么能一样呢？梁家使了卑劣手段，骗我入局，我……我可是身不由己！何况我手无缚鸡之力，哪有本事对您用强行的？您自己不会躲啊？"她说着说着，蓦地一愣，"对啊，您当时怎么不躲呢？实在不行，一棍子把我敲晕也行啊。"

谈东樵默然半晌，退开一步，眼神灼灼地望着她，神情有些难以言喻。

霎时间心虚如海浪涌上来，春花薄怒回望："你看什么？"

谈东樵摊开手，叹了口气："春花老板怎知只亲了一口？"

"又怎知……谈某没有躲？"

"不是说，不记得了吗？"

"……"

　　好，好，果然是一位夜审阴、日断阳的活阎王。恐怕对着一根板凳腿，他也能盘问出三两木渣！纵横商界多年的春花老板，心里狠狠地吐了一口老血。她虽是一向有债必偿、有约必守，但事急从权，没有别的选择，只好……赖账了。春花戏假情真地呻吟了一声，捂住额头，翻了个白眼，昏了过去。

　　后夜，汴陵府衙。

　　看管殓房的老赵给房门上了把大锁，将钥匙往兜里一揣，大摇大摆地往外走。

　　守门的衙役见了他，笑道："闻头儿不是叮嘱你守大夜吗？怎么才过三更就吃酒去了？"

　　老赵啐了一口："闻桑这小子，毛都没长齐，就使唤起赵爷爷来了，谁听他的？殓房里的尸体没人看，还能自己爬起来跑掉？"

　　衙役没再说什么，目送他离去。

　　夜更深了，乌云如幕遮住了月光，投下浓重的阴影。没有人注意到，阴影中升腾起一股黑雾，弥漫过府衙的层层墙瓦，径直来到偏僻不起眼的殓房。"叮当"一声，门锁开了，锁链仿佛被无形的手托着，缓慢而安静地落在地上，殓房的木门无声无息地开了。黑雾在房中徘徊了一阵，终于在其中一具尸首的身侧落了下来，渐渐汇聚成人形的实体，兜帽、灰衣，带着陈旧尸体的腐烂恶臭。

　　灰衣老五掀开面前尸首上覆盖的白布，露出一张五官难辨、血肉模糊的脸，但看头饰，应当是具女尸。他将白布盖回，转向第二具尸首。第二具是一个摔断了脖子的老头儿，伤口在头，面容整齐，但，仍然不是他要找的。他来到第三具尸首面前，尖利的指甲拨开裹尸布。这是一张模糊程度与第一具女尸近似的脸，但发髻整齐，完好的皮肤仍然细嫩。灰衣老五拎起尸体的手，仔细地看，这是一只布满了老茧伤痕，且因多年泥水工作而长着黑色腐蚀斑的手。这是个命苦的少年。

　　灰衣老五顿了顿，反手一推，将尸体挪成背部朝上。他谨慎地四处张望一番，确定无人，才撸起袖子，伸出一只阴森的细爪，爪尖亮起乌黑的光芒。爪尖堪堪要触及尸体后脑，蓦地顶上金光大作，一张细密大网从天而降，将灰衣老五罩个正着。呼声凄厉响起，险些撕破人的耳膜。电光石火间，隔壁停尸床底下滚出一个人影，啪地往那老五脑袋上贴了张黄符，口中喝道："定！"

　　老五的号叫声戛然而止。

　　自屋顶翩然飘落一个青色的颀长身影，正是谈东樵。

　　躲在床下的人——闻桑，喘了口气，打了个响指，殓房内灯火瞬间燃亮。

"师伯，幸好你想了这法子，终于逮到一个活的。这些老五，道行不高，自爆起来倒是快得很。"他绕着灰衣老五转了三圈，见对方被无定乾坤网捆得结结实实，又被黄符定得动弹不得，这才放宽了心，"这么个货色，其实我自己就能应付，师伯何必亲自来呢？我听说春花老板遭了梁家算计，府里这几日都不安生，此刻您该在长孙府啊。"

谈东樵淡淡睨了他一眼。

"我已在长孙府周围设下法术禁制，老五不能轻易靠近。"

"哦。"

考虑得还挺周到。您除了当账房，干脆把护院的活儿也接了得了。

闻桑腹诽了一会儿，忍不住又道："可是，春花老板这会儿心情可能也不大好，也许需要有个人说说话儿，有个肩膀靠着哭什么的……"他瞥见自家师伯冷冽的目光，顿时意识到自己又放飞得太厉害了。

唉，恐怕是又被撺出来了吧。

他识相地转移话题："那个……师伯怎么知道，这老五会趁夜来打尸体的主意？"

谈东樵将停尸床上的少年尸首摆正，重新覆上裹尸布。

"是枕骨。"

闻桑一愣。

"苏玠留下的，不只是书信，还有一片薄薄的骨片。他将那枕骨磨圆了，藏在一个长命锁中，留给了长孙春花。"

苏玠在信中说，他误入澄心观，在地窖中发现了无数形状相似的三角骨片，有的日久年深，有的新鲜洁白。他只来得及偷了一片离开，事后验看，才发现是人的枕骨。背后妖魔盘踞汴陵多年，法力高深，苏玠清楚自己力敌不过，且身有家累，本不愿牵涉太深。但那妖尊已察觉了他的身份，再退避为时已晚，只得私下调查。他将长命锁托付给长孙春花保管，但并未告知她查知的线索，唯恐她知道得太多，横遭牵连。

谈东樵神情一黯："果如苏玠所说，安乐壶中存了无数枕骨，府衙仵作的过往验尸记录中，怎会全无枕骨被挖的记录？于是我猜想，他们必是以其他方式害了人，在仵作验尸之后，再挖走了枕骨。"

闻桑想了想，抓住的这老五，确实是将尸体翻了过来，冲后脑枕骨下手。

"他们既然要枕骨，谁的不行？为什么前两具尸首都不动手，单单对这一具动手？"

谈东樵冷哼一声："那就要问这位仁兄了。这具尸体的枕骨，究竟与别人的，有何不同？"

那被缚的老五兜帽脱落，露出狰狞的面容，尖长的獠牙咯咯碰撞，仿佛拼命忍耐着什么。

谈东樵眸中厉色一闪："孽畜，再不坦白，本天官便要用探魂之术了！"

老五面容大震，瞬间畏缩起来。探魂是断妄司秘藏的拷问之术，用在凡人身上是禁忌，用在老五身上却并无反噬，而受术的老五，经过探魂后，再无隐秘，灵魂也要烙上探魂之印，即便死后轮回转世，也再无境界提升的可能。他口中仍然嗫嚅，谈东樵也不废话，催动指尖，自眉心掠出一丝青色光华："生为无定，死曷未归。"

老五撕心裂肺地惨叫起来："天官饶命，我说！

"妖尊命我来取祝九的枕骨，是因为吴王世子……"

他的声音戛然而止，仿佛舌头突然被斩断一般。谈东樵心知不好，指尖的青色光华直冲入老五眉心。他的神识如同走入一条幽黑的甬道，直奔着一线微光追了过去，与一个十分强大的神识一触即离。那强大的神识在老五的神魂中嘎嘎一笑，将神魂整个吞噬，而后便如凭空出现一般，凭空消失了。老五神魂一空，谈东樵的一线神识被强行抽出，砸回自己体内。他噔噔倒退两步，吐出一口鲜血。

"师伯！"闻桑大惊，连忙扶住他。

无定乾坤网中，老五身形未动，瞳孔已慢慢褪色变白，直至成为一副毫无生命气息的皮囊。

谈东樵站定了身子，轻喘了口气："无碍。"

闻桑道："这老五看来稀松，怎会有如此强大的神识，竟能反制探魂！"

谈东樵摇摇头："那不是他的神识。"

妖尊将自己的神识放了一线在徒子徒孙身上，在最后时刻吞噬了原主的神魂，遁逃而去。

闻桑一凛："妖尊的法力竟已高深到如此地步吗？"

谈东樵冷笑一声："恰恰相反。他的肉体怕是极为虚弱，只能借门下子孙身躯四处游走。只是不知此刻，他的本体神识寄生在何人身上。"

闻桑怔了怔："师伯，那老五刚才说……吴王世子，咱们是不是要查探吴王府？"

"先缓一缓。"谈东樵道，"你师父韩抉快要到了。堪舆、阴阳、天象，他更为擅长，我还有些疑问需要他来解答。另外……"他顿了一顿，"尽快查清楚这少年的身份。"

吴王府，风麟轩，双目已盲的霍善道蓦然睁大双眼。

吴王急急扑过来："道尊，可有进展？"

纯白的眼珠在霍善道尊的眼眶中转了两转，他疲惫地长叹了一声："来不及了，断妄司天官已至，苏玶带走的东西，也已到了他手上。"

吴王肝胆俱裂："那……长思呢？长思可怎么办？"

霍善道尊凝神沉思良久，道："为今之计，只有一个人可以救世子了。"

章九·鸟穷则啄

两日后，韩抉抵达汴陵。

韩抉的父亲韩彻受封霖国公，过世的姑姑正是今上生母，可谓正经的皇亲国戚。但韩抉自幼文不成武不就，除了长相，一无是处，再加上对美食毫无抵抗力，硬是把自己吃成了个俊俏讨喜的胖子。霖国公无奈，只得央求断妄司天官将他收入了门下。他在断妄司中找到了自己除美食外的其他两样毕生热情所在：一是钻研道术法器；二是——气死自己的表兄谈东樵。

霖国公府韩家与谈家是姻亲，行事风格却截然相反。谈家尚俭持节，韩家却十分好大喜功讲排场。韩抉在这一点上深刻贯彻了家风，领着一帮小徒弟，顶着个"监察御史"的名头，浩浩荡荡到了汴陵。

监察御史品阶不高，但"霖国公府小公爷"的名头足以砸死十个汴陵知府。曲知府远远迎出十二里，又布置馆驿，又安排仆婢，恨不能将自家老母亲送过去当老妈子。曲知府打听过，这位霖国公府小公爷最大的爱好就是吃。待安顿妥当，曲知府亲自上门来请韩小公爷往春花酒楼赴宴，却被一句"舟车劳顿"婉拒，碰了一鼻子灰。

夜半，谈东樵拎着个食盒进屋，韩抉正在摆弄一个微型的五行法阵。

抬眼望见他，韩抉大喜："老谈你来看，此地确有古怪。"

五行法阵中心腾空着个白色光球，被金、木、水、火、土五色光线围在当中，形成一个不甚规则的五边形。光球却不在正中，而是向代表"金"的黄色光线偏了不少，还在缓缓颤动，仿佛被遥远地方的一根丝线紧紧拽着，正与法阵角力。

谈东樵道："传闻汴陵有七百年财脉，是否与此有关？"

"财脉乃天生地养，在五行之内。此地金气大盛，五行混乱，应是人为，而非天给。"他瞪大眼睛，"我那皇帝表兄天天惦记着汴陵税款，收上来的都是杯水车薪，天下财富却源源不断地往汴陵汇聚，原来是有老五在此作祟。"

谈东樵看他一眼："这不是一般的老五。"他深思地凝望着五行法阵，"可知是个什么法阵？"

"应是个聚金法阵。但老五在此地经营多年，究竟是如何养阵，又是如何影响汴陵财脉，现下还不明朗。这几日我在汴陵各处走访一番，看能否找到阵眼，但这事是个细功夫，急不得。"韩抉嘿嘿一笑，"难怪你指名要我亲自过来，换了别人，两三年也未必能摸清法阵的名堂。老谈，你在汴陵待了数月，老实讲，是不是已经查到了这聚金法阵的阵主？"

谈东樵点点头，掏出一块骨片："这阵主在汴陵布局两百余年，根基颇深。苏玠之死亦与他有关，乃至吴王府也脱不了干系。"

他将苏玠偷出这片枕骨的前因后果与韩抉详细一说，又道："我疑心，澄心观下便是聚金法阵的阵眼之一，而这些人类枕骨与作为祭品的老五，都是养阵的必备之物。只是这一片枕骨，不知有什么特别，为什么苏玠窃走它之后，那号称'妖尊'的老五会如此震怒？"

韩抉嘿嘿一笑："这些弯弯绕的东西我不懂，我只管找阵眼。破法阵、查案之事，还得你来。"

"破阵之事，还需从长计议。叫你来，一是为了勘探法阵，二是吴王府与法阵主人颇多牵扯，正可借你的身份一探究竟。"谈东樵负手，看向窗外的暗夜，"这法阵关系数百万生民的生计，牵一发而动全身，故我虽有察觉，也未敢擅动。"

韩抉嘴角抖了抖："我说天官大人，咱们断妄司管的是降妖除魔，你老是把天下生民挂在嘴上，这日子还要不要过了？何况汴陵这事儿，影响的多半是那些买低卖高的奸商。你家谈老太爷常说，商人都是趴在百姓身上吸血的蠹虫，故此士农工商，商排最末。让这些商人吃一回哑巴亏，不正遂了你家老太爷的意吗？"

谈东樵皱起眉，回眸斥道："为官者，应对所有百姓一视同仁，怎可因偏见随意轻贱？都似你一般，只扫自家门前雪，不管他人瓦上霜，三省六部各自为政，还谈什么护佑黎民？"

他再三摇头，给韩抉下了最终判词："闻桑这孩子，就是被你教坏了。"

韩抉按了按眉头，想起自己为什么临行前踌躇半天了。天官大人不在京城的日子，大家都松快了不少，居然好了伤疤忘了疼！他决定暂时韬光养晦，不和忧国忧民的天官大人对着干。

掀开谈东樵带来的食盒，里头四色点心鲜艳地露出来，金黄豆沙团、紫色糯米团、青色艾草团和黑色芝麻团，正中都印着一朵红色春花印。

"曲廉今儿晚上请我去什么春花酒楼吃酒席，该不会就是做点心的这家吧？"韩抉一拍大腿，"哎哟，真是亏大了。"

他忽然狐疑："老谈，你何时在吃食上这么有品位？"

谈东樵淡淡瞟了他一眼，又将食盒盖子盖了回去："我信中说的几件事，都查清了吗？"

"我回去告诉我娘，你刻薄待我吃食！"

"姨母问起，也是公事为先。"谈东樵四平八稳地答道。

韩抉只好把查到的消息一一禀报。

苏玠的身世，是谈东樵嘱咐韩抉查访的第一件事。

断妄司的修士找到了苏府的奶娘，奶娘证实苏玠并非苏家嫡妻所生，而是苏玠之父苏崇在外面结识的女子所生，一出生便被苏崇带回，养了嫡妻名下。苏家人都未见过苏玠的生母。苏家重名，此事不体面，知道的人极少。

"我按你信中提醒问了奶娘，苏玠幼时可有异常。奶娘说，苏崇对苏玠甚是保护，幼时常常将他关在房中读书，不许他和别的孩子一起在露天的院中玩耍。有一回，苏玠翻墙出去玩，被苏崇发现，抓回来打断了腿，休养了半年才能行走。其后苏崇还在苏玠居住的院落墙上张了网，谨防他再翻墙逃走。奶娘也说不清，苏崇对这个孩子究竟是爱还是恨。"

"另一件事，苏玠确实在许多年前就来过汴陵。"

谈东樵点点头，似乎并不意外："具体是在何时？"

"大约五年前，苏玠科举不第，苏崇将他禁足在家，他不知怎的还是逃了出来，一路逃到了汴陵。他在汴陵待了一段时日，不知怎的想明白了，自己回了京城认罪，且对苏崇的要求再无不从。后来苏家看他实在没有科举的天分，便给他捐了个采办的官，他便又到了汴陵。"

韩抉一面盯着那食盒，一面道："不过，苏玠此前来过汴陵，又和他的死有什么关系呢？"抽丝剥茧、刨根问底，可不是他的强项。

张网、五年前、苏玠的托付、枕骨……一切看似毫不相关，却又仿佛早就在命运的话本上逐字写明。苏玠一年前再到汴陵，频频出入欢场，却从不留宿，真正相好的，是一个自赎了身的花娘菡苕。长孙春花与苏玠明明相交颇深，却从不表露两人交情，且在苏玠死后长孙春花并未公开质疑过苏玠的死因。如同在万千杂色丝线中瞬间拣出了同色相连的线团，谈东樵眸中一亮。

"樊霜曾说，苏玠不是人。"

"啊？"

"苏玠不是人，也不是老五，他是个二五子。"

谈东樵知道，苏玠离世之前，对长孙春花有重要的托付。这托付，和书信中对真相的追索，并非同一个。这托付重要到，春花对任何人都只字不提，甚至因他执意追查而翻脸。

也许，苏玠第二次来汴陵之后，就没有打算再回京城。

窗外传来一声轻微的响动，陈葛露出半个谄媚的狐脸："天官大人。"

谈东樵还未动，案上的五行法阵蓦地蹿起来，朝陈葛兜头罩下，陈葛立时化作一只杂毛的小狐狸，在五行光网中左逃右窜，一会儿撞在火阵上，被燎了两片皮毛，一会儿又撞在水阵上，被浇了个透心凉。

谈东樵默了一会儿，道："放它出来吧，这个老五我认识。"

韩抉狐疑地看看他，确认无误后才收了法阵，将五行都受了一遍的陈葛放出来。陈葛从口里吐出一口咸水，哭道："天官大人，我可是替闻捕快带消息来的。你这位同僚怎么不由分说就动手？"

韩抉摊摊手："可不是我动手，是五行法阵认出了你，自行动手。"

"这位是？"

"断妄司副天官，韩抉。"

陈葛："……"

断妄司果然个个心狠手黑，连个漂亮的小胖子都不例外。

谈东樵道："你带了什么消息？"

陈葛抖抖毛上的水："那个被灰老鼠咬死的孩子，我们查到是谁了。"

"他姓祝，名九，正是五年前病死的营造大师祝般的儿子。祝般死后，祝九便和瞎眼的老母住在方家巷子。我们跟街坊邻居打听了一下，发现他过得……极为倒霉。"

祝九这些年，几乎是建房房塌、修桥桥垮，日日辛苦赚上点钱，还不够娘儿俩吃用，即便是有些剩下的，也都送给赌坊了。照理说在汴陵，一个身强力壮的少年，只要肯努力，怎么会养不活自己呢？

"就是个倒霉催的赌鬼。他娘说他最后一次出门，是拿了锭碎银子，三更半夜奔赌坊去了。嘁，他们这些住在方家巷子的人，个个都是如此，又懒又好赌，不事生产，不求上进，穷也是应当。"

谈东樵蓦地一震："你方才说什么？"

"不求上进，穷也是应当。"

"再前头一句。"

"呃……方家巷子的人，个个都是如此。"

章十·禽息鸟视

翌日，韩抉以"霖国公长子"的名义，前往吴王府登门拜访。谈东樵乔装成侍卫，紧随身侧。吴王少年时曾与霖国公有同窗之谊，颇有交情，虽然对韩抉的到访十分意外，却还是客气亲切地将他迎进来。主客坐定，照例寒暄了几句。吴王多年不曾回过京城，问起霖国公夫妇的康健，倒是十分真心。

"当年你父亲和本王一同拜在谈老太师门下，逃课都是一起逃，可没少被老太师打手板啊！"

韩抉想象了一下他老爹被谈老太师打手板的样子，不禁有些牙酸。几代人了，姓韩的还在姓谈的手底下讨生活。

"父亲也常常想念王爷，可惜这么多年，王爷竟再也没回过京城。"

吴王面容浮现惆怅："本王亦是身不由己，若不是长思这孩子……"他话音一顿，转而感慨道，"时移世易，世侄都长这么大了，还是和幼时一般丰姿。有子如此，真教本王羡慕不已。"

韩抉一愣，吴王记得，自己幼时就是个皮光水滑的小胖子。

"王爷说笑了，韩抉幼时愚钝，家父家母都恨不得生的是块烧肉呢。"

吴王哈哈大笑："本王记得，领着长思去国公府做客，你和长思同座饮食，他只吃了两口便不再动筷，你却呼噜呼噜吃了两大碗，可把王妃羡慕坏了，直说你乖巧健壮，回来念叨了三天。"他叹了口气，"长思这孩子，自幼多病，也是我们做父母的欠他。若是能像韩世侄这般能吃好养，该有多好。"

只要韩抉自己不尴尬，尴尬的就是别人。他旋即哈哈一笑："对了，怎么不见世子呢？"

吴王神情微变："长思前几日……突发重病，正在闭门休养，不能见客，还请世侄见谅。"

韩抉震惊道："世子患了何病？可要紧？不瞒王爷，小侄也曾学过些医术，或可试着为世子把脉。"

吴王一怔，干笑道："长思所患乃是旧疾，已着熟悉的大夫细细调理，就不劳世侄了。"

"如此甚好。"

吴王垂首片刻，抬眸锐利地观察着韩抉："世侄此次来汴陵，是为公干还是为私事？"

韩抉小事化了地摆摆手："小侄仗着祖荫，在都察院任个小小御史，能有什么公干？听说汴陵美人、美景、美食都是绝好的，特来见见世面。"

断妄司副天官主管司内事务，不审断，不查案，故此，外人只知他御史的身份。不像谈东樵，正职挂的是左都御史，但人人都知道他修道多年，不染尘俗，干的是鬼神也要退避三舍的营生。

韩抉与身后的谈东樵交换了个眼色，彬彬有礼道："小侄难得来一次汴陵，听闻王府花园景致非凡，可否请王爷带路一游？"

吴王不疑有他，遂放下心来，引着韩抉往花园去了。一行伺候的仆从颇多，没有人留意到，霖国公世子带来的侍卫中有一个默默地掉了队。

谈东樵四处绕了一圈，鼻子嗅到一丝药味，果见两个侍女捧着药罐，交头接耳地走过，他暗暗跟上，直往风麟轩而去。侍女将药罐送入卧房，谈东樵使了个障眼法，尾随着进去，飞身一掠，便上了房梁。房内忽然响起一个沉重老迈的声音：

"谁？"

谈东樵一震，听出是霍善道尊的声音。

立刻有女子回应："道尊，是送药的侍女。"

霍善沉沉咳了一声，便不再说话。那回答的女子正是秦晓月，从药罐中盛了药汤出来，捧到床前。

蔺长思醒着，却似乎无力掌控自己的身体，全靠两个侍女将他从床上扶起，半坐起来。他神情木呆，恍惚盯着秦晓月看了一会儿，忽地来了一句："我不吃药。"

秦晓月道："世子不吃药，身子怎么能好呢？"

蔺长思平板道："老子不认识你，怎么知道你会不会在药里下毒？"

秦晓月怔了怔，现出潜然欲泣的样子。

蔺长思身世高贵、谈吐清雅、性情温和，是汴陵城中无数闺秀的春闺梦里人，她以前做梦都没想过，会从他口中听到如此粗俗之语。

蔺长思皱起眉："你这么好看的娘儿们，哭起来怪可怜的。好了好了，老子吃药还不成吗？"他一把接过药碗，咕嘟咕嘟灌了下去。

吃药似乎耗费了他全部的力气，他渐渐有些萎靡，脖子一歪，倒在了榻上。

秦晓月眸中滴下泪来，向坐在一旁的霍善道："道尊，世子这样……好像换了个人一样，可怎么办好？"

霍善哼了一声："此乃邪魔反噬之兆，药物能有什么用？"

秦晓月低头不语。

谈东樵隐在梁上，深深蹙起了眉。蔺长思的谈吐为人他是见过的，方才那说话的，不似他本人，倒像是被谁夺了舍一般。可是，又有哪个夺舍的邪魔会蠢到毫不遮掩奇怪的言行？他端详昏睡的蔺长思，但见对方面容苍白消瘦，呼吸极度微弱，仿佛一不小心便会油尽灯枯。

这时，侍女来报："小夫人，王妃带着客人来了。"

秦晓月皱眉："世子这样，能见什么客人？"

那侍女怯怯看了她一眼："是……春花老板。"

秦晓月微愣，便听霍善道："来得正好！快扶我去里间。"

她虽不明所以，但知道吴王对这瞎眼老道一向言听计从，于是命侍女将他扶到里间，又以屏风遮挡。从外间看，根本看不出里面还有个人。不多时，长孙春花清亮的声音便近了。吴王妃神情忧伤地牵着春花的手，身后跟着仙姿和几个王府侍女，一路进了门。

"丫头，你能来，真的太好了。长思的病，这两年分明已经好得差不多了，谁知又突然……"

"凌姨莫要太担心，长思哥哥那么多沟坎都熬过来了，这一回必定也能吉人天相呢。"

春花眉目清亮，双颊微红，虽然神情忧虑，但看上去精神十分饱满。谈东樵冷冷望着，想起前日，他去长孙府探病，家人还回报说东家小姐还晕着，不宜见客，一转眼，就精神抖擞地跑到别人家探病来了。春花还不知自己的弥天大谎已被戳出九孔，犹自拉着王妃的手，耐心安抚。

王妃叹气："梁家做下的下作事，我也听说了。唉，也是难为你，受了这样大的委屈。今日特地命人去请你，也是没有办法。我只盼着见了你，长思的精神能好一些。"

春花温顺道："凌姨有吩咐，我哪有不从的？"她迎面见了秦晓月，先是一怔，随后微笑着颔首。

王妃却并未正眼看秦晓月一眼，而是皱眉道："你们都下去吧，我和春花有些私密的话说。"

秦晓月脸色一白，看了看榻上的蔺长思，咬住下唇，终是乖顺地领着侍女们出去了。

王妃偏头，看了看春花身后的仙姿，客气笑道："仙姿姑娘，也避一避？"

谈东樵心中一动，正想以什么法子予以提醒，便听春花道：

"凌姨，还是让仙姿留下吧。上次在梁家，春花受了惊吓，落下个毛病，身边若无仙姿陪着，就浑身发抖、盗汗眩晕。唉……这恐怕不是一时半会儿能好的。幸好仙姿不是外人，凌姨有什么话，当着她说，也是无妨。"

谈东樵唇角一勾。真是个机敏的好姑娘。

果然，王妃虽然犹疑，也不好再说什么。

她坐到榻前，唤了几声："长思！"

也不知过了多久，蔺长思悠悠醒来，用迷蒙的眼睛盯着王妃看了一会儿，眸中尽是陌生。

王妃立刻便受不住了，凄然落泪："他发病以后，总是用这样的眼神望着我，好像……好像根本不认识我这个娘亲一般！"

春花也愣住了，怔怔地说了声："长思哥哥？"

蔺长思缓慢地将眸光转向她，似乎极力思索她的身份。

王妃的神情渐渐失望："看来，他连你也不记得了。"

蔺长思却倏然出声："我认得你。"

王妃和春花俱是一愣。

"很久以前我生病的时候，你也来看过我。我记得你。"

王妃大惊，正欲叫人，被春花一个眼色止住。

"你记得我……"春花声音有些发颤，"那你记得自己吗？叫什么名字？"

蔺长思痛苦地锁起眉，良久，抱头痛呼出声。那呼声如一颗高抛的石子，到了最高处，蓦地直线下跌，堕入无声。

王妃高呼起来："道——"她猛地停住，看了看春花，转而向外叫道："大夫！快叫大夫！"

秦晓月领着侍女、大夫拥了进来，推推搡搡地挤了一屋子，梁家药铺的刘大夫冲过来，又是掐人中，又是灌药汤，好歹是把人抢救回来了。谈东樵冷眼望着这一切，余光扫到内间的霍善道尊无声无息地起了身，从后门出了凤麟轩。他心中一动，悄无声息地跟了上去。霍善道尊双目既盲，脚步缓慢，却走得十分笃定，仿佛这条路已经闭眼走了无数次一般。他穿过曲折的花园小径，步过小池上的拱桥，直来到吴王的书房门口。他站住了，仿佛在等候什么。谈东樵知道，他在静听，试探周遭是否有人。谈东樵维持着一个不易被察觉的距离，极为耐心地等着。

大约过了半炷香的时间，霍善终于又动了，但并未进入吴王的书房，而是转身绕过书房，向偏僻的后园走去。谈东樵继续跟着，直到霍善来到后园假山背后，轻轻叩响石壁。他目力极佳，迅速记下了霍善开启机关的手势。也许是为了照顾吴王是个凡人，这手势并不复杂。

假山壁豁然而开，现出一个拱形门洞。谈东樵跟着霍善从门洞进去，踆级而下，经过一段长长的黑暗阶梯，终于到了地底。

地底的洞府十分开阔，周遭灯火通明，但这对霍善并没有什么区别。他神情木然地穿过冰冷的石洞，来到尽头，恭敬拜倒："神尊。"

谈东樵隐在灯火的阴影中，举目望着霍善拜倒的方向，但见一座十余丈高的财神像矗立在洞壁之前，顶天立地，塑像衣袂有着金色线绣，眉目清亮，依稀正是在澄心观的财神殿中见过的模样。

那神像开口了，声音如扑棱飞过的老鸹：

"如何？"

"长孙春花带了那……那凶兽，我们未能得手。"

"长孙府呢？"

"那天官在长孙府周遭设了禁制，咱们的人进不去。"

神像沉默了。

霍善道："为今之计，只有用凡人的法子了。"

章十一·钩金舆羽

韩抉调动三寸不烂之舌，将吴王府花厅中的猛虎下山、腾蛟归海图案的八扇鸡翅木紫铜花格大屏风来回夸了三遍，终于瞥见谈东樵不动声色地归了位。他口干舌燥地舔了舔嘴唇："王爷，时候不早了，小侄不便多扰，这就先告退了。"

走出王府大门的时候撞上一行人，韩抉眼尖，望见领头的是个披黛青斗篷的女子，一双星眸湛湛有光，颊若海棠，步子迈得很急，神情却颇沉稳。那行人姗姗从侧面行来。他自问阅美人无数，连京城第一美人——宁妃娘娘也能常常见到。眼前这女子虽非绝色，却让人一眼不忘，他情不自禁地生出亲切好感。那女子也看见了他们，脚下一顿，便转向过来行礼问安。

吴王神情似乎不大好："长思他……"

女子道："世子吉人自有天相，定能早日康复。"

"王爷，这是……"韩抉抢前一步。

吴王的目光在他脸上溜出一抹油，咳了一声："这位是汴陵商会会长，长孙家的春花老板。"

吴王又向春花道："春花，这位是霖国公家的韩小公爷，此来游玩，若有机缘，你可要好好招待。"

"谨遵王爷吩咐。"

韩抉大惊："莫非……那个春花酒楼，就是姑娘您开的？你们家的四色团子可太好吃啦！"

"谢韩小公爷捧场。"

春花微笑，余光扫见韩抉身后一个熟悉的修长身影，笑容一顿。

吴王道："春花酒楼的四色团子，往年都是春分之后才上市，今年怎么如此早？"

"回王爷，还未上市呢。大师傅先做了最早的一批，我送给几位故旧亲朋，昨日也送了几盒到王府。也许是哪位故旧借花献佛，送给了韩小公爷尝鲜呢。"

春花移开眸子，敛去异色，如常笑道："韩小公爷若得空，欢迎随时来春花酒楼用膳。"

辞别吴王，走出王府大门，韩抉低声对谈东樵道："老谈，你看那姑娘，脚下这么快，好像后头有登徒子在追她。"

谈东樵："……"

"如此佳人，不能结识实在可惜。老谈你先回去，我去找她聊一聊，最好能一同用个晚膳，嘿嘿。"他跃跃欲试，就要冲上前，蓦地被谈东樵从后头拽住腰带，拉了个趔趄。

"我还有事要找她。你且先回去。"

韩抉一愣，对着谈东樵大步流星的背影盯了一瞬，蓦地醒悟，连忙追上去："老谈，你这孔屠，可别吓着姑娘家！"

春花一步踏上马车，刚放下帘幔，车外传来熟悉的嗓音："春花老板，可否拨冗一谈？"

"……"

春花深吸了口气，咧出个得体的笑，掀开车帘："谈大人，真是不好意思，酒楼有些事务亟须处理，不能陪大人畅谈了。"

谈东樵微微挑眉："那，可否允谈某同乘一车，车上详谈？"

"……"

春花回身看了看逼仄的马车，轻咳了一声："这怕是……不太方便吧？男女大防……"

"春花老板说过，江湖儿女，不拘小节。何况，谈某在钱庄任职之时，不是常与东家同乘一车吗？"

他如今已不是她的账房先生了，但不知为何，"东家"二字从他口中说出，别有一番回味，直接令她想到那晚在马车上，他唇间的触感。春花瞬间脸上滚烫，僵在当下。这……躲得过初一，确实躲不过十五。

幸好韩抉已马不停蹄赶了过来，见此情形，立时起了打抱不平之心。

"春花姑娘，这人可是为难你了？唉，他这个人，脸难看、话难听，又不懂何为怜香惜玉。若是惊吓到你，我替他赔罪了。"

春花闻言一愣，一时摸不清谈东樵和韩抉的关系，倒不知如何应对。

谈东樵看出她的疑惑，道："韩小公爷是断妄司同僚，亦是谈某师弟。"

如此，便是可信之人了，难怪谈东樵能伪装成他的护卫混进王府。

春花向韩抉微微一笑，他大受鼓舞："老谈，你有什么案情不明，我替你问吧。你且忙你的去，我请春花姑娘吃个便饭，咱们饭桌上详谈。"

谈东樵被他的理所当然震住，居然错愕了一瞬，片刻才道："你何时问过案？知道怎么问案吗？"

"啊哈哈哈，听你说的，问着问着不就知道了吗？"韩抉甚是雀跃，居然胆大包天地推了谈东樵一把，"老谈，你快走，别在这儿碍事。"

春花见谈东樵面上已不太好看，不由得扑哧笑出声来。

"不如，由我做东，一同摆个小席面，可好？"

立春刚过，汴陵盛产的毛竹正是可挖笋的时候，春花吩咐酒楼大师傅置了一桌全笋宴，款待谈、韩二人。四宝春笋、笋干蒸鱼、麻油芥菜拌笋尖、竹笋酿肉、笋耳汤，一应俱全，笋香盈室。

韩抉就着菖蒲酒，吃得身心如意、通体畅快，连连拍案称妙："春花姑娘，你这酒楼真该开去京城，我保你日日座无虚席！"

春花笑道："春花确有此意。来日若真在京城开个分号，就要靠韩小公爷多多抬举了。"

谈东樵此前已将查得的线索告知韩抉，但并未详细说明查访的过程，也未提起与春花的渊源，此时便借着酒席，将他如何化名入春花钱庄做了账房，如何查访得知苏玢的死因，如何与春花一同在澄心观底历险，遭遇妖尊，简要说了一遍。韩抉听得目瞪口呆，连连竖起大拇指："没想到春花姑娘如此智勇双全、义薄云天！"

谈东樵又将妖尊座下老五盗取尸首枕骨之事，对春花讲了，提及死者身份乃是当年祝般大师之子，春花颇为震动，轻轻"啊"了一声："这个祝家阿九，我原是认识的。"

祝般其实只有一子，从小爱若珠宝，因是老来得子，怕养不活，便特地取名祝九，以喻上面还有八位兄长，若要降灾也最后一个降到他身上。

五年前，正是这祝家阿九生了场大病，急需何首乌医治，祝般才松口与梁家合作建了来燕楼。那时春花与祝般颇有来往，还曾前往祝府探病，依稀只记得祝九是个病恹恹的少年。后来祝般身死，祝家败落，都传祝家孤儿寡母远走了他乡投亲，竟没料到一直住在方家巷子，还过得如此凄惨。

春花神情黯然："若我能早些知道他们还在汴陵，或许不至于……"

谈东樵看出她眉宇间亏欠之意，柔声道："天道无常，人各有命，你岂能人人都照顾得到？不必如此自责。"

春花明了他意思，沮丧的心情略略提振，轻声道："多谢。"

谈东樵于是从怀中拿出一块小小碎银："这银子，你可认得？"

春花取过仔细辨认："这是长孙家的银子，是除夜前夜，散金银所用。"

"如何能肯定？"

春花将其中一角指给他看，角上有一个小小的"一"字刻痕。

"这银子是自家钱庄切割，每块一钱，故此在一角划了'一'字。别家一钱碎银多有磨损，实称不足量，但我用于散金银的这一批都是现切的，重量成色都统一，绝无少两。"她命人取了小秤一称，果然整整一钱，不多不少。

谈东樵点头，道："这银子，是在祝九的尸身上找到的。"

春花一怔："你怀疑，我和祝九的死有关？"

"我自然信你不会作恶。"谈东樵皱眉，"但这碎银怕不仅仅是巧合，只是目下我还未想通其中关联。"

专心啃笋的韩抉蓦地停住筷子，有些疑惑地望着谈东樵。他刚才说什么？铁面无私只看证据的断妄司天官，说他信谁不会作恶？想必是自己听错了，韩抉埋头，继续撕扯一片里脊。

春花见谈东樵如此笃定信任，心中一暖，乍又想到一事，微微一愣。祝九死于南门外乱葬岗上，而长孙家老宅离乱葬岗并不远。

她思索片刻，摸不着头绪，撞上谈东樵探询的目光，蓦地心中一虚，犹豫了一瞬，还是道："其实……我有两件事一直未同你说。"

谈东樵似乎并不意外："你现下愿意说了？"

"一件是，当日在澄心观不度阁中，我给盘棘看了一份返魂袖中春的香方，其上以红墨画去了'紫苏子'的'苏'字。"

谈东樵一愣。

"我是在问他，可知道谁杀了苏玠，他看懂了。"春花深吸口气，"你还记得他如何作答吗？"

谈东樵眯起眼。

盘棘当日说——"人中白之下，添一味天葵子，再减一味紫苏子。"

人中白下为"口"，"口"下加"天"，是为"吴"，减紫苏子，意为"杀苏"。

"盘棘是说，杀苏玠的，乃是吴王？"

谈东樵和韩抉对视一眼，这消息印证了他心中所想。她果然一直在暗中查访苏玠的死因，恐怕从更早的时候，就开始怀疑吴王府了。

春花点点头："至于第二件事……未必与你要查的案情相关。我可否暂时守密？若有一日，发觉这秘密真与案情相关，我绝不隐瞒。"

谈东樵微一思忖，颔首道："人各有其私，若为查案，强行剖开别人所有阴私，并不公平。"

春花怎么也没料到他这样好说话，不由得大喜，倒了一杯冰过的菖蒲酒：“多谢包涵，和谈大人说话真是太畅快了。”

不必精心算计、察言观色、旁敲侧击，只要以诚相待，他便以诚回应。

大快朵颐的韩抉蓦然停住了动作，这是太阳打西边出来了吗？居然有个姑娘——不，有个活人——说和老谈说话很畅快？眼前的美食虽然吸引人，却再也压不住他疯狂竖起的顺风耳。

春花端起酒杯，诚心诚意道：“春花便以此酒，敬你一杯吧。”

谈东樵盯着她飞快涨红的脸颊，薄唇勾起一抹浅笑，下一秒却猝不及防地夺过了她的酒杯。

“你身子还未好透，喝什么冷酒？”

春花一呆，便听他招呼酒楼小二进来：“取一壶温过的屠苏酒，给你东家。”

那小二也甚是听话：“是，严先生。”

韩抉正在夹笋的筷子“啪嗒”一声掉在了桌上。

他霍然站起，指着谈东樵大喊：“老谈！你该不会被夺舍了吧？”

谈东樵皱起眉，冷冷瞪他一眼：“胡说什么？”

韩抉一脸恐慌地奔过来：“你怎么证明你是真的老谈？”

“你要我如何证明？”

“我问你，你们谈家的家训是什么？”

谈东樵忍耐地闭一闭眼，仍然答道：“巧伪不如拙诚。”

韩抉点点头，又摇摇头：“不对，这事知道的人也不算少，不能为证。”他想了想，“你离京时，我给了你一件我新做的顶阶法器，是何物？”

谈东樵叹了口气，抚住额头：“是一件精简过的破灵箭，你将它做成了袖箭。”

“不错。那破灵箭呢？拿出来啊。”韩抉摊开手。

这一问，倒叫谈东樵结结实实愣了一下。

见他迟迟不语，韩抉大喝一声：“哈哈！你果然拿不出来吧！”他功夫稀松，此刻忽然灵巧起来，扯着春花倒退两步，将她护在身后，“快说，你究竟是何方妖孽，竟敢冒充断妄司天官！”

谈东樵：“……”

“那个……韩小公爷……”

“春花姑娘别怕，我豁出性命也会保护你的！”韩抉如临大敌地瞪着谈东樵。

“喀……你的破灵箭在这儿。”

春花撸起袖子，将左腕上套着的箭筒举到韩抉眼前。

章十二·鸾翔凤集

三人再次坐定时，韩抉已完全没有了食欲。他毫无感情地往嘴里塞了一根油焖笋，蓦地向一旁同样专心吃饭的仙姿招招手，低语道："这位……看起来排行第五的小姑娘，跟你打听一下，你们春花老板和我们家老谈……很熟吗？"

"一般熟吧。"

"那……"

仙姿坦然无辜地道："之前我们小姐想招他倒插门儿来着。"

韩抉："……"

被编派的两人正沉浸在抽丝剥茧的讨论中，丝毫没有发现，韩抉的想象力已如爆竹一般冲破了天灵盖。

春花在一旁案上摊开一张大纸，以笔墨将几个线索记下来，各画了个圈圈，分别是：祝九、祝般、苏玠、菡苕、霍善道尊。

谈东樵看了一遍，微微皱眉，从她手中拿过笔，添了几个：枕骨、来燕楼图、散金银、方家巷子、吴王、财神像。

他迟疑了一瞬，又添上一个名字：吴王世子。

春花微微痛缩了一下，想起吴王府中所见："谈大人，世上可有什么病症或邪魔，可以让一个人变成另一个人吗？"

谈东樵自然明白她在问什么。

"吴王世子的病症，确实奇怪。"他看向韩抉："师弟。"

韩抉正魂不守舍地入定，蓦地惊醒："怎么了？"

"我在吴王府地下看到的财神像，和澄心观被摧毁的那座一模一样。妖尊通过神像，向其信徒发号施令，乃至掌控其心智。以吴王的身份地位，究竟还有什么是他匮乏而渴求的呢？难道只是求财吗？"

韩抉一怔，倏然醒悟。

"吴王世子的病情，你了解多少？"

韩抉道："蔺长思在京城出生，我记得他五六岁上就生了重病，我爹回来还说，估计活不了了。后来吴王忽然主动请旨就藩，明确向先皇要了汴陵这块地方。先皇正愁没处安放他，便顺水推舟，让他带着一家到了汴陵。说起来，自从到了汴陵，蔺长思的病便一日日好起来了。我爹娘还感叹，都是江南水土养人。"

谈东樵便执笔，将吴王世子、吴王、霍善道尊的圈画线相连："吴王所求，为子嗣康健。"

"祝般一生，醉心营造来燕楼，他所求的，是功业。"他又在来燕楼、祝般的圈之间画了一条线。

"而苏玠呢？他一生受制于俗，在汴陵遇上了一个女子，私订了终身，却因身份隔重山，不能光明正大地在一起。他所求的，是自由。"他从怀中掏出苏玠留下的枕骨，放在纸上，"断妄司典籍中，有《神相》一篇，言说'人之骨法，贵者莫出于头额之骨，头骨之贵者，莫出于成枕之骨，凡丰起者富贵，低陷者贫贱也。'[1]"

春花点点头："商人多迷信，枕骨富贵的说法古已有之。传说枕骨中有财脉，可荫庇后人，其中又以'回'字枕为上品枕骨，富贵绵延，十代不绝。幼时爷爷带我去商会里玩，碰上号称会摸枕骨的老神棍，还替我看过枕骨。我这枕骨，圆润饱满，如同'回'字，正是传说中的'回'字枕。"她指着自己脑后，"不信，你摸摸看。"

韩抉在旁听得一哆嗦，连忙又埋头吃笋。谈东樵眉毛一跳，伸出的手在空中悬停了片刻，还是轻轻抚上了她后颈，果然饱满立体，福气多多。

春花转到他背后，看了看他的后颈，煞有介事道："你这枕骨，又平又长，恐怕是个'一'字枕。"

看她又开始信口胡诌，谈东樵摇头失笑，却仍顺着她话头问："何为'一'字枕？"

春花笑嘻嘻道："只会走直线，从不绕弯，脾气耿直，容易得罪人。故此，不太容易有钱。"

谈东樵淡淡一笑："那你这'回'字枕，便是只会绕弯，从不走直线了。你不想答的事，便是神仙堵在面前，也问不出来。"

春花咳了一声，假装没听懂，移开视线，道："这些都是街谈巷议、无稽之谈。"

"无稽之谈，却有人笃信。闻桑说，澄心观中行腊祭，寻仁瑞和梁远昌都是从颈后取了血。也许，他们真的相信枕骨中有财脉。那……他们为何要窃取祝九的枕骨呢？他和所有居住在方家巷子的人一样，始终挣扎于谋生，根本无力攒下丝毫财富。"

谈东樵的目光，投向那块碎银。

"祝九死的那日是惊蛰，赶上西门宵禁，只好走乱葬岗，绕行南门。深夜进城，应该是带了这碎银，要去赌坊。若是没有遇上祸事，恐怕会如往日一样，

---

1 改编自明代刘伯温编整的《太清神鉴·卷五·枕头部》。

尽输光了。

"只有祝九求的，是财。也只有祝九，缺的是财。"

春花一愣："你方才说……祝九死的那天，是什么日子？"

"惊蛰。"谈东樵望她，"你想起什么了？"

惊蛰。

蔺长思突发疾病昏迷那日，正是惊蛰。

春花蓦地想起病榻上的蔺长思对她说的话。他说："我认得你。很久以前我生病的时候，你也来看过我。"他不认得吴王妃，为何偏偏认得她？因为，他根本就不是蔺长思，而是一个认得长孙春花，却不认得吴王妃的人！前尘和现世纠缠良久，不知怎的，突然扯出了一根线头，春花霍然立起。她抢过狼毫，在"吴王世子"和"祝九"之间画了一条线："他……变成了祝九！"

谈东樵望着她画下的那条线，深思："祝九的财脉——或许是祝家的财脉，大概在很多年前，就被取走了。取走财脉的人，在祝九和世子之间建立了某种联系。而祝九死的那晚，出于一些原因，因缘倒置，祝九和世子，交换了人生。"

阿九迷迷糊糊地听见身旁有人在哭。又是那个年长的女人，明明不认识，却日日来哭他。她穿的是他平生未见的华美衣裳，满头金钗耀得他越发昏头，他怎么都想不起来自己是谁。

"长思，你当真不记得母妃了吗？"女人哭得好伤心，"道尊说……你是被邪魔迷了心智，只有春花才能救你。母妃……母妃不想害春花，可是更不忍心看你这个样子啊！"

这女人哭得他头痛欲裂，他微微抬起眼皮，看了她一眼，立刻就合上了。春花……好像有些印象。看到她，嘴里便泛起甜甜的香气。大约是什么时候，她给他送过糖吃吧。阿九发现，自己不希望春花遇到不好的事情。然而他很快又昏过去了。不知又过了多久，他再醒来时，眼前换了个女人，是更年轻漂亮的那个，她说她叫……对了，晓月。晓月长得真好看啊。她没有那个老女人爱哭，安安静静地给他喂药、擦脸、擦身。他不吃药，她也不勉强。有一天，他难得清醒一会儿，又看见晓月在面前忙里忙外，忽然就问了一句："晓月，你喜欢我吗？"

晓月愣了一下，道："我喜欢的不是你，你只是暂住在这身子里的邪魔罢了。"

"哦。"想了想，他又问，"那你喜欢他什么呢？"

此刻恰好四下无人，晓月回身，冷冷地看他一眼："我喜欢他俊俏、尊贵、儒雅、不同凡响。"

阿九有些黯然："他真有这么好？

"那他对你好吗？"

晓月的动作凝住，没有回答。

"我要是娶了你，肯定把你捧在手心里，好好干活儿挣钱，给你买好吃的，哄你开心。"

晓月飞快地看了他一眼，又快速低下头，不肯再搭理他。

他迷迷瞪瞪地想了一会儿晓月给他当老婆的日子，也不知是睡了一会儿醒过来，还是只是恍了一下神，忽然又想起春花："那个叫春花的姑娘，好像有人要害她。"

晓月原本垂着头，捧了一碗药，正喂给他吃，听了这话，骤然抬起头瞪着他："你……记得春花？"

"有那么点印象，她是个好人。"他努力睁圆眼睛，想看清晓月脸上的神情，"晓月，你快去告诉她，有人要害她，让她快跑。"

晓月冷冷地笑了。

"你还真是……无论什么时候，心里都惦记着她。"

阿九茫然，低头看看她手里的碗。

"晓月，你听我的话，我也听你的话，把药都喝光。"

他稀里糊涂地去接那药碗，药碗却蓦地一缩。

晓月神色复杂地望着他，蓦然起身，将药倒进了床边的花盆里。

"我不知道你究竟是什么邪魔……但，我也讨厌这样，无法掌控自己的身体，不知道自己是谁的感觉。"她拿着空碗的手抖动得厉害，话语却极为清醒，"别人问起，你就说，药都喝了。过几天，等你身子能好好走动了，你就跑吧。"

这一夜，对汴陵城中的许多人来说，都极为漫长。而梁府众人，也已经许久没睡过一个安稳的觉了。

梁远昌领着梁兴，提着一盏风灯，穿过梁府的重重院落，越过亭台，来到一座假山背后。他轻拍了拍一面墙壁上的第七块砖，蓦地脚边出现了一个黢黑的洞口，昏暗的阶梯深入地下。

梁兴莫名其妙："父亲，咱们家什么时候有这样一条暗道？"

梁远昌长叹一声："兴儿，咱们梁家在汴陵的传承，已有一百多年了。常言道，富不过三代，你就没想过，为何独独寻家和梁家能始终屹立不倒吗？"

梁兴大惊："这……难道不是咱家经营有道、信义传家的缘故？"

梁远昌呸了一声："你瞅瞅你生的那个儿子，也配谈信义传家？

"你早晚是要掌家的，今日，为父便把咱们梁家的百年之秘传给你吧。你要牢牢守住，除了下一任家主，对谁都不可泄露。明白了吗？"

梁兴悚然一惊，连忙点头。梁远昌将风灯提在手中，颤颤巍巍踱级而下。

梁兴欲搀扶，被他一把甩开，只得一脸纳罕地跟在身后。也不知在黑暗的甬道中走了多久，前方蓦地出现光亮，梁兴惊恐莫名。

甬道的尽头燃遍长明灯，灯火摇曳中，一个十余丈高的金漆神像凭空而现。神像面容温和宁静，还有些说不出的熟悉。只看了一眼，不知怎的，神像的面容忽然现出阴恻恻的冷笑来。

梁兴未及细看，已被梁远昌叱了一声："跪下！"

他双膝应声撞地，埋头不敢再看神像容颜。

梁远昌叹了口气，自己也颤颤跪下："财神神尊容禀！

"梁家远昌，受财神神尊多年庇佑，本该兢兢业业侍奉，不该拿些琐碎小事劳烦神尊。但如今……那长孙春花处处相逼！她先是垄断了西南一路镖路，抬高了梁家木材押镖的价格，彻底把王府别院变成了个亏钱的工程。她又支使钱庄向梁家几大对手发放利钱，息额极低。更有甚者，她还……抓住了咱们在北方蛮荒之地从沙匪手中低价购买珍稀药材的证据！

"神尊！梁家虽有失德之处，但毕竟由神尊庇佑了一百余年，如今被一个乳臭未干的小丫头欺负成这样！还请神尊指条明路，否则梁家恐怕……再也支撑不下去了！"

蓦地，神像瓮声瓮气地笑了起来。

梁兴吓得险些从地上跳起来，却被梁远昌死死按住。

神像哼了一声，慢悠悠出声："明日丑时，焚香沐浴，出门南行七十七步，遇一女子。"

"一女子？"梁兴不解，"什么女子，能解我梁家困境？"

梁远昌给了他一个栗暴："不可置疑神尊！"

梁兴只得随父亲齐齐拜下："多谢神尊显灵。"

那神像诡异地呵呵笑了几声，复归于无声。

章十三·鹰视狼顾

春分者，阴阳相半也，故昼夜均而寒暑平。[1]

汴陵人以春分和腊八为一年商机的起始之日。春分时节，严寒已过，江水汛期也渐渐到来，春水利财，商路通达，百业复苏，大旺。这元亨利贞的吉讯，往往由春日第一只飞来的元鸟捎来，故而汴陵商会在春分日有一个郊野宴饮的传统，称为"元鸟宴"。

1　出自西汉董仲舒的《春秋繁露·阴阳出入上下》。

元鸟宴办到今年，已经是闻名天下。汴陵商会中有名望的商人齐齐到场，知府曲廉和吴王本人亦是座上之宾，皇朝各地的其他商人也都纷纷抽暇赶来。商人们在元鸟宴上展示自家的得意商品，畅谈来年的规划，互通有无，共襄盛举。

汴陵西郊，汴水之滨，绿茵遍野，平地新起了一座高台。元鸟宴中身份最高的两位——吴王蔺熙和汴陵知府曲廉坐在上首左右，不设正位，以示与民同乐，宾主尽欢。

照例是由商会会长长孙春花主持开宴。

春花早备好了欢迎辞令，先是感谢了一遍皇恩浩荡、吴王仁德和汴陵官府多年来对商会的支持，又将宴会的流程详细介绍了一遍，一应接待、出行、交流、展出细节均有专人负责，外地商人则依据属地划分会馆居住，井井有条，一了百当。

梁家的席位离春花不远，听得最是分明。梁兴坐在梁远昌身侧，不咸不淡地说了一句："春花老板，官样文章差不多得了，元鸟宴可不是你一个人的戏台子。"

春花不以为忤，淡淡一笑："梁家大爷如此不耐烦，是哪家铺子着火了，急着回去救火吗？"

梁兴大怒，霍然而立，被梁远昌喝止，只得强行按下怒意，坐回原位。

长孙家和梁家的争斗早已是公开的秘密。台下，汴陵商人截然分为三派：与长孙家亲善者自然是额手相庆；以梁家为首的一派则是阴阳怪气，嘘声起哄；有一派相对中立，两边都不愿得罪。

出乎意料的是，寻家在这次事件中选择了中立。寻府闹鬼的事似乎对寻仁瑞影响很深，他身体虽然康复，但精神始终浑浑噩噩，对什么都提不起兴趣。寻家族老已经暗中商谈了多次，谋划更换一个当家人。寻家自顾不暇之时，自然不愿在外树敌。

商人们议论纷纷，已将长孙家和梁家之间的八卦逸闻脑补成了九十九回演义话本。

春花清了清嗓子，又高声道："春和景明，春花本不该耽误各位及时行乐，只是眼下，还有一件重要的事情，要借此机会向各位宣布。

"大约五年之前，正是在此处，曾起过一座高楼，名唤来燕楼。虽然不足一日便倒塌，但当时在场的人，一定还记得来燕楼的煌煌之美。长孙家决定，还在此处，按照祝般大师当年的图纸，重修来燕楼！"

台下安静了一瞬，蓦地爆发出热烈的议论。

梁兴大惊失色，面如黄纸："父亲，她这不是打梁家的脸吗？"

"梁家的脸早就被她打肿了，还差这一巴掌吗？"梁远昌冷冷地瞪他一眼，

"你也是快要有孙子的人了，怎么还不如一个丫头镇定？咱们今日有更重要的事要做，忘了？"

梁兴不说话了。

春花不再多说，自顾自转过身去，向吴王行了一礼："今日春分，初候元鸟至。恭请王爷和曲大人为汴陵百姓放飞元鸟，以迎吉祥。"

吴王今日似乎总有些心不在焉，一副心事重重的样子。春花请了几次，他方才醒悟过来，点了点头，行至台前。早有人送上鸟笼，笼中是一只双翅如墨、肚腹洁白、颈项殷红的燕子。曲廉满脸堆笑，取过鸟笼，小心地打开笼门，托到吴王面前。

"王爷亲手放飞元鸟，真乃汴陵百姓之福啊！"

吴王似乎没有听见他的话，缓慢地伸手进笼，去抓那燕子，不知怎的，却被燕子轻轻啄了一口在手上。他低呼了一声，缩回手来。曲廉和春花都是一惊，连忙上前看问，吴王摆摆手，只道"无碍"。台下，蓦地响起惊奇之声。一个灰衣褴褛的人不知从何处冒出来，身上邋遢，还带着血色，众人见了，都远远避开。一个长孙家旗下专职接待的掌事要去查问，却被几个梁家的护院不着痕迹地隔开。

那人排开人群，缓缓趋近，来到台下时，重重地跪下，尖厉凄楚地高呼一声："求王爷、知府大人为奴家申冤！"

吴王怔了一下，神情起伏不定，仿佛受了什么惊吓。曲廉见状，连忙上前一步："那妇人！若有冤情，可以去府衙大堂击鼓鸣冤，本府自当受理。怎可在此元鸟盛会之时惊扰王爷？来人啊，把她拉下去！"

那妇人哭叫了一声，喊道："那人财大势大，奴家怕知府大人不敢办她！"

曲廉一惊，汴陵城中，财势大到能让他都心怀忌惮的，能有几个人？他下意识去看吴王。

吴王双手笼袖，轻轻道："大运皇朝法不徇情，天子犯法，亦与庶民同罪。这妇人，你既然排除万难，来到元鸟宴上，想必真有奇冤，不妨详细说说，若所言不虚，本王和曲大人都会为你做主。"

吴王如此说，曲廉也只得挥退衙役，给那妇人阐述冤情的机会。

那妇人深吸了一口气："奴家名唤烟柔，要状告长孙春花谋夺家产、夺人骨肉、杀人害命！"

曲廉颜色剧变，手中一松，鸟笼掉到了地上，那精挑细选的燕子立刻得机，蹿出笼门，扑棱棱高飞入天，顷刻便不见了。

妇人甫一出现，春花就认出来了。烟柔瘦了许多，两腮深深下陷，双目却格外亮，散发出癫狂执拗的光。

春花心跳如擂鼓，口中还是镇定地向曲廉道："曲大人，这女子要告我，我可以与她一同去府衙对质，相信大人亦会秉公执法，何必在此惊扰百姓？"

曲廉一想，确实如此，便道："那就劳烦春花老板随本官……"

话音未落，下首一人越席而出，正是梁兴："哎哟，这女子，不是长孙家大公子新收的那个妾室吗？还给大公子生了个儿子呢！怎么就落到如此境地了？啧啧，真是可怜。曲大人，趁着大家都在，让这女子把话说明白，万一有什么误会，也好让春花老板当场解释清楚。这事要是不弄明白，今后谁还敢跟长孙家做生意啊？"

这话一出，席间一时有多人应和起哄。曲廉回头，以征询的目光投向吴王。

吴王的思绪却似乎在别的什么地方，良久才回过神，叹了一声："让那妇人把话说完吧。若是说得不实，春花你照实反驳便可。"

曲廉再无他想，只好将高台作公堂，道："那妇人，你就将你的冤情细细讲来吧。"

烟柔深深一福，不疾不徐地开口了：

"奴家本是万花楼一个普通花娘，花名云暖。大约两年前，奴家怀了一个外地相好的孽种，那冤家却不认，躲了再没回来。奴家偷偷生下了孩子，养在花楼外头。直到有一日，长孙家的春花老板找到奴家，说要奴家帮她办一件大事，事成之后，奴家再不用过那迎来送往的日子，奴家的儿子也能一生荣华富贵。

"奴家听了，自然心动。于是春花老板给奴家赎了身，又让奴家进了长孙家，给大公子做妾。这本是条好路，可是进了长孙家，春花老板却和所有人说，奴家的孩子是和长孙大公子生的！"

烟花韵事、隐秘身世向来是街头巷尾最热衷的谈资。席间商人听了这惊天艳闻，纷纷打了鸡血一般，七嘴八舌地议论起来。

烟柔言语颇有条理，继续道："长孙大公子在烟花中有些名望，但奴家从未与他有过来往，大人去万花楼一问便知。奴家怎么可能给大公子生孩子呢？奴家起初不明白，春花老板为什么要这么做，后来就渐渐明白了。

"大公子是长孙家唯一的男丁，春花老板一直把他当作眼中钉，肉中刺，生怕长孙老太爷把家业都给了他。她将这桩丑事栽在大公子头上，大公子在老太爷那里就彻底失了信任。奴家的儿子成了长孙家的继承人，奴家又是个无依无靠的弱女子，今后老太爷不在了，那长孙家不就全落入她的掌握了吗？

"奴家越想越心惊，便想寻个机会，向老太爷和大公子禀告此事。谁知却被长孙春花察觉了！她让手下亲信把奴家关在老宅之中，严加看管，对外只说奴家得了疫症，不能见人。她不让奴家见衡儿，还每日对奴家鞭打凌虐，只为逼迫奴家屈服，成全她的阴谋。奴家真是……求生不得，求死不能啊！"

说到此处，烟柔哭得情凄意切、天愁地惨，直教闻者落泪、见者伤心。

"奴家……受尽了折磨，终于找了个机会逃了出来。长孙春花却命人满城搜寻，只为了杀人灭口。奴家思念衡儿，不敢走远，实在是没有办法了。"她仰起满是泪珠的脸，"王爷，大人！奴家只是个微不足道的烟花女子，死不足惜。但长孙春花这样为富不仁、做尽恶事的人，怎么还能好好地走在这世上，还功成名就、长命富贵？"

她说话间，蓦地从腰间抽出一把雪亮的小刀。

"奴家只盼，以奴家之血，求一个公道！"

众人一愣。原本沉默静听的春花率先醒悟，霍然立起："快拦住她！"

衙役们这才惊觉，却已来不及了。

烟柔决绝而迅速地用那刀刃割破了自己脖颈，鲜血如箭爆射，倾洒在高台之下。

异变陡生，一时间，高台上下人人惊惶无措，竟是寂无人声。

第一个奔过去的衙役探了探血泊中女子的鼻息，摇了摇头。

曲廉目瞪口呆，静默良久，缓缓转脸，心有余悸地望着春花："春花老板，你……可有说辞？"

章十四·鹡鸰在原

春风和气，游人如织，正是闲逛的好时节。寒意已去的商市街，又回到了车水马龙的景况。

长孙石渠一手抱着长孙衡，另一手拿着一个风车、两个拨浪鼓、三根糖葫芦，满头大汗地嚷："仙姿，你倒是帮我拿两样！"

仙姿负着手，跟在身后，冷冷地笑："少爷，自己买的东西自己拿。"

石渠委屈大叫："又不是我要买的！"

"小少爷指哪儿您买哪儿，拦都拦不住。爹可不是这么当的。"

话音刚落，奶娃娃长孙衡又在爹爹怀里立起身子，用短粗的手指头指向一旁推车上花花绿绿的面人儿：

"爹！买！"

石渠苦着脸："爹爹实在拿不下了，咱们下回再买，好不好？"

小娃娃早已掌握了拿捏这软柿子爹爹的独门技能，扁嘴憋了一会儿，哇地哭了起来："爹……爹……买……呜哇！"

石渠的心脏仿佛扔进热水锅的豆腐泡，顷刻间软塌服帖："买买买……唉，仙姿你好歹帮我掏下银子！"

仙姿翻了个白眼。

商市街上少有不认识长孙家这纨绔少爷的。每有熟人凑上来，便走心或不走心地夸一句："哎呀，这是长孙家的小少爷，长得真好看！"

石渠便骄傲得像斗胜的公鸡一般："那是！我的儿子，自然长得跟我一样好看！"

又逛了一段，石渠的体力终于耗尽，仰面看见四海斋的招牌，忙不迭地抱着孩子进去了。跑堂的见长孙家的纨绔又来蹭吃蹭喝，怕他是来打探新菜品的，连忙禀告了大掌柜。陈葛一进包厢，怀里就被塞了个孩子。

"陈兄，替我抱一会儿。"

石渠又渴又饿，拎起茶壶咕嘟咕嘟灌了一肚子。陈葛一脸蒙地瞪着怀里流口水的娃娃，刚吃过糖葫芦的小嘴和沾满红糖的小手黏糊糊地往他身上蹭。

小娃娃亮晶晶的眼睛也回望他，一点儿也不怕生。

陈葛慢条斯理地道："这是……你儿子？长得还挺好看。"

"那是……"石渠正要惯例自夸，又听陈葛道：

"长得怎么一点儿都不像你，倒是有几分像我？"

石渠气滞："陈兄还是这么不会说吉祥话。"

小娃娃盯着陈葛，忽然咧开一个大大的笑。陈葛愕然了一瞬，也忍不住微笑起来。

石渠有点发愣。别说，这俩还真有点像。

正说笑时，外间突然吵嚷起来，沉重的脚步声由远及近，直向这边而来。原本静坐喝茶的仙姿蓦地站起身，不由分说地把长孙衡从陈葛怀中抱回来。

石渠叫唤起来："哎哎，路上让你替我抱一会儿，你偏不肯。这会儿怎么又主动去抱了？"

仙姿眸子微闭："住嘴。"

陈葛也察觉了异样，推开包间小门，正迎上一队带刀的捕快。

"谁是长孙石渠？"

陈葛一愣，倒也不欲多管闲事，向后一指。

领头的捕头目光在室内扫视一圈："那孩子，是长孙衡？"

石渠："是啊，怎么了？"

衙役一挥手："跟我们去趟府衙。知府大人要滴血验亲。"

"啊？"石渠茫然，"为啥？"

捕头粗声道："今日元鸟会，这孩子的娘状告长孙春花谋财害命，狸猫换太子。这孩子，很可能不是你的。"

石渠仿佛被当头敲了一闷棍："你说烟柔？烟柔不是病了吗？她……亲口说过这孩子是我的啊！春花也是这么说啊！"

"孩子的娘已经死了，死前说了真话。长孙大少爷怕是被自己妹子给坑了。"捕头的语调带着些雄性动物谈及后嗣时特有的嘲讽。

石渠还要再说什么，捕头不耐烦了："少说废话。把他拘上。那丫鬟，抱上孩子跟我们回衙门……"

他的话音被仙姿突如其来的动作截断。仙姿抱着衡儿，飞身跃出了窗榭，身形快如疾电，一室大男人竟无一个来得及反应。

捕头醒悟过来，大喝一声："快追！"

然而窗外，哪里还能看见仙姿的身影？

石渠只觉一阵风从身边拂过，隐约听见仙姿掠过时口中的碎碎念："滴血验亲，可不能去。"

良久，陈葛幸灾乐祸地叹了口气："哎呀，原来这孩子，真不是你的啊！"

元鸟宴上的惊天秘闻一日之间传遍了全城，从金碧辉煌的江上画舫到古树巷口老槐树下古树婆婆的豆腐脑儿摊，讨论的都是富商长孙家的家丑。

"然后呢？"豆腐脑儿摊的客人围成一堆，听其中一人煞有介事地大肆议论。

"偏就这么巧，万花楼的鸨母刚好带了几个姑娘出台，当时就在元鸟宴上。鸨母亲口证明，那小妾做花娘时从未和长孙大少爷有过来往。

"曲大人传长孙大少爷和小娃娃上堂滴血验亲，长孙家那个女护卫见势不妙，当场就抱着娃娃跑了。"

"啊？那女护卫不是春花老板的心腹吗？"

"是啊。这不是明摆着心虚吗？当着那么多人的面，别说曲大人，就是吴王也不敢偏袒她啊。只好把她暂时收押入监，此刻正在府衙大牢蹲着呢。"

"啧啧，富人家里这点狗屁倒灶的事儿，真是不消停啊。"

古树婆婆拎着勺子，往桌上一敲，板着脸道："你们这些人，舌头也太长了！那深宅大院的事，是外人能看得透的吗？我看春花老板就很好，知道我老婆子挣钱不易，常常介绍客人过来，每回都多给钱，绝不是那作奸犯科的人。"

众食客爆笑："婆婆，知人知面不知心啊！"

"长孙家的老太爷和大少爷也是两个傻子。都闹到这份儿上了，还跑到府衙去求情，说什么……家业本来就是要留给春花老板的，那孩子铁定就是大少爷的，跟他长得一模一样。"那消息最灵通的食客咂咂嘴，"也是，长孙家要是没有了春花老板，还真不知道会变成什么样子呢。"

众人又感叹了一阵子，这才慢慢散了，留下古树婆婆一个人。她一边捶着腰，一边开始收摊。收到只剩最后一张小方桌，她才发现，竟然还坐着一个客人。他碗里的豆腐脑儿只吃了一半，却已放下了汤匙，静静地望着她。夜幕低垂，左近无人。汴陵城被一团料峭的黑冷之气包裹起来。

古树婆婆一怔："客人有什么事？"

那人一身青衣，眉目清冷，却蕴藉着沉稳宽广之气。他起身，摊开手掌，掌中有一片莹白的骨片，在夜雾中闪着磷光。

"我想请教，这骨片的来历。"

古树婆婆冷笑起来："客人要验骨，去找仵作啊，找我老婆子做什么？"

"槐为木之鬼，能与鬼通。"

古树婆婆不说话了。良久，她谨慎地后退一步："原来是断妄司的官爷。我老婆子一向安分守己，可不曾触犯过断妄司的条例。我不爱管闲事，你也别来管我。"

那青衣人踏前一步：

"不该管的闲事，您不是早就管过了吗？"

古树婆婆悚然一惊。

"我一直不明白，烟柔根本对苏玠一无所知，却为何能带着信物去找长孙春花。"古树婆婆不语，对方便自言自语般继续道，"但今日我明白了，是菡苕的鬼魂让她去的。而汴陵城中，能襄助鬼魂与人交谈的，只有您这老槐树了。"

古树婆婆铁青着脸："老婆子年纪大了，不明白你在说什么。"

青衣人从怀中取出一物："烟柔身死，仵作从她体内取出了一片槐树皮。当初你割下自己的树皮，混在豆腐脑儿里骗她喝下。树皮入肺腑，烟柔遂能与鬼通。"

"我……可不认识什么烟柔，更不认识什么菡苕！老婆子在汴陵百年，从不惹是非，才不会管这种闲事！"

"你确实低调怯懦，从不与妖尊作对。"青衣人双目炯炯，"但菡苕从小就在你摊上吃豆腐脑儿，你是看着她长大的。"他皱起俊眉，"古树婆婆，你惧怕妖尊淫威，不敢明里相助。但如今，我能查到你帮助过菡苕，妖尊也能查到。你若要自保，只能助我一起铲除妖尊。"

古树婆婆听懂了他的话，霎时面如枯叶，斜斜滑坐在凳子上。

"你……究竟是谁？"

面前的青衣男子郑重一揖："断妄司天官，谈东樵。"

古树婆婆沉默良久，半晌，面现动摇："说是天官，终究只是个凡人。你……真能铲除妖尊？"

谈东樵道："肝脑涂地，至死不休。"

古树婆婆为他的决然正气所慑，终于叹了口气："既如此，老婆子就把知道的都告诉你。"

原来当日，苏玠和菡苕自知前途未卜，各自将一件重要的东西交托给了自己最信赖的人。苏玠选择了长孙春花；而菡苕，选择了自己的好友云暖，也就是后来的烟柔。菡苕交托的，不是寻常物事，而是一个婴孩。那是苏玠和菡苕刚出生的孩子，取名叫作苏衡。菡苕没有告诉云暖婴孩父亲的身份，只说是自己和一位公子所生。她留了许多钱财，只盼云暖好好养育苏衡，让他远离是非。但她没有料到，自己身死之后，云暖立刻就厌倦了孩子，起意将他遗弃。菡苕的魂魄放不下尘世挂碍，便日日去纠缠古树婆婆。精诚所至，金石为开，古树婆婆终于心软，答应助她托梦给云暖。

"老婆子本以为，菡苕会恐吓威逼云暖，好生养育孩子。不料，她只是告诉了云暖，这孩子的父亲与长孙春花是至交，若将孩子送给长孙春花，保云暖一生富贵。"

鬼与人通，耗损极大。菡苕因被妖尊座下走狗割魂而死，魂魄不全，贸然与人托梦，终于耗尽灵元，彻底消散了。

古树婆婆长叹一声："可怜菡苕那丫头，不过做了一次母亲，到死后还要耗尽最后一丝精魂，为儿子谋一线生机。

"长孙春花呢，为了不引起外人疑虑，把别人的孩子栽在自己哥哥头上，结果被那贪财之人反咬一口。自己都进了大牢，还不肯说实话，所做的一切，竟然都是为了完成对一个死人的承诺。

"你们凡人这些执念，我老婆子，实在不懂。"

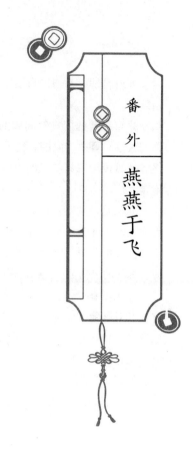

番外

燕燕于飞

苏玠这一生，有过深爱的女子，有过千金一诺的朋友，有过简单朴素却甘之如饴的生活。他还有了自己的孩子。

这孩子会在满溢的爱中长大，没有人会在意他身上有多少老五的血统，多少人的血统。

苏玠自幼就知道，自己是家族中的异类。比如，他仰望青天的时间，总是格外长。

　　苏家森严的门规对同族的兄弟们，好像不算什么，甚至还是家族的荣光。他们苦读，科举，中榜。犯了错，便去宗祠中对着满墙的忠烈牌位跪上一整天，终有一日成为家族年轻的附庸和新生力量，娶妻生子，再竭尽全力培养下一个附庸。

　　苏家是奔腾不息的大河，是永远向上的巨树，而苏家子女的命运，注定是汇入大河的细流，是奋力上抽的枝丫。

　　但苏玠不同。他无法克制自己奔向院墙之外的欲望。雨水、草叶、晨起的山霭、林间的虫鸣都让他畅快雀跃，家规和布满灰尘的典籍只会让他频频打瞌睡。

　　苏玠没有母亲，只有严肃而难以接近的父亲。父亲对他唯一的期望，就是让他和其他堂兄堂弟一般，成为一个不招眼也不落后的苏家子。为了达到父亲的期望，他斩断一切不合常规的幻想，闭门苦读，只为考中进士，让父亲在家族中也长一回脸面。

　　但苏玠没想到，他真的是个异类。

　　科考前一夜，他路过父亲的书房，听到父亲和嫡母的交谈。

　　"非我族类，其心必异。"嫡母的声音溢满担忧。

　　父亲呵斥："他娘虽是异类，但他始终有一半苏家的血脉。当年为了家族体面，我已经对不起他娘，怎能再对不起他？"

　　"若有人发现玠儿的亲娘是个妖怪，苏家历朝以来的清白名声可就都葬送了！老爷，这孩子已经长大了，你就让他离开苏家，自生自灭，不好吗？如今还要他考科举……谁能担保，他不会像他娘一样，突然变成一只鸟儿，就飞走了？"

　　父亲不说话了，但也没有表示赞同。

　　苏玠像个孤魂野鬼一样离开，他希望自己的人生是一场大梦，总有醒来的一天。

　　其后，自然是落榜和嘲笑。

父亲失望透顶，但苏玠早已有了自己的计划。

苏府高耸的院墙从来都拦不住他，这一次他收拾了自己全部家当，离开了京城。

他不知道该去向何方，但听说汴陵是天下最繁华之地，于是果断奔向汴陵。

苏玠在汴陵漂泊了一年，游戏人间，挥霍金银，放浪形骸。他不知道银子什么时候会花光，不知道自己从哪里来，要到哪里去，为何要生在这世界上。

来燕楼建成的那一日，苏玠变成了一只燕子。

楼阁的顶端散发着一股令这一族类兴奋而疯狂的气息，汴陵城中所有的燕子都在那个清晨觉醒了。苏玠前夜睡去时还是个清俊少年，醒来时已是一只双翅鳌黑的鸟儿。

血液里从未被激发过的野性恣意奔涌，它想高声歌唱，歌声化为了一阵动听的鸣叫。

飞翔竟是无师自通的。

苏玠顺从自己的欲望，展开双翅，冲破窗棂上的薄纸，在微雨中翱翔九天。

无数黑点向它迎面扑来，又与它擦肩而过，清脆的鸣叫招引着它加入。它们成群结队地降落在绿野流水中新建的楼阁上。

殷红的庑殿顶开着一个个圆形的凹槽，恰好方便燕子们筑巢。山、水、楼阁、游人与燕子构成了一幅绝美而和谐的画卷，可以想见，楼阁顶上筑满燕巢时，又是怎样一番风流壮阔的景观。

凡人们在来燕楼前宴饮高歌，谈风弄月，迎春接福。一个瘦削的中年男子喝酒喝得最多，在楼前手舞足蹈，翩翩欲仙。从他的自夸中，苏玠听出他名叫祝般，这座来燕楼，就是出自他的设计，是他穷尽一生的心血。

宴会上衣着最高贵的人是皇帝的叔叔——吴王蔺熙。他身边紧挨着一个须眉灰白的老道士，仙风道骨的样子。祝般一个劲儿地向吴王敬酒，渴望他的赞赏，感谢吴王对兴建来燕楼的支持。

"来燕楼的第一块基石，还是王爷您亲手埋下的呢！来燕楼如此迅速建成，都是王爷仁德庇佑啊！"祝般如此说道。

吴王淡淡地笑了笑，似乎并不怎么开心。

下一刻，天空宛若冰裂，裂缝中迸出刺目的光刃，一道惊雷正正劈在了来燕楼的庑殿顶上。

微雨变成了滂沱大雨，楼阁摧崩，地动山摇，凡人们惊惶逃避，燕鸟也四散飞翔。

雨幕中，只有祝般纹丝未动，面对层层脱落的楼阁残骸，直挺挺地跪了下去。

苏玕还不熟悉自己新的身体。它的双翅被雨水打湿，瞬间变得沉重无比，大风吹得它眼盲，雷电劈得它头昏。它跌跌撞撞地飞向汴陵城中的暂住之所，只飞到半路，便眼前一黑，栽了下去。

下坠中，遇到了树枝的阻滞，虽然还是吧唧栽在地上，好歹没有摔死。

再醒来的时候，它发觉自己被裹在一张柔软的丝帕里，隐约的馨香，让它心上狠狠一撞。

它似乎……被一双温柔的手捧在胸口。

少女娇怯怯的声音离得极近：

"云暖，它醒了！"

另一个人的声音明显冷漠得多：

"吃个豆腐脑儿，也能捡只鸟儿回来。菡苕，你可真麻烦！"

"古树婆婆都说了，这鸟儿伤得不重，只是摔晕了。"

"咱们两个自己都吃不饱，拿什么养活它？教楼里的嬷嬷看见了，我又要跟你一起挨鞭子！"

菡苕有些着急："我少吃几颗米，它就能活，用不了几天！等它好了，自己就飞走了。好云暖，你帮我守着秘密，别告诉嬷嬷！"她用柔软的指腹轻轻抚摸着燕子的小脑袋，"小燕子，你乖乖的啊。"

燕子歪头，贪婪地汲取着那手指带来的温暖。

苏玕在菡苕的悉心照料下，渐渐康复。它还不能熟练地感知自己的身体和能力，但有好几次，它都觉得自己触摸到了门道，好像知道怎样才能变回人形了。

它也渐渐了解了菡苕的身份和所处的环境。

它知道菡苕是个不太成功的花娘，容貌在楼里不算顶尖，待客的时候也不算知情识趣。她的好友云暖，常常骂她迟钝冷淡，并断言她在楼里永远出不了头。

而菡苕只是淡淡一笑。

她没有把它养在笼子里。它的伤好了以后，已经能在小小的院落里四处飞一飞，但不管飞出去多远，它还是会飞回来，把自己的小脑袋靠在她的手边，静静地听她讲今天发生的事。

她不是没想过嫁人。但肯为她赎身的人，都是她不喜欢的人。她是个直性子，喜欢谁、讨厌谁都明明白白地摆在脸上，既不肯对别人说谎，也不肯对自己说谎。有时她惹恼了客人，带着一身的紫青瘀痕回来，大大咧咧地当着它的面沐浴。

她说，今日接的那个客人脾气不算好，但毕竟没有打她。不用治伤，于是她就能多攒下一钱银子。

346

她说，自己的身价不高，这很好。等她哪天人老珠黄不值钱了，钱也攒得差不多了，就能以便宜的价钱给自己赎身，想必鸨母也不会阻拦。

　　她说，商市街上新开了一家春花绣庄，他们招绣娘时，不嫌弃从楼子里出来的姑娘，只要肯吃苦，就能拿一份合理的薪水。等过些年赎了身，她就去春花绣庄里当绣娘。为了这个梦想，她除了接客，每日还练习针线到深夜，从不懈怠。

　　苏玠从别的鸟儿那里听来了一些传闻，原来妖怪们有个土气的名字叫"老五"。像他这样一半人、一半老五的生灵，叫作"二五子"，是注定既不会被凡人接纳，也不会被老五接纳的。

　　但好处在于，当他渴望做人的时候，他便可以变成人。当他渴望做鸟儿的时候，就可变成一只鸟儿。

　　苏玠不想变回人了，只想做一只燕子，每天在菡苕的手指上吃一点米，环绕着她飞翔。她是汴陵城中最卑微、最弱小、最不起眼的那一类人，却成了茫茫海上唯一可以供它栖身的浮木。

　　直到那一天，它听到菡苕的哭声。

　　她说，鸨母决定把她卖给一个常来的恩客。她的反抗毫无意义，一个随口做出的决定便足以让她对未来的全部希望在一夕坍塌。

　　苏玠终于明白，菡苕不是冷漠，不是迟钝。只因对未来还怀有希望，她才能忍受当下命运加在她身上的一切残暴。

　　燕子轻轻啄了啄少女的手指，飞下妆台，在她惊愕的目光中，化作一个翩翩少年。

　　为了替菡苕凑够赎身的银子，苏玠化作燕子飞入了吴王府。在那里，他认识了一个名唤春花的小姑娘。

　　小姑娘哭泣的样子让他想起了菡苕，就忍不住安慰了几句。偏就这么巧，菡苕想去的那家春花绣庄，正是这小姑娘开的。

　　那必须和小姑娘搞好关系呢，这样，菡苕去了绣庄也有人照看，苏玠暗暗地想。

　　他那时还不知道，这位春花老板会成为他一生中最信任的朋友。

　　又过了两年，父亲苏崇急病的消息传来，苏玠没能忍心不管，还是辞别了菡苕，回京探望。

　　苏崇听罢他的经历，悠悠叹了一声，彻底断绝了让他回归苏家的念想。

　　"有一个去往汴陵采办的闲差，苏家没有其他合适的人选，又不愿旁落他处，你……暂且顶了吧。过个一年半载，你可以本分体面地死在任上，也好为苏家添一个尽忠职守的牌位。"

苏玠答应了，从此将苏家宗祠满墙的忠烈牌位抛在了身后，再不回头。

樊霜的匕首插入他胸膛的那一瞬间，苏玠只有一个想法：

这死法，对苏家来说，真是既不本分，也不体面。

但又有什么关系呢？

苏玠这一生，有过深爱的女子，有过千金一诺的朋友，有过简单朴素却甘之如饴的生活。他还有了自己的孩子。这孩子会在满溢的爱中长大，没有人会在意他身上有多少老五的血统，多少人的血统。

此生足矣。

『那严先生可要说到做到，别再理会旁人的言语。横竖咱们两个，是清清白白的东家与账房的关系呀。』

『严某，自当谨记。』

番外卷　冷酷账房俏东家

赤峰寨的龙二当家决计要干一票大买卖。

　　他潜入汴陵城踩点，已经七天了，一直在春花钱庄附近徘徊。

　　汴陵百姓都晓得，谁敢打春花钱庄的主意，简直是嫌命长。春花钱庄守备森严，护院个个武艺高强，金库修得铁桶一般，炸药都炸不开，要进去，只能拿到钥匙。然而，金库的主锁是一套三开锁，顾名思义，需要同时凑齐三把钥匙，才能打开。这三把钥匙，一把放在护院头李大手里，一把在大账房严先生手里，还有一把由东家长孙春花随身携带。

　　但龙二当家不同，他有一个别人不具备的优势：他是一头避役精，能幻化成任何他见过的人，适当地模仿声音举动，几乎可以假乱真。

　　赤峰寨盯上春花钱庄不是一两日了，选择这个时候动手，是因为收到线报，春花钱庄刚换了新的大账房。新官上任，许多章程需要重新磨合，难免出现漏洞。龙二当家的看家伎俩，也就更容易成功。

　　说起来，这位新任的账房严先生还是他的熟人。早前赤峰寨的兄弟们在山下打劫一头"肥羊"，就是被严先生坏了事。账房会功夫，当然是扎手了些，但是龙二觉得无妨，毕竟他这回，主要靠智取。

　　赤峰寨三百兄弟在城外等着他传信。白日里人来人往，是不可能动手的。他们单等一个天时地利、月黑风高的夜晚，好拥进城里，把春花钱庄的存银一卷而空。

　　这七天来，龙二扮成商贾存过钱，扮成百姓兑过钞，扮成巡逻的捕快查过盗，还扮成过钱庄里的伙计送钞入库房。春花钱庄周边的官府守备、护院巡查分布、库房结构和撤退出城路线，龙二都已摸得清清楚楚。

　　只差拿到那三把钥匙。

　　龙二打定了主意，先从李大身上下手。

　　李大武艺高强，性情直爽，常常因为不会说话得罪人，但长孙家祖孙都对他颇为敬重，他也忠心耿耿，以命相报。

龙二瞅了个李大独处的空当，变幻成长孙春花的模样，走进他的值房。

他学着春花日常的口吻，说近来有些临时开支银子的大事，需将李大那把钥匙在身上放个两三天。李大果然毫不怀疑，立马就从腰里掏出钥匙给了他。

龙二心下大喜，面上如常向李大一福："多谢李大叔。"

龙二回身要走，却被叫住："东家是长孙家的掌家人，手里向来不缺钱，临时开支，莫不是……为了贴补外人？"

龙二一呆："李大叔……何出此言？"

李大忧心忡忡地望着他："我家的大丫头认识了个穷书生，偷银子去贴补他，被我抓住，也是这个神情。"

龙二："……"

虽是个直肠子，却不耽误他做个细心爹。

龙二生怕多说露出破绽，低下头胡乱"嗯"了一声。

李大便愁容满面地叹了口气："您拿银子，是为了新来的那位严先生吧？"

"呃……"

"咱们钱庄里人人都在传，说您喜欢严先生。"

龙二被突如其来的八卦击中，一时不知是该承认还是该否认。

"女孩子家喜欢俊俏的男人，也不算什么，但银钱一定要看护好，这年头，负心薄幸的骗子可太多了。再说那严先生，脾气可太臭了，一个拿捏不住，婚后还不得爬到您头上去？"

这场面对龙二来说实在新鲜，他只好摆摆手："李大叔，您放一百个心，我一定拿捏住他，拿捏得死死的！"

说罢，他将钥匙揣进怀里，逃出了值房。

虽然多了一段小插曲，龙二总算初战告捷，还从李大那儿得到一个颇为有用的情报：长孙春花和严衍，竟然有一腿！这情报，大大改变了他接下来的战术。龙二幻化成长孙春花，换了一身明艳妩媚的衣裳，袅袅婷婷地走进账房。时至黄昏，已经是下工的时候，账房内只有严衍一人。他看见来人，颇是意外。

"东家今晚不是去程老板家赴宴吗？"

龙二垂眸一笑："开宴时辰还早，我便想着，先过来看看你。"

"看我？"严衍狐疑地挑起眉。这女子向来能说会道——要打一壶高粱酒，先磨三圈老磨盘。

"东家有何吩咐，不妨直言。"

龙二笑嘻嘻道："严先生，金库那把大钥匙，你在我这里放几日吧。有些临时的开支，之后我自己做了账补进去。"

这倒出乎严衍的意料。虽说做这个账房先生是为了查案，但在其位谋其事，是他的原则。

"钱庄是长孙家的钱庄，但存银是百姓的存银。金库钥匙分开保存，是为了出入有据、账目清晰。严某以为，此例不可开，此风不可长，东家自己，更该以身作则才是。"

哟嚯，还裁缝拿线，纫了针（认了真）了。

龙二眼珠一转，背过身去，幽幽叹气："严先生，你终究还是不明白……人家的心意。"

严衍一愣，便看那人背对着他，忸忸怩怩道："你初来汴陵，住行都甚是辛劳，人家想着在附近给你置个宅子，再配两个丫鬟。一来上工路上不那么辛苦，有人热茶热饭地照顾；二来……"

她转过来，娇羞妩媚地扫了他一眼，又低下头："人家想单独见一见你，也方便些。"

严衍不说话了。

"东家这是要……"他沉吟良久，缓缓吐出四个字，"包养严某？"

龙二变幻的春花羞红了脸："这是人家对你的一片心意啊。"

市井中有传闻，长孙春花性喜渔色，风月手腕了得，龙二深信不疑。要不，她手底下那么多精壮男子，个个死心塌地为她卖命，都是为了什么？严衍面上现出复杂的神色，仿佛在经历灵与肉的天人交战。龙二很有耐心地等他，才不信遇上这等倒贴的好事，这位严先生能不动心。又过了许久，严衍缓缓合上了手中账本，解开腰间锦囊，掏出了一把钥匙："蒙东家青眼，那严某，就恭敬不如从命了。"

春花今日，确是要赴程老板的筵席。

马车停在程府门前，她刚下马车，便望见严衍一个人立在风灯之下，不由得一愣："严先生为何在此？"

严衍神情是惯常的淡然，声音却带着些低沉的磁性："东家，可否单独聊一会儿？"

春花为难道："里头一大桌子人等着呢。严先生有什么事，不能现在说吗？"

严衍深深地看了她一眼："有些事，不好当着他人说。"

"呃……"

他倏然凑近她耳边，低声道："今夜宴后，钱庄后院假山后，请东家独自前来，严某有要事相告。"

颈后绒毛经他气息吹拂，春花张口结舌，还未说什么，他已转身离去了。

戌时半，春花果然一个人静悄悄地回了钱庄。虽有护院巡逻，但园中有假山闲亭，死角颇多，她兜了一圈，才在假山后找到严衍的身影。

严衍提着一盏清冷的风灯，灯火跳跃，映照出冷峭的面部神情，见她来，那唇线竟然一抿，露出一个淡淡的微笑："东家，可是一人前来？"

春花怔了怔："只我一人。严先生，究竟有何话说？"

严衍遂笑得更深："严某……只是想问问东家，为何待严某这般深情？"

春花愕然："什么深情？"

"今日，护院李大对严某说，东家在汴陵广收青年男子画像，是为招赘一个良婿。只是对旁人都不满意，便看中了严某。"

"呃……"

"李大来问我讨金库的钥匙，说是东家您的吩咐，要从金库中支一笔银子，为严某在城中置宅，不过公账。"

春花大张着嘴："我何曾吩咐过他？"

"李大所说，不是真的？"

"自然不是真的。"

严衍便有些惆怅地看她一眼："我也觉得其中有些不妥，但他是东家心腹，严某初来乍到，不好违逆，便把金库钥匙给了他。"他煞有介事般关心道，"东家，你的那把钥匙，可是随身带着？即便他拿了我的钥匙，没有东家的钥匙，也成不了什么事。"

春花点点头："我的钥匙，自然随身带着。"

严衍便面露喜色："如此，就再好不过了。"

他提着风灯，轻轻弯下腰，鼻尖贴近她的鼻尖。春花面上一烫，连忙后退了一步，两人便一起隐入了假山的阴影之中。

对面的男子在她耳边低声道："其实严某对东家……一直都十分欣赏。"

他说着，眼眸中的柔情登时化作狞色，骤然一亮。背后的右掌并成手刀，狠狠向春花颈后敲去——一声惨叫划破了夜空，男人捂着手掌倒了下去，掌心有一个血窟窿，血流如注。

春花手持一把匕首，闪开数丈，叱道："来人啊！"

一队护院举着火把鱼贯而入，院内登时灯火通明。

护院们把假严衍团团围住，他捂住受伤的手，愤愤道："严某什么都没做，东家为何如此？"

早有人抬了把太师椅上来，春花大马金刀地一坐，比赤峰寨的大当家还要霸气，冷笑："你个西贝货，以为春花钱庄是什么地方？由得你招摇撞骗？"

假严衍这才明白事败："你凭什么说我是西贝货？"

春花一嗤。那位严先生，分明像是个《洗冤报国》话本里的忠臣良将，一身的正气，今日却似误入了一本《囚心孽缘》，骚气得很。这假货，仿得了皮毛，学不到风骨。

她向左右示意："还不把人给我绑了！"

假严衍眼中现出凶光，眼形暴凸，变成个藤壶形状，面容也迅速改变。护院中有从赤峰寨走过镖的，登时认了出来："他是赤峰寨的龙二！"

护院们一拥而上，但龙二身法诡异，与夜色合为一体，难以分辨，其余人竟然抓不住他。一个不留心，龙二竟破开重围，朝春花迎面扑过来。春花大惊失色，不及闪躲，正打算闭眼承受这一击，却有青衫飘然而来，挡在了她身前。青衫拂过，来人与龙二正面对了一掌。龙二哀叫一声，撞到假山上，倒地不动了。

春花扒住前头人的背脊，探出个头来，欣喜道：

"严先生！"

屋檐上飘落一个红衣捕快，召出无定乾坤网，把龙二捆了个结结实实。龙二在网中挣扎了片刻，吐了口血，渐渐显出原形——肚大，扁头，四脚，皱皮。

"啊，是只避役！"

严衍沉声道："闻捕快，他如此精心谋算，必有同党。"

闻桑点点头，将那避役拎起来放进一个带法牢的匣子，锁住，回衙门审问了。有护院从龙二剩下的衣物中搜出一个锦囊，呈到春花面前。春花打开一看，果然是两把钥匙，一把是李大的金库钥匙，另一把——"咦，这是你手上那把金库钥匙？"

严衍道："这是福喜客栈客房的钥匙。"

春花恍然大悟："所以，你早就识破了他是假的，一直藏在附近。"

他轻轻颔首。

春花挑眉："你既一眼看穿，为何不当场擒拿他，又纵他来诓我？"

严衍没有立刻回答。

今晚程府筵席，她饮了些酒，此刻双颊泛桃色、眼眸含波，她却不自知。

他倏然叹了口气："这妖物扮作东家的模样，一进来就说要包养严某……严某不知其底细，只得虚与委蛇，先报了官，再静观其变。"

春花哽了一哽，大怒："这遭瘟的避役精，披着我的脸，说什么鬼话？"

"世道昏聩，女子经商常遭恶意揣测，龙二便是听信了这些流言。"

春花讥诮道："严先生，也畏惧流言吗？"

严衍默然片刻："清者自清，各守其正。旁人说什么，不必理会。东家不畏流言，严某又有何惧？"

春花迎上他的注视，蓦地一愣。

眼前这个，是如假包换的真货。可为什么，又带了一丝说不清的魅惑，像是刚从《囚心孽缘》里钻出来的呢？

她甩了甩头，甩去一些无谓的想法，笑道："那严先生可要说到做到，别再理会旁人的言语。横竖咱们两个，是清清白白的东家与账房的关系呀。"

严衍淡淡一笑："严某，自当谨记。"

未完待续。

《财神春花·完结篇》，

敬请期待！

图书在版编目（CIP）数据

财神春花 / 戈鞅著 . -- 成都 : 四川文艺出版社，
2023.11
ISBN 978-7-5411-6782-9

Ⅰ . ①财… Ⅱ . ①戈… Ⅲ . ①长篇小说—中国—当代
Ⅳ . ① I247.5

中国国家版本馆 CIP 数据核字 (2023) 第 191752 号

CAI SHEN CHUN HUA

财神春花

戈鞅　著

出 品 人　谭清洁
特约监制　王传先
责任编辑　黄　舜　王梓画
责任校对　段　敏

出版发行　四川文艺出版社（成都市锦江区三色路 238 号）
网　　址　www.scwys.com
电　　话　028-86361781（编辑部）

印　　刷　嘉业印刷（天津）有限公司
成品尺寸　160mm×230mm　　　开　本　16 开
印　　张　22.25　　插页 4　　字　数　420 千
版　　次　2023 年 11 月第一版　　印　次　2023 年 11 月第一次印刷
书　　号　ISBN 978-7-5411-6782-9
定　　价　52.80 元